Ein 46jähriger Lohnbuchhalter macht mit seiner Freundin, einer Designerin, einen Automobilausflug: mit der Isetta von Nordhorn nach Giffendorf in der Lüneburger Heide. Dort bewirtet sie Tante Heete, die lebensfrohe, aber etwas vereinsamte Witwe. Das ist die ganze Geschichte. Sie erzählt vom Wirtschaftswunder, das an den kleinen Angestellten vorbeigeht und von den erotischen Obsessionen unseres Alltags. In ihrem Kern birgt sie – als Zugabe – ein Stück Science-fiction; eine Utopie reagiert auf den Ungeist des Kalten Krieges.

KAFF auch MARE CRISIUM ist ein literarisches Prisma der westdeutschen fünfziger Jahre. Seine Form erweist das Buch als Etüde für ZETTELS TRAUM.

ARNO SCHMIDT, geboren am 18. Januar 1914, starb am 3. Juni 1979 in Celle. Vor dem Krieg war Arno Schmidt »Graphischer Lagerbuchhalter« in Greiffenberg/Schlesien. Nach Kriegsdienst und Gefangenschaft arbeitete er seit 1947 als Übersetzer und Schriftsteller. Seit 1949 erschienen zahlreiche Erzählungen, literar-historische Radio-Essays und eine umfangreiche Fouqué-Biographie (1958). KAFF auch MARE CRISIUM schließt 1960 eine Werkepoche ab. Seit ZETTELS TRAUM (1970) erscheint das Spätwerk in großformatigen Typoskriptbänden.

Arno Schmidt erhielt den Goethe-Preis der Stadt Frankfurt am Main.

ARNO SCHMIDT

KAFF
auch

MARE CRISIUM

FISCHER TASCHENBUCH VERLAG

1.-15. Tausend: Februar 1970
16.-20. Tausend: Januar 1973
21.-25. Tausend: August 1975
26.-28. Tausend: Januar 1979
29.-33. Tausend: September 1980
34.-42. Tausend: März 1994

Ungekürzte Ausgabe
Veröffentlicht im Fischer Taschenbuch Verlag GmbH,
Frankfurt am Main, 1994

Umschlaggestaltung: Buchholz/Hinsch/Hensinger
Satz: Fotosatz Otto Gutfreund GmbH, Darmstadt
Druck und Bindung: Clausen & Bosse, Leck
Printed in Germany
ISBN 3-596-29117-8

ARNO SCHMIDT · KAFF auch MARE CRISIUM

Das vorliegende Buch spielt – wie u. a. aus der Stelle S. 14, Z. 14 v. o. überzeugend dargetan wurde – in seinen entscheidenden Partien im Jahre 1980 auf dem Monde. Die eingestreuten irdischen Szenen sind, nach Angabe des Verfassers, dem bayerischen Volxleben entnommen; da er jedoch weder das Land kennt, noch den Dialekt seiner Bewohner, auch Bergländer notorisch nicht ausstehen kann, und vor allem eine Lokalisierung unmöglich machen wollte, wurden die beobachteten Ereignisse und Gestalten zur Tarnung in ein Gebiet nördlich der unteren Weser verlegt, westlich der Linie Scheeßel=Groß Sittensen=Hollenbeck=Kutenholz=Himmelpforten=Assel. –

Infolgedessen wird, auf Antrag des Autors, wie folgt verfügt :

a) Wer in diesem Buch ‹ Ähnlichkeiten mit Personen und Ortschaften › aufzuspüren versucht, wird mit Gefängnis, nicht unter 18 Monaten, bestraft.

b) Wer ‹ Beleidigungen, Lästerungen, o. ä. › hineinzukonstruieren unternimmt, wird des Landes verwiesen.

c) Wer nach ‹ Handlung › und ‹ tieferem Sinn › schnüffeln, oder gar ein ‹ Kunstwerk › darin zu erblicken versuchen sollte, wird erschossen.

BARGFELD, den 10. März 1960
das INDIVIDUUMSSCHUTZAMT
(gez. : D. Martin Ochs)

Nichts Niemand Nirgends Nie! : Nichts Niemand Nirgens Nie! : (die Dreschmaschine rüttelte schtändig dazwischen, wir konnten sagen & denken was wir wollten. Also lieber bloß zukukken.)

» *'dollaus. – «; und ihr Fuß* zeigte liederlich eben=dort hinüber : ein Knecht hob 1 Arm ; (vorn=dran also vermutlich 1 Faust) : sofort rieselte 1 Kette darausinsichzusammen. / (Und die Luft zwischen Uns & Ihm trübgrau aus Niesel, trübgelb aus Kaff ; (von dem sich schon 2 überlebensgroße Schpitzkegel gebildet hatten ; » Tütenzelte von Seleniten. «; und es schprühete immer noch auf sie ; und schtäubender Schall und Gemurre.).) / Der graue Brei der Erde. Weitausgreifende Leiterwagen, voll Schpelt & Granne ; erst lange schtehend ; dann tat der Erste seinen Todtentanz ap=um=die=Ecke. / Die nackten schwarzknochigen Bäume ; anschtatt des Laubs langes Schtroh in den ergreifenden Ästen – : sie tastete sich den Skizzenblock aus der Tasche ; und notierte das Schtoffmuster. (Im Hintergrund bauerte's ; es konnten aber ebensogut Katzen sein, die, der Maschine trotzend, auf ‹ ihre › Mäuse lauerten). Hühner. Schwarzgeregnete Bretterwände von Scheunen ; die Waschküche aus Ziegeln. Ein Holzschtoß aus dunklen krummen Wurzeln, (kleinen ; folglich von Obstbäum'.) – : MASCHENDRAHT ! / : » Das kann schon 1 Gewand ergeben : für kochende Landfrau'n : IRMA denkt immer an die FIRMA. «

» *Von was lebst'nn Du ? !* « forderte sie brutal. / Und die Krähe, die oben vorbeiwinkte, half ihr natürlich ; und auch der kalte Erdschweiß unten. Gewiß ; auch ich muß lebenslänglich Schtriche ziehen : sogenannte ‹ Grafische Lagerbuchhaltung › : eieieieiei ! / Hier wurde der Hintergrund noch undeutlicher. (Oder waren bloß wieder die Brillengläser beschlagen ? Prüfend Kopfkreisen – : ? – : Nee; Nicht=Ich; nix Kahmhaut. Gewöhnlichster hundspoetischster Nebel.) / (Zwischendurch auch ‹ Kaff › erklären : » IhrinSchlesien hättet Schpreu gesagt; gelblich iss 1 wie's Andere. « Owiesoundeutlich.)

Und das lange Schtroh in den Ästen : » Daß wir uns so an diese grünen Zitterscheibchen gewöhnt haben, ist natürlich . . . . . « : » Reine Gewöhnung. «, half sie mir ironisch ein. Auch die rauhe Krähe oben rezensierte mich gleich : » Mänsch; mänsch=mänsch ! «. Und selbst mein eigenes Gesicht verzog sich, ob meiner Einfallslosichkeit. » Ich möchte solch Gesicht nicht schneiden können. « sagte sie ehrbar. » Dann sieh Dir doch so lange Cromwell an, Süßherz ! «; (seit 3 Tagen las sie schon – und verehrte sie, wie üblich – den für den betreffenden ‹ Lesering › Verbiografierten; sogar jetzt lag der Buchwanst in der ISETTA, hinter der Gepäckgalerie : dafür hatte ich auf meinen ESSENTIAL JAMES JOYCE verzichten müssen ! Und ich nickte ihr wieder einmal ingrimmich zu : ! .) / (Jetzt fingen mir auch noch die Ohren an zu klingen : genau im Dröhnton jenes um sich schtoßenden Nicht=Güterwagens.)

» *Komm. Abdrehen.* « – *Zunächst nach Ost.* (Iss egal. Aber nich *ganz* egal.)

Verfaulte Felder. (Aber nich gans verfault : Burrr flogen Rebhühner auf ! / ‹ Nix Niemann Nirgns Nieh › greinte es maschinen noch Uns hinnerheer. / Ihre hohen Hacken knitschten im Saft. » Es regnet ? : Das thue ich vielleicht. : Lessing. «)

Man lackiere 1 Gerät giftgrün & knallroth : dann wirz dem Deutschen Bauern heilich sein : » 10 Oxen + 1 Bauer = 12 Schtück Rinnt=Vieh : Mörike ! « / : » Puritanisch & trostlos, Honich ? Hier ? – a) : Das mußt*ú*

sagn! – b) Geh mir mit sogenannten ‹rianten Gegenden›! «. – (Zu Schnecken *ohne* Haus sagten wir : » Na;
Schneck? «; zu solchen *mit* Haus : » Nun? Herr
Schneck? « – wir hatten schon zu lange Mieter sein
müssen, um in dieser Beziehung noch irgend Rückgrat
zu haben.) –

» *Mänsch, iss das lankweilich! – Gipp ammall* BILD. « /
Es enthielt eben die unschätzbare russische Aufnahme
von der Mondrückseite, nischt wie ‹ LOMONOSSOFF ›
und ‹ ZIOLKOWSKY › : » Potz Osservatore Romano &
Kraßny Flot! «. / Die Baskenmütze oben drauf blieb
unbeweglich; aber ihr Cape wexelte im Wint die Geschtallt. (Nackt & mit 1 Sonnenblume im Haar. Möcht'
ich Dich sehen. Aber dazu iss jetz nich die Jahres=Zeit.
: » Nee. « beschtätichte sie eisenseitich=rundköpfich.
‹ Kopf auf Weiblichem befesticht ›.)

» *Mänsch iss dos lankweilich.* « – (*Dabei schtand sie* neben einer Distel, so hoch wie 1 Frau. Die übliche unsichtbare Schpinnewebe überklebt knisternd ihr bißchen
Schtirn.)

: » *Kuckma* – ! « : *So lose* fiel 1 schwarzer Vogel auf seinen Zweig : so gleich falterten 2 braune Blätter nach unten weiter. Sie zertrat, unbewußt, ihre eigene Schpur;
mit dem eigenen Fuß; man kann das natürlich machen.
(Und irgendwie hatte ich das Gefühl, mein Gesäß nässe
mir : krieg'ich etwa doch schon Hämorrhoiden? ! – Gewiß, sie zieren den Gelehrten; aber würde es bei einem
einfachen Lagerbuchhalter nicht gleich wieder heißen, er
wolle über seinen Schtand hinaus?)

Schtrohberge vorm Waldrand : » *Schtell Dir* amall vor :
KRIEG; und 3 Nächte da=druff. « (Ich schtellte mir's,
gehorsam, vor. / Sie nahm wieder 1 Blatt auf; hielt mir's
schtumm hin; und ich gemeinplätzelte : » Jedes kann
ehrwürdich sein : als das Schtcrbebett 1 Käfers. « Sie
trauerte ein bißchen. Und kwittierte dann über den Einfall mit 1 Handbewegung.)

» *Mänsch, iss das nie lankweilich ?* « / Dabei sah sie bereits intressiert dem davonhinkenden Hasen nach; der Wind machte, bevor wir den Waldrand betraten, aus ihrem Schläfen=Gefieder rasch noch einen Schopf : » Deine Locken, mein Wohl & Weh ! «. (Und ich faßte dieselben, oben & unten, mit je 1 Hand : ? / Sie nickte zögernd : schpäter vielleicht einverschtanden. / » Aber denk ammall, wenn Die erst uff'm Mond sein werd'n ! «).

: *Rascheln ? – Irgendein Woodwose ? – :* 1 hagerer Schtier, der den Hügel seiner Favoritin von hinten kitzelte. (Sie wandte verwirrt die Augenseite von dem Schau=Schpiel ab; dafür ihm die Ohrenseite, die Fellseite, zu – es schalkte & marxte aber auch tatsächlich dortvorn im Röhricht, in feuchter Fäulniß weichem Wust. (Und hier zeigte die braune Walderde lüstich mit 1 dicken Finger auf sie : wildödedüsterneblicht : Peng ! Glans des Cronsbeer=Krauz.)

Und die Läube ! / Und die schteindruckgrünen Kuhpladdern : vor dem einen, 80 mal 30, kam sie aber doch zum Schtillschtand; und zog wieder ehrfürchtich den Block : *das* Grün : und das breite Musterband des Traktorenreifens darin ! . . . . . : » Du nimmst aber gans schön Mottiewe mit. « (Und der Nickkopf über der Zeichnerinnen=Hand.)

Das GROSSE MESSER wieder mal ? (28 Zentimeter von Griff bis Schpitze). – : » Die Anti=Millitaristen habm de lenxtn Messer. « sagte sie hilflos=höhnisch zu dem, was Ihr die bestrettschten Füße aus den Brombeerranken schnitt. Sie horchte auf den Tritt meiner Schtiefel; (ich hab mir jeden Knöchel rund 5 Mal gebrochen; und muß immer ‹ Hohe Schuhe › tragen); und machte mit dem schon=freien weißen (& sommerschprossijn, ich kenne ihn) Fuß Figuren ins Moor.

» *Meinstu, das würde auf'm Mond wenijer* lankweilich sein, Hertha ? «. : » Na hörma, « sagte sie, ehrerbietich

& entrüstet : » Uff'm Monde ? Aber das schtell ich ma doch *maß=los* intressant vor ! – Im Vergleich zu Giffendorf=hier ? «. (Äußerunk, getan, kurz bevor wir die Wälder betraten : die schwarze Perlenschnur des Schafkots – ‹ Schaaf=Kooz › ? – lag wie eine Meßtischblatt=Grenze über'n Weg. Hinten der Schrecken eines langen Schtalles, der wandig duckpfeilte.)

» *Du die Zähne* zieh ich Dir : unschwer. « (Für all die Farben=rinxumm hätte ein Autolackierer natürlich vollere Namen gewußt : ‹ Cortinagrau ; Pompejischrot ; Gris de Lin › ; womöglich tropfenweise ausgeschprochen. : Die eigentliche Schwierichkeit im Leben ist ja die : daß der unbedarfte Schtädter sich an den rührenden Kweer=Schprüngen 1 Kälbchens freut ; während der berufsmäßije Hörer des ‹ Landwirtschafts=Funx › daneben, sich gleichzeitich ‹ WURSTBULLE › notiert : das ist die offizielle Schlächterbezeichnunk ; da kennt Der sein Schick=Saal. (In den Därmen der Wiederaufrüstunk : ‹ Küchenbulle › gab's schon ‹ zu meiner Zeit › : 'n anschtändijer Mensch kann wieder mal nur Emigrant sein, oder Jakobiner !).

» *Was frag'ich viel nach Aff'* & Papagoy, solange wir Eichkatzen haben ? «. : » Na, immerhin, « sagte sie ; reiselustijer, opzwar gerunzelter, Schtirn ; über der toten Maus ; in der frischen Wagenschpur : wir schoben, von beiden Seiten, mit den Schuhschpitzen, etwas Erde über das arme Dink, die jetzt=leere Fennich=Flöte, (1=ihr rosa Löckchen wackelte zu alledem im Wint.) / : » Jetz' – bei der augenblicklichen, mit Recht so genannten ‹ Politischen Lage › ! – *im Mond=Du* ? : Nee ! « *Sie nickte, trübe,* ihr ‹ doch › : » Lankweilich. « / : » Lankweilich ? Hier ? Im Fahlgrünen ? « (1 Traktor meißelte von fern : Fabrikat=fabrikat !). / Trotz : » Langweilich. « (Und 1 Blatt, das sich wie 1 Schpatz benimmt : also, Wind=Schtoß, benimm Dich !) / : » *Eher umgekehrt, Herthie. – : Darf ich maa . . . . .*

. . . . . *langweilich; langweilich : so langweilich* ist es
doch auf Erden nie geweesn ? ! : » Mänsch, was'n *Da=*
Sein ! «. (Und hob den Aluminium=Hammer; und ließ
ihn auf den dicken Knopp fallen – : ? : – nichts; gar
nichts.

: » *Dabei müßte es doch längst* schpaltn ! : lies noch ma
die Vorschrift. « (George war schon wieder nervös). :
» Du bist zu reizbar, Freund. « : » Ich könnte mich
selbst nicht mehr achten, wenn ich *nicht* reizbar wäre ! «
zischte er prompt. Und : » Lies den Dreck ! – Aber laß
um Himmelswillen den ‹ Kuckucksschiefer › fort. « (Dabei hatten wir gerade davon wunderschöne Blöcke,
bläulich und röthlich geäugelt . . . . .

» *So schtellst Du Dir's uff'm Mond* vor ? «, fragte sie
verwundert : » Das fass'ich noch nie : wo schpielt'n die
Sseene ? « –

» *Kannstu Dir 1 Klein=Krater vorschtellen,* mein Leben ? –
500 Meter Durchmesser ? – *So* sorgfältig ausgesucht=ä :
daß er in der Mitte 1 hohen Zentral=Schpitzberg hat :
von dem aus, laufen zu den Kesselwänden 5 bis 7 hohe
Aluminium=Konstruktionen; als Träger der Plexiglas=
Kuppel, die über dem Ganzen flachliegt : ‹ GLASS
TOWN › ! – Kannstu Dir das vorschtellen, Hertha ? «

» *So weit iss meine Fantasie, unberufen,* noch intakt. «
versetzte sie würdich : » Und was hat ‹ Kuckucks=Schie-
fer › damit zu schaffen ? « / («Übrijns vielleicht gar nich
dumm « murmelte sie noch hinterdrein : » Schiefergrauer
Grund; rot & bläulich geäpfelt; – : *und'n* Kuckuck ? «. –
Sie blies zwar zweifelnd die Lippen auf; notierte es dann
aber doch auch in den Skizzenblock.)

» *In der Innenwand des Berges Werkschtatt*=Höhlen,
ja ? « – : » Jaa « sagte sie; (nervös, weil sie mich niesen
hörte) : » Kannsde Dir nie'n Hemdkragn zu=knöppn ?
Daß De immer mit nackter Kaule rumloofn mußt . . . . . «.
(Legte mir aber doch den Schaal, der sich verschoben
hatte, mit 1 gewissen Zärtlichkeit zurechter) : » Das ist

schlesisch für ‹halsfrei› ? « erkundichte ich mich :
» Danke Dir; ausgezeichnet . . . . .

     . . . . . *ich sah ihn also mißbilligend, und nach Kräften*
über die Brille hinweg an – : ! / (Und ein doller Anblick
war George Harris schon, unrasiert, und in Badehosen :
barfuß ! (Das heißt : ich hatte ihn, als wir noch auf
Erden wandelten, schon in schpärlicherem Kostüm
gesehen. Auch unrasierter noch, als Soldaten . . . . .
» *Wieso sitzen die in Badehosen* da oben rum ? « fragte
sie; ungnädich ob einer großen, insichtkommenden
Fütze : » Ich denk', da sind 100 Grad Kälte ? – achso :
‹ Treibhauswirkung ›, « ermahnte sie sich. : » Nicht nur,
schönes Kind; nicht nur ! « / (Und, hoppalá, der Übergang über die Beresina : » Darf ich Dir meine Hand hin
leihen ? «; und hielt sie=ihr, gnädich wie zum Kuß, über
den Graben : ! / » ‹ Hinleihen › ! « äffte sie gehässich;
griff aber doch danach. Und hoppalá ! / » Schtill ! :
Meine heilje Seele kräuselt sich ! – : Nicht ich, mein
Herz : Mörike=Mörike ! «. Und sie, betroffen: » War
Der *ooch* größnwahnsinnich ? «

     . . . . . *dann griff ich nach der Magnakarta* unsrer Exi-
stenz; der 1 Schreibmaschinenseite. – (Reiche Zeit damals noch; gans zu Anfank; beim bloßn *Anblick des Pa-
piers* wurden Georges Backenmuskeln dick !) / » . . . . .
also den Anfang wisstu nich ? «; (ich; über die Brille
hinweck; Schpaaß muß sein). : » Schar=lieh; wenn Du
mich lieb hast, « sagte er erschöpft : » mit sowas scherzt
man nich. Außerdem weiß ich den Anfang bald auswendich : noch wehre ich mich dagegen; aber ich fühle den
Zeitpunkt näher rücken, wo ich es kann – : und *nur*
noch das. « schloß er düster. / Dann hob er knapp und
fordernd die Schtirn . . . . .
» ‹ *Papierreiche Zeit* › ? « fragte sie mißtrauisch : » Um
was für anne Werkschtatt handelt sich'nn das überhaupt ? « / Der Wind fegte Blätter um sie zusammen.
(: Eine ‹ Excursionsflora › hat man nie zur rechten Zeit

bei sich. Und würde sich ja auch zu Tode beschtimmen
damit : wer hat schon zu sowas Muße ? ! ('n Renntjee,
uff'm Lande; der ja : Thünen, ‹ DER ISOLIERTE
SCHTAAT ›.).) / : » Du siehst 2 fast=nackte Schiefer-
tafelmacher

in ihrer Werkschtatthöhle : suchte ich also die betreffende
Schtelle, und las / : » Der Schiefer wird, solange er noch
weich ist, an Ort & Schtelle in Platten geschpalten : dies
geschieht von den Schieferhauern, die entweder Schiefer*schpalter* . . . . . « – (» Weiter : weiter ! « schtöhnte
er) – » . . . . . sie thun dies auf dem Schieferschneiderklotz, einem anderthalb Fuß hohen hölzernen Block, an
dessen obern Theile ein Schtück nach einem rechten
Winkel ausgeschnitten ist : – «

» *Siehe Ab=Bildung.* « sagte er bitter & by heart : » und
die fehlt natürlich. « (Allerdinx; die fehlte. Wie auch die
des ‹ Blankhakens › und des ‹ Rüstbocks › – oder waren
die nur für Schiefer=*Decker* ? – Ich wußte es nicht.)

» *Aber der Hammer ist doch beschtimmt* richtich. « beschwichtichte ich ihn : » Die Beschreibunk iss ja voll-
kom' unmißverschtändlich : ‹ Auf der einen Seite mit
einer glatten Bahn, um die Nägel damit einzuschlagen ›
. . . . . « – (» *Welche* Nägel ? ! « fragte er, wie immer an
dieser Schtelle; und aufgebracht wie immer.) – » . . . . .
‹ auf der anderen Seite sichelförmig; mit scharfer
Schneide, mit welcher der Schiefer behauen wird. › –
Quod erat demonstrandum. « fiel mir teuflischerweise
noch ein. (Worauf er beinahe unsinnich wurde; Gott,
man hat halt ne gute Schule besucht.)

» *Nu hau schon nochma* drauf, Dschordsch. «; so milde,
daß er vollends verrückt wurde. Mit dem Hammer bis
an die Decke ausholte. – (Und auf den Meißel wixte, als
wolle er den ganzen Satelliten schpallten – –
: *! ! !* / : » *Na also.* « (*Was er gleich wieder* nahm, als
hätte ich damit ausdrücken wollen, wie es bisher eben
nur an seiner Faulheit gelegen – ich setzte vorsichtshal-

ber den Fuß auf seinen Schieferdeckerhammer.) / (Und dick wie 1 Daumen war die Platte auch geworden.) Aber immerhin : » Du, wenn wir die geschickt einteilen ? : ergibt das mindestns 3 Schiefertafeln. *Und* noch n paar Notizplättchen : ich zieh gleich ma die Umrisse. – Wieviel sind wir überhaupt noch im Rückschtand ? «

» *Sex=Hundert zwo und=neunzich.* « sagte er dummf : » Wenn sie nur einijermaßen geratn, muß 2 davon sofort der Präsident kriegn. « : » Hau Du nur aus «, erwiderte ich munter, » ich reib' sie sofort mit Sandpapier glatt; ‹ schabe sie mit dem Schabeisen › . . . . . «; (hier hielt er sich bereiz wieder die Ohren zu; gewiß, es war ein Zitat aus unserer Anweisunk; aber er besaß eben nicht den gerinxtn Humor : mir hat man schließlich auch nich an der Wiege gesung', daß ich mir mal mein Brot damit verdien' würde, indem ich auf'm Mond Schiefertafeln mache ! – Wenn ich nur gewußt hätte, was dieser ‹ Tripel › ist, mit dem man angeblich die letzte feinste Politur verleihen sollte ? : kam es nicht von weit, gans weit, noch weiter, her; Silben, auf Buchstabenfüßchen gekrochen; ‹ HECTOR SERVADAC › : ‹ FACE AU DRAPEAU › : ‹ Dem Tripel nur, Du Sohn des Ruhms, verdankt Dein Schtahl den schönen Glans › . . . . . ?

(*Erst mißtrauisch*) : » *Glanz ?* «. / *Aber mein Gesicht* blieb, vor lauter Erinnerungen, *so* verrucht=glatt; nischt wie ‹ CHASSEURS D'AFRIQUE & MOSTAGENEM ›; daß sie, und wohlgefällich : » Na, immerhin : 1 Präsident ? « sagte. : » Es schteht also doch ein wohlgeordnetes Schtaatswesn dahinter. «

Wir waren aber auch, die letzten Meter von blutrot=zitternden Ebereschengittern geleitet, nunmehr am Teich : hinten verbarx die gelbgraue Wand aus Schilf und Wasserdunst. / Sie lieh sich mein Taschenfernröhrchen, 10 mal 25; und vergrößerte sich den Frosch=zu=ihren= Füßen. (Bis der 1 Auge nach oben=hinten drehte; und 1 Satz tat, aus Schlamm in Fluth, daß Fräulein Hertha

Theunert darob erschrak. Dieses sogleich als Schwäche empfand – : 1 Schtädterinn auf dem platten Lande, und erschrecken ? Na Heh ! – und sich nach etwas Schuldijem umsah : ? / » Du darfst Deine Schwäche auf mich schiebn. « schprach ich gütich aus der langen, auch lang=samen, Umgeißelung meiner Hängeweide. Sie schnob gleich, verächtlich & weiß, (wie wenn sie innen gans voller Nebel wäre. – Und *noch* 1 verächtlicher Meter=Schtrahl : » Pff ! «). Dann legte sie das Geschpräch – kann man's so nenn' ? – aufs geschickteste wieder um :

: » *Wenn der Eene Schiefertafeln* macht – : dann der Andre vielleicht die Griffel ? . . . . .

. . . . . : *die Griffel ! : Und George sah mir zu – neidisch* wie immer – wie schnell das in dem weichen Schtein so ging : zick zick zick zick zick ! (Dann sork=sahm anschpitzn. Und jeedn kurz auf dem kopfgroßn schwarzn Klumpn probiern. ? – Er sah mir immer noch zu . . . . .

: » ‹ *Schwarz* › – « *fiel ihm ein. Und Kopfschütteln.* / Und : » Mensch, ich weiß schon manche Worte nich mehr. – Jeedn Morgn, wenn ich aufschteh, hab ich das Gefühl, ich wäre *wieder* dämlicher gewordn. : ‹ Schwarz ›. – : 1 Glück wenichstn, daß wir die Neger los sind ! « / (Hinc illae lacrymae : also *das* war ihm bei ‹ Schwarz › eingefallen. Gewiß ; wir hatten *nie* Neger mitgenomm' ; unter dem ziemlich fadenscheinijn Vorwand, daß diese ‹ Tropengeschöpfe › das Mondklima=hier doch nicht vertrügen : hic niger est ! – Wieso fiel mir heute immer dieser verfluchte billije Zitaten=Tinnef ein ? / : » Sei froh, daß Dir überhaupt noch was einfällt. « belehrte er mich ; und, schtöhnend : » Wenn man bloß nich immer diese Erde vor Augn hätte ! « – –

» *Wieso d'nn das ?* « *fragte Hertha* verdachtsvoll. Dann, verschtändnisinnich : » Achso : Erd=Heimweh der Abkommandiertn. « / Dann aber, doch wieder beunruhich-

ter : » Oder – : *könn'* Die etwa nich mehr zurück ? «.
Und, jetzt voll drohend : » Duu ? ! « / (Der Wind versuchte auch gleich im Laub a la Schlange zu rascheln;
ich hörte den Unterschied aber sofort, und lächelte nur
schpitzfündich : DBR & Pessimismus ? : das gehört'och
zusamm', wie Potz Sand & Kotzebue ! / Wir gingen
weiter durch den Chor der Rauschendn; Sie Tittnpar;
Ich insektn=angerannt. . . . . .

      (. . . . . : *denn dort=obn, wenn man* den Kopf nur 1 biß-
      chen aus dem Höhlenmunt renkte, schtand sie : immer-
      fort an derselben Schtelle; groß & unschön. / : » Ballt
      isse wieder voll. « George; halblaut. – Und, verdrossn,
      ich : » Ja; und gans dunkelroth ooch : viel fehlt nich
      mehr. «

» *Momentmal.* « *sagte sie;* und blieb schtehen. Schlen-
kerte auch das Blatt, das ihr über's linke Auge hängen
wollte, resolut beiseite. / (Sah erst noch was andres; und
zeigte, und wunderte : » Palm=Miezl ! – Jetz' ? « / Übersetzte's mir auch in 1 unwirsches ‹ Weiden=Kätzel ›. /
Aber dann gleich wieder ‹ zur Sache › –
: » *Also nur Weiße ? – Wie schtark iss'nn* die Bevölkerunk
überhaupt ? « – : » Nuuu – : 994. « sagte ich, großzü-
gich=hinterhältich. / : » Das iss nie viel. « – (Gans recht,
mein Kind : aber dafür verdammt weenich.)
» *Und bloß Yankees ? – Weder Creolen,* noch Mulattn;
noch=ä – sag Du ammall noch Sortn. « / : Mestizen;
Metifen; Calpan Mulatos; Zambos; Cascos; Cabern;
Tresalven; Zambaigen; Cholen; Saltartras; Postizen;
Coyoten; Giveren; Cambujos; Harnizen; Barziden;
Albarassaden; Castizen : Terzeronen Quarteronen
Quinteronen Octavonen . . . . . / » Hör auf. « sagte sie
schlicht. / Dann siegte aber doch die weibliche Neugier
wieder : » Albarassaden ? – Das'ss'a hübscher Name :
Wie sind'nn da die Elternteile ? « : » Mulatten & Cam-
bujos. « : » Mulattn iss klar : Neger & Europäer. Aber
‹ Cambujos › ? « : » Mulattinnen & Zambaigen. « : » Und

Zambaigen ? « : » Amerikaner & Zambos. « : » Und
Zambos ? – Du : kommt nich beim Keller anne ‹ Zam-
bo=Maria › vor ? « : » Entschtehen, wenn 1 Neger
1 Amerikanerin bürschtet. « / : » Iss dos kommpliziert. « /
» Tcha : nur französisches Blut; über einije Kanadier; ist
noch in dieser Gruppe der Mondbewohner. «
» *In dieser Gruppe* ? ! – *Oder nee;* erst – « schrie sie,
schon erschöpft vom Anhören so vieler Lügen : » Wieso
sieht ma de Erde *dunkelroth* ? Ich hab'amall in'ner Illustriertn gelesn : sie würde blau & fahl=grün wirkn,
‹ umwogt von weißlichen Wolkenzügen ›, und überhaupt sehr apart – ? «. » Du siehst, man kann sich auf
die Illustriertn eben in keiner Hinsicht verlassen, « entgegnete ich, achselzuckend, (und zwar vor Geringschät-
zung nur mit 1 !) . . . . .

    » *Du, die Astronom' habm durchsickern* lassn, daß,
wenn unsre USA diesmal zum Vorschein komm', in der
Gegend von Kansas ein hellroter, wenn nicht gar weißer, Fleck sichtbar sein würde : die Oberflächenlava der
Wasserschtoffbombenprodukte hätte einen kleineren
Magmaheerd ‹ erschlossen ›. « (Und George schtöhnte
doch wieder erleichtert, denn er war aus Missouri – ich
mußte ihn heilen !) : » Mensch=Dschordsch : denxtu
denn tatsächlich, Dein ‹ Haus am Hang › schtünde
noch ? Auf der Erde ist doch aber auch platterdinx *Alles*
kaputt ! Brennt & fließt; und von Leben iss überhaupt
keene Rede mehr. « / Er schniefte wütend. Und hämmerte eine kleine Weile. Und murrte dann verschtockt :
» Das kannstú – ausgerechnet *Du* ! – gar nich wissen. :
Bei Uns in Missouri . . . . . «; aber ich unterbrach ihn
rücksichzlos; er durfte solchen Gedanken ja schon aus
gesundheitlichen Gründen nicht nachhängen; (abgesehen davon, daß es erst neulich nochmals offiziell ver-
boten worden war . . . . .

» *Das kánnste aber oo nie* wissn, « sagte sie mitleidich :
»Ts. – Laß'n doch von der Heimat träum' . . . . . «;

» Ich denke nich daran « konnte ich hier schnell ein-
schalten; und sie, zu ihrem Schlesisch nickte nur : » Ich
weeß; Du bist hart. «) / Blieb auch, wie sehr gekränkt,
weit zurück. Ich, als Dschentlmänn, schritt fürbaß. Und
schaute auch nicht um, als ich ihn, trotz all des Busch=
und Astgetues vernahm, den feinen widerwärtigen
Klang : einen Hexenfortz. Sie kam, scheinbar versöhnt,
(auch irgendetwas mit ‹ ent= ›; Manche Winde sind wie
mein Sohn), wieder neben mich gebummelt. / » Also
Du würdest die Menschheit tatsächlich für verrückt genug halten ? «

» Im Jahrzehnt zwischen 1960 und 70. « beschtätichte
ich . . . . .

: » Das war 1 Unheilstag ! « flüsterte George entgeistert :
» Dieser 10. September 19 Hundert=Mumm=unn=Sech-
zich . . . . . « : » An dem die Russen sich nicht wi-
derschtanzlos mit H=Bomben zudecken ließen, sondern
rüstich zurück=warfen, « ergänzte ich bissich : » Habt
Ihr=Republikaner gedacht, Euer greiser Führer=General
‹ würde's schon machen › ? « – / Er schlug drauf, daß sofort die nächste Platte los ging – : » Priemadünn,
George ! Du, das iss was für'n Präsidentn. « Und so wütend er war, er kam doch her, und begutachtete das
herrliche Schtück. – » Du das ergiebt'n Exemplar ? –
45 mal 60 – : das iss glatt 'ne Schreibunterlage für ihn.
Zum Notizen=Draufmachn; auf'n Schreibtisch. – Vielleicht sollten wir doch öfter von Politik schprechen ? « / :
» Wärstú vielleicht lieber russisch gewordn ? Wenn Du
die Wahl gehabt hättest ? ! «. (Du damit widerleexte
mich nich; ich bin'n alter Ratz=johnalist) : » Erstns : lag
überhaupt kein Anlaß für dergleichen Alternative vor
. . . . . «; (» Richtich « fiel er erlöst ein : » ‹ Alter=na=
tiehwe ›; ich hatte das Wort bloß nich mehr parat. «)
. . . . . » und zweitens : vor die Wahl geschtellt : entweder amerikanisch – aber uff'm Mond. Oder russisch –
und auf der Erde . . . . . ? «

So griff ihre Hand zu; so rührend aufrundete sich der doch=dreißigjährige Mund, die pure pute Schnute; das Kinn wies atemlos über die fahle Wiese mit den weißen Maulwurfshaufen – : – Gewiß; dort wandelten Kühe gegen den Wind, dummf murrend – ? –
: ! : 2 *Rehe !* – : » *Tatsächlich* – « / Schon im dunkleren Winterkleid. Hoben sichernd die Köpfe herüber – (» Gans ruhich « wispern; nicht einmal die Lippen dabei bewegen) – da senkten sie sie wieder. / » Gippammall ! «; und ihre Hand verlangte es hastich. (Erst wollte ich einen anderen Scherzartikel. Gab es aber dann doch, das Fernrohr; und sie hoop es – » Halt=Du; das Eine kuckt grad wieder her « – ans Auge.) / » Och «. Ihr Mund; ungläubich; Schtädterinn=ebn. Und wieder, immer gläubijer : » Och : die schwartzn Schnäuzl . . . . . « / : » Jetz ! ! « – Und absetzn; und, bloßen Auges, hinterher schauen : wie die Beiden in schlangstn Schprüngn den letzten Drahtzaun nahmen; und im Waldrand verschwandn. / Sie, völlich verloren & vertan : » Hatzdú schonn ammall a Reh=in=Freiheit gesehen ? – Ich noch nie. « 1 rotes süßes Lachen. Und unsere Lippen fochten lange. (Eben auf jenem roten Fleck, aus dem die Worte gekommen waren.) / Aber sie mußte zwischendurch auch immer wieder auf jene ferne Schtelle schauen : schtellten wir uns also schtumm nebeneinander; und machtn fleißich Nebl. (Niebelungn Neebljungn.)

» *Tja; die Erde habt Ihr auf'm Gewissn.* « : » Mensch Du hast woll'n Loch in der Raumhose ? ! « (Dies der neueste Ausdruck für ‹ bekloppt ›; und er blickte wild nach dem Hammer in seiner Hand) : » Ihr habt bloß Schwein gehabt, daß *Ihr* nich grade an der Regierunk wart ! – Und noch lange nich sein *werdet.* « setzte er verbissn hinzu : » *So*viel gesundes Empfindn iss gottloop *doch* noch im amerikanischen Volke vorhandn, daß . . . . . « : » Laß gut sein, « bat ich : » Wahl iss erst über-

nächstes Jahr wieder. – Außerdem atmest Du viel zu
tief, und über Dein Kwanntumm hinaus, wenn Du dich
so aufreext. Auch würde ich mir, an Deiner Schtelle,
wieder mal die Zähne putzen. «

» *Mit was* ? ! : *Hastú Deine Zuteilunk* noch nich verbraucht ? «. (In 6 Tagen gab's erst die nächste.) / » Das
Schlimmste iss & bleibz Klopapier . . . . .

Sie blieb sofort schtehen : » *Tatsächlich.* – Daran hatt'ich
noch gar nie gedacht. « Und mußte doch kichern. :
» Was nehm' Die d'nn da ? Schiefer geht ja woll nie für
Alles . . . . .

. . . . . *ich bin schon gans wunt.* « : » Denxte ich nich ? «
fragte ich entrüstet zurück : » Die Kerls *sagen* doch
bloß, es wär'n ‹ Schwamm › – in Wirklichkeit iss es ganz
hundsgemeiner Kork ! – Richtijes reelles Klopapier kriegen doch bloß noch Kranke; und sogar da nehm' se,
in leichteren Fälln, schon das Gummibürstchn – «.
Und wehrte den Aufhorchenden ab : » Neenee, selbst
das krixte nich; nur in Fällen von ‹ gut sichtbaren
Hämorrhoiden ›. « : » Na; das wird ja nich mehr allzu-
lange ausbleibm. « versetzte er bissich. / Und wir mei-
ßelten wieder 1 Weilchen.

: » *Wenn es wenichstns einmal* regnen würde ! « Er; nach
eben diesem Weilchen : » Oder man säh mal 'ne Wolke.
Oder ne Schternschnuppe : Wind & Regen. « : » Bei
den Russn soll manchmal schon Nebl sein «; ich; nach-
denklich=neidisch=trüb. Und er ging sofort wieder
hoch . . . . .

Sie sah sich mit neu erwachendem Interesse um : » Da
sieht man erst ammall, was man an solchm Nieselwetter
hat. « Ihr Arm machte einen Giraffenhals; schob sich
einem Baumharlekin unter den zerlumpten Kittel; und
knusperte dort irgendwas; (ließ aber gleich wieder los,
um nichts kaputt zu machen. Hielt auch nicht, wie bei
Menschen sonst gedankenlos=gebräuchlich, Abgerisse-
nes im Handschnabel.) Kam weiter mit. / Beanschtan-

dete meine Schpur : » Ts=Deine Trittchen immer. «
(Zur Schtrafe hätte ihr der Wind beinah die Mütze
heruntergeschtreift. Leider schaffte er es nicht gans;
nur ihre Haare an der freien Schläfe schweifwedeltn
wild & feurich.) / : » Siehstu : für diesedeine Unart hört
jetzt der Weg auf. «
Unverkennbar; was half da das einzigartige hellgelb &
braun des Grases ? (Wie auch ich es, *so* schteppenmä-
ßich, noch nie gesehen hatte. » Das iss dieser irrsinnije
Sommer gewesn. «) / Also, wie gesagt, 20 Meter bultijen
Grasläufers noch – : dann ein tiefer Graben mit Doppel-
zaun, rasend verschtachelt. / (Dann allerdinx wieder
herrlichste Wiesenplatitüden. III Bäume. MARGOLF
schrie der Häher. : » Die verzehren junge Kreuzottern. «
informierte ich sie : » Traurich & verrückt. « Aber sie
blieb mittelmäßich ungnädich, daß der schöne Weg sie
derart zum Besten zu haben sich erdreustete.) –
» *Was soll'nn das hier vorschtelln ?!* «; (*und mit dem
Kinn* auf das Hindernis zeigen). Ich wußte's zwar nicht
genau; aber : » Die Kreisgrenze, Freuln Theunert. « / Sie
war nicht zu versöhnen : » *Was* für'n Kreis ? «. Dies
ging mir zu weit; also erwiderte ich nur kühl : » Gif-
horn. « (Und wünschte, daß es falsch sein möge. Aber
ich hab' da fast immer Pech; ich bin 1 zu guter Schtaats-
bürger, und weiß schteez, zu welchem Landratsamt ich
‹ gegebenenfalls › muß.)
Sie schniefte sehr, der Kleine Überdruß. (Wie ungedull-
dije Schtadtflanzn fleegn.) / : » Wie schpät ? «. Aber ich
bewegte verneinend den Kopf : » Deswegen knöpf'ich
mich nich auf. « (Ich kultiviere grundsätzlich Taschen-
uhren; sie wußte das auch.) Und : » Willstu mich zum
Exhibitionisten erziehen ? : Sei 1 Gentlewoman und sieh
auf die Armbanduhr. « (Đa fiel es ihr ein . . . . . ?

     » *Kuck ma auf die Uhr,* Tscharlie, « bat er angewidert;
     und ich schpähte nach der mannshohen Sanduhr am
     Eingang : – (die Ablesung war nich gans leicht; denn

man hatte uns natürlich eines der erst=unvollkommen-
sten Schtücke verpaßt : für uns wär's gut genug. –
Immerhin; unsre 6 Schtunden hatten wir bald
runter.)

» *Mach noch die große* Platte fertich, George. Und ganz
sauber : die nehm' ich gleich'm Präsidentn mit; da iss
unsre Existenz wieder für'n paar Tage gerechtferticht. «
Und er röchelte neidvoll : » Ihr habt noch Sitzung nachher ? – Mänsch, wenn ich an die Tasse=Kaffe denk'
. . . . . « (Denn Kongreß=Mitglieder, auch wir von der
Opposition, bekamen vor jeder Sitzunk 1 Mokkatäß-
chen Nescafe, zur Schtärkung der Gehirntätichkeit; und
wurden von den übrijen Einwohnern entschprechend
beneidet; von Kaffetantn sogar gehaßt – je nun, ich war
nu mal einer der wenijen Männer im Lande, die'n biß-
chen=was von Büchern verschtandn.)

Schtichwort ‹ *Bücher* › : » *In de Bibliothek* komm'ich
heut Abmd auch noch hin, « bat George : » Kannsdu
mir nich ma was Vernümftijes rauslegn ? – Wir sind
doch Kumpels – « fügte er, in plumper Schmeichelei
noch hintenzu. Worauf ich ja nun, gottlob, unbe-
schtechlich die Brauen heben konnte : » Dschordsch ? :
‹ Gerechtichkeit in Freiheit › ! . . . . .

» *Du bist'n ganz satirischer Bube.* « sagte sie betroffen.
Kicherte aber dann doch anerkennend. / » Da mußdú
aber die Drähte haltn . . . . . «. (Beim rechtsab Durch-
denzaunkriechen : wir wollten versuchen, ob wir nicht
dort, über die Wiesen, auf einen andern Rückweg kä-
men. – » Hoffentlich iss der Boden nie zu naß. « : » Oh,
es *giebt* Summflöcher hier. « ermutichte ich sie :
» Tanndte Heete hat vorhin erzählt, wie erst neulich
1 Rind beinahe versunkn wäre : man konnte ihm eben=
grade=noch 'n paar Bretter unter'n Bauch schieben. –
Uns würde mann, in dem just aufkommenden Neebl,
freilich überhaupt nicht findn. « fügte ich noch, nachdenklich, hinzu : » Mach'Deine Rechnung mit dem

Himmel, Mamsell. – Und schmiege Dich noch einmal, vielleicht zum letzten Mal, an mich . . . . . « (Sie schmiegte). / : » *Noch* fester ! « (Sie schmiegte feste.) / : » Nee, *noch* fester *nich*. Ich bin auch nur 1 Mensch : respice finem. « Und ächzend, wie Halb=Asthmatiker bewundern : » Mädchen, *kannsdú schmiegn !* . . . . .

. . . . . *Haßdú diesn Monat schon ?* «. Aber George schüttelte hoffnungslos den Kopf : » Ich müßte zu dieser altn Kentucky=Schtute, der Marjorie Tompkins. – Und selbst da wär'ich noch nich ma drann. – : ? : Ruhich ! – «. (Und aufmerksam das Werkzeug sinkn lassn; und hin horchn). Denn

unten, auf der Schtraße, hatte die Lautschprecheranlage geknackt; der Gong für Gewöhnliches wogte dreimal, ja flutete. Und dann der volle, hinreißend=singende Bariton des Ansagers : » Die zwölfte Schtunde für alle Schterblichn ! – Finsternis auf Erden; Licht über den Schternen. Der Mensch sei gerecht; aber Gott ist barm=herzich : Kommt in die Kantine ! « –

» *Dieser Dichter iss aber wirklich* total molum. « sagte George giftich : » Was die ewije Barmherzigkeit wohl mit dem heutijen Schlangenfraß zu tun hat. Würde 1 einfaches ‹ Mittag › Euerm Milch= & Eierpullwer *nich* gerecht werden ? – Wann werdet Ihr endlich wieder mal n *Braten* frei gebm ? ! «; (und verschtellte sein Gesicht; seine Zähne knirrschtn unangenehm echt; er ballte die Fäuste und lästerte) : » Männsch, was würd'ich nich für ne Büxe Corned Beef geben ? ! « : » Ja, *was* würdestu gebm ? « fragte ich schpöttisch. (Lenkte dann aber doch lieber ein; da ich sah, wie er beim Zusammenpacken des Werkzeux vor Entrüstunk & Freßgier zitterte . . . . .

(*denn auch sie bebte* mir an die Brust) : » Mein. Hab'ich mich erschrockn ! « Aus der graudünnen Nebelfläche nebenan war ein schwarzes Gesicht gefahren, und hatte sie angebrüllt. Kam auch drohend näher geschtapft; bis an sein' Zaun. Und wartete böse. / » Hastu etwa was

Rotes an Dir ? – Nee. – Ach, Der tut auch nichts; iss ja noch'n ganz Lütter : Der weiß bloß, daß's ungefähr Melkzeit iss, und Menschn komm'. – Kuckma : Der will sogar schpieln ! «. » Tatsächlich – « sagte sie gerührt, als das Kalb ein paar Schprünge versuchte; den Kopf lustich schief hielt; und dann gar seitlich hoch hüpfte, wie junge Kätzchen zuweiln. : » Dem iss's lankweilich; so gans alleene hier. « Ich nickte. Auch er tutete eine Bariton=Beschtätijunk; und galumphierte dann nebenher : Bis an sein' Zaun ! / (Dann machte ich noch 1 Gattertor auf – : –. Und wir schtandn wieder auf einem Weg. / Die Richtung ? – : » Paßt. «).

Zur Linken ein Wiesewässerchen, 80 Zentimeter breit, und sehr gerade. – » *Und* adrett. « : » Falls das eine Beanschtandunk sein soll, « erwiderte ich, nicht ohne Nachdrucke : » *ich* bin *gegen* Bergwässer ! Die toben & wackeln mir viel zu albern. – Hier; sieh ma hier, so, drüber – – «. (Sie mußte sich bücken; über den schtillen glatten Wasserlauf – ? – Und sah dann gleichfalls das lange kalte Licht, wie es durch das unkrause Wäldchen führte. Jungbäume reckten dünne schwarze Reiherhälse. Ab & zu 1 Blatt aus ff.=Gelb.)

: » Und hier : hastu das schon ma gesehen ? « : 4 Birken in 1 Reih. Und an jeder diverse Konsolpilze, weißledern und schüsselgroß. / (Und während noch ihr Kopf erfreut schüttelte. Und während ihre Hand noch den Skitzenblock hielt : machte ich sie schon wieder auf das Eichenbüschel daneben aufmerksam, das verbissen alle=seine Blätter festhielt : die waren braun verbrannt wie Santos, mit hellgelben Adern ! – : » Sowas Verrücktes iss selbst=mir noch nich vorgekomm' ! « / Und sie zeichnete dankbar; und notierte die kuriosen Fehl=Farben. Und halbsagte dabei :

» *Da iss unsre Fahrt doch nie* umsonst gewesn. – Ich war die letztn Wochn gans in de aps=tracktn Muster geratn – nu komm' doch Flanzn=Ornamente mit rein : *sehr*

gutt. « Und, immer noch nach der Vorlage schpähend – :
» ‹ Obm › gehn se unterdessn zum Essen, ja ? . . . . .

        durch die reinlich gemeißelten ‹ *Schtraßen* › der Pollys=
Höhle : überall kamen sie aus ihren Werk=Schtätten : / :
die Sanduhr=Macher : » Hallou, Willie ! « / Der ‹ Dichter & Benenner › (und sah so genial und zerschtreut umher, daß man ihn gleich hätte ohrfeigen mögen – :
» Beim lebendigen Gott, ich treib’ dem Scharlatan die
Nase ein ! Und wenn’s mich die Zigaretten eines Jahres
kostet. « (George ; undiszipliniert wie immer.) Ich,
zum Ausgleich, grüßte ihn ostentativ ehrerbietich :
» Guten Tag, Mister Lawrence. « Und er, graziös und
matt : » Tach, Hampden. « – (Vielleicht hatte George
doch recht ? Wenn man sich überlegte, daß der Kerl Kost
1. Klasse fraß ; und dann dafür eigentlich nur im Abend-
programm diesen faden ‹ Unterhaltungsroman › von sich
gab ? (Für heut=Abend allerdinx war im Drahtfunk ein
neues ‹ Epos › von ihm angekündicht ; ein Heldengedicht
aus dem ‹ Great Old War › von 40=45 – wird wieder
schöner Dreck sein !) – Zu ‹ benennen › hatte er ja nischt :
das hatten damals bloß die irdischen Dichter durchge-
drückt, daß Einer=von=ihnen mit rauf genommen
würde ; Einer mit angeblich ‹ unvergleichlichem Wortschatz › : jaja ! / (’n *Hoch*schtapler hätte man her=schie-
ßen sollen : die Kerls haben doch noch Erfindunxgabe ! –
Aber dieser Scheiß=Lawrence=hier . . . . .

» *Könntestu Dich nich* etwas gewählter ausdrücken ? «.
(Sie. Dabei mußte ich=sie, aus dem Gelock grauer
Gräser – » Siehste : *das* iss a schöner Ausdruck :
Du kannst ! « – schier heben ; über Bromm=Beeren,
(die schon wieder fußangeln wollten), hinweck. / Der
Baumsaum – » Wau=Wau « machte sie unwillich mit –
tobte mehr als seine Krähen. Dahinter der endlose Grill
einer Wintersaat : wir näherten uns ersichtlich wieder
dem Dorf. –
» *Ziegen.* « *sagte sie entschiedn.* : » *Ziegn* müssen oben

sein. : Hochgebirxtiere : Dünnste Lüfte. Undsoweiter. «
《Ich notierte mir's nickend, mentaliter, für nachher. /
Wie gut, daß es so tief im Herbst war; im Sommer
hab'ich immer den unvermeidlichen Schternhaufen von
Mücken=um=den=Kopf . . . . .

> (*Wie gut, daß es hier=drinn* keinerlei Insektn gab; das
> hätte noch gefehlt. : ‹Die Insecktn werdn die Herrschaft
> über die Geschtirne *nicht* antreten!› hatte Hoyce,
> erst=neulich=noch, schtoltz, verkündet.) / Und's sah
> doch gefressen aus : dieser Menschen=Schtrom in Bade-
> hosen . . . . .

» *Beziehunxweise die Frauen?* «; (*Hertha;* schtirnrunzelnd; ersichtlich auf eine Nudität gefaßt, à la ‹die gold-
gelben, schön=benabelten, Bauch=Hügel . . . . .

> (*Die Frauen aßen ja für sich. 1 Schtunde* früher. Leider.
> – Beziehunxweise gottseidank.) / » Na; Gautsch=Ge-
> selle? «. – Und Williams drohte nur mit der Faust; (die
> 4 ‹Papiermacher› hatten's ooch nich leicht! Auftrag :
> ‹Mit wenich anderen Materialien als Sand & Bimms-
> schtein ein blütenweißes, büttenähnliches, Schreibmaterial
> her zu schtellen.› Auch seidenweiches; für die Poste-
> riora. Bis jetzt hatten sie keinerlei Erfolge gehabt; und
> mußten in absehbarer Zeit zweifellos mit meißeln gehen.
> » Serves them right. « merkte George ruhich an : » Wir
> müssen's ja ooch. «).
> *Durch das ‹Eiserne Thor›* wurden eben die 40 Astrono-
> men eingeschleust. Warfen, scheinbar völlich erschöpft
> vom Schterne=Zählen, die Raumanzüge ab. (Und
> schnatterten einander ihr verfluchtes Rotwelsch zu. –
> Na, ich hör's ja dann, in der Sitzung, was sie wieder an
> Damokles=Nachrichten haben. – Oder nee : ‹Hiobs-
> posten› hieß es ja wohl . . . . .

» *Also anne radikal veränderte* soziale Schtrucktur. «
überlegte sie gewichtich; » Eigentlich klaa : fast gaa
keene Arbeiter & Bauern. Dafür lauter Techniker &
Wisser . . . . .

. . . . . *und Jeder zog seinen Blechlöffel* aus der Tasche.
Nahm mit der ‹ Freien Rechten › – (bei Uns war ja Alles
‹ frei › !) – die Essen=Marke entgegen. Und trat dann
schtumm in die kurze Schlange, die sich rasch, dem
Schalter der Essenausgabe zu, bewegte=verkürzte.

» *Warumm* zieht Ihr eigentlich nich Messer & Gabeln
ein ? « lästerte George inzwischen rüstig : » Zu was
brauch ich'n Beschteck ? ! – Wir dürfen uns ja doch bloß
wieder satt *trinkn* heute ! – Siehste – : « / (Denn es gab
‹ natürlich › nur die dickbauchich=heiße Glas=Schüssel –
unsere Schmelzer hatten, ohne es zu wissen & wollen,
die ersten Wochen nur ‹ Jenaer Glas › hervorgebracht –
mit dem normaln Milchbrei.) Er war allerdinx heute
besonders schteif. Und oben drauf . . . . .

: » *Na, Dschordsch ?* – : *Nu* zufriedn ? ! « / Er biß mich
beinahe vor Wut. Und sah sich um, als wolle er was
werfn. (Dabei hatten wir, schwerstn Herzns, und erst
nach langen flammenden Debatten, die 41 Büxn Anna-
naß frei gegebn : natürlich krickte Jeder nur 1 Viertel-
scheibe. Und 1 Teelöffel Saft. / Die bunten Plakate
waren sorgfältig abgelöst, und der größte Teil an die
Schule gegebn wordn : als Unterrichtsmaterial. (Der
Rest ans Papierlager : auf die weiße Innenseite konnte
man ja wundervoll schreiben . . . . .

» *Und die Büxen ?* « *fragte sie,* schtreng logisch, sofort. :
» Das hörstu noch, « sagte ich ; (so ungehalten, als hätte
ich ein'ganz besonderen Effekt damit vor – dabei
hatt'ich keine Ahnunk, was ich mit den verdammten
Dingern anfangen sollte ? (Und fühlte die bekannte
kleine Beschämunk ; als sie, gläubich & gut, gleich
schwieg . . . . .

: *da sollte es der Undankbare aber doch* kriegen ! / Ich
schluckte erst genießerisch meine Hawaii=Garnierunk.
Löffelte – und zwar vorbildlich=schwelgerisch lächelnd ;
wir waren in einer Geheimsitzung ernstlich darauf hingewiesen worden – den Rest=Kleister. Leckte auch, wie

es Brauch geworden war, mit breiter Zunge das Gemäß
aus : ! / Dann zum Schalter : die kleine, (diesmal hell-
rote), Sondermarke ? : ! . . . . .

(Und die Köchin lächelte groß=zähnich. Zum nickelnen
Schnellkocher hin. / Kam auch zurück; mit großer
Unter= und winzijer Ober=Tasse. (Wieso richtete die
Hallunkin sich so auf ? Hinter das undurchsichtije
Schalter=Oberteil ? : Schteckte die etwa heimlich die
Zunge rein ? ! : In mein' Kaffee ? ? ! !) / Aber dann
mußte ich doch wieder seufzend mein Nil humani
denkn – (Was iss denn bloß mit mir los heute ? Aber
mein ungehorsames Gedächtnis hatte bereiz esse puto
vollendet : ich wandte mich halp=ap. / Und da erschien
auch schon ‹ meine Tasse › – dabei war selbst die
Wandung noch derartich=dick : also wenn das Dinx
2 Eß=Löffel faßte, war's viel ! –

Und zurück damit, zum Neidertisch; neben George. /
(Und *wie* die Nasenflügel=rinxum sich blähten !). /
Und behaglich schlürfen; (und immer wieder den
‹ größtn Teil › aus dem Mund zurücklaufen lassen; als
nähm's überhaupt kein Ende : Euch Rebellen werd'ich
zwiebeln !). / Und dabei zu George bemerkn: » Bei
den Russen soll's erst neulich wieder ‹ Frische Leber ›
gegeben haben . . . . .

» *Das iss aber doch ausgeschprochen* unpatriotisch jetz. «
Hertha; mitleidich : » Erst tutt'er so verantwortungsbewußt . . . . . « : » Liebstes, – : wenn einer Regierung
ihre übergroße Güete & Barmherzichkeit in solcher
Weise gelohnt wird ? – Du kennst die ‹ Vorratslage › eben
nich. Bei der Sitzunk des Kongresses=jetz wirstu
schon ein' klein' Einblick bekomm'; denn er geht ja
los . . . . .

. . . . . *mit Fred Hoyce, dem Kultusminister. (Gans recht :*
Der mit dem Barte; der so schön tief & beruhigend lügen konnte. Die beiden Ärzte beneideten ihn immer um
seine Schtimme, wenn sie Einem in den letzten Zügen

31

Liegenden versichern mußten : Aber nicht'och ! : Auch
Er werde in 6 Jahren wieder mit zur Erde zurückfahren.
(Und dort 1 neues Leben beginnen; beziehungsweise
das alte, an dem Jedermann weit mehr gelegen war.) – :
also mit dem alten Klugschnacker zusammen.)

An der Tür des ‹ Weißen Hauses › präsentierte der Po-
sten; (aber auch mit 1 Gesicht, halb als schliefe, halb als
weine er. – Der Lauf seiner Flinte ragte betrüblich
schief. Ich griff ruhich hinüber, und richtete sie; mahnte
auch : » Und halt sie'n Augenblick so, son : Kriexminister O'Stritch iss dicht hinter uns. «).

Innen war schon einijer Betrieb : Präsident Mumford
rauchte 1 Zigarette. (Wirtschaftsminister Air natürlich
dito. – » Bin neugierich, wer heut die Kippen krickt, «
murmelte Hoyce mir ins Ohr. » An sich iss die Opposition dran. « gab ich ihm zu bedenken. » An=sich
an=sich « brummte er bassös. (Und grüßte den Prä-
sidenten doch tatsächlich derart unter=tänich, daß der
vor Größenwahn lächeln mußte; erst noch einen langen-
langen whiff heraussaugte – – und den Schtummel doch
dann weißgott dem greisen Schmarotzer hin hielt ! Also
nischt wie Ohrndiener & Sükoffantn bei uns; Byzanti-
nertum & Nepp=o=tismus : www, schütteln konnz
Ein' ! . . . . .

» *Es iss aber ooch rauh* =heute. « Hertha; wohlgefällich
(da warm verpackt). / Und schtehen auf der Höhe, 'n
guten halben Kilometer vom Dorf. Und schauen; auf
das nicht=beherrschte Samos hin . . . . .

» *Gipp ammall 's Fernrohr.* « : » Wenn Du in der Lan-
desschprache sagst ‹ Giff mi mo ›. « – Sie legte den
Kopf schief, (das sah *sehr* nett aus !); überlegte
das ‹ wieso ? ›. Dann, erleuchtet, (und bauchredne-
risch ähnlich), (und wie nebenbei) : » Giff dat mo
her – «

. . . . . / . . ? . : . / . . .

: » *Was giebt's denn da* zu sehen ? «. Denn ihr bewaffnetes Auge schweifte mit nichten in der weiten diesigen Parklandschaft umher; sondern war fest auf 1, mir noch nicht auffälligen, Punkt gerichtet.

» *Na weeßte :* ‹ *Parklandschaft* › . . . « schprach sie, das Rohr immerfort frech ins schtille Dörflein gerichtet : » Die Wiesn Weidn Moore Bäume=vorhin ? : – gutt & schön. Aber die Äcker & Felder=hier . . . ? « (Und hätte zweifellos den Kopf geschüttelt; nur daß sie dann das angezielte Objekt verloren hätte.) / : » Was *hastu* denn zu sehen ? ! « (Schteht da etwa wieder 'n Kerl und pißt ? – Sie hatte's früher einmal gar nicht glauben wollen; und dann lange und intensiehf hin visiert.). » Seid Ihr *Männer* neugierich. « tadelte sie; » Da, das erste Haus; links vom Weg «; und gab's mir her.

Das erste Haus? Links vom Weg ? – : . – Je nun. Das orzüpliche bretterverschalte Fachwerk. Etwas kleiner als durchschnittlich. Fahlgrüner Anschtrich. Lattenzaun mit Tännchen; eine länglich=dunkle Schuppenwand ? – / : ? / » So'n Häusel müßt ma ha'm. « sagte sie tiefsinnich; » a Schtückel Rasn dazu; wo ma im Sommer liegn könnte . . . .

. . . . . *natürlich barfuß & in Badehosen Alle, auch* jetzt : Kabinett plus Kongreß tagten schließlich geheim. / (Aber diese=unsere ‹ Schtühle › ! Die Bildhauerwerkschtatt hatte sich wahrlich nicht überanschtrengt, sondern sich anscheinend mit der ‹ Idee › des Sitzes begnügt : simple Schteinwürfel. (Richtig : ‹ Bildhauer › ! : dem mußte ich nachher noch 1 versetzn.)

» *Meine Dam' & Herrn ?* . . . . . « (*Und dann* waren wir eröffnet.) / Erst war noch eine ‹ interne Angelegenheit › aus der Welt zu schaffen : die Ministerin für Volksgesundheit, Jennifer Rowland, hatte den Kultusminister öffentlich beleidicht. » . . . . . und ich hatte sogar noch meinen Gehrock an ! « donnerte Hoyce; und schüttelte die, für einen Kultusminister ungewöhnlich große, Faust zu der dicken Fünfzigerin hinüber, (die als Einzige einen Bade-

mantel trug; auch so noch mußte, alle Augenblicke, hier
& da, Einer die Beine über'nander schlagen).

: » *1 Präsident; 8 Minister; 10* Abgeordnete. – Ogott :
6 Republikaner; 4 Demokraten in der Opposition ! «
schrie ich schnell : » Schtör' mich jetz ma nich . . . . .

. . . . . *denn ich versuchte doch gerade* zu vermitteln :
Natürlich wäre es dem Ansehen des Hohen Hauses nicht
zuträglich, wenn die obersten Vertreter zweier Behörden
sich vor profanen Ohren beschimpften. » Aber es ist
doch immer noch ein gans beträchtlicher Unterschied,
ob ich zu Jemandem ‹ Schiff der Wüste › sage – oder
aber, schlankweck : ‹ Kameel ! ›. – Und das *hastu* zu
Fred ja nich gesagt, Jennifer. « (Überredend. Und
schmeichlerisch : vielleicht läßt sie Ein' doch ma.)

» *Aber gemeint.* « versetzte sie brutal. Und Hoyce
schprang auf : » Soll ich mich etwa schon *wieder* turlupinieren lassen ? ! «

» *Was heißt'nn das ?* «. *(Jetzt* war sie doch wieder mal
verblüfft. Man sollte das mit Frauen so oft wie möglich
tun. Es ist natürlich nich gans leicht . . . . .

. . . . . *und Schtille. Selbst Jennifer* horchte betroffen dem
prunkvollen Wort nach : ‹ turlupinieren › . . . . . (Der
Kerl war eben doch nich umsonst Kultusminister; diese
alten Buben bringen zuweilen Sachen aus entfernteren
Gehirnwinkeln an . . . . . : wenn sie das nur habituell
und regelmäßich tätn !). / Wir schtellten jedenfalls den
Antrag, den neuen, schicken Ausdruck für ‹ foppen,
äffen › ins ‹ Lexikon › aufzunehmen, derart einhellig
und beeindruckt, daß Hoyce völlig versöhnt lächelte.

» *Immerhin,* « *mahnte* John Steele . . . . .

: » *Polizei & Justiz – ruhich* . . . . .

» . . . . . *sollten wir unsere Gesetzessammlungen nicht*
durch 1 Novelle bezüglich ‹ Beleidigungen › ergänzen ?
Unser Grundgesetz ist wahrlich noch arg lückenhaft
. . . . . «; (und zeigte zum Beweis sein Kästchen mit
den paar Zetteln herum : !).

» *Ich bitte ums Wort.* – «. (*Ich war* ja schließlich von
meiner Partei verpflichtet, bei jeder Gelegenheit den
Schtänkerer zu machen. Und die Präsidentenschtirn
runzelte sich auch sofort wehmütich=ungeduldich.
Aber : » Ä=bitte ? «)

» *Hat das Kabinett* – nicht zur Übernahme; wohl aber
zu anregendem Vergleich – sich erkundicht : wonach
man sich, bezüglich Jurisdiktion & Legislatur, im *sowje-
tischen* Machtbereich richtet ? «. (Und sofort das übliche Gemurmel der Yes=Männer. Na, dazu waren *die*
eben von *ihrer* Partei verpflichtet. (Aber wieso rief
Myers heut nich sein ‹ Hört=hört › ? Neue Taktik
etwa ? – Da hieß es wachsam sein !).)

» *Das Kabinett hat.* « auskunftete säuerlich John Steele. /
(Und kein Wort weiter. Die Kerls lassen sich tatsächlich
Alles aus der Nase leiern !) : » Na und ? ! – Bring's raus,
Dschonn. Sonst laß ich Dich heut Abnd im Schach ma
nich gewinn'. «

» *Du so'ss nich immer so in=team werden,* wenn wir Sitzung habm ! « sagte er giftich. Und auch der Präsident
nickte mir gerunzelt her : » Zur Ordnung. « / » Man
richtet sich ‹ drüben › angeblich nach 2 . . . . . « (und er
wagte es; und sagte zögernd) : » . . . . . Corpi Juri ? «.
(Und Fiffe und Gelächter; aber wenige.) : » Und hat
sie uns, zur leihweisen Überlassung, angeboten : die
sogenannte ‹ RUSSKAJA PRAWDA ›, das Gesetzbuch
eines gewissen Jaroslaw von Nowgorod . . . . .

» ‹ *Wer kann* wider Gott & Nowgorod ? › « murmelte es
flüchtlingshaft=ergeben neben mir . . . . .

» . . . . . *Wir könnten aber auch* das ‹ SOBORNOJE
ULOSCHENJE ZAKONN › von 1649 haben. « – » Ist
das sehr ehrenwerte Kongreßmitglied bedient ? « fragte
der Präsident höhnisch. Ich versuchte noch etwas zu retten; indem ich mich, möglichst fester Schtimme, erkundichte : » Von wann schtammte dieses andere Dinxda;
das aus Nowgorod ? « : » Von Ein=Tausend; und Sieb-

zehn. « sagte John, mit sorgfältijer Ausschprache. Und da setzte ich mich doch hin.

(Halt ! : Das noch) : » *Haben die Russen* auch diesmal wieder als Antwortschreiben den bekannten Doppelbogen geschickt ? : nur in der Mitte beschrieben; mit aufreizend breitem Rand; und die zweite=Seite *ganz* leer ? «. Sie hatten. / Worauf die Gesundheitsministerin sogleich mehr Klopapier forderte : es wäre 1 Schande; und . . . . . (Der Justizer wollte wieder noch mit seiner ewijen Todesschtrafe anrücken, wurde aber sofort mund=tot gemacht : Klopapier iss wichtijer !)

: » *Von menstrual bandages noch gans* zu schweigen. « Aber das hätte Jennie nicht sagen dürfen; denn der Präsident erklärte ihr wuchtich : daß keine national=denkende Frau mehr zu menstruieren *hätte* : . . . . .

»Wieso d'nn das nich ? ! « wollte Hertha empört wissen : »Was kann denn anne Frau *da*für ? «. Und, unheilverkündender : » Wieviel Frauen gippt's'nn da obn ? «. (Ich tat, als sähe ich in meinem Notizbuch nach) : » –, – ? : 129 « sagte ich dann : » Davon 62 Ehefrauen. Ledije Männer also 741 . . . . .

. . . . . *er wolle nicht hoffen,* daß auch nur 1 Mädchen über 15 *nicht schwanger* wäre ? ! / » Mehr als 1 . « versetzte Jennifer amtlich=kalt : » außerdem giebt es 15=jährige überhaupt nich; die ältesten Kinder bei uns sind bekanntlich erst 8. Dann kommt ne ganze Weile gar nischt. Die nächst=jünxte Frau – Missis Lawrence, die Gattin des Dichters – ist vorgestern 31 geworden. Von den zur Zeit 103 geschlechtsreifen Frauen, sind lediglich, trotz aller bisherijen Campagnen, 67 mit Sicherheit als geschwängert zu betrachten. – Die verbleibenden 36 werden natürlich laufend untersucht. Und bearbeitet. « » Propagandistisch bearbeitet, Missis Rowland. « mahnte der Präsident. Und sie, unschuldsvoll : » Na, was dachst'nn *Du,* Kenny ? «

» *Zur Ordnung.* « sagte Hertha mechanisch : » Kuck-
madu : ich gloob, Affrodite selbst würd' zum Zerrbild,
wenn se – und noch dazu in so anner Tracht – Mist
tragen müßte. « / Drüben auf dem Feld waren die
Schtarken=Schönen rüstich bei der Arbeit. » Schorse ! «
schrie Eine. (» Orzüplich für ‹ Georg › « übersetzte ich
ihr.) Sahen wieder abfällich zu uns herüber ; auf schtin-
kend=rauhen Füßen, deren Sohlen ein Beschlagen mit
Hufeisen vertragen hätten. Mokierten sich nochmals.
Dann begannen die Murmelnden wieder zu gabeln.
(» Du, wenn die Dich gehört hättn . . . . . ? «; und sie
fiedelte bedeutsam an ihrer Kehle).
» *Warum kannstu eigentlich Bauern nie* leidn ? «; nachdenklich. : » Allein schon deshalb, weil *sie mich auch
nich* leiden könn'. « / Sie drückte sich den rechten
Nasenflügel mit dem Zeigefinger eine zeitlang ein. –
» Genügt an=sich. « gab sie zögernd zu. Dann : » Auch
Bauern*kinder* nich ? « (Denn 2 rothröckije waren fern-
drüben mit dabei. Eben warf das eine 1 Schtein über
1 Hund – : und der gutmütije Narr rannte doch tatsächlich hinterher ; brachte ihn mühsam angeschleppt ; und
küßte dem Betreffenden noch die Hand dafür . . . . .

> » *Tja unsere Kinder !* «. (*Womit wir wieder mal* bei der
> scheußlichen Schulfrage gelandet waren : diese ‹ Mond-
> geborenen › waren ja unleugbar das vordringlichste aller
> Probleme. / *Wir* hatten wenichstns noch ‹ Erinnerun-
> gen ›; und die Begabten unter uns also die Möglichkeit
> zu irgendwelchen ‹ Gedankenschpielen › . . . . . aber
> gleich winkte Hoyce schwermütich ab : » Wieviel Ame-
> rikaner können das schon. « : » Ä=was schätzen Sie ? «
> fragte der Präsident nervös. Und Hoyce, dick wiegender
> Unterlippen übervoll : » Na. – : 10 Prozent ? «.)
> » *Die Lehrer haben einen Dringlichkeitsantrag* ge-
> schtellt=ä – nein, diesmal nicht auf Papier ; obwohl na-
> türlich auch Schiefertafeln ran müssen : es sind nur noch
> 8 in Reserwe – « (und ließ, über die hürnene Brille hin-

weck, einen Blick : ! – Ich versuchte vergeblich, unbefangen mit meinem Nebenmann anderes zu beflüstern.)
/ » Nein; diesmal handelt es sich um Leseschtücke für den Elementarunterricht : Rawlinson hat, und mit vollem Recht, darauf hingewiesen, daß er bei unserm schönen Longfellow'schen Gedicht angelangt wäre :

> ‹ Under the spreading chestnut=tree
> the village=smithy stands.
> The smith, a mighty man is he,
> with large & sinewy hands . . . . . › «

(Seine Schtimme schwankte ein wenich, obwohl noch männlich=beherrscht; einije Apgeordnete hatten Thränen (mit ‹ Th ›) in den runden Augen. Ich suchte Trost, beziehunxweise doch wenichstns eine gewisse Ablenkung, bei Miss Rowland, an der eben ein dickes Schtück Schenkel sichtbar wurde.) : » Aufhörn, Kenneth : Du zerreißt Uns's Herz. « bat Hoyce. – Da war es ja wohl meine Aufgabe, als Oppositioneller, ein Ende zu machen) –
: » *Ich beantrage : den Dichter* komm' zu lassn – und zwar auf der Schtelle ! Am besten polizeilich; damit er nich wieder sagen lassen kann, er ‹ arbeite › – : er möge das klassische Schtück zeitgemäß umdichten. « (Allgemeines Nicken und ‹ Brawo ›=Rufe). : » Auch soll er gleich damit rausrücken, wo er den neuen idiotischen ‹ Mittagsruf › hergeklaut hat : das sind doch keine menschlichen Ausdrücke mehr ! : Die ganze Bevölkerung war empört; Jeder hatte sich auf'n Sondergericht geschpitzt. – Dabei wärs – wiedermal – besser gewesen, wenn das Mittagessn nach *gar nichts* geschmeckt hätte. «
» *Du das sind aber tatsächlich* Probleme, « sagte sie grüblerisch; » Schtell Dir amma vor : wenn solche Kinder des Wort ‹ Baum › läsen – die hätten ja keene Ahnung, was das sein möchte. Oder ‹ Hund ›. – Oder ‹ Katze ›. «
(Denn drüben, an der Rüben=Miete, ging Eine, dienst-

lich gebückt, dahin) : » Wir sind ja eben *dabei*, Herzchen, uns das intensief vorzuschtelln . . . . .

    (*In der Zwischenzeit; bis der Herr Dichter* so weit
war) : tja diese Schule ? Es war ja ‹ urschprünglich ›
eben nichts dergleichen vorgesehen; und jetzt ging uns
die SAAT DER GEWALT auf : wie schwer war es nicht
allein gewesen, Lehrer & =innen aufzutreiben; (zumal
Knaben und Mädchen aufs schärfste getrennt werden
mußten; und nur von Gleichgeschlechtlichen unterrichtet : im Augenblick ging's ja noch; aber laßt die Jugend-
lichen erst ma 13, 14, 15 werden !). / Die Mathema-
tik=Schtunde ? : Unsere einschlägigen Herren wußten
allenfalls die Tensor=rechnung zu handhaben; aber die
einfacheren Sachen hatten sie ratze=kahl vergessen.)

    : » *Entschpricht es der Wahrheit,* daß man beim Russen
vor jeder Schtunde das Einmaleins beten läßt ? «. (Der
Jocelin wurde tatsächlich immer wenijer; dem konnte
man von den Russen=drüben aufbinden, was man
wollte – der glaubte *Al=läß !*) : » Du bist bald reif zum
Außenminister ! « rief ich ihm hinüber; (und hatte damit mühelos Zwei=auf=einmal beleidicht. Der Justizminister leckte gleich die Lippen; und notierte sich den
merkwürdijen Fall.) / » Ruhe jetz ! « zischte der Präsident; » Man kommt – «

Mister Lawrence, elegant & hinfällich; (und so unverschämt verträumt, daß selbst der Präsident, der ihm
sonst oft half, diesmal unverzüglich eingriff) : » Mister
Lawrence : legen Sie dies zerschtreute Gesicht ab ! Vor
der Regierung Ihres Landes ziemt sich Aufmerksamkeit
und dienstwillije Konzentration. « – (Sofort krickte der
falsche Hund Anxt, und sah wie ein Mensch aus : also
Alles Verschtellung bei Dem !).

Zur Sache : » Ä=*Mister Lawrence : ist Ihnen* das Gedicht
bekannt=ä ‹ Under the spreading chestnut=tree › ? «
(Jetzt hatte der Präsident selbst einen zerschtreuten
Tiefschlag gelandet; und wurde mit dröhnendem Ge-

lächter belohnt. Lawrence hatte den heilsamen Schock
aber noch nicht überwunden; und sah sich, halboffenen
Mundes, sehr dumm, um . . . . .

» *Warum bistu so gegen* den ‹ Dichter › ? « Hertha ; erschtaunt : » Du bist'och sonst mehr für Litteratur, als mir
manchmal lieb iss. « : » Weil die Ammies den *Falschen*
raufgeschickt haben ! Ein' romantischen Schwätzer und
Fohltjeh. « (Dies unser, zweisam=gebräuchliches ‹ Faul-
tier › ; lediglich französisch prononciert.) . . . . .

    : » *Auf Antrag des sehr ehrenwerten* Kongreßmitgliedes
Charles Hampden . . . . . « – (das wäre *nicht* nötich gewesen, daß der Trottel mich namentlich anführte; na,
jetzt war's passiert.) – » . . . ö=hat das Kabinett beschlossen, Sie mit einer Umdichtung der genannten
Schtrofen, für Schulzwecke, zu beauftragen – : Hätten
Sie ein' Vorschlag ? « / (Erst mußte dem Kerl noch erklärt werden, ‹ wieso › ; und die Mentalität der Kinder –
er verneigte sich ein paarmal während der ihm gegebe-
nen Erläuterungen; höflichst=tief, bloß um Zeit zu
gewinnen, nich etwa aus Courtoisie : oh, ich kenne
Dich=Du !). / Aber er fing tatsächlich an . . . . .

    : » *Under the* – « / (*Pause*). / » – spreading=ä – « (gans
sorgfältich=lang gerolltes ‹ r › ; und das ‹ ing › wollte
überhaupt kein Ende nehm' : jaja ; jetz muß'De ma ran,
Du Gannef !)

» *Under the spreading* – : plastic=vault . . . . . « (Und
da nickten wir doch Alle : Mm : passabel.) / Sein Blick
irrte umher. Auch über *mich* weg. Kam zurück. – :
Blieb auf mir haften ? : ? ? / : » *The slater's* workshop
stands ! «. (Und nu natürlich flott weiter, à la ‹ the
slater, a mighty man is he. ›)

Und die Andern klatschten begeistert Beifall. Während
ich mich bemühte, keine Miene zu verziehen. (Der Rest
ging ja dann relativ einfach vor sich : Alles wurde auf
mich bezogen ! Schon kicherte man, und half ein. –
Hätte man vorhin vielleicht doch dem Justizminister

helfen sollen, 1 Gesetz gegen Beleidigungen durchzu-
peitschen; ‹Verächtlich= & Lächerlich=Machung›,
‹Rufmord› : man ist immer zu gut. / War das nicht
direkt schon ein ‹Preßdelikt›, das hier? Aber man
amüsierte sich unverkennbar viel zu gut auf meine
Kosten, als daß ich auch nur den Schimmer 1 Aussicht
gehabt hätte. Also ebenfalls zu schmunzeln versuchen . . . . .)

(Endlich fertich?) / : » *Ich beantrage,* « (der Präsident), » das Schtück sofort mit Schreibmaschine 6 auf
Papier übertragen, und ins Archiv bringen zu lassen.
Die Herren Lehrenden erhalten bis heut Abend 5 Ko-
pien auf Schiefer. – Unserem verehrten Dichter glaube
ich, in Aller Namen, unsern Dank nicht nachdrück-
licher ausschprechen zu können, als wenn ich ihm, zur
Belohnung, die Wahl lasse : zwischen 1 Schtück Kaugummi, 1 halben Zigarette, oder aber 1 Portion Zahn-
pasta=grün. « (Und erkannten ihm doch tatsächlich
noch einschtimmich Kaugummi zu : das muß man sich
ma vorschtellen!) . . . . .

» *Nu zeig ammall was De kannst.* « forderte sie heraus :
» Vermagstú aus dem Schtegreif eine deutsche Übertra-
gung? – Von *dem* Versel – « fügte sie noch abschätzich,
um mich anzuschpornen, hinzu. (Nu wart' ma . . . . . /
(Daddadda Damm Daddámm Dadda : Daddámm Daddámm Daddámm . . . . .) / :

» ‹ Unter'm Gewölb' aus Plexi=Glas
die Schiefertafler schtehn.
Wie rüstich pinkt ihr Hammerschlag :
es sind der Männer zween. › «

: » *Napuppe?!* « –
Und sie lächelte erfreut; dann ergötzt. Dann begeistert;
und prustete gar entzückt: » Das geht ja wie's Brezel-
backn bei Dir! «. » Tcha, ich weiß auch nich – « sagte
ich großschpurich, » ich hab' wohl Reimtag heute :

Zeta=Eta=Theta. « : » Und mir tun diereckt de Hacken
a bissl weh; vom vieln Rumloofn : wird Zeit, daß wa
nach Hause komm' . . . . .

   : » *Mister Präsident : ich kann nich mehr* sitzen. « (Der
dicke Jim Conway, der Schatzminister. Und da schtand
er dann, seine Schiefertafel in der Hand – armer Alter
alma mater Alma Ata – : ‹ Alma Ata › ? : Ach richtich;
mein Antrag ! / Aber erst waren noch Andre dran; vor
mir . . . . .

Und Anträge & Berichte : O'Dwyer, Minister für Astronomie und ‹ Fragen des Weltalls ›, referierte, schtocken-
den Geschtimms, daß seine Mannen, in der Gegend des
ehemalijen Cape Carnaveral, tatsächlich die Bildung
eines neuen ‹ weißen Fleckes › beobachtet hätten, und
dadurch in eine große astronomische Beschtürzung gesetzt worden seien. (Also ein neues ‹ Schtrahlungshoch ›
zu erwarten. Auch » Mutationsschprünge in den nächsten Tagen möglich «. – Demnach mußten wieder die
dicken Aluminiumfolien übers Dach gebreitet werden;
und wir konnten bei Neon's hocken. (Und *dafür* dann
noch fotografische Platten freigeben ? : Nee, mein Lieber ! Und wenn sich 6 Dutzend extra=galaktische Nebel
für immer aus unserm Gesichtskreis verlieren ! – Er
wurde absolut niedergeschtimmt.)

Der Bildhauer hatte auf Schiefertafel schon wieder 2
nackte Frauen beantragt; angeblich zum ‹ Modell=Schte-
hen › – aber ich brauchte mich nicht erst aufzuregen; das
tat Hoyce für mich. Er schprang auf; schwang die, (wie
gesagt : eines Gelehrten eigentlich nicht würdije) große
Faust; und rief : » Der Kerl ist bekanntlich ein soge-
nannter ‹ Abstrakter › ! und kann *nicht eine* ähnliche
Porträtbüste herschtellen : der *braucht* kein Modell !
Schickt den Fuscher in'n *Schteinbruch : arbeitn !* «.
(*Sehr* richtich. *Das* war vielleicht der schlimmste Fall
von Versagen, den wir überhaupt hatten. Und die Regierung griff & *griff* nicht ein.) / Wenichstens fuhr der Prä-

sident, nach kurz umfragendem Nicken, resolut mit
dem Schwamm über die Tafel : der Nächste !) . . . . .
» *Das iss recht*. « sagte Hertha befriedicht : » ich war neulich ammall uff ner Ausschtellung in Darmschtadt – «.
Und schüttelte kraftvoll den Kopf : » Was Die sich so
mit uns erlaubn ? – : Halten Die uns für behämmert ? « /
» Einmal das ; und sind außerdem frech wie Oskar : verlassen sich drauf, daß Keiner als ‹ unmodern › gelten
möchte ; und die Unsicheren sich zu blamieren fürchten.
Die Katholen *fördern* die Richtung sogar : weil dadurch
die ‹ avantgardistische Kunst › in unbegreiflich=absurde
Bayous abgeleitet wird, und Keiner sie mehr ernst
nimmt – nicht ernst nehmen *kann*. Gefährlich ist ja nur
Der, der gleichzeitig modern *und* verschtändlich ist :
deswegen schweigt man ja so systematisch Leute wie
Joyce tot. « : » Du immer mit Dei'm Dscheuss – « (und
gab viel ungnädije Florluft von sich) : » Ich hab übrijens
neulich ooch gehört, die Kirche förderte die Abstrakten
so, weil ma sich ‹ kee Bildnis machn › soll. « Und, herausfordernder : » Mir gefällt der Dichter=*obm* viel besser, wie Dein Dscheuss : ich erwarte, daß Du ihm sofort
Papier zuteilst ! . . . . . ?

    » *1 Original und 3 Durchschläge* ? : auf gut Amerika-
nisch also 300 Blatt Dickes, und 900 Dünnes ? ? :
Nie ! ! «. (Jetzt benützten Mehrere die unvergleichliche
Gelegenheit, um entrüstet aufzuschpringen. Und sich
nicht mehr hinzusetzen – für Einen, der sein Gesäß lieb
hatte, *war* es ja auch ne Zumutung !). / Aber der Präsident beschwichtichte uns mit Autorität : » Es *ist* bereits
vom Kabinett bewillicht worden, meine Dam' & Herrn :
1 Werk, das der USA=Dichtung Ehre macht. *Und* im
Interesse der Leseöffentlichkeit : wenn nur mehr dergleichen entschtünde ! «. (Das neue Epos nämlich, mit
dessen Vorlesung Lawrence heute Abend beginnen
wollte. Es war auch längst beim Abschreiber, und zu
schpät. (Und recht hatte Mumford ja auch : *endlich*

wieder ma was Neues zum Lesen!). Unter solchen Umschtänden die Erweiterung der Tageszeitung von 1 auf 2 Schreibmaschinenseiten vorzuschlagen, war natürlich *nicht* mehr möglich . . . . .

(Sie kicherte erwartungsvoll; und schtellte sich das 1 DIN A4 Blättchen bereits ein bißchen vor.) / Und blieb vor'm Zaun schtehen, so verblüfft war sie. Und zeigte sogar mit dem Finger :!. – »Du wirst nie ne Große Dame werdn. « : »Und Du kee großer Mann. « (Größe iss auch nichts Schönes : man schtößt bloß immerfort ‹oben an›!). / : »Hastú denn schonn ammall so was gesehen ? «. (Nee; das allerdinx auch noch nich : eine Hundehütte; mit aufgemaltem Fachwerk; am Giebel 2 Ferdeköpfe, die einander *ansahen.* – »Das iss übrijns ne ganze Richtung von folkloristischen Sektierern hierzulande; die erkennen sich daran. « – Und, als letzten Clou, noch mit Schtroh gedeckt. : »Du, das iss'n Dink!«). Direkt daneben 1 Garbe Bohnenschtangen. Krausköpfijer Kohl. (Und der fürchterliche Anblick *ausschlagender Zaunpfähle!* Auch sie griff gleich erschüttert nach meinem Ermel : Oh krüpplichte Unschterblichkeit, die unser jämmerliches Ich, mit all seinem Unrat, so dünn & kläglich, ins Unendliche fortschpinnen möchte!)

Der Tischler forderte, nunmehr zum 4. Male, die 2 hölzernen Kruzifixe für seine Werkschtatt an : er könne sonst die Rahmen für die Schiefertafeln der Allerkleinsten, (die sich ja um keinen Preis an etwaijn scharfen Rändern verletzen durften!) nicht mehr liefern. / Entscheidunk : sobald der Bildhauer die Ersatz=Schteinkreuze abgeliefert haben würde. (»Und zwar etwas plötzlich. Er bekommt bis dahin nur Wasser als Getränk : er wird doch wohl noch n paar viereckije Schteinbalkn zuschtande bringn?!« : »Woran ich noch zweifle.« warf Hoyce mit Nachdruck ein.) Aber es wurde relativ einhellich beschlossen – ‹relativ›, because Jennifer seine

Freundin war; und ihre Schtimme wog rund sechsfach, weil es Keiner mit ihr verderben wollte : allein *die Waden*, die die Frau hatte . . . . .
» *Daß Ihr=Männer so für's Fette* seid – « tadelte Hertha, und bewegte ablehnend den Kopf; (sie vermochte in dem genannten Artikel freilich besonders wenich). : » Op Eene a bissl gripsich iss – daruff kommz woll gaa nie an, was ? « : » ‹ Gripsich › ? « : » Sehr wohl : soeben entschtandene Neubildung aus ‹ Grips › ! « versetzte sie patzich; und : » Hastu Kleengeld ? – Ich will beim Koofmann noch anne Dose Fischsalat mitnehm'. «

‹ *Geld ! ›; und Schazzminister Conway* dozierte. Hob auch dann und wann das Schieferschtück vor die Brille, und las das nächste Merkwort ab : » Da wir die Abschaffung des Geldes – à la Sowjets womöglich ! – als verhängnisvollsten Schlag gegen die Mentalität der Völker der Freien Welt längst und nachdrücklichst abgelehnt haben . . . . . « (Das war richtich; so ein Schock wäre bei den Meisten nicht mehr zu reparieren gewesen. Obwohl die ‹ bucks › längst eine bedeutungslose Farce geworden waren – es gab ja nischt zu koofn ! – wurden eisern ‹ Gehälter › gezahlt; ‹ Ladenpreise › fingiert; zum ‹ Schparen › aufgerufen : und Allealle verschlossen sich der Realität, und machten den Zirkus mit.)
Aber jetzt wurde er intressant & bedeutend : im Vendelinus B hatte einer der Außentrupps (von denen ja grundsätzlich ein halbes Dutzend unterwegs war : Vermessung, Forschung; eben Chorografica aller Art) ein mächtiges Goldvorkommen in Nuggets entdeckt; (und sogar die Altersweisheit des Herrn Hoyce schpitzte Augen & Ohren : daß man je älter desto weiser werde, iss ooch sonne Theorie !). / Und da gab es ja nu in der Tat dieverse Aspekte. (Von den praktischen ‹ Möglichkeiten › noch gans zu schweigen) :
Wir könnten, zur – zumindest zeitweilijen – Behebung der Erdsüchtigkeit, einen gold=rush inszenieren : da hät-

ten Alle für's nächste halbe Jahr genug zu tun; mit Claims abschtecken; hacken graben wühln sich zankn. / (» Prozesse Schlägereien « murmelte der Justizminister. » Dauerposten vorm schtaatlichen Gold=Safe « der Kriexminister, (der zu seinen 5 Mann Kerntruppen gar zu gern noch ein paar gehabt hätte : da mach Dich nur schon immer auf meine Gegenschtimme gefaßt, amigo : Euch brauchtn wa überhaupt nich ! Polizei genügte voll-schtändich.) / » Golddeckung für neue Banknoten. « : » Dramenschtoffe für den Dichter. « : » Einrichtung eines Juwelierladens endlich möglich : unsere Frauen würden begeistert sein ! « (» Falls wir n *Goldschmied* haben. « mußte ich, verantwortungsbewußt, die selbst hier, im Weisestenrat durchbrechende, Begeisterung dämpfen.)

» Oder aber : wir übernehmen den Abbau des Vorkom-mens gans in schtaatliche Regie. Die menschlichen Kon-flikte, so anregend sie auch vielleicht in mancher Hinsicht wirkten, könnten in anderer doch zu schweren Kompli-kationen führen : Mord; und Totschlag . . . . . «. (» Mord & Todtschlack. « wiederholte Justizminister Steele nachdenklich, ja, lippenleckend : das war bisher noch nich vorgekommen ! Zumindest Grund zur Bean-tragung 1 ‹ Elektrischen Schtuhls › – dessen Vorhanden-sein ja vielleicht auch gar nich schadete; selbst wenn er nie benützt wurde. Oder sogar ne bloße Attrappe; für viel mehr als n einfaches Türschild würde's Material ja nich reichen. Ich nickte ihm kurz hin : Einverschtandn. (Und er begriff sofort; iss'n Gedanke; ‹ Abschreckung ›; Hmhm.)

Mit goldenem Beschteck, schwer massivem : » *Würde nicht* – Hand aufs Herz ! – selbst Jedem von *Uns* sein schlichtes Mahl besser munden ? – : Na also. « / (Aber erst noch ma die beiden Ärzte um je 1 Gutachten er-suchen : ‹ Über die emotionelle Wirkung des Anblix *und* Besitzes von Gold in nuß= bis faustgroßen Klum-

pen ›. – : » Bis morgen abzugeben. « / Und der Geheim=
Kurier mußte gleich damit loszockeln; so neugierig
waren wir Alle. .....

..... *und trabte mit 1 Mundvoll Schlesisch auf mich zu :*
» *Hier :* a Pritschel Bluttwurscht für'n Hund hab'ich
ooch glei noch mitgebracht. « (Ein *gutes* Mädchen !
Und ich lobte sie recht.) / Hier war auch schon das
Haus von Tanndte Heete; wir gingen gleich erst mal
hinten hin, wo der Hund vor seiner Hütte angekettet
schtand (» Tollwuts=perre « hatte sie erläutert) : er hob
sich, als er uns kommen sah – es war heut schon das
dritte Mal, daß wir ihm ein Leckerli hintrugen – jaulte
vergnügt; und trommelte mit den langen (noch dünnen; er war noch jung) schwarzen Beinen auf seinem
Hüttendach. Schluckte die Scheiben, ohne zu kauen,
1, 2, 3. Ließ sich dann die gerippte Flanke klopfen.
Und bellte krachend hinter uns her; (glaub's gern, daß es
lankweilig iss.). (Und die Kette war ja viel zu schwer
für ihn – ts'ss ja die reine Kuhkette !). Sie konnte sowieso über kein'n Hänfling lachn. / (Und Schilderschil-
der – befanden wir uns denn mitten im Kampfgebiet
zwischen GROTE= und EICHHORN=Kaffee ? !).
» *Schnell : ann Zwischenabschluß,* Du .....

> *Und der Rest der Tagesordnung* wurde vorbildlich ge-
> dankenlos nicht=erledicht : so erpicht waren sie Alle
> auf das

» *Nischtnitzige Gelumpe.* « half Hertha ein; und ich
nickte genehmigend : in diesem schpeziellen Fall gab ihr
Schlesisch genau die richtige schpitzfündich=akustische
Absage an den Wahnsinn .....

> ..... *als da noch waren : Hoyce's Vorschlag* zur Einfüh-
> rung anregend=akademischer Zwischengrade : Bakka-
> laureus Magister Heißedoktorgar; (obwohl *das sehr* zu
> überlegen gewesen wäre – ich beugte mich zu ihm, und
> flüsterte : » Das nächste Malnochmal Fred; Die sind ja
> heut wie verrückt. «). / Drohender Schmierfettmangel

für die Maschinen ? : » Nichzda ! Wenn 2 Jahre noch gesichert sind ? – *Überlegen* könn' wir's ja : die Herren
wollen sich's bitte ma notiern. « / Selbst *mein*, doch
wahrlich bedeutsamer, Antrag auf Einführung von Russisch als Flichtfach an unseren ‹ Bildungsanschtaltn › –
ich hatte absichtlich den volleren Ausdruck gewählt,
um die Betreffenden für mich einzunehmen – wurde
bagatellisiert. Mein übelster Gegner, O'Stritch, der
Kriexminister, hatte sogar die Schtirn, sich zu setzen ;
(‹ erhoben › hatte er sich vorhin mit, unauffällig, wie es
die Art dieser Buben ist) ; und zu schmettern :
» *Ich beantrage hiermit* : . . . . . « (» Kriegstreiber :
Kriegstreiber ! « schrie ich mechanisch dazwischen, wie
man mich's zu tun gelehrt hatte, sobald O'Stritch zu
irgendwas auch nur ansetzte) : » . . . . . den slawo-
filen Herrn=dort mal als Boten ins MARE CRISIUM
zu schicken : iss morgen nich grade wieder Einer fällich ? . . . . .

» *Wozu d'nn das ?* « *erkundichte* sich Hertha, die Hand
schon auf der Klinke. Und ich, schnell : » Austausch
von ‹ Kulturgütern › – der Tageszeitung also ; Depeschen
Amtliches Proteste : die vor allem. : Undsoweiter
. . . . .

. . . . . *und wurde doch tatsächlich vom Plenum,* unter
allgemeiner Heiterkeit des Hohen Hauses, zum Lauf-
jungen erkoren : » Melden S'ich morgen früh doch bitte
beim Außenminister, Mister Hampden. « (Da war ick
sauer ! . . . . .

*

» *Na wo seid Ihr gewesn – hassie tüchtich* rumgeführt ? «
Tanndte Heete, breit und rüstich ; ein schwarzes Kleid
hielt ihre Fülle zusammen ; in der erhitzten Hand die
durchbrochene Aluminiumschippe. Und, mitleidijer :
» Ja, zieht sie Euch aus : daß wir sie rasch n büschen an'
Ofn s=telln könn'. « (die Schuhe nämlich ; wir zerrten

uns das nasse geschwollene Leder von den Füßen. (Rumpf & Erinnerunk werden Einem leicht zur Last.)).

Schon kam sie mit gewärmtn Pantoffeln wieder : » Siehssu wie die passn ? – Rühr ma inne Küche die Bratketow- weln um, mein Kind : wenn Du helfn *wills* – «; (und sah ihr wohlgefällig nach. Dann, vertraulich, zu mir : » Das iss recht, daß sie bloß so'n büschen angehübscht iss – nich so'n wioledded Muul, wie Manche. Wie heiß'as wohl, wonach sie riecht ? Och, das weiß'u ja doch nich. « Und segelte gleichfalls ab; tja, auch der Geruch hat seine Moden.)

Und kamen immer abwexelnd an : Pott & Pann; Tiegel & Schtürze; 1 bleiches enthauptetes Brod; Hertha, lan- ges Queckgold in den Händen (d. i. : die Ölflasche. – So also sah sie mit Schürze aus. : » Immer fleißich- fleißich, Herr Pineis « höhnte ich. Aber sie war viel zu tätich, um offense zu taken.) / Und immer die Bruch- schtücke von Informationen dazwischen; über den Mann, der drüben die sassische Hundehütte konstruiert hatte :

: Auf der ein' Seide hat sie n Dachfennsder, 'n Oberlicht : habt Ihr das gesehen ? «. (Nein; aber *sehr* gut !) / » Das'ss son verrücktes Schenie : in Warf hat er ma ne Wintmühle mit 8 Flügeln gebaut – « (diesmal hatte sie eine kastanien- braune Trage aus ‹ Backelied › in den Händen.) / » Und geitzich iss'er : den Kinnern giebt er S=tampfketoffeln als Brotaufs=trich mit inne Schule ! : Wenn der sein Mittag- essn wärm' könnt', indem er sich da auf setzt : Der würd'as tun. – Bei den Diensboden hat er ma die Vorder- beine von der=ihrn S=tühln schräg=kürzer geseecht, da- mit die automatisch inne Schüssel *noch* tiefer rein ducken : da wär der ‹ Eßweg › zum Munt verkürzt, und es ging weenijer Zeit verlorn : hadd'er ganz offen gesacht. « (Ein feiner, denkender Kopf. Aber ‹ Karl Ehebrecht › möchte ich doch nich heißen.)

» *Karl heeßte ja ooch.* « mahnte Hertha. » Und ‹ Ehebrecht › müßten *alle* Männer als ßweitn Vornam' führn «
entschied Tanndte Heete : » Die sinn ja wie Roß & Mäuler. « » Was soll das heißen ? ! « begehrte ich auf; (obwohl ohne überzeugende Kraft; sie hatte schließlich &
leider recht; obwohl Frauen ja kaum anders waren.)
» Da denk Du ma inzwischen über nach, « sagte sie
s=pöttisch. Und, gutmütijer : » Schnall ma schon immer
n Gürdel weider. «
(*Die Brotfliege* summte Einsamkeit. / In der Küche
schwatzte es schon ein klein wenich; die vorsichtije
Kurzsilbichkeit erster Bekanntschaft schien überwunden. Das heißt, Tanndte Heete kannte ja keine Hem-
mungen, die war souverän. Aber Hertha war nicht
leicht zu entkrampfen – hoffentlich paßte sie auf, daß
kein Funke vom Heerd ihren Schoß traf; *ich* war's dann
jedenfalls diesmal nich.)
Was auch Tanndte Heete unbewußt beschtätichte : » Frische Semmeln wollde sie nich, « sagte sie; und setzte
sich verblüfft, die breite Klinge ihrer Hand auf der
Tischdecke : » die knallten ihr zu sehr im Munt – issie *so*
närwöhs ? Oder schüchtern ? «. / Sie schüttelte den Kopf
: » Weißd'*ú* was ‹ Bäh=Schniddn › sind ? «. (Ich nickte
trübe; und schüttelte anschließend). » Aber ich hadde
gottseidank kein' Knohblauch – in mein' Haus duld'ich
so was nich. – Jetz issie auf'n Kloh. « fügte sie, in unbe-
wußter Logik, hinzu. / (Und während des Harrens
kleine Fachbelehrungn für mich : » Nö, in den ausge-
trocknetn Fischteich=hinndn solltn sie man Hirse rein
säen; das gedeiht'a gut. « (Abgefall'nes Laub wär' ohnehin nachteilig für Fischbrutn. Und an dem zweiten
wär' schon ma n ‹ Tückebote › gesehen worden : früher.). Lang=grannijes Getreide hielte das Wild besser
ab – und ich hing derart an ihrem Munde, daß sie mir
einen erfreuten Klaps auf die Hand gab : was'ne kuriose
Welt für sich hier !) –

» Na komm, mien Deern. «; und Hertha nahm Platz bei ‹ Nagelholz › und ‹ Knappwurst › : nicht nur Du kannst ehrliche Leute foppen mit ‹ Prasselkuchchen › und ‹ Roher Polnischer ›. – » Du – Du Schiff der Wüste. « sagte sie verschämt; und Tanndte Heete nickte intressiert ob des schönen Ausdrux : » Vornehm – unt doch : ich muß morgen ohnehin zu'n Bürgermeister. « sagte sie befriedicht.

Von An= zu An= zu Angesicht : » *Sach man auch ruhich* ‹ Tanndte Heete › zu mir. Und ‹ Du ›. – Wie alt biss'u eigntlich ? « : » Geboren am Tage der Schlacht von Bannockburn, « half ich ein; » gottlob nich auch im selben Jahr. « : » Hannswursd « sagte Tanndte Heete kurz. Und Hertha, finster : » Alt genuck, daß ich BDM= Mädel hab schpieln müssn. « (Also 24. 6. 29 in Lauban geborn.)

» *Wenn Du sie ärgern wills,* « verriet ich noch, » mußtu sie ‹ Adelaïde › nenn'. « : » Ich will sie ja gaa nich ärgern – aber wieso das ? « – » Meine Mutter « sagte Hertha trübe, » hatte kurz zuvor ann Roman gelesn – Anny Wothe, oder Panhuys, oder so – : und da hab'ich dann eben so heeßn müssn. « schloß sie haß= und kummervoll. » Aber Här=taa iss doch'n hüpscher Name. « wurde sie getröstet. » Ja; daruff hat mei Vater beschtandn – ach, mein guter Vater ! « sagte sie dankbar. (Und wir nickten Alle : wenn verrückte Eltern sich doch bloß überlegten, was sie ihren arm' Kindern antun, wenn sie die nullacht=fuffzn Produkte ihrer Lendn mit Etiketten wie ‹ Pellegrien › oder ‹ Mellsehne › auf den ohnehin mühsam=genuckn Weg ins Leben schicken. / Sie aß dazu hastich » a paa Fiedtl « : 1 rothe Schnitte (Marmelade); 1 schneeweiße (Quark); ich 1 buttergelbe, mit schwarz & bunten Scheiben.)

Tischgeschpräche : Tischgeschpräche : » *Wieviel* Einwohner hat Euer Nord=Horn eigntlich ? « 40.000 . Und Hertha konterte : » Und Giffendorf=hier ? « / Tanndte Heete

wackelte eine Weile mit der großen fleischernen Zunge.
» Hunnerd=neunzich wohl – « erwiderte sie nachdenk-
lich : » Unn Theader habt Ihr ? Unn Kienohs auch. «
Und leuchtete plötzlich auf : » Wir ham heut Abmd
auch Theader hier : um Acht. Inne Gasswirdschaft. Die
Schulkinner führn 'n S=tück auf : das machn die jedes
Jaa. « (Und ich begriff; und kam zu Hilfe : » Hertha ? – «.
Einladend. Sie schob die nachdenkliche (aber schon zu-
sagende) Schnute vor; (auf die sie sonst immer sofort 1
Kuß bekam : ich *konnte* da einfach nich widerschtehen –
tat ich's also weenichstns mit den Augn; sie merkte es,
und drückte zufriedn ihr rechtes, unmerklich, (nur=
mir=merklich), zusammen.)). / » Also gehn wir nachher : die 1 Schtunde. – Kommssu mit, Tanndte ? « Aber
sie konnte nich : » Ich hap doch ‹ Trauer ›. Das giebt
bloß Getraatsche. «
: » *Kint, wenn Du mir 1 Gefalln tun wills* : saach da
‹ Güschen › zu. – Es heiß' hier nu ma so. « Und Hertha –
obwohl sie ungefähr ebensogern in Gesellschaft aß, wie
sie in Gesellschaft das Gegenteil tat : 1 ihrer eigenen Wendungn; in 1 Bekenntnisschtunde getan – legte listich=lu-
stich den roten Igelkopf schief. Und übte's lautlos, innen
im Munde; und bat dann, unwiderschtehlich : » Könns
mir woh noch n büschen Güschen geebn, Tanndte
Heete ? «. (Und das kam mit so clownhafter Fertichkeit,
trotz unserer ‹ Kaldaunerei › (was 1 anderes ihrer Sünno-
nühme für gesellige Mahlzeiten war), daß unsere
Schtimmung arg zunahm. (Wenn sie besonders trüber
Laune war, schalt sie selbst den Gärtner einen ‹ Flanzn=
Fleischer › : *ich* bin ja, seit ich mit 15 Jahren Sir Jaghadis
Chandra Bose las, ooch gegen diese Herren Vegetarier.
Und ließ, unwillig, meine Finger knacken . . . . .
» *Aufhörn Kardel ! – Also grad* als räderte er Ain' ! – «
und beide Weibsn nickten (bezw. schütteltn) mich zur
Ruhe. / Erhoben sich auch. Räumten Einijes, aber nich
Alles, hinweck. Und nun kam Hertha zum Zuge –

MOKKONA ! / – » *Holländisch, was ?* «, sagte Tanndte
Heete angeregt : » Ihr seid ja gans nahe anne Grenze
da. « (5 Kilometer nur. Und hier waren's bis zur DDR
auch nur 30.) – : » Mach ihn ruhich schtark; Du hast's
mit Tanndte Heete zu tun. « (als sei das 1 Begriff; und
Die lächelte wohlgefällich); und Hertha tat *noch* einen
halben Löffel hinzu; und das Wasser sott; und sie saß
auf alten langen Aderbeinen, in weisem Flegma; und
erzählte : Wie hier=gegenüber einstns die Schmiede
gewesn sei : » Onngl=Lutwich=sein=Vader wußte das
noch. «

» *Da muß aber gans schöner Krach hier* gewesn sein. «
sagte Hertha gefällich & mitfühlend; (ich aber hatte den
Eindruck, daß Tanndte Heete sich irgendwie betroffen
auf die dicken Lippen hätte beißen mögen – ‹ wieso ›
wußte ich allerdings nicht zu sagn; gewiß, Hertha *war*
geräuschempfindlich; mindestens wie Leisewitz). /
» Jetz iss'as *gans* s=till ! « versicherte sie : » Ihr werdt'as
ja heute Nacht merkn : *so* ruhich habt Ihr in Euerm
Leebn noch nich geschlafn. – Das heiß : *Du* kenns'as
ja. « : » Man kann auch vor Schtille aufwachen,
Tanndte. « fiel mir unseligerweise das feinsinnije A=Per-
ßüh ein; (und mich sah sie jetz offen ungehaltn an :).
(Aber so ‹ umgeben › von 2 Frauen war gar nich
schlecht. Und immer forschend, (bis zu einem gewissen
Grade ängstlich, denn sie war Kennerin), Tanndte
Heete ansehen : ? : ? ! : ! ! ! – : Jaja; MOKKONA !)
» *Der schmeck=mier tatsäch'ch besser* als Nes ! «; also
hatten wir's geschafft. / Und wieder Geschpräch von
allerlei krummem und geradem Getier. / Dorforiginale :
Einer war zu arm=faul, um sich Al=Kohol kaufen zu
können, und fraß dafür habituell Fliegenpilze; (dazu
Eisenhut=Salat; und Tollkirsch=Komm=Pott, was ?) :
» Tja; das'ss'n verzweifelter Kerl; der kann inne Rose
s=puckn ! « / Vor allem aber diesen eben=vergangenen,
merkwürdichsten, neunundfümzijer Sommer . . . . .

: » *So was von Dürre ! : da könn' sich die ältestn Leute*
nich an erinnern. « / 2 Meter tief ausgetrocknet das Erd-
reich. Manche Brunnen versiegtn. (Hier der halb=fach-
männische Exkurs über ‹ Tief= › und ‹ Flach=Bohrun-
gen ›). / » Viel=zu=viel=zu=viel=zu=viel ! « (unbewußt
machte meine Germanin französisch : » Tout=tout=tout-
touttouttouttout ! « hatte ich einst, 1 Soldat, bei Nancy
gehört.) / : » Wenn 1 Wagen fuhr, s=tand der S=taub=
Schweif 5 Mienudn lank über'er S=traße. « (‹ Komet=
komet, wir sehn Dich wallen ›. ‹ Und immer fragt der
Seufzer : Wo ? ›; ‹ Schmidt von Lübeck ›.) / » Pilze
giebt'as überhaupt keine dies Jaa. « (Schade; wir aßen
sie gern. Mit Zwiebeln und Feffer; und Tanndte Heete
nickte zu unserer begeisterten zweischtimmijen Beschreibunk : » Jawoll. Das muß richtich – : sooo ! «
(Und die geschpreizte rechte Klaue vom Mund weg ziehen; und » Hchchch « hinterndran. Also ‹ Feuern ›. /
Und dies 1 neues Schtichwort)
: *FEUER ? ! ! :* » *Oh die Waldbrände,* mein Jung ! –
Einma hab'ich säbs mit geschaufelt. « (Also Leopold
Schefer, ‹ DER WALDBRAND ›, empfehlen. Niemand
kannte es : es ist eine Schande, 1 Deutscher zu sein.) /
1 Haus ‹ brannte auf › : » Wie da der S=peck rumflog : der
bränn=änn=dä S=päck ! – Diesn=Dein WALDBRAND
kanns mir ma vorlesn, Du. « : » Ich hab's doch nich
hier, Tanndte. « Und sie, ungehaltn : » Wir müssen entweder noch Fudder kaufn – «; (für 2 Kühe + 1 Rint, im
Schtall. Schwarze Pause. Axelzuckn.) : » Oder
schlachdn. « (Und Hertha schnitt ihr Gesicht.)
(*Lieber anderes Thema*) : » *Wenn es Dir natürlich* zu
qualvoll sein sollte . . . . . «. – » Kwaalvoll – « wiederholte sie s=pöttisch : » Du hass immer noch die dickn
Aus=Drücke. – Natürlich bissu schon wesntlich nüch-
derner ass früher . . . «. (Ich hatte, ablenkend, von
Onkel Ludwigs Tod, und ihrem jetzigen Zuschtand beginnen wollen.)

» *Wie lange wart Ihr eigntlich* verheirat', Tanndte ? – 30 Jahre ? «. / » Nuuu, « sagte sie behaklich : » Fast 35, mein Jung. – Und hör' von'n ‹ Begreepniß › auf : Alle habm sie sich die Taschentücher vor's Gesicht gehalldn, ass wenn sie Nasenbludn häddn – Manche sogar bloß aufe ein' Seide : ass wenn man auf 1 Auge wein' könnde, unn aufn anndern nich. *Ich* hadde sogaa n schwarzes. « fügte sie s=tolz hinzu : es war alles ‹ in Ordnunk › gewesn.

Ich gab dem Ofen verlegenheiz=halber 1 ‹ belegtes Brot › (wie ich es erfindend nannte); und die Damen sahen mir zu : 1 Brikett, zwischen 2 breiten Schtücken Schwartenholz – : gleich fiff er lauter vor sich hin; der Einsame. / (Op ich nach'm Tode 1 Ofen weer' ? Mein ‹ Licht › hat Niemandem geleuchtet; nur immer mich verbrannt. – Nu von mir aus.) Dann, wieder tapferer :

» *Hassdu mit Onkel nich gut* gelebt ? – Tanndte Heete ? «. – Sie zupfte sich gemächlich den schwarzen linken Errmel höher. Und ruhte warm in sich; breithüftich=kachelofich; (zu'm Kachelofen würde's bei mir ja nich langn; ich weer höchstens n Eiserner) –

» *Och. Er hadde auch* seine gudn Seidn. « sagte sie, (unangenehm gefaßt. – Frage : sind *alle* Frauen nach dem Tode ihrer, angeblich einst=geliebtn, Männer so ? Hertha, das Höllenkind, nickte gleich : nix Witwenverbrennunk !). – » Aber, immerhin : nach fümmunndreißich Jaa'n Ehe, mien Schung . . . . «; (und wiegte unverbindlich den mächtigen Kopf). / . . . . . /

: » *Ald=weerd'n ischa nich* schön. « sagte sie bedächtich : » Das Gedäch'niß setz' aus. – ‹ Graue Haare wär'n ja nich so schlimm; das sieht sche noch gans apaat aus – «; (und nickte in meine 46=jährige Richtunk : heißen Dank, Du Muff !) : » Dascha eher schick, nich. Unn wirkt ‹ erfaan › «. (hier nickte Hertha; offenkundich in Gedanken an, ihr zuvor unbekannte, Schtellung'n).

» Aber auch sämmtliche Verschlüsse weern undicht : Hämmohriedn ! – : Das kann Ein's gans leichd zum Ekl weern. – – Und was nu s=peziell Dein' Onnkl Lutwich anbelangt . . . . . «

» *Der jetzt zweifellos bei Gott ist* – « schaltete *ich,* warnend, ein . . . . .

» *Tchaa; zweifellos* – «; sagte sie nachdenklich ; » Opwohl ausgerechnet *Du* da wohl nich viel von weißt. – Na ; vielleichd freun wir uns ja noch ma, daß wir tot sind. In dieser Welt ald zu weerdn, iss *kain* Glück : wer seine tausnd Vollmonde erlebt hat . . . . . ? « / (Pause. Aber sie war viel schtärker, als jeder Andere, den ich je gekannt habe) : » Dein Onkl Lutwich jedenfalls . . . . . « (noch einmal hob ich die Hand, à la ‹ Der jetz zweifellos › ? – Aber sie fuhr eisern fort) :

» *Er war nu ma 20 Jahre älder ass ich.* Und konnte bloß noch brammeln : von vorn & von hinndn. – Zum Schluß. « fügte sie entschuldijend hinzu. / Und überlegte – von uns schockiert=Ergriffenen nicht unterbrochen – kurz jene gemeinsame till=death=us=part=Affäre. Und kratzte sich an der dicken linken Brust. Und tat einen Mokkona=Schluck. Und sagte dann :

» *Jede Frau müßde eigntlich* 2 Männer habm. « (Und nickte noch dazu.) Auch Hertha nickte. Und ich schprang auf; und rief : » *Ich* hab' immer gehört : ‹ Jeder richtije *Mann*, müßte eigntlich *2 Frauen* habm › ? ! «. – (Sie zogen nur grinsend die Mäuler breit.) / Und Tanndte Heete, mitleidich : » S=tell Du mann ma Nachrichdn ein. « . . . . .

Nachrichtn ? : Wenn nur 51% der Menschen weise wären, wären 100% glücklich ! (Aber wenn der Wind von Bonn her weht, bekomm' ich grundsätzlich Kopfschmerzn : das ‹ Große Ganze › ging beschtimmt wieder Allem vor.) . . . . . / : » Ditt=ditt=ditt : Mit dem Gongschlage « war es 19 Uhr gewesn; und los ginx : ‹ Haine à la Royauté › ! . . . . .

..... *Sichere Briefe melden; man hat nunmehr* vollkommene Versicherung; man hört vor ganz gewiß; es soll nichts Gewisseres sein, als daß; es wird vor gewiß gehalten; es wird fast gantz & gar nicht mehr gezweifelt; geheime Nachrichtn versichern; es wird schtarck geschprochen; man hat schtarke Ursache zu glaubm; zu muthmaßen; es rouliret ein Gerücht; ein nicht ungegründetes Geschpräch rouliret; man bekräfticht; man will sichere Nachricht haben; man will versichert seyn; man will vor gewiß sagn; es wird noch immer geglaubet; man will Nachricht haben; man will wissen; es will verlauten; es wollen Einije wissen; es will versichert werden; man schpricht; es soll, es verlautet : dem Verlaut nach; der Sage nach; nun heißt es; wie man höret; es gehet die Rede; es gehet ein Geschpräch; ein Gerücht; es hat sich ein Gerücht ausgebreitet; ausbreiten wollen; es ist ein Gerücht entschtanden; erschollen; nunmehr bricht es aus; es wird spargiret; es wird davor gehalten; wie es das gäntzliche Ansehn hat; dem Vernehmen zufolge; dem Gerede nach; einem on=dit; dem Geschrei nach : DAS GEWÄSCHE : .....

1 Nowelle zum Wehrgesetz ? : » Ungewordne Nazion, an wie andere Dinge solltestu denken ! «. / (Und Tanndte Heete, ehrerbietich; eingedenk des Faktums, daß ich sieben Jahre lank Soldat & Kriexgefangener gewesen war : » Laß ihn. – Hör zu. «). / (Ne pouvant me corrompre, ils m'ont assassiné : und weiter ging der helleborose Farrago.) Und jedes Wort war so falsch wie ein fournierter Klosettdeckel. / Und auch Tanndte Heete nickte : » Wenn es 1 Gott giebt ? : zumindest hat er die Übersicht verlorn. Ich denk da bloß an vergangenen Sommer : ich möcht' da ma nich an seiner S=telle sein. – Ich saach mier immer : zwiebel Du Deine Mit=Kreatuhrn so weenich wie möglich. Und wenn'u was über hast, gieb'm aam Kind was. « Sie hob die mächtijen Axeln : » Und ansonnssen arbeit'ich eebm. « Auch fiel ihr noch, beiläufich=entschlossen Dieses ein : » Wenn'as in' Paradies keine Kiefern giebt, und kein' Wacholder : bleip *ich*'a aufe Länge *nich* in. «

‹ *Wehrdienstverweigerunk* › ? : *Wo selbst die SPD, die sogenannte* ‹ Opposizjohn ›, ‹ für die Landesverteidijunk › schtimmt ? : » Die solltn sich lieber ufflösn; Denen sage ich voraus, daß sie 61 bloß noch 15% aller Schtimm' kriegn. « (‹ Koalizjohn & Opposizjohn › ? : das ist wie ‹ Nichts & Gegen=Nichts › !). –

‹ *Schpalterflagge* › ? : » *Na* ! : Hammersichelährenkranz – also Arbeitsgeräte & Flanzen ! – sind *mir* doch immer noch lieber, als irgendein plattgeschlagenes Groß=Raubtier ! 'n Löwe oder 'n Geier oder so. « / Die Teretismata eines Bischofs über ‹ Obrichkeit › : Dibelius soll sein Name sein. / (Ein Blatt wie Fauchet's ‹ EISENMUND › fehlt uns. Obwohl die ANDERE ZEITUNG in ihrer Art gar nicht schlecht ist.) / » Schtehen uns nicht demnächst Glaubens= und Ketzer=Gerichte bevor ? ! «. (Lambe mihi ! : ein Mann, der seine Meinung immer nur in Form einer Hypothese äußert, ist 1 Feiklink ! : Ich meine immer, es ist unschätzbar – und das ist jetz *kein* Witz – daß sich ein Mann, wie der Gerhard Eisler da=hinschtellen, und es auf gut=Deutsch gelassen ausschprechen kann : daß unser Herr Bundeskanzler Dies & Das wäre : *ich* hör' jeden Abmd mein Leipzich=lob=ich=mir ! Und seltn vergeht 1 Tag, an dem ich von unserer Regierung nicht gezwungen würde, mich der Existenz der DDR zu freuen : nich weil die 'n ‹ Hort der Meinunxfreiheit › wäre – im Gegenteil; die Schriftschteller=drübn sind ganz arme Würstchn ! – aber als schtändich zu berücksichtijende Gegengewichte gegeneinander sind die beiden großen Teil=Schtaaten unschätzbar : *nur das* verhindert den perfidesten Terror auf beiden Seiten : die= drübn könn' nich voll auf ‹ kommunistisch › drehen : ‹ Unsere › nich auf voll ‹ katholisch plus nazistisch › – so seh'ich's : so sag ich's !)

(1 Düsenbomber mit Atomlast, zu dem Kinder hinauf-
winken : » Allegorie von hiatusinmanuscripti ; und 60%
des deutschen Volkes. « / (Und immer die diskrete Be-
fürwortunk von ‹ Pressegesetzen › und ‹ Selbstkontrol-
len › : » Schon mehrfach gedachte die Dummheit, sich
als unangreifbar zu konstituieren : ‹ bundeseigene Sen-
der ›, gelt ja ? ! «). / Und der schpanische Außenminister Castiella wurde in Bonn fêtiert : » Sind die Ammies
denn taubschtummblind ? «. (Die Tommies, gottlob,
erwachten lanxam. Und ‹ Legion Condor › klang freilich
lieb & traut in einem Lande, wo die ‹ Deutsche Reichs-
partei › demnächst die zweit=höchste Schtimmenzahl haben würde. (Und den Andern, Vergeßlichen, war's so
lange her, als wenn die betreffenden Ereignisse unter
den Merowingern schtattgefundn hättn.)
» *Die Heinies.* « sagte Tanndte Heete verächtlich ; (und
es konnte durchaus sein, daß sie unsere ‹ Obrichkeiten ›
meinte – sie war zu Vielem fähich) ; als der Kanzler wieder einmal mehr behauptete, ‹ im Namen aller Deutschen geschprochen › zu haben. : » In *mein'n nich*. «
s=tellte sie fest fest ; (und auch Hertha & ich nickten :
in unserm ooch nich !)
» *Hat sich jemals 1 ‹ Bundestagspräsident › erhoben, und
sein Parlament zur Unruhe ermahnt ?* « – (Ja ; Marat !
Der Einzije, der die warnende Weltansicht, und laut,
von sich gab ; auch um den schrecklichen Preis des Irr-
tums : » Wenn ich=mich nach Einem nennen soll, so ist
es Er ! « : Ich.) / » Wähln geh'ich auch nich mehr, «
sagte Tanndte Heete ablehnend : » Ich fühl' mich da
nich mehr zu=s=tändich : wie leichd könnde meine
S=timme 1 Zwanzich=Jährijen – *der gar nich will !* –
zu'n Milliteer verdamm' ? « / (Und der russische
LUNIK III kreiste indes unermüdlich : » Es scheint also
im Beschluß des ‹ ewijn › Schicksals zu liegn, daß *Ruß-
land* einer der beiden überlebenden Schtaaten sein soll. «
(Und Hertha nickte, monderinnernd : wir machen

nachher gleich weiter, mein Lieb. (Ich nenne mich
‹böse› : also darf ich mich fast schon ‹gut› nennen?))).

» *Naja : Wie Benjamin Franklin vom Luftballon* sagte :
‹Das Kind ist nun einmal passiert – laßt uns ihm wenichstns eine gute Erziehunk gebm.›«. Und sah
Tanndte Heete bittend an : ? / Aber die machte mit dem
Kopf nur ablehnend ‹so› : » *Die* nich, mein Jung. Faß
überall sinnie Verbrecher anne S=pritze. Oder Geld-
leude. – Solange das noch Menschn giebt, die Soldat=
Sein für'n *Lebens*beruf halldn . . . . .«; und schüttelte
noch einmal : » Du schätz' die Härrn von diese Faabe
ja auch nich. « (Allerdinx. Zumal wenn man das Tuch
vor lauter Tressen kaum sieht.) / : » Laß ma noch ein-
ges=tellt :
Wedderbericht kommd noch. « / *Und er kam :* Vorüber-
gehende Aufklärunk. Örtlich Bodenfrostgefahr. (» Oh,
da muß ich meine Roosn noch eindeckn!«). Gegen
Morgen Bildunk von Nebelfeldern. Dann auch schon
wieder ‹Niederschlax=Bereitschaft› : Anntroppo-Mor-
fisierunk der Natur durch die Meteorologen=Schprache.
Ab morgen=Nachmittag dann wieder die jahreszeit-
lich=übliche ‹Schauertätichkeit›. (Und Hertha schnitt
Ihr Gesicht : » Da könn' wa wieder im Reegn fahrn. Im
Finstern. «).
Apräum' : Mengsel & Brocknis in 1 Katzenschüsschen.
(Auch der ferne Hund krachte ein paarmal – krickte
demnach ebenfalls sein Teil). / Hertha, weiße Schtein-
gutscheibm in den Händen, offerierte mir » 1 Rechts=
Verkehrte «, als ich ihr, galant, ‹unter die Arme greifen›
wollte. (Dann trat aber schon wieder Tanndte Heete
auf; immer abwexelnd die Beiden; raus=rein, raus=rein,
wie im Theater.) / : » Zeick Ihr doch ma n Eichnkamp :
vor Firrdl=Halp=Neun fängd'as doch nich an; Die
wartn, bis Alle beisamm' sinnd. « / Nun wieder Hertha :
die Tür wimmerte in ihren Angeln; und sie machte es

Ihr, nerwös und gehässich, nach : ! . – Und ap. / » Mein,
iss'as Kint zappelich. «; Tanndte Heete; mitleidich.
Auch : » Wie gefällt Ihr das eigntlich hier=so ? Was
denkt sie da so über ? « Und, flink, da die Lange=
Dünne schon wieder, nach restlichem Geschirr
schpähend, antrabte : » Geht man rauf und machd'Euch
fertich. Da könnt Ihr vorher noch'n büschn Luft
schnappn. «
Also vereint=treppauf : erst eine; dann das 25=Watt=
Dämmern eines kleinen Flurs; (» Die Truh'n sind nett «
sagte sie abwesend=wohlgefällich. » Und viele Winkl :
so kleen iss dos gor nie. «). / Dann noch die schteilere
Schtiege hinan, zu unserer Bodenkammer.
Beleuchtung : erst Taschenlampe; dann Kerze. / Sie sah
sich trübe um : die alt=braunen Holz=Wände; (» Gute
alte Balkn, « sagte ich, absichtlich versonnen, um sie zu
ermuntern : » Und wie warm, nich ? « (Trotzdem gab
ich auch diesem Kanonenöfchen vorsichtshalber 1 ‹belegtes Brot›.)) / » Jaja. « Aber es klang doch etwas auf-
gemuntert. / » Und das schöne breite Bett. « : » Jaja. «
sagte sie ergeben. Legte Kostümjacke und Bluse ab; zog
sich, aus dem was blieb, 1 Brust, und betrachtete sie
kritisch; (klein, und mit zornroten Punktn, wie die einer Donnergöttin – kaum, daß ich sie küssen durfte;
und ein bißchen mit der Faust hinein beißen. – : » Mach
Dich jetz nie groß gemecke : Du kannst'ich nachher
noch genuck ab=äschern ! « (Von ‹ echauffieren ›
wohl ?). Trat ich also, gekränkt, von ihr weck. Und
schtellte mir, als Ersatz, ihr großes Farbfoto neben
meine Bettseite auf den Fußboden. (Das, wo sie bei der
Lampe am Zeichenbrett sitzt : Tuschkasten und Wasser-
näpfchen um sich; Fläschchen, Tuben und ‹ Bunte
Schteine ›. Rinxum.)
Sie drückte sie langsam wieder nach unten ein : » So kahl
wie hier drinne; wird's da=obn woll ooch aussehn ? *Viel*
anders werdn die oo nie eingerichtet sein . . . . .

..... *Wohnsäle, durch Wände aus Glas*bauschteinen,
also durchscheinenden, abgeteilt : Famieljen und Ehe-
paare für sich; Junggesellen und =innen immer 2 und 2
zusamm' .....
» *Also in dem Falle,* « ergänzte sie :
    Charles & George. / Und ich knipste an der Türe an :
Was nützt die längste Neonröhre, wenn kein Bild an der
Wand hängt ?! (Gewiß : unsere ‹ Malerin › – die auf
Erden Musterzeichnerin gewesn war –
» *Du jetz bring ja nie mich* noch mit rein «, sagte sie
verblüfft; und ich, mindestns eben so erschtaunt tuend :
» Ja sebsverschtändlich bring ich Dich *andauernd*
rein ! : Du bist'as Modell zu meinen sämtlichen Frauen-
geschtaltn. « : » Wer's gloobt. « sagte sie mißtrauisch :
» Zu der dicken Ministerin ooch ? « : » Erst recht : also
schtrebe dem nach, Du Liebe .....
    » ‹ *Malerin* ›=*ff* « *George; gehässich; denn* er hatte es
vergeblich versucht : sowohl sich=ihr anzunähern, als
1 Bild zu erschtehen. Sie krickte für ihre Kollahschn,
beziehungsweise Dee=Kollahschn, ja auch schwerstes
Geld; (und das Material dafür zusammenzuschmei-
cheln, war bschtimmt auch nich einfach : da würde sie
so manches Loch .....
    » *Pssst !* « *George; an der linkn* Zimmerwand, (und
drückte sie immer abwexelnd dran : Auge Ohr &
Mund). Denn nebenan wohnten Saundersons; und, da
aus reinem Textilienmangel die Meisten zu Hause schon
nackt gingen .....
Sie ölte ihre Lippen : rot wie die Haut von Erdnußker-
nen. Wollte zuerst moralisch den Kopf schütteln. Besann sich dann aber doch eines Vernümftijeren; und
meinte barmherzich : » Wenn's keene Frauen gippt, is-
siss natürlich .....
    (‹ *Ventre affamé n'a pas d'oreilles ?* › : *habt Ihr* ne Ah-
nunk !). / Und wir lauschtn begierich. Und schpähtn
angeschtrengt : wie sich da eine Schattenhaftichkeit

dauernd blitzschnell verneigte – (: » Du : Im Schtehen.
Von hintn ! « röchelte George, bereft of all decency;
(und auch ich konnte nich anders, ich verfinsterte mich,
und wenn die vieux bagmate auch bald 60 war – na, die
Zeit war abzusehen, wo es keine Glühbirnen mehr gab :
da sah man's dann wehnichstns nich mehr !).

» *Jetz legt er sie auf'n Tisch !* « schrie Dschordsch, (so
laut, daß der eine der Schatten flüchtich herüber sah.) :
» Tracassier « schprach ich angewidert. Auch : » Komm,
an die andre Wand. «

Die andere Wand ? : da schafften Pattersons grade die
Kinder zu Bett, à la ‹ make me pious=liddle child › :
» ‹ daß ich auf die Erde komm › « –

fiel mir als i=Pünktchen ein; und Hertha kicherte, ange-
regt=mitfühlend. » Klaa, « sagte sie : » Den' *muß* ja die
Erde wie's Verlorne Paradies vorkomm' «

. . . . . *eine Theorie, die rapide* an Anhängern gewann.
» Kein Wunder, « sagte George bitter : » Was ham die
arm' Würmchen außer ihren Schteinbaukästen schon ? –
Am besten, man kauft sich auch ein'. « (Und, wieder
wilder, (da Frau Saunderson eben 1 entzückenden kleinen Schrei ließ) : » Wundert Euch nur nich, Ihr im
Kongreß . . . . .

» . . . *wenn die allmählich Alle* Hundertfümmunnsipp-
zijer werdn. « sagte Hertha unschuldich; (weil unwis-
send, *was* sie damit ewenntuell Alles sanktionierte;
aber

wir hatten uns ja längst schon, in geheimstn Sitzungn,
mit allen Possibilitäten befaßt : Hinterladerei und kauni-
sche Liebe; Lesbizein Labda Laikastria Oris stuprum
andrizomai siphniazein phoinikizein keletizein; Viel-
männerei als veredelte Prostitution . . . . .

» . . . *gab es doch seinerzeit auf Erden schon,* « flocht ich
bitter ein, » weibliche Wesen, die – kalt & völlich=be-
sonnen – die unglaubliche These verfochten : ‹ daß jede
Frau eigentlich 2 Männer haben müsse ›. « Siegriente,

(‹ NIGRIN oder die Sitten 1 Filosofn ›), und schtrich sich mit den Händn einen neuen Rock ums Beckn, daß der gans glatt & schlank anläge, von der ätsch bis an den belt. (» Was die angeführten Worte auf ‹ . . . zein › bedeutn, erklär’ & zeig’ich Dir gern : aber beklag’ Dich dann nich ‹ mitten drinn › «.)

. . . . . *die Russen sollten ja, genau umgekehrt,* einen unglaublichen Frauenüberschuß haben. : » Mensch da schmeißt’och . . . «; aber er fing sich, patriotisch, wieder; und preßte die Lippen aufeinander; und hoop schtoltz den Kopf : » . . . den Kram *nicht* zusamm’. – Wir werdn schon eine Lösung findn. « (Und dachte, ich wußte es wohl, wieder an ‹ Krieg › : » Mensch=George : iss es noch nich genuck, daß die *Erde* hin iss . . . « Aber er hörte mich gar nich – : » Ruhich . . . « –) –
Tatsächlich : der Verflegunxwagn kam angerollt; (wieso ‹ man › wohl kräftijende Leibesnahrung mit der zernichtenden Vorsilbe ‹ ver › ausgeschtattet hat – vielleicht Vorahnung unserer Mondkost=hier ?). / George schtürmte schon zur Tür. Ich, obwohl mindestens ebenso neugierich=gierich, folgte gemessener. (» Ein parlamentarisches Amt verpflichtet. « hatte Mumford erst neulich, sehr schön, gesagt. (Schon wieder dieses verfluchte ‹ ver › ?). Hoyce, zerschtreut wie immer, hatte zwar » zu was ? « gefragt; war aber von Niemandem 1 Antwort gewürdicht wordn. – ‹ Zu was ? ! › : Was es so für Menschn giebt !).
» *Keine Eier ? !* « : *wie ein Schtier* brüllte Dschordsch im Korridor. » ‹ Unnötijes Schrein & Singn ist im Interesse des Luftverbrauches zu unterlassen. › « leierte der Fourier kühl. Während seine Gehülfin sich in die hoch=beräderte Gefriertruhe bückte – ‹ archly ›; was durch ‹ bogenförmich › wiederzugeben verfehlt wäre – und der Anblick ihres Ausschnitz mit Inhalt, lenkte George doch wieder, wie immer, beträchtlich ab; (deswegen hatten wir Betty ja auch ausdrücklich zu dieser Tätich-

keit zu bewegen gewußt; und das kokette Biest tat gern
ihre Schuldichkeit : reichte sie nicht Dschordsch die
Kumme mit Milchbrei derart lächelnd hin, als kredenze
sie dem Benommenen die gleiche Kwanntietät Neck-
tar ?). / Erst drinnen, als wir den Brei schtumm in
unsre Schpinde schlossen, fiel es ihm wieder ein : » Kein
Brot, keine Butter ? – Kein Käse. « setzte er schwer
hinzu; (es verging kein Tag, an dem er mir nicht ein
Hymnlein auf Cheddar oder Roquefort gesungen hätte :
zugegeben : es *war* 1 Genuß gewesn. Aber was nützte
das ?)

» *Und die Russen, saaxdu,* serwiern *frische Leber* . . . ? «
flüsterte er abwesend . . . . .

» *Bistu nie tatsächlich* Slawo=viele ? – Im Grunde. « er-
kundichte Hertha sich gedankenvoll : » Op ich ann
Mantl anzieh ? « » Ich file einzich & allein Dich, mein
Schatz ! Nich ma mich selber. – « sagte ich entrüstet :
» Und den Mantel zieh ruhich an; wir laufn vorher noch
n paar Schritte . . . . .

. . . . . *und dann, nach dem wir also die herrliche Er-
kwickunk* für's Nachtmahl zurückgeschtellt hatten, wu-
schen wir uns noch die Slater=Hände; (wobei ich
George von der Malice des Dichters erzählte. Er aber
fand gar nichz dabei; war im Gegenteil noch schtolz,
daß schon die Kinder in der Schule seinen Schtand ehren
lerntn. – Vielleicht sollte man's ja tatsächlich so auf-
fassn ?). (Und den Flock aus dem Loch des gläsernen
Beckens rupfm – ‹ Flock & Loch & Beckn › : man war
wirklich so weit, daß sich einem die einfachstn Vorgänge
. . . . . – Und es gurgelte, wie ein Ertrinkender; der
sich eilich nach unten entfernt . . . . .

. . . . . *nach unten entfernt : so klettertn wir* die schöne
hölzerne Klamm, in den Mäulern Taschenlampm, wieder hinap. (Nachdem ich erst noch dem Öfchen gut zu-
geredet hatte; bevor ich ihm die verschprochenen 2 Bri-
ketz gab – *und* noch 1, ‹ zur Belohnung ›. – Er schtank

vergnügt vor sich hin; bis ich das Türchen richtich schtellte – dann ‹ zog › er. (Also doch wieder etwas weiter zu; daß es bis zum Nachhausekommen vorhält – : so. –).). / » Haste ooch das Licht ausgepustet ? «. (Also noch mal, innerlich fluchend, rauf. –) / : » Natürlich war's *längst* aus ! «. Aber sie, unerträglich fennichweise : » Besser iss besser. « (Dann noch etwas von ‹ gookln › ? – : » Mit offenen Flämmchin leichtsinnich hantieren. « verdeutschte sie bös=rüstich.)

Tanndte Heete (und die alte graue schwanzlose Hauskatze kletterte langsam im massigen Gezweig ihrer schwarzen Glieder) : » O um halb Zehn seid Ihr *länx* wieder da : ich s=trick unn lees' solange. – Und dann sehn wir Uns nochma'as Haus an. – Fiel S=paaß. « (Und nickte einmal, kurz & kraftvoll : ! – –

*

–. –. –. –. / » ? « : » –; . . .! «. / –. –. –. –. / :
: » *Sagama : wie iss sie eigntlich* – genau – mit Dir verwandt ? « : » Tanndte Heete ? – : Also *meine Mutter* – ? «; (sie nickte zu jeder der aufeinanderfolgenden Beschtimmungen) : » *Deren* 15 Jahre ältere *Schtief=* Schwester ? – : Von *Der=die=Tochter.* « (Sie verdaute es mehrfach.)

» *Was'n Kaff.* – « sagte sie abweisnd : drübm, im schwarzn Scheunenmaul, lümmelte es autochthonen. Alternd sauste 1 Baum. Der Abmdwint ging hinter uns her :

> : » *Komm Dschordsch : wir gehn* in'n Gemeinschaftsraum : andre Gedankn. « » Du predichs' Gesundheit wie'n Kranker. « sagte er trübe; ging aber selbstverschtändlich mit; (in dem Loch, und allein, wärn Einm ja auch nur lauter Schterbegedankn eingefalln.)
> *An 1 der 3 Läden* vorbei : ‹ KUNSTGEWERBE ›. / Und schtehen. Und das bissl Klimmbimm mustern : – Ulkije Pötte : wenn sie schlank geratn warn, hießen sie Wahsn.

Platten mit einer Art ‹ Höhlenmalerei ›; (nur wesentlich schlechter als in Combarelles. – Und es gab mir doch einen innerlichen Schock : war *das* das Ergebnis, daß die vor 100.000 Jahren bessere Bilder hatten, als wir= hier ? !). / Auch Schachtische, aus abwexelnd Lunabat und Lunarit. / Aber Neues nich.

» *Doch. Hier.* « *George; dummf.* – : ? : Tatsächlich ! : ‹ Aschenbecher › ! (Wo wir, glaub'ich, noch etwas über 2.000 Zigaretten am Lager hatten. Wie zum Hohn.) / » Na, bald wird's n *neuen* Ladn gebm. « versuchte ich George aufzurichtn. (Aber er hörte's gar nich; er war in Gedanken nur bei ‹ LUCKY STRIKE ›.)

Die rauschenden Eichn. Die Schtimme der Mühle. Das Licht der Lampe. Fern grölte 1 LKW auf seiner dünn'n Teerschtraße; endlose Wälder zu beidn Seitn; der Bei- fahrer schlief; (man sollte ihn als Wegweiser aushauen, und an die Landschtraße nach Tewel schtelln . . . . .

. . . . . : » *Hier. Kuck Dir ma die Erde an* – «; ich hielt ihm mein Taschenfernrohr hin; (denn obm schtand sie grad, leicht verschwollen, im Plexiglas.) Er ergriff ange- widert das Fernrohr. (Und hielt es unschön; wie ein Mann sein Harnrohr hält . . . . .

(*Hertha nickte wissend*) . . . . .

Besah die flauschige Kugel auch nur kurze Zeit. / : » Wieso darf man die Neu=Erde eigntlich nich über die linke Schulter ansehen ? « erkundichte er sich dann : » Patterson behauptete's neulich. « : » Och der abergläu- bische Laffe ! « sagte ich verächtlich; (uff was für Ein- fälle Die so nach & nach komm' !). / Und Dschordsch war immer noch übler Laune; er machte eine Satire auf jedes Schternbild, das er nur erkenn' konnte . . . . .

Sie blieb gleich schtehen, und schaute kritisch : in ästije Höhe, und, weiter, in die moutons : dazwischen Klar- himmel, mit Schtern'n gesalzn. Da drübm drangn sie *noch* schtacheldrähtijer aus ihren corrals. / » Tja. « sagte sie unschlüssich : » Ich würd' ja ooch sagn : den Himmel hat a *armer* Mann erleuchtet. – Wie schpät maxn sein ? «. (Und sah dann doch freiwillich auf die Armbanduhr, ehe ich wieder mein Schprüchlein leiern mußte.) / » Nu ; ich gloob, wir könn' schonn reingehn, wos ? – «. Und seufzte ein bißchen. Und verkrammfte sich wieder mehr. Und grämelte rührich : » Oder wolln wa nie lieber draußn bleibm ? Und nachher bloß sagn, wir wär'n gewesn ? «. (Schüttelte auch betrübt den Kopf über sich=selbst : deste baz ; da brauch ich's nich zu tun. Dann aber doch) : » Bisdú 1 *un*glückliches Paketchen=Meedchen ! : *ich* bin schonn menschenscheu ; aber *Du* . . . ? « –

: » *Komm : atme etwas Große Welt.* « Und schleifte sie durch die Gasthofstür, heuleforte schreieschtufe ; an der Kasse vorbei ; (allwo 1 frecher Greis uns, dreist, mit des leeren Fasses Klang, pro Kopf 1 Deutsche Mark abverlangte : na, für so viel Wampum wird ja dann auch Einijes gebotn werdn müssn.)

In den Saal, in dem 50 knochije Schtühle ihrer Be=Sitzer harrten. (Das heißt 20 waren schon da : Bauern in schwerer Tracht ; Haare aus schwarz=weiß=rotem Zwirn ; mit ledernen Händen, an jeder davon 5 Daum'm.) / » Du machsDich noch ammall unglücklich mit Dein' Ausdrückn. « sagte sie wohlgefällich. Wir setzten uns ‹ gans linx an'n Rant › – (ich weiß : da hasdu auf der 1 Seite Niemanden ; auf der andern Nur=mich als Nachbarn, Du Unglüxwurm ! Gleich flüstern) : » Bin ich Dein Nur=mich ? Gieps ja zu, sonst . . . «. Aber sie war noch zu gehemmt ; machte nur » M « ; und bat rührend : » Sag noch was Schönes. « / Raffte ich also Geist & Gabm zusamm' ; und äußerte feierlich : » Schtaar. Koralle. Kleeblatt. – : Veilchen. « (Sie wiederholte es mit schtummfm Lippn. Dann aufleuchtender : ?. Legte sichtlich einen noch dunkelblaueren Grunt=darunter : ? ! – : » Du – das könnt'a *Kinder*=Schtoff sein ! «. Irma=Firma.)

Wie er langsam voll wurde : » *Och kuckamma* . . . « : ein altes Pärchen schtützte einander rührend herein; gebückt eisgrau schtarräugich, (und mit völlich verglaubtn Gesichtern). Als der Gang schmäler wurde, taperte er voraus; der Hut trat schlimm über seiner Schtirn hervor; (sie haspelte sich, allein, an der Wand weiter. (Und Hertha wollte grade wieder, ergriffen, ihr ‹ Kuckma › anbringen, als Jene plötzlich ausreichend Kraft & Geschicklichkeit entwickelte, ihren Gatten mit schpitzlosem Schtock in den Hintern zu schtechn : als sie die Reihe erreicht hatte, die sie sich einbildete. – : » Kuckamma! «; (aber jetzt wesentlich realistischer : nüchterner.))

Neben mich mußte sich natürlich 1 Kettenraucher flanzn; mit krummim Kinn und rotim Knebelbart : er wischte dreckije Hände an dreckijn Hosbeinen ap; und sah sich dann in ruhijer, selbstbewußter Unwissenheit mich=an. / Neben ihn wiederum ein schickes Kuriosum : gelbe Schuhe hoher Schtöckelschirm. Das Gesicht seidenweiß & schtarr, Aghaid sneachda, halb Schnee halb Mond. Aus dem gelben Rohr ihrer Kostümjacke hing das Schtäbchenbündel, (aber nicht lange; dann faltete sie beide Hände über dem Schirmgriff, vor sich : Glückauf zum Knochengeweb'!). / Mein Rauchender machte sofort aus seinem Maul einen Schornschtein – (der Rauch war sichtlich froh, aus ihm zu entkommen, so grade & schnell floh er hoch!) – und morste mich lynxäugich, humoristisch & weltmännisch, an. (Also die Dorfhure. Je nun; man kann nich immer bis Hannover fahrn.)

Da jedoch die meistn Menschn häßlich sind, hatte es etwas Bedrückendes – » Zugegeben Hertha. « – diese Kollektion von 50 Butznantlitzn hier zu durchmustern. : / Vorn 1 wollüstich fette Schtirn : an der Seite hingn die Ohrn wie Lumpn. (» Große Lappm « verbesserte Hertha, ohne die Lippen zu verändern.). Der Hinterkopf dafür wie abgesägt; (» Und zwaa von keem schüchter-

nen Säger. «). / Schtarkbehaarte Sassen, Kerls mit un-
geschnobenen Nasn : Flotzmäuler. / Und wieder fürchterlich glänzende Glatzn. 1 hakijes Gesicht hegte den
Zigarrnschtummel in der eigenen Feife. Runzlije Manns-
nackn : beim Hals=Drehen machte die Haut nischt wie
Rommbm. / Der Abtritt eines Mundes : schlotterte um
3 Zeehne=rumm; wankelnd nach Worten, angedeutet,
kinnladich. / Im owahlen Warznbeet. (» Hör uff ! Du
kannst Ei'm ja's Essn ... : denxde *unsre* Gesichter
würdn nie *ooch* ammall so – « (sie suchte nach dem
Wort) – » so geflickt aus=sehn ? « : » Einmal hoffe ich,
daß der HErr mich *vorher* zu sich nimmt ... « (» Der
mack Dich gar nie. « sagte sie, fest=überzeugt : Hasdú
ne Ahnung von Sammlermentaliteet !). » Und überdem
hätten die Herrschaftn sich doch wohl waschn dürfn;
auch die Zeehne putzn. – Und den Korkn=hintn etwas
fester schteckn ! « fügte ich ärgerlich hinzu; denn meinem Herrn Nachbarn flog er eebm, mit gut hörbarem
POPP, heraus. (Und er lachte noch, froh der eig'nen
Kraft, rauh & cis=Taunensisch : ‹ Wir sind die Nieder=
Saxn ! › – » Gewiß; Herr Zockwittekind wird nich
nenn'swert anders geduftet habm. « Und er fingerte wieder schwimmhäutijer : As no man can draw in his breath
at once, and force air out beneath.) (Die gelbe, lang-
händije Betze neben ihm grüßte seine Leistunk anerkennend mit Zähnn.)
Nur gans seltn hüpsche oder erträgliche Exemplare :
eben kam solch jungfräulich=zähes Schrittgeweite vorbei : 1 Fünfzehnjährije mit noch weitgehend unentdecktn
Augenschternen; das große Lid lang besäumt. / 1 weiß-
blonder brausender Junge rannte vergnüglich auf & ab;
gab jedem Schtuhl einen Klaps; und verschwand neben
dem Vorhang – ich sagte ihm auf den Kopf 1 Hauptrolle
zu ! / » Ich hab ooch eenmal in der Schule a Gedicht
uffgesagt, « geschtand Hertha, » und bin schteckn gebliebm. – Die andern Kinder habm ma's noch lange hin-

terher gerufm. « schloß sie gramvoll. (Mein Nachbar, der nun auch noch nach Ratzeputz zu riechen begann, wisperte kurz seine Dame an –, ?, – die nickte mit schpitzknochijer süßmehlankolischer Gebärde; BRIGITTE & CONSCHTANZE; und ihr blutijer Oberlippenfaden küßte ihren eigenen Unterlippenfadn gifftijer.) / Während die Lichter langsam erloschen . . . . .

Dafür aber gleich 2 bescheidene Rampenscheinwerferlein; in deren Glanz soeben die Lehrerin trat; das Büchlein zum Festhaltn in der dienstlich=verbrauchtn Hand; gans graue Junk=Gesellin, 1 Leebm lang : die Brille bleibt Niemandem erschpart. / Entschuldichte sich (trotz des Präceptortons blutarm) op der hohen Eintritzpreise : aber die Kulissen & Kostüme hätten über 50 Mark gekostet. / Wischte sich das Gesicht auf die andere Saalseite hinüber; und lobte den dort plazierten Eltern ihre Kinder, die nun gleich sämtlich hier auftreten würden; (und der blaßrot=verschossene Vorhang hinter=ihr bauschte sich an dieser Schtelle aufgeregter; und das Geflüster=dahinter kam lauter. – Unsere Schprache ist Gezisch & Hexerei, werthe Graue. (Wer's beschtreitet, schpreche diesn Satz gleich noch einmal. Oder krähe ein ‹ Erzberkwerk ›.).

(Wohlauf Ihr Geigen, zum Schwirren & Schteigen. *Wohlauf Trommpeetn, zu Mordn* & Tötn. *Und Ihr Posaunen zum Schtaunen.* / (Denn De=Korazjohnen, und Pro=Zessjohnen : Tartaren Ja=nie=tscharen Kahl=Mücken Husaren, VölkerausallenZonen : werdn gleich ziehn & thronen !) / Auch Ihr Schallmaien müsset drein schreien; und die Oboen ja kwieken & drohen : die Flöte klagt, das Hüfthorn jagt, der Brummbaß – – : » ä=brummt « (mir fiel nichz anderes ein) : » *Auf* der Vorhang : Klapps ! : Alles verschtummt . . . . .)

» *Iss das von Dir ?* « flüsterte sie, abwesend=anerkennend. : » Nu; ison=iso. « (Ich lüg' gans gern, wenn ich Zeit hab' : die Wahrheit iss so was Gewöhnliches, nich ?) . . . . .

Sieh an! : ‹ *Erster Akt : 1 Zimmer* ›. / (*Und geschickt*
aufgeschtellt, sodaß man gewissermaßen in eine Ecke
hineinsah : rechz die kürzere Wand, mit 1 Tür darin;
linx die längere, mit Tür & Fenster. (Noch weiter linx
ein Schtück Schtraße, so daß man von außen ‹ ins Haus ›
tretn konnte : » Gaa nich dumm. « Und auch Hertha
schüttelte beschtätijnd den roten Kopf. (In Nordhorn
waren wir gute 6 Monate nich mehr ‹ im Theater ›
gewesn. (Und infolgedessn genußfähich wie nur je
2 Klein=Schtätter.)

» *Sind das Büchcher ?* Die uff dem Tisch=da liegn ? « /
Ja; ne Buchbinderwerkschtatt scheinbar. An der Decke
ein Leimzweig als billichster Fliegnfänger. (‹ Als Lampe
1 Zinnbecher voll Seehunztran, in dem brennendes
Moos schwimmt › : wo hatte ich das ma gelesn ? Oder
war es gar von mir selbst; beim Gedanknschpiel vom
Schiffbruch in irgendeiner Barents=See erfundn ? – Also
sagn wa : von=mir=selbst.)

Und die Kleine schtand auf ihren Besen gelehnt. Und
schtand – : – (aber auch schon *so* raffiniert ! : ‹ unsere ›
1. Liebhaberin in Nordhorn war 2 Klassen schlechter !) – und schüttelte den Kopf. Und tat ein paar
rauschende Besenschtriche. Und schtand wieder.
Seufzte, daß es durch den Saal schallte. Eröffnete das
frische Futterälchen ihrer Schtimme; und tat einen
Monno=look . . . . .

: » *Warum ich mich nur DAMITT* plagn muß ? ! « –. / :
» Wenn denn *doch* Alles zugrunde geht : iss es da nich
gleichviel, ob die S=tube *so* aussieht oder anders ? « /
(Unmutich=umherblickend) : » So s=pät=schon. . . . :
Und mein *Peter* war noch nich da ? – Na *nu* kommt er
auch nich mehr. – *Säbs* hingehn *daaf* man ja nich – : ass
Mätchen ? «; (fügte sie schlau hinzu. Und fragte gleich-
sam den Saal : ?. Und nickte kunstvoll – (und schwer-
mütich=lüstern !) – mit dem feinen Backfisch=Kopf :
jetzt hatten wir die Mark bereiz raus !).

: » *Und zum Hinschickn hab'ich Kein'. –. – : Ach :* so
soll denn der jünxte Taak anbrechn, ohne daß ich *mein'*
Peter noch einma gesehn haap ? «. / (Sie sank – immer
den Beesn in der Linkn – auf den Schemel hinter sich;
suchte in der kleinen Schürzentasche; und trocknete
ihre Augn mit dem Tuch. – Schtockend und schluchzend : » Und *so'nn* begabter Mensch : wass'eer für *Bill-*
der mahln kann ! – «
(Und ließ das Tüchlein sinkn, und sah anklagnd ins
Auditorium) : » *Hundert Küsse* hat er gestern gewollt – :
unverschämt ! « / » Aber genijahl . . . « setzte sie, und *so*
nachdenklich, hinzu: » GOtt, man musch'e auch ma was
für die Kunst *tun* – « (und, nun voll ‹ weinend ›, aus-
brechend) : » Oh hädd'ich doch bloß ! . . . : Ich bin
recht unglücklich. . . . «. / Plinkte auch, mit dem einen,
kekkeren, Auge über den Thränenlappm hinweg, um den
Effekt zu beobachtn : ? / Und da *konnte* ich ja nich anders :
ich gab den erstn, lautn, Applaus : ! ! ! ! / (Erst sahen sich
einije der anwesendn Herren Landwirte schtumm an.
Dann nach mir=umm. Und als sie erkanntn, daß es sich
um jenen wohlgewaxenen Fremdlink handele, der vorhin so vornehm & unzufriedn dreingeblickt hatte, entschlossen sich doch Einije, im feinen Geschmack nicht
dahintn zu bleibm. Und die gelbe Amateurin kam ihnen
noch um den Bruchteil 1 Sekunde zuvor. Und das feine
knöcherne Applaudieren klang doch sehr apart zu dem
bretternen Tosen der übrijn Bauernfootn.) / (Die Lehrerin sah gans verblüfft heraus – so viel Beifall war sie für
ihre Mühe gar nich gewohnt ! – erkannte aber ebenfalls
die Sonder=Ursache; und nickte in unsere Richtung.
Nicht ‹ dank=baar ›, aber verschtehend. / Wandte sich
auch gleich wieder rückwerz, hinter's bretterne Wänd-
lein, (wo es erregt zu schnattern begonnen hatte, das
restliche Schülchen : sehr gut ! : Jetz war die richtije
Prümm=jehren=Schtimmunk.).)
Aber Herr Peeter kam gans von selbst. (Kunstschtück;

bei *dem* Kint !). (Und schon tat Hertha den bekanntn
Seitnblick. Und gab das bekannte Kopf=Schütteln von
sich, à la ‹ Ihr=Männer ›, und ‹ Eener wie der Andre ›.
Und ‹ Was bloß'n Unterrock an hat ›. – : » Befriedicht
Ihr doch Eure Männer ! : Dann iss überhaupt keine
Gefahr ! «).).

Und oben kosten unterdessn die Zwei : Er – natürlich
der weißblonde Bube von vorhin; : » Was hab'ich gesagt ? ! « – sehr schtattlich gekleidet. Vermutlich die
Weste eines uralten Bauern=Ahnherrn : die Knopflöcher
goldgesäumt; mit Thalern als Knöpfen. Auch weite
Zimmermannshosn – die Lehrerin hatte sich wohl mühsam, aus Romanen von 1900, erinnert : wie damals flie-
gender Sammt zum Kennzeichen des Künstlers gehörte :
wenn ich beim Namen GERHART HAUPTMANN
bloß nich immer an das wahnwitzije Foto denken
müßte, ‹ Als Bild=Hauer in Rom › : das war ooch'n
Scharr=lattah ! – Na; es gehörte wohl zum Beruf.)

Aber Peeter's weitschattender Hut, und fliegende
Schlipps=Schleife wirktn doch ungemein überzeugend=
wintbeutelich; so daß manche ältere Bauern arck=
wöhnisch nicktn : *Dem* hättn sie ihre Tochter ooch nich
gegeebm ! . . . . .

: *Glaubt Ihr denn tatsächlich Alle=hier darann,* daß,
heute Abmd, um 10, der Komeet kommt. : Und die
ganze Welt zugrunde geht ? ! « / » Och=ja=doch, Peeder.
: Der Fader denkt'as s=teiff & fest. Der fatale Adwokaht
Krappe hat ihn gennz=lich überzeucht . . . und es
wär'sche auch furchtdbaa : Peeder ! . . . . . «. (Sie
drückte sich, ‹ archly ›, an ihn.) / Während draußn, ihre
‹ Geschpielinnen ›, sich auf der Schtraße zu einem
kunstlosn ‹ Tänzchn › versammeltn – : das war beschtimmt 1 Reschietrick der Lehrerinn; die ja, Rechtn
Linkn, Schpeck & Schinkn, sämmtlichn Erzeugern die
hoffnunxvollen Schprößlinge, die den betreffendn Ehen
‹ entschprungn › waren, als junge, unter ihrer Aufzucht

so schön erblühte Genien, vorzuführen hadde. / Das
macht man ja an den größten Bühnen : ‹Lasset uns
1 Täntzchen haltn.› – Oder der greise Oberförster,
‹Hugo› war sein Name, forderte, wenn's allzulang-
weilich zu werden drohte . . .
: ‹*Singe mir doch einmal* mein Leiblied, Töchterchen.› /
Also no blame : sie ringelreihten & sangen. / In Röcken
ihrer Mütter : Eine hatte sogar ne Seidenbluse an, und
sah sich sehr=s=tolz um. (Wenn man die Augen zu
machte, klang der Kor ulkich fern : ob ich *auch* jemals
12 gewesen war ? Ich konnte mich nicht mehr erinnern;
aber die frische Zage überzeugte mich irgendwie. (Auch
Hertha beschtätichte schtumm.) / Und dem listijen,
wortgewandten Künstler gelang es natürlich unschwer,
(‹wie junge unschuldije Pellkartoffeln› fiel mir ein),
seine wankende Schöne zur Theilnahme an jenem Can=
Can zu überreden. (Nochmals die Augen zu : ? / Ja. /
Obwohl man, wie gesagt, vergessen mußte, daß Einije
falsche Kleider umgeschnallt hatten.) / Aber Hertha
schtieß mich erregt an : ! . . . . .
Und das war ja unleugbar sehenswert. / (Der Maler=
Peter war etwas zu leichtfertich=leierich gewesen : im
Bewußtsein großer äußerer Vorzüge nahm er die Rolle
zu leicht). / Aber hier, *DER* : . . . . .
(*Nämlich der* ‹ *Buchhändler Balder* ›*; der* ‹ Vater ›) : eine
Handwerkerschürze vor. Massiewes Gesicht; (bei einem
13=jährigen *Schtadt*jungen wäre's unglaubhaft gewesen;
da ich Bauern kannte, akzeptierte ich's.) / Die Hände an
beide Seiten des Brustkastens geschtemmt : die Ringfin-
ger trommelten, leise=langsam, in eiserner Fassunk : Der
hätte ledicklich so über die Bühne zu gehen brauchen,
und wäre jeglichen Beifalls sicher gewesen. / (Nach dem
1. Monno=Look krixtn : von mir !).
» *Niemand hier ?* « – (*Das Organ* absolut unaufgeregt=
aufregend, wie aus Moniereisen.) : » Hm. Freilich. Das
fleegt so zu sein in den letzten Tagen. « / (Blieb

schtehen, und schtarrte kalt in den Saal, auf 1 Punkt; ich
tippte : auf den eigenen Vater ! : *nur den* kann man so
verächtlich=achtunxvoll beblicken.)

Er schlug die Schürze beiseite; mit der Gebärde Eines,
der mit Allem – aber auch platterdinx *Allem !* – ab-
geschlossen hat. Und zog aus dem betreffenden Täsch-
chen=vorn=am=Bauch 1 Uhr – :

eine Uhr, sage ich ! (Ob ich nachher hin geh, und sie
ihm abzukaufen suche ? Als Erinnerung an diese
Schtunde ? – Höchstwahrscheinlich schtammte sie ja
auch noch aus Peter Henleins Werkschtatt; also auf
keinen Fall ein schlechter Kauf.) . . . . .

» *Fünf Uhr* . . . « (*Und nichts dahinter geschprochen;*
weder Frage= noch Ausrufungs=Zeichen noch auch nur
1 Punkt : *NICHTS !*) : » Wir treten nunmehr dem ge-
waltigen Augenblick *sehr* nahe. 5 Uhr : 5 S=tundn : Adé
Du lose Welt. « (Er nahm seine Schürze ap; legte sie
sorkfälltich zusamm'; und auf den Schemel. Dann wieder die Hände hoch, in die alte Schtellunk) : » Nun –
wir sind fertich miteinander. « / (Es klopfte ? Allerdings
überflüssich deutlich, wie wenn hinten Einer mit dem
Hammer einen Nagel einschlüge. – Der Hin= und Hergehende blieb sofort schtehen. Und wandte den enor-
men Kopf : langsam; wie Löwen pflegen . . . . .

» *Herein ?* « / *Und es war 1 lispelnder* Unterbeamter :
» Gu'n Aamd Herr Balder ! «. – Und Jener, schteinern :
» Gute *NACHT.* Herr Gerichzdiener. « / (Und nun
hin=und=her) :

: » *Da wär noch'n Schreibm* von'n Bürgermeister an ihn,
Herr Balder. « : » Giept sich der Bürgermeister noch mit
Schreibm ap ? «. (Es lächelte im Saal, verächtlich & be-
dächtich. Es murmelte.) / Die fetten Augen meines
Nachbarn glinzten : er hatte 5 walzenförmije Finger
nach rechts, seitlich an das zaundürre Becken seiner
Nachbarin, gelegt. Ich legte prommt meine Linke – aber
bittend; ich bin 1 schüchterner Mensch ! – an Hertha=

ihres : ? (Das dumme Dink verschtand mich erst wieder
nich. Dann aber doch. Und bewegte tröstend, bejahend,
ihren rechten Oberschenkel. » Hertha – «. (Und bewegte ihn, tröstlich=verheißend, noch einmal : wenn Du
nur *immer* so verschtändnisvoll wärest.))

» *Nuuun : lege Er es nur* da hin. « / (Und der Gerichtsdiener mitleidich) : » Herr Balder – : morgen iss'er
Tärmien . . . «. Der Nicht=Bethalerte, eisich : » Das iss
nich waa. « : » Aber so lese Er doch . . . « : » Ich lese
nichts Geschriebenes mehr. « Der entgeisterte Häscher
(er war gar nich so schlecht ; nur kam sein Missingsch
zu schtark durch) : » Aber morgn, um fümfßehn Uhr,
wird doch sain *Haus* ve=kauft. Wenn Er nich bezahln
kann. « Gletschermäßich : » Heute Nacht. Um 10 Uhr :
schlafen alle Gläubijer & Schuldner der ganzen Welt
unter *einer* schweren Decke. « : » Che=aber Herr Balder – : Er iss'och sonns immer sonn honnedder Mann
gewesn : die Obrichkeit hält *viel* auf ihn . . . «.
(Aber der Nicht=Thalerherr, selbstbewußter trom-
melnd, nur) : » Gleichfalls. «

» *Der Herr Bürgermeister möchte* ihm so gern sein
Häuschen erhalten . . . « (Der Genius rückte die Über-
legungsmütze) : » Bedanke mich. « Und der Alguazil,
abgehend : » Na *Ihr* werdt Euch wundern : wenn Ihr
morgn Früh aufwacht – das Bäckerauto kommt wie ge-
wöhnlich ; alle Kramladn sinn offn wie gessdern : aber
Eure Taschn sinn leer ? « –

Balder, allein : » *Sochn Leutn iss nich* zu helfn. : Sie
glaubm nich, bis sie die Posaune hörn. « / (Hertha war
fertich ! : » Du. Dieselbe Weltunterganks=Schtimmunk
wie da=obm ! – Die *Ähnlichkeit* . . . « O über die glit-
zernden Teiche ihrer Augen ! (Die ich gleich hätte küssen mögn : sie drückte sofort raffiniert die Lider enger,
daß es Schilf ergab. Und öffnete und schlitzte die schönen Scheibchen, sehr abwechselnd : jetzt noch Wildentn
drüber ; Nümfm & Nümfinnen, gelagert am Brauen=

Hang . . . . . : » Feinsinnich, wa ? «. Aber sie grunzte
nur von ‹ Rohheit Luk & Truk ›) : » Ssst . . . «

Da die ‹ Mutter › erschien; (mit fürchterlich dick ge-
schtopftn Hängetittn, bis zum Koppel, und also täu-
schend realistisch : die krixte von gans alleene, mein
Kind. Nur wirste dann nich mehr das schüchterne rote
Gesichtchn habm; und darüber die tolle Schuppenkrone
aus Zöpfm. – » Na; *rot* wirz woll immer sein, « wandte
Hertha ein.) / Und beide ‹ Elternteile › riefen erst einmal
ihr Sündenkind vom frevelnden Tanze herauf – obwohl
Justinchen in einem konsonantenreichen Schprach-
schprudl beteuerte, es sei nichts vorgefallen, was der
Mühe wert sei, daß deswegn 1 Komeet sich bemühe.
(Und *noch*mal, beim Bücherwecktragn in der Tür, um-
gedreht, die gleiche Versicherunk ? : jetz glaubte ihr *kein*
Mensch im Saale mehr ! – » Däi hett sick bes=timmt
inne Mysteriejn kniepn latn. « murmelte mein Nebenmann. Entzündete auch, vor lauter Ungläubichkeit, den
nächsten Schtumpm.)

Aber nun die Eltern, allein : » *Ich haap Dir* Dain' Son-
naxrock zurech geleecht, Mann –. « Und er, (zukühnst
den Rücken zum Publikum; wie es nur *ganz* große
Schauschpieler wagn dürfn) : » Guut. « / Und schlug
die weiplichn Hände zusamm' : » Main *schönes* Tisch-
zeuch – « : » Es wird rasch genuck vorübergehen, Frau. «
(Ein feiner Trost !). / » Aber wenn Dein Adwohkaat
Krappe mich umsonns geängstichd habm sollte – wenn
ich mir umsonns alle meine Sündn ins Gedächtnis zu-
rückgerufn habm sollte . . . «

Jetzt kam Bewegung in die schwerfällije Geschtalt; jetzt
drehte er sich herum, unverhohlene bäuerliche Mordlust
auf dem Gesicht : » Höre Frau – : Du bis'da auf 1 Ka-
pittl geratn . . . Halt noch; es klopft : Herein ? « (Das
hätte er *nich* eckstra zu sagn brauchn; es poltergeisterte
diesmal derartich, daß man es 3 Werst weit vernahm –
je nun; unser Lantvolk liebt grobe Effekte.)

Und's war das Nachbar=Ehepaar : *die beidn Fraun* ducktn Knixe voreinander, wie bunte Büsche. ER schon übergroß hausknechzmäßig plattfüßich; und in so absolutem Nicht=Besitz seiner Rolle, daß man sie dafür grundsätzlich zwiefach vernahm : die sufflierende Schtimme der Lehrerin : und dann sein eigenes grobes Geschtümpere. / Die Frauen klagtn um's ‹Geschirr›; den ‹Elfm=Reign› überm Bett. Die Männer, wortkarger, setztn ihre ‹Ansichtn› gegeneinander : Balder in festem Mitleid mit dem arm'm Verblendetn; dieser Verblendete, bauernlistich : » Na; ick war man doch leewer füddern gahn. « (Und erhielt natürlich rauschenden Beifall ob solch feiner Replik. Besonders unwiderlegbar, als man sie ja doppelt hörte. Balder schlug auch nur verächtlich die Arme übereinander, und sah ihm unverhohlen nach : ! (Fein, mien Jung. – *Dem* müßte man nach der Vorschtellunk n Korb mit Mettwürstn in die Garrd'robe schickn könn'.).)

Aber nun wurde er erneut fatal schulterbreit : » Saach doch ma Frau . . . : was sinn'enn das für – « (lauernd) : » – *Sünn=dn*. Die Dich so allteriern ? « Aber sie, neuerlich ausweichend : » Och . . . «. (Und er mußte ihr also tatsächlich noch erst demonstrieren, daß es schwerlich angehe, ihm diese Sünden, wie sie urschprünglich vorzuhabm scheine, in der letztn Mienute vor Untergang zu offenbaren) :

» *Denn ich haap mir vor genomm'* – « (er; bedächtich) : » daß wir, wie es kristlichn Eheleutn geziemt, umaamt värsinkänn=wollänn. « (Die Endsilbm hier schprach er unnötich überdeutlich aus – wohl eindeutich Schuld der Lehrerin.) / (Mein Nachbar schien seltsam angeregt – vielleicht schtellte er sich unter diesem ‹umarmt› etwas gans anderes vor ? Denn seine Hand umgriff den Oberschenkel seiner Nachbarin; (und ging fast gans=rumm); – : sie saß besenhaft=gefühllos; (‹auf 2 Beinen schtehe; obm sey 1 Kopf› : op ich's bei Hertha nach=mache? Warum soll ich nich auch einmal im Leben volkhaft reagieren? (Aber ich begnügte mich vorsichzhalber mit bloßem Hand*auflegen*. Was die Aktion natürlich wieder völlich entwertete; denn wer keck ist & verweegn : das war ich *nie* gewesn; und hatte demzufolge im Lebm schteez den Dumm' gemacht. Sie sah mich auch nur an – : ! – Und schon nahm ich die Hand vom Kostümrock : dem Pudl, wenn er gut gezogn . . . . .)

: » *Wenn Du mir da nun, in deen Getümmel,* 1 Unaart bekenns' : ich entsetz mich? : s=toß Dich weck?! – : Unn'in *deen Augnblick* . . . « / Und sie; immer lustloser, immer ge=enxteter : » Ja freilich. Das ja. – Ach, ich kleekliche Sünderinn : ach jetz kommd'ie Anx wieder . . . ! «. Er jedoch, schier wohlgefällich, mit Machtbewußtsein : » Jajaa. Darumm bekenne nur. «

» *Ich hab'as* . . . « (*und das erbarmunxwürdije Gefummel* am Schürzenbande !) : » . . . mit'eem Milchgelt Dir nich immer so genau gesaacht – « (gans eifrich beteuernd) : » Aber was ich dafür angeschafft hab' : hängt *Al=läß* in'n Kleiderschrank bei mir. « / Und er, die Handwurzeln in die Seiten geschtemmt, das kurze, massije Zäsarenproviel leicht vorgeneigt : » Na das muß ich saagn. – «. Und doch wieder, gefaßt, die Arme erneut übereinander faltend, sorkfältich, um sie zu schonen : » Guut. Diese Sünde soll mit untergehen : Erleedicht. «

(*Aber jez kam's schon dicker*) : » *Och=Mann* – so die erstn Jahre unsrer Ehe . . . Ach nimm mir's nich übel : Du häddsa auch gewiß nichz von erfaan, wenn jetz die Welt nich unnergehen würd' . . . die erstn Jahre=so : bissdu mir *nich* besonders hüpsch vorgekomm' – «. (Jetzt sanken ihm *doch* einmal die Mimenarme lang an der Seite herunter. Aber sie mußten sich doch wieder heben, sich verschlingen, konstricktorr=mäßijer. Verbissen) : » Soso. « – : » Ja; die ersdn Jahre hab ich mir *nich*

so ers=taunlich viel aus Dir gemacht. « (Antwort;
ehern; noch grollte es fern) : » Es ist mir zuweilen so
vorgekomm'. «

» Damals hat auch grade der geistliche Här noch bei uns
gewohnt . . . «

: » Frau ! ! ! « – (ei, das war 1 Blitz; der durchschlug
selbst die Sandsäcke Deiner Brust, was ? – Er hatte aber
auch so gebrüllt, daß die Kleine gans benomm' – und
also desto natürlicher – zurückschtolperte. (Dabei hätte
sie's ja von den Proben=her gewohnt sein müssn. Oder
hatte er da, klug bewußt, zurückgehaltn mit seinen
schtimmlichn Mitteln ? – Jedenfalls war das der Schtaar !
Der und die Tochter vorhin.) / Und die Bauern gröltn :
ein Publikumm wie aus Hanssax; die altn Motiewe
wirkn tatsächlich immer wieder. (Und ein Schriftschteller, der sich dazu entschließn mag, hat leichte Arbeit.).)

(Zitternd & plappernd) : » Und da hab'ich woh öfders
gedacht – : Wenn GOtt es vielleichd so fügn könnde,
daß er Dich in sein himmlisches Freudnreich aufnehm'
tät . . . «. (Und er, nun doch einmal menschlich=er-
schöpft) : » O Du mallie=ziiöhseste Person. «

Aber zum Glück schpinnenbeinte eben Advokat Krappe
herein; und warf den Oberleib hin und her. Schnüffelte
fliegnhaft in allen Ecken. Fand auch glücklich den Brot-
rest; hackte sich sofort einen Keil herunter; (und der
Saal nickte bitter : tcha diese Rechzverdreher ! Ohne die
die Bauern, andererseiz, doch nicht leebm mögn.) / Und
auch der Maler Peter flatterte, auf Schlipsschwingen,
wieder herein; um sein leckeres Bräutchen davor zu bewahren, daß es noch vor Weltuntergang zu einer
‹ Krappe in Gelee › gemacht würde. – Man warf sich gegenseitich hinaus; (auch dies Szeenen, bei denen der
Beifall von vornherein gesichert war.)

Und die Nacht brach herein, (was dadurch angedeutet
wurde, daß man 1 Scheinwerfer aus machte.) / Und der

Nachtwächter nahm sein Geschäft mit dem Fleiß in An-
griff, den deutsche Beamte gemeinhin der ihnen aufgege-
benen Sache, und wenn sie die schlechteste von der Welt
ist, zu witminn fleegn; mit Schpieß Laterne und man-
chon. / (Und, ihm zur überflüssijn Beschtätijunk – überflüssich, weil doch wohl aut aut : entweder Nachtwächter
: oder aber Turmuhr ? – schnarrte es gewaltich. Und
‹ hakte aus ›; und schlug dann Fauste=damnatus=mäßich
. . . / ‹ Alle Anwesenden bilden eine bedeutende Gruppe ›
/ . . . Zum Fenster lukten Tochter & Maler herein; bereit,
sofort durchzugehen, wenn der Alte sich dennoch nicht
bekehren oder ergeben sollte . . . / : ? :
ZEHN : MAL !
Und Balder öffnete entgeistert die Augn. / Und die Frau
weinte schtumm, vor Freude, daß sie noch da wa. / Und
Maler Peter begann, verblüffend echt, an seinem Justinchen herumzuküssn. (» Bauernkinder sind weit verdor-
bener als Schtadtkinder. « beschtätichte ich Herthas
erschtauntem Blick). / Krappe, der sich lautlos, immer
an der Want=lank, zur Tür hin, fortegeln wollte – » Der
‹ Egelprinz › bei ETA Hoffmann ? : 1 fallisches Sym-
bol. « informierte ich Hertha – prallte dort auf den
Gerichtsdiener. (Hinter dem noch zusätzlich der Nachtwächter schtand). / Balder, ohnehin am Rand des Bank-
rotz, hoop ihn buchschtäblich vom Bodn : schon verlor
der Unselije Zielinnder und ein' Rockaufschlack . . . . .
(und Begeisterung toste wieder einmal mehr auf. Zumal, wo sich noch herausschtellte, daß Künstler Peter
von doch recht rehschpecktablen und wohlhabenden
Eltern herschtamme, die ihm das Malen auf die Dauer
schon austreibm würden.) / Wir erhobm uns – überall
belltn & gelltn die Hände; wir, obwohl distanziert, immer mit – während die Andern noch sitzn bliebm : wir
waren vornehm=eilije Fremde; und das Flugzeug nach
Ispahan wartete nicht. / (Hinter uns, schwächer wer-
dend, die graue Schtimme; die, nun schon fast gans ver-

hallend, kümftije Wiederholungen ankündichte . . .). /
Ehe wir die richtije Ausganxtür gefunden hatten, waren
uns doch schon die tüftelnden Schtimm'm einijer Bauern
faßt auf den Fersn . . . . .

*

(*Auch sämtliche Beine wurden Einem hier schteifer* als
in der Schtatt. (Und näßte mein Gesäß nicht'*och* ? Ich
bewegte unbehaglich die Backn.).)
» *Wolln wir noch ne Runde bei Mondschein* drehen ? «
(Dabei wußte ich genau, daß er erst hinter Mitternacht
aufgehen würde – falls inzwischen nichts passierte. Aber
wenn auch sonst nich viel Gescheutes : *das=Eine* hatte
ich im Leben doch allmählich gelernt, daß Frauen,
gleichviel ob ledich oder verheiratet, *nie* wissen, wann
der Mond aufgeht ! Ob der Ewije Richter freilich dereinst mit diesem=meinem Fündlein zufriedn sein
würde ? Denn ansonnstn hatte ich nich viel Pohsietiewes
weiter zu bietn. (Neegattiewes allerdinx ooch nich.
Aber ich bewegte doch wieder unbehaglicher die
Backn.).)
» *Joa; in der Schule.* « sagte sie, unbegeistert : » MÄCK=
BÄSS – oh shiver my timbers. – Ich weeß : *das* schteht
nie drinne. « fügte sie hastich hinzu. / Wir waren, und
no wonder, auf's ‹ Theaterschtücke=Lesn › geratn. /
Und die ersten Mienutn draußn sah sie immer nichts. Es
dauerte ungewöhnlich lange bei ihr, bis das Auge
sich=ä . . . » akkommodiert « half sie ein : aber ich hatte
das populäre Wort ja eben vermeidn wollen; Mist.
Jedenfalls durfte ich die anmutich=Hilflose, nachdem
ich sie an die ersten 2 Eichen hatte knallen lassen, mit
schützenden Armen umzirken; auch die Hände vor die
kost=barstn Schtellen legn . . . . .
: » *Du=u ! Wenn Du noch einmal* unzufriedn atmest : ich
laß Dich über die nächste Egge schtolpern – die lagern
bei den Bauern immer mit den Zähnen nach obm. «

(Und sie schauderte kosmetisch bei der Vorschtellunk einer lang darüber Hinschlagenden.) / Ich; tadelnd : » Du würdest also gar nicht merkn, wenn Dich ein Anderer hier mit sich ins Dunkel zöge ? Und *so* machte. – Oder *so* ? «. (Und ließ die Hände fröhlicher hupen; ebenso zart wie intennsief; (oh, Wandering Willies Tail, und 1 kleine sadistische Pause, um ihre Klagen deutlicher zu vernehmen), so daß sie mehrfach verzweifelt » Du Lustmolch « sagte. Auch zu wissen verlangte, ob es sich bei den Lichtschpitzn, mit denen ihr der Himmel – » Nee : da ! « – verdrahtet schien, nicht um das Über=Schternbild des Orion handele ? / Und sie also wieder sehen könne ? – Natürlich sagte ich » Nein. «; aber er war es schon, persönlich, Kedalion auf der Schulter. Und ich wurde folglich, in feinen meisterlichen Übergängen, keuscher; *noch* schmelzend=innijer – bis ich endlich, entsagunxvoll, mit einer Art Weihekuß, die Acktzjohn abschloß. (Und mich dann doch wieder, brutaler, einwühlte : mit 46 kann jeglicher Kuß der letzte sein ! / (Und sieheda : das Weibsbild reckte sich federnd dagegen; auf langen Zehenschpitzen . . . (und routiniert=haarscharf bis an Erschtickunxtod und garottene Ejakulatzjohn ! Ochchch –))). –
Zufriedener Arm=in=Arm. (Und ich hütete mich, ehrerbietich, ihren Schatten mit dem Fuß zu verletzen.) / Die Bäume : die Welt hatte sich zum Teil schon gemausert – Linden waren es – vor einer milden Fensterreihe. (Obwohl das ‹ mild › völlich fehl am Platz war : die Kerls kauftn aus reinem *Geiz* solche schäbijn 15=Watt=Birn’ !) : die Frau schleißte schtumm Federn. Er, gleichfalls schleimich=reglosn Mundes, öffnete mit abgewetztm Taschenmesser Mohnkapseln. 1 Kint, geschlechzlosn Gesichz, war, einen dickn Knäul Bindfadn in der Hand, vor’m Schulbuch verschteinert.
» *Aber das Prietzl=vorhin,* das Haselnuß=Bürschl, das den ‹ Balder › gemacht hat . . . « plauderte Hertha, be-

drückt vom ödn Anblick. / Und blieb plötzlich schtehen. (Ich benützte die Gelegenheit, um ihr 1 flachen
schnellen Kuß zu applizieren – ? – aber dergleichen
kommt bei Frauen nich so schnell wieder.) – » Du /
das könntn Deine Leute=im=Mont doch ooch machn
. . . . .

. . . . . : » *Nee, wart noch ma : kuck ma, wie der alte*
Roger Altar ausholt . . . « / Wir bliebm gern am Rand
des Schpielfeldes, vor dem Gemeinschaftsgebäude,
schtehen. (*Viel* Platz hatten wir ja *nich* übrich ; aber die
vorschriftsmäßijn 1.200 Kwadratfuß für 1 Croquet=Feld
hatten ‹ wir › – wir vom Kongreß – doch ‹ geschmissn ›. /
Und das war ja zweifellos ulkich=hier : der alte Altar
& sein Bruder Sam ; gegen die beiden Astronomen
Gill & Jenkins ? : na, Ihr werdt Euch umkuckn !
Die 9 Bogen, im verschobenen Viereck an den Boden-
schteinen befesticht. Die beiden ‹ Focks › erhobm sich an
der großn Axe eben dieses Vierecks. (Und die beiden
Astronomen – eben weil sie besser wußtn, was 1 ‹ große
Axe › war – lächeltn siegessicher. Ja, sogar 1 weenich
gelangweilt : Na, Ihr werdt Euch umkuckn !)
Da mußte man Roger Altar sehen : den Oberkörper weder zu grade, noch zu gebeugt. Den Kopf halb seitwärz
gewendet. Die Hände, the one the neighbor of the
other, am Griff des mallet ; die linke untn, die rechte
obm ; halb Brille, halb unbewaffnetes Auge : genau der
‹ gentleman Croqueter ›, wie er im Buche schteht. –
(*Und Hertha kam interessiert in meinen Arm : ich rate
Euch* Männern : wißt mehr als Eure Frauen ! Nur
so könnt Ihr sie auf die Dauer fesseln – falls Euch
daran liegt. (Und wem von Uns Drüsn=Sklawn läge
nicht an 1 sommerschprossijn Brust, anderthalb Funt
schwer ?) . . . . .
Blau=roth=gelp=grün : 18 Zoll vom ‹ *Fock* › hatte seine
Kugel gelegn. / Schon rollte sie dahin : durch den ersten
Bogn. *Und* sofort durch den zweitn. Ein 2. Schlag trieb

sie durch den drittn – (und erst beim viertn nahm sie
etwas zu viel Eisen; und blieb liegn. Ein schmeichelhaf-
tes Gemurmel lief durch uns 8 Zuschauer, die wir den
Platz nach Kräften ‹ säumtn ›.)

Und jetzt war die Reihe an Gill : der schprach, halb zu
sich, halb zu Uns=Gaffern gewendet, des längeren vom
» Taedium des mechanischen Calculs «; bedauerte, in
Parenthese, die ‹ Schaffung einer Lufthülle › : freilich,
Ihr seht besser ohne sie . . . . .

(» *Mennsch : sei nie so* unmenschlich – «)

. . . . . *dann hob er seinen Schlägel : – ! / (* Und war minder glücklich. Sei es nun aus Ungeschicklichkeit oder
unglücklichem Zufall – er mußte jedenfalls 3 Mal beginnen, um seinen Ball auch nur durch den *erstn* Bogen zu
treibm. (Den zweitn verfehlte er natürlich total !).)

Und Sam Altar war seines Bruders würdich : er wählte
den Hammer mit dem *schmalerem* Kopf. Und schlug an
– (1 Billjartschpieler hätte vor Neid erblassen mögn) –
und hatte Rückwärz=Effet gegebm; und roquierte und
croquierte . . . . . / Und Jenkins dachte nun endlich
1 Meisterschtreich zu führen. Und setzte den linken
(unschönen) Fuß vor. Und lächelte uns Zuschauer
superklug an; zog den mallet über die rechte Schulter
hoch . . . . .

. . . . . *wir hörten sein Geschrei noch längere Zeit* hinter
uns : er hatte schtatt der Kugel seinen linken Knöchel
getroffen. (» Höchstwahrscheinlich war der Ball nicht
richtich kalibriert : in solchen Fällen veranlaßt der
ex=zentrisch gelagerte Schwerpunkt dann eine Abwei-
chung von der Bahn «, erklärte er schpäter, drinnen,
den Damen . . . . .

» *Warum bistu bloß so geegn* ‹ Akkademikker › ? « erkundichte Hertha sich : » Ich hab das schonn öfders gemerkt. – Dabei haste, zum Teil, selber so anne Ader. « :
» Weil die es einfach nicht mehr verschtehen – : *mehr
noch* : nicht verschtehen *wollen !* – wie einfache

Menschn zu denkn & zu schprechn. Ich mache mich
anheischich, jeglichen literarischen oder wissenschaft-
lichen Befund so einfach=präzise und dabei eindringlich
darzuschtellen, daß jedem Hörer die Haut=ä – :
gännst.» schloß ich willt. / Und sie, meine Hertha – :
» Meine=Du ? ! « : » Hm « knurrte sie unverbindlich –
schien gewillt, darüber nachzudenkn : Wer wagt sich
noch ‹ Docktor › zu nenn', wenn 1 Lessing ‹ Magister ›
war ? !).

. . . . . *na : zwanzich waren's gut & gern* schon, die an
den Wänden umhersaßen; (‹ Das Paradies der Mauer-
blümchen ›) : George schteuerte sofort auf Missis Saunderson zu, die sich ‹ in=zwischn › frisch gepudert hatte.
Und schpielte 2 geschlagene Schtundn Halma mit ihr.
(Und begattete sie ebensolange mit den Augen.) / Manche, hinten, schpielten mit sich selbst ‹ Zahlen=Puzzle › :
die hat GOtt *gans* vergessen ! (Denn es gab ja Fälle, die
schlechterdinx *nicht lösbar* waren – irgendwas mit Uns
Amerikanern schtimmte nich ! (‹ Wie 1 Wint auf getäfel-
tem Mehre tanst › : Von Wem war das gleich : von Ten-
nyson oder von Hopkins ?) –

1 Schatten der mit sich selber grölt ? : » Von Dem nich,
Hertie. « (‹ Hermann Tietz ›, auch das noch.) / 1
Schternschnuppe, die uns fast mit Gold beschpritzte !
(Und sie faßte sich gleich; und prahlte menschlich :
» Ich ? Erschreckn, weil a Gschtirn vorbeifeehrt ? : ‹ Ich
hab' andere Majesteetn gese'en ! › «. Meine wilde Schle-
sierinn; über'm bekappten Rotkopf den weißgeschticktn
Himmel. (Oder : eher ‹ Dornhag › von Schternen-
schpitzn ? In dem ich armes Luder nich gern wäre :
was'n Einfall, n gußeisernen Schtern zu machen ! Oder
ein' aus Wasser. Oder Schpeiseöl : in dessen Mittelpunkt
man schwebm muß ! (Sie breitete angewidert=ergeben
die Arme und schwebte.))).

. . . . . *und Manche schpieltn Kartn : die hattn,* vor lauter
Apnuzzunk, schon *eiförmije* Geschtallt. / Oder Doh-

mienoh : die Schpieler saßen in – tja; vom ‹ irdischen Schtantpunkt › aus hätte man gesagt – lauter Lumpen herum. (‹ Teckstilijn, Teckstilijn : die flanzt'ich auf mein Grab : ja=auf=mein=Grapp. ›)

» *Ja : ich geh morgen* als ‹ Boote › ins Mare Crisium – besonders wichtije Sachen diesmal, Dschordsch. «, teilte ich ihm, und den Andern, zum Aufhorchn Gesonnenen, mit. / (Wo war denn . . . : ach=da ! –

Sam Reshevsky, der Dollmetscher : » *Saak doch ma,* Sam . . . « / Auch : » Jaja : nachmittax bin ich wieder zurück. Länxt. « Damit Der kein Mißtrauen faßt; und womöglich für sein' Postn fürchtet. – Ich wollte doch, vorsichtshalber, wissen, was ‹ Bitte : Essen ! ›, oder so was ähnliches, auf Russisch heißt. Und er (kalt; gefühllos; man merkte eben die Satem=Eltern) : Wenn ich den Wunsch nach einem Imbiß verschpüre, möchte ich nur sagn: » Wascha=wsoki=blagorodjai wiliki präwosch : kodietexwoj tackdalscha. « – Ich bat ihn, er möge diesen fürchterlichen Satz auf 1 Schtück Papier schreibm, das ich mir um den Hals hängen und vorzeigen könne : zu erlernen vermöchte ich ihn nicht; wollte es auch nie versuchen. (Und wieviel Jahre geduldijn Fleißes mußte nicht 1 Russenkind verbringen, ehe es in die Lage kam, seine erste Bitte um Nahrung auszuschprechen ? Mein bißchen Einbildunxkraft ‹ hakte aus › vor dem Gedanken !)

*(Und wie nett ist nicht ein Funz=Frauen=*Kichern; auf beiden Geschtirnen ? ! / Ich konnte mich nicht entbrechen : ich nahm sie noch einmal bei der Baskenmütze : » Weißdu, Freulein Tietz, daß man UNS, und zwar binnen ganz kurzem, die ‹ gute alte Zeit › nennen wirt ? « – » Das=hier ja. « sagte sie verschtockt; und machte mit dem Fuß 1 liederliche Gebärde ins schtille Vorn : die schwarzen Schtreifen von Ästen. Sie sah mitleidich zu einer bleichen Wäsche hinüber, die *nicht*=geisterte : die Unterhosen hatten anscheinend zuviel mit der Winz-

braut roll=me=over gemacht; jetz hingn se natürlich
schlapp : Dripp; dripp . . . . .

. . . . . *uns fehlten ja schließlich nichts,* als Ideen=Milljo-
näre : Leute, die fähich waren, Gedankn=Schpiele durch
Wochen & Mohnate hindurchzuführen; ANGRIA &
GONDAL. / Am ‹ Schwarzen Brett › schtand, mit gelbgrüner Mondkreide, überhaupt nichts. (» Wie meist
an ‹ Schwarzn Brettern › « : Dschordsch; filosofisch.) /
1 Hakawati=Märchenerzähler mühte sich. Aber auch
derart einfallslos, daß ihm nur 1 zahnlose Alte nicht
mehr zuhörte. (Angeblich sollten ‹ Die Araber › sich
nichts schöneres gewußt habm, als diese Form der Un-
terhaltunk : muß ooch n dolles Follk gewesen sein !). /
Manche würfelten : *um nichts!* Denn Glüxschpiele
waren immer noch, wie in irdisch=alter Zeit, schtreng
verbotn. (Opwohl wir, im Kongreß, die Einführung
1 Lotterie bereits erwogn hattn – das brauchtn Die=hier
aber noch nich zu wissn . . . . .)

» *Karl* – « *bat Hertha* : » *Könntzde nie a bissl . . .* « : » *Ich*
‹ könnte › sehr wohl : Nach solchem Abendbrot fühle ich
1 Armee in mein'n Intestinen ! – Aber das meinzdu ja
nich. « (Und Schterngepicke; nur die Mondhenne fehlte
noch. Aber das wissen Frauen ja eben nie . . . . .)

. . . . . *und eben brachte der Läufer die Zeitung,* den
‹ LUNAR HERALD – and Statesman ›, (wie der vor-
hergehende Präsident, der Idiot, sich zu erfinden bemüßicht hatte. – Das heißt, vielleicht war's ja vollkomm'
richtich : jedes Arschloch fühlt sich ja als ‹ Statesman ›
wenn's wieder ‹ konserwatief › gewählt hat, und sein
‹ Heimatblatt › ihm prommt ‹ politische Reife › bescheinicht.)
Und Alles schtürtzte sich auf das 1 arme Blättchen DIN
A4, doppelschpaltich, und hintn & vorne betippt. (Bis
man sich dann eben doch wieder auf ‹ Vorlesen ! ›
einichte. Denn in 10 Minuten mußte der Läufer an den
‹ Frank C. Hirsh ›=Block weiter apgehen : schnappte

sich also Abbot, (der sich des nichtssagendst=vollsten Baritons erfreute), das Perlschrift=Dokument. Und las vor; lang=sam; mit Würde : – –)

(Und erschparte uns auch das Datum nicht : so gerne hörte Der sich faseln !). / (Den neunten, elendestn, Durchschlack, den man kaum noch entziffern konnte, kricktn immer die Russn, beim ‹ Kultur=Austausch ›. Ich würde morgen ja ooch wieder n ganzen Dreißijer= Satz davon zum Apliefern mitnehm' müssn.)

Als Biblische Referenz heute ? : » If you feel ‹ bored › – « (und nicht nur George wurde diesmal rasend, und schwang die Faust : ! ; auch Leute von notorisch schlichter Frömmichkeit sahen sich unbehaglich an & um) – : » lesen Sie Psalm 104. «

(» Von was handelt'nn der ? «)

..... *dann noch rasch das kleine Rähmchen* mit den verschollenen Ereignissen : ‹ Vor 10 Jahren ? : letzte dringende Anforderung von Kernseife – : DIE ERDE ANTWORTET NICHT MEHR ! › / ‹ Vor 20 Jahren ? : Eisenhower besucht General Franco. › (Und jetzt, nach nunmehr 20 Jahren, erlaubte sich endlich doch schon Der & Jener 1 Mißvergnügen andeutendes Gemurmel : *Der* hatte in jene alte NATO noch gefehlt : *nu* war'n se komplett gewesen : Wer Wasserschtoffbombm sät, wird Schtrahlunk erntn !)

(» Vor fuffzich Jahrn – ? « ..... : diese Neugier ! :

‹ *Konrad Hitler annektiert Bernburg*=Schaumburg. › (Und George schtieß mich an, à la ‹ Was war'n das ? ›. Axelzucken : Keine Ahnunk.) / Bei der nun folgenden Schpalte ‹ Politik › brauchte ich nich hinzuhören; die machtn wir ja alleene. Ließ ich also lieber den Blick schweifn ..... / Jack Trum hätte sich auch ma wieder n neues Gummiband in die Badehose ziehen dürfen : noch 1 Zoll tiefer, und – aber woher nehm' und nich schtehln ? / Hannah Moore trug immer noch das Oberleder ihrer Schuhe – Hoyce war ja verrückt, mit seinem

Plan, ein ‹ Museum › anzulegen : wir brauchten das Zeuk
doch wahrlich selbst bis zum Letzten auf ! / (Sonnabend
würde's psychologisch intressant werdn. *Falls* wir uns
entschlossen, die Gold=Notiz zu bringn.) / Ah; aber
jetz doch –

: ‹SOCIETY› : *(obwohl mir der Titel mißfiel : man
hätte* ihn schlichter wählen sollen . . . . .

(eine Mitleidije : » *Nu lass'n doch* das bissel Vergnü-
gen. « Und Kopfschütteln. (Und nochmal ? – Also was
zum Trost :

» *WELCOME CITIZEN ! – Im Block ‹Francis Park-
man ›* wurde vor 3 Schtunden 40 Minuten . . . . .
(das war natürlich ober=doof; ungefähr wie=wenn ich
an meiner Tür den bekannten Zettel befestijn würde :
‹ Bin in 2 Schtundn wieder zurück ›. – Aber Hertha
freute sich so ehrlich, daß » mal was Po=sie=tiewes «
kam, daß es ihr nich weiter Anschtoß gaap. Also gleich
noch was zur Belohnung . . . . .

. . . . . *ein gesundes kleines Mädchen geboren.* « / (Und
sämtliche Einzelheiten : was die Schwiegermutter gesagt
hatte; und die Hebamme – oder hieß es ‹ Gebär=
Mutter › ? Ich war mir im Augenblick selbst nicht gans
klar – die belohnende Kraft=Bulljong für den Vater. Das
Gewicht . . . . .

» *Du – : ich hab bloß* 4 Funt gewogen. « teilte sie mir,
angeregt, mit. ‹ Erinnerte sich ›, lächelnd & wundernd,
jener vergangenen Tage. Dann, höflich : » Und Du ? « :
» 12 « knirschte ich, mondkonzentrationsbemüht. Und
sie, kalt : » Natürlich. Du konnst ja *nie* Maß haltn. «

. . . . . *völ=lich normal : ‹ 5 Finger hab'ich* an jeder
Hand ›. Was die Mutter, vor, während, und nach der
Entbindung geäußert hatte. –

: » *Oder soll der Vater lieber* Sonderzuteilung an Eipull-
wer=ä – ? « Sie scheuchte den schlechten Witz nur mit
1 Kopfbewegung fort; und wollte dafür den Namen
wissen : ? –

. . . . . » ‹ *MARION KERBY* › *getauft : die Bevölkerunk
hat damit* die unverächtliche Zahl von 995 erreicht; und
dürfte sich, noch vor Aplauf dieses Jahres, der Tausend
entscheidend nähern. « (Jaja : ‹ nähern › : erstens waren
es noch 5 Monate bis dahin . . . . . aber die Begeisterung war ja immer heilsam und nützlich, ‹ Hail Colum-
bia › ; denn schon kam

der eigentliche journalistische Tiefschlag des Abends : die
Astronomen berichteten Diewerrses. / Erst, amüsant=
überlegen, von ei'm gewissn ‹ Para=Zellsuß › : der hatte
seinerzeit die ‹ Nebmsonn › für messingne, von Luftgei-
stern fabrizierte Becken, erklärt. (Und Schternschnuppm
als ‹ Excremente der Geschtirne, die aus der Verdauung
ihrer astralen Schpeisen › entschtünden : hirnloses bank-
rottes Gemüstele damals.) / (Ich wußte ja, was jetz
kam. Und konnte also in aller Muße um mich . . . . .
(» *Ts !* «) –

herum beobachtn : wie Die so reagiertn.) / » *Der neue
‹ Weiße Fleck ›*, im ehemalijen Kansas, – der, der Ge-
pflogenheit entschprechend, den Namen ‹ HERTER › erhalten hat . . . . . «. (Andere, andernorz, trugen die
Namen anderer, an ihrer Entschtehunk entscheidend beteilichter Pollieticker : da gaap es, beiderseiz des Ural,
den mächtijen ‹ Kruschtschoff ›. Den kleinen (aber sehr
hellen) ‹ Adenauer › ; (der langsam mit dem ‹ Franco › zu
verschmelzen schien). Schtill glomm der ‹ de Gaulle › in
der Sahara. / Das heißt : bald würde es einfacher sein,
die *noch nicht* glühenden Erdpartien zu benennen ! /
Na erstma hörn : wie weit se das Volk heute informiert
hatten – ?)

» *Die Astronomen rechnen* damit, daß im Lauf der nächsten 50 Jahre die gänzliche Überflutung der Erdoberfläche mit ‹ Lawen › kaum aufzuhalten sein dürfte . . . . . «.
(‹ Kaum › war gut; aber man tröstete die Entgeisterten
sogleich wieder) : » Die dadurch Uns=dem=Mond zugute kommende ‹ Neue Wärmeschtrahlunk › wird sich als

von noch gar nicht abzusehendem Werte erweisen; zumal die meisten schädlichen Schtrahlensorten, infolge der Zunahme der irdischen Atmosfäre um mehr als ihr Doppeltes, weg=gefiltert werden : die Temperatur dürfte sich in den kommenden Monaten und Jahren merklich erhöhen. « / (‹ Dürfte › : ‹ Jahren › : ‹ merklich › : op sich auch nur Einer=hier, jetzt=sofort, vorschtellte, wie da=unten die Erdmeere einkochten ? – Aber unser Dichter würde schon von einer ‹ schaumijen Seidenschale › fantern; und vom ‹ Kupfer=Ball › falls doch einmal die düsterrote Oberfläche durchschielen sollte . . . . .

» *Für die nächsten paar tausend Jahre* schwerlich, mein Schatz. « (Hertha hatte den genaueren Zeitpunkt der Wieder=Bewohnbarkeit wissen wollen . . . . .

. . . . . *und selbst dann nur schwarze* und gelbe verglaste Flachkuppeln der Kontinente zu sehen sein, an denen düster die Mare leckten : *Warumm habt Ihr=Euch die Rüstunx=Pollieticker gewählt ?* !)

Aber das war ihnen anscheinend 1 Trost, was ? : » *Auch auf dem Mars,* auf Thyle II, ist es gelungen, eine auffällije Lichterscheinunk wahr zu nehmen. « (Und Dschordsch nickte seinem Nachbarn, grimmich=ergötzt, zu : Wir würden den Russen das Ansiedeln=dort schon anschtreichen, was ? !) : » Im Einzelnen muß auf die entschprechenden Fach=Mitteilungen verwiesen werdn. « / Und wandte um das Blatt : auf die nächste Seite. (Und etwas flotter, mein Jung; sonst wirste nich zur Zeit fertich. Und etwas wenijer so=noor ooch, wenn möglich !)

Der Roman : ‹ *KLEINE MUTTI* › – 127. Fortsetzunk . . . . .

» *Lies den amma* – « *bat es* an meinem rechten Oberarm. / » Ach warumm d'nn nie ? «. Und, traurich : » Dann krieg ich'n *nie* zu hörn. « : » Doch; ich verschprech Dir's : in Nordhorn=dann les' ich ihn Dir vor . . . . .

..... *auch das* ‹ *Gedicht des Tages* › : –
(*Aber sie war noch immer* bei der ‹ KLEINEN
MUTTI ›) : » Und wieso d'nn ‹ 127. Fortsetzung › ? Das
gipptz doch gar nie ! «; und begehrte zierlich auf. :
» Das giebt es sehr wohl : bei 1 Schpalte DIN A4 ? Die
entschpricht doch höchstns 2 Druckseitn : daß Du immer *Alles besser* wissen mußt. « (Da war ihr der Mund
wieder für eine Weile geschtopft; ich drückte vorsichtshalber noch 1 Siegel drauf – ? –. Aber sie trammpelte
unten mehrere ‹ Weiter ! › .....)

  » *PROSECUTORS prosecute the prosecuted*=*ones* :
should the prosecuted=ones prosecute their prosecutors – « (Und so ging es noch eine gute Weile fort, in
Gertrude's schteinichster Weis'. Man murrte allgemein;
und äußerte sich *des* Sinnes : für ‹ Experimentelle › wären genügend Schieferplatten da. Die Zeitung=selbst,
aus unersetzlichem Papier, solle Anregenderem vorbe-
halten bleibm. Man beauftragte mich, als Kongreßmitglied, mit dem entschprechenden Protest. (Und ich
machte mir, mienenwichtich, die Notiez – Nummer=ä
Drei meiner ‹ Agende ›. (Dabei waren 1 und 2 nur Krit-
zeleien; zum make=belief.)

  Rasch noch die Räzel – hier & da zog schon Einer besorgt die Uhr; (wohl mehr, um sie zu zeigen; denn die
meistn gingn ja nich mehr : make=belief ebm .....)
» *Du bist unverbesserlich. – Und* unmenschlich : ja
woll. « / Aber es gelang mir, *so* würdevoll die Hand auf
meine linke Brust zu legen. Und sie *so* bieder anzu-
schtarren. Mit tiefem Vorwurf : » Hertha –

  ..... *konnte ich etwa dafür,* daß unsere Kultur derart
einschrummfte ? (Und es würde noch wesentlich dicker
kommen : man sollte sich nur schon immer seelisch
darauf vorbereiten, daß auch Radioröhren & Transi-
storen nicht ewich lebten !) / Und Abbot rasselte noch
schnell den abschließenden ‹ Gedankenschplitter › herunter .....

» *Saak weenichstns den,* « bat Herthie; (und lauschte dabei einem Rasseln – war ich daher auf das Wort=eben verfallen ? – das vor uns, im Nebel, zunehmend=vernehmlich wurde). » Wohl mehr Rütteln. Oder ‹ Poltern, Rappeln › würd'ich sagen, was ? « / Und hier hasdu ihn :

> » ‹ *Du weißt* › – « (*und tatsächlich so* gleichzeitich voll & sinnlos : ein *Hof*predijer hätte den Kerl um das Organ beneidet !) – » ‹ Du weißt, daß Dein Körper des immerwährenden Schtoff=wexels bedarf. › – « (» Jawohl ! « brüllte Dschordsch giftich dazwischen). – : » ‹ Deine Seele ebenso : weißdu auch *das ?* Hasdu noch nicht *ihren* Hunger, *ihren* Durst beachtet ? : Gieb ihr, was ihr nötich ist. Aber nicht Lüge anschtatt Wahrheit. Und nicht Finsternis anschtatt Licht. › «.
>
> *Faltete das Blatt* – (*schon riß* es ihm der barfüßich=bereitschtehende Renner aus der fetten Rechten : *unt ap !*) – zog sich das Brillengeschirr vom Haupt; und sah sich gans unbeschreiplich um : ? / (Aber die Meisten schtrömten schon zum Lautschprecher : sehr richtich : ‹ Freut Euch des Lärmes, weil noch das Lämpchen glüht . . . . .)

» *Ich weeß nie* – : *ich könnt' nie* asu sein. « sagte Hertha entschlossen : » Natürlich kannsdu nischt dafür. – Im Gegenteil, « räumte sie sogar ein; (das möchte ich Dir auch empfohlen haben, Honich : *wenn* Jemand *gegen* Rüstunk geschtimmt hat, dann geht der Betreffende an Deiner betörenden Seite !). Aber sie schüttelte den Kopf : nich im Denkn schtörn. / : » Also trotzdem : *ich könntz nie.* Schonn daß Dir lauter solche nischtnützijen Zitate *einfallen* . . . «; (und wurde bedeutend=hochdeutsch) : » Läßt das nicht auf die verdächtije Freude des Bösn Bubm . . . ? « : » Nö : aber an Witzn. – Und sieh ma hier – « lenkte ich, vorsichtshalber, ein :

DIE KARTOFFELSORTIERMASCHINE rüttelte im Bogen=Lampen=Licht : Nichts Niemand Nirgends

Nie ! / Umdient von 4 Lemuren in fahler Tracht : die Schatten flohen manchmal entsetzt vor ihren eigenen Herren davon. (Zaunzu hülfesuchend ? – Bei uns iss ooch keene.) / Die Schtahlkarre. / Beulijer Säcke vier : gebückt schnürte 1 Wattierter den eigenen Kopf mit hinein. (Und Hertha, empört ob ihres auf frischer Tat Ertappten : » Jetz sieht man's ammall, wie Du lüüxt ! – Obwohl's natürlich bald so aussieht. « Und wurde von selbst wieder unsicher – ich brauchte gar nicht darauf hinzuweisen – und klagte : » Was hörn se'nn im Rahdijoh ? . . . . .

. . . . . *eben geriet der Techniker, der verantwortunxvoll* an sämtlichen Knöppen schauschpielerte, in die ‹ Russische Welle › – (und Alles beugte sich, unauffällig, geschpannter vor . . . ?) – : das Klawier. Und die Männerschtimme dazu. (Übrijens ein wundervoller Baß=Buffo ; ausdruxvoll !). Und wie die Kerls lachten : unglaublich ! –

» *Anschein'd n ‹ Bunter Abmd ›.; «; ich; laut* & energisch : Die waren ja wie hipp=nohtisiert ! / (» Wenn man weenichstns 1 Witz verschtünde – « flüsterte George neidisch.) Tcha ; schienen sich tatsächlich grandios zu ammüsiern da=drübm. (Wenn man bloß mit der=ihrer Zeitrechnung etwas vertrauter wäre – sie teilten ja den ‹ Tag ›, (das heißt, die 14 ‹ alten Tage ›, während deren die Sonne über unserm Scheiß=Horizont schtand) in ‹ 100 Tschaß › ; die wieder in ‹ 100 Minutas › ; undsoweiter. Während wir mit diesen verfluchten ‹ 24 Schtundn › weiter murxtn – ich legte mir entsetzt die Hand auf den Mund : ? – aber gottseidank hatte Niemand auf mich geachtet. Wahrscheinlich hatte ich es ja auch nur gedacht. Es war natürlich unpatriotisch, die Realität vorzuziehen ; ich weiß. / Und rief, um meine Integrität *ganz* einwandfrei zu belegen, mit barscher Schtimme :

: » *Weiter drehen !* « – / (Man zuckte zusammen. Sah sich und mich erwachend an. Und hing beschämt die

Köpfe; (ob des guten Amerikaners, der hier in meinen Badehosen saß.) So : ja jetz waren *wir's* . . . . .
Ein Lied ! – : Und der verwelkte Sopran schmachtete

> » Waite Mare. – : Im Dämmer=Grooo.
> Die Sonnö verglomm. Die Schtärrnö ziehn . . . «

(beziehunxweise *nicht*, sie schtanden ja fast – aber es war immer anerkennenswert, wie man sich mühte, die alten Dinger zu ‹ wenden ›; also mach' ruhich weiter) :

> : » Nun jumpe ich hin, zu der schö=hö=hön-
> stönn Frooo . . . «

(‹ jumpen › war natürlich gut : wir, ohne Bleischuhe – und Wer hatte die schon; die gab's ja nur ‹ draußen › – hopsten ja wie die Affen rum, wenn wir unvorsichtich auftraten);

> : » weit über Mare im Dämmer=Grooo . . . «

(und auf den neuen Reim auf ‹ ien › war ich doch neugierich; ‹ Jasmin › dürfte man ja, der sentimentalen Folgen wegen, schwerlich verwendet habm . . . . . : Ah : ‹ Benzien › : *sehr* gut !). / (Die ‹ Kreislaufkranken ›, denen das Herz entlastet wurde, waren natürlich fein dran : blühten auf; ‹ genossen ihre Jugend › – man sah's ja an unserm Nachbarn, an Saunderson : auf Erden hatte er, (seine Frau verriet es einst, in seelenvoller Schtunde, ihrer Mienister=Freundin, der Jennifer Rowland), seit Jahren nich mehr. Und hier – ? na, wir hatten's vorhin ja erlebt : schlimmer wie bei Crébillons ! Widerlich. . . . . .)

» *Wenn De ock immer so dechtest.* « fühlte Hertha sich bemüßicht einzuschalten. Und, (immer bemüht, ‹ Erleichterungen › für die=obm rauszuschindn), unwillich : » Könnten Die nie die Russn=Sendungn uff Tohnbant uffnehm' ? «

. . . . . *wenn nur mehr Tonbandgeräte noch* intakt gewesen wären : wir nahmen ja auf, was sich nur einijermaßen verantworten ließ. (Aber wenn dann wieder unberechenbare Zufälle eintraten, wie der, daß der Diskothekar aus Versehen eine der wichtigsten Konzertsendungen löschte – er hieß seitdem nur ‹ Der Löscher ›; und noch jetzt, nach 4 Jahren, rümmften sich die Nasn, wo er nur auftrat. / Aber manche der Bänder zeigten auch schon ‹ Echo=Effekte › : Die Magnetschpuren schienen sich irgendwie auf der benachbarten Windung abzuprägen ! ‹ Für die Dauer › jedenfalls war das Verfahren ooch nich. (Und Manche wurden ja direkt wild, wenn sie 1 Balalaika, von drüben, hörten : das waren dann Die, Die die . . .

» *Die : Die=die=die.* « *machte sie* haßvoll nach . . . . .

Atombomben auf den Lomonossoff befürworteten. / (Aber : » Pscht ! – Ruhe jetz. – «. Denn der Ansager kündete es an :

» *Das neue, umfassend=nazionale Roman=Epos* unseres Dichters, Herrn Frederick T. Lawrence. – Die einführenden Worte schpricht Kultusminister Hoyce . . . « / (Und Fred lallte; impressief & nichzsagend, wie nur er es vermochte – na, die Aufgabe *war* ja auch vielleicht nich gans einfach : einerseiz sollte er ‹ einführen ›, andrerseiz durfte er nischt verraten; sonst wurde's lankweilich, und der Dichter kam ihm uff'n Kopp. / Immerhin krickte man soviel raus : daß die Sache um 1948 schpielen würde, kurz nach dem Great Old War. Und zwar in erschreckend vielen ‹ Gesängen › : » Achd=unn= dreißich ? «.)

(*Eben kam noch – und alle Köpfe* gingen herum – Missis Lawrence hereingeschritten; auf langen Beinen, und gans wie ‹ zufällig ›; leicht verwirrt, (‹ ob der vielen Menschen › ? – Aber es schtand ihr gut; sie ließ sich auf einen der abstrackten Sitzblöcke nieder, und faltete

fromm die Schenkel. / Während vorn, in dem Kästgen,
ihr Dichter=Gatte begann)

» *Ä=chämm ! – :* . . . . .

» *Du bist 1 Schwetzer !* « sagte Hertha, *fanatisch* & zärtlich; und wagte im Schutz der riesijen schwarzen
Scheune 1 kurzes Kopfanwühlen : . . . . . / » Das wirt
als Honno=rar nich gans reichn. « lehnte ich kühl ap;
» übrijens – : hörsdu das ? « – : – : » Nee. – Gar nischt. «
(Mußte ich also wieder mal hinter sie treten. Ihr die
Frisur zurückschtreichen. Meine Hände hinter die kalt
schnörkelnden Muschelohren legen. Und den Kopf
scharf richten – : » Kruzificksimmernochnich ? ! « – Und
entlich vernahm sie's dann auch :
gar nicht weit vorn, ein paar schwarze Dekameter nur,
pläppte und schwätzelte und wischelte man; erfreulich=
unermüdlich; mit vielen ‹ l › darin : eine Rinnsalschpra-
che. / . . . . . / : » Lustich, nich ? – « flüsterte sie, vorn. /
(Und da ich sie einmal bei den Ohren hatte, leider nur
von hintn, küßte ich sie auch gleich – : der Genuß war
ungefähr so groß, wie wenn man einen Besen küßt.
(Wenn man nich wüßte, daß es Einem=seine Hertha
iss. – Ich schämte mich gebührend; und küßte, zur
Selbst=Schtrafe, den duftenden Besen noch einmal :
richtich, natürlich, *das* war der Unter=schiet : Besen *riechen* nich so gut. – Ts; wie vergeßlich von mir.)).
» *Jetz drehn wa aba* lanxamm um=Du; s wird kalt. –
Und Du hast ‹ genossn › eben : da wirsde jetz ooch das
Eh=Poß erfindn . . . . .

> » *Ä=hämm ! :* ‹ *In stories* of our fathers   high marvels
>   we are told :
>   of champions, well approvéd   in perils manifold;
>   of feasts & merry meetings   of weeping & of wail
>   & deeds of gallant daring   I'll tell You in my tale. –
>
>   In HEIDELBÖRRG there flourished . . . ›

(Aha; schpielte also in Deutschland; bei der alten Army of the Rhine : richtich, Heidlbörrg, da war ja das Kopf= Viertel gewesn –)

a WAC, so fair to see :

in all the world together   a fairer not could be.
This maiden's name was ‹ Cream=hilled › – through

her in dismal strife

full many a prowest warrior   thereafter lost his

life.

(Also ein ‹ Frau=lein ›; als Nachrichtenhelferin im amerikanischen Head=Quarter. / Und was n Name : ‹ Cream=hilled › – Mann=o=Mann ! – Alle Zungen leckten alle Lippen; alle Köpfe wandten sich : 20% zu der alten Saunderson, (die sich nach Kräften auf-blähte); die Meisten jedoch zu Frau Lawrence, (die eben, gans lauschend=versunkn, die Riesenperle ergriff, die an dem dünnen Goldfaden zwischen ihren Brüsten hing; und sie, zweifellos unbewußt, weiter nach unten zog – , – : no doubt : cream=hills ! . . . . .)
Und die G.I.'s lebtn ein' Tack=da beim Schtabe : nischt wie Rhinestones & Burgunder ! / Der markanteste war ein Sergeant, ein gewisser H. G. Trunnion. Schon nich mehr der Jünxte; aber, trotz seiner ‹ crown of iron hair ›, hielt er den Armeerekord im Kugelschtoßen; und schoß überdem grundsätzlich nur Zwölwen : ‹ He never misses his aim. ›
Aber jetz kam er, unverkennbar ER, DER HELD : Alabama=Dillert ! (Die ‹ Mutter aus Utah › ? – Jetz hatt'ich nich aufgepaßt; das hatt'ich nich gans mit ge-krickt. Schade.) / 7 Fuß hoch, ‹ he takes his whisky strong ›; und im ‹ barn=dance › tat es ihm Keiner gleich, geschweige denn zuvor ! / (Er schnitt natürlich grausam auf : wie er einen deutschen Tiger=Panzer mit dem Sei-tengewehr ‹ abgefangen › hätte, ob der auch, drachen-gleich, Gift & Galle schpie. – Manches war freilich

schwerer zu verschtehen : mit jedem Deutschen wollte
er ‹ die Kehre › gemacht haben ? (Auch Dschordsch
wußte's nich : » Vielleicht n Griff beim silent kil-
ling ? «). / Und einen ‹ Goldschatz › zeigte er aus
jeder Hosentasche, nischt wie Uhren & Trauringe :
jaja, unsere boys hatten damals ganz schön was raus-
geholt.

(Und reingeschteckt : die Buben machten Besatzunxkin-
der, daß gotterbarm ! – / Schöne Schilderungen ! – /
» Kinsey ? : Wer war'n das, Du ? « : » Der, der behaup-
tet hat, der Mensch schtamme vom Affm ap : ruhich
Dschordsch ! «. / Allein die herrlichen Kernworte, die
Dillert hatte : » Siehe den Globus : ich zittere, daß er so
klein ist ! « – wie Sergeants beim Schtabe sich eben so
ausdrückn. / Er schlug H. G. Trunnion gleich beim
ersten Kugelschtoß=Wettbewerb um 1 glatten Yard !
(Allerdings schienen damals, bei den Old=timers,
noch ulkije Regeln gegolten zu haben : wieso mußte
man ‹ nach der Kugel schpringen › ? Oder verschtand
ich's bloß falsch, und hatte sich ein Weitschprunk ange-
schlossen ?)

Und auf'm Schießschtand, weenich schpäter, war das
Rennen dann verdammt knapp geworden; denn wenn
auch Alabama=Dillert schoß, wie der baare Teufel – zuerst, bei den leichteren Wettbewerbm, nur, verächtlich,
von der Hüfte aus – so war doch H. G. Trunnion, dessen Ansehen schwer litt, (hatte nicht bereits Old Rum,
der Küchen=Untroffzier, (der auch, wenn es das Vers-
maß verlangte, ‹ Rum=Old › heißen mußte : dergleichen
Freiheiten darf man dem Dichter einräumen), es gewaakt, und ihm beim Mittagessen den ‹ Nachschlack ›
verweigert ? !). Trunnion also war schwer in Raasche;
und zielte immer grimmijer, ‹ he never misses his aim ! ›.
(Und da mußte Dillert ja nun doch die leichtfertijeren
Anschlaxartn beiseite lassn.)

Denn jetzt nahte die Entscheidunk : General Grünther=

selbst, der Oberkommandierende, (der Dichter verglich ihn aber auch oft mit einem ‹ Könich ›), kam, dem Wettkamf der beiden Heroen zuzusehen : 800 Yards schtehend freihändich ! / (» Iss es nich n bissel *sehr* weit, Dschordsch ? «. – Aber wenn auch ich bei solchen Zahlen nüchtern wurde : die Andern schüttelten seelich= gläubich die Hörerköpfe.)

(*Und s war doch tatsächlich wiederum so* schpannend !). / Denn schoß auch der Eine wie Robin Hood persönlich – der Andere wiesierte wie Willem Tell : erst Trunnion ? – : ? ! – : Und wieder die unvermeidliche Zwölf; ich hätt's diesmal nich gedacht. / Und Dillert legte sich rein. Und schtand wie gemeißelt, die automatic in der Hand. Setzte noch einmal ap; und machte sich anheischich, Trunnions Kugel zu ‹ zeichnen › – der Mann in der Anzeigerdeckung mußte sie in das von ihr selbst geschlagene Loch schtecken. / (» Also das geht Dir *nich* zu weit Dschordsch ? « – Abernein. Es war ja *zu* schön !).

Und es war auch schön, das ganze prachtvolle Personal : ‹ A youngster, fresh from West=Point – he feared nor death nor love ! › / Auch, daß Lawrence, zum besseren Behalten, Jedem dieselbe Formel immer wieder mitgab : da war 1 ‹ Tankwart ›, der öfters vorkam, ‹ most remarkably quick ›. (Gewiß; es *war* bei irdischn Tankwarten eine Seltenheit gewesen. Aber man konnte sich die vielen Gannohwn tatsächlich glänzend so merken.) / Obwohl er mit ungebührlicher Vorliebe die Figur eines dichtenden Dschie=Ei behandelt hatte : ‹ Folker ›, aus Alton=Illinois, der zu allem seinen Senf in Limericks dazugab. (Auch sollte er auffällig große *Ellenbogen* besitzen : warum das ? – Auf was die Dichter so alles geraten !). / (Diewerrses krickte man in der Hörgeschwindichkeit natürlich nich mit. – Warum merkte Dillert zum Beischpiel, nach einer durchzechten Nacht, an : » Methinks, my rings grow cooler – the morn is

drawing near. « ? : die hatte er doch alle in der *Hosentasche, die Ringe*! – Oder leitet Gold etwa besonders
rasch die Kälte? Naw, das würden wir ja demnächst
leicht & selbst fest=schtellen können : nur weiter –).

Und Könich=General Grünther hatte doch auch –
mußte er es nicht? – Gefalln gefundn an seinem riesijen
blonden Sergeant. Und schickte ihn als Kurier nach Is-
land; um dort Geheimschreiben abzuholen, und ein
paar neue WAC's auszusuchen. / Und schon schtoop der
Düsenbomber los :

> ‹ Sie doppelten den Schtrahl=Schub und fuhren
> pfeilgeschwind
> über die wilden Wogen als wehte sie der Wint! ›

(» Brah=woo! «. – Hatte ich dem Kerl, dem Lawrence,
doch Unrecht getan : ein Mann, der *so=was* schrieb,
hatte wohl 1 Recht, währenddessen zerschtreut einher-
zukommen : » Well done! «).

Und dort, im Feuerhag der FLAK – *eben* fand noch ein
großes Schießen mit Üb=Munition schtatt; und Dillert
schob den zagen Mann am Schteuer beiseite; und zielte,
unbekümmert sein ‹ roll me over in the clover › grölend,
schrääk nach untn : sint ut sunt, aut non sint! / Dann
hielt er Ausschau unter den Schönen der Inselflugplätze;
– (*der* Feuerheerd leuchtete übrijens immer noch am
allerhellstn : warumm hatten se Alle in de NATO
rein gemußt?!) – und hatte insofern Glück, als gerade
wieder ein Damen=Schportfest schtattfant; (wenn
Lawrence uns doch bloß nich immer mit solchn Szeen'
martern wollte – andrerseiz war's natürlich pracht-
voll, wie die Puppn sich da vorführtn : Oh, shiver my
timbers! –

((» *Och iss das gemein!* «)) . . . . .

Und Dillerts Wahl fiel auf die Schpeerwurfmeisterin,
‹ Brown=hilled ›; und er prüfte sie erst sork=fälltich,
im munteren Geschpräch. (Dann auch, verantwortunx-

bewußt, intimer – hatte der Kerl 1 Schwein!). / Und
lud sie, zu der übrijens 4=köpfijen, Besatzung dazu. / :
Und ap mit ihr nach Old=Heidlbörrg : . . . . . !

(*Sie war übrijens ausgeschprochen* sauer, als sie dort erfuhr, daß sie schtändich nur mit Dschänneräll Grünther
ins Bett sollte. / Und Grünther folklich auch. / Und
seine Zuneigung zu Dillert kühlte sich entschprechend
ap; (der sich allerdinx auch, um 1 entscheidende Schpur
zu offen, im Kameradenkreise, seiner Eingriffe bei der
Braunen gerühmt hatte.) / Und die natürlich jetz auch
‹ verwöhnt › war : Grünther hatte beim erstn Mal diereckt Schwierichkeitn, ehe die enttäuschte Schportlerinn
ließ.)

Und Dillert ‹ wurde frech ›, ‹ seinem Vorgesetzten gegenüber › :

> » Now it's ‹ Dillert=this › and ‹ Dillert=that › and
> ‹ Dillert, watch your soul ! ›.
> But it's ‹ thin brave line of heroes ›, when the
> Bolshies start to roll :
> The Bolshies start to roll, my Dear; the Bolshies
> start to roll;
> yeah : it's ‹ thin brave line of heroes ›, when the
> Bolshies start to roll ! «

(und unsere Hände toastn : 1 Kerl dieser Lawrence ! !)
Aber jetz kam erst die dollste Szeene : Wir legtn uns fast
aufs Kreuz, und röcheltn & schnarrchtn (und die Älteren sabbathn) : jetz fingn noch *die Weiber* an, sich in
die Haare zu geratn ! / Beide trafen sich, wie von ungefähr, an derselben Bade=Schtelle im Rhein. Und Jede
wollte die Andere mit ihrer Schönheit beschämen. Und
sie zeigten sich, in wie=zufällijen Bückungen &
Drehungen & Wenn=dungen, aber auch schlechterdinx
AL=LÄSS ! – (Und Frau Lawrence ließ die längeren
Beine sichtbar werden. Wir keuchten. Und hörtn &
sahen – : . . . . :

: *Denn wenn Brown=hilled auch* glänzend trainiert war;
und zur Apwexlunk unschätzbar sein mochte – :
Cream=hilled hatte nicht umsonst bei einer Schönheiz=
Konkurrenz the biggest titties in the county gehabt.
1 Artiekl, in dem die sehnije Schportlerinn besonders
weenich vermochte.
Und die raus aus dem Wasser; und hin zu Grünther! /
(Und geheult & getrammpelt & sie ließe sonnst *nie wieder!*) / . . . . . / :
: *Da war Dillert natürlich reiff.* / *Und* : » H. G. Trun-
nion sofort zum Gennerahl ! «, hieß es. (‹ He never
misses his aim –› : meingott : sollte . . . . . ? !
Canto 16 : ‹ *DAS BARBECUE IM ODENWALT* › – :
Erst die, (natürlich fingierten!) Anrufe einijer deutscher Barbaren=Gemeinden, (die damals noch keine
Waffen tragen durften : *sehr* richtich! : hätten wir an
dem Grundsatz nur eewich festgehalten, wir=Affen!) :
über ‹ Wildschaden › durch ‹ wild=boars ›. / Und Grünther, perfide lächelnd, gab Anordnung, eine shooting=
party zusammen zu schtellen : Offiziere=Untroffziere=
undmannschaftn; ‹ die bestn Schützn : zur Beloh-
nunk ! ›. – (Also auch Dillert & Trunnion – : ‹ He never
misses his aim ! › – (die Meistn verwandten schon kein
Auge=mehr vom Lautschprechermunt –)
Im ‹ *AMERIKA=HAUS* › *in Darmschtadt* sahen sie sich
zum letzten Mal. / (Vor dem er, Dillert, noch ‹ LONG
LOUIS › traf, der dort immer schtand – vermutlich n
G.I.=Kummpl von früher) –
: *Cream=hilled,* (*die natürlich* 1 Kint von Dillert erwar-
tete : das ist nun mal nicht anders !) – / :

> ‹ Mir ist so bang, mein Dillert – : there are rockets
> in the sky ! ›

/ (Ließ auch die – in solchen Soldaten=Fällen ja wohl
nicht gans ungegründete – Befürchtung durchblicken, er
möchte sich, im wahrsten Sinne des Wortes, ‹ in die

Büsche schlagen › wollen ? / (» Mennsch=Weip : sei schtoltz, daß 1 Dillert Dich seiner Liebe für würdich befundn hat ! « : Dschordsch; in nazjohnalem Unwillen.)

Und es blitzte & knallte; und das Pullwer wurde nich geschohnt im Odnwallt : die Kugeln fiffm; und der Schrot rasselte im Gebüsch; (*und* in den Gesäßn der deutschn Treiber, wenn sie im Wege schtandn : *sehr* richtich : Die waren an *Allem* schuld !). / Erst schlug Dillert noch einmal Alle, in einem improwiesierten Waldlauf. – Der begreiflicherweise Durst machte : er reichte dennoch, in disziplinierter Haltunk, seinem Vorgesetztn die große Familien=Coca=Cola=Flasche : ! / (Und H. G. Trunnion trat unauffällich hinter die Busch=Reihe; unter dem fadenscheinijen Vorwand, sein dreimal verfluchtes Wasser abschlagen zu wollen : Zog dort jedoch schtatt=dessen seine MP . . . –

Und Dillert ergriff die wieder=gebotene Flasche. Wischte ihr mit der mächtijen Rechten über den gläsernen Runt=Munt. Setzte auch, in edlem Durst, an . . . : ! ! !

(*Und wir fuhren doch, ausnahmslos, hoch : ! Die hatten* 1 echten Schuß im Senderaum abfeuern lassen ? ! / Und die Flüche=hier. Und die Thränen=dort. / Und Grünther deckte natürlich den Meuchler; der sich, und eiskalt dazu, herausredete : er habe Dillert für 1 Wildsau gehaltn.) / *So groß* war die Ent=Rüstunk, daß ich zum Telefon schtürzte, und, als Kongreßmitglied, die Rundfunkleute beschwor, etwas zu unternehmen : *So könne man* heute nich ab=brechn ! – / (Und tatsächlich las Lawrence, allem Programm zum Trotz, auch weiter . . . . .

‹ *THE REVENGE OF CREAM=HILLED* › : *Die war von Grünther* (der, verschtäntlicherweise, solche wandelnde Erinnerung an Dillert, solch immer dicker werdende, nich schtändich vor Augen leiden wollte) nach

Börrlinn versetzt wordn. / Und ließ sich dort, nur noch
Haß & Wuut, mit den Russn ein!
(*Und das war ja auch wieder gans prächtich* geschildert : wie er die, in ‹ Charles=Hurst › immer schlankweck ‹ HUNNEN › nannte. Und den dortijn Haupthäh-
nen Namen aufheftete, wie ‹ Blödel › – (» Nich schlecht;
hä=hä! «). Die ‹ Häuser › nur aus buntem Holz, jaja=
klaa. Mehr Feerde noch, als Autos. / (» Da dürfte das
wahrscheinlich, heute, auch *Feerde=Leeber* gewesn
sein. « Dschordsch; erleuchtet. / Aber ich riß mich doch
lieber am Riem'; und seufzte ein bißchen; wie diese
‹ Natzjonnahle Poesie › selbst den besten Menschen ver-
rohen kann : *sogar=ich* war ja 1 Momment anfällig gewordn. Also auf=passn.)
Und Cream=hilled ließ den russischen Marschall –
nachdem der sich anheischich gemacht hatte, General
Grünther samt Schtab mal zu sich nach Börrlinn einzu-
ladn – (und der drehte ihr natürlich den schtummfn
kopflosn Slawnknüttel bestialisch genuck rein : widerlich, diese porrnografischn Szeen'). / Und unsere arglosen Boys kamen doch tatsächlich auch, trotz H. G.
Trunnions Warnungen, (dem gleich nichts Gutes
schwante : beim Überschreiten der Zonengrenze ginx
auch auf der Schtelle los!)
: *Üble Vorzeichen! : Im ‹ Calton Creek › 2 badende
Volkspolizistinnen,* denen Trunnion – gewiß eine harm-
lose gutgemeinte Geste der Verschtändijunk – ‹ die Ge-
wänder nahm › – : *sie ließen nicht!* (Wiesen auch ihnen
hingehaltenen Kaugummi mißtrauisch zurück. Zeigten
dafür der LKW=Kolonne aber den Weg falsch – noch
lange vernahmen die Beifahrer ihr Hohngelächter über
die öden Weiten, die versummftn, verfallenen der DDR
hinterher schallen.)
'ne Brücke über diesen Calton Creek gab's natürlich
ooch nich – weit & breit nur 1 schiefer Schuppm; davor
eine zweideutije Fähre, die unsere Trucks gerade so=so

noch rüber trug. (Der ‹ Ferge › mußte natürlich erschlagen werden.) / Und weiter über die Rollbahn : da wurde das Wetter schon, sümmbowlisch, schlecht : beim Untergang schtand es schtatt der Sonne nur wie ein roter Faßschtumpf zwischen grauen Wolkenbrettern : rot & falsch schlitzäugte der Abend : sie kampierten lieber am Autobahnrand.

(*Und meisterliche Bilder* : *immer düsterer* der Beton=Schtrom. (An dessen Ufer sie schweigend hockten, tins in den mächtijen Händen.) Die einsilbijen Blitze ferner Raketen=Apschuß=Rampm – : 40 Sekundn schpäter versuchte es ein bißchen nichtswürdich zu grolln ? : Sie lächelten nur verächtlich; und löffelten weiter; hinter ihnen, hinter der russisch=kargen Buschreihe, blakte das Gasoline=Feuer.)

Dennoch erreichten sie allmählich jenes halbverödete Börrlinn. / Erst noch ein Ball beim amerikanischen Schtadtkommandantn. (Also n technischer Kniff Lawrence's : a) Verzögerung; b) Kontrast heiterer festlicher Szenen, mit dem=was=kam – *kommen mußte !* : Was hatte das schon für'n Zweck, daß Der ihnen, mitleidich, noch paar Schtahlhelme mitgab ?)

Drüben wurden sie natürlich in einem besonders hölzernen Hotel einkwartiert. Bei jeder Gelegenheit sisstematisch gereitzt – gleich am 1. Abmd war man so weit, daß H. G. Trunnion freiwillich mit Folker=Alton=Illinois Postn schtand. (‹ Barrikaden aus schwerem Wolkengerümpel › : gut. ‹ Die zerbroch'ne Laterne des Mondes dahinter › : gut. / Aber daß Lawrence nun gleich wieder die ‹ Lange Nacht › dazu ausnützen und Folker zur Hawaii=Gietarre endlos=halbgeschtohlene alte Schlager singn lassn mußte ! –)

Und dann begann eben das ‹ Feuer=Gefecht ›, endlos= herzzerreißend=dollbeschriebm. Bei dem sich Trunnion besonders hervortat : *jetzt* konnte man dies verteufelte ‹ he never misses › wieder leichteren Herzens mit an-

hören. / Aber die Muh=niezjohn ging ihnen natürlich
aus : auf dergleichen Slawischuftereien waren sie ja auch
schließlich nich gefaßt gewesn ! / Und Cream=hilled
schlich um eine Ecke, in jeder Hand einen Molotoff=
Cocktail, in jedem Maul ne Schachtel Mättschiß. Und
legte – immer halb=fluchend : » Dillert ! «; halb=schtöh-
nend : » Dillert ! « – eigenhändig Feuer an die Hotel=
Baracke : ! –

Und wurden Alle=Alle, ob Folker ob Tankwart, weck=
geputzt, ‹ verheizt ›, Einer nach dem Andern; als Letzter H. G. Trunnion, der ihnen, nicht zu beugen, bis zuletzt sein » Fucking Bolshies ! « entgegenschleuderte – :
so wurde Dillert endlich gerächt ! / (Und so hatte dann
der letzte Krieg angefangn; allegorisch genuck also : daß
wegen 1 ‹ Miss Germany › die ganze Welt in Flammen
aufgehen mußte !) . . . . .
. . . . . / . . . . . / : *Gong !* . . . . . / . . . . .
Und uns Allen schwindelte aufs Herrlichste der Kopf –
den noch anschließenden Vortrag ‹ Über Büschel von
Nullsystemen im vierdimensionalen Raum › mochte
Niemand mehr anhören. / (– : Man *schprach* ja direkt
in dem Maaß & Schtiel ! : beim Hinausgehen – nein,
=schreiten ! – redete selbst der alte Saunderson seine
Trippelschrittlänge wohlgefällig an : » A goodly pace,
I trow ! «.) –
» *Von hintn – : so'n Schwein !* «; (Dschordsch; erschtickt) :
» Das *kann* kein echter Juh=Eß=Boy gewesen sein, die-
ser=dieser – – «. : » Well Dschordsch – fair war's natürlich
nich. Aber es *gab* schon bei uns solche Leute : ich hatte
ma'n Onkel in Massachusetts . . . « (Aber er wollte im
Augenblick von meiner Verwandtschaft nichts hören :
» Und das Alles in Gedichtform, Du : das iss gar nich so
einfach ! « : » Aber in Börrlinn hat sich der Trunnion dann
doch wieder gans vorbildlich benomm', George – ich weiß
nich : *mir* hat er gefalln ! Er hat jene frühere ‹ Tat › doch
schließlich auch seinem General zuliebe getan : derglei-

chen Angeschtellte *sind nich* häufich, Du; die für'n
Scheff n glattn Mord begehn?«. (Und das mußte auch
George zugebm, daß *er*, in *seinem*=Kontor=damals,
Keinen von der Sorte gehabt hätte . . . . .
Hertha Ohneluft : »Hchchchch . . .« / *Und vor der
Haustür* nochma umdrehen? : Nur schwarze Giebeltra-
peze. / Rauch aus dem des Nachbarn? : »Der brät sich
1 Scheibe Käse – man siehz an der Form des Rauches«
erklärte ich : »kuck : ebm schlägt er noch'n Ei drüber!« / (Und da war, end=lich!, nach so vielen hölli-
schen Erfindungen, ihre Widerschtanzkraft gebrochen :
nur 1 Hand vermochte sie noch zu bändijen; während
die andere lustichst in ihren Reizen wühlte & praßte,
‹im Mark meiner Föllker›. – (Und schtehen ließ ich sie
auch noch, und ihre Kleidung ordnen; während ich
Tanndte Heete herbei pochte, und das Licht im Hausflur an ging. – ‹TH› iss übrijens viel kürzer, nich? Also
in Zukunft.)

*

Gleich mußten wir vom Theater berichten – alles noch
im Flur; während wir ‹ablegten›. (Sie musterte wohlgefällig die immer noch bezeichnend=Zerschtrubelte) :
»Mein Deern, daß er Dich bei'n Kopf gehabt hat, hab
ich ja nu *ein*ma gesehen – ischa keine Schande für
ne Frau : wenn n Mann verliebt iss?« : »Der iss nie
verliebt;« sagte Hertha trauri=komisch, »Der hat ma
ammall aus a'm lateinischn Buchche alle Kennzeichn vorgeleesn : von Ee'm, der verliebt iss . . .« (sie kreuzte
illustrierend die Arme; und schtand wie ein Terminus;
und blickte düster, wie Einer, der mit der Regierung
schmollt). : »Beziehunxweise, wenn er *nich* verliebt
iss . . .« : »Wie sinn'enn die?« fragte TH neugierich.
Und ich griff, ehe Hertha die Pointe verfuschte, lieber
dramatisch=selbst ein : »Ä=hämm! – – –
: *Da tritt der Jüngling einher, der nicht* an Amors Altä-

ren frönt : er schreitet wie ein Numidischer Löwe, in einem trotzijen Gang. Seine Augen sind hell & blitzend; sie schauen grad vor sich hin; und hangen mit nichten entzückt an den Wolken, oder düster am Boden. / Jetzt sagt Einer eine Posse ? : er *lächelt* nicht darüber : nein : er *lacht gellend*, wie der Hahn kräht, der die Sonne empfängt. Er heult nicht mit dem Unglücklichen; er tröstet ihn männlich und bleibt heiter. Er hat lange Weile, wenn er allein ist, und neckt alle Dummköpfe. Bei einer wohlbesetzten Tafel nimmt er seinen Platz nicht zwischen den Mädchen, sondern da, wo der größte Becher und die schönste Schüssel schteht. Er ißt wie ein Calabrier; singt mit lauter Schtimme ein Trinklied; schpeiet mit Geräusch aus, wie ein Reicher, mitten durch den Saal. Und wenn er allein sein muß, so ziehet er seine Schreibtafel hervor, und berechnet, unter lautem Lachen, seine Schulden. «

» *Und, Tandte, vorhin im Walde,* « sagte das maussade Mensch, das boshafte : » *so weit* hab'ich bald in mei'm Leebm noch keen Menschn schpuckn sehen. – Neenee : *Der iss* nie verliebt. « Und schüttelte den Kopf. / (Aber TH schien seltsam tief in Gedankn. / : » S=tandn in dem Buch=da wohl auch Middl *geegn* die Liebe in ? «; erkundichte sie sich zögernd. / Aber bitte ! –

: » *Willsdu die Liebe aus des Jünglinx Brust* vertreibm ? : So laß ihn täglich 4 Mal die gelbe Tiber schwimmend durchmessen. Dann zähme er ein wildes Punisches Roß in dem Schtaube des Marsfelz 2 Schtundn lang. Dann laufe er mit seinen Freundn 2 Mal die große Rennbahn aus. Ein hartes Lager von einem Bärenfelle emmfange den Müden : ehe noch der Sonne goldene Schtrahlen die Thäler erleuchtn, wecke ihn aus den Armen des Schlafs zur Arbeit des vorijen Tages. « (Sie begann bereits verdrießlich das Maul zu hängen; also rasch weiter) –

: » *Oder verdopple die Arbeit : laß ihn* einen beladenen Kahn schtromauf rudern. Oder 1 Morgen goldener

Ähren absicheln. Oder mach ihn das Holz, das Lucull
täglich in der Küche verbrennt, schpaltn : die Liebe
flieht aus müdn Armen; sie verläßt die Brust, über die
der Schweiß in Schtrömen rinnt. «

: ? –

: » Du hass'n Knall. « TH; sachlich. / » Das heißt, «
räumte sie ein, » für'n *jungn* Menschn mackas gans
gut sein – *sehr* gut sogar. « Schüttelte aber trotzdem
den Kopf. » Kucktama – « sagte Hertha traurich vom
Schpiegel her : » Was ich wieder für dicke Oogn
hab ... «. (Richtich; die Lider waren geschwolln) :
» Ödeme, « erklärte ich Tanndte Heete : » Wasser-
ansammlungen; Überarbeitunk. « » Was *machssu* denn
da inne Fabriek bloß, mein Kint ? « fragte TH gereizt :
» Musterzeichnen ? S=toffmuster erfindn ? – Säbver-
s=tändlich geht'as über'e Augn ! «. Und hielt 1 kleine,
leidenschaftliche Rede gegen das ungesunde Schtadt-
leben. Zu mir : » Und Du biss man *auch* so'n Närfn-
bünnl : denxu ich seh das nich, wenn Du so mit'n
Backnmußkln fieguriers' ? Ischa nich mehr feierlich ! « /
Und ging, immer noch deklamierend, fremdenführer-
gleich, bei der Hausbesichtijunk voran) :
(‹ *In Auerbachs Keller* › oder ‹ *Giffendorf* subterranea ›) :
Mettwürste, so lang wie Jakopstack. Auch Schpeckseitn;
und dreieinhalb Schinkn. / Bauernbüxn, die Weißblech-
deckel mit Bleischtift beschriebm. » ‹ Knapp=Wurst › ? «;
(ich fragte nur Hertha's wegen; mir selbst war der
Grütz=Zusatz wohlbekannt. Wie auch die ‹ Brägen-
wurst › ohne Brägn). / Gläser mit hellbraun=würzijen
Gelees. Sülzn & Azia=Gurkn. Und Fleischsortn, von
denen uns Schtättern nicht einmal der *Rauch* zugute
kam. / » Na Tanndte : falls Dich ma die Verzweiflunk
packen sollte, brauchsdu bloß in diesn=Dein' Keller zu
schteign. : mit *dem Prowiant* kanns' ne gans hüpsche
Belagerunk aushaltn. « : » Tja; ischa faß ßuviel für ne
alleins=tehende Frau. « sagte sie gleichmütich. (Oder

lag doch 1 gewisser lauernder Sinn in der Art, wie sie die mächtijen Hüftn nicht=bewegte ? / ‹ Tutti=Lina ›, Göttin der Vorrazkammern. / Aber sie schrie schon wieder auf; gereizt, wie niedersäxische Löwinnen pfleegn :)

: » *Aso dies Haa=Nätz !* – *Da bleib ich aber* doch auch s=tändich mit häng’ – «. » Laß Da doch an Bubi=Kopp schneidn. « empfahl Hertha, vor eine Schmaltzkruke gekauert. (In vollstem Ernst.) Und Jene, dito : » Früher hadd’ich schon ma ein’. « Die lustije Wittwe. / Und da blieb ich doch schtehen : will sie etwa wieder heiratn ? ! – Klar Mensch : vorhin die Erkundijunk nach einem Liebe=Gegenmittel; jetzt wieder das ‹ zuviel für ne allein=schtehende ›. – Und wenn ich mir freilich so ihre Figur besah; von hintn; beim Trepperaufschteign; von keiner Schwangerschaft ausgeleiert : *Die* mochte & konnte beschtimmt noch ab & zu ! / ’chgott, wenn sie Jemand=Vernümftijes hat . . . . .)

» *Die Küche kenns’u ja, Hertha=nich ? – Hier nebman* geht’as inne Waschküche . . . «. (Der kleine massiewe Anbau. Aber da wirsde bei Hertha weenich Schwein habm, Du : die *läßt* lieber waschn. – Iss ja ooch richtich.) / Das Wohnzimmer, wo wir vorhin schon gesessen hattn. (Und nachher wieder sitzn werdn – mir taten die altn Knochn auch weh. Gans abgesehen davon, daß mir noch etliche Leibesübung bevorschtand). / Aber jetzt nebenan die, mir von meiner Kindheit & Jugend her geläufije

‹ *Gude S=tube* › : – » Och – «. (*Hertha; erfreut :* das hatten sie ‹ zu Hause › auch gehabt. – Sie bewegte sich trotzdem so lange, bis ihr Schatten wohlgeformt vor ihr lag – intressant, wie Frauen unbewußt auf sowas achtn könn’.)

» *Achdukuckamma : a Schpinn=Rat !* «. Und faltete ergriffen die Hände oberhalb des Märchengeräz. (Schtich Dich nich an der Schpinndl; ich müßte Dich sonst mit mindestns 1 Kuß ‹ weckn ›) : » Wie Dillert. Auf die Cream=Hills. « fügte ich, und lispelnd, listich=englisch, hinzu. / » Dillert ? « fragte TH sofort argwöhnisch ? Aber gleich wieder, gerührt von dem Anblick meines Mädchens, wie es da so zaghaft=gläubich die Finger-schpitze ans Rad legte : » O ich könndas woh noch : im Kriek hat hier Manch=Ein' seine Schaafwolle aa'ms ges=ponn'. « Und die Rote wieder, gans ‹ willsdu nich das Lämmlein hütn ? ›, » Ach – «.

» n Mann muß anne Zimmerdecke langn könn' : sonns iss'as kein Mann ! « behauptete Tanndte Heete, (raffi-niert; um die niedrije Schtubmdecke zu verteidijen. Und ich machte es, ihr zu Gefallen, wie abwesend, vor : ! Ließ auch, obwohl mich vom Recken schon die Waden-muskeln schmerztn, behaglich die Finger taranteln, s=toisch am weißen Putz : . . . . . (So; genügt.) –) –
: » Onein mein Deern ! «; und wir beiden Wissenden lä-chelten sehr überlegen : Hertha waren die schparsamen Linien der Schneelandschaft auf dem großen=weißen Ofenschirm allzu mager vorgekommen; und sie hatte sich erbötich gemacht, ihn aufs Modernste zu bemalen. : » Kennt Ihr das inner S=tadt nich ? – : Wenn man den Ofen anheizt, im Winter, aber nich zu sehr : dann werdn die Bäume hier=auf'n=Bild : grün. : Die belaubm sich wie in'n Frühlink : o jah ! «. (Und Hertha schüt-telte verblüffter den Kopf. Sah auch, ab & zu, miß-trauisch, immer mal wieder nach dem verhextn Schtück= Wand zurück.)
Vorm offenen Glas=Schrank : » Du=Tanndte. – : Hier das Kunsthonich=Pullwer : dat smiet man wech ! «. (Und sie wog die Pappbüxe doch wieder unschlüssich, ja pikiert, in der Hand.) / Ein Lot an einem silbernen Fadn. / » Iss Dir bekannt, Hertha : daß alte Leute hier-zulande die Bauern im Schach noch heute ‹ Wenden › nennen ? – ‹ Verächtlichmachunk der Slawn › «, fügte ich, bedeutsam, hinzu. Und sie, wie abwesend : » ‹ Blö-

del › –. « (» Das muß' nich sagn, mein Kint, « tadelte Tanndte Heete; » apgesehen von der *allen* Männern anhaftndn Blödheit – : Er kann doch *sehr* unterhaltsam sein. « Blickte die Betroffene auch schtark & schtreng an : ?. Und Hertha gab es, um weitschweifije Erklärungen zu vermeiden, überschtürzt zu – wer nich im Bilde war, konnte's ohne weiteres für ‹ Reue › haltn.)

Onkel Lutwich's Feife – (» *Tein Zoll* Caln=bergisch « murmelte ich; und ihre Nasenflügel bewegten sich doch erst, ehe sie zürnte : » Du krix noch'n Bax heut! – Blödl. « setzte sie nach kurzem Besinnen noch hinzu. Und Hertha, obwohl sie mich nicht verschtandn hatte, breitete nur die Hände : !). / Also Onkel Lutwich's Feife : vorn an den Kopf hatte er sich sein eigenes Gesicht schnitzen lassen! – : » Gleich nach'n Kriek kam ma Einer durchs Dorf : Der konnde das. – Das ha'm sich viele Bauern=hier machn lassn. Gegn Büxn. « (Auch seine Orden; oder, genauer, Medalljn; noch aus'm erstn Weltkrieg : das, auf der Brust getragn, sollte damals, unter anderem, bewirkn, daß man den schtolzn Träger nicht ins Gesicht hinein ‹ Mörder › scheltn durfte.)

Halma Dame Domino. Und auch das unvermeidliche ‹ Mensch ärger' Dich nich'. › : wenn ich bloß ma rauskrickte, Wer das eigentlich erfundn hat! / » Wo kommt dieser Name ‹ Halma › woh her, Kardel? «; aber ehe ich noch auskunften konnte, juchzte sie schon : » Ogodd ich hap da ja noch Wasser aufs=tehen! «; und segelte zur Tür . . . . .

: » *Musterzeichnerinn? : Deinen Munt!* «. (Und sie zierte sich schon weenijer. Und schmeckte mir gut. (Und hätte sich vielleicht *noch* weenijer geziert; aber die Sammeltassen im Schrank erklirrten schon wieder (beziehungsweise ‹ bibberten untergebm ›) vor Tanndte Heetes kraftvollem Schritt. Und SIE trat züchtich von mir zurück; und ließ ihre Hand, ihre weiße Hant, sich auf die Bücher zu verlenngern . . . . .

» *Kennt Ihr das nich?* – *Für jeedn Tack im Jahr* schteht 1 Gedicht drin – «. Und, da beide Gesichter sich intressiert öffneten, schlug ich, der Einfachheit halber, den heutijn 28. Oktober auf –, – » Moment=ä . . . « :

» *Wer über seinen Kampf um Lebensglück* / sich nur 1 Haar versehrt, nur Einzelnes / im Auge, nächstes im Gefühl, wohl gar / *Gesundheit sich verscheucht :* die Schöpferin / der Freude aus dem langen Lebens= Schtrome . . . « (Und TH nickte uns schtrafend an, mit dem ganzn breitn Gesicht : !) . . . . .

: » *Der gleicht dem Kinde, das den Korb* voll Perlen / durch 1 Wald voll Räuber, Schturm & Blitze / auf hohlem Boden sicher hingetragen – / und nun, bei Blumenpflücken, sie verliert. / Der gleicht dem Manne, der 1 Schiff Kleinode / soll über Meer zum fernen Hafen schteuern – / : und alle Tage in des Schiffes Bodn / zum Schpiel 1 Loch bohrt – und bei Sonnenschein / mit Schiff & Schatz betroffen untersinkt. « –

(*Und Tanndte Heete wurde gans aufgereekt* – hatte ich *so* ergreifnd vorgetragn ? *Sehr* schmeichelhaft – und hielt uns die zweite Schtantpauke) : » Kuckdirma die *Augen* von den Kint an ! Dascha Waansinn, was die Leute inner S=tadt so treibm ! – Unt Ihr=*Männer* denkt *auch* bloß an Euer Vergnügn. « schloß sie schtürmisch. Aber da wehrte ich doch nur kühl ap : » 1 kleiner Irrtum, Tanndtchen : *ich* hap noch *kein* Kind in die Welt gesetzt. – Was ja wohl *auch* 1 gewisse, Dir nicht unbekannte, Entsagung in sich birgt ? « / Worauf sie schlauerweise gar nich weiter einging ; sondern wortreich jenen vernümftijen Dichter lobte : » *Das* Buch nehm ich mir gleich mit rüber. So'n kleines S=tück zu lesn, hat man ja jedn Tack Zeit zu. «

Und was da so Alles im Bücherfach drin lag – : alte Briefe, arrow=head letters, mit grauer Tinte, auf schlechtem Papier, (mit dicker Feder, am wackelnden Tisch). » Da siehsduma, wie das aussieht, Hertha : Du

schreibs' auch gern auf abgerissenen Bogn. « (» Unbe-
schneedn Breef, schickt man Schelm unn Deef. « kom-
mentierte TH.)

Da leexdi nieder : 1001 Nacht ? ! – » Das könnt'er uns
ma vorleesn, was mein Mädchen ? Da s=tehn ja woh
auch schöne Geschichtn in. «; also TH. Aber Hertha
sah sie sehr überzwerch an; und schniefte nur. Allerdinx
so ausdruxschtark, daß Jene erschtaunt fragend die
Hände schpreizte; und sich 1 Erklärunk ausbat : ?
» *Dein Neffe=hier,* « *sagte Hertha lanksahm,* und zeigte
mit dem rauhen Hinterkopf nach dem schön=Betreffen-
den : » er hat ma ammall draus vorgeleesn . . . « – » Die
große Legende von der ‹ Messink=Schtadt ›, Tanndte «
erläuterte ich gefällich und gleißnerisch=flink – » *Nicht
nur,* « Hertha, schpitzich : » Jednfalls hat ma wieder
ammall gesehen : daß die Männer eh & je & immer &
überall, nur an EINES gedacht habm – denkn; und
denkn *werdn.* Also ich bin doch weißgott anne moderne
Frau; und nie prüde . . .«; aber hier unterbrach
Tanndte Heete sie doch : » Na, wenn=as man s=timmt,
mein Deern «, sagte sie entschiedn; » ich hadde vorhin
manchma den Eindruck – : so in gewissn altn, einfachn,
Dingn, sind wir, auf'n Lant=hier, doch wohl natürlicher. – : Iss es aarch ans=tößich, Kardel ? Oder kann
man'as woh ma leesn ? « / (» Dein Neffe – « flüsterte
Hertha verblüfft. – Aber jetzt trat ich bedeutend für die
Familie ein . . . . .)
: » *Solchn Büchern=hier – 1001 Nacht; Karl May;* Altes
Testament – verdankn wir Deutschen es, wenn wir noch
nicht gans Griechn & Römer sint : sondern ein, und
leidliches, wohlwollendes Verschtändnis für die Belange
des Vorderen Orienz besitzen. – *Und* des Mittleren. «
gab ich noch zu. / Auch : » Tannte ? : Ich zeichne Dir
heute=noch die betreffendn S=telln an : erinner' mich,
falls ich es vergessn sollte. « Und, leidenschaftlich=
anklagender : » Was denxu, Tanndte Heete, was ich

mit dieser Zierpuppe manchma für Schwierichkeitn hab! Wenn man Ihr manchma n *einfachn Kuß* gebm will . . . «

» *Ja aber wohin* – « wandte Hertha kläglich ein. Erhielt diesmal jedoch keine Hilfe. » Mein Kint, « sachte TH mütterlich : » da müßtn wir ma über s=prechn. – Wenn Du n Mann hass – n *netten, sauberen* Mann – der sich *auf=paßt*. Auf den Du Dich ap=so=lut verlassn kanns . . . : Es *iss* doch nu ma eine der *gans*=großen Freudn des Leebms. « Pause. Dann, TH, auffällich schwer, und bedeutsam=fragnd : » Oder irr'ich mich da ? « / Ich zog mir nur, schtumm und nachdrücklich=umschtändlich, die Jacke aus – und breitete sie vor Tanndte Heetes Füße : Schreite darüber, Göttin der Vernunft ! (Unter-schrift : ‹ Dein Ritter ›.) (Und natürlich auch, um Hertha, (die erbärmlich druxte), Zeit zur Fassunk zu gewähren. Sie rang danach. Und wir, Gentle=Man & Gentle=Woman, kamen auf Was=Anderes . . . . .

» *Übrijns* ‹ *Kardl May* › ? : *Den hat Dein Onkel* immer viel gelesn. « und zeigte, gebärdenbreit, auf die Riesen-wälzer : – / (Das warn doch nich die gewohntn grün'n Bände ? ! – Ich griff mir 1 der Ungetüme heraus . . . . . o leck ! : ‹ DAS VATERHAUS › ! – Mensch, allein das Umschlack=Bild. (Und darin eine ‹ FAMILIE ADLER-HORST › ? Was war d'nn das ? Das kannt'ich ja gar nich !). / Oder der darunter : ‹ DEUTSCHER HAUS-SCHATZ IN WORT & BILD › : lauter gemästete Faffen-köppe sahen mich an : » Potz Carocha & Sanbenito, Tanndte : das sind doch Alles Katholen ! «

» *Och kein Gedanke.* « sagte sie verächtlich : » *Ketho-lisch* war er nu doch noch nich. « (Aber ich hörte gar nicht weiter auf sie : hier, mitten im Erstdruck des SIL-BERLÖWEN, lag ebbes Handgeschriebenes – ‹ Copie Nr. 2 / für Herrn / Heinrich Andreas Näwy / Dresden / Johannstädter Ufer 2, III › – rund 90 Seiten ? Potz Nexus & Ligaturen ! – Und den fragenden Blick auf

Tanndte Heete : ?. Aber die schüttelte nur eignsinnich den Kopf) : » Da weiß ich nix von : ‹ POLLMER & NÄWY › ? – ne *Groß*tanne von ihm war, glaub'ich, nach Dreesdn veheiraded : Kanns's ja ma rüber leegn; für nachher. « / (Gut. Und die alte Charteque, die hier, auch; die kannt'ich aus meinen Jungens=Ferien noch.) / : » Kommt man erss ma weider mit. «

Weiter mit : der Dachboden war groß & schtill. (» Hier= das'ss ja Eure Kammer; wo Ihr dann schlaft. «). / Schränke; Truhen; Gerümpel. / : » Das Gewebe der Schpinne ist ihr verlängertes Selbst. « (gab ich von mir : nicht nur Hertha (Die sowieso); sondern auch Tanndte Heete liebte solche tiefsinnijen Ausschprüche; ‹ zum Nachdenkn ›; während des Melkens oder so. (‹ Lieder beim Schtaubsaugn zu singn › : Voß hatte sich ‹ Lieder beim Kartoffellesen › eingebildet – manchma zweifelte man tatsächlich daran, ob er je auf dem Lande gewesn war !). / 1 Eimer voller Löcher; in dem sie 1 Paar alte Schuhe aufbewahrte.)

» *Darf ich ma den unteren Schuup=hier* aufziehen, Tanndte ? «. (Na sebsvers=tändlich durfte ich.) / : 2 leere Zigarrenkistchen. Und Hertha griff begierich danach; dafür hatte sie 1 Schwäche; (die ich allerdings immer mit Besorgnis, jedesmal neu, notierte : dieser ängstliche ‹ Alte Schachtel ›=Komplex !). / Was Schtau- bich=Verschtauptes ? Und sie hob mir angstvoll das ver- schollene dicke Gewebe hin : hilf's weck erklärn. (Und ich erfand es sofort) :

» *Ein blaues ‹ H ›, ein weißes ‹ e ›;* ein rotes ‹ r ›, ein gel- bes ‹ t › – : ein braunes ‹ h › : ein grünes ‹ a › ! «. Und Tanndte Heete legte gerührt den Kopf auf die Seite; und genoß die Liebeserklärunk schier nicht weenijer; (war auch ein bißchen entrüstet, daß Hertha nich dankbarer waa – ? – (Und Kopf=Schütteln; und Schtirn=Runzeln : ‹ Die Angejahrten wissen Euch zu schätzen › !).

Und Azagouc & Zazamanc; und Etiketten der ‹ Reichs-

zeugmeisterei › – (» Jaa; Onngl Lutwich waa inne Pa-
tei. « Gans kalt. Naja; wir warn im Gebiet der DRP.) /
Eine Art kleiner bleierner Bildsäule : » Die schwarzen
hatte, nach dem Glaubm der erstn Kristn, der Teufel gemacht. – In der französischen Reewohluzjohn hat man
sogar auch Schtant= und andere Bilder giejottieniert – :
iss Euch denn *Alles* neu ? « : » Was'n Neunaugn=Fän-
ger. « sagte TH angeregt; (meinte zwar mich; aber es
schwang 1 gewisser Schtolz mit darin; weshalb ich auch
nich weiter protestierte.)
Schpielkarten ? : vor Apnutzunk hatten sie bereiz Ei=
Form angenommen ! (Und ich hielt sie Hertha *so* hin.
Und funkelte dazu *so* brillich. Daß sie, offenen Mundes,
schtand; und sich erinnerte. : » Das giebt es also wie Du
siehst. : *Hab* ich Dir nu was ‹ vorgelogn › ? Oder ?
. . . «). / Und Tanndte Heete, begierich sich einzu-
schaltn – es mußte ja auch raasnd lankweilich gewesn
sein, ihr letztes halbes Jahr hier=allein ! – » Was lüücht
er Dir denn wieder vor, Härda ? Er kann nämlich *gut*
lüügn : der Kärl kann Säbs=Ges=präche führn – be-
neidnswert Du. « Hertha nickte nur lange und bitter=
süß, a la ‹ Das kann Er ›. Erkundichte sich auch, scheinbar harmlos : » Iss es denn gutt, wenn a Mann so braaf
lügn kann ? . . . «
» *Das wohl – nich=diereckt* – « ; TH, langsam; diploma-
tisch; (die Ideen bildeten sich, während sie dozierte) :
» Wenn er seine Erfindunxkraft natürlich *da auf* wen-
det : seine Aff=färn mit *annern Waibern* zu taa'an : *denn*
nich ! «. Gleichmütijer : » Aber das zu verhinnern hatt
ne Frau ja inn'er Hant. – Und zur Abmt=Unnerhall-
dunk iss es ja doch wohl unschätzbar. «
» *Wieso ? ? – Na Mät=chnn ! mein Mann* hädda gar nich
die *Krafd=*zu gehapt ! : Da hap'ich woh für gesorcht. « /
Und, abwehrend : » Midd'n *Augn ?* – Das *jaa; das*
kanns natür'ch nich verhinnern. – « (und, schärfer) :
» *Das* tuussu übrijens *auch*, mein Deern : sei ma ehr-

lich. « (Und das Prepparat errötete doch tatsächlich : nu seht Euch das an ! / Aber Morgenröten sind 1 Schtudium für sich, ich weiß. Und man soll, laut Eff Nietzsche, seinem Nächstn ‹ Beschämunk erschpaaren › : wäre übrijens der Schatten der Geliebtn besser oder schlimmer als Garnichts ? Ihrer kam nämlich gerade bis vor meine Füße; verwaxn & kohlschwarz. Schtreicheln – präziser : kitzeln – könnte man ihn ja mal; schtellenweise.)

» *Ist Euch etwa auch das unbekannt* : daß in der vorhin schon angeschpieltn Französischn Reewoluzzjohn, der Schpielkartenmacher Maudron welche mit den Gesichtern der Schreckensmänner herausgab ? – O ‹ Schpielkartn=Sammeln ›, richtich betriebm, iss zwar bloß ne halbe Porrzjohn; aber immer besser als gar keine. « / Kleine Messinggewichte : als Briefbeschwerer. Oder zum Niederhalten rebellender Buchseiten nützlich. : » Wenn Du max ? : Kannss'ie Dir mitnehm. « : » O biddenich, Tanndte. « (Und sie schtreichelte mich gerührt : mir ungewohnt : wie Öl auf eine Türangel; wie ‹ l › vor einem Konsonantn . . . . .)

» *Ochdu : anne Schiefertafl!* «; *und Hertha* hielt sie, seelich, hoch. Und leuchtete; und drückte sie, mit Verlaub, 1 Mal an ihre (sommerschprossije) Brust. / Und Tanndte Heete, mißtrauisch : » Ihr *haapt* was zusamm'. – «. Und, resigniert : » Naja. Wie sollded Ihr auch nich. «

1 riesenweißer Petticoat : ! : Hertha legte ihn sich, hingerissen, gleich vor den hüpschn (sommerschprossijen) Unterleip : ?. » Der iss noch von=vorn=erstn=Weltkriek, mien Deern. « / Und ich erzählte die Aneckdote von dem zerschtreuten Professor; der sich an der Balltafel entsetzt beobachtet hatte : wie ihm da, anscheinend zu jenem unnennbaren Schlitz heraus, etwas Schneeijes hink ? Und er schtopfte; und schtopfte. Und es nahm kein Ende. Und er war schon, oben, bei Rhinestones

& Burgunder – »Ja. : Nein. : Bestn Dank.« – gans
erschöpft. Und schtopfte, untn, noch immer; unermüdlich. Und man erhob sich von der Tafel. Und die
jugendschöne Nachbarin blieb hängn; und sah sich
befremdet um – : hatte der alte Bube sich nicht 80 %
vom Rauschrock ihres Abmdkleides in den Schlitz ge-
fropft ? ! / : Hi=Hi : Ha=Ha.
» *Was hasdu heut Nachmittag eigntlich* mit dem ‹ helle-
borosn Farrago › gemeent ? «; Hertha; tiefsinnich. :
» Einen ‹ nieswurzwürdijen Mischmasch ›. « – Aber ihr
einzijer Dank beschtand in 1 wüstn Blick. Dann fiel ihr
was ein : » Also ‹ eine echte Bereicherunk im Sinne der
tria corda des Ennius › «, leierte sie haßvoll=auswenn-
dich. Und TH ließ die Augn behaaklich zwischen uns
hin & her gehen. » Was'n Tühnkram, nich ? « sagte sie
liebevoll : » Deswegn ischa auch nix aus ihm gewordn :
weil er den Kopf immer zu voll von seuchn Zeuch
hadde. – Aber man wird'a guder Laune von, Mädchen. « setzte sie mahnend hinzu : » *Ich* finnd' : wenn
Einer *mehr* als bloß seine ‹ Tausn Worde Deutsch › kann
– man bleibt, auch als Frau=da – « (sie fingerte nach
dem betreffenden Ausdruck) : » – Beweeklicher, nich.
Oder ? «
Und die Tür hier ? : » O *da* kommt man bloß noch das
Bansefach, mein Kind. « (Und das mußte selbst ich mir
zurückrufen lassen, daß man das annähernd – » Nich
gans genau, mein Jung. « – mit ‹ Heubodn ›, ‹ Korn-
bodn ›, ‹ Schtrohbodn ›, wiedergebm dürfe.) / » ‹ Oh
komm mit mir ins Bansefach › – : wenn Ein' also ne
junge Dame dorthin einlud, Tanndte=ä . . . . . ? «. Sie
nickte, kraftvoll=versonnen. / (Und dummfes Rollen
von Nort=Westn her ? Ich schtellte gleich die Ohren;
verdachtvoll, unangenehmst, ‹ Erstes allein ! › – . . .
fümmunnddreißich, tausend=und=sexunnddreißich . . . :
und da respondierte auch schon der Chor.) : » Das'ss
doch Art'llrie ? ! – Nachtschießn. « Und Tanndte Heete

nickte sachlich : » Ja. Munnsserlager. Oder Unnderlüß.
Da mögn sie das woh tun. « / Und besah sich theilneh-
mender, (obwohl erneut unverkennbar miß=mutich),
das Schpiel meiner Backenmuskeln. (Der normale Le-
benslauf : Von der Pitié nach Bicêtre : Vom Arm'haus;
übers Kittchn; in de Irrn=Anschtalt.)
Und Hertha schtand am schrägn Dachfenster; ebenfalls
gans gefangn im braun' Balknnetz. (» Nich wieder an
‹doppelte Wände› denkn. « mahnte ich leise. Und sie
sah mich aus leicht verschtörtn Augn nicht=an.) / Und
Tanndte Heete schilderte hinter uns die Wärme des
Schorns=teins, an dem sie lehnte; im Winter, » wenn
'er Maarder übers Dach rutscht. Unn die alde Bittrol-
jumm=Lampe heb'ich immer auf – ich hab noch n ganzn
Kannisdervoll : Gifft jo doch bald wedder Kriech,
nich ? «
(*Der leichte Schritt* – ? – *war nur die* alte schwanzlose
Hauskatze, die aus der Nacht trat. 1 Vorderfötchen
hoop – ?. – Uns dann zunickte. Und weiter ging; ältlich
den Kopf gesenkt; ohne Eile.) / » Lalande hat seine
Katze an den Schternenhimmel versetzt – der franzö-
sische Astronom. Der außerdem seines schteez frei
geäußertn Atheismus'=wegn bekannt war : n großer
Mann. – Am Südhimmel : unterm Hals der Wasser-
schlange ! « setzte ich noch gereizt hinzu : bei Euch muß
man aber auch *Alles* im Kopf habm !
(*Hertha wollte beim Wieder=Runtergehen noch*
‹*Schtrohdächer*› romantisch findn. Aber TH schüttelte
nur energisch den Kopf : » Wir haam im Dorf=hier woh
auch noch n paa=von – aber die ßtehn alle auf'n Aus=
s=terbe=ehtah. Wenn'as da ma brennt, die sinn nich zu
löschn : weiß' warum ? « (Die Romantickerinn, unwillich, wußte es natürlich nicht – Romannticker wissen ja
nie was.) » Weegn n Sß=pinneweebm, mein Kint. « Und
Hertha, die an einen Nexus zwischen Arachniden und
der Freiwillijen Feuerwehr noch im Traum nich gedacht

hatte, ferblüvvt : » Weegn a Schpinnweebm ? « Sehr
wohl : die ganze fußdicke Rohrmatte des Daches war
rettunxlos=total mit den Netzen von Tausendgenneratz-
johnen von Schpinnen und Schpinn=chänn durchwobm
– und da 1 Funcke dran . . . . . ? : » Da iss was fällich,
mein Meetchen : da hilf' kain Beetn mehr, Du ! « –
Und wieder untn; in gelber Wärme; am owalen Tisch :
darauf das alte Kupferkännchen (» Gattung Röhren-
mäuler «) voll von dickem süßem » Kekau : zur Feier
des Taages. « (Tanndte Heete war aus der Gegend, wo
man zu Hochzeitn, Begräpnissn, was=man=will, das
Getrennk aus dem so fernen Westen auftischt. : » Iss es
Dir bekannt, Tanndte, daß es sich dabei um ein ausgeschprochenes Konnfortatief handelt ? « : » Ebm deß-
weegn, mien Jung : aus Rücksicht auf Dich. «)
» *Mondkrater=Ringe.* « sagte Hertha auf einmal; (in
deren Tasse eine große Katakaustik lag : vielleicht war
von da, von der Lichtlinie her, der Übergang erfolgt.);
und drehte den ihren (mit dem unsagbar scheußlichen
mittelblauen Schtein; besonders scheußlich in Verbindung mit Ihr : die moderne blaue Beule paßte ihr *gar*
nicht !). / Aber das war natürlich 1 Einfall; und wir
erläuterten ihn, gemeinsam & durcheinander, der Frau
Wirtinn : » n breiter goldner Reif – « : » – darauf ne große
goldene Platte – « : » – rund, owahl oder auch irgend'n
Polly=gohn. « (Und darauf dann ebm, en miniature, ein
zierliches Ringgebirge abgebildet) : » Schön=getriebener
zerklüfteter Wall. 1 Zentralkegel. « : » Die langen
schwarzen Schatten müßte man freilich wohl in Schwarz
mit einlegen ? «. Aber Hertha schüttelte gar klug den
Erfinderinnenkopf, und entschied : » Neenee : wenn's
hoch genuck getriebm iss – dann nur in Gold : da wär'n
ja dann verschiedene Beleuchtung' möglich : je nachdem, wie ma's abmz im Lampmlicht dreht. «
» *Das ging aber auch in Silber.* «; TH; nüchtern=über-
zeugt : » Wär scha weesntlich billijer, nich. – Warum

man das überhaupt nich länx gemacht hat ? Wo der
Moont doch jetz so modärn iss –. « / (Also sofort das
Telegramm nach Fortzheim. – Oder halt : » Meint Ihr
nich, die Leute würden sich noch mehr drum reißn :
wenn's kein Fantasie=Berglein wäre; sondern, fein am
Plattenrand graviert, es schtünde : ‹ WALLEBENE
PLATO ›. ‹ ERATOSTHENES im letzten Viertel › ? «
– » ‹ MARE CRISIUM › – « murmelte die Erfinderin=
des=Gantzn, und wölbte ein krietisches Mäulchen
vor – jaja, die Marktlage iss nich leicht zu beurteiln.
(Immerhin drehte sie, wie zufällig, die wüste blaue
Klamotte nach inn'n. – Also ma in Erwägunk ziehen;
als Weihnachzgeschennk. In Silber.).) / Und Einschen-
ken . . . . .
Aber dabei schprank ich doch auf : » *Schnapps* aus Ei-
cheln ? ! « (Onkel Lutwich sollte die Kunst besessen
habm) : » Oh Tanndte : da *muß'* mir 1 von geebm ! « –
» Morgn Früh, « sagte sie bedächtich; » Heut Aamd
nich. – Es sei denn – (verschlagen) » – Du wollz Uns
eins von Dein' Gedichdn vorlesn . . . ? «
(Und Hertha hoch ! – Und begierich) : » Ochtannd-
teDu : *Hatt'*er amall welche geschriebm ? «. – » Ass
Jung' – so mit 17, 18 ? – : jaa. « saachte Tanndte Heete
gemütlich : » Och wenn ich *suchn* würt – ich könndda
vielleicht noch n paa von finn'n – «; und, immer boshaf-
ter & zärtlicher : » Kummahärda wie *hüpsch'*as aussieht,
wenn'n Mann von Secksunnvirrzich so rot wird. « (Und
ich mußte mich von den Beiden wohlwollend betrachtn
lassn, Potz Gruber & Lafontaine, als sei ich kein ver-
nümftijer Mensch, sondern n Berufslyricker : gleich sex
& firz ich !). / » Naatsch ock nie. « emmfahl Hertha ungerührt; und bohrte unermüdlich weiter : » Och Tannte,
zeick doch ammall : *Eens*=bloß ! « (Damit Du mich
dann in der Hand hast, geltja ? Und in den unpassenztn
Augnblickn zietiern kannst. / Ich sandte einen langen
Blick zu Tanndte Heete hinüber, der Schlüssel=Fieguhr

des ganzn Theaters – : *natürlich* hatte ich, als ich, Un-
terpriemaner, in Großen & Kleinen Ferien, mehrfach,
manchmal 4 Wochen, hier war, sie angedichtet, die
damals=dreißichjährije Voll=Walküre; Kunstschtück. /
Und sie riep sich – die bête hatte den Blick sehr wohl
verschtandn! – mit machtvollem Zeigefinger 1 macht-
vollen Nasenflügel. Und zögerte. (Mit der Lust der
Vollterknechtinn : Leopold Schtein, ‹DIE HEXEN
SIND UNTER UNS›! : Sei ja vernünftig=Du. – Ich
schmiß *noch* 1 Blick; wie einst im Mai :!. –. –). –
Und entschied nichz. Und sagte nur : » Naja. Ich
müßd'a ma nach suchn, mein Deern. – n *Paa hadde* ich
jeednfalls. « (Und Hertha, unermütlich=wehrhaft : iss
das meist=untn=Liegn denn *so* schlimm?) : » Tuu's ock.
Ich würz gerne amma leesn. – Oder mir von ‹IHM›
vor=leesn lassn. « fügte sie sadistisch hinzu. (Die
kricktn das fertich, und zwängen mich; im Verein. –
Bloß schnell was Anderes!) :
» *Jeder Mensch braucht seinen Halef.* « (*und hob* erläuternd den Kristofforuß=Band von ‹HAUSSCHATZ› :
» Das ist eins der merkwürdichstn Bücher, was es giebt. – «
(Und schon beugten sich die Beiden, eben noch Aufsäs-
sijen, gehorsam lauschend vor : DEM EWIJN INTEL-
LECKT : das ist Euch auch rotsam. (Wieso ‹rotsam›?
schtuzte ich vor mir selbst – ach so : ‹Rotbart plus
lobesam durch 2›.) / » Denn hier findet sich das ausge-
dehnteste Beischpiel des Allerverrücktesten : daß man 1
Buch in gans verschiedenen ‹Beleuchtungen› lesen kann
– sogar im ‹polarisiertn Licht› – und jedesmal ergiebt
sich ein autonomes, in sich widerschpruchsfreies, Ge-
bilde. Sei es – für kindliche Mentalität; wobei dieses
‹Kint› getrost einen Bart haben kann, so lang wie von
hier bis Bamberg – ein Reise= und Abentheuerroman. Sei
es die Fixierunk eines autobiografisch=literaturgeschicht-
lichen Zeitpunktes. Sei es 1 murmelndes kultisch=welt-
anschaulich=filosofisches. – Beziehunxweise, « schloß

ich triumfierend : » das nicht unanschauliche Referat über den Groß=Prozeß, den 1 Schriftschteller mit einijen Anderen führte : selten sah Justiezia so schparsam aus ihrer Wäsche ! – Waltegott, « schloß ich innich (und meinte es auch; was bei mir mit nichten immer der Fall iss) : » daß ein Fach=Jemand uns recht bald einmal den Casus im Einzel*stänn* auseinanderpolkt. «

» *Natürlich ist'as hier 1 ausgeschprochenes ‹ Selbst=Porträh von Rechz ›* «; (ich; kopfschüttelnd weiter) : » Andrerseiz war der May ja unleugbar 1 ‹ Schwerer Junge › – und nicht nur literaturgeschichtlich, was seine Schpätwerke anbelangt. n gewisser Lebius hat da allerlei Material zusammengeschleppt; und wenn auch diewerrses von dessen Eckspecktorazjohnen nich schtimm' sollte – daß May nu *jedem* Dienstmeetjen in der Ekliptik rumfummelte; oder seine 12=jährije Nichte gepopelt hat – : Oh, entschuldicht; es sind häßliche Ausdrücke. – Jedenfalls hat dieser Lebius zumindest *den* Wert, daß er immer wieder zum ‹ Widerlegen › anreizt. – Opwohl *mir* « schloß ich mit Nachdruck, » *alle* diese Literariker verdächtich sind, die 20 und 50 Bände=lank so schreibm, als wüßtn sie den Unterschied zwischen Bubm & Mätchn nich : *die* habm in ihren Willen garantiert 1 ‹ nacktes Zimmer › gehabt ! «

» *Das kann ich immer gaa nie gloobm,* « Hertha; bieder : » daß a Dichter mit der een'Hant . . . : unt mit der andern – « schloß sie verzweifelt; und versuchte vergeeplich, unauffällich ihren Schenkel frei zu machn. Tanndte Heete verfolkte, röntjenäugich=intressiert, das Scharrmützl durch die Tischpladde hindurch. Und ich widerschprach aalglatt=verrucht : » *Doch,* Hertha : das giebt es *sehr wohl* : daß Einer mit der rechten Hand Materialien zu einem DSCHINNISTAN sammelt : ‹ Empor ins Reich der Edelmenschen › ! – Und mit der Linken . . . ? « (Und Tanndte Heete nickte fasziniert : diese ‹ Linke › war schon am richtijen Ort; genau wo Mannes=

Linke zuweilen sein sollte. – Und Hertha sog 1 Schop-
pen Giffendorfer Luft ein : ! Und Tanndte Heete
s=tannt auf. Sah diskreet in den Glasschrank im Neben-
zimmer. Bemerkte allerdinx erst noch, über die dicke
linke Schullter zurück : » Sei nich so ve=krammft,
Kint. : ‹ Die Mode wexlt, der Druckknopf bleipt ›. «)
: » Weiter, mein Jung. « (: Gern, Queen !) : » . . . und
mit der Linken gleichzeitich die ‹ Copie Nr. 2 › verfaßt :
‹ Hinab ins Reich der Untermenschen › : Hier ! . . . « /
(Und trug erlesene Schtellen vor – so schnell er=lesen,
wie 1 master=mind beim erstn Durch=Fliegn ebm vermag.) : » ‹ Karl May & Minna Ey ? : Die werdn niemals
2 ! › «. / Und Eine las sich die Filz=Läuse von den fetten
Schenkeln : dazu am unverdunkeltn Fenster 4 Arbeiter=
Gesichter, (übereinander, wie die Dresdener Schtadt-
musikantn), die's vorgeeplich gesehen hatten ; Über-
schrift : NACHTSCHICHT. / Und die andere ‹ Bestie ›
steatopygierte mit ihrem Aschyk ins Hotel garni – Potz
Eustachius von Kent & Gottfried von Monmouth, das
mußte ich ma in aller Ruhe schtudiern. / » Und Du
weißt tatsächlich nich, Tanndte, was Onkel Lutwich –
vielleicht – mit diesem ‹ Näwy › zu tun hatte ? « Wiederum kurze Verneinunk.
» ‹ Du siehst aus, wie unser Louis ! › – « : während der
ernsthaft=alternde Hakawati hinter seinen beiden
Frauen herzockelte : es war schon ein dolles Acktn=
Schtück ; fuffzich Prozent Schtrintberk, fuffzich Assiel
Benn Rieh ; (dem die Reiterinn, wenn's ihr zu lank=sam
geht, ‹ die Hand zwischen die Ohren leekt › : » da bog er
sich, und wurde lang & dünn «. Also ‹ dick › wohl
eher.) / (Und jeglichem Jüngling, der mit dem Gedankn
1 Heirat schpielt, das Dink=hier in die Hant gegeebm) :
» Eine gewisse Warnung vor Eheschließungen liegt wohl
unverkennbar darin, wie ? : ‹ Zieh nich an den rein,
Mainsohn. Ich rate Dir gut. › ? «
Aber selbst Tanndte Heete widerschprach kurioserweise :

willstu mich, Du=die=ich=einst, wenn auch nur in Gedankn ? / Sie machtn räzlvoll=entscheidunxlose Gesichter, wie Schtrickerinnen & Näherinnen; ‹Oknos der Seilflechter›; (hol der Teufel diese ganzn parzndn Norn'n!).

» . . . und was Dich anbelangt, mit Dei'm ‹ Vorleesn › immer, Tanndte Heete – ? «; schon unterbrach sie mich; durch 1 bloßes Nicken, sie konnte das. : » Klaa. Wer hat auf'n Lannd woh zum Selpst=Leesn Zeit ? : Dafür seit doch Ihr Klug=Schnacker gut. « (Was auch Hertha beschtätichte.) / » Dürfte ich vielleicht=mal erfahrn, ob es Eure wohlerwogene Ansicht iss : daß Wir=Männer hauptsächlich witzieje Unterhaltungs=Gedankn zu liefern erschaffen sind ? Höchsns ma, ap & zu, gans ‹ WIE ES EUCH GEFÄLLT ›, unsere, unter schmerzlichen Entbehrungen erlangte Meisterschaft im withdrawal Euch vorführen dürfen ? « – TH gelassen : » Ich weiß zwar nich, was'as iss. Aber wirt schon s=timm', nich ? « Hertha schwieg verschtockt. » Darf andrerseiz ich Euch dartun, was Wir=Männer . . . ? « Aber jetzt schwiegen Beide. Verschtockt.

Also Littertur=allgemein : » Die Schweizer ? : Sind geistich keine Nazjohn; sondern 1 deutsche Prowintz. Und habm folklich Prowintzial=Geschmack. – Zudem nicht am deutschen Schicksal teil genomm' : Ich war 68 Monate lank Soldat & Kriegsgefangener : Die solltn fein den Munt=haltn, und die Ohren=aufmachn; wenn wir Deutsche zu reden anhebm. « (Und ich warf üppich die Faust auf der Tischpladde : hin. & her.)

» Gedichde ? : O=nee. « Tanndte Heete; nüchtern : » Ischa meis Unsinn, nich. – So richtich kluge Männer, glaub'ich, habm in'n s=päderen Leebm nie mehr Gedichde geschriebm. – Höchssns aß Jungns; das ja. « fügte sie, tröstlich, in meine Richtunk, hinzu. (Unt ich lieh ihr weitere Worte . . .

: » Liebe Tanndte Heete . . . « – (und schwiek 1 kleine

Weile : wenn ich solche Ausdrücke bloß damals schon, vor 30 Jahren, gewaakt hädde. Auch sie schmeckte sichtlich am langen ‹ie›.) : » Es freut mich,. Tanndte, daß auch=Du geegn all den Schellenklang unn Oh= pie=um bisst, mit dem uns die romantischn Heinies ap= finndn wollen : das Alltägliche issd so klaa noch nichd, wie jene Herrn uns glaubm machn wolln : ja nich *hallp* so klaa ! «

» *Tcha,* « *saachte sie; (und besserte krietisch* an irgend= ei'm Schtück=Schtoff : warum weiß man das als Mann nich, wie, saagn wir, ‹ Filet › gemacht wird ?). » Ich wär sche auch dafür, daß n Schrifffßdeller ehrlich iss. Unn nix beschönicht – wenn sein Hellt in'n Kuhpladder tritt : das kommt auf'n Lant eebm *öfders* vor – «. (Und machte weiter ‹ Filet ›; und schprach ruhich weiter) :

» *Oder so die Hell=dinnen : soche die nie* ihre Sache kriegn. Oder das Wort ‹ Kloh › nich hörn könn'. – Oder wie die Liebe von s=taddn geht : *ich finn'as* nu ma schön. Der soll mir das getroos beschreibm : man kann ja – laider ! – nich *Alles* in'n Leebm anfassn; und schmeckn & riechn : ich hädda woh'Lusd zu. Das heiß : *gehaapt* : aß ich noch jünger waa. « setzte sie, herrlich exakt korrigierend hinzu. : » Der soll'as man genau be= schreibm : wie das, meintweegn, inne Wüste aussieht. So daß ich da gans inn=binn. Unt mir nich mit irgend= wä'chn romanntischn ‹ Beeduihn › ankomm' : sinn ja furchbaa dreckije Kreaturhn, nich ? «

Pause. / Obm dachte, unten schtrickte sie; beides kräf= tich. Hertha blickte vorbehalzvoll. Ich verbintlich. (Und bereitete mich mentaliter auf meine bevorschte= henden Referate.)

» *Oder wie Ein' die Ehe manchma* zuviel wirt – : neu= lich s=tand da in den ein' Buch doch in, wie 2 Ehe= partner einanner, auch von Gesichd, immer ähnlicher wurdn – : Leewer wull ick mie de Nees aff=sniedn ! « schloß sie s=türmisch. Sah vor Ungehaltenheit nach dem

Feuer. Und sagte zum Ofnloch : » Zankt Euch bloß so viel Ihr könnt : Säbs=tändichkeit ! « / Potz Xerxes und Artaxerxes ! : » Liebe Tanndte – . . . « : » Hallt *Du* man'n Munt. « sagte sie hitzich : » *Du* biss'er Richtije : – « (hier schtiek ihr, dem Kohlen=Monnocksüd sei Dank, das Giftgas in den großen himbeerfarbenen Schlunt. Sie prallte nach hinten hoch. Wir fing'n sie auf. Und ich klopfte ihr genüßlich das Rückenfett zwischen den breiten Schulter=Blättern – : Wenn ich mir das bloß vor 30 Jahren getraut hätte !).

» *Und was liestdu da so* am allerliepstn ? «. » Och « hustete sie, gleichmütich : » Diese 50=Fennich=Hefde nich etwa Du : das sind ja alles Fuscher & aame Würsdchn, die Verfasser. – 60 kostn sie übriejns neuerdinx. « Und hustete künstlicher. / » Aber so – : Dickens, nich ? Opwohl Dem=seine ‹ Frauen › natürlich grausliche Kreeahturn sind. Bei Wallder Skott muß man ja schon auf passn. – Grat jetz, wo die langn Abmde komm', – : da fehlt Ein' ja n Vor=Leser. Meins' nich, Herda ? « (Und, verschlagn) : » Mü'scha gans gemütlich sein, nich. – Da würz auch keine dickn Augn mehr habm. « (Und schenkte mehr Kekau ein.) » Und ‹ *ER* › würt sche woh auch ruhijer weerdn. «

» *Aber das Eine müß'ss ja immer in'n Auge behalldn, Kardl : die bestn & größdn Sachn* sinn nich für uns=einfache Leude geschriebm : ich red kain' Uhrmacher rein, der'n ganßn geschlagn'n Tack, midde Luupe in'n Auge, in seine Wärk=statt hockt. : Unn Einer, der'n ganßn Tack *nur* s=tudiert, unn Worte zusamm'bastlt – : tja Der kann natürlich leichd Sachn=machn, die'n Annern einfach nich begreifd. « (Und, erklärend, zu Hertha) : » Er hat mier da ma was vor=geleesn ; von ner gewissn ‹ ANNA LIEWJAH › – och so vor 15 Jaan . . . « (Hertha wingte nur ap, a la ‹ Mier auch ›. – » Ach. : Dier= auch, mein Deern ? – Sieh ma an. – « ; und riep sich wieder die üppije Nase.)

» *Aber sei mier jetz nich böse, Kardel : ich haap'ass nich vers=tann'* ! – Ich hab mier während=dessn lieber Dein Gesichd angesehen : Du waars *deer=Aard* begeisterd ! – «; und wandte sich eifrich=schprechend zur eifrich= hörenden Hertha : » Wenn Du ihn da gesehen häddz= Mädchen – : Du häddz ihm *ohne=weideres* n Kuß gegeebm ! – Wenn nich mehr. – Ich waa da säps=balld nahe an; damals. « setzte sie, gewalltich=ehrlich, hinzu. (‹ Âne mâßn schoene bumms : so waß irr eddel Lieb › – : ‹ Bericht vom verfehltn Leebm › würde ergo einst darüber schtehen müssen. Potz Crab=Nebel & Super=Nowwah : Mir sagt Keiner was !). –

(Kommt; hier; Abmdunterhalltunk) : ‹ Johann Esaias Silberschlag › ! / » Was'n Name. « sagte Tanndte Heete gleich angereekt. Und auch Hertha versuchte mühsam & künstlich dreinzublickn. . . .

: » *Wer, meint Ihr, wäre für das Thema ‹ SÜNDFLUTH ›* wohl am zuschtändichstn ? «. (Über=legunxpause : wie nett, wenn 2 Frauen so überleegn !). / : » n Bummler. – Oder a Professer : a Proffeet. « sagte Hertha bitter; : » Eener, der weiter nischt zu tun hatt. « (Daß sie so schwer auf 1 Schpiel ein ging ? – Tanndte Heete war da gans anders. Die leegte den dicken Kopf – ‹ DIE HERRIN MIT DEM DICKEN KOPFE › – leicht schräk. Und bohrte unverkennbar mit der Zunge in einem linken= oberen Backenzahn. Wiegte ‹ Deen=sällben › erst. Und schüttelte sogar leicht. Und tadelte zart : » Das kanns' nich so ohne Weideres sagn, mien Deern. – *Ich* würt vielmehr mein' – « (und jetzt, verschtändich=voll, zu mier) : » n *Deichgraf*, nich ? ! «.

1 Deichgraaf ! : Englischste der Heeten ! ! ! (‹ *Sie sahen* von wei=tämm : deen Groß=Herr=zock rei=tänn › : nischt wie Schtorm, Potz, & Voyage au Centre de la Terre : *Sehr* gut !). / » Sagen wir – *noch* allgemeiner – Einer vom Wasser=Bau=Ammt : Hier ißt er : ‹ Johann Esaias Silberschlag ›, 1716 bis 91. – Für dessen ‹ GEO-

GENIE › Du übrijens, & jederzeit, runt=hunndert=
Mark ‹ realisieren › könntest. . . . « / (Kleine, ein-
druxvolle Pause. Unt TH's massiewe Brauen wölbtn
intressierte Drittel=Kreise. (Oder wie groß war der
Seck=Torr ? Ich schtudierte wieder einmal ihr Gesicht;
Potz Morgen= und Abmdweite; Potz Valentiner &
K. Stumpff !). –
» *Er ist das absurdeste Gemisch* von früh=technisch=
kleiner Gelehrsamkeit; und bibelforscherischem Wahn-
witz : *so* haben selten – er war, historisch bedingt, das
letzte Exemplar einer ‹ Schule › – eine Selbstgefälligkeit
wahrhaft *landesbischöflicher* Größenordnung, und die
davon untrennbare Viertelsbildung in Naturwissen-
schaftn, ihr literarisches Fauenrat geschlagn ! – Apgesehen davon . . . « (» *Kann* ma von so was ap=sehn ? « er-
kunndichte sich Hertha, verdrossen). / » . . . apgesehen
davon; ist er, SILBERSCHLACK, voll kurioser A=neck=
dootn; rarer Wetterbeobachtungn; und überhaupt auf's
Schmunnzelnzde zu leesn. « / Und TH nickte, billijent :
» Eß iss aso ungefeehr, wie bei'n Ehe=Mann. – Was
schreipt er denn so von'n Wedder ? – «
» *Im Jahre 1755, am dritten Pfingstfeyertage,* fiel schon
des Vor=Mittags eine brennende Hitze ein; die des
Nachmittags so unerträglich wurde, daß selbst die Vögel
den Schatten der dicksten Bäume und der Dächer such-
ten. Ich hielt mich damals zu WOLMIRSLEBEN auf,
einem Dorfe im Magdeburgischen, zwischen Egeln &
Unseburg an der Bode gelegen. Gegen drey Uhr er-
blickte 1 dicke weiße Wolcke . . . « (» Er schreibt, im
ganzn Buch, diesn ‹ Serenissimus=Schtiehl › « erklärte
ich schnell; » Wo man, gans=Landesherr, das ‹ ICH ›
weck=läßt. Ungefähr, wie wenn Du saagn würdest :
‹ War nun meines Mannes ohnedies überdrüssich . . . ›
. . . ? «. Und sie nicktn gelassn. : ‹ Begriffn ? ›; oder
‹ Über=drüssich › ?. – » Lies mann weider, mein
Jung. «) : Was heißt'as ? ! / : » . . . 1 Wolcke, welche,

133

dem Augenmaaße nach, kaum ein paar hundert Ruthen in der Lufft schweben mochte. Sie stand jenseits des Bode=Flusses; und ahmte mit ihrem Rande ganz vollkommen den Lauf des Schtrohmes nach. . . . . . Um 4 Uhr erschien gegen Südwest eine sehr hohe, weit ausgedehnte Gewitter=Wolcke, welche das gantze Fürstenthum Halberschtadt bis zum Hartze hin deckte. Ihre Farbe war nicht schwartz sondern hellgelb. Sie donnerte periodisch; schwebte aber so hoch, daß die Schtrahlen die Erde nicht erreichen konnten; sondern, wenn sie noch nicht zur Hälfte herabgefahren waren, schlugen sie zur Wolcke wieder zurück. « (» O Mann : Haagl. « sagte Tanndte Heete besorgt.)

: » *Aber nun war die Zeit des Waffenschtillschtandes* vorbey : um 5 Uhr verwandelte sich diese hohe Wolcke gegen Westen hin in eine finstre Nacht. Blitz & Donner folgten so schnell aufeinander, als höreté man 1 Regiment Tambours unaufhörlich Allarm schlagen. Mitten unter diesem Getöse fielen Eis=Klumpen wie Tauben= und Hühnereier herab, jedoch nur einzeln. « (Die TH=Hand schpreitzte Beschtätijung. Auch An= und andere =klagen.)

: » *Kurtz darauf brausete 1 Orkan über den Hackelwald* weg, wirbelte so, wie er ging, allen Schtaub mit sich in die Höhe. Die Wolcke, die § 239 angezeigt habe, drehete sich im Kreise herum. Anderthalb Meilen von meinem Schtandort eilete 1 Hirte mit seinen Schafen denen bey einem Vorwercke gelegenen Schtällen zu. Zum Glück erreichte er den Ort seiner Zuflucht nicht : mein Tubus, so 6 Fuß lang war, zeigete mir, wie im Augenblick diese Schtälle weggerissen wurden, so daß das Schtroh des Daches mit den Schparren in der Luft herumflog. Nach wenijen Minuten ergriff der Wirbelwind das Dorf Unseburg, so etwa 1 Viertelschtunde von Wolmirsleben entfernt liegt : da entschtand mit einem entsetzlichen Krachen ein undurchdringlicher Schtaub, in welchem die Schafeln der Schtrohdächer, nebst zerbrochenen Schparren & Zweigen von Bäumen, herumflogen. Blitz & Donner begleiteten dieses Getöse, und gantze Bahnen von Hagel schtürtzten aus dieser Orkanwolcke auf Dorf und Feld nieder – so wüthete es nach Magdeburg hin. / Des andern Tages besahe diese Wahlschtatt: über 50 Gebäude waren weggerissen worden, und die größesten Scheunen schtanden da, wie kleine ineinandergedrehte Pyramiden, aus welchen das zertrümmerte Zimmerwerck wie Schplittern hervorschtand. Alles Wild, alles Federvieh, alle Schwalben, alle Raben – « (hier schoß ich 1 mitleidijen Blick auf mein Mädchen, das nahe am Wasser gebaut hatte und übertriebm tierlieb war – mich immer ausgenomm'.) – : » lagen zerschmettert auf dem Felde; und was von Gänsen noch das Leben gerettet hatte, schwamm mit zerbrochenen Flügeln auf der Bode herum – einige hatte der Hagel, wie Kugeln eines Geschützes, durch & durch geschossen! « (» ‹ und getötet › giebt der superkluge Heinie noch zu – ich laß' es weck. «).

: » Um 6 Uhr rauschte ein drittes, noch schrecklicheres Hagelwetter von Westen her auf das Wolmirslebische Feld zu, unter schtetem Donnern & Blitzen, mit einem so gewaltijen Schturme, der mir nicht Zeit ließ, alle Fenster meines Wohnhauses auf der Westseite zu eröffnen; wobey mir nichts zu meiner Errettung übrich blieb, als mich hinter einen Pilaster zwischen zwey Fenster zu schtellen: der Hagel schtröhmte so dick, als die Fenster im Lichten waren, in das Gebäude herein, und prallte mit tausendfachem Knallen von der gegenüberschtehenden Wand wieder zurücke. Nach Verlauf von einer halben Schtunde befand mich schon bis an die Knie im Hagel begraben; und hatte die Wahl: entweder vom Hagel erschlagen, oder aber im Hagel begraben zu werden. Zum Glück wurde nicht von den in der Nähe vorbeyfahrenden Donnerschtrahlen getroffen. / Diese drey

Hagelgüsse hatten die Luft so abgekühlet, daß ein dicker Nebel, wie von einer Feuersbrunst, vom gantzen Felde, ja sogar in den Häusern, Küchen und Scheunen aufschtieg, und alle Aussicht dem Auge raubte. Pferde voller Beulen jagten zerschtreut in den Feldern umher, einije waren gar getötet. Die Äste der Bäume hingen zerschmettert von den Schtämmen herab; die Saat war so weg=geschlagen, daß gar nichts weiter davon zu sehen war, als ein festgeschlagener schwarzer Boden, in welchen die Hagelschteine ihre Formen abgedrucket hatten. Wachteln Rebhühner Hasen Schwalben lagen zerquetscht zwischen den Furchen ehemalijer Saaten. «

Tanndte Heete hatte längst ihre Schtrick=Schtick=Näherey sinkn lassen; sah mir geschpannt zu; und nickte dann & wann & kurz & gewaltich. Nu holte sie tief Luft : » Jo. Datt gifft'att. « sagte sie überzeugt : » Unn grod an Finx'n ? Ts. – In wecken Johr ? Söbentein= Hunnerd Fiewunnfofftich ? Könnte man wohl den genauen Tach noch feß=stelln ? « Aber Hertha wehrte ab : » Jetz nie – « bat sie : » Das heeßt : *könn'n* tutt'ers : sowas kann er immer, was nischt einbringt. – Aber denkt'och amma=ts : Gänsn de Flügl gebrochn. Und *Häsel* erschlagn ? : mier ha'm heut Nachmittak erst eens gesehn. – Aber sogar *Feerde ?* «, schloß sie mißtrauisch : » Schpinnt Der *nie* a bissel ? «.

» *Näi; Däi s=pinnd nich,* mien Deern. « sagte Tanndte Heete entschieden : » Ich waa=da=ma mit'n Nachbarssohn auf'e Felt=Maak. Wir haddn uns eebm noch unnderhalldn – es waa'n Nixnutz, n Frechdax, « fügte sie beschtimmt hinzu. » Unn wir gehn aus'nanner. Unn haddn gaa nich weider auf's Wedder geachded – : unser S=tück waa gleich an'n Waltrant; er flüüchte auf'n frai'n Felt. – Unn auf *ain=Maal* hör'ich doch, wie er schrait; unnd'ie Feerde los macht. Unn die komm' gerannt ! Unnd 1 Blitz, unnd 1 Krach ! – Unn wie ich'e Augn wieder auf mach, liecht er schon neebm sein Fluuch : toot. «

» *Ja=aber hier geez doch um Hagl* –. « wollte Hertha
erschtaunt einwendn. Aber TH schüttelte nur ablehnend
den Kopf : » Das vers=teh'ssu nich, mein Kint; da bissu
noch zu junk zu. « sagte sie mit Bes=timmtheit. (Worauf ich aber nun doch wohl mein Readhead unterschtüt-
zen mußte) : » Liebe Tannte – : sie kann *Autofahrn*.
Und ist mit Blitz & Donner also wohl *doch* noch 1 weenich vertrauter als Du : wenn Du nicht schpeeziell über
Hagel – ich wiederhole : ‹ HAGEL › – etwas Entschei-
dendes beizubringen hast, ist Silberschlag schwerlich zu
rettn. Denn . . . «; (und ging, ohne sie zu Wort komm'
zu lassn, zur Sündfluth über) :
» . . . *da wirsd'u uns ja auch mühelos sagen könn'n* :
Tack & Schtunde mitteleuropäischer Zeit, an dem GOtt
schprach, ‹ Es werde Licht › ? «. / : » Am 17. September
des Jahres der Welt=Null, ‹ als es in Ansehung der Asia-
tischen Halbkugel Abend war › – seggt Silberschlack.
Adams Geburztack also der 22. 9. « (Und gar nich erst
Zeit lassn) : » Am 7. Nowemmber des Jahres 1656 der
Welt, brachen – wie der technische Ausdruck lautet –
‹ die Brunnen des Up=grunz auf ›. / Am 17. 12. hatte die
Fluth die größte Höhe erreicht. / 6. 4. : Arche auf dem
Ararat. / 19. 6. : Schpizzn der Berge erschein'n. / 28. 7.
ließ Noah ein'n fliegn, nämlich den Rabm. – 4. 8. erste
Taube; 11. 8. zweite Taube; 18. 8. dritte Taube. / Am
22. 9. tat Noah das Dach von der Arche : am 17. 11.
endlich ‹ ging er wieder aus dem Kastn ›. « / (» Verrückt – « murmelte Hertha angewidert.)
» *Ja unnd wie soll die Überschwemmunk überhaupt* zu=
stande gekomm' sein ? « erkundichte Tanndte Heete sich
kühl. (Noch eingeschnappt von vorhin, was ? Weil die
Konkurrentinn buhlerischn Umgank mit Explosions-
motohren pflaak.)
» *Nach Johann Esaias Silberschlag* beschteht die Erde zu
zwei Dritteln aus einem Geschteinsmantel; in dessen In-
nern sich – 1 Drittel also – eine Wasserkugel befindet.

Dieser Geschteinsmantel ist durchsetzt von, hierratisch angeordneten, *Höhlen* : unter den Kontinenten die ‹erster Ordnung›, die größtn. – Durchaus vertretbar : es giebt Grawwietatzjohns=Deefeckte. / Unter Gebirgen die, schon kleineren, ‹zweiter Ordnung›. Über diesen, bereiz nahe der Erdoberfläche, die, uns geläufijen, ‹Baumannshöhlen›. Sodaß jedenfalls, letzten Endes, der innere Wasser=Kern mit der Erdoberfläche in Verbindunk schteht. «

» *Er macht das auch gar nicht* ungeschickt – all diese Wortweltenerbauer haben ja, op Thomas von Ackwieno ob Welteishändler, wenn man ihnen nur 2, 3 einleitende Kleinichkeitn zugiebt, durchaus ‹Recht›; ihr ‹Lehrgebäude› ist ‹wunderbar einheitlich› und ‹vollkomm' in sich geschlossn›. – Daß die Fundamente schtinkn, iss ihn' nich so wichtich. / Er schtellt also scharfsinnije Untersuchungn über Höhlen an; ‹Crater in der Uckermarck› : wobei er natürlich sämtliche ‹Endmoränen› und ‹Schwednschantzn› mit für sich vereinnahmt. Giebt ‹Zeichnungen› zu; Brocken=Panoramen; Baurisse; und am Schluß sogar 1 Modell=Maschienchn, wo man's nu mit Händn greifn kann. Und wo der Ungläubije nur noch entweder 1 Bösewicht, oder aber wahnsinnich sein muß, wenn er nich niederfällt, und auf der Schtelle GOtt & Silberschlack an=beetet. «

» *Aso – wenn ich Dich recht vers=teh –* : *das Wasser* kommda von unntn raus ? « : » Du verschtehst mich auf's Wohltuenzde, liebe Tanndte – « (diesmal scheuchte sie das ‹liebe› mit dem Kopf weck, wie 1 lästije Mücke – hat Dich unser Zweifel *so* gekränkt ?) –

» *Mmm – : und zwar* holt er es nach obm, vermittelst einer einfachn, schlackartijen, *Verminderunk des äußeren Luft=Drux* : das hat dann freilich einijermaaßn geschpritzt ! / ‹60 Meilen hohe Fontainen› schildert er. : Da werden Elefantn bis nach Sibirien geschpült . . . ! «. (» Och : die Mammute. « sagte Hertha erschtaunt & erfreut : sehr braaf, mein Kint; beteilije Dich auch etwas.)

» *Die ‹ Fossilien › sind vermutlich* ‹ Höhlenfauna › gewesen. – Infolge der, mit=herausgesaugtn, bösen Höhlendünste, hat sich die Erd=Atmoßfäre entscheidend verschlechtert, wodurch sich denn nun zwanglos auch gleich die Verkürzung der menschlichn Leebmsdauer *nach* der Fluth erklärt : jene Meffizijn waren GOttes Vorkehrunk, ‹ die Welt vor neue 900=jährije Bösewichter zu bewahren › : was finde ich nicht Alles in meinem Silberschlack ? ! « / (» Dascha Aallns Kaff, Mann. « TH, verächtlich.)

» *Apparteste Ecks=Kurse* sind eingeflochtn : über Atlantis ; das nur eine Über=Sargasso=Insel zur Beförderunk von Leebns=Keim' nach der Neuen Welt gewesen ist ; und nach Erfüllunk seiner Aufgabe kurzerhand wieder versank. / Verschteinerung'n : ‹ Daß die Sündfluth *nach der Erndte* vorgefalln, beschtätijen auch die Ab=Drücke verschteinerter Kornähren und Herbst=Insektn : ich besitze selbst den sehr kennbaren Ab=Druck 1 Weizenähre aus dem Mannsfeldischen Schiefer. › / Oder die intressante Frage : ‹ Op es vor der Sündfluth schon Regenbogen gegeben ? › – «. (» Wieso d'nn das ? «; Hertha, verblüfft.)

» *Das Schnurrixte aber* ist, unleugbar, das Haupt=Schtück : die Konstruxtions=Beschreibung der Arche – Silberschlack war nicht umsonst Oberbaurat des ‹ Soldatn=Könichs ›. Denn hier paaren sich, und wirklich unvergleichlich, die schönst=knospenden ‹ statischen › Kenntnisse früher Technick, mit statistisch=biblischem Wahnsinn . . . : hier : – «. (Und ich hielt ihnen die Kupferschtichblätter vor; gedulldich; – » Wartet doch erst die Erläuterung'n ap : ich zeix nachher nochma. «)

» *Wie'n schwimmendes Hohtell,* nich. «, merkte die Pommpöhse zu dem zweischtöckijen Floß=Haus an. / » Und genau ‹ nach Vorschrift › : 300 Elln lank; 50 breit;

30 hoch. Drei Böden übereinander; ‹ und mit einem ihrer Länge & Breite zukommenden Dache gehaubet ›. –
Im, aus dicken Schtämmen übereinandergeschichtetn, Floßbodn sind diewerrse ‹ Teiche › eingebaut : für Ammfiebiejen und kleinere Süßwassertiere. Außerdem mindestens 4 Brunn'n. «

» *Jede Etaasche bestens* ge=zimmert; nach außen mit Fenstern versehen : ‹ In der Mitte sey 1 Gang, 10 Ellen breit, um zu allen Schtallung'n gelangn zu könn'n – diese sollen von den Wänden kweer nach der Mitte zu laufen. Auch soll jeder Schtall 1 Fallthür habm, den Mist zur Arche, ohne viele Umschtände, hinaus zu *kr*ücken. › – mit ‹ k ›. / Hier seht Ihr die Heu= und Schtroh=Maggazihne, schicklich vertheilt – nich gans so viel wie normal übrijens : weil die Thiere ja schtehen, und also nich so viel brauchn. « (TH nickte gemessn.)

(» *Die Größe der Thür richtet sich natürlich nach den Dimensionen des Elefanten.* «). –

» *Hier nun endlich die Thier=Artn; völlich hotelmäßich* untergebracht. : Lemuren ? : II. Schtock bitte, Zimmer 61. / Felis Leo & Frau ? : I. Schtock, Zimmer 1 – Kunst=schtück : ‹ Könich der Tiere › ! / Habm die Dam' Fragn ? Was Kommplettität anbelangt. Oder nach einem besonderen Lieplink ? – – «.

» *Wo iss'n – – : das Zebra ?* « : » I, 22, schönes Kint. « / » Oder – : de Eichkätzel ? « (Hertha, noch einmal. Na, 3 Würfe haste immer an meiner Bude frei. / Ä=Moment=ä –) : » Bemühen Sie sich doch bitte – nach=ä – – « (verflucht wo warn die jetz ? – A hier !) : » – Nummer 58 im zwotn Schtock : dort werden Sie sich mit sämmtlichen 11 damals bekannten Sciurus=Artn unterhaltn könn' : vergessen Sie nicht, ein paar Nüsse mit zu nehm'. «

: » *10 geschlagene Groß=Ocktaaf=Seitn* umfaßt das Verzeichnis – und eine Nachprüfunk kann man sich garanntiert erschparen : er hat das unweigerlich, gans=korrekt, mit einem Zoologie=Lehrbuch in der Hand gemacht. *Da* kann der Fehler bei ihm *nicht* liegn : solcherart sind ja grade die Punkte, auf die die Brüder dann eine ettwaije ‹Diskussion› hin lenkn und dort fest haltn möchtn; da ‹beweisen› sie dann, daß sie ‹Alles› erfaßt habm. «

» *Und der, wirklich amüsantn,* ‹*Genauichkeitn*› in dieser Richtung ist kein Ende. – « (und jetzt besonders pausbackich=kurfürstlich) : » ‹Anfanx wollte alle filantropische Thiere dem Noah zur nächsten Gesellschaft zuordnen. Aber das unausschtehliche Geschrey der Esel, das Grunzn der Schweine, das Brüllen der Kühe und Oxn, das nächtliche Schtammfm der Pferde, schien mir für einen so nahen Aufenthalt bey der Residentz des Monarchen der gantzen Erdkugel unschicklich. › « / » Dafür hat er unter'm Dach=juchheh sämtliche *Vögel* untergebracht; über den Wohnungen des ‹homo diurnus› die Singvögel; damit die Menschen ‹bey so traurigen Erinnerungen & Aussichten wenichstns durch das liebliche Concert dieser erschaffenen Sänger erquicket würden. › « / » Oder wie rührend=einleitend er schildert, ‹den Schmertz eines guten Vieh=Halters, der aus seinen schönen Heerden – die ihm alle ans Hertz gewaxn sint – nun ein paar Exemplare vor die Arche wählen soll ! › « .

(*Aber das war zuviel des Schpotz* gewesn; hier griff Tanndte Heete ein : » Das vers=tehssu nich. « sagte sie, apsichtlich gropp : » Das kann Ein' *wohl* ans Herz gehn : wenn'a n paa schöne Rinder s=tehn – unn Du sossa, ohne Grunt, Eins=von bevorzugn ? – : *Davon* weenichstns weiß ich *etwas mehr* aß Ihr. «; (und schoß 1 majestätischn Blick; zumeist auf Hertha, die gar nich wußte, wie sie zu der Ehre kam; und vor Verlegenheit fragte – – gleich wurde Tanndte Heetes Blick, bei der lüttn S=timme, wieder mitleidijer & gütijer, a la ‹meingott das Kint hat ja nich gewußt, was es saacht› – dabei *hatte* Hertha doch gar nichz gesagt ! Sehr putzich.) –

» *Wo sie die Menschn hin gelegt* habm ? – Zwoter
Schtock, Zimmer 1 bis 3 : Noah & Frau. 4 & 5 Jafett. 6,
7 Semm. 8 und 9 Hamm. : Hier die Küche mit Heerd.
Hier die Futterküche. « (Und besonders TH schtudierte
krietisch jene Zimmerfluchten am Ende der Arche.)
» *Insecktn ? : in Form von ‹ Eiern & Puppm ›;* in Holz &
Rinde des nicht geschpaartn Materials : ‹ Noah hatte
nicht die gerinxte Ursach, das Holz einer untergehenden
Welt zu schonen. › « / Viel Arbeit ? – : » Jede Person hat
7 Schtälle zu beschicken gehabt – im unterstn täglich;
im zweitn alle 2 Tage. Darüber, die Vögel, waren noch
einfacher zu behandeln : ‹ Das Eingießen des Wassers
in die Tränkrinnen wird auch nicht halbe Tage weg genommen haben – bey so bewandter Lage der Sache, ist
die Beschickung der Archenpflege mehr Zeitvertreib als
Herkulische Arbeit gewesen. › – «
Aber da auftauchte 1 S=krupl : » Nun, Schtädtebewoh-
nerinn ? « – » Ja wird das aber nie – sei ock nie wieder
glei böse=Tannte – wird's nie a bissel sehr *gerochn*
habm ? «. (Und die schpitzte doch auch selbst den
Munt : 1 schwimmender Schtall; von rund 110, nicht
schüchtern belegtn, Kabin'n & Boxn ? (Und Wer mal
im Affenhaus war; oder weiß, wie der erwähnte ‹ Könich der Tiere › mieft . . . . .).) / Aber ich kam gleich
zu Hülfe; (um die sich anbahnende Entschpannung
auch meinerseiz tatkräftich zu fördern) : » Nicht nach
Mist schtank die Arche; sondern ‹ bereits § 81 habe
vermuthet, daß die innere & äußere Verpichung mit
Babylonischem Peche, durch das gantze Gebäude den
lieblichsten arromatischen Dufft verbreitete; und die
Heu=Magazine werden, mit dem balsamischen Duffte
ihres Vorrats, *auch* das ihrige zu einer gesunden &
wohlrichenden Lufft beygetragen haben. › « –
(*Und kurtzes, aber umfassendes, Schweigen* und Verarbeitn. – (Sehr nett : so als ‹ Intellecktueller › zwischen
2 derart verschiedenen Hörerinnen : Nicht die Hämor-

rhoide allein macht den Gelehrten. (Obwohl ich mich, und anscheinend binnen kürzester Frist, auch ihrer würde erfreuen dürfn : denn waa'ck kommplett! (Und lieber nie mehr ‹ Leck mich › sagn – oder auch nur denkn : *das* möchte ich dann selbst meinem Feinde nich mehr zu=muthen. (Und wie ulkich neulich der Harrn duftete; nach dem Genuß amerikanischer Schpargel= Konnserwm. (Natürlich ohne Köpfe; sonnst iss's zu teuer. Ooch nich nötich.).).).).) :

» *Jabidde . . . ?* « / *Denn Hertha begann* die fällije Erkundijunk : » Und was schtimmt nu an den ‹ Voraussetzungn › nich ? «. (Auch Tanndte Heete blickte mich voll an. Und hoch=krietisch dazu : ihr hatte die Schtallwirtschaft doch mächtich gefalln.)

» *Sagn wa : 3 Kleinichkeitn : Erstns* kann der Erdball nicht a la Silberschlag gebaut sein. Das s=pezifische Gewicht iss durchschnittlich 5 Komma 5 : bei den von ihm angegebenen Maaßn, würde sich für seine ‹ innere Wasserkugel › eine Wichte von *10* ergebm – nicht von *1*, wie sie Wasser bekanntlich hat. « / Verdauen. / Hertha ‹ meldete sich ›, wie in der Schule : » Hätt'er'nn das schonn wissn könn'n ? 1791 ? « : » Potz Hutton & Maskelyne : er *hätte* ! «

Zweitns ? : » *Nu, er verlangt von uns,* daß wir ihm für seine Zwecke das zusätzliche kleine Wunder einräumen : ‹ Die Atmosfäre habe sich um 27 Milljohnen 409 Tausend und 185 Cubikmeilen ausgedehnt. › « / » Und das kann *nie* sein ? « (Was soll man auf so was antwortn ? Ich zuckte also nur die Axln. Und sah schteiff auf den Kachel=Ofen. Und Tanndte Heete half mir, indem sie den athletischen Munt breiter zog, und apfällich schüddelte) : » Zumindest *wissen* wir da nix von, Meetchen : auch Silberschlack nich. Was'n komischn Vogel – . « setzte sie, doch recht angereekt, hinzu : » Unn driddns ? «

» *Jenun,* ‹ *driddns* ›, *Tanndte.* « sagte ich vorwurfsvoll. Half auch, da sie nicht gleich kappiertn, nach :

» Ließ'Du in Deiner Freizeit viel inn'er Bibel ? «. –
» Ochso, « sagte sie gleichmütich, : » Du meins', die
ganze Geschichde könnde überhaubd bloß ne Erfindunk
sein. « Und : » Nöö; inne Biebl lesn tu ich sogutwienie :
ich finn'a nix in, wie ich mich inne heudijen Wellt ver-
halltn soll. Nich daß ich was *geegn* die Leude hädde;
obber . . . «; und zuckte die prachtvollen, irrdisch=
breitn Schultern; (damals, vor 30, 25, 20, 15, Jahren,
hatte mich der Anblick manchmal toll gemacht : ‹ Lang-
lang issd'eer : lang issd'eer. ›)
Und sie erhob sich; und tat sachlich ihr Nähzeug zusamm'. / » Aber immer kuhrioos genuch. « sagte sie;
und meint Silberschlack : » War'as ansonnßn n *sehr*
frommer Mann ? – So *richtich* fromm, mein'ich; Du
weiß'schon. « (Ich weiß : ‹ tollerannt; huhmahn ›; und
sie nickte) : » Nicht nur *dieses nicht*, Tanndte : sondern
eines der biegottestn & fannatischstn Mistviecher, die je
auf Rinz=Leeder einherging'n : was *hat* Der nich, ap
1788, nach dem berüchtichtn ‹ Wöllnerschen Religions-
edickt ›, die Leute gezwieblt. « / » A waa eebm vollkomm' überzeukt von seiner Ansicht ? «; Hertha;
schüchtern : sie brachte, seit Tanndte Heete so unbe-
greiflich zürnte, ihre Ansichtn nur noch in Form von
Hippotheesn vor.
» *Hittler war ooch der* ‹ *Überzeugunk* ›, my Dear, daß
die Judn oder Slaawn minderwertije Geschöpfe seien.
Und hat se – immer aus ‹ Überzeugunk ›, gelt ja ? ! –
milljohn'weise weck geputzt. – : ‹ Überzeugunk › iss so
ziemlich die *elendeste* Begründung, mit der Eener an-
tantzn kann; höchstns ‹ Glaube › geht noch drüber : hier
liegt zum Beischpiel *einer* der Fehler der beliebtn Argu-
mentatzjohn, ‹ daß ich Überzeugunk & Glaubm meines
Nächstn achtn & ehren solle › – : *Damit* kommste bei
mir nich durch, Du ! «
» *Ja, soll man se denn nie* achtn ? «; Hertha protestie-
rend; sie hatte sich gleichfalls von ihren Plätzn erhobm;

und auch Tanndte ließ noch einmal die Hände ruhen, und lauschte judicatrixen.

» *Du sollst Deinen, mit Recht* so beliebtn, ‹ Nächstn ›, weegn seiner ‹ Überzeugunk › – womit er übrijens ooch bloß meist ‹ Glaubm › meint – nich an Leib & Leebm verfolgn. Also ihn auch beruflich nich ‹ um sein Brot › bringn : das iss für die Meisten, Famieljenväter und so, ja nur ne andre Form des ‹ Ums=Leebm=Bringens ›. Wenn wir erst ma *so* weit wären, daß man den Anders- denkendn bloß *laufn* ließe : dann schtünde's schon ver- dammt besser um die Welt! : Wer seine eigene Ansicht für ‹ allein=seelichmachend › hält, diffamiert damit von vornherein Jeden Anderen : ob Rom ob Mekka, op Bonn op Pankow : wir ha'm nischt wie Gesinnunxter- ror! « (Unnötije Verfinsterunk; daran hätt'ich lieber nich noch heut Abmd gedacht.) –

(*Auch rasch noch rasieren* muß ich.) / Tanndte Heete erschien schon mit dem berühmtn Tablett; und wir bil- deten die bekannte ‹ bedeutende Gruppe ›. (Hertha mit gans leeren Händn; und also entschprechend nerrwöhs= verlegn. Bis sie=sie vor dem hüpschn Unterleib faltete; und ergeebm den feurijen Igelkopf senkte, als wolle sie 1 Gedicht aufsagn.) : Jeder erhielt heut, wie in feierlich- ster alter Zeit, zur Nacht noch 1 Glas Wein serviert, mit 1 dünnen Schwarzbrot=Schnitte bedeckt. / (Und eben ich; im Gesicht den summenden BRAUN. – Man sah mir gedankenvoll zu.)

» *Siehssu* – «; TH, sinnend : » *Dein Onngl Lutwich* hat sich vorher *nie* extra hüpsch gemachd – für mich waa'n das meist S=tudien in Unrasiertheit. Na, man muß'as ja woh durch=machn. « / Und Schweigen. (Nur das Motorlein sang. Und Hertha war anschein'd noch im- mer bei ihrem Gedicht : 2. Schtrofe.)

» *Aber jetz* iss'as übers=tann. « sagte sie. Hob entschlos- sen den Kopf. Und wurde bedeutend=hochdeutsch : » Ich gedennke, nunmehr wieder 1 Mensch zu sein; und mein *eigenes* Leebm zu leebm. « Und, wild zu Hertha gewandt : » Kannssu mich woh morgn gans kurz=ma nach Zelle faahn, mein Kint ? : *Zu'n Einkaufn! «.*

Und Die begann zu lächeln; erlöst, aufleuchtend, verschtändnisvoll : so also lächelt 1 Walkürenlehrlink das 2 Zentner schwere grauhaarije Voll=Vorbildt an ! / : » Jasicher, Tannte. – Du kannsd'och Dei Leebm noch gutt & gerne 20 Jahre genießn : Würd Da's so um Zehne=rum passn ? « Und Tanndte Heete übergab ihr das Tablett. Und legte 1 Arm um sie (: O Allah : was'n Arm ! Hertha schwankte & ballangßierte auch gleich.) Und gab ihr 1 mütterlichn Kuß auf die Backe : » Gudnach, mein Kint : schlaaf gut. « (Das will nu ne zurückhaltende schtolze Nieder=Säxinn sein !) – Ich zook spöttisch die Akku=Taschenlampe aus der Want; schteckte Hertha die Leuchtende in den Munt; und die begann, hinaus zu gehen. – Mich hielt Tanndte Heete noch zurück. Am Kinn.)

» *Früher, midde Klinge, biss übrijens gladder* geweesn. « sagte sie sachlich. Dann, ebenso seufzend wie würdich : » Aso mein Jung' : auf'n linkn Ohr hör'ich schon schlecht; unn auf'as rechte *leg*'ich mich – wenn Ihr da nich grad durche Degge kommd : *mich* s=tört Ihr nich. Aber paß'ir auf; das giebt genuch Menschn auf'e Welt. – Wenn'as man bloß waam genuch iss. « schloß sie besorgt : » Leech man gleich noch 2 S=tüggn Preßtorf auf. « –

*

(*Obm : der Gecko ihrer Hand* nestelte schon am zweitn Schwimmlicht.) : » Wo warst'nn Du so lange ? – Hat Se Dir ooch an Gute=Nacht=Kuß gegeebm ? «. (Ebmso beiläufich wie eifersüchtich : sehr gut; so soll es sein. Ich wär's ooch geweesn, wenn irgend'n ‹ Onkel › an *Ihr* rummgeschpielt hätte.) : » Nee. Zu mir hat Sie leedicklich ‹ Schuuw aff. › gesagt. – : Hier der Beweis kraftvollster Unberührtheit : . . . «

(Und so gut geriet das Muntgewühl; so drohten ihre
Nicht=Lockn; ihre Augen schien'n mir derart ins Gesicht ...) : » Hertha – darf ich Dir den Kräuselkrepp
ab schtreifen ? «; ich, innich. Und sie gewährte zwar
schtumm. Dann aber doch wieder : » Könntzde Dir *nie*
ammall andre Ausdrücke angewöhn'n ? – Gaa nie a bissel Roh=Mann=Tick. « (und schüttelte rehsigniert den
Kopf. Während ich ihr die Oberschenkel ergeebenst
schtrich & küßte. (Unterschtand sich sogar, indessen im
Taschenkalender nachzusehen, ob keine Schonzeit nahe
wäre, lune rousse : das werd'ich Dir anschtreichen=
Du ... : !))
(Unten ich; in jeder Hand die dünne rotgoldne Waltze
1 Wade : obm 1 Eulenkreisch. (Aber leiser, als ich erwartet hatte; dafür etwas mondäner.)). / Dann Sie,
geduldich=abgehärtet : » Du lernstz, gloob=ich, nie. «
Dozierend : » Bei Euch=Männern iss es anscheinend
1 Schmeltz=Punkt. : Bei Uns=Frauen ein breites Erwei-
chungsinntervall. « : » Wo hasDu denn *das* Wort
her ? ! «. (Und sie nickte befriedicht : wie da der arme
Wilde schtaunte, geltja ?)
» *Komm Kind : Deine* cream=hills ... «. Sie bewegte
erst zänkisch die Hüftn; duldete dann aber, gönner-
haft, den Anbetunxkuß auf jeden; (: wie wundervoll
man ihre Rippen fühlte. Und sah. Und beide Rotn
Fortn. Und mir wurde gans a la 120,4; wie Feuer in
Wacholdern ! –)
Aber noch einmal rang Sie sich los. / Ging, bewußt
ziellos, ‹im Raum›, umher. – / (In der Tasse 1 Ohr-
wurm ? Kommt vor in Bodnkammern. : Sie kippte ihn,
durchs schräge Einfalt=Fenster, hinaus aufs Dach.) /
1 Schpiegl – (Das Ab=Bild Ihres Atems darauf war zart
& bläulich; nicht wie meine grobm Hauche. Oder die,
noch pammpijerer Leute, wo sich fast Wassertropfen bilden : Rreinschreibm !).
(Noch immer in Schlüpfern & Turnschuhen ? : traun,

Dein Erweichungsintervall *ist* breit. Trotz des roten Geißelschlax Deiner Zunge. (Sobald ich hinter sie trat, waren wir sofort von garstich gerenktn Schattn umzingelt.) / Die Schublade kam ein Schtück heraus ? – : Sie schob sie langsam, nachdenklich, (An Was ? Bitt'-Euch !), mit dem dünnen Becken wieder hinein. » Kuß bisdu kalt=schnäutzich ! : mit kleinen *Sammet*bürstchen müßtesDu ihn reibm – « : » Nadda *mach* mich ock warm – « versetzte sie (mit verwahrlostem linkem Schnürband; das rechte völlig ‹ korrekt ›, *mit Schleife* : raffiniert !).

(Also auch noch verzögern. / Und ‹ dett Milljöh › war ja, zugegebm, zauberhaft, Potz Linz & A. Godin : hinterm Schornschtein=Vorschprunk der Dreyfus des Waschschtänders; danebm die Nachtkanne. (Wenn man das Ohr an den Nicht=Pfeiler legte – – sie tat es; durchtrieben leicht=gekrümmt; wurde rechz gans=Ohr, linx funkelndes Ein=Auk – ? : » Ich bewundre inzwischen schtändich die Rosenpunkte Deiner Brust : was aber bewunderstú ? « : » Nimm ock vorsichzhalber Zwee=e. « erwiderte sie mißtrauisch; gans ‹ Genuß=ohne=Reue ›; (‹ und wenn es köstlich geweesn ist › – Sie besah sich währenddessen zusätzlich, (vielleicht symbolisch, aber total verklemmt), ihren ‹ FLOW=MASTER ›, (den, auch 20=Zentimeter=langen, Benzien=Zeichenschtift). / Hatte allerdinx,[1] doch wohl mildernder Umschtand, neben dem Bett die vorhin erst aufgefundene Schiefertafel liegn; (dazu einen ‹ Milchgriffel ›=Schtummel, echt=weißgraue weichgute ‹ Vorkriexwaare › noch : das müßte man sich überhaupt angewöhn' : nachz ‹ Gedankn › notiern : morgens weck wischn. / ‹ Frau mit Flow=Master › : endlich schtülpte sie sich die Hosen ap !).

(Aber soo lang=sam : Oh Ihr Weiber !). / : » Du soss nich so trammpln. – Wenn De nie geduldiejer wirsd, dann . . . «. (Das war Ihre verfluchte Art, Sätze nicht=

zu=beenden ! : » *Was* dann ? : *LäßDu* dann nich ? Oder
überhaupt=*nie*=mehr ? ´ – Ohertha könndesDu nich ma
am gantzn Leibe vor Erregunk fliegn ? «). Sie blickte
erst noch wieder schtrafend, a la ‹ Die Fliegenfenster
habm Ohren ! ›. Dann : » Gipp'm Ofn ock noch a – « ;
und lächelte ; und verwendete – ‹ Sieg ; großer=Siek : ich
sehe Alles rosenroth ! › (Kunstschtück : Sie war es am
ganzen Leibe !) – verwendete *meinen* Ausdruck von=
vorhin – : » . . . gipp'm ock noch a' ‹ beleektes Brot ›. –
Daß's warm wirt. «

(Jetzt war Sie weenichstns schon nackt : könntn Frauen
bei solchn Anlässen nich etwas ‹ odaliskenhafter ›
denkn ? Bloß 20 Minutn lank ? – Ich kniete vor meiner
rötlich=murrenden Helffte nieder : die Hant in Deine
weiße Nachbarschaft ! –)

Das Bergland Ihres Gesichtes ; (während die Hand –
‹ Das Recht der Hand › – 1 Brustschpitze ent=deckte,
das Vorgebürge Bonae Spei.) : der Pic der Nase. /
Doppelhöhlen. / Rot gaffte der Ring um den Munt=
Krater : Silber aus Deinem Munt. (Unt in den Tulpn-
schlunt : biß die beidn Sammler der Akazienschotn
heimkehren !). / Die Ebene der Schtirn. An deren
Urschtromufer die Augenteiche lungertn : auf dem
Schteilrant Gebüsch. (Wacholder ? Zwischen 2 sommerschprossijen Klein=Brüstn ? : Wenn sich jetz natürlich noch der Ärroß der Lantschafft mit Deinem Leip-
riez mischt – – – – –)

Unt Sie anherrschn : » Wiesoo ? ! « – (*und immer die
Finger* in den abgelegenstn Winkeln Ihres Körpers :
Mensch, dulde nich so schtumm ; sondern schwitz'gefällichst auch etwas ; daß Du wirst, wie aus braunem
Glas – : » Hertha – «). / Aber – ach ich weißja – : die
war schwer zu gewinn'n ! : Jetzt erst, endlich, öffnete
auch Sie die, mit rotestem Tuch ausgeschlagene, Lade
Ihres Mundes – (» Hertha=Deine=Lippn ! – : 'chDu ich
laß mich in Scheibm schneidn dafür . . . «. ‹ 1 hehre

Göttin weißich, Der ist mein Dienst geweiht › :
» 'chDuu ! ! «)

» *Saagammall. Karrle.* – : *Woß hellzDu* eigntlich; vom
‹ TAO › ? « – . – . – : » Vom Tao=Hertha ? . . . « (Hätte
mich nicht vorher der Blitz wegraffm könn'n ? Wie
einst jenen Heetischen ‹ Nachbars=Sohn › ? (Der sie
ja garanntiert frisch gepopelt hatte : mir machsDu
nichz vor !). – Aber das=hier ging ja noch über Frau
Shandy – .)

» *Herr=tha !* – . – : *HättesDu mich das nicht* diereckt
während der Umarmunk=selpst fragn könn'n ? – : Wie
habe ich nicht, schon länxt, auf solch günstije Gelegenheit gebrannt, mit Dir die Chieneesische Mettafüsiek zu
wenntilieren. – Beim lebendijen GOtt dacht'ich's nicht :
meine Ehrecktzjohn läßt nach ! – Waahnwitzije. «; fügte
ich, erschöpft, hinzu . . .

» *Och doß kriegn wa wieder* hinn – « versetzte Sie
leicht=hinn; und legte Hand an – : – : ? – : ! ! ! –

: (*und hinein in die Herberge* des Abû Mansûr : da war
es schlank & feucht. Närfnköpfe schtecktn aus allen
Wänden; es schpannte & roch; seelich & groß; das
taube Feuer murmelte geschäftijer; grünlich & schweer,
wie jene 46ijer Kuchn aus Maismehl; krußtich; und der
goldbraun sickernde feuchte Zucker jener Tage; die
Kertzn, weiß & nackt & schteiff & schtumm, sie warfen
ruckartich die Flammenköpfe, Schpitzköpfe, immer
nach derselb=diskreetn Seite; » 'chDuu – «, (und des
Schweißes der Edlen war kein Ende, es nimmt ja auch
nicht Wunder : fümf Jahre hälz Herz noch, hat Derarzt
tackßiert). / (Jetzt wurde auch Sie wakker; gantz
Odempummpe; und packte mit Beinen zu; (leider=
wie=immer etwas schpät : schon addiertn entzük-
kenzde Jucke, gans Hokusai, sich zur Wooge, zum
aspersten ßpiritus 'chDuu=h' ! ! !). / (Unt zurück : nur
enthauptete Frösche begatten noch die Partnerinn bis zu
Ende : Der bin ich nicht ! Ich vergeß Joyce's Tochter

nie !). / (Und die Frauenfaust blieb getreu bis zuletzt ;
(und grau ächzen » Hellfde – «.) . . . . .)

Und Siehellfde – die musterzeichnende Hant vom
Schlangenschaum glitzernd ; (‹ App = Waschn › ; ‹ Ap =
Schpülen › ; ‹ Abtrocknen › , schloß sich an) – trat auf
(im Gegensatz zu mein' = jetzt) elastischen Beinen zum
Prohwiannt. Schnitt sich 1 Schtück Käse mit der Scheere
ap : ein Messer war (Sie dachte eigenartijerweise an
meine Hosentasche nicht – beziehunxweise verschtändlich : zunächst genuck von Männer = Hosen, und was die
bergn !) nicht in der Nähe. / Kaute und grübelte. / Sah
gefühllos ‹ ins Weite › ; (das man gar nicht sehen *konnte* ;
aber Sie hatte 1 Art, die Augen auf ‹ unendlich › zu
schtellen –) ; schtellte auch die konwennzionelle Frage
an jenes Schtückchen Fleisch, auf = dem = Bett = dort, das
sich langsam zu erhohlen versuchte : » Nawarsschön ? «.
(Du hättest ruhich mein Messer nehm' dürfn : nur die
1 Klinge ; und die Säge, ‹ zum Aufbrechen des Bek-
kens › , (wie der Verkäufer in Lüneburg mir vertraulich
mitgeteilt hatte – wie hatte Sie vorhin, im Brommbeer =
Verhau, gesagt ? : ‹ Die Anntie = Millietarristn hab'm die
lennxtn Messer › ? Oh Geliebte : die *Milli*taristn hab'm
noch längere ! / (A propos ‹ Geliebte › : Wer hat mir den
Bären aufgebundn, daß sich in ‹ Kloster Wienhausen ›
noch 1 Geliebte jenes Hermann Löns aufhaltn solle ?
Und wieder gerietn mir Abneigung & Literaturge-
schichte durcheinander : wohlgemerkt : ich mag Jenen,
‹ gegen Engelland Fahrenden › *gar* nicht. Aber Biograffie
iss Biograffie . . .). –

» Oh = *Hertha* = nein ! – « ; *ernstlich* zu zürnen vermochte
ich Ihr nicht ; dazu war der Witz zu gut geweesn : 1
dreifach Fluch dem eewijn Intelleckt ! / » Während = *Du*
meinen Leip besaßest, Hertha, ritt *meine Seele* schtändich zwischen Pe = , Nan = , und Tao = te = King hin & hehr.
Vom Kin = ping = meh noch gans zu schweign. « –
» *Laß Du das* ‹ TAO › , *Meetchn. : Bleip = Du* bei Groote =

Kaffee. « / Unt auch Sie – (opwohl es bei Ihr natürlich
wieder *nicht* gekomm' war : » Herthie=Liepste : wann
wirsDu einmal *gans* unverkrammft sein ? – Du=mehr=
als=zwei nehm ich nu doch nich : *Nie=Du !* «) . . .
Und Sie küßte in der Geegend meines rechtn Ohres. /
(Und benützte die halbe Schaale eines hart gekochtn
(rechtn) Eies als Aschnbecher.) / Und knußperte das
‹ O › einer Funz=Tafl Blockschockolade – ‹ B ›, ‹ L ›,
‹ C ›, ‹ K › – und kaute in nerrwöhser Gier; (sie hatte
diese Junk=Gesellinnen=Angewohnheit.) Fragte auch,
(ohne es wissen zu wollen) : » Auf welcher Seite
kausDú ? Augenblicklich. « (Zurzeit rechz. Aber das
wexelt natürlich.)
TAO ? : » Oh meine Tao=be ! « . : *Du bist* 1 Tao=
genichz. « versetzte sie prommt. / » Mein Tao=send-
schönchen ? « : » ‹ ER › tao=gt nichz mehr. « / » Fahren
wir zusammen in den Tao=Nuß ? Und überlassn uns
dort dem Sinnes=Taoml ? – : Hertha : dürfte ich 1 Mal
‹ Techtl=Mechtl › zu Dir sagn ? « schloß ich schtürmisch.
Und sie erlaupte es, nach schicklichem Zögern, er-
schtaont. / (Ging es nicht untn noch hin & hehr ? Mit
Tanndte Heete's Gesicht ?). (Wir runzeltn etwas die
Schtirnen.) –
*Bett & Schattn; Nagel & Kleit; Hut & Kerzlicht; (unt
der Wint* errieb ähnliche Geräusche. – Sie raßpelte sich
gleich, kraftvoll, mit der Ferse, das linke Schienbein.
Auf härener Decke; sitzent.)
(*Unt anscheinent, nu en chemise,* in Gedanken bei Sil-
berschlacks ? : Da waakte ich's, und legte unauffällig
die Hant neben – beileibe nicht *an* ! – ihr abwesendes
Gesäß; (das sich unverzüklich, drohend, zusamm'zook :
» Nimm de Finger weck ! « zeterte sie, wütend & änxt-
lich : » Du weeßd'och, die sinnd gifftich=jetz. – Hast'n
in'n Oofm getan ? Mitsammt'n Backteriejn ? « / Ich wies
nur schtumm auf den eisernen Säulenschtummf, in dem
es eebm jetzt, leise wimmernd, zu schmooren begann :

‹ LENAU : ANNA. › – Aber sie nickte nur höllzern, und ungebildet=zufriedn. (‹ Back=Therien › : das muß sich Einer ma vor=schtellen !). –

» KönntzDe Deine Leute=da=obm nie überhaupt mit sowas beschäfftiejn ? – Wo se doch, wie De schonn angedeutet hoßt, so viele Biebln hab'm ? « – – –

. . . . . : richtich ! Ich hatte ja noch Dienst; als Bibliothekar – ein sogenanntes ‹ erfülltes Leebm ›=eebm dachte ich bitter; das heißt 1 solches, für das man besser im Akkord Scheiße geschippt hätte : für die 100=Dollar im Monat=zusätzlich ? ! – (Aber was hätte man in der Zeit schließlich anschtellen sollen ? – ‹ templum › deklinieren ? – Nee : da doch noch lieber in den Leesesaal : gleich mahnte 1 Schpruch ‹ WEISHEIT HÄNGT NICHT ALLEIN VON DER ZAHL DER GELESENEN BÜCHER AB ›. (Und noch mehr Tiefsinn ähnlicher Art : Hoyce=der=Schwätzer fabrizierte dergleichn am laufndn Bant. – Anfänglich hatten ihm Einije noch geglaubt, und ann=allfabeetisch=weise sein wollen. Waren jedoch binnen kürzester Frißt vor Langweile wie raasend gewordn; und hatten sich zu der, ‹ menschlicheren ›, Dewiese bekannt : ‹ LIEBER FÜR DOOF GELTN; ABER WAS ZU LEESN ! ›). –

Und da saßn sie auch schon Alle; in den gläsernen Einzelkabbien'n an der Saalwand : am gläsernen Schreib= Pult; die Schiefer=Tafel darauf laak an derber Allumienijumm=Kette . . . . .

(» Du bist 1 Vieh – « hauchte Hertha; aber so begeistert, daß ich nichz einzuwendn fant – die Bewunderunk hat sich zu verschiedenen Zeitn verschiedener Ausdrux=Form' bedient . . . . .

. . . . . Viele, ja die Meistn, (wohl gar Alle ?), würdn 1 Troost darin findn, daß sie demnächst mit goldenem Griffel=Verlängerer schreibm könntn. / In Nebmräum' debattierende Gruppm; an gläsernen round=tables sitzend . . . . .

(» ? «) . . . . .

. . . . . *sitzend : auf marr=mohrnen, ap=geschtummftn
Keegln;* (oobm mit 1 kleinen Dälle, ‹ zur Aufnahme des
Gesäßes ›, wie der Bildhauer sich gebrüstet hatte – dennoch zogen die Meistn vor, sich ihr ‹ Kissn › mit zu
bring'n : den genauen Zementabguß ihres Hinter-
kastells; als Platte, unterm Arm, nahm man es sich
überallhin mit.)

(*Und Alles in Badehoose, beziehunxweise* Bikini : einst
würde der Zeitpunkt kommen – und wenn ich mir Hannah Moore so ansah, schien er nicht mehr fern – wo wir
getrennte Leseschtundn für Männer & Frauen einzu-
richtn habm würdn : hinten hatte sie fackktisch *nichz*
mehr ! Der Bint=Fadn, der ihre Cups zusammenhielt,
war schwerlich zu rechnen; unt auch die T=Schtrippe,
untn, nicht; (die überdem noch größtnteils zwischen
ihrem Poo=poo verschwant : die Verheerungen, die sie
anrichtete, überschtiegen schon jetzt das Maaß des
Schicklichn; sie schritt wie durch ein Mimosenfeld !
(Das heißt : *die* klapptn ja die Zweiglein nach *untn*,
oder ?) –

(*Und ziegenbärtije Anglistn gabm ihr,* unter beschtändi-
jem, völlich unmotiewiertem, Lippnleckn, die ‹ wissen-
schaftlichn Auskümmfte ›, die sie begehrte . . . . . :
» Dochdoch, gnäj'Froo : Sie könn' nich die *Wimpern*
heebm=ä, ohne die Eerde aus ihrer Bahn zu lenkn. «
Und meckertn böxern : » Jaja, ß'ss erschtonlich : hä hä
hä. « / Hoop sie also intressiert die Wimmpern. Und
lenkte die Geschtirne ma'n bißchn aus ihrn Bahn'n –
selpst mier war, als schpüre ich leisn, grawwietattiewn
influgs ? – : ‹ Fransngürtel aus GOLD › : das war die
Lösunk ! –

(‹*Fransengürtel : Frünsel=Gartn* › : *wie das rieselte !* :
Güldngartnschtäbich, würz=& Nägelein . . . . .
(» *Schackoliednmolch . . .* «) . . . . .

. . . . . *und ich begab mich doch lieber* an meinen Platz

154

ins ‹ Bücherhaus › : Oberbibliothekar Lyell fühlte sich
bemüßicht, erst betont auf mich, dann zur Sand=
Schtand=Uhr hinüber zu sehen …? – (Ich wollte erst
aufbegehren. Setzte mich dann aber doch schtumm vor
mein' Schalter; an die Kartei aus Schieferplättchen. –
Und ruff den Schieber!) :

..... *und Alle kam'se angeschtröhmt, die ganze* Natz-
john, zu mier (‹ A bis K ›); und Rawkins neebm=ann
(‹ L bis Zett ›). / Und wir hänndichtn Jedem schtumm
seine Biebl aus; (und achteten des Gemurres nicht;
wenn wir, pro forma, unsere Kartei klappern ließn, als
‹ sähen wir nach ›. – Und dann, amtlichen Geschtimms,
verkündeten) .....

: ‹ STRANGERS WHEN WE MEET › ? : *leider anderwei-
tich* verliehen. / ‹ SECOND ENDING › ? : zur Zeit in der
Binderei. / ‹ BLACKBOARD JUNGLE › ? : leider nicht
‹ am Lager ›. / ‹ A MATTER OF CONVICTION › ? : im
‹ Kulltuhr=Austausch › beim Russn : » Die wolln ja auch
ma was zu leesn habm. « (Was dann wieder, nazionahl,
etwas tröstete : Klaa : die arm' Hunn' wolln ooch ma
wissn, wie'n ‹ Pocket=Buck › aus=sieht : ‹ Medizin! ›
würdn se murmeln. Zweifel=los.)

(» *Ja und* was ha'm se in Wirklichkeit ? « – (Ich küßte
schnell einmal auf den kleinen buntn Frage=Schlitz.
(Aus dem Neebl=Kraut wucherte ? : also gleich noch
was nach leegn! .....

..... *dabei waren wir, ‹ in Wirklichkeit ›,* 4 Bibliothe-
kare; für insgesammt 16 verschiedene Bücher!. / Die
‹ Gesamtzahl › betrug – wir erwähnten es bei jeder Gelegenheit – ‹ numero rotundo › Ein=Tausnt. (: das waren
die Folgen ‹ Westlicher Freiheit ›. Beziehunxweise der
‹ Freiheit des In=die=wie=Du=ums ›; oder eebm der
‹ Freiheit=überhaupt ›. .....

(*Diesmal* fragte sie nichts; saß nur schtaunlächelnd da;
(und *soo* gläubich, daß ich mir *noch* 1 Neeblkraut mit
den Lippn flückte. (Aber Ihre Schtirn zook sich feder-

leicht zusamm'. Und ich wollte nichz riskiern : ich binn
1 Feiklink. . . . . .

> : *Einerseiz hatten sie Einem,* vor der ‹ Überfahrt ›, nicht
> nur die Haare, sondern sogar Finger= und Zehen=Nägel
> geschnitten; (von Abführmitteln ganz zu schweigen.
> Nackt & bewußtlos ohnehin.) / Andererseiz hatte man
> für seine 425 Komma 4 Gramm Gepäck . . . . .

(» *15 Unnzn : Nich !* : Du brinxt mich aus'm
Tecksd . . . . .

> . . . . . mitnehm' dürfn, was man wollte; auch an Bü-
> chern. / Und da hattn denn sämmtliche Fammieljinn –
> wir waren eebm ä rellidschiß Piepl ! – immer die-
> selbe Taschenausgabe ihrer mit Recht so beliebtn King
> Dschäims Beibl gewählt : von der hatten wir, ‹ Friedn in
> Freiheit ›, infolgedessn volle 843 am Lager ! (‹ Vertrack
> von Verdun › mußte man jedesmal denkn. ‹ Mußte › :
> Freiheit.) :
> *Beschtraaft werdn* hätten die Waahnwitzijen müssen !
> Die das nich in die Hant genomm' & gereegelt hattn :
> dämlicher als Noah=seinerzeit ! / (Aber ne kleene *Orgl*
> hattn se dafür, schtück=weise, ruffgeschossn ! – Mein-
> gott=meingott : wenn das damals vernümmftich ‹ ge-
> lenkt › wordn wäre ! . . . . .
> (*Und was das ‹ indiwieduelle Vorgehen › nich geschafft*
> hatte, leistete ergänzend unsere ‹ Lumbeck=Kulltur › –
> (wie man früher von ‹ Schnur-Kerramickern › gefaselt
> hatte; oder ‹ Aunjetitzer Kulltuhr ›) – : Wer ‹ gottfern ›
> genuck dazu geweesn war, hatte sich eebm am irdischn
> Rackeetn=Rammpn=Kiosk den gerade proppagiertn
> best=seller geschnappt – mit dem Ergeepniß, daß wir
> uns des Besitzes von 81 ‹ FROM HERE TO ETER-
> NITY › rühmen konntn. (Von denen drei=Viertel bereiz
> aus loosn Blättern beschtandn : Oh Lumbecklumbeck,
> graußer Lumbeck=Du !)
> *Den Rest hatten uns dann gegeebm :* Die Njuh=Berrie=
> Leibrärrie, Tschiekahgoh; und der größte Nju=Jorrker

Antikwaar : Beide hatten den Auftrack gehabt, uns, wenn es die Gelegenheit erlaube, ‹ rare & wertvolle Schtücke bei=zu=packn ›; und hattn Solches redlich erfüllt : nie wohl hatte 1 Regierunk für Ladn=Hüter derartije Preise gezahlt ! :

Da war 1 ‹ *Het Lied* van de Klock ›, von 1874; mit handschriftlichen Anmerkungen aus noch früherer Zeit. / Von Einem, der sich selbst ‹ SAINT MARTIN › genannt hatte, ‹ Le Crocodile; ou la Guerre du Bien et du Mal : Poème Epico=Magique en CII Chants. › / (Oder 2 deutsche Bücher, die auch kein Mensch mehr entziffern konnte – ihr ehemalijer Besitzer, ein weiland Rackeetist, n gewisser Brown, war inzwischen verblichen; er war ja ooch schonn über 60 geweesn. : Das war doch ooch sinnlos, daß ich die morgen mitnehm' sollte ! *Die* mochtn die Russn doch beschtimmt nich !).

Dafür gaabm wir aber heute die 8 Bändchen der Übersetzung des LIVIUS frei. – / Unt sie schtrömtn herbei; daß ich es kaum zu männädschn vermochte, George weenichstns den 1. Band zu=zu=mannipuhlieren. (Unglückliche mußtn mit dem 8. anfangn. Was aber wohl ziemlich gleichgülltich waa. Jedenfalls waren wieder eine ganze Anzahl auf Monate hinaus beschäfticht.)

: » *Dein' Dscheuß hat Keener* mit genomm'm ? – Und ha'm se nie ammall versucht, mit a Russn zu tauschn ? . . . . .

. . . . . *James Joyce hatte kein Mensch* mitgenom'm; (auch bei den Russn befand sich kein Exemplar; : » Nix. : Forma=List. « hattn sie erkleert. / Und nur gansgans widerwillig, & zögernd, für 1 HAJJI BABA OF ISPAHAN . . . . .

: » *Du ! : Komm nie etwa einfach* mit Dei'm ‹ englischn Fach › an : das kenn'ich ! «; und riß drohend an ihren Zehen, die sie, alle Zehn, neebm ihren Popo auf die Bettdecke gelegt hatte. (‹ Erfindn sollßDu : sollßd erfinndn ! › . . . . .

157

. . . . . *und 1 ALICE IN WONDERLAND,* uns 1 kleinen Atlas gegeebm; (mit zürillischer Beschriftunk; zweifellos. / Die meistn Amehriekahner waren schier von Sinnen darüber geraatn, daß die Ssoffjett=Uhnion darin ‹ drei Mal so groß dargeschtellt › worden wäre; und hatten es für ‹ Proppagannda=Materiahl › gehaltn. – Manche glaubtn bis=Heute noch nicht, daß die USA=seinerzeit tatsächlich ‹ kleiner gewesen › sein sollte ? ? –) –

: » *Nein.* : *Das kleine* Konversatzions=Leck=sie=konn kann *nicht* mehr zur blooßn Leck=türe ausgegeebm werdn. Nur noch für nachweißlich=wissenschaftliche Behufe. « (*Das* hatten sie am allerliepstn geleesn : Räzl des Yankee=Herzens : Schädel wie Kaufhäuser !)

: » *Ende der Aus=Leihe –!* «. – (*Und bloß*'n Schalter runter !). / Wir Bieblio=Thekare tratn zusamm', wie immer. Und bedauertn ‹ die Lage › : wie immer. / (An der Want – als Freß=koh – das große Diagramm; alles aus Verzweiflunk entworfn : als Ordienate das Kwaddraht der Bücherzahl; als Abs=Zisse der Loggarittmuß der Benützer – : da saas fast noch ertreeklich aus. / » Potz Büttn & Perrgamennt : Ihr habt schon den Durchschlack von Lawrence'ns Eh=Poß ? ! « – (2 hatten wier; 1 drittes sollte ich morgn mitnehm'm. / » Die weerdn Augn machn, die Boll=shies ! «; Lyell, schmunnzelnd. / Und Hoyce hatte 1 Vorwort dazu geschriebm. *Und* 1 Nach=Wort; (klaa : so viel Pappier krickt er nich gleich wieder zur Verfügunk !). Und Hanley=hier hatte ein dreifaches Register angeferticht. (An mich hatte natürlich Niemand gedacht. Jeder nur an sich=selbst. Die Buubm.).).

(*Auch die ‹ Farb=Bänder › ging' zu Ende* ?. – / Und wir nicktn preßlippich. – / : » Woll'n wir uns lieber unter's Folg mischn, was ? « . . .

(*1 finsterer Seitn=Blick; 1 geknurrtes :* » Einbildunk ! «. / Sie zook sich 1 Waxhäutchn vom Zeige=Finger; und ballte das dünne=glatte. Ein Kugeloid. Überlegte kurz, und schoop's in den Munt. Und kaute leicht angewidert. Lange. / Tat 1 leisn rauhen Blaff. (Den ‹ Mann › sich un=schweer mit ‹ WEITER › übersetzn konnte.) : » Und=Du giepst=mier vom weichn Fühle gefällichst träumend ½ Gehör, ja ? «. – (‹ Blaff ›. – ‹ Dormi ! Che vuoi tu piú ? › . . . . .

. . . . . *und da war ja wiederum, wie schteez, jede Seckte* in ihrer Schpeezial=Zelle, das übliche Bibel=Geforsche im Gange : die s=tatistische Fanntasie jeener Kronnistn, (die ‹ Ihr=Pallestiena › ja nun wircklich, unt zwaa nich schüchtern, ‹ vergrößert › hattn – selbst in den unwirtlicheren Lant=Schtrichn schien eine Bevölkerunk von 700 proh Kwaddraht=Kielomehter nichz Ungewöhnliches geweesn zu sein !). /

Hier : ‹ Op es vor der Sündfluth schon Reegenbogen gegeebm ? › . . . . .

(*Und meine Dachkammerfrau, im Triekoh* aus Licht & Schattn, (Schwimmlicht=Lichtern & Ballkn=Schattn), lachte verächtlich auf :! / 1 nackter Arm wuux aus Ihr heraus. Griff den einziejen Apfel, und führte ihn an den Sauk=Munt : Der umfloß ihn tüchtich. / (Aus würtzich=fatschendem Mäulchn : » Allsoo *doch nie* unerschöpflich. – «. – (Das mir ? ! : Nun wohl; Du sollst es habm ! . . . . .

. . . . . *hier, linx ? : wurde die These* aufgeschtellt, daß Adam, vor Erschaffung des Weibes, sich mit Sodomie beholfen habe : Gennesis zwo, 23 : Als er Eva erstmalich begutachtete, entwischte ihm die découvrierende Wendung : » Diesmal Diese ! «. (Freilich war es Hodgson, der Mormone, der jede Gelegenheit ergriff, ja suchte, uns Anglikaner zu schockieren. (Obwohl ich mich erinnerte, die Hypothese bereits irgendwo erwähnt gefunden zu haben – man hat halt ne gute Schule besucht.)

Hier Schie=Mähren von ‹ Prä=Adamiten ›. / Dort vom ‹ Rothen & Weißen Adam ›. / (Überall Grillen aus wun-

derlichen Schtundn, und abbaddonnische Namen ohn'
Ende.)

Ein Schtreitgeschpräch ? – / *Der Eine* referierte über
seine Theorie, (unter bitterem Nicken der Zuhörer) :
daß der Mont urschprünglich als ‹ Hölle › ‹ angelegt ›
worden sei. Erstens nichts als Feuerschlünnde Schlackn
Wüstn. Zweitens in jedem Krater 1 besondere Sünder-
sorte ansiedelbar. (Hm Hm : ‹ Dante ›.) Wogegen er,
drittens, die alte Erde zum Aufenthalt gewisser eng-
lisch=schprachijer Seelijer erklärte. (Und die Zuhörer
nickten bitter.) / (Der ‹ Schtreit › beschtand übrijens
darin, daß Marshall pomadich seinen Gummi kaute;
und von Zeit zu Zeit » Kwattsch. « sagte – es war ja
allgemein bekannt, daß der verzweifelte Kerl nichts
glaubte : keine ‹ Erp=Sünnde ›, keine ‹ Auf=Erschte-
hunk des Fleisches ›, nichts, gar nichts. – Also glaubte
ihm auch Niemand.)

Jean Astruc ? – *Potz Elohist* & Jahwist; na, zumindest
erhielt es den Wortschatz intakt; (die Mormonen kau-
ten ja genau so wacker an Zarahemla & Liahona.) /
Aber *hier=das* war selbst *mir* neu . . .

: ‹ *Die Penuel=Sage – Jaqobs Ringkampf* mit der Gottheit ›. – (Das Wort ‹ Ringkampf › hatte zahlreiche gedan-
kenlose Hörer herbeigelockt). / Die Auslegung eines
‹ Ringens im Gebet › kalter Kaffee; klaa, dabei verrenkt
man sich – normalerweise – schwerlich die Hüfte. – Neenee; das war, ohne alle Frage, n reinrassijer Indian=
wrestle gewesen : erst unentschieden; dann der bekannte
Handkantenschlack auf den Nerrwuß Ißkiediakuß. /
Und nun hält Jaqob ihn fest : » Erst 1 gut=wirkenden,
aber wirklich ff.=Zauberschpruch – dann laß'ich Dich
allenfalls los ! «. (Das wunderschöne, jeden kristlichen
Leser tief ergreifende, ‹ Ich lasse Dich nicht, Du segnest
mich denn ›; einwandfrei dahin zu berichtijen, daß einmal derb=füsisches ‹ Los=lassen › gemeint ist; und zweitens, daß ‹ segnen › nichts mit etwelchem fromm=geist-

lichen Inhalt zu tun hat, sondern die Aufforderung um
vertrauliche Mitteilung irgendeines ‹Merseburger Zau-
berschpruches› bedeutet.)

(*Und intressant nun, die Erörterung* jenes geheimnisvoll ‹göttlichen› Gegners – Wilkins machte das tatsächlich glänzend; diereckt schpann'nd !) – : der ‹normale GOtt›, nach unserem Begriff, war es schwerlich;
denn :

   a) er unterliegt – (GOtt=selbst hätte Jaqob ja – :
   pfff ! . . . . .)

   b) er kennt Jaqobs Namen nicht – (GOtt hätte ja
   Alles gewußt.)

   c) er scheint mit der Morgenröte dringend verschwin-
   den zu müssen – (während ER, GOtt, ja anson-
   sten häufich ‹auf Flügeln der Morgenröte› einher-
   fährt; und keinerlei Ursache hat, ‹lichtscheu› zu
   sein.) –

Folglich : irgend 1 nächtije Gottheit; die habbietuell an
der Furt des Flusses Jabboq lauerte; den arglosen Wann-
derer anfiel; und auf Tod & Leebm mit ihm kämmfte – :
vielleicht ‹das Numen des Flusses›. (Bei ‹Numen› gingen sämtliche Axeln hilflos hoch. – Klar; man hat halt
ne gute Schule besucht.) / Und gleich noch die Fülle
hochbedenklicher ‹Parralleelschtellen› : EXODUS vier,
24 bis 26; wo Jahwe Moses überfällt, um ihn zu töten ! /
Mehrfach lauert die GOttheit am Wege – HOSEA 13,7;
JESAJAS 8,14 f. – wie 1 Raubtier, und fällt die Vorüber-
ziehenden an : » uralt grausije Züge, die schpäter, zum
Teil, auf den Teufel übertragen worden sind. « (Kurioses Dink, diese Bibel !).

: ‹*Jahwe 1 Feuerdämon; urschprünglich* der Lokalgott
des Wullkahns Sinai› ? ! – : jetzt hatte ich aber doch bald
genuck . . . . .

(*Jetzt schüddekoppsDu, geltja ? : ist Dir* der schöne Munt
endlich doch offen schtehen gebliebm ? : » Nimmsdu
den Vorwurf, daß ich Dir nichts Neues mehr zu bietn

hätte, sofort & in aller Form zurück?!« / Sie nickte. Offenen Mäulchens, wie gesagt. / Und so verblüfft durch das Gehörte; und so beschäfticht mit dessen Verarbeitunk; daß ich sie eine gans nette Zeitlang ‹molkern› konnte – (schlesisch für ‹durchgreifen, kneetn, Bälle & Wüllsde erkneifn› : Mmmnoachch!) – ehe sie brüllte, unt nach mier schluuk. / Und selbst dann noch, erschüttert : » Ahdamm a *Sodomiet* ? . . . . .

> (*Und äußerst merkwürdig : wie oft heute* überall das Wörtlein ‹GOLD› fiel! – Wenn man das so hörte, hatten sich diese ollen Juden doch gans schön mit der Materie befaßt. Und in Jeruschalaim, wollt' GOtt ich wär in Dir,

(» *Hertha* – «)

> sich allerlei ums gute Baar gedreht. / ‹Zahab› gab es da; ‹Koetem›. ‹Harus›=chrysos. ‹Paz› & ‹Ofir› & ‹Boeser›. (Außerdem noch eine ganze Reihe Ausdrücke, über die sich die Theologen, wie billich, nich einich waren; mit GOLD hatten sie aber alle zu tun!).
>
> *Vielleicht könnte man* aus diesem Alten Testament ja diereckt die Technick des Ausschmelzens und Schmiedens und Legierens erlernen : ‹Saraf & Zikkakk›? – Klaar : die Ausprägunk von Goldmüntzn wäre das Aller=Vordringlichste : Sicherheizgefühl; ‹schtabiele Währunk›. (Sieh an : die hatten ‹rink=förmije Barren› gehabt, die Hebräer; *sehr* intressant.) (*Und geschickt,* unser Rewwerennt=hier : immer zeitgemäß; immer aufgeschlossen. Wenn's ihm auch letztlich wohl mehr um den ‹Zehnten in Gold› zu tun war. – Auch den ‹Goldschmuck des Hohepriesters› erwähnte er verdächtich oft.)
>
> (*Aber da soll Marshall bloß noch ma ankomm'm* mit sei'm Geleßter : das Kristentum wäre ‹veraltet›, oder ‹weltfremd› und so : hat *Der* ne Ahnunk! – / Und das ‹güldene Halsband›, PROVERBIEN 11,21, war im Original n ‹Naasn=Rink›?! – : kurioses Dink, diese Bibel.)

» *Du – : iss das wah?!* «; *Hertha,* angereektest :
» Schtell Da doch amma vor : gipptz was Anmuhtijeres,
als anne hüpsche=junge Arraberinn mit'am Naasrink?
Was Tausendundeinnächtijeres? «. Und, erschüttert ob
der Übersetzerplummpheit : » Ts was weerdn wir so im
Leebm beschissn. – «. (Weitläufich zurückfragn, ob sie
je aus meinem Munde 1 Unwahrheit gehört, hätte ich
nicht sollen. : » *Doß* schteht wieder uff amm *andern*
Brette. « versetzte sie nüchtern . . . . .

     . . . . . *denn auch der Mormone hier –* (» *Ah, Wheeler :* I
see You! «) – preedichte, daß die Kanzel beepte : ein
Mammuz=Farrherr! (Redner hatten die ja!). / Aber
auch er war heut als Goldarbeiter tätich : wie das Volk
von Limhi seinen Tribut darin entrichtet hatte. / Die
Währungs=Tabelle im Buch ALMA, 11=5, undsoweiter :
‹ Senine, Seon, Shum, Limnah. › Auch ‹ Antion ›; ähä. /
Zweite NEPHI, 5=15 angeblich etwas über Bearbei-
tunk? – Ma notiern.

Jedenfalls nischt wie GOLD heute : » ER ist unerforsch-
lich : Preist IHN! « (Wir erhobm uns, und priesen – ich
muß nu ma regelmäßich in die Kirche, als Kongreßmitglied. Um des guten Beischpiels willen : unsere Kulltour
iss nu ma einheitlich=kristlich=abmdlenndisch : sonst
würde mich ja Keiner mehr wähln.) / Übrijens – : *da*
war in Lawrence's Epoß *doch* wohl 1 Lücke? : Vom
Kristentum war verdammt weenich die Rede darin!
(Gewiß; ‹ Cardinal Spellman › hatte er erwähnt. Einmal
auch ‹ The Good Book ›. – Dennoch könnte man *hier*
ewenntuell ein=hakn. Falls die Begeisterunk *all*zuhohe
Wellen schlagen sollte. (Übrijens ging ich fast immer
nur in den Morgen=GOttesdienst; der war am kür-
zestn. (Nich, daß ich geegn de Reeligijon was hätte;
bewahre; ich bin schließlich Kongreßmitglied . . . . .
(*Ich hatte geegn Ende schneller* erfundn, auch wilder.
Denn Sie saß wieder da; und naakte sich die Haut von
den Fingerkuppen, in schmahlen Schpänchen, (bis es zu

weh tat; manchma blutete es ein bißchen. Einmal, als ich Sie schtreicheln wollte, hatte sie die Hände geschpitzt, und mich damit weck=geschtochn.) / Jetzt lachte sie freudlos; und schüttelte den Kopf : » Lankweiln würd ma sich bei Dir nie. « Und lachte wieder durch die Nase. : » Sogaa uff'm Monde nie – fff. « Reckte die Arme; (daß=das Brüstchen bedeutend hervor trat – schon begann Sie den Kopf zu schütteln, ob meines verhungertn Blix; konnte aber nicht mehr zurückziehen, so bog es Ihr das Kreutz durch, schperrte Ihr die Kiefer auf, nur Kopfrütteln vermochte sie noch. / Und als Sie dann in sich zusammenklappte, hatte ‹ Zürrn'n › ooch keen Zweck mehr. Zumal ich, wie befohlen, nun auch schaafsmäßich nüchtern dreinblickte. Also begnügde Sie sich mit noch 1 kurzen Kopf=Linxrechz. (: » Sehr brav Hertha : ‹ Luft schpaarn › ! «). –

Nochma aus'm Fenster kuckn ? – : » *Puußt erst Eens* von a Lichtern aus. « (Da sehen *wir* besser; und *uns* sieht man schlechter : Fui=der=Könnerinn !). / » Aber ich wickel' Dich inne Decke ein; Du tendierst mir, glaub'ich, schon ein bißchen. « (Ergänze ‹ zum Schnupfm ›.) Also rollte ich das betreffende Geschöpf – » Die Arme lank=runter ! « – eng & fest ein, als roßhaarije Muhmije. (Sie erkannte die Gefahr erst, als es zu schpät war, und ich ihren Kopf ein paarmal vergewallticht hatte Munt Ohren Naase; und die rote Kugel gelenkte hilflos, es knackte 1 Mal im Genick; sobald Sie brüllen wollte, ging ich auf ‹ zart › und küßte ihr die Augen, sodaß Sie schon dachte, es wäre überschtanndnjakuchnmeinschatz : *und* wieder hinein . . . . . (biß die Welt vor Ihren Augen kreiselte, schamwutmüdichkeitaberja; (und es doch gewissermaßen schön wurde ? – Also noch einen kernschpallterischen Klie=Max : ! ! !). / Und das lange Bündel tröstend an die Brust genomm'm; in den Doppel=rink zweier schtarker Arme; (und die Hände ganz großflächich ruhen ma-

chen, sooo; nischt wie ‹ Sicherheithaltzuversicht &
Coo › : sooo – –.) / – . –

Sie packte Ihr Gesicht auf meine Schulter. Und versah
sich erstma wieder ausreichend mit Luft. Und langes,
(nachgenießendes ?), Schweigen. / Gans meinerseiz. /
(Also tatsächlich doch : keck & verweegn iss immer
richtich; ich war viel zu schüchtern gewesen im Leebm.
(Und gleich würde Ihr Mädchen=Schtolz Sie zwing'n,
weenichstns pro forma etwas zu schimmfm. (Und über
Ihrer Schullter schon die Karawane der Schterne : der
trilljohnenfache Frevel des Alls.) / : Ha : Da ! : es
kommt . . . . .

» *Weeßde* . . . «; *mit falternder* Schtimme; (und *richtije*
Trän'n ? ? – Potz Reue & Besorkniß ! – : » O Hertha –
– «. / Und 1 gans=leises Grien'n, durchtriebm &
trotzich – : jetz hatte Sie *mich* angeführt ! (Und, über-
flüssiejerweise, noch die Zung'nschpitze aus der hinrei-
ßenden Griemasse : da schtaak die Nase aus Kreisfaltn,
wie wenn man 1 Schteininwasser undsoweiter. Und der
unausbleibliche Laut auf ‹ ähtsch ›.)

Dann aber doch wieder, ebmso hoffnunxlos wie gefaßt, :
» Du wirst'n noch ammall ab=brechn – dann haste's. «
(Pointiert zurückfragen : » ‹ IHN › ? «. Unwirrsch : » n
Kopp. « Pointier*tärr* : » Den Kopf ? «. (Ich also gans
heitere Unzucht. Sie ehr=bare, leicht angewiderte, Ent-
rüstung.)

: » *Solche Bücher müßtn die Menschn=Mädel* in de Hant
kriegn : Wo das=Alles drinn schteht; wenn se sich von
amm Monne in de Decke wickeln lassen. « : » Und kein
Määtchen würde mehr ohne Deckeuntermarm zum Rang-
dewuh gehen : ist es *das*, was Du meinst, Süßherz ? « /
Sie warf den schmalen Kopf auf : ! (Film=Fürstinnen
habe ich ihn so werfn sehen.) Und brachte, sünnkrohn=
dazu, die rechte Schulter vor : ? (*Das* sah man, der Dek-
kendicke weegn, nicht so gut. Immerhin : wer die Schulter schon ma in der Hand gehabt hatte . . . . ?)

Befahl : » *Man wickle mich* fester ein ! – : Unt geleite
MICH zum Schrägendachfenster. « (Wickelte ich also.
Und geleitete : ehrerbietich; ganz Escudero : denn das
‹ Menschen=Mädel › vorhin war gut. – Auch) : » Nein.
Bitte. : Du hast's Pré. « (Etwas Schlesisch lernt man ja
bei einem Sleeping Dick=tschnärrie.)
((*Und wie das Frauenzimmer* ‹ schritt ›. Obwohl Sie
nur die lang'n sommerschprossiejen, Füße bewegen
konnte. : *So* hatte ich noch keine Diwa schreiten sehen !
(Denn ich hatte noch Keine in 1 Decke wickeln dürfen.
Geschweige denn aus=pell'n : op ‹ Diwa › nich über-
haupt von ‹ Diwan › kommt ? –)).
Der Abmdschtern kommt; blickt; geht wieder ? : » Es
handelt sich allerdinx mehr um Beta=Orionis, mein
Kint. « / – . – / : » In der Schtadt kann ma ja höchstns a
Leutn in de Fenster kuckn – : *hier* kommt'as erst richtich zur Geltunk. « (Das Ferne=Röhrchen nämlich.) /
» Wenn vom Juh=Pieter – und den übrijen Schternen –
uns auch *Schall*wellen erreichtn. *Und* daselbst Glockn
wären : wir würden in einem immerwährenden Todten-
geläut wandeln. – « (Sie liepte, es ist Frauenweise, solche Youngsnachtgedankn : ergo schtellte ich, es ist Männerlist, Ihr solche Betrachtungen regelmäßich=feierlich
an. (Opwohl sie uns Menschen=Kerlchen überhaupt
nich zu=schtehen : für uns iss, in jeder Beziehunk, so
schlecht gesorkt, daß wir andern Kummer habm solltn ! /
Und JUPITER *tanzt* im freihändig=gehaltenen spyglas ? :
» Dir zu Ehren, mine shatz. – Hab'ich veranlaßt. « fiel
mir noch ein. / Aber : » Ich auch ? Jetzt ? «. » Und
hier. « bestätichte sie fest. Sah sehr kritisch den 2 ver-
drossen=plumpm Schprüngn zu. Dann, sich schon wieder abwendend : » Mehr brinxDe also, mir=zu=Ehren,
nich fertich. «)
Also am Fenster Beide : Frauenweis' & Männerlist. / Das
Einfällderkwadraht der Geschtirrne : im Drahthindernis,
im Schtachelverhau. – : » Gefällt Dir Dein ‹ Erhohlunx=

Urlaup › auf dem Monde, Hohnich ? «. – Auf dem
schtehenden Deckenrohr wiekte sich, einmal nur, das=
Kopf. » Na ; ‹ gefall'n ›, « versetzte er lanksam, » gefalln
iss woll nie's richtieje Wort. « Noch einmal die Kopf=
Wiege. Dann : » Fraak Mich was Leichteres. «
: » LiepsDu mich ? «. (Unt soforrt wieder das Pendel :
» Das nennsDu woß Leichteres ? « . . . . .

. . . . . also lieber auf den Heimweek machn. / Zu George :
» Was iss denn nu dieser ‹ PSALM Hundertvier › ? Du
hast'och nach gesehn. « – Er zuckte die Axeln : » ‹ He
appointed the moon for seasons . . . › : da hab ICH uff-
gehört. – HasDu übrijens Dein' Schuß schonn abge-
feuert ? « (Kriexminister O'Stritch hatte durchdrückn
könn'n, daß Jeder=jeedn Monat=einmal 1 Schuß aus
1 MP tun mußte – ich zielte, grundsätzlich, auf die An-
zeiger=Deckunk ; beziehunxweise gleich in die Trawerr-
se=linx – und der Herr Mienißter wurden jedesmal wie
rasend : nichz kann die Ruhe 1 Menschn so schtören, wie
Angriffe auf sein Süßteem !).
(Aber Dschordsch schien seltsam zerschtreut) :
» KennsDu n gewissn ‹ THALASSIUS ›, Schar=lieh ? –
Du hast'och s Gümm=Nasiumm besucht. « (Wieso kam
der Bube da=druff ? – Verfluucht. – Und meine Finger
zählten hehr . . .) : » – m=THALASSA : Personie-
fickatzjohn des Mittelmehrs ; Tochter des Äters und der
Hemera ? « (Aber er schüttelte.) / » ‹ THALASSAIA › :
Bei=Name der Affrodiete. Zuweilen auch selpst=schtän-
dije Meergöttin ? « (Aber er schüttelte. – Bloß Zeit ge-
winn' jetz . . .) : » ‹ THALATTA : THALES : THALE-
STRIS=die=Mondtgöttin etwa ? « (Aber Dschordsch
schüttelte. Ungewohnt ap=weesnd. – Na lass'n.)
(Lieber noch die Möglichkeit durch=denkn : wär das nich
n Einfall – ja, fast schon ne Idee ! – : die Zeitunk auf 1
weiche=dicke Goldmatritze zu schreibm ? Mit nackter
Type : wo doch die Farb=Bänder zu Ende gehen. : ‹ OUR
GOLDEN HERALD › ; Coddecks Au=reh=uß : op das

nicht ginge ? / Aber er hörte mir gar nicht zu. » Ich hab
da was geleesn . . . « murmelte er mehrfach. (Demnach
LIVIUS, wie ? Hatte's in dem so intressante Schtellen ?
Ich konnte mich eigntlich *nich* erinnern ; au contraire ;
mir war er immer so lankweilich geweesn, wie gewisse
Nobelpreisträger –). –
(Unt ‹ DAHEIM › ; im ‹ VATERHAUS › –
(*Sie grinnsde gleich,* ein=sillbich, und süß=trocken . . .

. . . . . *beim Nachtmahl :* » Schtell Dir ma vor Schar=lieh
: Du üßest aus massief=golldener Schüssel ? – : ! «.
(Und tunkte den Allumieniejumm=Löffl doch tatsächlich schwelgerischer in den Papp : ich hätt nie&nimmer
gedacht, daß das hilft ! Ich bin eebm n alter Ratzjona-
list ; *ich* fall auf so was nich rein.)
(*Was sonne Schüssel kosten würde ?*) : » Well,
Dschordsch – «. (Und die Unterlippe vor ; unt das Dinx
gemustert. Er holte gleich sein' Zollschtock ; und wir
hielten ihn dann & wann drann). / » Naja : der Bodn
hat seine 8 Intschiß Durchmesser. Als Kreis betrachtet
Err Kwadrat Pie ? Und n Fümftel dick=sein müßt'er
beschtimmt, wenn ich nur entfernt Kenner bin . . . :
macht 10 Kubiekzoll für den Bodn=allein ! « / (Nu
der Rannt) : » Schtell Dir vor : hier, an der Seite,
auf=geschnittn ? Und ap=gerollt, ja ? «. (Er schtellte
sich's vor ; und nickte hefftich.) : » . . . ergäbe einen
Schtreifn von 25 Zoll Länge. 3 hoch. Und wieder n
Fümftl dick ; macht=ä . . . : 15. – : Zusamm' also
25 Kubiekzoll. «
(*Unt Pause. Er dachte noch gar nich* an die Folgn ; den
Teufel schpürt undsoweiter.)
» *Jetz noch das s=peziefische* Gewicht ; rund 19. . . ? «.
Und ich schpottete seiner nur durch die Nase : » Das
wären dann 7½ Kielo=Freund ! – Und da rechne ma
selps weiter : wenn's Kieloh auf 15 Hundert Dollar
bleibt – : da wirsDe n gans paa Monate schpaarn müs-
sen, Ammiego. «

Auch neben mir 1 schpöttischer Aus=Schtoß von Näs-
chenluft. (Und es windfiff gleich über die Dachfann'n
her; und nahm's auf : schtoßweis schwächlich kockett;
wie 1 todte Halp=Wüüxije, die's nachzuholn verdammt
iss.) / Noch einmal hob sie frech die Schpitze des Tu=
Bus in die Schterne. / (» Und du kannst also nach Be-
liebm wein'n ? « : » Das *muß* anne Frau könn'n. « versetzte sie gleichmütich. » Das gehörte dann aber auch in
1 Buch zur Informazjohn junger Menschen=Männchen,
meinsDu nich ? « : » Durchaus probabl. « (Und lauschte
dem Luftgewischel : von allen Seitn . . . . .

     . . . . . *von allen Seiten rechneten sie;* und zanktn ge-
     demmft : die alte Saunderson verlankte 2 schpitze
     goldene Tütn für ihre Büste : Er solle getrost noch
     2 Schtundn am Tage zusätzlich meißeln gehen : » Das
     täte Dir nur=gut, Billiebillie. « . . . . .
(Sie war bleicher geworden. Und hockte sich auf die
Nachtkanne : bei Blumen saugen wir begierich den
Duft ihrer Gen=Italien ein : könntn unsre nich auch so
riechn . . . . .

     . . . . . *auf der andern Seite beschprachen sie* ‹ 1 Nacht-
     geschirr aus GOLD › . . . . .
(aber Hertha zischte – untn – leise. Und schrie obm
keifich auf : » Weck=kuckn ! « / Und grätschelte immer noch über der Kanne; ‹ CHAMBER=MUSIC ›;
(obwohl die Aneckdote nich schtimmt : Stanislaus
Joyce beschtreitetz; und sein Zeugnis wiegt 6 Gormans
auf. :

     : *Es geht ja nisch über 1 zufriedenes Volk.* / : » Komm
     Dschordsch : auch Wir wollen schlafn gehen . . . . .
: » *Musterzeichnerin : Deine Hantfläche !* «. » Ja; *schaff*
se ooch ins Bette. « Dann erhielt ich das kleine kalte
Drachenfleisch Ihrer Finger; sie vertraute mir den Fein-
bau an. Dann die Arme aus Latten : lank, weißnasich,
dünn. Schweigend ließ sie sich ins Bett schaffen.
(Dann ich dazu : Ihr Bein schlief mir zur Seite. Kalte

Knöchel fühlte ich mit den Füßen. / Mit dem Hand-
rücken, 1 Mal, seidlich, an der Busenwand herunter
schtreichen. (1 Auge schließn : und das andre be-
schielte, verneinend, mein bergich=eigenes Gesicht. – ?
– : Nee. : Lieber Ihres –)

(Aber auch hier : das Gewölbe des Ohres zerfällt doch
mal; die Augenteiche trocknen aus; ich zerblies die
letzte Flamme lieber. – : » So; nu schlaf, wenn Dein Gewissn Dich läßt. « / (» *Meins ?* : Pfff ! – « hauchte es ver-
achtend . . . . .).

((*In der Oubliette der Nacht : Wie Murren* schallte es,
in Pausn, aus unsern pennenden Leibern. Bauchlaute. /
Ihr Hertz wanduhrte. / Meingehirn faselte noch wie bedruckt : eine Wint=Mühle, innen mit Schpiegeln tappe-
ziert. (Und Alles flog sammft durcheinander, wie bei
Schaggalls; (der ‹ Untergrund › schien überall das fahle
Wiesngilb von heutnachmittag; wintgeschtrichelt;
manchmal regtn sich kreisförmije Schtellen darin, wie
Grundrisse von Bäum'm. / » Bei mier ooch=Du : ich
hatt bis jetz noch nie a Reh=in=Freiheit gesehn. Und
noch nie anne Kuh an gefaßt. « (Aber weenijer Bitter-
keit, als murmelndes Behagen; mein Hemdematz.
(Auch Karlmay=Seine war schließlich erst Gul=i=Schi-
ras geweesn; dann Pekala; dann Bestie & Hexe, genau
nach Leopoldscheins Definizjohn. (Und schwebte
sammft mit über den graugrünen Untergrund; Rehe,
und Kühemeinetweegn; einmal hab' ich als Junge bei
Frostwetter auf grauem Sandweeg weißgelb gefrorenen
Feerdemist gesehen : unvergeßlich schön dies feinfaasrije
Hellgelpaufgrau : siehda der Vetterprintsbuchhändler
Balder, Messinkgewichte Buchdeckel Diearchenoah Le-
murenkartoffeln (auch Mädchennackt nicht=tantsend in
der Landkreisluft, und Schterne bleckten kleine Funkel-
fressen, (Hemdhemd; da reekte's'ich noch einmal,
Linon im Barchentmeer, von Kopfbisschulter Hüft' zur
Zeh, und zungte Hablalle ins fastzue Ohr, » Hemmde-

lemmper Biereinschenker Tüppelkucker Kaularsch «
(und schnorchelnd ab, ins Traumcaspicum : rrrrrrrrrr
. . . . . : rrrrrrrrrr . . . .

*

))) Und wieder einmal hochfahren.)) Und die Wim-
merlalle rütteln – : ! (Ich bin ja sofort da ; wenn nachts
nur 1 Schtecknadel fällt ! – die wurde immer lauter – / :
» Hertha. – : Hertha ! ! « – (Ganz brutal. Und mit der
Freien=Linkn schon immer die Taschenlampe tasten und
erknipsen ; daß Sie gleich Licht sieht. Aber ja nich etwa
direckt an=leuchtn . . . : » Heh=Hertha ! « –
Schreckhaft geweiteten Antlitzes. Die weißen Zähne
klappten ihr in dem blassen Mund : der jappte. / Und ich
rüttelte. – / Bis sie endlich ihren Arm mit der andern
schlappen Foote zu befreien versuchte – also Beginn einer Er=Orientierung. / Ich machte sie vorsichtshalber
gleich noch aufschtehen ; und sie schwankte zur Nachtkanne, von Kälte und ausgeschtandener Furcht ganz
verunschtaltet ; und zischte unten hinein ; und obm soviel Gram in 1 weißen Gesicht ; (und forzte zum Schluß
hell & schluchzend ; und süß ist jeder Schall süßer Dein
Ruf : doch *jeder* Schal ist süß) : in den ich Dich hiermit
windle, ungeschtümer Hant. Sie raakte, zottelhändich,
die erschöpftn Gesichtszüge hingen ihr schtill in der
Nacht herum.
» *Ich haap wieder Kaddofflmehl* machn müssn. Beim
Pohln. « – / (Ich weiß. – ‹ Passiert › war ihr ansonstn
damals nichts weiter ; sie hatte, 1945, mit 16, so klein &
dürr & blutarm ausgesehen, wie 1 Zehnjährije. Nur als
sie in'n Westn rüberwexeltn, hatte 1 Pole=Star, nach
Armbanduhren & Ringen lüstern, ihr den Mittelfinger
ins Unterernährte reingeschteckt – das vergaß sie
Rappatzkie's nie ! (Einerseiz mit Recht. Andererseiz ist
jener Plan natürlich . . .)
Sie faßte inzwischen – d. h. während ich weenich=nut-

zich ‹dachte› – die Torfschtücke an; mit 1 Papier; (*Tempo=Taschen=Tuch* ? – Schon mööklich). Warf sie ungeschickt in den prottestierenden Ofen. Und schloß das Eiserne Thor. (Woraufhin das Feuer natürlich, und reelatief prommt, ausgink. – Sie zuckte nur die Axeln.) / (In ihren Thränen schwankte wohl Alles verschwollen; sie preßte die Hand auf ihr ‹Wurmnest› – wie sie, in trübm Schtundn, ihre, doch auch entzückenden, Hüppo= Chondrien zu benamsen beliebte; man kann das ja ver- schiedn ansehen; auch als lange runzlije Thiere, gewiß; die sich, langsam, untn, krümm' & windn, und für Uns verdauen müssen : Die werden's ooch satt habm. – Also man kann es so sehen : Dein Unterzeichneter.)

(*Aber das weißverlarfte Weesn* erst noch trösten; bis es wieder ‹sicher› ist. – Hielt ich also das kostbare Farb= Fohtoo, (meinliebermann : das hatte mich balt 100 Mark gekostet; bei AGFA's !), neebm ihr kräuterkäsijes Ge- sicht. Schtill & fettich. Unt küßte Beide, verehrend & ab=wexelnd. Biß sie einander wieder ähnlich waren. / Sie fragte, noch gantz ‹beim Pohl'n ›, und folglich mißtrau- isch : » True=true ? «. Wie man eben in den dünnsten und feinsten Herbstnächten fragt (‹Dünstnfeinstnherbstn- nächtn › : Man *fühlte* aber auch im Rücken förmlich das glitzernde Rad der Nacht, und den weißen Fingernagel des Mondes : Potz Tjost & Buhurt !)

: » Wieso potzt'nn Du eigntlich neuerdinx schtändich ? «; meine mißtrauische Rote=Schöne; (und, tatsächlich : ich *schpürte* es mittn im Rücken, wie den Blick irgend eines unklugn Geschtirns !) : » Hertha – : *Muß* ich es Dir geschtehen ? – «. (Ich mußte : Bidde=Pliiis.)

» *Also mein Gedächtnis* läßt lanxam nach. – Unter ande- rem – « setzte ich bittend hinzu : ? : Sie widerschprach nicht; (also wirklich; ich ließ den Blick trübe an mir herap Schweifn; naja.) » Unt=da binn ich darauf ver- falln : mier in Zukumft Begriffs=*Paare* zu merken – ? « Sie murrte immer noch : Dumirdasaufmutzn ? !

: » Potz Kßantippe & Agnesdürer ! : WillsDu in Zukumft,
für=alle=Zeit, die Dritte in jenem Bunde werden ? –
Oder soll es dereinst heißn . . . « (und jetz gansheiß,
schwellgerisch, hümmnisch ; unt die Fingerschpitzn
höllisch=überallhin züngln lassn) : » . . . : Potz Wehnuß
& Theunert=Hertha, Mmmmm ! «. (Nun wähle, Du
Prepparat !)

Die Dünne – (*» Meine ? ! «*) – *kommandierte* nur : » Licht
aus ! « / (Unt die Augn schließn. Und gehorsam wartn,
bis Alles sich akkomodiert hat. – Sie hatte sich längst,
ich hatte nur noch nichts gesagt, die endlosen Füße mit
Mondlicht bekleckert ; jetz schtieß sie das Fenster auf,
daß die weiße Backe drin klirrte : schtill & fettich waren
da die Dächer=draußen.) / Sie schauderte befehlend : ?.
Und der Paasche lief sofort ; erbrachte die Decke, um-
schtrich sie überall, wie Paaschen fleegn. (Veränderte
auch meine Anatomie : wie Paaschn fleegn ! Sie musterte
gleichmütich das Ergeepnis ; wie Köniejinnen fleegn :
» Das wirt sich ooch so gehörn – «.) Und wandte sich
dann ent=gültich der Nacht zu. / (Halt : 1 Brauenzweifel
noch ; à la ‹ Dürfen wier auch schon ? › . . .

» 3 Uhr 30, Liepste. – *Und ehe wir=Uns* wieder ans
Träum'm begeebm : ? : Bleibm wa lieber gleich=wach. «
Sie nickte Gewährunk. Und ließ sich, von Händen um-
sorgt – ich mühte mich aber auch, als besäße ich so viel,
wie der Gothaer Bände hat ; (und zusätzlich noch das,
wie heißt'as auf Hindustani : womit der Mahout sein
Tier längt ?) – in der Schtube herum=geleitn, (währenddessen meine Meisterschaft ins Unbegreifliche wuux :
8 Zoll Calenbergisch mindestns !) ; bis sie hellkicherte,
und sich vorm Finster=Fenster aufschtellen ließ.
: . . . . . . / . . . : ! . . . : » *Achdu wie man de Milch=*
Schtraße sieht ! – «. (Die tüüpische Groß=Schtädterinn.
Aber der Himmel zitterte & schütterte tatsächlich vor
Geschtirntheit.) / Wie Boogn=Lampm drangeschtellt :
linx Prokyon ; rechz M'sjö Sie=Riuß.

» *Achkuckammall : !* « – : » *Wehnuß* am Morgenhimmel,
mein Kint : Wehnuß & Theunert=Hertha. « Ostsüdost
und nischt wie gelbes Gefunkel : das siehsDu in Nordhorn, bei den FALK=Werkn, freilich nicht : Halpvier :
» Auch das Dorf ist noch voller Träume. « (Schtapel aus
Schatten, und schräk=gesäktem Moondschein : damit
laak der Hof, Tanndte Heete's Hof, voll. / Und bei mir
indessen immer ‹ Paasche ›; es war nicht gans=allein
meine Schuld, es war erplich. Unt gaap mehr Druck, bis
der Kopf schpiegelte : » Hertha – «. Aber sie, gans=fürst-
liches Butzenantlitz, schenkte dem Elend ihres Vollx
kaum 1 karrgen Blick : jetz war der Moont ‹ drann ›.)
(*Zwar er schtrich ja auch nahe genuck* am Boden hin :
es näßte um ihn rum; über's teigieje Land. – (Und ‹ es
näßte › doch wohl unverkennbar ? ‹ Um IHN rum › : ob
ich nich doch Hämmoriedn besaß, ‹ um ihn rum › ?) –
Das Kurzschriftzeichen des Moondes; (machn wa lieber
‹ in Moont ›, wa ?).

Mond auf Perlmutterschüssel. / » *Anne Drüse*, die Licht-
fäädn schpinnt. « Sicker=sicker, meine geborene Texti-
lierinn. (Man hätte vielleicht auch ‹ Düse › verantworten
können; aber ‹ Drüse › war natürlich organisch=leicht-
gewölbter und überhaupt ‹ wahrzijer ›; also ‹ Drüse ›,
gut.) / 1 goldverlarftes Wesen mit Butzenmunt :
» Schprich ma : ‹ Butzn=Munt › – «. Sie vollzoox. (Ich
schpitzte mein'n; und durfte bei jedem ‹ u › geschickt
drauf=tupf'm : ! : !. – Die Schterne in ihren Zelten war-
teten unterdessen.)

Die Cedille des Moondes ? – (*Heute allenfalls;* aber im
allgemeinen war ihr der Lichtschpeicher zu dick dafür.) /
Bastwisch. / Krummbeinich. Wohlgebuckelt. Nackt. – :
» Sich=krümmender Rummf ? « : » Nee. Eher : Der
Kopf eines zu kurz Enthaupteten. – Dickens, der ma
zugesehen hat, erzählt, wie ‹ der Hals dann verschwin-
det ›. « (Und sie schauderte künstlerisch=hochwertich,
und schprach ein wohlgelungenes Bühnen=» Brrrr «.)

» *Im Weiden=Nest.* « (*Schon wieder* dies ‹näßt›!). /
» Das Zümmbaal des Moondes. Von Fetzen umlappt. «
(Hertha; à la ‹3 Ziegeuner fand ich einmahl›.) :
» Dann schon eher : Erdnußschale. Kwallmieje Blase.
Ehernes Thor & knochijer Schein; der palmienen zer-
läuft. « (Noch debattieren, ob ‹Eisernes› und ‹knö-
cherner› ‹angemessener› wäre ? Und gelehrt zweifeln;
und verantwortungsvoll die Köpfe wiegen . . .)
Verklemmt zwischen Bäumen : Der Moond=natürlich.
(Und zudringlich, wie 1 Bauerngesicht am Fenster :
» Letzten Endes kann ich 1 Moont aus jedem Schtück
Badeschwamm schneiden. «). / (Aber sie wollte höhere
Ausdrücke. – : » Es wird Moont – ? « : » Nee; das
iss bloß knieweich. « lehnte sie ap. Endlich ma. – :
» Eisellippse, von Tangentn umschlafn – ? «; (aber mit
‹Mattematiek› wollte sie nichts zu tun habm; machte
einen abfällich=krumm'm Munt . . .
: » *Er will 1 schpöttischn rothen Munt* machn : sofort
löschen ihn Wolken; mit schwartzn Händn. Unt
nehm'ihn mit. « (Ich ergriff den Fleck, in dem sich ihr
krummer höhnischer Munt befannt : mit schwartzn
Händn. Machte aus meinem Gesicht 1 Wolcke. Und
‹löschte› ihn aus. Für'n gans paa Minnutn. (Draußn
nur noch schtellenweise der Taranteltanz der Schterne.
Mehr schwarz=weißer Zwie=schpallt am Himmel.)).
» *Waarumm schättsDu bloß die olle Mattematiek*=
so ? « : » Weil sie secktn=los ist, mein Hertz. Da sind
keine ‹Parteien› möklich; und dem ‹Glauben› ist
sein Platz angewiesn. « (Und machte, des größeren
Effekts halber, aus meinen Armen 2 prächtije Lanzn=
Schattn.) / Wieder erschien sie : die mondän=dünne
Hängetitte des Mondes; (Warriannte : ‹lederne Altwei-
ber= . . . ?). Die Schatten der Büsche=untn jagten sich
mit dem wieder auftretenden Schein. Er sägte, daß das
Wolkenmehl nur so flook. (Oder waren die zu der
Mettaffer zu schwadich=groß ? » Ich würd' sagn : er

bläst Wattebäusche draus=raus. «; da hatte sie wohl
Recht.)

Schweepte durch den Dunst als leuchtender Flitze-
boogn : dürr, vereinzelt, weitoffen, ungehörich (wie ein
sonnebeschienener Mantel; leer wie 1 Rink ohne Finger; widersinnich wie 1 Zifferblatt ohne Zeiger) : lauter
gelplicher Quaum : Kwaum, jawohl. (Der Ausdruck
schien ihm mißfallen zu haben : er bleckte schärfer, den-
tistischer, sein Gebiß.)

» *Mach die=oben ock ooch wach : uff Uns,* bei a FALK=
Werkn, nimmt ooch Keener Rücksicht. « (Das heiß'ich
den Nacht=Mahr überwunden haben ! – Sie hob sehr
kühl die roten Schultern; und wies auffordernd, mit
kommandierender Nasenschpitze, dorthin, wo das
Goldgeweih aus der Wolke schtarrte : Dahin=dahin
möcht'ich mit Dir. / Und selbst mir wurde es tatsächlich
schwer, mich zu so ungewohnter Schtunde im All zu
orientieren. – Die vielen Nadelschtiche der Schterne.
» De Düwel iss je woll inne Ecklipptick lous ! «)

Aber wie Du, mein Herr Tah, es willst . . . « (Und hoch,
in die Kreisschlösser . . . . .

      . . . . . *Und hoch!* (*Aus nicht=unleckeren Träumen* von
         einer huronischen Roothaariejen, ebenso kurzmähnich
         wie lang=lüstich . . .

(*Innich :* » *Herthie, dürfte ich Dich* – an dieser wohlpas-
senden Schtelle – etwas beschreib'm ? « / Aber ihr hatte
der Ausdruck ‹ huronisch › mißfallen; (obwohl ich nur,
» ebenso beschtürtzt wie garanntiert, Hertha ! «, zur Erhöhung des Oh=Guh ebbes Indianerinnenmäßiejes beab-
sichtigt hatte : » Ärroß der Ferne, Liebste – «. Und
wollte, eifrig erläuternd, ja, demonstrierend, 1 Halpkügl-
lein vorzeigend ergreifn – (aber an ihrem Roßhaarpant-
zer, tz=meingott, prallten die bestwillijen Finger ap; zumal sie auch gleich mit Kinn & Nase danach hackte) – :
» Och entschulldije nuur . . .! « (Und wenn mir auch
die Ent=Rüstung nicht gelungen war : die Entrüstung

scholl & groll so voll & echt, wie das Glück von Eden-
hall; so daß sie zwar, des zarten Schlafs der umliegenden
Bauern wegen, noch 1 » Psssd « wagte; sich dann aber
doch, reuich und reelatiefrasch, mit mir einichte, auf

wyandottisches Kint – das sich eben lang an mir hoch-
geschob'm hatte; (wieder an mir hochgeschoobm,
ochchch!). Und mich lustvoll in die Nase biß; wie
echte Wyandotten & Leghorns fleegen . . .)
: » Uffschtehn Scharr=lieh ! . . . « – Und Dschordsch hielt
meine Nase noch immer zwischen rüttelnden Fingern,
Potz greengages & Celler Dickschtiel ! Und das ‹Reise=
reise› aus der Lautschprecheranlage nahm immer noch
kein Ende : brusthoch flutete die mütterlich-besorgte
Ansagerinnenschtimme heran, mit dem ‹Morgen=
Schpruch› :

» Wer sein altes Heim verläßt, pflegt vorher
für 1 neues zu sorgen. – : WirsDu=Dir, wenn
Du schtirpst, eine himmlische Wohnung gesichert habm ? «

: Bong=ng=ng=ng.
Und wir sahen uns nur schtumm unsere ‹himmlische
Wohnunk› einmal mehr an, geekelt=gekniffenen Mundes : Wenn der Lawrence nich so glennßnde Eepm
schreibm könnte – seine ‹Losungen› und ‹Mittaaxrufe›
schrien ja nach Vergeltunk ! –
Und sah mir neidisch zu, wie ich mich heute nicht wusch.
(Während er mit Hilfe einijer faustgroßer Bimms=
Schtein=Knollen – einer der weenijen Artikel, an dem
wir nicht nur nicht Mangel litten; sondern mit dem wir
sogar 2 bis 3 weitere Planetensysteme hätten beliefern
können, und zwar zu kulantn Bedingung'n ! – während
George also, wimmernd, größere Teile seiner Epidermis
abtrug, beschränkte ich mich, summend, darauf . . .

»   ?   «

. . . ‹Heute wollen wir 1 Liedlein singönn : trinken wol-
län wir den kühlen Uain› – meine Badehose anzulegen;

heute war sie endlich einmal am Platze. (Aber wie geschwollen wieder diese Wendunk vom ‹ anlegen › : für das bissel Hoch=ziehen ? / : » Denn es muß, es muß= geschieden=sein : Tamm tamm támm : támm : támm «. Und ein paarmal mit dem Alluminiumkamm durch die Haare : » Diedel=wiedel=wúpp : wúpp : wúpp –

: » Leeb wohl, mine shatz ! « – (Und George kam vor lauter Neit bis zum Kongreßgebäude mit. – Ich, Menschlichster der Menschlichen, . . .

: » Was nixt'u ? – Du Supp= und Wupp=Jeckt=Du ? ! – Ich wiederhole : . . .

– : ICH ! – tröstete ihn aber auch aus Leibeskräften. / : » Intressant ? : Achduheilijesloch ! – Überleg ma selbsd'schordsch : Hingeschossen wirsDe, ins MARE CRISIUM. Erster Ackt 1 Zimmer; zweiter Ackt 1 Zimmer; dritter Ackt 1 Zimmer. 2 Dollmetscher tretn auf : der Eene sagt ‹ Raßpuhtien › und ‹ Kremmel › ? Und der Andre erwidert : ‹ Neenee : Billy Grähämm & Kappietohl ! ›. – Dann hält Dir der Kurier des Zaren seine Ackntasche hin. Unt Du giebst'm Deine. Er sagt ‹ Buwájtje ßdarówy › oder so was; und Du erwiderst höflich – man darf sich ja selbst Russen gegenüber keine Blöße gebm – du also saaxt : ‹ Kiss me – › und nixt verbintlich. – Na, und dann wirsDe ebm wieder zurück geschossn. «

: » Neenee, Dschordsch : beneidn ? – «, schloß ich so kummervoll, wie ich vermochte; und schüttelte auch tapfer am Kopf. (‹ Denn wir fah=ränn : Dänn wir fah=ränn . . . ›)

: » Gewiß Dschordsch : 1 Boote iss schon mal auf 3 Tage verschwundn gewesn . . .

(Und 1 Mal, ganz flink, zur Seite sehen : ? : Weitoffen die Mäulchen; Ihr's, und des Mondes; (die Schterne waren davor weit an die Ränder gewichen). Auch Ihre Brauen waren angeregt auseinander gewichen; um den nackten, tiefgekühlten Munt bebtnschweebtn

Vermutungenfragen; eine erwartunxvoll rastrierte
Schtirn . . .

    . . . *aber dennoch.* – « : » *Jajaeben :* ‹ *dennoch* ›. « sagte
er trübe : » Vergiß man nich das Bad=jetz=gleich, mit
Kernseife=satt. Ra= und friesiert wirsDe. – Dann das
Krafft=Frühschtück ! : Damitt'e nich gleich vor Gier zu
lillen brauchst, wenn Der=ihr Kurier nach frisch=
gebratner Leeber riecht. «; und leckte sich den
Bimms=schtein von den rauhen Lippen . . . . .
‹ *Ich gab Ihr die wollüstich gewölbte* Weichheit & Glatt-
heit der meinijen zu schmecken – : *das iss was, eh ?! /*
Aber sie nahm den Kopf um Bruch=Teile zurück, (wie
nur Frauen können); und verformte den Munt=leicht :
wie nur Frauen können. : » BRAUN=reif, « sagte sie
trocken. Das mier ?!

    » *Ist es Dir nicht bekannt, daß,* laut Saxnschpiegl,
wenn 1 Mann Dich – irgendwohinn ! – küßt : an dem
betreffenden Ort sogleich eine wunde Schtelle, zumindest jedoch 1 blauer Fleck, zu entschtehen hat ? : *Sonst
war es kein Mann !* «. Aber sie, hochmütich : » *Ich* bin
neuerdinx mehr für die Russkaja Prawda; Du hast es
nich selbst gelehrt. – ‹ Jarro=Slaff › : ‹ von Noff=Gor-
rott › – « raunte sie verträumt. : » So möchste woll
heißn, was ? : ‹ Freulein fonn Nowgorod ›. « Intressierte
Mundschpitze, Augengebreite, Schrägkopf ? (Und dann
hefftijes Nickn; mir zum Trotz; lange.)

    : » *Und für 3 Tage entführt* werdn ? – «; George; heftich
trotzich lange : » Wär ooch mal was Andres ! «. Legte
sich, (Selbst=Fessler, diszipliniert; um sich an Un= und
anderen Taten zu verhindern), beide Hände auf den
eigenen Rücken. Und schritt davon=dorthin, ‹ where
the slater's workshop stands ›. Während ich – Menschlichster der Menschlichen – ihm noch eine geraume
Weile teilnehmend nachschaute. Mich dann allerdinx
ins Kongreß=Gebäude begab : – : Da tagten sie schon ? /
(‹ Ohne mich › ? Man hat mich nicht unterrichtet ? – :

Weil ich doch gleich als Bote weck müßte ? / Dennoch schien mir 1 leichte Verlegenheit über all=den Gesichtern zu liegen . . . . .)

(Thema im Augenblick Lawrence & sein großes Epos. Und Präsident Mumford hielt doch ne gans nette Rede) : Wie er sich freue, daß, » mitten unter Uns ; in der scheinbar so schterielen Wüste dieses Mondes « ein Kunst=Werk entschtanden sei, daß ihn – » und wohl Alle ! « – an die schönste Blütezeit terrestrischer Dichtung gemahnt habe. » Ja, mehr noch – « : habe es Uns bisher überhaupt an einem großen, natz=jonalen Eh=Poss gemangelt, so sei nunmehr auf diesem=unseren oftmals vielfältich und wortreich geschmähten Geschtirn, 1 Werk aufgeschproßt, das wie in einem Rink – (» einem massief goldenen Rink «, setzte er, nach einijem Besinn'n, noch hinzu ; dachte also ooch an nischt anderes) – » m=n=ä : alle Juh=Eß=Äi=Tugenden zusammenfasse : ebenso zukumftweisend ; wie der großen Vergangenheit amerikanischer Siegeszüge übervoll. « (» Braawoh Braawoh ! «). / » Zumal in der Figur des ‹ Dillert › «, sei ihm 1 echte, blutvoll=Nazi=onahle Heldengeschtallt gelung'n. Aber auch die dienenden Fieguhren 2. und 3. Ranges wären mit jener liebevollen Genauichkeit behandelt, » die eines der Merkmale des großen Schreibers « . . . . .

(Undsoweiter jaja ichweeß : Alles gans gut & recht ; aber nich übertreibm.) / 'ne Gedenktafel an sein Haus ? : Gut. – Aber nu iss's auch *wirklich* gut ! / Und ich krieg ne Abschrift zum Umtauschen mit ? : Gut. Das wollt'ich ooch hoffn.

» *Überhaupt, Mylords : was soll ich* beim IWAN anbietn ? «. (Ihr habt gut redn ; *Ihr* sitzt hier, und haltet Euch die Kabinetz= & Abgeordneten=Bäuche.) / Und Jeder hatte was Besonderes ; ‹ aus seinem Ressohr › : Los ; come on ! . . . . .

Kriexminister O'Stritch – . – : Ich ? ! : *Gifft* mitnehm' ;

und jedem begegnenden Russn ne Priese anbietn ? / Ich
wandte mich zum Plee=numm. (Auf sämtlichen Gesichtern kemmftn Ap=Scheu & 1 gewisse, unmensch-
liche Bejahunk); ich erwiderte machtvoll : » Ich beantrage : daß der sehr ehrenwerte Herr – und zwar mit
1 rostiejen Kartoffelschäler ! – *kass=triert wirt.* Auf daß
dergleichen unn=menschliche Maxiemen sich auf keinen
Fall weiter unter=Uns vererben können. « (Soll ich
noch, zusetzlich=dekoratief, aus=schpuckn vor dem
schtiernackijen Gaukler ? – / Aber nee; es genügte : *solchen* Beifall hatte ich seltn erhalltn : *doch*'n gesunder
Kern im Amerikaner=Tum. / Und O'Stritch ließ engst-
lich das Maul hengen : nu hasDe die Kwittunk für Dein
gestrijes ‹ slaawofiel ›, irischer Bankert !). Bitte, der
Nächste . . .
*Wirtschafts= gleich Vorraz=*Minister Air : / . . . . . / :
» Rick ! – Wie schtellst'nn Dir das vor ? : *'ne Krähe
klauen ?* Soll ich se mir in'n Ermel schnippsn ? « / » Ach
Du mit Dei'm ‹ Amt zur Erhaltunk des Gleichgewichz
der Natuhr › ! : natürlich laß ich mier – mit Bewußtsein
weenichstns – *keinen* Floh ansetzen. « (Was das für Ein-
fälle waren !).
» *Also weder Natronn noch Broom* tu ich ihn' in'n Kaffee. / Und lehne jeglichen Schtudentenaustausch ap :
Ihr wollt es ja nich anders. / Was ‹ cream=hills › sind,
erklär ich ihnen, jawohl. / Und an Büchern fecht' &
schnurr'ich, was ich kann : wollt Ihr *noch* mehr ? « –
» *Aber wenn ne ‹ SSONNJA › Dier mal* ihr Zimmer
zeign will . . . «; Jennifer Rowland, dschudschubich
grollend. / Und mich überkam wilde Ruchlosichkeit,
(man kann natürlich auch ‹ Wahrheizliebe › sagn). Ich
sah mich um. Ich antwortete der Massiejn : » Dschennie
– : *Dann geh'ich mit !* – Es sei denn, *Du* zeiktest mir;
und zwar noch vor Apfahrt, : *DEIN* Zimmer ! «. (Und
da waren ja denn Kommpliemennt & Fatalanzlosichkeit
derart geschickt gemischt, daß die dicke Maschine gar

nichts mehr zu sagn wußte, und nur noch lächelte – ‹ betö-
rend ›, wie *sie* vielleicht glaupte; ‹ dumm ›, wie *ich* tack-
sierte; (aber das hätt'ich mit in' Kauf genomm'm. Obwohl ich schmale=kluge=lange Münder vorziehe . . . . .
(Der Kopf knickste verächtlich 1 Art ‹ Danke › *nach*
meiner Seite her. : » Das ist Alles ? «. – Alles. – : Schön;
wird das nächste Mal also Eine mit fettem Maule ge-
priesn . . . . .

      » *Übrijens Mister Hampden=ää* . . . . . «; *(der Präsident.*
Aber ich schpürte jetzt die gewisse Schtärke meiner
Schtellunk. Und forderte gans=kalt in seine Rede hinein : » Saach ‹ Tschar=lieh › : vielleicht komm' ich nich
wieder . . . « / Unt er wannt & drehte sich : *Alle* wanden
& drehten sich : SissDe O'Stritch : nu weeßDe, was ne
‹ Zenntrahl=Fieguhr › iss : Moa=Mähme ! Potz fax &
tuba.)
      » *ä=Du bissd'och huh=mannistisch* gebildet, Charles=
William – «; (er; verlegen=nerwöhs) – » ö=weißDuda,
was ‹ SABINUM ›=ä . . . ? «. / (Und rasend zusammen-
raff'n. (Aber das war nur dieser Scheiß=Livius : gestern
Dschordsch, heute Der=hier ! Mein Kopp war ja
schließlich keen Nachschlagewerk . . . . .
» *Se nenn' Dich, im Werk, öffders* ‹ Das Wanndlnde
Lecksiekonn ›. « versetzte die schtummfe Schtimme
neben=mier, gradeaus, auf die lukije Mauer=drübm; an
der ächzend Wind schwankte, im Schattn. Bei schtar-
kem, uns beschwerlich fallendem Tau. : » Tao. – «
      (Nich ablenkn lassn : zusamm' reißn !) : » ‹ SABIENA › ?
Gemahlin des Kaisers Hadrian. « (‹ Gordianus › ? kams
noch aus jenen verdämmernden Schulgehirns=Korrido-
ren ? – Also eiskalt mit einflechtn; als sei's 1 Begriff !) :
» ä=Orelli=Ekhel. « (Aber der=ihre Gesichter blieben
ausdruckslos.). » ‹ SABINI SABINIANI SABINUM › :
das Landgut des Horaaz. « (‹ A=Hura=Mass=da ›
Ahriman=Mirrtza. / Immer noch nichts. Also flink
erfindn) :

» SABIENUSS, der Name eines Frei=Gelassenen. – Auch
1 Künstler in Ellfenbein : *eborarius* ? – « (Aber immer
die, immer=unbefriedichteren, Gesichter : *mehr* kann
ich aber nu bald nich mehr : SABIRIA SABIRI SABIS=
SABLONIE ? Mein Wundergedächtnis war einst, auf
Erden, berühmt gewesen . . . . .
(1 Hant=Schpitze frei machen zum Popeln) ? / ((‹ Wirf
Dir nichts auf die Füße › ; oder ‹ Suchn Sie was Be-
schtimmtes ? › : auch *ich* muß zuweilen in Formeln denken.
Obwohl ich mir den Luckßus selten geschtatte.)) / Ließ
sie, fröstelnd, wieder verschwindn. Und machte weiter
ihre Hör=Mumieje : Ponntscho=ponntscho . . . . .

. . . . . (*Und ich hatte's irgendwie nicht*=getroffn – man
merkte es sogar an den Bein=Schtellungen; wie Dschennie die Schenkel übereinander schtapelte; an allem. /
Naja alsovonmiraus. Räzl=raten kann ich nich; hab's
nie gekonnt. (Und auch nich könn' wolln.) / » Ihr taakt
noch ? – Na, dann les'ich morgen s Protto=Koll. – :
Bai=Bai. « (Und wohlich=schlendernd dem Usher hier
folgen; in die Badewanne.)
Ach : in der Bade=Wanne . . . . .

: » *Hertha dürfte ich nicht,* nunmehr=endlich, Dich als
Bade=Wärterin auftretn lassn ? Es würde Alles so viel
plastischer geratn – ? « / (Und wieder am härenen Brust=
Harnisch nesteln. Und scheitern. Nesteln ? : Scheitern.
So mochte auch=Tasso an seiner Prinntzessin gescheitert sein; an seinem Felsen, an dem er sich festhaltn
wollte; fest=*klammern* sogar wohl, glaub's gern. Also
noch seelenvoller nesteln kann ich einfach nich :
» Hertha – ! «).
Aber 1 Ast=Loch in einem alten Hollunder (eine meiner
besonderen Baum=Lieben) hätte, glaub'ich, leiden-
schaftlicher reagiert=respondiert : Die=hier rauschte
nicht einmal !
Der Mond, gebückt, in 1 roten Fleck. – : » *Wenn die
Schterne* nur weenich glitzern, hört man fernes Hunde-

gebell, Wächter=Rufe, Ruderschlack=Ettzehtera :
deutlicher=als=sonnst. « (Für Wetterkuriosa dieser
Art schien sie weit emmfänglicher : bei Roothaarijen
täte man demnach am besten, sich zu häng'n : » Hertha – ? «. –)
: *Nichts. Gar nichts.* / (*Also wieder ruff !* . . . . . :
            in die Badewanne : in dem *göttlich=heißn* Gemisch von
            Wassergrün & Seife schtanz – Wei=änd=Dottie, Hu-
            rohne, Iro=Keese & Feif Näischns ! – und ich wühlte
            mich mit den slater=Schultern in den Schaum :
            oachchch ! (Es geht eben nischt über Ämmerikänn
            Plamm=Berry : Missurritecksaßoheiohundwisskonnßinn :
            o=ain *großes* Follk !) / (Und scharf & deekorratief rasie-
            ren. – Und raus, und die frische Unterwäsche
            an : die *knisterte* förmlich, wenn man sie am Rummf
            auf & nieder zook; als wäre mann elecktrisch, ELECK-
            TRA=ELECKTRONN : daß ich noch so knistern
            konnte ! . . . . .
            Und nun das ‹ Krafft=Frühschtück › : Bull=Jong ! / Im
            dufftenden Fännchen der Ei=Ersatz=Ersatz. (Und mit
            der letzten Brotkruste auswischen, innich=kreisför-
            mich.) / (Unt dem ab=tragenden Whig=Tory=Görrl
            den – gemäß Raumschiffahrts=Ordnunk § 843, Absatz
            zwo vorgesehenen – letzten Kuß raubm . . . . .
(*Ich raupte.* – ? – *Unbeweeklich* schtand das metallene,
behaarte, Geschöpf nebm mier. – : » Hertha schämsDu
Dich gar nich ? : Wo ich doch vielleicht von'n Russn
nich wiederkomm' ? – «. Aber Die nich.
            . . . . . *Noch 1 ? !* . . . . . (*Ich riskier's !*) . . . . .
(*Kalt* : » Meinsweegn . . . . .
            (‹ *Ihretweegn* ›. – *Aber das gleichgültich=schlappe Maul*
            schmeckte – tcha : nach Nichz=Niemant=Nirgnz=Nih :
            Nirr=Wahna : ‹ Tao ›.) / Ich beugte mich lieber über die
            seltene 1 Scheibe Corned=Beef, würrzijer by far denn
            Frauenlipp'm . . . . .
(: ? . – *Aber nur 1 ungerührter Axelzuck.*)

184

..... *und schlürfte den Finger=Hut Koka=Kohla.* Und gewann so allmählich natzjonahle Würde, und männliche Selbst=Schtändichkeit wieder ......

(: » Hertha. – *: Noch wäre es Zeit, daß* schpäteste Geschlechter Form Farbe & Größe Deiner Brüste, wenn Du darauf beschtehst in Triolett=form, erführen; und beneidend – die Frauen Dich, die Männer Mich – nachläsen : und die Un=Schterplichkeit ist kein kleiner Gedanke, Darling .....

..... *noch war die Raum=ßtjuardeß in der Nähe,* ‹ greifbar ›; (obwohl ihr vermutlich ‹ indessen zehnmal, leider !, der Baum Blüthen und Früchte gebracht ! › .....

» *Goethe übrijens.* « – *Aber Sie* schwiek trotzdem verschtockt. / : » Hertha, Du treipst es noch so=weit, daß ich Dich überhaupt nich mehr vorkomm'm laß ! ..... « Aber sie war eis=kallt; ich konnte mit ihrem Kopf treibm, was ich wollte. – : » Männsch wenn ich bloß mal den richtijen Druck=Knopf wüßte ! « – Unt sie, von einem apsolutn Null=Punckt her : » Doß wißt Ihr=Männer *nie.* « / (Also ab ins Wortall – es ist anschein'nd unsre einzije, naja : ‹ Waffe › ? .....

..... ‹ *auf Kammer* › ? : *Der Raumantzuck* paßte sofort. / Armbanduhr. (Was'n Gefühl am Hant=Gelennk, nich ? Was=das Erinnerung'n weckte.) / 1 Neilonn=Seil, 200 Yards, als Ordensband schräk um den mächtijen Körper gewickelt, von der Schulter bis zur Hüfte. (Und wieder zurück. Immer um den Körper : in dem 1 Scheibe Korndbief aroomte : schööön !). Auch das Tarn=Tuch aus hellgelp= und blaßgrüner Seide, mit Grau= und Schwarz=Ecken bedruckt, ganz MARE CRISIUM, wie von einer geschickten Musterzeichnerin erfunden .....

(: ? . – *Sie dankte mir* nicht. : Mich liebt Keiner mehr; Viele hassen mich sogar .....

Und dann, geduckt, raus : durch Eisen=Thür & Eisen= Gang : in's ‹ VERSUCHS=GELÄNDE › .....

(Und es nick=köppte sachlich; à la ‹ Dahin wollt'ich
Dich habm . . . . .

. . . . . *MATTSCH & Lichenen*=Flechten : aus dem thor=
großen Röhren=Rachen rauschte das genau berech-
nete Luft=Gemisch. (Daneben, die Wasser=Fabriek,
pummpte auch aus Leibeskräften – die Atmosfäre betrug
dennoch erst ungefähr die Helfte der uns=gewohntn. /
Und eben Lichenen=Flechten. & gelbgrüner Mattsch :
die beiden ‹ Seen › schienen immer noch nich belebt; am
Ufer eine Art ‹ Wüsten=Flora ›. / *Was* für ne Nummer
hatte mein Annzuck ? – : ‹ US 84 ›. Vorsichtshalber
merkn.)

(An 1 Schtelle hoppstn entsetzt Wüstenschpringmäuse
um unsere Hüftn : ‹ Ragguh & Peltz=Stolen ›, ach Ihr=
Armen=Kleinen ! / Auch das ‹ Getreide › gedieh nicht
zum Besten. (Und mein Führer schüttelte ßkepptischer
den behelmten Kopf : wir konnten die Schtaubschicht
des Mondes verarbeiten und tracktieren, wie wir wollten
. . . . . / Intressant=auch die Entlüftungs=Abzüge der
Kanalisazjohn : sie waren, versuchsweise, als ‹ Plasti-
ken › getarnt. Hier 1 röhrender Paarhufer; dort etwas
wie 1 ‹ Rohrdommel › – die genauen Artn konnte man
nicht festschtelln; bei unserm Abstracktn war es schon
allerlei, daß man überhaupt eine Tier=Form erkannte.
Oder hier : 1 Kopfschtehender, aus dessen Gesäß das
schtinkende Rohr raakte ! – » Immerhin n Einfall,
wie ? ! «. Und mein Führer nickte.)

Ab & zu Treibhäuser; mit Riesen=Zellofahn=Dächern.
Unter denen Gramineeijes nicht=wucherte. (Doch
hier – mein Führer machte mich aber auch ausdrücklich drauf aufmerksam ! – wenn man sich *sehr* duckte,
und die Augn zusamm'kniff : sah's, von außen, tatsächlich bald wie ne ‹ Grüne Wiese › aus. – / Tiere=frei-
lich . . . . .

» *Ságamma* – : *Ziegn* – «; (*der Rotkopf* neben meinem) :
» – wär'n Ziegn=Gemmsn nie ? . . . «. (Alpmthiere

Dünneluft Fellsn & Edelweiß : Dein Willegeschehe,
Eis=Sfinx, SPHINXE DE GLACE . . . . .

> . . . . . *gewiß : ein paar Ziegen schtöckelten,* oder schtan-
> den verlegen herum. Hoben pausenlos den Bart : auch
> ihnen war nicht wohl im Luft=Ersatz. (Während der
> 14=tägijn ‹Nächte› warf man rasch 1 Schpähnchen
> Atohmijes in die ‹Seen›; daß die heiß wurden, und
> wärmlich nebeltn : ‹Halbwertzeit›.)
> *(Unt wieder durch'n Tunnel : Vor der letzten* Eisentür=
> jetzt wurz Ernst : ‹Helm=auf zum Gebeet!› / Und den
> breiten Gürtel=Gurt fester anziehen; schnallen. Er ging
> ein paarmal prüfend um mich herum . . . ? – Und dann
> hinaustreten; auf den
> ‹*RAKETEN=SCHTARRTPLATZ I* ›. – (*Dabei* hatten
> wir bloß den ein'n! / Aber dergleichen war ebm alter
> außen= auch innen=polietischer Brauch : von der 984.
> Infantrie=Diewiesjohn zu berichtn, wenn man 1 hatte.
> (Beziehungsweise von 1 zu berichtn, wenn man 984
> hatte; nach deutscher Art . . . . .

(Aber es arbeitete in der Decke? Beziehunxweise, schle-
sisch=besser : ‹wullgerte›. Und leekte die Hand auf
meinen Arm, ‹Wenn Sie die Reue packte›?). / Aber
nein : nix Reue. – » Höramma . . . «
– : *gegen 5 Uhr wimmerte 1 Mensch* in den bleichen
Wiesn. – : » Scheol! – : Scheol! «. / Sie schulterte ein
bißchen. Machte den Munt=auf um besser hören zu
könn'n; (und aus solchem Mund kann ja Alles werden!). 1 gläubich=kleines Lächeln; (‹Ich bin der sexi-
sche Gesandte Gloobig›). 1 bedutztes Schtaune=O. –
: » *Was bezwexDu mit dieser Munt=Schtellunk?* «. / Sie
machte ihn erst einmal zu. Erwoox. Dann; knapp &
kühl : » 1 Kuß. Undzwar anbetnd=abbittnd. Und *so
zart,* daß . . . «. (Wieder dieser unbeendete Satz : iss
das nu bloße Wort=Armut; oder schierste Raffienesse?
Das ‹daß› hatte, rein akustisch gewertet, Drohung bedeutet; Warnunk. Aber auch, zumal in Verbindung ge-

bracht mit dem leisen Kopf=Anheben, ein gewisses wollüstiejes Vor=Schmeckn ? – Jenun ; es sei.) / Und ‹ zart › ; wie beschtellt. (Und sofort 1 Axelzuckn beider Beteilichter. : » ss ebm ‹ zart ›. Hast's ja so gewollt. «)

Übrijens : » *Was heißt hier* ‹ abbitten › ? ! : Wie lange & wortreich habe ich mich nicht vorher erniedrijen müssen – « (bitter) » – um dann ‹ 1 Zartn › lancieren zu dürfn. « (Und ein dreifach=gepreßtes, schmerzliches Bühnen=Lachen nachschicken.)

» *Erniedriejen,* « *schprach sie finster :* » ‹ erniedriejen › tutt Ihr mit Uns=Frauen mach'n. « (» Scheol=Scheol « rief ich protestirend dazwischen). – : » Und ooch Dein geliebtes ‹ wortreich › ; eebm : das iss es ! – Es iss doch sowieso immer a Kammf zwischn – « ; und unterbrach sich, und suchte nach Definitionen ; » – zwischn Peinlichkeit & Genuß : mal iss's ann Oognblick schön. Dann schämt ma sich wieder. – Aber mit zuen Oogn, und ohne viele Worte : max gehn. – Aber dann wieder Eener=wie=Du, der dauernd seine Glossn drüber macht. Und manches sind noch Witze. Also : … «. / (Und wieder kein Ende. – Aber hier war ja Einijes richtich zu schtellen) :

» *Hertz=Allerliebste :* … « ; (*schon hoop* sie mir 1 Hant=Teller hin, a la ‹ SissDe schonn wieder ›. – Also neu ansetzen)

» *Hertha hasDu je 1 Wort* über meine kirschrotn Lippen komm'm hörn, sobalt wir zur Sache=selpst schritten ? «. Und sie, hoffnunxlos=befriedicht : » SissDe – « ; und schüttelte doch grienend den Kopf. Dann : » Es iss einzich desweegn erträklich … « (und schnappte natürlich wieder ap.)

» *Wenn De bloß ammall n Munt=dabei halltn* könntzt, wenn De ‹ ihn einführst › – oder wie De Dich grade auszudrückn beliepst ; beziehunxweise zumindest *denxt* : schtör mich jetz nie ! – «. (Dabei schwiek sie ganz von selbst. / Meingott ich genieße nu ma gern *bewußt.* Und

bin vielleicht so ‹ schwerfällich ›, daß ich mir erst mühsam Alles in Worte ‹ übersetzen › muß : » HörsDu ? :
ALLES ! Du kanns'doch nich behauptn, daß von meiner
Broca'schn Windung nur zum Nerrwuß Eriegenduß
1 dierecte Leitung beschtünde. : Vielleicht *bin* ich von
Mutter Natur ausdrücklich als 1 Gefäß für Worte angelegt, in dem es schtändich probiert & rührt & komm=
bieniert ? « / Aber sie schniefte nur zu Allem; und
machte mit andauernd=dicker Unterlippe lauter Schtriche durch meine paar Worte.)

Und da ! ! : Die Konkurrenz am Fenster ! – / Zuerst
lachte es wohlgefällich. (Über unsre Differenz, was ?) :
» Wie=wie=wie ? « / Und kam ums Eck, schwankenden
Fluux, ein geschickter Schatte, mit buhlendem Ruf. Und
lud Sie – die Gelegenheit iss günstich : sie habm sich
gezangt ! – eifrichst ein, mit=zukomm' : » Kommítt :
Kommítt ! « – (Lieh mein Rothaar ihm nicht schon
1 geneiktes Muschelohr ? . . .)

(*Sicherheizhalber gleich in die Arme* nehm'm !) : » Her-
tha=Liepste. : Glaub' ihm nich ! : Komm Du lieber
immer mit *mier* . . . «; (mit gans langem, verheißungs-
vollem ‹ iiiii › : mmmmm).

» *Du bist genau so a Mitt=Schnacker.* « sagte sie mißtrauisch. Und : » Wohin Ihr=Männer Uns=arme=Frauen
mitschnackn möchtitt, iss ja – « (und ab=jetzt gehässich; sie machte mich=nach) : » ‹ sattsam bekannt ›. –
Du wo=wohn' die Nacht=Bubm eigntlich ? « (Und dies
Letztere wieder derart zutraulich – nein, *mehr* : ver=
trauens=voll, gemütlich : es ist unglaublich, wie diese
Nicht=Kerls mit der Schtimme warrie=ieren könn'n. –
Wir sind verloren, Wir=Männer !)

(‹ *Wille wau=wau=wau, vito : Huh !* ›) : » *Eulen-
bäume.* « (Es war Ihr kein Begriff.) – Also große,
hohle, dorfnah=im=Walde : » Der Jäger Förster Strigen=
Freunt kennt sie; jeden einzelnen. « / Pause. / Dann :
» Schtriegn=Freund. « wiederholte sie resigniert, a la

‹Es hat keen' Zweck›; (andererseiz schpürte man
doch das gewisse ‹filosofische Schtaun'n› des Herrn
Aries Tottle.) / : » Schiss'n ock schnell noch a Schtücke
weiter . . . . .

      . . . . . (*Die beiden großen* ‹*Inter=Plannetarischn*›
Rackeetn schtandn freilich nur noch als Kulisse rum,
(‹Old=Rum›); für die hatten wir seit Herters=
Zeitn kein'n Betriebsschtoff mehr. Nur die klein'n 2
und 3 Mann=Geschosse, die ‹Shooting Stars›, funkt-
zjoniertn noch.) / (Und tatsächlich=beschtändich dies
‹Auf=seine=Schrittlänge=achtn›! Daß man nich zu weit
hoppste . . . . .
      : » ne ‹*Sputnick=Faust*›? : *Die behalltn Se sich* ma hier. «
Ich; gans Kongreßmitglied. Und sie schwanktn Alle
zwischen ß=zientie=Fischer Auflehnunk, und ‹Untertan
der Obrichkeit›; (und hatten nicht übel Lust zu den
feinstn Unterschiedn; wie nur je 1 deutscher Bischoff :
Ich werd' den Teufel tun, und auf sowjettische Sattelietn
auch nur *zieln* !). / (Und gleich die 3 Mann ‹Berufs=
Soldatn› meines besonderen Freundes O'Stritch sarka-
stisch mustern : ‹Die Armee lagert unter dem Apfel-
baum›. Der soll mich bloß nich reitzn . . . . .

(*Und Hertha* – (‹*Meine Hertha*›? Wer weiß das schon
mit Sicherheit bei diesn schtillen puppiejen Gesichtern?) – lauschte? Tatsächlich : war es nicht, als finge
Tanndte Heete unter Uns zu rumoren an?) / » Um halb
Sexe=jetz? « : » Wir sind auf dem Lande, Rose von
Nowgorod. – Lassen wir sie erst etwas murxn : dann
runter. « / (So früh schteht man in Nordhorn natürlich
nicht auf :
wenn große weiße Flächen aus der Erde tauchen : aus
diesem Schornschtein schteikt 1 schwarzer Geist; aus
jenem 1 weißer. : » Unt ich habe auch schon, mehrfach, *Gelbe* gesehen – « fügte ich bedeutsam hinzu.
(Was beepstDu, mein Herrtz? Schnell 1 wärmende
Um=Schlingunk. : » Sei vernümftich Hertha. « (In der

Dämmerunk hatten wir Beide schon ganz graue Haare
bekommen : also schneller & mehr, Hertha !)

» *Tell dell silb : dell dieb schick !* « : Der erste Schpatzen-
ruf. Durch den gußeisernen Himmel. (Und immer noch
der Rostfleck des Mondes darauf ? Einmal, 10 Sekundn
lank, war er schon so blaß & glaasich, glas & blasich,
gewesen, als schiene der Himmel hindurch.

» *Woß urbert'nn so ?* « (*mit dem berühmtn,* schlesisch=
englischn, ‹ r ›) : » Na, was wirz sein, Lieplink ? :

.... *die Rackeete. (Sie ließen das Triebwerk* erst
‹ warm laufn › : es klang lieblich und erinnerunx=
schwer, wie früher ein Track=torr in ländlichen Be=
Circen .....

(*1 Aha=Kinn nickte kurz*) .....

..... *Schpatzen & Erdgeruch, jaja. / (Aber jetzt rasch*
ein paar kurz=schwerwiegende Andeutungen. Um
die Bullen=hier zu belehren, daß sie Uns=vom=Kon-
greß nischt vormachen könnt'n. Nur Anschpielung'n
.....

‹ *Schroeter's Regel* › .....

(» – ? – «)

‹ *For each crater, the part* of the material *above* the sur-
face : is approximately equal, to the volume of the inte-
rior depression *below.* › (: *Ihr* immponniert ma nich,
von HEVEL bis BALDWIN – man hat schließlich ne
gute Schule besucht !).

Oder wie schmeckt Euch gar das ? : Das Eysenhard'sche
Fänomehn ? (Man kann sich ja informiern, wenn man
schonn ins MARE CRISIUM verschickt wird, wie ?). /
Und sie sammeltn sich, Aleman. Und horchtn.
Sorkvoll, die Herren Aßtronomen. : » Ja sicher, meine-
herrn :

das Eysenhard'sche Fänomeen ! : Kristian Karl Gottlieb
Eysenhard ; 1 von dem sinnreichen Lambert=selbst zur
Astronnomie angeführter – leider in seiner Blüthe ver-
schtorbener – hoffnunxvoller Beobachter, fand .....

(vertraulich; zu meiner Komplizinn : » . . . *wie er an Letzteren,* von Halle aus; am 25. Juli 1774, mitternachz; da der Himmel so heiter als möklich, der Mond seiner Kullminazjohn nahe war; und die Schattenlienje mitten durch ENDYMIUS, KLEE=OMMEDDES, LANGREN, & SNELLIUS : *und das MARE CRISIUM* ging : berichtete : . . . . .

      1.) *im MARE CRISIUM 4* kleine, ungemein helle Flekken. / 2.) fant=er; daß, vom PROCLUS=ap, 1 schtarker Licht=Schtreiffen bis nach dem Rande des MARIS TRANQUILITATIS fortging. / 3.) : Als er ohngefähr zwey Schtunden den Mond durchmustert hatte, und ihm vorgedachte 4 hauptsächlich in die Augen fielen – (es auch gar zu schön aussahe, wie gleich & eben die Schattenlinie durch die Fläche des MARE CRISIUM gink) – : sahe er auf einmahl; (welches er bis dahin *nicht* bemerkt hatte), daß sich dasjenige Schtück der Schattenlinie, welches durch das MARE CRISIUM ging, bald vom Mittelpunckt des Mondes entfernte; bald wieder sich ihm näherte ! . . . . .

(Und, nahezu verzweifelt : » *Hertha !* – : *Wieso* zeixDu Intresse an Kommetn=Schweifijem ? Unt wenn ich Dir meinen vorweise . . . « Und sie : » SissDe : ‹ Schweif › & ‹ vorweise ›. – Du müss'D'a eens vonn den Messinkgewichtn=gestern an de Zunge bindn. « Ich; ungehaltn : » Ich will nich'Dein Mitt=Leit : ich will Dein Mittel=Schtück ! «. (Und sie nur : » SissDe . . . «

     . . . . . *Anfänglich glaubte Eysenhard=selbst,* daß diese höchst sonderbare Erscheinung vielleicht bloß Eynbildung sey ? Fand aber nachher, daß er sich aus folgenden Gründn nicht irre; denn

    a) sahe er, als er diese Erscheinung wohl 1 halbe Schtunde lang beobachtet hatte, eben=dasselbe mit 2 andern Fernröhren von 7 und 12 Fuß, so klar & deutlich als möglich. Und

b) dienten ihm gedachte 4 Lichtflecken zu Gräntzen dieser Bewegung : er sahe nämlich gantz deutlich, wie sich das helle Fluidum langsam bewegte; sodaß der betreffende Raum nach & nach hell wurde; dann jedoch, nach 5 bis 6 Minuten, sich langsam wieder verdunkelte, und mit der Schattenlinie wieder gleich kam. –

Er setzte diese Beobachtung 2 Schtunden lang, bis nach 4 Uhr in der Frühe, fort. Sahe aber immer dasselbe. Er schrieb die Erscheinung daher etwas zu, was allein auf jener Schtelle, im MARE CRISIUM, anzutreffen gewesen sein müßte. –

Und sie lauschten sämtlich. Unt schwiegn : Semmtlich. (Keiner konnte auskunften : nu fach' man. / Wir= vom=Kongreß wohnten ooch nich ‹hinterm Monde›, was? Sondern mitten=druff : jaja; die Auto=die= dacktn ! –.) –

Und sie nickte gemessen : Genau=das. (»Affe plus Genius durch 3« hatte sie einmal, früher, ohne damals noch Jemand Besonderes anzusehen, in einer größeren Gesellschaft gemurmelt . . . . .

. . . . . *also resigniert einschteigen; zur Fahrt* in jene ‹verdünnte Zone›. Wir hatten – in endlos=zähen Verhandlungen, (‹Yes=Njätt : Njet : Yäss›) eine ‹millitärisch= verdünnte Zone› geschaffen, die, unter anderem, auch kweer durchs MARE CRISIUM führte. Eben waren Vermessunxtrupps an der Arbeit, den betreffenden ‹Schtreifen›, in dem ‹keine Truppn schtatzjoniert werdn dürftn›, genau fest zu legen, und zu vermarken. (: Wir mit unsern 3–5 Mann ! : Was'n Tee=ater ! –

(»*Anne Zohne, die keene Menschn* betretn dürfn ?« : » Ich sagte ‹Soldatn›. « : » Ochso. « / Wenn sie *so* schtill hielt, war's ooch keen Genuß; (ist es denn *Alles* Lüge, was in den einschlägijen Komm=penn=dijen für Gynä- ko=Mannie schteht ? Tz Keinkitzler, keinkitzler. (Kann brennen so heiß . . . . .

..... *Und in der Luft – naja : ‹ Luft › ?* – flogen wir
doch vielmehr in reiner Skeppsis dahin. (‹ Luft › ? :
Brrr !). / Unten nischt wie ‹ Schroeters Rule ›. Und die
Kreisschlösser rutschtn untr uns hinweck, Potz Pastorff
& Greutheusen. (Neben mir Lebensmittelpacken. Und
1 Logarittmentafel; ne zehnschtellije : Wegawega. (Ich
konnte sehr wohl damit rechnen; auch jetzt=im=Alter
noch. Notfalls sogar mit denen imaginärer Zahlen; was
nich Jeder vermag.) / Und immer weiter; haßtich uff der
Loxodrome=lank : CONON=SULPIEZIUS GALLUS=
LITTROW=MARALDI=PROCLUS.)
  » *Da vorn : da kommt schon PICARD* in Sicht .....
» *Aber ich gloop, wir könn'n langsam* runter gehn,
was ? «; mein mumiejes Glück. Wandte dem schrägen
Fenster den Rücken; schtand, und ließ den hohen Kopf,
gedankenvoll, nach vorn abknicken. (Auch ich war reif
für eine ‹ Barmherzigkeiz=Tasse › – : » Ein Humpen
Kaffe Zucker Branntwein gemischt. Vo'm gewissn
Jourdan erfunden; der sie, bei schwierijen Schtellen sei-
nes Tages=Pennsumms zu sich zu nehmen pflegte; und
die besten Erfahrungen damit gemacht hat. « – Was er
von Beruf war ? : » Nu; neidische Kolleegn nannten ihn
‹ Coupe=Tête ›. « : » Und so anne ‹ Barmherzichkeiz=
Tasse › möchtzt'ú trinkn ? – Naja, kee Wunder : wo De
vorhin schonn mit mei'm Kopp soo umgegangn bist – «.
Und schritt wissend nickend zur Tür.)
» *Keinen Kuß dem zurückbleibenden* Krieger ? ! « :
» Kriegn ‹ *zurückbleibende* Krieger › neuerdinx ooch
welche ? «, fragte sie schpitzfinndich. Und : » Komm
ock mit; du kannst's Wasch=Zeuk tragn. « : » Oh Ihr
Frauen ! / » Oh Ihr=Männer. « versetzte sie, schon auf
der Treppe; (die Linke rutschte neben ihr auf der
Handleiste; die Rechte fibelte oben die Decke zusam-
men) : » Obwohl es noch Schlimmere giebt, als Dich. –
Du kannst – manchmal – fast=liebenswürdich sein. «
Ich, entgeistert : » HastDu *so* viel Erfahrunk ? ! «. Und

sie (aber verlogen; sie wollte mich nur hoch=bringn;
ich war – jenen Mittelfinger nicht gerechnet – höchstens
der Vierte gewesen; wenn nich gar der Dritte: » Oder
hasDu mich auch in dieser Beziehung belogn ? «)
Sie blieb auf der vorletzten Treppenschtufe schtehen; ihr
Rücken lauschte wohlgefällig dem Ton ungekünstelter
Eifersucht. Drehte sich wahrhaftich um und ließ mich
heran=herab komm'm. Schprach sorkfältich (und die
schiere Bosheit funkelte ihr aus den Klüüsn) : » Was
weißDúschon von mir . . . « / Ließ mich 1 Schtufe tiefer=
voraus, sodaß wir leichter Brust=an=Brust schtehen
konntn; (ich tat es auch sofort; sie machte 1 Dorn der
Fibel frei, und hakte ihn in die Knopfreihe meines Schlaf=
Anzux : daß ich nich weck konnte). Legte den Kopf
waagerecht zurück. Schooob das Kinn vor. *Und* wölbte
krümmend die Oberlippe : » Hier hasDe Deine ‹ Barm-
herzichkeiztasse › ! – « (Und ich setzte ‹ dieselbe › an den
Munt; beziehunxweise den Munt=an=dieselbe. Und begann zu trinkn; (und das Ge=Urrbere der Tracktoren=
draußen schien sofort lauter zu weerdn . . . . .
(*Und natürlich mußte mir die Haarbürste* aus der Hand
falln ! *Und* polternd & rappelnd noch die Kurwe nehm',
nach unten, über die nächste Schtiege : blutije Zähren
hätt'ich wein'n mögn; denn)
– *sofort wurde die Tasse flacher; (von ‹ Barmherzichkeit ›* war gleich gar keine Rede mehr; schon war es
höchstens noch 1 ‹ Untertasse › zu nenn'n – auch die
rollte sich noch ein. Bis anschtelle des feucht=federn-
den Traumgefäßes nur noch 1 Scharlachschlitz blieb,
schmal wie der ‹ Rücken › meines Großen Messers.) :
» Barr=Baar ! «. (Anschtatt mich, lianich=schmei-
chelnd, ob der ‹ Tücke des Opp=Jeckts › zu tröstn ! / :
Fester zog sich die Fibel zusamm'm. Entrüsteter schritt
das bleiche Weesn ap=werz. (‹ Schreitn › könn' die ja !).
Wartete schteinern, bis ich jene verfluchte Bürste aufge-
klaupt hatte. Riß mir die ‹ Schnelle Tasche › – die für

Koß=Meetick & Schönheit – aus der demütijen Hant.
Und, aufgeworfenen Kopfes, hinein . . . . .

*

Und TH, lenxt komplett, am bereits rüstich sausenden
Heerd, tat entgeistert. : » Mann, hat sich denn die Welt
gedreht ? : S=tattflanzn; die um 6 aufs=tehn ? «. (Und
musterte uns wohlgefällich : mein Schätzlein=im=
Hemmd; mich, im dickeren Schlaf=Antzuck.)
» *Geh man inne Wasch=Küche,* mein Kint. – Oder
wart' – « schloß sie, Heete die Großmütije : » Ich bring
Dir ne Kanne heißes Wasser hinner=heer. « / Und ich,
ermunternd, (da Hertha so braf schtant; es fehlten tatsächlich bloß noch die Schternthaler) : » Mein' Glück-
wunsch=Hertha. – Das krickt hier nich Jeder. *Ich* zum
Beischpiel . . . «. » Ja=Duuu, « sagte TH weckwerfnd :
» Für Männer issas überhaupt nich gut : *Du* krix eis-
kalltes=nacher; aus'n Kühl=Schrank. « / (Und Beide
weiblich ab.) –
Und kam, allein, wieder. / Neugierich : » *Du Kardel.* – :
Was hapt Ihr gessdern, abmdz, denn noch mit'n *Tau* gewollt ? «. / Da !. / » KennsDu das nich, Tanndte ? «
fragte ich, ingrimmich=trübe. : » Das'ss's Allerneuste.
Was Chienesisches. Gans kurz bevor man anfenngt. «
(Übrijens : *Das* muß ich Hertha nachher noch aufmutzen; die sich moquiert, wenn *ich* etwas mit Worten
prä=ludire : und Sie schpricht von *so=was !* –)
» *Och.* – « (*TH; angereekt*). / *Päuschen.* / : » Was Chie-
nesisches ? – Aber das giebt'as : *ich* hadde ma ne Freun-
dinn; Der=Ihr Mann mußte vorher immer erss 20 Mienudn lank die Gietarre s=spieln. In'n kurzn Hemmt;
auf'n Bett=Rannt. « Und schüttelte den grauen Koppf :
» Bei *mier* war so was *nie* nödich. – Waß komische
Kree=atuhrn, nich. « / (Gans bitteres Nickn meinerseiz. /
Und sie hand=tierte; und wirtschafftete; (‹ Hand=
Thier › : ‹ Cheiro=Therion › hand=tieren.).

‹ *Und schien un=ruhich* ?. / *Murrmelte auch* etwas von
einem ‹ Waschlabbm ›. Und rauschte hinaus. / (Erst die
Treppe rauf ?. – Dann wieder runter & irgendworumm ?
– / . . . . .

– *Unt kam dröhnend zurück.* / : » *Oh=Mennsch :* Du
Winnt=Beutl ! « sagte sie inn=brünnstich. : » Mennsch
Du biß ja nich weert, daß Unserain'n . . . «. / (Wie ? :
AuchDú machst die Unvollendete neuerdinx ?). / Wir
atmeten. Wie es sich für arme=lebende Luder geziemt.
(Hungerleider des Endlichen : ich ‹ besaaß ›, ‹ zu-
hause ›, 1 *Bade*=Thermometer ; dessen ß=Kala, wirt-
schafftswunderlich, *bis minus 40 Grad reichte ! ! !* : Was
Die=so mit Uns machn !) –

» *Du haß mich beloogn, Du=Kaßper !* – Was Chienee-
sischeß iss'es zwaa. Hatt aber *DAA*=mitt nich'aß Ge-
inxte zu tun ! : Umm 1 Haaa, hädd'ich mich blam-
niert=Du ! «. (Und rüttelte wütender am Topf.)

» *Was haddesDú denn imaginiert, verdorbenes* Geschöpf ? «, waagte=ich=fragte=ich. Und sie, tanntlich=
drohend : » Krix gleich'n Bax=Du ! «. / Und mußte
doch grien'n. Und vergaap mier ; und richtete sich
selpstbewußt auf : » Da lernt man ja *nie* in aus. «, bekannte sie ; » so aß einfache Lannt=Frau. « / (Und
wurde wieder etwas hitziejer) : » Aber das Hass'u von
Dein'n Vader, « s=tellte sie fest ; : » Deine Mudder war
sche mann n büschen dusselich. – Aber Dein'=Vader
war genau sonn – sonn Projecktiel : Der hadde alle Vier-
teljahre ne annere Beschefftijunk. « / : » Unn=Dú biss
la das Gemisch=vonn – « schloß sie kopfschüttelnd. /
schtant=da. Auf 2 schtrammen Pann=Toffeln. Unt tief=
sinnte. / :

» *Hier hat SIE üprijens nich* viel. « ; (unt dazu die
breite Kelle ihrer Rechtn, unter Ihre=linke Brust ; unt
wook dort. Und dazu den forrschent=teilnehmenden
Blick auf mich : ?. – Ich wollte mein Mätchn aber doch
verteidiejen) : » Och, Tannde Heete . . . «. / Aber schon

197

fuhr sie mir wieder über den Munt. : » Tu mann nich so ap=gekleert. Unt Monn=dähn : *DAS* hapt Ihr=Männer doch am allerliepstn inn'er Hant ! « / Und schüttelte en-nergisch den Kopf : » Neenee, mein Jung'. : n büschn knochich *iss*'ie ! – Hüpsche lange Beine, jaa. Unn die rootn Haare überall : dascha *sehr* appard, nich ? «. –

: » *Wieso weißDu das eigentlich* Alles, Tanndte ? «, er-kundichte ich=mich. » Jenun, « sagte sie gleichmütich : » Ich haap ma inne Waschküche durch's Fennster ge-kuckt. – : Kann ich, bei meine eigene Waschküche, ja woh machn ? . . . « / Da es im Topf 1 Wall that, zook sie ihn gleich feuer=ap. Durchschoß mich mit 1 gütich=majestätischn Seiten=Blick. Dann, pointiert : » Ich weiß woh noch : wie das bei mier, vor 30 Jahrn, *auch ma Einer* gemacht hat. Aß *ich* mich wuusch . . . «
(*Helläugich überlegen lächelnd groß=schpurich.*) / *Ich finnster.* / : » *Jaja=Tanndte;* ich weiß. « / Und : » Es ist mich, in den folgenden 10 Jahrn, auch teuer genuck zu schte'hn gekomm'. – : Hier=die=Kumme – « (glenn-zend=kohlschwartz war sie, mit weißn Schtreifn) – » wär' wohl voll gewordn. « –. –

: » *Ie=gitt !* « *s=prach sie* erschüttert. Unt nahm sie sofort in die Hant. Und betrachtete sie schtolz. (Und schtellete sie sofort beiseite : zur Zahl Ihrer Trof-fäen ?). –

» *Eigntlich müßt'zDuja* n paa auf'e Nühstern kriegn – « sagte sie zärtlich. » Aber – wo wier einma davon s=prechn – : ich will'ass man auch zu=geebm. Du hass mier ma in'n Großn Feerien beim Wesche=Aufhenngn geholfn – : Du war's 17; unn ich also 31 – «. (Ich winkte nur finsterer ap : Laß=sein laß=sein, ich weiß. : » Nach meiner heutijen Kenntniß würd'ich sagn, Tanndte : Du truuxt *kein'* Büstenhallter unter dem biß-chen Hemmt. – Und *ich* war inn'er Badehose. « schloß ich bitter.

» *Tchaaa . . .* « (*sie; traumverloren.*) / : » Du war's grat

von'n Schwimm' zurückgekomm'. Unn gans braun &
sauber. – «. (Und rüttelte wütender den armen Topf. /
Und wurde ruhijer. Und wiekte den breiten Kopf,
bedauernd) : » Kardl=sicher ; bei Dier war=das schlimmer : man *sah* das ja, wie aufgereekt Du waas. – Aber so
gans=einfach iss'ass für mich *auch* nich geweesn. Ich
haap sehr wohl, die=wärse Mahle, alln Ernsdes, er-
woogn – : op ich Dir nich *doch* ma das Bansefach zeign
soll ? – Unt angedichtet hatz mich auch noch. ‹ So
nette ›, nich ? «
(*Sie griff sich ein Paar Holz=Panntien'* unterm Schuh=
Schrank hervor. Und 1 Schtück Sannt=Pappier. Riep
sie, biß sie schneeweiß waa'n. Schliff auch 1 aller=künst-
lichste Schpitze daran, trotz jeder Holländerinn. Und
schprach dazu) :
» *Denn wenn'u bedennx, daß Onngl Lutwich* . . . « – (ich
beweekte nur mehr lautlos die Lippm ; und s=kandierte
mit dem Kinn dem Kühlschrank zu : auch Sie drohte nur
mehr wort=los mit dem dicken Zeigefinger : !). : » *Ich*
haap'ass immer *gern* gemachd ; ich leug'n das gaa nich. «
(Und, in gewalltijer Ehrlichkeit) : » Ich hädda wohl
heut=manchma noch Appetiet=zu. – Aber über 60 erleedicht man das woh besser inne Fanntasie, unn midde
Hant. – Ich weiß nich ; vielleichd probier'ich'ass auch
noch ma. – « (Sie wehrte ärgerlich jeden Einwurf ap ; a la
‹ S=tör mich jetz nich › !)
· » *Umm da noch ma auf zurück zu komm' : die Versu-
chunk* war auch für mich keine=kleine, Kardel. : Mit
Onnkl Lutwich waa schon mit 50 nich mehr viel los.
Unn'n Parrakleet an Schönheit & Sauberkeit & so,
konnt man ihn, mit sein' dobbeltn Leistnbruch, auch
nich grat nenn'n. « Sie seufzte. – : » Zumahl, wenn er
Ärpsn gegessn hadde ; unn'ass bei jeedn driddn S=toß
rummsde. – Oder Linnsn Ts=ts : unn die *aaß* er noch so
gern ! . « (‹ Je sème à tout vent › – wo hatt'ich *das* Motto
schnell noch geleesn ? Vorm Großen LAROUSSE ?

Oder bei Handel=Mazzetti, ‹ Monografie der Gattung Taraxacum ›; Potz Achänen & Pappushaare. Aber ich mußte mich schon wieder auf SIE kon=zentrieren) – *Kopf=schüttelnd :* » Nain. : Das waa kain Genuß ! – Die letztn 20 Jahre hat er meiß obm gesessn und gewixt, und ich untn : iss'och kain Zus=tant. « / (Also wieder 1 Haus mehr, in dem nur noch die Figuren einer Frau & eines Mannes rumgelaufen waren. (Und wieso machte mich der Anblick dieser Holzschuhe so fertich ? – Achso : Walter Wellkamp, mein Schulfreund. Den sie nachher im KZ fertich gemacht hatten. Daß er die Zwecken aus seinen Holzschuhen grub, und sie vorn in die Kappe tat; hinein urinierte, bis sich der Eisenrost auflöste; dann die ganze Jauche verschluckte. Und binnen 2 Tagen, ‹ unter heftijen Kremmfn ›, geschtorben war. (Und die gleichen Gannowen hatten sich bereiz wieder auf die Hälfte aller ‹ führenden Posizjohnen › geschlängelt. Die andere Hälfte hatten Kristen inne. Es ist eine Lust zu leebm.)

Und machte ‹ die Kehre › zu mir; und sagte konzentriert, voll einer gewissen grauen Wildheit, die ihr sehr gut schtand : » Das wär damals *nich gut* gegangn, Kardel ! – Von ‹ Folgen › noch ma gans apgesehn; ich hadd'amals schon ne Ärztin, die das weck macht; pattente Frau; hat mir mehrfach geholfn; die machd'as heude noch. – Aber Du wär's ja dann fümf=mah an'n Tach angekomm'; unn derart mit Augn & Hänn'n um mich rumm gewesn, daß'as n *Blinder* gemärkt hädde. – Und in 14 Taagn wär's wieder weck gewesn. Und 1 schön' Tages *doch* mit ner Jung'n angekomm'm. Und ich so viel ällder . . . «. Und schüttelte, voll nüchtern, kurz den schtark geschürtzten Munt : » Da war'as so besser. « / Pause. / Dann, wieder weicher : » Solld'sd ja auch bloß wissn, mein Jung : daß Du Dich nich *allein* gekwählt haß. «
» *Ja; könn'n tut sie ja; das hap'ich* obm gerochn. « : » Sie findet es aber ‹ erniedrijent ›, Tanndte. « ich; be-

trüpt. / » Ges=tadde, daß ich mich hin setz – « sagte sie
würdich & fassunxlos. » Sonn dummes Dink! – ‹ Erniedrijen › ? : Die Frau macht'och den *Mann* fertich! :
Den hädd'ich sehen mögen, Der nich s=pädestns binn'n
ainer S=tunnde auf alln Viern von main' Bett weck ge-
krochn wär! « –
: » ‹ Ver=Gewalltijen › ? : *Mein lieber Kardel!* – *Wir*
haam das ma probeweise versucht, Dein Onnkl Lutwich & Ich : op er mich, alln Ernsdis, vergewalltijn
könn=te . . . «; (und *das* war ja *doch* intressant! Ich
schtellte mirs vor. Und schpreitzte die Hännde nach nä-
heren=ä – (und mußte mier schon die Lippn leckn. Und
sie nickte walkürenen Triummf) : » 2 Taage=runt
hadd'er gelee=gn. Ich sollde immer Dockter Breithaupt
anrufn; hap'as aber natürlich nich gemachd. – Also
‹ vergewaltijen ›, mein Jung : entweder mußDu vorher
der Frau 1 midde Ackst übern Kopp geebm. Oder es
muß noch Einer middn geladn'n Gewehr daneben s=te-
hen, daß sie aus Anxd leßt. Aber sonns ? – Opwohl'n
Mann, im Allgemein'n, ja kräfftjer iss – aber in *diesn=*
*s=pehziell*n Fall hadder *keine* Schangßn. «
Und leuchtete auf : » Übrijins : Sie kann'och auch oobm
liegn! «. (Die alte Psücho=Lohginn.) / Aber sie war &
bliep unzufriedn. Rumohrte & schimmfte leis'. / » Was
ich haap ? – : das sossu gans offn hörn, mein Jung! «.
Und zählte es an attleetischen Fingern her :
» ne *Schönheit : issie nich. Weeder in'n Gesichd,* noch
‹ hier › – « (und schtand kurz, Belichtunxzeit 1 Zehntel,
wie die Dame von Mielow). / : » Sie *läß'*nich gut – was
ja sonns *sehr* viel ausgleichn kann! – iss, im Geegnteil,
totall ve=krammft, wie Du saaxd. « / : » Sei jetz ma
s=till! – : ne *gute Hausfrau* issie *auch* nich. Sie waa geßdern Aamd bloß ma kurz bei mir inne Küche in – ich
hap gaa nich gewußt, daß ich so viel Geschirr hap! « /
Und breitete mir 2 logische Hände entgeegn : zwey
Hennde . . . !

» *Tanndte entschulldije, daß ich erß noch ma* drauf zu-
rück=komm – «; (und drückte vorsichtshalber, vereh-
rend=beschtechend, 1 Neffen=Kuß in eine der Hand=
Flächen) : » Was war denn der letzte, entscheidende
Griff, auf den=hin Onkel Lutwich=damals zusammen
brach ? « : » Soll ich ma bei Dier ? ! « fragte sie ge-
schmeichelt=drohend : » Das möchs woh, was ? – Härtha kann ich ihn bei Gelegenheit ja ma bei=bring'n. «
Und wurde wieder ungehalten; und zeterte ungedul-
dich : » Was *fintzu* also an Ihr ? «

» *Achtanndte. – Diese Halpfrauen=Alle,* die den ganzn
Tak im Büro schufftn : die sint ja auch gegen sich selbst
nich anders. Hertha kaut oft=mah, wenn sie Hunger
schpürt, ne ganze Tafl Block=Schoglade, und trinkt'n
Glas Wasser dazu. Oder macht ne Büxe Tuhn=Fisch auf,
und ißt sie mit der Gabl=leer : dazu Trocknbroot. Und
Kaffee iss grundsätzlich Pullwer in Wasser gerührt –
wenn De Schwein haßt, iss es warm. « (Und TH
schluuk die Hände vor der mächtijen Brust zusamm'm,
und blickte nur gen Himmel : so leept Ihr=in=Nort=
Horn ? !)

» *Achtanndte – : sieh Dir ma Ihre Finger=Schpitzn* an ! –
Dabei sind'ie jetz noch in *gutem* Zuschtand : 1 Zeichen,
daß'ie leidlich zufriedn iss; aber manchma gehörn
schtarke Nerfn dazu, ihr die Hand zu küssn. – Sie
hat keine gute Kindheit gehabt : immer bei fremdn
Leutn; die Mutter, gans ‹ lustije Wittwe ›, war früh mit
irgendwelchen Buhlen nach Bolliewijen durchgegang'n.
Dann Krankheit Kriek & Hunger, FEAR FAMINE &
SLAUGHTER : und *nu=dazu* noch ihr unseelijes Nat-
turell – sie iss ja von einer gradezu *saagn=hafftn* Schüch-
ternheit ! – Zumindest *fremdn* Leutn gegenüber; *ich*
kann da eigntlich *nich* klagn. « schloß ich resigniert.

» *Achtanndte – : das Schlimmste* iss ja noch ihre Ver=
Schroben=heit. Wenn es endlich auch *bei Ihr* schön zu
werdn anfängt; und sie *nimmt* Ein' unwillkürlich inne

Beine – : gleich fallen Ihr wieder Worte wie ‹ schaam =
los › ein. Und wenn man Ihr auch nich direckt den
Vorwurf des Kristentums machen kann : soviel sitzt Ihr
doch noch im Unter=Bewußtsein fest, daß im Neuen
Testament grundsätzlich drüber geschimmft wirt. Und
wenn's der Deuwel will, « schloß ich grimmich : » hatt
Se noch zusätzlich grade Budda geleesn – ‹ TAO › – und
schon zieht Se wieder'n Dullderinnen=Gesicht; und
benimmt sich der=artich . . . . . «. Dummf : » Einmal
hab ich ihn schon, mitten drinn; rausgezogn. « / (und
TH legte die Hände vor der mächtijen Brust zusamm';
und blickte nur genn Himmel : Mitten drin : in
Nort=Horn !).

(*Und nahm sie herunter. Und legte sie,* zur Apwexlunk,
mitten vor den mächtijen Schooß. Ergriffn) : » Ja
häddssu aber denn da *keine* andern Schangßn ? – Main
aa=mer, lie=ber Jung=Tz ! «.

» *Achtanndte* – : ‹ *Schangsn* › ? : *Du vergißt* scheinbaa,
daß an mir *auch* nix mehr drann iss. « (Und, da sie
höflich auf wollte, und protestieren) : » Momment=
Tanndte : Was binn ich denn ? « (Und jetzt zählte *ich*,
an wesentlich magereren Fingern, her) / : » Beruflich ? :
ne Null : n Scheiß=Lagerbuchhalter bei FALK; mit
420 Mark=brutto im Monat. – Nein. Er=Schpaarnisse
keine. « setzte ich, unwillig, hinzu. (Aber sie, s=pitz :
» Du könnz'ier *wohl* was ges=paart habm : mit secksn-
firzich ? «).

» *Eebm=eebm, damitt sind wir beim nächstn : Jawohl,
ich bin* 46. – Und *keine* Schönheit mehr; wie einst=
im=Mai. « (» Ende Julie war'as – « murmelte sie, in
korreckter Leidenschafft.) / » Und – « (dies leiser;
widerschtreebmd) : » – ich bin auch nich mehr sehr
gesund=Tanndte. Hier : Herz : bei sogenanntem ‹ Schö-
nem Wetter ›; also bei Hochdruck; krieg ich manchma
schon schwer Luft. « (Aber prahlerisch) : » Der Brust-
kassdn=selpsd iss noch breit genuck. «

» Ochmann – : ‹ Wexeljahre › – « entschied sie zuversicht-
lich=verächtlich. (Aber ihre Schtirn hatte sich sofort gerunzelt; sie wußte, daß ich lieber'n Witz machte, als
klaakte. Sie schtand unruhijer. Machte sich am zierlich
tosenden Küchenheerd zu schaffn. Langte zu irgend-
einem Schöpf=Löffel – oder war's 1 Écumoir ? – und
fragte dessen nun=leere Wantschtelle) : » Warssu denn
ma beim Arzt desweegn ? «
(Also ‹ Hoosn runnter ›; es half nichz; wenn Tanndte
Heete etwas wissen wollte, krickte sie's doch raus) :
» Wenn ich ‹ so weiter mache › – noch 5 Jahre. Oder so
ungefähr. Wenn ich ‹ vernümmftich lebe ›, mehr; vielleicht 10, ich weiß nich. « setzte ich freiwillich hinzu,
um der nächstn Frage zuvorzukomm'. – » Ich hap gesehen, dassu sehr grau gewordn biss, mein Jung. « versetzte sie vorsichtich zu ihrer Alluminium=Kelle.
(Und noch 1 bißchen bedeutend aneinander vorbeiredn
– Hertha kam & kam aber auch nich ! / Sie, zärtlich=
lauernd) : » Und an Hei=raadn denx noch nich – « :
» Sagn wir : nich mehr, Tanndte. « / » Unn'u meins' –
säbs wenn sie Zeit zu'n Haushallt hädde – Ihr wär das
nich mehr an=zugewöhn'n ? «. Mein Axelzuckn : » Von
selbst kann Sie's schwerlich mehr. Und ich bin auch nich
der Mann dazu. – Vielleicht wenn ma Einer mit ner
festen Hant käm' . . . ? «. Und Axelzucken.
» Naja – « (TH; tief ausatmend. (Und dito ein – der
Vor=Gang war immer noch sehens=wert.).) : » Dann
geh man ma zu Ihr. – Das heiß' : wasch Dich; Sie wird
ja nu woh allmählich ferdich sein – so viel ischa gar
nich an Ihr zu waschn. Hassu Seife und Hann=Tuch ? :
Oh verdammt noch ma ! «, knirrschte sie, und küßte zi-
schend ihre Fingerschpitzn; (sie hatte fürwitzijerweise
den Dekkl ohne Topflappn lüpfm wolln).
Und saukte wütend. Durch die Fingerschpitzen : » Ich
weiß nich – : op wier=hier nich in'n Begriff s=tehn,
ne gansse=digge=Dummheit zu machn. – «. Noch

un=wirrscher : » Hau ap jetz Du : Kassa Nohwaa! –
Und mit Dein' Meetchen s=prech ich ma – «, rief sie
mir, reuich, hinterher. . . .

: IHR schtaak die Schtraußfeder des Atems aus dem
Halse. (Riesich die Hände & Füße, wie die Köhniejinn
Luh=iese) : » Meine Köh=nieginn! . . . « (Es war
grade=so=eben noch Zeit, Ihr ein Entchen Oberst=
Schenkel zu küssen.) / Und wollte fast schon wieder
keifen. : » Anschtatt geehrt zu lächeln=Du ! «. Und, ehe
sie sich noch sammeln konnte, gleich weiter; (und so
pammpich, daß der Dammf mir nur so aus dem Halse
wirrbellte) : » Du vergiebst mir *nich* ? – : Au fein :
vergeb ick ma selber! «

Ein bißchen lächeln mußte sie ja. : » Ich will Dich doch
bloß lustiejer machn, Herthielein. – Komm : 1 gans
lady=leikn noch – «; (und verbissen, wie Kamm in
Bürrsde ! –). / » Na : anne Läidie – « wollte sie anfangn
zu keuchn. Aber ich schob sie schon zur Tür : » Laufjä-
gerlauf ! : Tanndte Heete wartet auf Dich. – Es sei denn,
Du wolltest mich etwas ab=seifm ? «. Und zog schon
die Pyjamahose dazu aus : ? ; (sie floh gleich, wie ge-
blennt, dünn, seidn, gans ‹ Morgnrock › : schprenkeln
tüpfeln fleckich machn, zwiefarbich *und* karriert.)

Und blitzschnell waschen – verflucht=war=das=kalt ! –
am Pumpenmund. / Und ich redete mich an. Und erwiderte mir höflich. (Gab mir auch hintn 1 Backen=
Schtreich, für ein' besonders fauln Einfall.) / Obm
schon wieder ab=trocknen. (Und Er=untn rauchte :
wort=wörtlich=wahr : *rauchte;* so eisich war das in dem
Puff !). / (Draußen die übliche bunte Kälte ‹ Vor Sonnenaufgang › : liewrierte Wolken=Kerle in rot & grau.
Durch beschlagene Scheibm mit Wasser=Rissen : wie
sich's geziemt, wo Zwei sich gewaschn habm.) / (Bloß
raus=hier wieder . . .)

(Der Horcher an der Want) – / : » Den kochenden Topf
daaf man nich rüttln. – n Becher nie von linx fassn. –

2 Löffel in 1 Tasse bedeudn Hochch=Zeit. « (Ahî : TH am Werk. – Oder wäre ‹ Ahimé ! › indiezierter ? / Die mir eigentümliche Bulimie pakkte mich plötzlich ; und ich versuchte in die Küche zu treetn, als gehöre ich da=hinn.)

TH mit blutrotgebücktem Gesicht ; (das sie eben wieder hoch nahm, und mich musterte – mit diesem gewissen Frauen=Blick, dem ich in meinem Leben bisher noch nie gewaxn war ; allso wirz woll ooch nich mehr *weerdn*.) / Aber Herthas Bild, mit schon gans krümelich gedachter Schtirn, gab mir den erforderlichen – ja : Trotz=wohl ; (denn ‹ Muth › war's gewißlich nicht, muthich binn ich nich, das haam mich auch die 6 Jahre Schtahlgewitter nich gemacht, au contraire. (Natürlich bin ich gewisser ‹ mut=ähnlicher › Kurz=Rasereien fähich, Wer wäre es nicht. Und wehe=Dir, mein Kint, wenn Du einmal in eine solche hineingerietest : KannsDu Dir 1 Berr=Serker vorschtellen, der Ah=Mock läuft ? : Der bin ich !). Und schon hatte ich mich dergeschtalt über TH's befremdeten Blick hinweck=gedacht. Und wagte es sogar, den Zeigefinger auf die Zweizentnerfrau zu richtn – das kann nich Jeder !) :

» *Was Deinen Blick anbelankt, Tanndte Heete :* Mich treipt reinlichste Jünglinx=Liebe : Ich will meinen ‹ Harem › bewundern ! –

: *Mmmmmmm !* « – : *Denn* schneeweiße Schtöckelschuh. Lange kohlschwarze Hoose ; (aber untn schön weit ! Nich wie diese ‹ Dschiens › !) Hochgeschlossene Bluse, schwarz=weiß=lenxgeschtreift. : Darüber die schwarze ärmellose Weste : » Mmmmmmmm ! « –

: » *Heww ick all lang säihn.* « : » *Und auch* wortreich bewunndert, Tee=Hah ? «. – Sie fuhr herumm, alle 2 Zenntner ; glücklich es entlich raus=lassn zu könn'n : » Du soss nich ‹ Tee=Hah › sagn ! « : » Dabei wärsDu die Zierde einer jeden Technischen Hochschule, Tanndte. « / Aber sie verachtete mich – ich war geret-

tet! – im Augnblick zu sehr, um mich mehr als nur belehren zu wollen : » Bewunnderunk – wenn ne andere
Frau schick angezogn iss – drückt sich bei uns=Frau'n in
1 neidischn Blick aus. – : soo : – ! – «, (und schoß ihn
mir vor, aus seitlich zusammengedrücktem Wimmpern=
Schlitz : *sehr* gut!). : » Höchßns noch in 1 gewissn Beweegunk der Hüftn – : ! – «, (und ließ mich auch in den
Genuß dieser Annal=Gehsdick komm'm – : » Brawoh,
Tanndte! – Dudarfichdas, zur Belehrunk des Volx-
gantzn, in Worten wiederzugebm versuchn?«. – Ich
durfte es nicht.)

» *Und hasDu Hertha schon* jenen Griff beigebracht?«;
(bereiz auf dem Rückzuge. Sie wollte mir entscheidend
dräuen. Geriet aber mit dem Blick an etwas Dringen-
deres. Setzte die bekellten Fäuste auf die Hüftn, und
brüllte):
» *Ruut! – : S=tumml?!...* « –
Da kehrte ich aber doch wieder um – (wenn's nur *mich*
betroffn hätte, nicht; ich bin, wie schon angedeutet,
keine ‹Kemmfer=Nattuhr›; aber) : » Daß Du das arme
alte Kätzel – das Dir ein Jahrzehnt=lang die Mäuse
weckfangn half « (‹half› war gut : als wenn sie mit gefangn hätte!) : » nur weil es – vermutlich noch auf
einem Dienstgange – den Schwanz eingebüßt hat, ins
Gesicht=hinein ‹Schtummel› zu rufen?! – : Hertha!«.
(Und Der=ihres Beifalls war ich ja bommbmsicher.
(Was das übrijens auch wieder für'n Rint gewesn sein
muß, der als Erster ‹Bombe› mit ‹sicher› verkuppelt
hat! Entweder n Unabkömmlicher, der keene Ahnunk
hatte. Oder n gans scharfer ‹Molltke›; der die ‹sichere›
Vernichtunk des Feindes meinte – kurioses Volk, diese
Deutschn. Unangenehm.) / Und noch einmal, der
‹Sicherheit› halber) : » Hertha! – «
Die bückte sich zwar, und schtreichelte – und das gut-
mütich=alte graue Hummelchen machte auch sofort
Männchen, und schnurrte, daß die ganze Küche schallte

– wagte aber, in Gegenwart der Kwien, kein Wort. (Immerhin war ihr schtillschweigendes ‹ Ja › handgreiflich; ich konnte also die Verteidijunk weiter führn (TH war immer noch ‹ platt › – obwohl eigntlich genau das Gegenteil – also rasch eh die Branndunk)

» *Schtell Dir doch ma vor, Tanndte* : *1 Mann,* der sich in Deinem Dienst um=ä – sagn wa : um beide *Ohren,* gebracht hätte. Und Du würdest ihn nu schtändich, ins runde Gesicht hinein, sissthematisch ‹ Sans=Ear › rufn. – : Du kannsD'och n treuen Menschn nich derart seine Gebrechn vor=werfn : Tz ! «. (Und wir schüttelten beide die Anklageköpfe : gut=so, Herthielein : *noch* mehr schütteln ! / Sie schtreichelte die Katze; und *ich* schtreichelte *sie* – sie merkte den Unterschied vor lauter Mitgefühl gar nich. Nur Tanndte Heete griente verkniffn, als ich in cream=hill=Nähe gink. Wurde aber sogleich wieder tief ernst) : –

: » *Also erssns iss'aß ja* kein' Menschen. « / » Zweidns hab ich noch Kein'=Ein' um=ä ..... um seine Ohrn gebracht : was Dein ‹ Sänns=Ihr › iss, weiß ich nich; *will* es auch nich wissn – was Gescheudis sicher nich. « / » Aber das soll nich heißn, daß ich kein' vernümftijen Rat annähm' – «; (und richtete sich höher auf) : » Bidde : giep *Du* ihn ein' besseren : gleichzeitich bezeichnind *und* dißkreet. – Und nimm'azu die *Hant* aus'eem Meetchen raus : Kint er s=treichelt doch gaa nich die *Katze* : *Wach doch auf !* – Was'n raffinie*r*ter Mensch – «, schloß sie in angewiderter Bewunderunk.

Also sachlich aufrichtn; Sie zog sich die Westnschpitzn wieder nach untn. (Obm drauf hätte ja eigntlich 1 dürres= freches Käs=gesicht gepaßt; mit schwarzer Ponniefriesur. Aber Hertha=ihres war mir trotzdem lieber : grade bei dieser FlowersfortheDead=Montur wirkte es besonders kinntlich. Unglücklich. Und die schwarze Schtrickjacke, die dazu über den Arm gehörte, besaß sie ja.)

Jaa; (unt die erwartungsvolln Gesichter. Rinxum. –

(Arbeite, Köpfchen; wörke, robbotta, trawwajeh & trabbacharr=ä . . . . . ? . . . . . ? . . . . . : !) :

» *Bitte – : Ich schlage vor ? : In Zukunft* ‹ Der schtumme Herr › ! « (Und die Arme über meiner, (mächtigen), Brust gekreutzt. Und den Triummf genossen, daß Hertha so froh nickte; mehr als einmal. (Aber doch wohl um 1 Schpur zu selbstverschtäntlich ? Sie war meines Feuer=Werx an Eß=Prieh entschiedn schon zu=gewohnt : wenn ich mich nich ma ab & zu *selber* würdichte – *Andere* würdichtn mich doch nich.)

(*Oder doch ? : Tanndte Heete ? !*). – *Sie schtrich sich mit der Faust den Bauch.* (Was ne Faust. : Und was'n Bauch !). Es naakte noch ein bißchen in ihrem Munde. Dann sagte sie lanksam, (nein : *probierte* ! Man hörte's an der Schtimme : Siek ! ! !) –

: » ‹ *Der s=tumme Här* › *? – «. Und blickte doch* wohlgefällich auf ihr graues, lustich prudelndes Ungetümlein. Das jetz ein' so vornehm' Nam' hadde. – : » Naschön. – Wenn Ihr meint ? . . . Aber Kaffe trinkn wolln wir man auch n büschen. « –

. . . . . : ? – : » *Für Euch iss'er* s=taak genuck ! «, sagte sie drohend; als sie das Gegenteil in unsren markanntn Zügn las : » Ihr seid hier nich in Nort=Horn; wo man bloß fix'n halp Funnt Pullwer in kalldes Wasser rührt= oder=so. « / Jetzt richtete Hertha aber – ich hätt'Ihr die Schtärke nich zugetraut – voll den nüchtern=unschulldijen Blick auf sie: » Wenn ma aber keene Zeit hat – « fragte sie : » unt ins Werk muß ? Oder nachts arbeetn; weil man de Schtelle behaltn will ? «. (Und TH rannte gleich vor Rührunk an ihr entlank. Und fuhr ihr dabei mit der rauhen Riesenhant durchs rote Igelhaar. Und schimmfte dazu wie 1 Rohr=Schpatz – es hörte sich an wie ‹ S=tochastische TecksDe ›; wo man die Begriffe ‹ Unnvernummft Ungesunnt Kinz=Kopf Wahn=Sinn & Nort=Horn › immerfort durcheinander würfelt : *sehr* einpräxam; wir konntn nur nickn.)

Saß resolut auf ihren Schtuhl Uns=gegenüber. (Hertha
wieder am Kachelofn – sie war ja heut 1 Zierde für jedn
Kachelofn. Und TH freute sich op der Würdijunk, die
ihre alte Höllenmaschiene erfuhr. (Die übrijens auch
zur Winterszeit die ärxtn Aus=Schweifungen ermöklichn
würde – » Was kuxu so ? « fragte sie, TH, sofort=ark-
wöhnisch; die meinem Blick gefolgt war; und anscheinend *auch* Hertha den Ofen & Mich komm=bienierte.
Verachtunxvoll : » Oh=Du. Ich weiß *wohl*, worann'u
denx . . . «. Ich, kühl : » Dann dürftesDu aber getrost
etwas errötet sein, Tanndte Heete : schtumm errötet –
mein schwarzweißrotes Glück=hier kann Dir's ma vor=
machn . . . «. – (Es war betrüplich leicht zu erziln :
man brauchte sie leedicklich scharf anzusehen, das Gesicht voll krietischer Brauen & einem frechn Trappehts-
maul; und den Kopf impertienennt etwas, und schief,
zurück – ? – schon wurde das arme Luder unsicher &
coquelicotfarbm.)
» *Halt Du jetz ma zeen Seckunn'n lank* Dein' loosn
Munt, nich ? «. / (Und nach kurzem Überrechnen) :
» Jetz iss'as Siebm. Ihr hapt jetz ne gute S=tunnde Zeit.
Mehr : vor Halp=Neun binn ich doch nich ferdich – :
Wir *fahn* doch dann nach Zelle, Hertha ? « (Die beschtätichte eifrich durch Zeichen : sie hatte das
Schprechverboot, das heiß'ich Solliedarietät !, gleich auf
sich=mit bezoogn.) – : » Da würd'ich saagn : Ihr macht
vorheer noch ne kleine Faart : das Wedder hällt sich nich
mehr lange; wir kriegn noch Reegn heude. – Unn dass'er
Mottohr richtich waam wirt. « schloß sie geheimnisvoll;
(sie schien dem klein' Dink *gar* nich zu trauen.)
» *Wo=hinn ? ! «. – (Und musterte uns entrüstet :* es war
kein Mangel an Sehenswürdichkeitn hier im Lant=
Krais !) : » Fahrt doch ma nach Hankensbüttel : Inne
Kirche, anne Degge, sinn putzije Billder. – Ich binn'a
übrijins getraut wordn. « fügte sie, beiläufich, noch hinzu. : » Also dürfn wir Uns=Dich vor den dortijen Altar

hin=projizieren? Als schmächtich=weiße Mätchen=
Blühte; mürrtich rinxumm; scheu=abgesägtn Blix, vertan & zage?«. Sie prustete nur 1 Mal, gans kurz & verächtlich: »Pff! – Mann, ick weer Söß=unn=Twinn'ich:
ick heff nich veel anners uutsäin aß hüüt!«. (Hertha
sah schon im Schtraßen=Atlas nach.)

» Ich geh nochma schnell raus.« : »Nee! Erst=Ich!«
zeterte sie; (sie fürchtete sogar meinen Harn; gewiß,
bei kräftijen Männern soll auch=er von Sperr=ma=tot-
zoen wimm=buhln: also, andersrum betrachtet, wieder'n Kompliment? – Also geh schon zuerst.)

Dann durfte aber doch auch ich. / Draußen : 1 dünner
Kanal von Koot; schwartz & mißliebich. (Und gleich
noch ma zurück; der Hund hatte mich so verbindlich
gegrüßt, daß ich ihm doch wohl . . . (»Verwöhnd ihn
man nich *zu* sehr.«; ehe ich 1 Wurstscheibchen rausge-
schundn hatte.) . . . : »Nukomm; jaa – «; (das arme
Tier erlaak tatsächlich bald unter der Wahnwitz=Kette,
die es auf sich rum=schleppm mußte!). / »Ja; 'ss ne
alde Kuh=kedde.« sagte TH gleichmütich hinter mir.
(Werd'ich Dich diesmal also wortlos bescheem'm, und
ihm ‹aus meiner Tasche› eine neue mitbringn; ihm
schtillschweigend umlegen: 1 gute Taat pro Monat er-
laubtn mir meine Bezüge allnfalls; ne kleinere.) / TH
wieder rein: dafür kam Hertha raus; den ganzn Kopf
voller Gedankn; (man sahs nicht nur am Gesicht; mehr
noch an den Händn; den fahrijn Knien, die, viel zu
schpitz, gegen die Hose schtießn; der Munt verbook
sich andauernd, so verbraucht war das ganze Rosaper-
sönchen.)

‹*Das aber doch – in dieser Beziehunk wiederum* merk-
würdich sicher – zum Schtällchen schritt. Und drin
verschwand.) / Dafür erschien sogleich Tanndte Heete
wieder in der Hintertür; immerfort kopfschüttelnd
& ausgeschprochen sorgenvoll. Und, während Hertha
die kürzesten=ihr=nur=möglichen Kreisbogen schluuk;

auch den Motor impressief donnern machte; heimlich :
» Sachma Kardl – : wieviel Peh=Eß *haddas* eigntlich ? «.
(Schüttelte aber schon vorneweg den Kopf, a la ‹ Ich
glaube kein Wort davon › .) » 13, Tanndte « : » Mennsch
Du=lüüx ! «. Und wurde gans aufgereekt; (sollte sie
sich ja nachher, man bedenke doch, ebenfalls dem Dink
anvertrauen !); und rannte zu Hertha hin, die, einladend lächelnd, (wie nur jee 1 Flugzeug=ßtjuardeß :
‹ Sie ruaisn bekwäim mit unsere Gesell=Schaft › !), das
Tor=vorn auftat – :
: » *Kint=Härta : Wieviel hett häi ? !* «. Und ich : » Darf
ich übersetzn, Tanndte ? – Du siehst, ich wende dem
Wagen absichtlich dabei den Rücken zu : *kann* sie also
nicht beeinflussn. «; und, sehr halb=über=die=Schullter,
zu Hertha hin : » Diedame wünscht die ecks=ackte
Pee=Eß=Zahl zu erfahren, Schatz. – «. Ja, und da erfuhr
sie=sie denn. : » Iss doch anne Dreihunnderter. «; Hertha, schtoltz. Und ich, nun gewinnend zu *ihr* gewandt :
» Du geschtattest, daß ich übersetze ? – Es giebt nämlich auch ISETTEN von nur 250 . . . « (verflucht jetzt
was ? – : ‹ Hup=Raum › ? – Ich hatte ja selbst keine
Ahnunk. – Aber Hertha, die Unschätzbare, griff, unbewußt rettend, ein – letztlich handelte es sich ja auch um
ihr Fahrzeuk, eh ?) : » Die hamm dann ock Zwölwe. «
(Und ich, schon wieder fürwitzich) : » – ä=PS,
Tanndte. « (Und nu aber flott. Denn sie schüttelte
trotzdem immer weiter, Potz P & S; und schien auf
mehr technische Datn neugierich : » Das kannsDu Hertha dann fragn; wenn Ihr nachher zusamm' nach Zelle
gondelt ! « . . . . .)
(*Und in geheuchelter Behaaklichkeit zurücksinkn* lassn –
auf den ‹ Todes=Sitz ›; ich mußte jedesma das Wort
denkn ! – und den Schtraßenatlas über die mächtijen
(slater=) Knie geschpreitet. Und erwartunxsvoll ge-
lächelt. (: Das Thor schtand doch weit genuck offn,
ja ? – Ja.). / : » Entführe mich nur frisch ! «. Und meine

Forelle=in=Schwarz versicherte erst noch treuherzich :
» Wir sind glei wieder da, Tannte : ich bin pünktlich. «
(Als wenn ich's *nicht* wäre. : » Was fällt'ir ein=Du ? ! « –
Aber sie war viel zu bescheffticht, an der Ecke, als
daß sie's mehr als oberflächlichst=mentaliter beachtet
hätte.)
: » *Du Hertha – sie sieht uns nach – : könntesDu nich ma
hintn* kurz sämtliche Lichter schpielen lassn ? «. Und sie
lächelte lieb; nickte tüchtich; und ging begeistert auf
den Kientopp ein : ! / (Gut. Sogar sehr gut. – : » Aber
nich übertreibm. Komm jetz. « / Und, flink wie 1 Wie-
sel, durchs Dorf, auf die Teerschtraße : . . . . . .)

*

» *Dukuckamma – : iss das nie* der ‹ Buchbinder Balder ›
von gestern Aabmd ? «. – : Jawohl; er war es. Und noch
ganz in seiner Rolle dazu; (beziehunxweise *schon wieder;* heut Abmd ginx ja nochmah los); hatte die
Daum'm in die Hosenträger=obm eingehakt; und musterte uns, erhaben=dicken Blix, wie wir da so, IN THE
DAYS OF THE COMET, in unseren Sünndn dahin
rolltn. (Und sie wollte zwar erst noch in Tiefsinn machen, a la ‹ War das *gestern* Abmd ? ›. : » Da siehsDuma,
wie auf'm Lande die Zeit vergeht, Hertha. « – » Vielleicht, weil's Alles neu iss. « schtellte sie die schlaue Ver-
mutunk auf. (‹ Vielleicht › war gut.) / Aber bemerkens-
wert immer wieder, was sie, Malerin plus Schofföse, so
sah : ihr entging platterdinx *nichts* ! –
Also sah sie auch, wie über ihren glühenden Pfahlzäunen
ungerührt die Oberkörper der Bäuerinnen hand=tiertn.
(» Ich hab ma Ein' gekannt : wenn der Licht gebraucht
hätte, der hätt' die nächste Fichte angezündet. – : Daß
manche Blum'sortn sich zu schließn, wenn Bauern vorbei gehen, ist Dir bekannt, ja ? «. – Bei Geistlichen,
Militärs & Juristn auch ? Das weiß ich nich. Möglich
wärs.). / In den Weidenweiten kleine sandfarbene Nor-

weegerfeerde ? : » Ja; die probiern Die=hier aus. Dürftn
sich auch beschtimmt eignen. & einbürgern. « / Ältliche
Radler, die ihren Weg, junge Mohpettler, die einander
verfolgten. / Der hölzern=schpitze Glocknturm neben
der Kirche ?. : » Hör uff mit Kamm=paniehle=Du; sag
‹ Kennzeichen der Ost=Haide ›. « / Und dann lag auch
dieser Ort hinter uns : ab=biegn, genau nach Ostn :
und hinein

in den Sonnen=Aufgang ! – (Da ginx natürlich wüst zu,
wie uff'ner Schweednplatte; bei Wolkens=oben : Eine
schwang den grauen Mantel, gans Große Dame aus
Luft; in Gewändern aus Luft. *Die* schacherte mit Schar-
lach. Die Alte=Graue schminkte sich; (und es zerlief
ihr gleich : das iss Dir recht !). Hier lag 1 Gekrümmter
in seinem Blut : die rote Sonne lief ihm hintn raus : –
(aber sie machte gleich wieder ihr hippokratisches Gesicht; und ich verwandelte die ‹ Schlacht von Wadde-
kath › geschickt in eine Senn=tänz; wie sie sie so . . .
» *Name aus Karlmay : die schöne Häuptlinx=Toch-
ter* ‹ Wih=Sih=Sih=Soh ›. « : » Und das heeßt uff
Deutsch ? «, wollte sie gleich wissen. – : » Mmmm :
Uppsa=Roka, mein Kind; für ‹ She=has=the=biggest=
in=the=county › : verschtehen Wir=Uns ? « : » Sag erst-
ammal Deine ‹ Senntenns ›; dann alles weitere. «
: » *Früh BAUT die Sonne* einen roten Schteeg – : abmz
zieht sie ihn wieder EIN. « (‹ Warm sind nun Mäntl, wie
Mäntl wohl sint › – sie war tatsächlich damit zufriedn !
(Freilich; uff'm Kallender=hintn schteht ooch nischt
Tiefsinnijeres.).).
(*Und endlos=gerade, unabsehbar=leer,* das dünne Teer-
band voraus. / Sie wandte den Kopf nicht; fragte auch
nich direkt. Schprach nur, nachdenklich –
: » *WAS kam grade in Sicht ? – Wie hieß* das ? Wo se
landn . . . . .

. . . . . » *Achso, nein : keine 10 Meiln=mehr !* « (*Waren
wir hoch :* jetz sah ich endlich ma die berühmte

‹Brücke› zwischen den Kapps LAVINIUM und OLI-
VIUM. / Und weiter, weck übern YERKES.)

(da sie ebm bremmsDe)

..... *und schoß derart schräk nach untn;* daß ich mich
unwillkürlich auf dem hartn Sitz nebm ihm verschteifte :
so mußte höchstns Dillert auf Iceland noch durch die
Flack=Lohen geschtoßen sein ! : » No fear : der Bodn
des PICARD iss 800 Yards tief in die Fläche des MARE
CRISIUM eingesenkt : wir schtoßen ledicklich zwischen
2 Berk=Zähnen hindurch. – « (Aber ‹durch=schtoßn›
also doch !)

(Der Morgen schtieg in Schichtn von Dammf empor.
Die nackte dürre Birkenriesinn zitterte verschämt. – :
» Kunst=Schtück : wenn *Du* Een' ansiehst ...«. Und
besah die bebende Baum=Schwester noch simmpaati-
scher .....

..... *während ich indessen, möglichst identisch=kühn,*
vorn über meine schönbeschuhten Füße nach unten
schpähte. (Tja, wenn da wirklich 1 Brown=hilled auf
Ein'n geharrt hätte, oder sonst was WAClijes ! – So gab
der Bube nur ein paar harte Rucke; (garanntiert aus
Absicht; damit ich im Kongreß=dann die hohen Anfor-
derungn, die solch Rum=Gegondle schtelle, rühm'm,
und ewwentuell ne Sonderzuteilunk proponieren sollte,
was ? : aber eher wirsDú seekrank, Lot=se, als ich !
(Das Korndbief freilich kam mir hoch; war aber von
Magensaft noch nicht so schtark zersetzt, als daß es
nicht gewissermaßen noch einmal geschmeckt hätte :
Dank=Loze ! Von mier=aus nochma.) .....

» *Abgeschmacktes Suppjeckt* – « *wisperte* es zu meiner
Linken. Und, geschteigerter : » Manchmal könnt'Eem
glatt schlecht weerdn bei Dir, Karlle ! – «. Und hielt am
Weegrannt an; mit Trän'n in den – (wie sagt Trakl in
jedem zweitn Gedicht ?) – ‹runden Augen›. / » Sint es
richtije, Hertha ? « : » Es *sint* richtije. «; sie, dummf;
(und schon *so* dummf, wie sie sonst mit der Schtimme

gar nich runter konnte; also doch wohl echt. – Sie
trocknete sie, als moderne Frau, mit einem Temm=Po
Taschntuch. Und schteckte das Handtäschchen dann
wieder in die Wagentasche, vorn an der Tür.) / Und
atmete hoch – beziehunxweise ‹ tief ›; es ergiebt immer
denselben nicht=wogenden Busen – und ihr gelang
1 ‹ Grundsatzfrage › :

» *Iss es denn nie schonn schlimm genuck,* wenn Ei'm so
was passiert ? – Es kommt vor, mehrfach=im=Leebm,
zugeebm. : Aber *muß* der Künstler denn sowas=der-
art schilldern ? ! – «. (Und schüttelte verzweifelt den
Kopf : Dank=Dir für den ‹ Künstler ›, mein Lieb; wenn
ich Einer wär', würd'ich mich henngn ! Bei ‹ Dichter ›
wird mir regelmäßich schlecht : wie ehrlich=arbeitsam
ist dagegen ‹ Schrift=Schteller ›. Man müßte *noch* weiter
gehen, und ganz rüstich=derbe Ausdrücke für den
fleißijen Literaturwerker einführen : ‹ Wort=Metz ›
oderso; (Anna=log zu ‹ Schtein=Metz ›). / Aber erst ma
das=hier erleedijn . . .)
: » *Liebehertha. – : a !)* – « *(und dies* war der linke
Daum') : » Sind *wir* schuld an dem biologischen Irrsinn
dieser Welt ? Darüber ham wir ja wohl schon mehrfach
gewortwexelt. « / » Bee !) . . . « (Der schüttelt die
Flaum') : » BrauchsDu das bewußte=Wissn dessen, wie's
in der Welt aussieht, nicht zu ihrer Bewältijunk ? Sollte
man nicht – auf solche ja immerhin noch=schonende
Weise ! – erfahren müssen, : *Was* Ein'n im Leben so Alles
erwartn kann; und wie das dann gegebenenfalls *riecht* ?
Ich fürchte, Du schtehst manchma immer noch vor Mo-
naazbindn, Klos & männlichstn Gliedern; und heulst &
erschtarrst & erzeuxt Dir n Schock=uff=eewich : *da*
gieptz gans andere Dinge noch=Du ! – Man *möchte*
manchma drüber unsinnich werdn; das brauchsDe
mier=wahrlich=nich zu sagn; das ‹ iss drinn ›. «
» Neenee, Hertha : *wenn dergleichen Informazjohn*
noch reelatief humorich – also behutsam – geschieht :

216

Du da kannsDe ausgeschprochn *dankbar* sein! – : Es
giebt, verlaß Dich drauf, noch Zee=Eee=und=Dee;
aber . . . . .

      . . . . . *ich huschte erstma flink* die 10 Schritte im Freien;
(idiotischerweise die Hand vor die Helmscheibe ge-
drückt; als müßte ich mir den Munt zu haltn –
solche Blößn dürfte man sich vor Denen=hier gar nich
geebm!). Zwängte mich, seitlich, durch die super-
klug=schmalen Türen; und rinn in die
*hausgroße Kunst=Schtoff=Glocke, (die für die Außn-
trupps* gleichzeitich Heim, Schtütz=Punkt, Ersatzteil-
lager, Luftreserwoahr, war. (Und vermutlich noch
Diewerses mehr : *leicht* hatten es diese Abteilungn tat-
sächlich=nich!) –
»*Also Mister Hamp=den* . . .«; (*der Schtützpunkt=
Kommandannt* informierte mich kurz) : ». . . ä=die-
beidn Vermessunx=Abteilungn befindn sich zur Zeit
etwa=ä : 30 Meiln von=hier. Also marschmäßich keine
6; in anderthalb Schtundn sind Sie mühelos da. Sie
schlagn am bestn'n klein'n Bogen nach Süden . . . – : Ja,
lehn Se's an de Wand=da, Miller . . .« (1 Unter=Kom-
mandannt hatte Schtaap=Taschenlammpe, und 1 endlos=
lange Schpring=Schtange gebracht. Für die Bleisohlen
krickte ich hier welche aus Cork, ‹Zur Erhöhunk der
Geschwindichkeit›.) / Er hatte sich indessen leicht vor-
gebeukt. – Leiser; und undurchdringlich=vertraulich,
(eigntlich unangenehm!) : »ä=Falls Sie : einen klein'n
Boogn nach *Nordn* machtn – «; (sein, aufreizend langer, Bleischtift – naja, die kricktn immer noch ne gewisse Zuteilunk=hier – beschrieb allerdinx genau die
verkehrte Richtung; kann vorkomm') : »– *falls* Sie also
die Trupps=ä *verfehlen*? Und=ä=mnä ein gewisses
Schtück in diese ‹Verdünnte Zone› eindringn *solltn*
. . .«; (er hoop forensisch die Hand . . . . .
(»*Die Linke demnach. – : in der ‹Rechtn›* hatte er ja
woll'n Bleischtift? . . . . .

. . . . . *die ‹ Linke › war es übrijens*) : » *Irren* ist ja menschlich. – Und *jede* der Zirrzellen, *auch die kleinste : ja=gerade=die!; : kann* wichtich sein! – Ja dann müßtn Sie halt den klein'n Weg=zurück zum zweitn Mahle machn. – «. / (Und nickte mir aufmunternd zu. – Ich, nachdenklich, zurück : also Kleinstkrater mit Zentralberk gesucht; da ewwentuell boll= schewiesiert ?). / » – ‹ an sich › natürlich verbootn. – Tz=GOtt, n kleiner Um=Weeg – «; (Er, nochmal; und *so* lässich=dringlich – : Wir sind ja *Alle* Kommödijanntn! –

(*2 schweere Nicke. 1 zuschtimmendes* Reiben. (Auf den linkn Oberschenkel. Und ich sukzedierte, mich, verworfen, etwas im Sitz zu lüftn – : » Noch*ma=* Hertha! – Du würzD schtaun' . . .

. . . . . *ja, der Süt=Teil 'ss ja immer* von gans=merkwürdijen Nebeln betroffm. « (*Der=*hier lauschte meiner Eysenhard=Aneckdote, die ich zwanglos zum 2. Mal anbringen konnte, wesentlich intressierter. Nickte wohlthuend; (die Unterlippe wuux ihm, während meines Rehferraz, erschtaunlich weit vor). : » 's durchaus . . . « (hier wurde der Munt gans schpitz; er legte ihn schräger, und wiegte selbstgefällijer) » . . . doch; das kann=ö – eine echte Wahrnehmunk gewesn sein. Schtelln S'ich vor : ein Meteorschwarm flüügt den Schtaup=Schpiegel des Mare hoch! ? : ! – « (er warf ganze Hände voll ruckartich in die verdünnte Luft; sehr überzeugend. Breitete dann die Schultern weit, und zuckte die daran befindlichen Axeln : . (Wie gesagt : die geborenen Scharr=Lattane . . .).).

» *Übrijens unterschätzen Sie die Ausmaße* unseres MARE CRISIUM=hier nicht : s'ss immerhin so groß wie Missouri; 330 mal 250 Meiln. – Aber Sie habm ja schtändich Schprechfunkferbinnndunk. ä=Die 3 Welln habm Sie doch ? : GLASS=TOWN, Uns=hier, und Meßtrupp ? – : 'tüür'ch. « –

Und schon im Raum=Antzuck draußen : den Alpen=
Schtock zum Ap=Schprung einschtoßn . . . ? –
(sie drückte unwillkürlich auf den Anlasser, so nahm
sie's mit : das nennt man dann Willensfreiheit ! . . .
. . . . . *(Halt nochma. Er wollt noch* was. – Und am
Brustschalter die Welle einschtelln . . . ? . . . : Ah; hier
kwasselde's : » . . . sought the danger. : ‹ seek=sought=
sought ›. – Grámotny ? – « : Mensch, das war'n die
Russn ! (Und machten Amerikanisch=Unterricht :
» Gdjä wü ßkrüwallissj : Where have You been hidden ?
– : Gdjä : . . . «. / Aber ich mußte mich konzentrieren;
ich vergaß gans den Heinie=hier. Er war schon besorgt
geworden, und fummelte mir am Bauche rumm. –
Knipps : Knipps – : Ah, da bisDu . . .)
: » *Die Schtaubschicht* – : ist nirgnz tiefer als 10 bis 20
Zoll. Allnfalls ma 30; aber das'ss schon selltn. – Also :
Gutn Weeg. – « (Und hob die Handscheibe, a la ‹ Ab-
fahrn › !).
Und los ginx; das Lagekärtchen in der Schtullpe, auf
dem linkn Handgelenk . . . . .
(und los ginx; sie trat automatisch auf alle richtijn
Knöppe. / Und wir rolltn wieder 1 Endlein. / Bliep Uns
gleich wieder schtehen, und schrie : » Du, haß'De's
Fern=Rohr bei der Hant ? ! – « (Und da griff ich doch
schaafsmäßich an mir herum – verflucht=nee –) : » Vergessen, Hertha. « : » Nu komm'glei lauter Rehe; poß
uff. « (sie; resigniert. ‹ Reh=seek=neared › : Bloß rasch
ins Mare die Schöne entführt ! . . . . .
. . . . . *noch einmal kurz 10 Yards hoch* in die Lufft ge-
schprungn. Und wiesiert – (das heißt : dies ‹ in die Luft ›
war natürlich wieder die reinlich=üble alte Angewohn-
heit). (Und diese Karte=hier, auch nur einijermaßen zu
‹ orten ›, gar nich so einfach. – : Hier im Rücken den
PICARD; das schon; Wem sagn Sie das. / Das
sehr=ferne Crater=Rändlein jedoch, oderwaseswar, lag
zwar *ungefähr* in dem mir angewiesenen Seck=Thor vor-

aus : aber, meines geringen Erachtens, doch zu weit
nach lynx ? . . .). –

Ach=Watt=Schnack : hier die Karte; hier Nort. Hier
lynxde das Fels=Zähnlein : annähernd schtimmte's jedenfalls; den Rest würde man unschwer funkpeil'n
könn'n. (Und die hohen Plexiglas=Schpitzzelte des
Meßtrupps – beziehunxweise Jurtn – würde ich im Fernrohr ja ooch binnen kurzem erkenn'=könn' . . . . .

(Aber das hatte ich nicht gut gemacht : daß mir das
Wörtlein ‹ Fernrohr › nochmal rausgeruttscht war, ent-
wischt abgegangn desertiert. Denn sie sah gleich scheel;
sie scheelte, und nickte böse her : auf=mich! – Book
sich auch schmeidich seitwerzer=weck; wie ihre Freun-
dinn=vorhin, die Birke; (sie freilich hatte keinerlei
Wind als Entschuldijunk). Und beteuerte :
» *Nischt wirt draus!* – : *Kee Fernrohr* – und noch ann
Kuß ? « (und, ins Bedeutend=Allgemeine gehoben) :
» Nur Männern mit Fernrohr will ich gehören . . . «. :
» So ? ! : Wenn demnach der Diereckter von Maunt Pal-
lomarr käm' – : der dürfte sich sofort festsaugn ? «.
(Unt sie klapperte künstlich mit den Augen; und
vampte mit dem Mund, soviel sie vermochte :!. /
Neit=voll : » *Sonn*=Munt hasDe bei mir noch nich ge-
macht. « Sie zuckte nur käuflich die Schulter : » Bei
Ee'm ohne Fern=Rohr . . .

. . . . . *Also los : DURCH DIE WÜSTE ! – / (Und hinter-
ließ* doch gans schöne Schpuren; wie ich, korkenen
Tritz, so dahin schprang : ‹ Wie 1 Ga=Zelle › hätte man
auf Erdn gesagt, was ? –). / (: Oder nee : ‹ n Pannter ›.
Klaa : n Pannter ! – Schprang ich also ein bißchen als
Pannter dahin : ‹ the slater, a mighty man is he ›.)
*Wurde dessen jedoch sehr bald müde – diese Pannter=
Schprünge* griffn die Waadn über Gebühr an – und schritt
wieder in normal=ehrsamen 6=Yard=Schritten fürbaß. /
Bemerknswert diese Todtnschtille, nich ? (Wodurch
allerdinx Hertzschlack und Ohrnsausn unangenehm in

den Forder=Grund traten – kuriose Formulierunk; ich
muß mich beim Denkn etwas zusamm'nehm'. Vermutlich war es wohl so : daß die Ohren=selbst, aus puhrer
langer Weile, auf sich achteten.) –

Große grünliche Fleckn im Pulvermeer ? : Der war jetz
beschtimmt schon 1 Meile breit. (Schien auch etwas tiefer hier die Schtaubschicht, was ? – Ma mit'er Schtange
probieren; (dem ‹ zureichenden Grunde › mit einer zureichenden Schtange begegnen) . . . . . : ? – : ! :
Nannuh ? : Die verschwand fast drin ? ! : Waren das
Dem=seine ‹ höchstns 30 Int=Schiß › ? / Und hier, rechz,
nicht minder; Potz Lunarit & Lunabat ! (‹ Luna=ritt &
Luna=bat › : Jott Eh S=pörr bitt für Uns !). / Bloß zusehn,
daß ich von diesem gifftiejen grün' Zeux runterkomm :
jetzt schprang der Pannter wieder ! Sogar *noch* weitbogijer
als vorhin. (Jetz wußte ich auch, warum diese Schtange
den allbernen ‹ Teller › untn=dran hatte, wie'n anntieker
Schi=Schtock ! : Bloß weiter hier . . . . .)

Und endlich wieder auf redlichem Grau=Grund ! –
(Das heißt : *war* er's auch ? Ich war jetz erst mal arg
mißtrauisch gewordn . . . . . : ! : Doch. Hier war, kaum
15 Zoll tief, reeller harter Fels=Eßtrich drunter; na
also.) / Und die ‹ Dämmerunk › war doch schon wieder
verdammt merklich gewordn=tz. Ich wiegte mißmutijer
den Raumkopf : diese 14=tägich=endlose Nacht=hier
war wahrlich Niemanz=Freunt : Nichts Niemand Nirgends Nie ! : Da hatten die Ärzte immer die meisten
Schweermuuz=Anfälle zu behandeln, ‹ Lappen=Krank-
heit ›. Selbst Unsereins wurde ja mürrischer; obwohl
man doch remarkable Denk=Reserven besaß . . . . .

(» ‹ *Man hat halt ne gute Schule* besucht › . . . ? « schlug
es irgendwo hämisch=verbindlich vor . . . . .

. . . . . *Tjaaa.* – / *Und doch wieder ma behaglich* um sich
blickn. – . (Ich mußte mich allerdings zweimal dazu
kommandieren : wieso eigntlich ? – Achso : wegn dem
grün' Puder=Abgrund von vorhin. Je nun; ich kann ja

auf den nächst=bestn=festn=Felsblock hüpfm.) / Und
der Schprung gelang derart zierlich – (hinter mir, untn,
wallte der Schtaub noch ergeebnst=etwas) – ausgeschprochen gemsengleich : Vivat Capella Hampdenii !
Fehltn nur noch Hörnchen & Brunstfeige . . . . .

(Sie wollte hoch vor dem Wort, das junkfräulichen Naasn
freilich etwas anrüchig – : » Bleip *untn* Hertha : ja*wohl* :
es *hat* mit dem Klapperschtorch zu tun . . . . .

. . . . . (*dies fiel mir noch ein : man könnte doch eigntlich*
seinen eigenen ‹Gemsbart› am Kinn züchtn; und ihn
dann schpäter am Hute . . . . . und ließ doch wieder
betrüpder die mächtijen Schultern hängen : keines unserer Kinder wußte ja mehr, was 1 ‹Hut› war. (Worte
wie ‹behütet›, ‹in guter Hut›, gingen allmählich und
unvermaidlich ihres urschprünglichen Sinnes verlustich :
wahrscheinlich hatte Hutchinson gans=recht, wenn er
immer wieder beantragte, die Ortograffie radikahl zu
ändern – 's war eh wurscht . . . . . .

Sie kaute immer noch an der ‹Brunstfeige›. (Und
wurde von der unschuldijen Metaffer *noch* wüthender :
» Kau Du=Dir=selber drann ! «. Und schaltete, ebenso
präziese wie aufgeregt. Denn wohlnummerierte Häuser
kamen auf Erden näher. Wir rolltn lang=samer. Sie
schlug ihre trefflichn Hakn.) / : » Du das iss schonn
die Kirche. – Sicher : dort=das länglich=gelbliche Bau=
Werklein – «.

Sie hielt schtumm am Schteinrant. Unter halbkahlen
Eichen. Und schtieg *nicht* aus. Saß vor sich hin; und
schprach dummf zum Schteuerreif –

: » *Manchmal hasDe mich so weit*, daß ich ans Schluß-
machen denk. – Ich komm mit Dir nie klaar : einerseiz
brauchsDú überhaupt keen' Menschn; Du kannsDich
mit Dei'm eigenen Kopp ammüsiern; ma siez ja wieder.
In der Liebe mussDe Dir ooch Alles gans genau vor=
sagn, was De mit Ee'm machst . . . « / Und hob den
Kopf; und schprach mit altem dürrem Ernst weiter :

» Du hast keene Seele. « / Zuklappte der Munt. Sie saß und blickte nach vorn, durchs Große Fenster, auf die Schtraße : da verbark sich der gaffende Knabe hinter dem gaffenden Mätchen; (das sogleich ein doppelt lächelndes Gesicht annahm : für ihn mit.)

: » SissDe. – *Das iss wieder* derselbe Fall : anne glännznde Beobachtunk – aber blitzkallt & schnell & gans vom Ver=Schtande her : das geht bei Dir Alles so ficks & bunt & gelenkich durchannander, wie der Großschtattverkehr an'ner Schtraßenkreuzunk. « (Und zuckte selbstmörderisch=gleichgültig die schmalen roten Schultern. – Nur gut, daß sie von dieser Zugabe ‹ rot › nichts ahnte; sie hätte es sonst womöglich sofort *wieder* gegen mich ins Treffn geführt. Das heißt besch*timmt*=sogar : aber ich beiße nun einmal kannibalisch=gern in 1 ‹ weiße fette Schullter ›; oder führe hungrich einen ‹ roten Unterarmknochen kweer zum Munde › – eine Wendung, in der sie das ‹ quer › vermutlich noch am rasenzdn gemacht hätte : dabei bin ich doch . . . . .)

» *Dabei bissDe andrerseiz imschtande,* und koofst dem Hunde von Dei'm Gelt anne leichtere Kette. Und Du machs'das ooch; ich kenn Dich. « / Saß schtärker, und bewegte radlos den Kopf. : » Womit ich *das* verdient hab : daß ich mein Leebm uff amm Karrus*sell* zubringn muß ? – «. (Sie meinte die Erde : nich schlecht !). Und richtete 2 verdächtich blanke Augen auf mich : » Und *so amm Kerl* in de Finger falln ! . . . «. (Nur rasch das Händchen gekapert) : » Hertha ! – «

» *Hertha wenn ES Dir so zu=wider* ist – : soll ich mich kaßtriern ? «. (Herzliche Grüße : Dein Wallach. – Aber sie schüttelte von selbst den Kopf) : » Daß De dann *ganns* unmenschlich wärst, gelt=ja ? Und *gar* nischt mehr an mir fändest. – Aber wart ock : ich will mich Deiner würdich erweisn – «; und richtete sich schtrack herum, energisch; (und sie hatte *hüpsche* Muskeln, ich wußte es; hätte es aber dennoch, gern, *jetzt* gesehen : in dieser Schtellunk, nackt=am=Schteuer, kannte ich sie noch nicht. (Und würde sie vermutlich *nie* kenn'lern'; schade. Denn es war nichts weenijer als Perr=Werr= Sie=tät : es hätte irgendwie die Scurrilität dieser Welt schteigernd ad absurr=dumm geführt; *so* geschteigert, daß sie wieder erträglicher gewordn wäre. – Vielleicht ging sie *doch* mal darauf ein. Auf einem Wallt=Weeg; oder am einsamsten Badeschtrant. Oder meinsweegn in der abgeschlossenen Garraasche ! : Wenn ich's ihr richtig klar machte ? – Aber für's ‹ Klare › war sie eben nich . . . . .))).

(Und dieser Gesichz=Ausdruck=jetz !) : » *Hertha !* – : Was würde Lawwatter dazu sagn. – « Denn sie weinte mit nichtn. Schnitt mir vielmehr 1 wüste Fratze. Und schoß zusätzlich noch einen Zungen=Schpeer in meine Richtung : ! / » Es werde Nacht . . . «. Und sie nickte, nachdem sie ihre angenehmen Züge wieder in Ordnung gebracht hatte, wissend her : » Das gloob'ich : entweder *obm lästern* . . . «; (ich öffnete gleich intressiert das Gesicht, geschpannt auf ihre Formulierung des ‹ oder= untn › : ?). : » Weiter kannsDe nischt. – Mach de Türe uff : raus Du Unn=Mensch ! «

Also schteiff=beinich hoch=schtemm'. (Und ihr helfm : ich rumpelte mein Schtilzchen gar nicht unfein, während sie hilflos im Klaff ballangßierte. Hatte zwischendurch sogar die Schtirn, scheinbar ungehaltn zu mahn'n : » Nu komm schon, Herr Ta : wird'och unnötich kalt . . . «. Und eiskalt rumpln –).

Nahm dann die endlich=Ausgeschtiegene, deren Atem zier & schneller gink, (mindistns Wintschterke 8), bei der artijen Hand. Sie merkte noch an : » Ich will jetz nie fluchchn, weil ich glei in anne Kirche treet. Aber hinter- her=Du : Oh dann soll es gräulich her gehen ! «. (Ließ aber das Patschchen doch sehr brav in meiner – : ja, schob es sogar *noch* tiefer hinein ? Ich schtrei- chelte es gleich sehr dafür.) Und wir schrittn, Hant in

Hant, wie Hensel & Greetl, dem Hufeisn=Portal entgeegn . . . . .
(S=toppn : » Ja und Der=oobm ? Soll Der unterdessn
. . . ? «. Und sie, die Schtirn schon besichtijend ge-
kraust, nickte nerrwös=geschpannt : » Den laß amma
tüchtich loofm . . . . .

   . . . . . und der Schtarrtschprunk zur Weiterreise : ! (Und
   zwischendurch ma 1 Blick auf die Armbanduhr : man
   kam sich tatsächlich wieder richtich wie 1 Erd=Herr
   vor : Schtock & Hut & Wohlgemuth . . . . .
Zwischn den wehrhaftn Pilastern am Eingank blieb sie
das erste Mal schtehen – : » Menschkuckamma die
Wallöhrs ! – «. Und sah das Bissel Mauer mit 1 Blick
an . . . : einem Blick, wie ich ihn aus diesen Augen noch
nie geschmeckt hatte ! / Ich sah zwar nichz, als nasses
Gelp; mancherorz mit blaßgrünem Schimmel verziert;
das Aparteste waren noch die faustgroßen rotrunden
Flecken, wo der Ziegelgrund durch den bankerottn Putz
kam. Aber es wäre barbarisch gewesen, so viel Glück
irgend zu trüben; also harrte ich mit aller Macht, bis
das neue Schtoffmuster notiert & vereinnahmt war.
(Und volklich würden, demnächst, in mehreren bun-
desdeutschn Ortschafftn, einzelne bedauernswerte
Back=Fische in solchn Waschkleidchen herumlaufen
müssen. Beziehunxweise Hausfrauen in ähnlichen
Schürzen; Potz Gugel & Zaddeltracht.)
Im Vorraum : Seitentreppe : Opferkasten; (mit Pro-
specktn; da nehm' ich nachher 1 mit). Schon vernahm
man von drinnen, durch die Schwingthür, gedämmftes
Orgelprobiern. (Das allerdinx, als wir ein Schtück in
dem (auffällig engen) Gang zwischen den Bänkn vor
kamen, neugierig ab brach. (Auch während unsres
Aufenthalz unverkennbar lauter & forscher wurde. Und
schließlich sogar in ein' schneidijen Koral überging –
wir wiegtn aber auch, aus Gefällichkeit, die Köpfe im
Tackt mit : Eins=zwei=drei : Eins=zwei=drei : La=hau=

da=*mus* : Wir sind ja Alle irgendwie Fanaticker. /
Gottlob war auch Hertha nich für's ‹ Kniefixl=machn ›,
wie sie es in ihrem prächtich=blutvollen Schlesisch for-
mulierte.) –

Aber das war in der Tat remarkabel! (Wenn auch nicht
» Hie Eronie=muß Bosch – «, wie sie gierich hauchte :
» Ach was! – Nix Bosh! «. / Wir wandertn umher,
den Kopf im Nackn, so daß uns die Gesichter aufrei-
bendst=horizontal lagn; und unsre Blicke irrtn, vereint,
vom Himmel. Durch die Welt. Zur Hölle. – Also fang'n
wa an mit der

HÖLLE! : *linx* die schönste lüneburger Wacholder-
gruppe, wie wir sie nur eben erst, bei der ‹ Anfahrt ›,
gleich hinterm Großen Kain, gesehen hatten. / Dann 1
Dutzend nackter Verdammter. (Die, begreiflicherweise,
vor dem flammensausenden Höllenrachn=rechz, ark
schtutztn : *so* hatten sie sich die Folgn *nich* vorgeschtellt,
wenn sie des Schteinhägers zu viel taatn. Oder ihrem
Mädchen, über das Maaß des Schicklichen hinaus, am
Kreusel=Krepp schpieltn. (Und Hertha nickte mir nur
kurz & vielsagend zu, a la ‹ Schpiegle Dich darin! ›) :
» Kuckamma Den=gans=vorne an : FinnzDe *nie* anne
gewisse Ähnlichkeit? «. Der sich freilich auf allen Vie-
ren heulend gegen das Eingesaugt=Werdn schtemmte.
2 rötliche Teufel mit Mistforkn gabeltn den restlichen
Schub hinterher. Und schwartze Höllenhabichte harpy=
niertn von oben : » Gar. Nicht. Schlecht. – «

Als ausgeschprochener Gegensatz der Kor der erfolgreich
Auferschtandenen. Wiederum wahrhaft meisterlich im
Dreiexfellt angeordnet : unten, breit, die weißbauschich=
überlangen Petticoats. Dann schon evzonenhaft enger
gegürtet. Dann, seelich Backe an Backe gedrängt, Gesichter & Coiffuren. / » Und so, meinsDu, wirst also *Du*
einst=schtehen und sing'n? «. Aber sie schüttelte auch
ablehnend den Kopf. Zuckte theilnahmslos die Axln :
» Gott wer Inntresse dran hat … *Ich* wär' am liepstn

gar=nimmer : die Welt iss zu viel für ann Menschn. « Tat schon wieder maulhängkolisch. Und ich führte sie nur schnell ein paar Bilder weiter :

: » *Hier : Kuckma den Engel. –* : *Wie der* dem 7=köpfijen Drachn die Feuerrute zeigt. Und der zwar aus Ehrgefühl noch etwas faucht; aber doch schon beträchtlich scheut : es giebt ihm sichtlich zu denkn : man beachte das Fragezeichen des Schwantzes. « / Hier blus der E.v.D. aus schön=flach geschwungenem dünnem Horn sein ‹ Auf=Schtehn ! ›. : » SissDe : sämmtliche Engel sind *Frauen* ! «; Hertha, trübe triummfierend, ob der schtattlichen Pattriezierinnen=Tracht, kurz nach 1700. : » Kuck Dir ma lieber Den, gans=untn=rechz, an ! «. Sie kuckte. Unt nickte; (es war aber auch der, mit Apschtant ausdruxvollsde, Höllen=Aspirannt.)

Und auch hier wieder 1 wohl=friesierte Dame – allerdinx befremtlich weenich Hinterkopf ! – die SATAN= selbst an der Kette hielt. Einen armlangen Schlüssel in der hellen=vollen Hand. Und unverkennbar eindringlich auf Jenen ein=redete : Widerlich grau & fett, ringelwänstich wie ein riesenhaft vergrößerter Meister Floh, Flammen fraßen ihm aus Maul & Leip, lag der Kerl auf der Seite; verdrießlich aufgeschtützt – aber völlich gebändicht : sie hielt die Kette verächtlich=lose. / : » Ich würde sagn : es ist dem Meister gelungen, ein gewisses verworfenes Behagen des Bubm an seiner Sittuatzjohn auszudrückn. – Übrijens ‹ Kette › Hertha : daß wir nachher ja dran denken ! «

Kristus als Weltnrichter ? : » *Ausgeschprochen* schwach. « / Pause. / : » Du meinst künstlerisch. « : » Kwattschkopp. « / : Aber ohne rechte Überzeugunk; denn sie war schon im Paradies; und besah sich eben tiefsinnich den Adam=da=obm. : ?. : » Daß=Der=das – «, (sie überwand die Schaam, und sagte) : » – mit *Tiern* gemacht habm soll ? . . . « Schüttelte sich mehr. Darauf ich; in geschpielter Lüsternheit : » Na; schtell Dir ma sonne richtije schtramme Tiegerinn vor . . . ? « Und sie, verächtlich=überzeugt : » Jaja : Ihr=Männer krickt in der Beziehunk Olles fertich. «

Dennoch : 1 prächtijes Paradies! / In jeglichem Gewölbekeil sein schmaler Schpitzbaum; immer abwexelnd die andere Sorte. Regelmäßich die ferne Borte einer Baumkulisse. Und hinter jedem Schtamm schaute, Augn rechts, behäglich ruhend, sein Thier hervor : Bär & Hirsch & Rint & Lamm. : » Und sieh ammal wie gehnial gemacht ! : der Hinter=Leip iss einfach weck= gelassn : moderrn & kühn. «; Hertha; hin=gerissn; (auch ein bißchen archenoahmäßich erfreut). : » Und vergiß mir ja nich den hohen Bretterzaun – hier hat man ihn, leider, zu=braun restauriert : aber es iss'doch schlechthin=wunderbar ! So viel ländliches Behagen . . . « (Und neues Wandern im Kreise). / : » Hier ! : Das habm wir noch gar nich gewürdicht – «; (freilich hatte man das schtörende Gegenlicht, vom Fenster her, mit der breitestn Hand abzuhaltn.) / Und da mußte ich doch die andere auf die Hüfte setzen : das war doch wohl . . . . .

: » Also ich würde ja sagen, Hertha : rein=kommpositorisch die Schpitze ! «. / : Rechts 1 Baum; linx 1 Baum. Dann der kniende Apostel : wundervoll kniete sein roter, wohlbeleibter Rückenmantel mit. : Und dann der Engel !

» Also dieser Engel ! « – : Oben, (und zwar ausgeschprochen hoch=oben !), das Sonnen=Blumengesicht. Gleich darunter die kurzen energischen Flügel : er würde schnell damit zu schlagen haben; tut nichts; er war der Mann dazu. Dann der beulije – » knollije ? « zweifelte Hertha – gelb=braune Wolkenleib : » Ähnlich wie, vorhin, Deine ‹ Wallöhrs ›. « Er zeigte den Weeg himmelwärz; kurz=ab & doch; wie Bauern fleegn : Dor henn ! : Na babm ! / Und dann kam'm erst die roten Schteltzbeine ! : Vom Rot des Apostel=Mantels. Thorhaft=weit geschpreitzt; massief Eiche; (untn dran die keulijen Schuh=Hufe.) / Und schtehen & schtaun'n. (: » Gans= hintn das Schiffel . . . «).

: » Das iss'n Bauernengel, Du ! «.

Und auch sie nickte : » Der. Und das Paradies=da. « (*Wir* könn'n auch den Gegner würdijen.) / Und herum schtehen. Und herum schtaunen. –

– : 1 Hant auf der Schulter? – : Der Küster. (Ältlich; in Lodnjoppe; bäuerlichen Gesichz) : » Wier ham da jetz gleich ne Trauunk . . . «. (Und da fielen auch schon von oben Töne in die Welt : die wakkelnden Töne von Glocken : sicher : wir entfernen Uns. Im langsamen Walzertakt. Nickend.) / Und es war mir, im Vorraum, das hell=blinkende 50=Fennich=Schtück wert; den Pro- spekt nahm ich mir, als Erinnerunx=‹ Rune › – obwohl ich das Wort *nicht* schätze; ‹ Rune › nämlich – auch mit. Wenn schon das Kristentum nicht unser Destinée ist : *wir* könn'n auch den Gegner würdijen, » Was, Her- tha ? « – sie beschtätichte durch leichtes Neigen des Kinnes. / Dann, entsetzt : » Du, hassDú Dir Tanndte Heete jetz vor'm Altar vorgeschtellt ? – « : » Tz=nee ! – Du ? « : » Nee; ich oo nie. – Aber nochamma rein könn' wa jetz nimmer. « . . .

(*Erstma wieder in die ISETTA* setzen. Und verdauen.) : » Du meinst : zu verdauen *versuchen*. So schnell geht'as bei mir nich, Hertha. Trotz der, mir vorhin von Dir nachgerühmten, Ficksichkeit. – : Was nixdu schon wie- der, Du ? Nicht=Engel. – «. / Tchaa : was Schpreu was Trespe ? / : » Übrijens die *Kirchenbücher* müßten Denen aus der Hand genomm' werdn : mir iss es ma passiert, daß 1 Farrer, der mich persönlich kannte, mir die Auskumft verweigerte : ‹ ich wäre der Benützunk kirchlichn Archief=Guuz nich würdich.›. « – : » Oh= nein, mein Hertz ! : Wenn mier in der DDR ein Faffe ins Gesicht=rein riskierte, die Mitteilunk 1 Geburz- datumms, dessen ich bedarf, zu verweigern . . . ? ! «;

(und nur andeutend nicken. – Bei uns komm' se ja leider mit sowas durch – die Postleitzahl von Bonn werd'-ich mir wohl nie auswendich merkn!).

: *Bmda=dáada Bmda=dáada Bmda=dá* : *dâ=ddadda!* : HOCHZEITZ=ZUCK AUF TROLDHAUGEN. (Und wir immer diskreet durchs Gehäuse geschielt) : / –. – : ! : DER BREUTIJAMM ; hochschlank & in der kleidsamen Uniform der Bundes=Wehr, 1 Kriex=GOtt anzuschaun : » Sache, wa Hertha ? ! «. – Aber sie mißbillichte mit Wakkelkopf und Mund : » Ich finnd, er sieht a bissel *sehr* dumm aus. « : » Selbst unter Berücksichtijunk des *doppeltn* Hand=i=Caps ? : Gleichzeitich Solldat *und* Bräutijamm sein müssn – es ist ja fast zu viel für 1 Menschnherz. « Aber sie schüttelte bei jeglichem mildernden Umschtand : » Kuck Da doch bloß amma *das* Gesichtl an ! : Viel zu *kleen* erstns. Unt dann noch *so dämlich* – «. : » Meingott=z wird halt'n Lantwirt sein – Du darfst nich immer gleich mit mei'm durchgeistichtn Geleertn=Kopf vergleichn. « Sie sah mich an ; schmallippich und *soo* kallt. Und zoox ausdrücklich in der Nase hoch. Und hätte sich zweifellos auch einschlägich geäußert ; wenn nich grade . . . . . (aber so hatte Frau Neugier ihr das Gesicht schon in den Nackn gedreht – ich hatt'immer gedacht : nur Euln könntn so weit rum ! Ich sah leedicklich noch 1 Schnörkelohr ; groß, aber hübsch kommplieziert gebaut, es waren gute Gedanken darin. Und viel rotes Fell vom Hinter=Kopf. Ich legte, wie ich, wohlerzogen, zu tun gewohnt war, meine Lippen verehrend an ihre Reize ; und so zufällich=dezent diesmal, daß sie zwar gans=leicht zuckte – sie war öffentliches Auftretn nicht gewohnt – aber diesmal doch nur » Schapplien « murmelte. / Und ihr Gesicht kam langsam, wie hipp=notisiert, wieder mit herum) :

: *DIE BRAUT!* – : *6 Fuß hoch & schneeweiß!* / *So geräuschlos* wie Schritt. / Einmal löste sie sich ap. Umschwebte zupfend ihren Dillert – wie Schwingen, feierlich, arbeiteten da ihre Arme – und hing sich wieder an ihren Platz; in den seinen. Und setzten weiter Fuß vor Fuß. –

» *Wahrscheinlich komm' 2 große Bauernhöfe* zusamm' : er 324 Morgn; sie nur 278 : da muß sie – es ist ländlicher Brauch – in der Ehe fein den Munt haltn. Unt kricktz dennoch jeden Tack vorgeschmissn. In 10 Jahrn hat se 11 Kinder & 12 Fehlgeburtn. Dafür Krammfadern, Vorfall aller Artn, n krumm' Rückn, und keene Zeene mehr : Plattfüße besitzt se jetz schonn. « –

(*Und durftn nich etwa, gnädich,* im Hauptportal verschwindn! : Nein : Sie wallten linx, an der Seite, vorbei. Fast gans rumm. Machtn ‹ die Kehre › – : » SiehsDu : Dillert. Genau. «). / Das Gesicht neben mier griente 1 bißchen, wehmütich; obwohl mir etwas zu weenich. – Jetz auf einmal doch mehr ? (Aber ihr Blick hing gar nicht an meinem Munde; sondern an dem Fotografn, der, 1 kleiner Mann und also desto weitgebärdijer, sich, dicht bei uns, Raum schuf. Den Kopf mit einem schwarzen Tuch verhüllte, als wolle er wahr=sagen. Sich dann hinter sein MG kniete, und apwexelnd lud & schoß. Auch einmal wild auf schprang, schräg nach vorn; und, 2 kleine Fäuste deekoratief vorm Brüstchen, dramatisch gezerrten Mundes in die Mündunk schpähte : ? –. Und wieder zurück! (Und laden & schießn.) / : » Aber *ich* bin n Scharrlattahn, ja ? «. Und sie, nach einijem Besinn'n : » Ja. «

» *In manchen älteren Kirchen, gab's* beim Abend= Mahl ‹ Sauge=Kelche › – wußtest Du das ? « : » Nee; wie sollt'ich ? «; und schauderte obm leicht, a la ‹ Unn= app'tietlich ›. / Sie waren auch Alle weck=jetz; auch Herthas Theilnahme war weck. Saß da; etwas zurück gelehnt, die Hände im Schooß. (Als sich auch *meine* Linke an diesn beliebtn Vergnügunxort begeebm wollte, schob sie bloß mit dem rechtn Zeigefinger 1 bißchen die Luft beiseite – so : –. Und ich, wohlapgerichtet, nahm mein Eigntum wieder an mich.) Atmete eine zeitlang lustlos. Als Einlage 1 mißmutijen Schnief. Dann, fade & unbegeistert : » Und Er, der Breutjamm ? «

Er ? – : » Na. – Oxe war er schonn vorher. Beim Milli-teer lernt'er aus : zumindest für die Zeit meines Vaters & meine=eigene darf ich es behauptn : es gab keinen grö-ßeren Sauschtall auf Erdn; keine größere Drillanschtallt für Brutalität & Rohheit, keinen breiteren Tummelplatz für hürnene Beschrennktheit & infantile Grausamkeitn : als das deutsche Milliteer. – *Heute* ist'as freilich, ich las es erst neulich in einem SPD=Organ, gans=gans an-ders. «, fügte ich höflich hinzu; (man konnte ja nie wis-sen; vielleicht wurde unser Geschpräch abgehört. Wir lebtn schließlich in 1 freien Lande.)

» *Er also macht* – es iss nich allzuschwer; ich kann Dir's bei Gelegenheit ja ma zeign – die erwähntn 11 Kinder; und 12 Fehlgeburtn; und auch die andern Male, bei denen's *nich* schnappt. – Ja sepp=verschtäntlich : auch der Nachbarinn fummelt er in der Ecklipptick rumm; und hebt jeder Junk=maakt den misttriefenden Rock-saum. « / » *Arbeitn* tut er wie sein Feerd, klaar : *ich* laß Jedem Gerechtichkeit widerfahrn ! « (Nach einijem Be-sinn'n) : » Entschuldije das saublöde ‹ widerfahren ›. Ich meinte natürlich ‹ angedeihen ›. – Beziehunxweise, noch weenijer geschwollen, ‹ zuteil werdn ›. « / : » Sonntax geht er ins Gasthaus. Allwo er mit, vom langen Gebrauch eiförmich gewordenen, Schpielkartn Schkaat betreibt; wenn nicht gar das, mit Recht so genannte, ‹ Schaaf= Kopp ›. Trinkt auch dazu den guten Doppelkorn; be-ziehunxweise, wenn er wieder 1 Flüchtlink erfolkreich über's Ohr gehauen hat, 1 weenijer … «. (» ‹ Ratze-putz › – « murmelte hier mein Glück; ich hatte sie, anläß-lich der Her=Reise, kurz hinter Adelheidsdorf, jenen ingwer=reichen Haidelikör gelehrt. Aber) : » Nee nee, Hertha. *Der* iss dem richtijen Bauern *viel* zu teuer : Der iss doch nich verrückt ! *Den* überläßt er dem prahlenden

Dorf=Trunkenbolt. Oder trinkt ihn höchstens, wenn der reiche Willen=Besitzer aus Bremen sich ma unter's Volk mischt, und ne Runde ausgiebt. ‹Da sauft, Ihr Schweine!›; er=selbst ermattet, von der (gepachteten) Jagd beschtaupt. – : Neenee Du! «

» *Er also betreibt dort seinen Denk=Schbort*, nach Altenburger oder Schtralsunder Vorlagn ...« :? »: Die Schpielkartn=Fabriekn : Herzchen mach bitte mit. « /
» Wankt dann, obwohl nicht nennenswert schwereren Tritt als sonst, nach Hause. Drischt dort, ‹Trautes Heim›, die 4 erreichbaren, also dooweren, von seinen 11 Blondköpfm. Geht in den Schtall, und kickt unterweex die schwangere Hauskatze 10 Meter weit : wenn se Schwein hat, überleebt se's; wenn nich, dann ‹Es lebe das Kristntum!›. Schlägt noch dem Feerd, das unruhich um sich kuckt, rasch 1 Auge aus ..... «

» *Hertha=nein!* : *Ich schpreche keine* Sattiere : ich hab's wort=wörtlich erlebt! Ich : Moa=Mäme. Ich habe 1 Jahrzehnt meines unschätzbaren Lebens ‹beim Bauern› wohnen müssen. – So wahr ich zu 90% vom Brot lebe; meist an Deiner Seite im Schtehen genossen. «

: » *Dann schtellt er sich, geducktn Hauptz*, neben sein' Tracktorr; und knurrt in dieslijem Wohlgefallen : 4=Tackt : 4=Tackt. – Macht selbst etwas Mist. – : Schreitet dann, Septembers, ‹zur Urrne›; und wählt so weit ‹Rechz› wie möglich – worauf ihm dann, am nächstn Tage, die ‹Heimatzeitung› seine ‹politische Reife› bescheinicht. – Es soll mich doch Wunder nehmen, « schloß ich wild : » welcher Schtaat der 1. sein wird, der sich dazu aufrafft : die Erteilung des Wahlrechz vom Beschtehen einer, gans klein', *Prüfunk* abhängich zu machn – bloß so 20 Fragen; aus Geschichte Geografie Wirtschaft Kultur. « / Und Schtille in der ISETTA. (Gans fern hörte man, drüben, orgeln : Orgelljuse Organon Organdy & Orgasmus.)

» *Nu zum Bei=Schpiel :* ‹ *Wenn man* – bei einem künf-

tijen Welt=Parlament – *da ooch* die 5=%=Klausel ein-
führte : Würde das=dann der Adenauer=Republik
schmecken, oder nich ? ! › «. (5% von 3 Milljarden sind
ja bekanntlich 150 Milljon'n.)
: » Oder : ‹ *Sie sind ‹ überzeugter* Krist › ? – : Wieviel %
der Weltbevölkerung, meinen Sie, machen ‹ die Prote-
stanten › aus ? › «. (Nämlich nich gans 8 ! : Da würdn
Manche vielleicht Knopplöcher machen !). / (Aber die
Folgerunk lehnte sie ap; sie war *noch* pessimistischer) :
» *Dos* würde Den'n *gar* nie zu denkn geebm : Die
würdn sich einfach einbildn, ‹ *Nur=Sie* › wär'n ‹ im Be-
sitz der Wahrheit ›. « : » Wenn se aber doch laufend
überschtimmt würdn ? « : » Desweegn noch lange nie :
Die sind bloß für ‹ Mehrheit ›, wenn sie=se habm. «
: » Oder=e – : *saagn Sie doch mal*, Freuln Theunert; was
halten Sie von diesem Satz : ‹ Wer die *Nacktheit* › – ‹ Nacktheit › in jedem Sinne : in Bezug auf jeden Gegen= und
Nicht=Gegenschtant – also : ‹ Wer die Nacktheit nicht
ertragen kann : der hat auch kein Intresse an der *Wahrheit* ! › : Was halten Sie von diesem Satz ? «. – : » Nichts,
Herr Richter. « versetzte sie verbindlich; (und schprach
das ‹ Richter › noch dabei so aus, als wäre's nicht=Ich,
sondern der bekannte unangenehme Beruf).
(*Also lieber wieder ruff*=uffn Mond : ich packte sie der
Einfachheit halber roh am Arm; und riß daran . . . . .

. . . . . : *schon 3 Schtundn* unterwegs ? ! – Da war ich
doch wohl weit genug ‹ nach Nordn › ‹ ausgewichn › ?. /
(Und um sehen : wenn auch der Moont=Reckord auf 46
Meter 13 schtand : meiner Pannter=Setze brauchte ich
mich nicht zu schäm'm : 5 bis 10 Yards durchschnittlich.) / ‹ Schpuren=Lesen › : ein gewisser Tscharls Mäi
hatte sich – es waren freilich 100 Jahre seitdem ver-
gang'n – der Fähichkeit gerühmt : aus 1, ihm appliziertn
Fußtritt, gantze Lebensläufe heraus lesen zu könn' –
demnach hätte er, aus meiner Fährte, auf 1 Ih=gwanno-
donn getippt . . . . .

Und 3 Schtundn : das waren immerhin 60 bis 70 Mails :
Op ich da nicht ‹ meine Schulldichkeit › als erfüllt betrachtn konnte ? – (Ich befand mich grad an 1, total ver-
sunkenen ‹ Zirr=Zelle › . . . . .

(» . . . nach Zelle – « memorierte man neben mir . . . . .

. . . . . *wie der Fach=Bulle sich* exprimiert hatte : außen
der üplich=schtille, bleifarbene Sannt. 1 niedrijer Klip-
pen=Rink, von – nuu ; saagn wa tausend Yards – Durch-
messer. –
: *Ja=also setzn wa uns fix ma hin, was ?* –
*Und Hinn=Sitzen. (Auf 1 Bimmsschtein=*Bortschtein.
Das Gesicht – : Was heißt hier ‹ das › ? : ‹ MEIN ›
Gesicht ! – nach Westn.) / : Westn ? ? – Also diese
Karte=hier schtimmte mit aller Gewallt nich ! – Nan-
nachher. Erstma ausruhn. (Und mit den Pannter=
Bein'n baumeln. (Oder war ‹ schlenkern › der korreck-
tere Ausdruck ? . . . . .

(» Potz Cramer & Schlenkert «; unterbrach ich mich=
selbst ; und verdrossen dazu : dies verfluchte ‹ Ge=
Potze › ! . . . . .

. . . . . *und noch, ‹ zur Sicherunk ›, die Anfanxschlaufe*
meines Neilonn=Seils um 1 Fels=Zinkn gehakt. / (Und
ruhen. – Die Deepeschen=Tasche hing mir ja noch, am
Lederriem'm um die (‹ mächtije › ? schmeichelte es
schon wieder irgendwo=innen ?) Slater=Schulter.) /
Und immer lustich baumeln. (Beziehunxweise, wie es,
eben wieder=drinnen, mahnte : schlenkern : nujut :
schlenkern.) – Hmmmm. –
(Drübm, in Richtung PROMONTORIUM AVARUM,
verdämmerte dessen Fels=Gebiß : tz=die Sonne schtand
tatsächlich schon wieder verdammt schräk : ich ver-
damme Dich hiermit ! .) / Unt Schtille. (‹ Todten=
Schtille › gewissermaßen, eh ? – : Das wäre dann freilich
verdammt=schtill ! Hmmmm.). (Und immer die Pann-
ter=Schennkl wuppern lassn. Untn, die Füßchn, rollen :
sooo . . . . .

Und doch ma, vorsichtshalber, sämtliche Wellen ab=
klappern – : – / : Ah, der Meß=Trupp. Die sagten Log-
garittmen auf; ('s ist mein Beruf, Heinz; 1 Mensch muß
in seinem Beruf arbeitn'.) / . . . . . –. :? : Ah, der
PICARD. – : da mümmeln se was von'm ‹ Kurier ›;
dätt's mieh. Sehr gut. / . . . . . –. :? : Da ! : Russisch !
(Das verschteht man nich. Leiderleider : verfehlte Erziehunk. Wenn man ehrlich sein wollte; (zwar : Wer
will das schon ?). – Der=ihre Mäulchen arbeiteten gar
nich schlecht, ‹ Baddelabopp=a=bopp ›; und ‹ rrrr ›s rein
gemischt, daß man gleich hätte neidisch werden mögen :
zumindest an ‹ r ›s waren Die *viel* wohlhabender als
wir !). / . . . . . –. :? :

endlich ma unser Haupt=Sender ! : Der ‹ Schwager des
Dichters › – iss das aber nich doch kuhrios ? : selbst mir
fiel sein Name zuerst nich ein; er hieß eben immer
nur ‹ der Schwager vom Lawrence › : kuhrios; wahrlich . . . . .

: *also Der hielt ein'n Vor=Track. Und schtellte darin* doch
die verfluchte Theorie auf : daß die Menschheit bereiz
mehrfach die betreffende Dummheit begangen habe.
Und ergo *mehrfach* auf den alles=dulldendn Moond hätte
aus=siedeln müssn. (Als ‹ Beweise › führte er die ‹ Phello-
Plastn › an – also all die merk=würdijen klein' & größeren Kork=Gewexe – die, neben Flechtijem & Pillzijem &
Allgijem, die einzijen Mond=Flanzn bildeten) : » Nach-
weislich Reste der, das Letzte Mal, kurz vor TRIAS, mit-
genommenen Floren=ä. – « . / (Und scheute sich nicht.
Und nahm tatsächlich das Wort ‹ NOAH › in den Schwa-
ger=Munt : daß jener, noah=genannte Emigrannt, nichts
weiter gewesen sei, als sein, » von der Theorie geforder-
ter «, » post=adamitischer Auswanderer zum Monde. « –
: Da schtehsDe Kopp ! . . . . .
(» *Da schtehsDe Kopp* – « *gab auch* Freulein Theunert
zu : *das* war ihr noch gar nich eingefalln. : » SiehsDu
Hertha : *ich* muß *schtändich* an so was denkn . . . . .

. . . . . *doch immerwährenddessen : die Waden* nich vergessn. (Ich neikde seit einijer Zeit wieder fatal zum Wa-
denkrammf. Wie früher, als schwerer Raucher, schon.
Damals. Hm.) / : Op mann sich hinlegn könnte & etwas
schlaafn ? – Liber nich was. – Lieber zu diesem komischn Vermessunx=Trupp : Oh=á=hahaaa ! (Unt ausgiebich gähnen. Im Raumhelm : da siez ja Keiner.) –
((*Wenn Ei'm das früher Jeemannt* . . . ma sich ma
vorschtelln : uff'm Moont sitzn; uff ner Seeleenietn=
Schanze ! Fehlte bloß noch ne Bimmsschteinschüssel
mit Milchsuppe. Und'n Gollt=Löffl. Mit Monno-
gramm. . . . (: oder zum Eimer Gipps=Suppe ver-
urteilt ? : die erschtarrt im eigenen=Innern; der
Kerl=drumm=rumm fault weck : da lehnt dann, ‹auf
eewich›, 1 weißgeschlungener Korallenbaum am
Rundwall, drüber=runter gerutscht ein Rippenkorb;
jeder Welteninsel 1 Zierde; ich war sehr für so'che
Kuriosa. . . .))
(*Aber ooch das hier kuhrios, diese gans=glatte grauliche*
Sanntwöllbunk=hier : waa=da=nich, runt=hundert=
Yards entfernt, 1 Buckel entschtandn ? / Oh=á=hahaaa
. . . . . : ich mühte mich, an möklichst=garnichz zu
denkn : für die eene Scheibe Korndbief ? ! – / (Was'n
albernes Ge=Walle, nich ? Dieses Sandes . . . . .
(*und Herthas leuchtende* Frage=Augen jetzt ! – : » Her-
tha=Herthielein – : darfich diese Augn küssn ? – Oder,
weenichstns, dieses 1 – ? « (Und zeigen; mitt Finn=
gärr. Aber das war eben wieder zu viel. – Am bestn : nie
erst wartn, bis sie Worte findet : ehe Sie den, die Tat
genau deckenden Ausdruck, hervorgeholt hat, ist es fast
schon das 1. Mal gekomm'm . . . . .
. . . . . *wie der meine Allerhöchstn Füße* umwallte,
was ? : Ehr=erbietich unter=tänich. (Und ich bewegte
gnädijer die Kork=Ohwahle hinein; Potz Iskander &
Proskynesis. – *Noch* gnädijer . . . . . : ! :
: *Was soll das heißn ? ! / Und verschwand in=mich*=zu-

237

samm'm vor dem Ruck ! : Das linke Bein krickte ich
noch hoch. Am rechtn . . . . .

(*Und der Schtab entpurzelte* meiner Schulter ? ! An der
er doch gelehnt hatte – / (Und mein Gesicht ging auf
wie ein alter Hand=Schuh ; (dem die Nähte platzn – :
ich schwangte ; und ruderte um=mich !) : 1 leichter
Klopf=ins=Kreuz ? ! – (Ach, das war die Kurier=
Tasche ! Aber es riß mir die Augn auf : bloß fest=Hal-
ten=Mensch :
1 Hertz=Schlack=*lank sah ich mich noch* über dem
Gewalle . . . ? : . . . . : (Dann wurde ich in die Tiefe
gerissen ! ! . . .
: ? ? ? : ! ! ! : ? ? ? . . . . .

(» . . . ? ! . . . . .

   : *und das Neilonn=Seil geißelte* mir die Hände ! –
(Sengte : fiel ich *so* schnell ? !). / Ich klaupte die Finger
fester zusamm'm. Und tastete, rasend, mit den Unter=
Footn . . . . . (Ich *hatte* doch vorhin richtich fest=
gemacht, wie ? Bitte=ja !). / . . . . . : ! ! ! : Ah ! 1 der
dicken, vorgesehenen, Knootn ! Goat=sey=Dank !
(Dennoch baumelte ich wie ein Seckundnpenndl. –
Und hatte, im Kreutz, das Gefühl, als sei ich mittn=
durchgerissn ! : Sowas Allbernes !). / (Mennsch : da
loop ich mir doch die schtill=frietliche Schiefertafel=
Werk=Schtatt ! . . . . .

(» . . . ? ! . . . . .

   . . . . . (*und weit=auspenndln in der verrücktn* Demmerunk ! (Wäre ‹ Dusternis › präzieser ? / Unt immer
mit den Bein'n die Bimms=schtein=Kanntn auspa-
rieren, wenn die Felswannt näher schwankte : daß
man erstma zur Ruhe kommt. / *Da : die !* / Und ich,
Gedrehter, mußte schon wieder nach dem Moont=
Ball treetn : was ne idiotische Sittuatzjohn ! (Aber
klar : Wenn mich der Moont=Ball nich in Ruhe
läßt ? ! . . . : ! / (Das Schlimmste war ja noch dies
Gedrillt=Werdn . . . . . : ! ! . . . . .

: » *SCHEOL ! : SCHEOL ! !* « : – *Mennsch, war ich* verrückt ? ! – (Unt schon wieder der heran=wankenden
Kannte n Tritt : ! Die Demmerunk wurde immer grau-
licher ; denn die (‹ nicht=mächtijen › : was soll der
Hohn=jetz ? !) Hände ruttschtn mir über'n erstn
Knootn ! (Unt ich fuhr wieder 1 Schtück tiefer : iss
denn *nich* irgendwo – an der Schteilwand=hier –
irgendne Fels=Plattform ? ? . . . . .

(Was soll d'nn das ? ! ! : 1 hohe weiße Geschtallt ? Die
sich=mich zu um=schweebm erlaupte ? (Zupfte sie
nich diereckt an mier ? !). / : Mensch, was heißt hier
PRAE=COX ? : WECK ! – : » Bosh=Du ! «

(*Und schweepte dennoch.* Um=mich. : Unt schprank
mich ann : ? : Mann, hatte Die 1 Griff ! : » BißDu verrückt ? ! « . . . . .

: *Mich in die Schullter hackn ? ! : Ich ließ soforrt 1*
Hand=los. Und schtieß mit der ; und beiden ‹ freien
Bein'n › : ! / (Und ruttschte natürlicherweise wieder tiefer ap. Opwohl sich das Wesen ent=fernte. : Mensch
hörte ich nicht 1 Ge=Kreisch ? ! . . . . .

(» . . . ? ! . . . . .

(*Und es wurde immer schummrijer :* » WillsDu Dich
weck=machn ? ! «) / Und hatte alle Ennergie verloren :
auch über den letzten=sichernden Knooten flitztn meine
bibberndn Finger : . . . . . (gott=Loop fing mich der
Gürtl noch ap ! An dem das Seil ja – ‹ letztlich › oh-
scheiße – befeßticht war . . . . .

(*Und hängn & penndln.* – : *1 penndlnder* Gehenngter :
der grausije Engel ! Mit weißem Filtz=Gesicht ! (Und
Augn wie Radium=Kreise ! – Er rammte sein'n abscheu-
lichn Kopf gegen den meinen ? – : wenn ich doch weenichstns das *Bewußtsein* verlorn hätte ! (Aber nee :
ich=nich : ich verlor bloß meine Taschenlammpe : hättz
nich umgekehrt sein könn'n ? . . . . .

(*Und dieses in Riesn=Ellipsn Hin= und Her=Schwing'n :*
und wie in ei'm grauen Rauch. – (Nur ab & zu kam

1 hell=drohende Fellswant näher : KICK ! / Und schon wieder weck=kreisn : es war wie in 1 idiotischn Traum . . . . .

Da ! : Das Weiße kam wieder ! / Lautlos diesmal : ‹ Diesmal=Diese ›. / Hing sich ans Seil=über=mir; (unt das mohralische Gesetz in mir ?). Nickte. (Na, wennDe weiter nischt machst –). / Und nickte wilder.

. . . . . : *Menschdienicktenichbloß ? ! !* – (: *Dehnte* sich nicht schon das bißchen Tao ? : DIE HACKTE JA ! ! ! . . . . .

auf blitzte – das – noch=einmal ! – trauliche Billt unserer Höhle : die lieblichen Nee=onn=Röhren an den Wännden – Dschord=sches Hammer klang hell wie Glockenschlaak –

(es ging aber auch grade wieder los . . . . . .

‹ *HACKTE* › *? !* – : *TATSÄCHLICH ! ! !* – / *Ich griff* mit der Faust nach oben. : *Über die Schtällä !* – (und keine Seckunnde zu schpät : schon zerfloß der=die=das Neilonn – meingott, ich weiß nich ma den richtijen Artiekl ! – nie wieder will ich auf : das Milchpullwer schimmfm : Soup. of the Evening. – : BJUHTIEFULL SUUUP : (the slater : ä meitie Männ is hie . . . . . / (ich konnte das bißchen Faust so schtählern geschtalltn wie ich wollte : das Seil begann mir durch=zuruttschn – zu : ruttschnnn – wieglatt : ou sinnjuie Hännds ! / (Und, schon im Ab=Schtürtzn, fiel mir nich ma GOtt ein – : nee : bloß meine Taschnlammpe hätt’ich gerne . . . . .

: *ahhhhhhhhh* – – – . . . . .

(und den Unter=Kiefer so künnstlich runter=klappm, daß Hertz=Hertha, mitgerissn, mir den linkn Oberarm umklammerte. : » Umm mich zu haltn ? – : Jetz iss’s zu schpät. : Laß mich nur falln . . . « / Aber sie half mir doch, sehr=Kammeradinn, aus der Rundum=Kiste, halp Blech halp Zellofahn. Und ich schwankte noch 1 bißchen kunst=voll, und s=täggerte. Unt sie hing sich gleich bei mier ein. –)

(Und war neu=gierich, das Biest ! – : Es bleibt UNS tatsächlich keine andere Waffe geegn Euern Sexual=Terror !). / : » Ja. Komm. – « ich; kunstvoll=erschöpft : » Laß Uns nach'm Kettn=Laadn Umschau haltn. « –
Und hinnein in die Kunst=Kannjonns der Häuserreihen von HANKENS=BÜTTEL ! / (: Wie zwischen Riesen= Regalen schreitet man in ‹ unseren › Schtätten dahin. / Unt sie geleitete mich sorksam : 1 Schlauch voller Lüügn=nur ? : Der=Dir=aber Dein rothaarijes Zeit=lein gans=nett ver=treipt, Nes=Pa ?. (Unt Dir noch das Unter=Ende *Deines* Schlauches jukkt, Nes=Mokkona ? – Immer dehne Deine Schritte, mein Seïde, scheinbar un=aphängich : Potz Werrn & Kraft . . . . .

. . . . . *und öffnete doch gleich=lieber=wieder* die Augen : ich konnte höchstns 3 Yards=tief geschtürzt sein. / Und weich noch dazu : in das mondesüpliche Sannd=Mehl. Ich hatte mir – eigntlich enttäuschend, wie ? – *nicht=* wehgetan. / Aber schon war dies weiße Luder; dies Ge=Schpennst; wieder=da ! – Umschweepte mich : wie 1 liebende Braut ihren Dillert. Und kreischte auf= mich=ein ! – –
(Willd um mich greifm : Mennsch, wenn ich blooß . . . . . /
(Und griff, perr rein=rassichstm Zu=Fall : Cometh Reward ! : genau um den schtählernen dünnen Hals meiner Taschenlampe ! / : Nu warte=Du ! ! . . . . .
Aber nee : die Schtimme ! – *Aller Taschenlampen=Mut* verließ mich wieder; (und der böse Engel schmiß sich auch auf mich, daß ich 1 Fuß kleiner wurde davon. Und wieherte vor ungutem Lachen, wie ich da ein'n Puckel bekam. Knusperte mir am Schtoff; und ääxte was über die eigene Schulter zurück.) – :
: *Mennsch* – – : *kam das nich wie ‹ ANTWORT ›* von weiter=hintn ? ! . . . (Ich schtarrtete die erst=beste Gasse hinein; fort, weck, nischt wie ap, ins Finstere !). / (Unt es fiff hinterher, wie auf Fingern. Und nahte sich schpielend=lautlos=über=mir. : Und war lenxt *vor* mir ! – –)

Und hatte mich mehrfach eingehohlt=überhohlt – ich
sank mit dem Rücken an was. (*Was* es war, konnte ich
mit dem Rücken nich so schnell festschtelln. Aber es
war fest.) – Und's irrte, matten Blitz=Blix, heran, in
Semi's Zirkeln, wie schreiende weiße Tücher . . . . .
((*Erkenntnis : Das war ja das Schlimmste : Wieso hörte*
ich denn überhaupt ? ! – Hatte ich etwa im Falln, unbewußt, mein Funkgerät eingeschaltet ? Es gelang mir,
(*gelang* : es gehörte Mut dazu, nach den kreischenden
Wäscheschtücken ma'n Augnblick *nich* zu schlagn !),
mit der Handfläche nach dem Brust=Schallter auf mir zu
tasten . . . ? –
– : *Das war das Ende ! ! !* – : *mein Raumantzuck*
schlotterte um mich ! / (Ja. Völlich schlapp. Überall :
Hhhhh . . .). / (Also war ich lenxt'oot. Und dies=dem-
nach die HÖLLE ? : ich hatte da, es war noch gar nich
so lange her, bei unserm Rewwerennd n Tatsachnbericht
gelesn; mit Ap=Bildungn . . . . .
(*Und Hertha, nicht minder* befriedicht als ‹gepackt› –
(ich ‹packte› sie aber auch, unerbittlich, an den entschprechenden Schtellen, wie ‹Böse Geister› tun – :
» Au. – : SissDe ! . . . . .
. . . . . : *Au ! ! !* – *Wie der Größere* der Weißteufel biß &
plapperte ! : Ihr Teufl=Ihr ! (Und floh tiefer ins gassije
Labbührinnte : der sonst so freundlich beleipte Schtoff
schlackerte jetzt nur zusätzlich=lähmend um meine
davonschtiebenden Gliedmaaßn; ich *trat* mir fast
drauf !). / Und fiel sofort prommt aufs Wiesier. Und
war schon wieder weißlich umkreist. Und schtollperte
rasender : der gang=lange Raum, schwarz schraffiert,
(hier fahl braun); und wieder; und kreischende Schreie
aus Traum. : Und der TOD erlöste mich nich ? . . . . .
KREUZ an de WANT; entgültich; ich konnte nich
mehr. – / (Und wieso ich *nich* tot war; trotzdem mein
Anzuck zerrissn . . . . .). / : *Mensch ! : Ich war ir-*
gendwo ! ! ! . . .

Denn, *da es bereiz wieder* von dicht=oben heran-
schwingte; und ich mit der Taschenlampe danach
schoß, :!, glitt der Lichtkegel über dicht-Gegenüber-
liegendes – – :! – (und wäre mir ums Haar zum zweitn
Mal aus der Hand entsunkn : ‹Was ich nun sah, war
über alle Beschreibunk!›.....

: » *Was iss'nn los?* «. (*Denn Coeur=Dame* hatte mich
mit dem Gesicht zum Schaufenster aufgeschtellt) :
» WillsDu den Munt nich so lank=ziehen – Hertha,
Kint, der iss ja mindestns – : 0,0001 Kilometer! « /
Und, ungeduldijer, (ich verlor ja den ‹Fadn›) : » Du
willst mir irgendwas aufmutzen, bête : Ei so mutze
doch! – Und zieh den Munt wieder zusamm'; sonnst
binn ich kapabel und drück IHN in Parsec aus. « – Sie
wischelte : » A bissl leiser! Der Poßt=Boote kuckt
schonn. « : » Ach, *hatt'* er was für mich? ! «; (und dies
so herausfordernd, I am in a humour to justle a consta-
ble!, daß sie mich doch lieber wieder beschwichtichte.
Auch neugierich : » Ja, was sieht er'nn'u.....

: *REGALE haushoch? Schtaapel* von Konnserwm=
Büxn? – : Ich war *nicht* in der Hölle! – (Es sei denn,
sie wären, den Verdammtn zum Hohne, leeer...
(Aber jetz war sie tief enttäuscht): » *Och das iss ja ock*
das Schaufenster=hier. « / Und überwand es, rücksichz-
voll, mir zu Liebe, doch wieder; und verzieh mir; und
seufzte resigniert : » Naja.....

..... *(und weiter renn'. / Ap & zu ma* nach linx ge-
schtrahlt? : Hier warn se vier=eckich; und faßten mindestns 10 Gallonen. – Eben trat mich wieder eines der Geschpennster ins Kreuz, daß ich in die Knie gink. – Und
rasend wurde. Ins Regaal lankte; und mit der nächstn
tin nach ihm schmiß : Klarmensch! : Das warn die bestn
Waffm! Come on : jetz machn wa Feuer=Gefecht!)
Aber es waren eben ZWEI! – Ich mußte doch wieder,
tapferster der Bommbardiers, weichn. (Und fink jetz
selpst, vor schierer Verzweiflunk, von der Erschöpfunk

noch gans zu schweign, zu brülln an : Renn'n, renn'n,
nischt wie renn'n ! : War denn nirgndz 1 Loch ? Daß
ich weenichstns ma, und wenns für 5 Mienutn wär,
volle Deckung ...). / Und auch um *die* Ecke noch
rumm : etwas mußte jetz komm', Aut=Aut !, : entweder
mein letztes Schtüntlein – (ich war schon so schlapp,
daß ich den Fostn mit der Schulter mitnahm) – oder
aber :
1 Licht ? ! : 1 gelbes trauliches Licht=Rechteck ? ? –
Hoch=kannt wie eine Thür ? : O Du mein Ent=schpurrt
– (und hinein in die freuntliche Helle ! – Und runde
Gesichter . . . . .

(Und natürlich haarscharf ap=gepaßt, alter Könner
aberjaaa !, daß wir am Eisenwaren=Geschäft entlang flo-
hen – : Und hinein in die trauliche Wärme=Helle !). /
(Und runde erschtaunte Menschn=Antlittse . . . . .)
: ?. / *Und Hertha, vergeistertn Gesichz, alle Sinnes=*
Fortn weit offn, schtammelte : » Anne Kette ; bitte.
Für'an Satan. « (Und runde, erschtaunte Menschn=Ant-
littse.) / Mit Recht. Ich griff liebenswürdich ein ; gans
alter Scharrmöhr. Lächelte sämtliche Drei an : ErsDich=
Mammá ! Dann Dein leibriezendes Töchterlein : !.
(Man sah's sofort : sie hatte dieselbe Wartze neben
derselbm Nase.) Und dann noch=Dich, weiplicher
Lehrlink : ! (Lange noch würdet Ihr von dem wohlgewaxenen, unwiderschtehlich=angegrautn Fremmdlink
träu=men. / Dieser Lehrlink=übrijens *könn=te* – vorausgesetzt, daß GOtt & das Kriexministerium ihm Zeit
dazu ließn – dereinst eine größere Anzahl Haidjerhertzn
knackn, sagn wa fuffzich. Milde ausgedrückt : en vérité
würde sich die Wirkunk seiner=ihrer Reitze ja anders
‹ äußern ›. (Aber Wer hat schon Intresse an der Vérité ; :
‹ KommsDe mit in de Wehrietee heut=Aaamd ? ›). Und
doch 1 bißchen neidisch seufzn : dann geh'ich längst am
Schtock : ‹ Es wirt a Wein=sein ›.) –
Aber zur Sache : rann an die Mama : » Die Kette ist

natürlich für 1 Rieseneule. – «; (verdammt; jetzt war
mir's selbst durcheinander geratn ! Was sag'ich . . .
achso, klar) : » Wir haltn nämlich Eine; auf unserm
Gut. – ä=lank & fest; aber möklichst dünn. « / Sie führ-
ten Uns, Alle Drei, zur Want wo die Ketten hingen.
(Hertha, tief beschämt, den Kopf zur Seite, und nach
untn : Komm Süße; ich richt'Dich wieder auf : indem
ich Deiner bedarf) :
» *ä=Hertha : weißDu noch des Näheren,* wie dick die
ist, die er – ä=Sie : es ist ja eine SIE ! – zur Zeit um
hat ? : Doch etwa wie die=hier, ja ? «. (Aber sie vermochte nur 1 gans klein=flehenden Nicht=Seitnblick.
Und nickte dann schtumm ins Ap=Gewandt : .) / Also
wählte ich eine um 4 Nummern dünnere : ?. Und sie
beschtätichtn es Alle wortreich : *die* könnte sie *nich* zer-
reißn. : » Auf kain'Fall. « » Nie & Nimmer. « (Nichtsniemandnirgendsnie.)
» *8 Meter würd'ich sagn;* was Hertha ? – Kürzn könn'
wir immer noch. – : Also bitte. « (Und bloß rasch
zahlen; und raus : Mein Haschelchen fühlte sich ja
doch nich wieder eher froh. Und selbst *das* würde noch
ein paar Schreck=Minutn dauern.) / Also weiter
schpinn'n. (Die dramatischeren Schtellen kann ich ja
jetz mit Kettngerrassl über=tarn'n. Beziehunxweise
unter=mahln . . . . .

. . . . . *runde ? : Gesichter ? : Ich fiel* in runde Arme.
(‹ Rund geöffnete ? › wandte mein Logie=Kuß=innen
ein : Der war demnach *noch* nich bedient !). / Und
fühlte mit dem Hintern ein Bretternes=Bankähnliches;
man drückte mich drauf – nich mich=auf=den=Hintern :
mich=auf=die=Bank. / Und es lächelte gutmütich=lang-
bärtich : immer dasselbe Vierfach=Gesicht; ich konnt'
sie erst gar nich unterscheidn.
: » *Tür=zu ! : Tür=zu ! !* – « : *so=kaum* ich jappm
konnte, so laut röchelte ich doch. (Und zeign & fummeln : ! : Denn eben drängtn sich auch die beidn Ge-

schpennster schon wieder herein=heran : !). / Und der 1
Langbart schtand auf; (während 2 Andere begütijende
Hände auf mich leegtn). Und ergriff erst den Einen
Bös=Geist; und hoop ihn – mit 1 gewissn Anschtren-
gunk; sie mochtn schwer sein. : das heißt sie *waren* es :
ich hatte sie ja wohl ausreichend Huckepack tragn
dürfn! – auf die dicke Kweer=Schtange im Winkl. Und
den Nächstn. – Leekte Kettchen um Füße . . . . .
(Demonstrierend rasseln . . . . .
. . . . . *(und mein Neben=Mann zeikte, beschwichtijend,*
immer wieder. Und schämte sich seiner vielen Konso-
nanten nicht. (Aber warum reipsDu Dir so den Maa-
gen, Freund, während Deiner Erläuterungen? – Achso :
daß Die mich vermutlich gefressen hättn? Glaub's
gern.)
(Saßen, während alles Folgenden, auch immer in ihrer=
Ecke : Die weißn Riesn=Euln; ‹Schnee=Euln›; gut
ihren Yard hoch; filzenen Gesichz. Mit dem sie zuweilen figurierten, daß man gleich hätte lachn mögn.
(Wenn es ebm nich Böse Geister gewesen wären.) / Und
ich jappte noch ein bißchen, daß ich wieder Mensch
wurde. Und die Troggloddütn schnarrchtn. (Aber
eigntlich immer recht lustich & wohlmein'nd; hatte ich
den Eindruck, wie?) Unverkennbar erfreut, daß ihre
Ein=Tönichkeit ma so nett unterbrochen wordn war.) /
Unt jappm. (Und 1 Augnblick die Augn schließn : ich
war doch fertijer, als ich gedacht hatte. *Noch* fertijer :
ohnmächtich werdn kann ich aber leider nich. Zum Bre-
chen wurde mir – : ich preßte die Hant auf den Maagn;
und sah wild umher – (ich kann Deen' doch nich ihren
ganzn Crater voll kotzn . . . . .
(Und schpürte 1 rundn Munt auf dem meinen? : Feucht
& garnichklein. – unt immer feuch=*tärr*? : » Ahhhhhh ! « :
und trank. Trank! : Mensch; des Lord=Kantzlers
Echter. : WOTTKA ! ! !. / Seit mehr denn 100 Wochn
nich mehr. (Und damals ooch bloß um'm Munt=

rumm eingeriebm damit; um ‹ dem Volk › ein Gelage
vorzutäuschn, und die Überfülle der Vorräte : Gerettet=
Ahhhh . . . . .

(Sie knaupelte nur schnell am Schloß der ISETTA. Und
wir sankn – ‹ Ahhhh : Gerettet ! › – auf unser buntgemu-
stertes Zweierbänkchen. Und so recht kunstvoll
jappm.) / : » Hertha, dürfte=könnte ich – : den ‹ grooßn
feuchtn Munt › ? : Damit ich den ‹ Anschluß › wieder
finde ? «. (Raffiniert, wa ? !). – Aber das konnte sie
eben nich; (und würde es vermutlich nie könn'n) :
» Hier uff der Schtraße nie, Karlle. – : Nachheer, wenn
wa draußn sind; uff der Schossee. Die vieln Kinder
hier. : Op hier anne Höhere Schule iss ? «. / Ließ den
Motor an. / Und erschtarrte schon wieder. Und war nur
noch 1 Hauch : » OchDukuckamma – : Der Postboote !
– : Op der uns *nach*=gefahrn iss ? « : » Herthielein; Tz;
wann wirsDu's entlich lern'n ? Dich von dergleichen
Bubm zu befreien, indem Du sie Dir dienstbar machst :
paß ma uff, wie Der umgehend verheitzt wirt; nimm
Du nur Deine Kurrwe . . . . .

            . . . . . *denn mir morstn Finger auf dem* Unterarm : ? : !
: ?. (Und *mehr* zeign. Und an meine Tasche klopfm. –
GOttloop, die hatt'ich noch; jetz erst dachte ich an
die=wieder !) –

            : » Potschtalónn ? «. (*Und wieder den Finger* an meine
kostbare VollRinnz=Leder=Mappe; die einzije im
Schtaate; nur zum Aufschneidn freigegebn. – Der
Wottka freilich war ausgezeichnet : wärmmte ! – Und
nochma, gewissermaßn aus Wohl=Behagn, jappm.) /
» Potschtalónn ? ! « . . . . .

(Und das Gesichtchen neben=mier – man mußte das se-
hen ! – ging ein bißchen auf, vor lauter Freude. (Allerdinx sofort wieder zu : 1 dicker LKW mußte umwieselt
werden. Sie augenwrinkelte nerrwöhs.) / Aber dann war
gerade Schtraße; und frei dazu. Sie lächelte gleich wieder braaf. Und sagte schtoltz) :

» *Póß=Tilljohn.* « (*Und machte, Frau* über 13 Pee=Eß,
vor Lust den Tachometer klettern.) / Kein Wort mehr
von Mutzung. Auch flossen die letzten Bau=Werke des
Orrz an uns vorbei; nach hintn. Die 1 Scheune noch;
meintweegn. Ließ Ihr sogar auch noch Zeit, bis das
nächste Wald=Schtück begann. Dann aber unverzüglich :

» *Hertha ? : auf 1 Wort : Heraus* mit Deinem Munt ! –
Und laß ihn groß & feucht schmeckn=Du. Damit ich
wieder rein komm'. « (Worauf sie ihn natürlich besonders schmahl & harrt geschtaltete. » Es wirt=Dich darauf-
hin nun aber wohl nicht Wunder nehmen : wenn mein
Bericht kümmftich=eebmfalls kark, mager, dürr, aus-
fällt, ja ? «. Und erhielt den kühlen Gegen=Bescheid :
» Du waarsd eigntlich schonn viel=weiter : das war reine
Guttheet von mir, wenn De überhaupt een' gekrickt
hast. « Und ich, als erwache ich : » Achjarichtich. Jetz
kommt ja schon – – :
Hertha dürfte ich da – ich brauch's zur raschen Iden-
tiefiezierunk – 1 Deiner cream=hills ? Vielleicht den
rechtn=hier ? Opwohls der kleinere iss : und sei es noch
so flüchtich – –. « / (Un=nötich zu sagen, daß ich *nicht*
durfte.) : » Überlegt Ihr=Frauen Euch denn nie, daß der
beste, sicherste Weg, Eure=Männer während der ‹ üprijn
Zeit › apsolut keusch & gut=bürgerlich zu machn, *der*
wäre : – «. Aber Sie, längst wieder rüstich zwischen
Nadelholz=Soffittn dahin schteuernd, unterbrach mich
schon : » Da würt im Leebm nie viel Andres mehr
werdn. « (Wie Du meinst, Un=Natürliche; aber beklag
Dich dann bitte nicht, wenn nachher gleich folgt, was
folgt . . . . . :

. . . . . : *Jawohl. Der war ich :* » *Poust :* Poust. « (Ich
hätte mich natürlich auch schtur schtellen könn'n; und
ihres von ‹ potch › und ‹ talon › ableitn. Aber das war
nich meine Art : die Gesichter=hier waren viel zu
runt=dazu. Eben kam das Aller=Rundeste wieder mit

dem klein'n Alluminijumbecherchen an; tunkte – das
war aber fast *zu* freundlich ! – sein Schnutchen=Putchen
drann; setzte das Schtamperchen dann vor mich hin;
und schprach, mit seltsam hoher Schtimme, dazu : » Na
ßdaRówje. «)

He's a dschollie good fellow; ich zweifelte nich'dran.
Gedachte andrerseiz aber auch nicht, ihnen das Exempel
eines ‹ Blauen Kuriers › zu liefern. (: Oder war es sowieso schon Giftpilzsaft ? Der mir im Bauche kluk-
kerte ? ! : Hatte Kennan uns nicht zur Genüge über die
Unsitten der Jakuten belehrt; die, als All=Kohol=Er-
satz, ‹ gewisse toadstools › ihrer heimischen Tunndren
fraßn ? (Das heißt : nur der Erste ! : die Andern erhieltn
dann den natürlichen ‹ Zweitn Aufguß ›; der seine Kraft
behielt, und sieghaft sämtliche anwesenden Kreisläufe
passierte !) ? . . . . .

(» *Fui Deubl* – « : *1 mit=leidije* Frauen=Schtimme
. . . . .

. . . . . : » *Gdjä : ßdjäss : póttschta ? «; (was heißt* unter
solchen Umschtändn noch ‹ Gdjä › !) / Ich schprang erst
einmal wild auf. Schtreifte mir den Raumantzuck runter
– – : Unt begann umgehend vor Kellte zu klappern !
(Luft war genügnd da; aber diese Temmpera=tour ? :
Hing da, an der Wand, nich'n Termometer ? – – : ? : ! :
25 Grat Mienuß ! – : Unt Zwei=von=Euch gehen in
Hemmz=Errmeln ? ! / Wahrlich : dies waren die ‹ Eiser-
nen Männer › ! Vor denen Kennan uns gewarnt hatte :
‹ Die Jakuten › hatte er geschrieben, ‹ sint die einziejen
Sibirier, die arbeitn wolln & könn'n. : Setzt 1 Jakutn mit
1 Säge und 1 Hammer in die ödeste Tunndra – und nach
2 Jahren wirt sich, an derselben Schtelle, ein schtatt-
licher Bauernhof erheebm; mit 500 Morgn ‹ unterm
Fluuk ›, und 46 Haupt=Vieh. Von zahlreichen Frauen &
Kindern noch gar nich zu reedn . . . . .

(: » *Navonweegn : in zwee Jahrn . . . ? «* – : also nichts
wie Zweifel & Un=Dank erntete Mann . . . . .

. . . . . *natürlich würde ich grausam* aufschneidn, ‹ zu-hause ›. (Und nicht=nur im Parr=Lament : *die Seerieje* von Vorträgn=im=Runtfunck. *Unt* Fern=Sehen : da konnt' ich's noch zusätzlich mitt'n Henndn vor-machn ! – – – –

(*Sofort der arkwöhnische Eil*=Seitn=Blick; wie eebm Schoffösn blickn : ? / Dann, beruhichter, da meine Finger schtill & fromm im Schoße ruhtn : » Jaja : ops=zöhne Gebärdn; das hasDe weck ! «)

. . . . . : (*der Eine hatte das Gesicht zur Want* gekehrt; und meuterte leise vor sich hin ? – Achso : Gebete ver-mutlich; die glaubtn ja noch an – ja, an *WAS* wußte ich im Augnblick nich; aber das würde nachzuschlagen sein. Wenn ich dann über die Sittn der Jakutn 1 kurzn Über=Blick . . . . . irgendwelche ‹ Heulenden Teufel › eben.) / (Unt wurde doch wieder 1 Kwenntlein un=sicherer, als mein Blick auf 2 gewisse=weiße Geschtalltn fiel. Von Deen' die Eine auch gleich mit dem Schnabel kappte : ! Also vielleicht doch nicht *allzu*=ieronisch tingieren; dann, beim Vor=Tragen : Mistick war auch bei Uns ver-dammt schick. Nicht nur im Augnblick; nee; *immer*=gewesn. Also lieber Vorsicht.)

(*Opwohl ich natürlich für meine Kühnheit* bekannt, ja beliebt=verrufm, war : man war nicht nur *gewöhnt*, daß ich épatante Äußerungen tat; sondern *forderte* sie gera-dezu von mier : in 1 wohlgeordneten Schtaaz=Wesn wird ein weiser Regennt sich prinn=ziep=jell 1 klug=witziejen Narren haltn; je klüger & witziejer, desto bes-ser – am allerbestn n Geh=Niejuß : desto Weenijere verschtehen ihn. Und Regennt & Schtaat habm immer ihr ‹ Alibi › hinsichtlich Meinunx= und Rede=Freiheit. / DER NARR & DER FUX : Wenn *überhaupt* Jemand, werdn *Die* überleebm . . . . .

(» *Ah Paul Weber* – «, *flüsterte es* ehrerbietich : Neenee, meine schpröde Schöne ! Mit 1 gelehrtn An=Schpielunk versöhnzDu mich nich : erst hasDu noch zu erfahren,

wozu 1, von seinen dicken Keimdrüsn gekwäählter,
gehnialer Kopf in Wortn fähich iss : lausche=Du der
Harrmonnie der Sfären, mein kalter Lieplink . . . . .
. . . . . *(ewwenntuell einzelne Vorträge ‹ Nur* für Er-
waxene › ? Wenn nicht gar ‹ Nur für Herren ›. Längere
cream=hillije Lei's : wie ich da, auf dem Grunde Der=
Ihres Lager=Kraters, bei 40 Graat Källte, jakutische
Schpezialwonnen genossen hätte ? Gefrierfleischich=
unnennbare Lüste : schtehend, am Tisch, mit reifijer
Bauchmähne; (: ‹ Muß der 1 Schtärcke habm! – ›;
würde auf sämmtlichen anwesenden Damen=Gesichtern
zu lesn sein. (Mit Ausnahme Frau O'Flynns; weil
die nischt hörte.) : die Folgen für mich, im guten,
ja, besten, Sinne, waren jetz noch gar nich zu über-
schauen . . . . .
(Was iss denn ?) : » *Ach=Hertha : Liepstis* Herthielein ! – Tz. – Achmeingott . . . «. (Denn sie war
schtumm an den Schtraßenrant gefahren. Bieder hatten,
obwohl ihr schon Wasser übers Gesicht lief, die Hände
noch gedreht & gebremmst. Jetz'aß sie da; und wimmerte & heulte & rang mit den Augen nach – ja nach
was ? : es ergab nur immer noch mehr Wasser –. – /
» Ach=Hertha=entschuldje ! – Mädel, wenn ich gewußt
hätte, daß Du's wieder *so* schwer nehm'würzt . . . Ich
hab gedacht : 1 Kopfschütteln, und 1 von Dein'nettn=
mockanntn Bemerkungn, würde's tun . . . «. (Und
versuchen, sich tröstend ihres Oberkörpers zu be-
mächtijen. : ? – : Ja; sie ließ sich händeln ! : So=soo,
ts=ts. (Aber was'n Umschtand mit dem Frauenzimmer,
nich ? Da hätte Tanndte Heete, zu ihrer Zeit, anders
reagiert; vermutlich prommt den ‹ Beweis der Kraft › ge-
fordert – : schtatt dessen hocktn *wir*=hier am Raine;
und sie heulte wie'n Schloßhunt. Es schmiß sie in den
Schulltern : und Alles wegen ei'm=einzijen=lummpiejen
Maulvoll Worte ? ! . . . . .
Aber sie warf, schniefnd rotznd atemlos, den Kopf. Und

schluckte nach der gutn Luft; (richtete sich dazu auch höher auf; und tat 1 so tiefen Atemzuck, daß ich endlich= endlich=einmal in meinem Leben beinahe etwas wie den berühmten ‹wogenden Busen› älterer Romane zu sehen bekommen hätte. (Nur daß sie eben – wie hatte TH sich ausgedrückt? – ‹HIER nich viel hadde›.) Dennoch traten die Schpitztütchen ihres Halters recht beachtlich hervor. Gans Größe 3. (TH hatte beschtimmt 10. Zumindest damals gehabt – diesen Blick durchs Waschküchn=Fenster vergeß ich mein Leb=Tag nicht: 10 Sekundn athletischer Überall=Waschunk. Dann hatte sie mich entdeckt gehabt; drohende Augenbrauen gemacht; und, als ich immer noch blieb, seelich=unfähich zu reagieren, den ‹Waschfleck› nach meinen Augen geschmissen :!. (Daß der an der Scheibe, vor meinem Gesicht, ‹zerplatzte›; in einen drohend braun=grauen Schtern :! – ich hatte erst gedacht, er käm’ durchs Fenster!.) / Und dann in den Holzschuppm gerannt. Und die Scene, mir zu herrlichstem Schaden, auswendich gelernt. / Und heute, nach 30 Sonnen=mehr, wußte ich: daß ich, zumindest damals, doch auch ‹Glück› im Leben gehabt hatte: daß mir als ‹meine› erste nackte Frau das Bild der Weißn Athletin zuteil gewordn war: gesund, schtrotznd, dreifach=mächtich; tris=megistos. (Daß ich sie in praxi nich ‹bekomm’› hatte, war gans in der Ordnunk. Beziehunxweise wenn auch vielleicht nich ‹ganz›, so akzeptierte ich’s doch.). Neinnein:
Der Blick durchs Fenster=damals war 1 guter echter Genuß gewesn. 1 ‹Schutzimpfunk› erstn Ranges! : für bordellije Schlabbrichkeitn hatte ich nie Intresse gehabt. Und auch weder in Träume noch in längere Gedankn=Schpiele hatten sich je etwelche heruntergekommenen Kirken eindrängen können: in jedem Gehirnkämmerlein saß schon Eine; (zwar nich TH=selbst – die war durch anxtvoll=prüdes Dran=rum=Geskruple sehr rasch gesichzlos geworden – wohl aber eine ‹Schtand-

ortwarrietät › von ihr; ‹ Töchter ›; Manche *noch* größer, dafür knochijer; Manche kleiner, dafür *noch* voller; erst ihr Gesicht dann ihre Hännde dann ihr Haar; ein rüstijer Schwarm; Nereidengewimmel, Lukian ‹ GESCHPRÄCHE DER SEEGÖTTER › : *das muß'n armer Mann sein, der, im Lauf seines Lebens, sich nich mindestns 3, 4 kommplette ‹ Welltn ›, inclusiewe ‹ Müh- tollogie › aufbaut !*)

(Und, I give my vote : POLYTHEISMUS ! ! !. – / (Das Kristentum iss in mein' Augn überhaupt nich diskuta- bel. (‹ Höchst=schulldich › außerdem – ich haps doch schon erwähnt, daß Aristarch von Samos, 250 *vor, mehr* von Astronomie verschtand, als Koppernikuß, 1540 *nach* ? / Und Kristus 1 ‹ höchstes Ideal › ? : auch da halt'ichs mit STANNIE JOYCE : voilà un homme !). / Aber weck mit allen Schpeekulatzjoon'n : *H*ier=*h*eulte= *H*ertha : *H*=*H*=*H* : das heiß' ich noch aspierieren.) / Und dennoch wieder : ich verantworte in diesem Zu- sammenhang – : mit jenem ‹ Blick=durchs=Fenster= nämlich › – selbst die Ausdrücke ‹ poetisch & keusch › ! Von gesund=wie=gesagt noch gans zu schweign.)

(Unt willderer Trotz überkam mich : aut=aut=Herz- chen ! / Ich ergriff, wir waren immerhin ‹ in der Öffent- lichkeit ›, die Hellffte jenes nicht=wogenden Busens mit der ‹ Freien=Rechtn ›; huupte jedoch, absichtlich, weit über's, unter Uns üpliche, Maaß hinaus : ! / (Und – will- derer Trotz überkam mich ! – : ich schickte dieselbe Hant auf wildernderen Week; vom=Knie=an=aufwerz : dies also 1 der knochijeren Warrianntn. Leider war das eigent- liche ‹ Paradies › – obwohl ich ein ‹ Mensch des Nordens › bin : die Brust der Frau ist schöner als der Schooß ! – mit rabenschwarzem festem Floor überschpannt; Potz Buna & Gummizuck. Sonnst hättesDu geschpürt, daß 1 gerrmanischer Mittelfinger . . . . .) –

Aber gar nich desweegn beweekte sie den Kopf auf dem Hals. (Im Gegenteil : sie ließ jeglichen Griff=zu. Ohne

zu=zuckn.) / Schniefte aber dennoch. Schüttelte sich &
schniefte. / (Also 1 Miß=Verschtäntniß ? War meine
gantze Gedankn=Tierade überflüssich geweesn ? – Das
fehlte noch !). / Ah. Jetzt. : kam jetzt 1 Art Auf=
Klärunk ? . . . . .
: » *Sei ock nie böse=Karle. – Ich hab bloß* so=drann denkn
müssn –. : *Wie ich damals rüber kam* – « (wo also jener
Pollacke, mit seinem ungewaschenen Mittel=Finger; ich
weiß. : Sehr schnell schtreicheln.) / Schweer atmen. :
Küßchen. – (Schwee=*rärr* atmen. – : *schtärrkeres* Küß-
chen : es iss doch wohl das beste Heil=Mittel. ‹ Zwischn ›
Mann & Frau.) . . . . .). : ?
: » *Achnee; desweegn gaa nie. : Ich kenn Dich*=ja. « / :
» Aber ich haap wieder so drann denkn müssn – : wie=
Wir, im Feebruar 46, über de Grentze gekomm' sint. :
Da hatt'ooch Eene – nakkt – im Schnee geleegn. So
gans=verrengt; wie anne Puppe=weeßDe ? : und die
hatt'*ooch* lauter ‹ Reif=im=Schaam=Haar › gehaapt. « / :
» Ich war doch erst Sechznn=weeßDe ? Unt ich haap ma
das – gans gedanknlos – Alles so angesehn. Danneebm
gesessn. Uff amm Schteine : wir warn ja *soo* müde. Ich
konnz Fahr=ratt nimmer schiebm. Meinemutter hatt ma
a Tüppl inn de Hant gegeebm, mit Terrmoß=Kaffeh – :
ich haap's nie haltn könn'n ! « / » Und=dann hab'ich da,
neebm der Frau : Koffeeh getrunkn. «
: » *Darann haap'ich so denkn müssen. Wie Du* vonn'a
‹ Jackuhtn › erzählt hast. «. –. –
(: *Also nichts wie Mißverschtändnisse* im Leebm ! /
Mann kennt sich zu weenich. *Viel* zu weenich. / (Und
Schefer hat vielleicht *doch* damit Recht, wenn er emmfiehlt : sich die Gattinn *nur* aus dem eigenen Geburzort
zu wählen ? : *Nur=Die* kennt ja alle Schtraßn, Menschn,
Schpiel=Winkl. Schpricht dieselbe Fammilien=Schpra-
che; glaupt dieselbm Götter. (Oder, richtiejer : Lock-
aal=Gottheitn : *nur=mit=ihr* ist 1 annähernd=volle
Verschtändijunk möklich !). / Sie hatte sich – inzwi-

schen; währenz in mir dachte – leidlich wieder erhohlt.
Ließ den Blick gedanknlos rundumm laufn : Kielo-
meeterschtein=Männerhant=Fellt=*und*dieTütchen. Lieb-
äugelte mit der fernen Weite. / (Wurde scharff &
bewußßt ? (Der Blick : mann siez ja nur an den um-
gebenden Müßkelchen=Fälltchen=Wimmperchen; das
Auge=selbst iss ausdruxlos wie ne Wiesolett=Luupe). –
. . . . . : » *Hohl amma ee'n.* – «. / (1 Zettel nämlich. –
Kurios : die ganze Lanntschaft laak voll von Fluuk=
Blättchen ! / : Weiße DIN A 5. Blaßrote im Poßtkartn=
Formaat; (die übrijens wohl auch in Grünlich). Und
noch gans=lütte, DIN A 7; in eben=jeenem Gerötel. – /
(Der Winnt schpielte damitt. Gans leer war die
Schtraße. – Die Sonne, graue Fussel=Kwalle, kroch
immer enger in sich zusamm'm. : Kam die Attmoßfähre
lanksam in Gährunk ?) . . .
: ‹ *Wie wird man 83 Jahre alt ?* › : ‹ *Fragt* Konrad Adenauer, Bundeskanzler *und* : 83 ! / Und er wird Euch antwortn : Ich bin schtolz, in meinem Leben nie Soldat
gewesen zu sein ! – / : Das ist 1 seltener Fall : *das* Glück
hatten nur Weenije. . . . ›. / (Ich war ‹ im=Billde ›; gaap's
Hertha rüber; und nahm mir den nächstn . . . . .)'
– : ‹ *Friedensvertrack schtatt Atohm=Kannohn'n !* . . . :
Solldaatn der Bunndeswehr ! : Bürrger ! : . . . › / (Natürlich auch die *posietiewe* Injecktzjohn; zum lustvoll=
längeren Gedanknschpiel) : ‹ Wenn *das* verwircklicht
wirt, dann . . . ›. Ergo : ‹ Zwinnkt die Bunndesregie-
runk › . . . . . / : » Hier haßDu ihn – «). –
(*Und noch den letzt=kleinstn.* / : ? / : *Waarn ja* diereckt
Ferrse ! – / : » Hör ma, Hertha. – : ‹ Imm Kriege wirt=
Deutschlant Attohm=Schlacht=Fellt. Im Friedn : Hann-
dels-Zenntrumm der Wellt. › – Ergo=deshallp : ‹ Macht
Schluß bei Schtrauß ! / Schmeißt'ie Attohm=Rackeetn
raus ! / Unnt brinkt den Friedn ins Haus ! ›. – : Da
bißDe fertich, Herzchn; wa ? «). –
Sie war fertich ! / Saß da; die Liebelle=Paßkwille im

Schooß; (imm=schöön'=Schooß). Unnt laaß immer
wieder, ap=wexelnd, 1 jener Ketzereien. / – Kopfschütteln. – /. –. / : » Du. – : Was iss'nn das ? ! « –
(*Unnt überleegn lächeln : ICH*=natürlich ! .) / : » Sieh
Dier doch ma ann, woheer der *Winnt* kommt. «. / (Unt
neue Verschtänntniß=loosichkeit. Neues Räzeln. : Wie
süüß schmekkt doch so 1 hillf=loser Dreißiejerinnen=
Munnt ! (Sie nuckelte aber auch – für Ihre=Verhällt-
nisse – annerkennensweert=schtramm dageegn. – :
» *Noch* ein'n; Hertha ! : *Ganns*=Tief ! «). / (Wehrte
aber, fast wieder nüchtern, ap. : Hallp=sachlich,
hallp=furchtsam'm : » Jetznie. – Heute Aamd; in
Nort=Horrn : kommsDe mitt zu mier. – Da hamm=wa
Batt=&=Alles . . . «)
: » *Na, aus der DDR nattührlich, Du* Schlaukopf ! – :
Wier sinnt hier=nur 10 Kielomeeter von der ‹ Zohn'n=
Grentze › enntfernnt. / Unt bei ‹ Oßtwinnt ›, schickn die
nattührlich genau so ihre Ballongs mit Proppaganda=
Matteriejahl hier=rüüber, wie, bei Weßt=Winnt, *Wier=
Deen'n*. – : Comprieh ? ! «. –
: » *Achhertha : Du haß'doch sellber=schonn* offt genuck
im Radio gehört : Wenn ‹ Die=Tschechei › wieder ma
prottestiert hatt, geegn unsere ‹ Ballong=Aktzjohn ›;
‹ Gefährdunk des Luftraums › und=so. – : DenxDe die
lassn sich schtillschweignd *Alles* gefallen ? Nattührlich
geebm die dann Conn=Tra. «. (Und mit der Hand auf
die Zettel in Ihrem Schooß gezeikt : !. (‹ Und in den
Schooß die Schönen ›.).).
*Unt sie leekte das Gedruckte, in der tühpisch=schönen
Verrenkung* der ISETTA=Lenkerinn, hinter=sich; hinter
die ‹ Gepäck=Gallerie ›. – (: Ich *muß*'ie einfach einmal
dazu zwing'n, derlei Auto=Gebärdn nakkt=neebm=
mier vorzunehm'm : eh'ich das nich gesehen hap, geh
ich nich aus der Wellt : solche Ver=Drehung'n krickt
man doch sonnst nich zu sehen !). / Und fuhr resoluht=
ann. Und weiter. –

(Wie schpäat ?) : » Noa – : in 5 Minnutn sinnd waddá. «
/ (Und sie, schnell=lüßtern : » Zeikt'er nie n Zettel vor ?
: Den ihm der Doll=mettscher hat schreibm
müssn ? . . . .

. . . . . *und sie beuktn sich über das* Pergamehn. – :
» Wascha. W=soki . . . ? « (Und nicktn sich erfreut an. /
(Und der Hoch=Schtimmieje plauderte mier was zu;
von ‹ Mjaßnüje pradducktü ›; ‹ Chlepp & Kollbaßßá › : ?
: ! / (Und eines der Weiß=Geschpennster nickte gleich
feierlich mit; (mit dem Gesicht, über=das=man=
eigntlich=hätte=lachn=müssn=aber=nich=konnte); tat
1 Wort in Strigen=Schprache und verdrehte dazu lang-
sam=schwellgerisch ein Paar gelbgrüngroße Augen-
untertassen, daß man gleich hätte grien'n mögen, (aber
nich konnte : die Pannter=Schenkl schmerztn mich noch
zu sehr – : *das* würde auch 1 feines Kappittl in meiner
Vortrax=Seerieje ergeebm !).
(Und der Hochschtimmije schmirgelte schon etwas auf
der Atomkocher=Platte. Daß die Nachtgeschpennster
recht unruhich wurden. An ihrn Kettn . . . . .
(leis rasseln . . . . .

. . . . . *und schneller schprachen; (in ihrem* langsam=
hackenden Dialeckt.) / (Und 1 Düftelchen, wie es unsern US=Crater seit langem nich durchzogn hatte !). – :
» Jaitßo Garoch : Mjaßnüje Kanßjärrwy ! «. Und
hochschtimmije, sinnschweere Lächelbreiten : sie zeigte
1 pralles schneeweißes Gebiß : ! (Und ich zuckte doch :
wieso kam ich auf die Vermutung, daß es eine ‹ *SIE* › sein
konnte ? – Teufel=auch : ich *fühlte* es einfach ! (Oder
war das betreffende ‹ Gefühl › nur auf das ungewohnt
kräftije US=Frühschtück zurückzuführen ?). 3 Männer :
1 Frau ? : die bänndichte die schon, die Dicke !) –
Und es pruuzelte in der hochgehäuften Fanne. Und
knackerte=kackerte wohlriechentzt. Wir schmunnzeltn
völkerverschtändijend. (Unt jeder Harfang machte ap &
zu die ihm zukommende Bemerkunk : meingott würde

ich aufschneidn!! Jetzt sollt Ihr Charles Hampden kenn'n lern'n. Und was er vermaak. – Bloß schnell die Suppe löffeln, daß sie nich an'n Teller friert.)

‹ *Kädränix* › *wären das?* (*Die Nadelbäumchen* dort in den Kübeln. Aha.) Am ‹ Fuße › des Schtämmchens umflannst mit *was?* – (Aber erst ma essn : was'n Glüx=Tack heute! (Die zungtn lipptn backtn kiefertn aber ooch nich schlecht! :

Der Eine fraß – sie besaßen nur genau 4 Schtein= Kumm'm : müssn also ooch schpaarn! – gleich vom Tiegel. (Unt krickte – diese Ost=Völlker halten tatsächlich auf Gerechtichkeit! – etwas weenijer : weil ihm die köstlichn braun'n Krußtn wurdn. / Ich war schon so weit, daß auch ich den Eulen=Riesen ap & zu 1 Bissn hin warf; ‹ Geschpennsterfütterunk ›; nu, man muß *alles* im Leebm durchgemacht habm.)

1 Holtz=Eimerchen mit Gefrorenem? – : Preißelbeeren. (Geschmack wie rote=saure Hagelkörner etwa.) / : Holtzeimerchen mit Gefrorenem? : » Struganinij? «. (Es sah aus, wie Hobelschpäne von Tann'n. – Kuriose Erkwickung : Bluthagel & gefrorene Hobelschpäne?). (Nachher waren's aber kleine, roh=vereiste Fischchen; und anschein'nd eine rechte Delikatesse : Zahnschmertzn krickte man von der Källte. Nichts weiter. (Schpäter vielleicht noch Durchfall.) / Doch tischt'es uns die Dicke trefflich auf; und hat mir recht den Sinn damit er=kwickt. Kam auch schon wieder an mit : » *Na ssdarowje!* « – / *Lauschtn aber sogleich* auf, Alle=Vier. Wurdn tiefernst. (Und schprachen durch Zeichen, wie Taupschtumme : Rasch : schnell : flink : flott. – Alles verschwant vom Tisch; in den Fels= Schpinndn.). / Und ich trat wieder an die leere Platte; und flickte an meinem Raumantzuck. (Bei diesem Flickzeuk mußte ich immer unwillkürlich an die ‹ Fahr= Räder › meiner irdischen Juugnt denkn : das hatte fast genau so ausgesehen . . . . .

(*Wir rolltn bereiz am Gasthof vorbei : wenn ich jetz noch* 20 Sekundn überbrückn kann, hab'ich Ruhe. Falls Sie keine Fraagn mehr hat : also Kunst=Pause & Pannto= Mieme gemischt. / Päuschen. / Dann dreimal, bedeut- saam, ans Türblech=vorne gepocht – !, !, ! –
. . . . . : ? – : *Es klopft ?* . . . . . : Werda ? ! –
(*und fragend nickn; und mit beidn* Händn zeign) : natürlich Tanndte Heete. Ihr göttinnenbreites Gesicht füllte schon, und zwar mühelos, 1 der klein'n Fenster- scheiben (: ‹ Wirkommen, wirkommen, Du allter Pat- tron ! ›). . . . . .

*

III. Ackt, 3. Szene : 1 ländliches Anwesen, mit 1 zierlich brabbelndn ISETTA davor; 2 Menschn schtürzn heraus. (Hertha, weil sie als Frau selbstverschtändlich noch mal mußte. Ich, weil ich Tanndte Heete ewwenntuell noch einije Tipps . . . . .
: » *Dutanndte : Wenn Du vielleicht* den Ausdruck ‹ sexuell unerlöst › brauchen könntest ? – Was ‹ Hormone › sinnt, weißDu doch : vom griechischn ‹ Horr=mee › : das Fließn, der An=Lauf, An=drukk. Die Schußweite des Schpeeres, die vor allem. Aber natürlich auch Auf= Bruch, Zug, ‹ mit der Ap=Reise eilen › : verschtehen Wir Uns ? « –
Sie sah mich aus Ihrem Reise=Schtaat heraus mit kalten Augen an : » Du hass'n Knall. « sagte sie nüchtern; » Giep mir lieber n Tipp, was man während ner Auto= Fahrt alles fraagn kann; daß man nich da=sitzt wie Piek=Ass : wie heiß'as Dinx, dass'ie Geschwinndichkeit an=zeikt ? « : » Tachomeeter=Tanndte. Aber – « (Sie ge- bot mir mit 1 einzigen junonischen Kopf=Bewegung Schweign – es scheint wahrlich mein Destinée, von Frauen tührannisiert zu werdn. Aber wartet nur : ‹ Die Rache Yorix › ! Schprich=nur, schprich=Du; You tell me I listen : Meine=Zeit kommt auch !)

» *Naja* – « *sagte sie unschlüssich* : » – ‹ *seck=ßuell* un=er-löst › ? – Vornehm ausgedrückt iss'as ja. – « Und richtete sich doch wieder, verächtlicher, *noch* höher : » Och-mann – Datt bünn ick nu bald fofftich Johr ! «. (Im-merhin; es schien ihr zu denken zu geben.) / » Und was das Air der erfahrenen, blasierten Autoreisenden anbelangt, Tanndte; würde ich vorschlagen : für's erste nicht mehr als 3 Ausdrücke; sonnst verwexelsDu sie nur . . . «

: » *Also* ‹ *Tachomeeter* ›, *gut.* / *Dann* ‹ Aus=Puff › : da mußDu erst immpressief lauschn; mit etwas rechts= geneiktem Ohr ? « (Sie machte's unwillkürlich schon.) » Brauen krietisch drückn – ja; so; genau – und etwas von ‹ auffällich laut › murmeln. – Und schließlich ein ‹ Entdröhnungsmittel ›=allgemein vorschlagn. – Unt bitte=bitte=Tanndte – « schloß ich innich; faltete auch, zur Erhöhung des Effeckz, die Hände vor der Brust (‹ Potz Garrick & Kemble ›) : » Wenn Du über der Faß=zieh=Nation bayerischer Technick, und dem Zau-ber der Fremmde, Deinen Neffen nicht *ganz* vergüßest ? – : ‹ Schußweite des Schpeeres ›, Tanndtchen . . . « / Sie zögerte lange.

: » *Also Kar=dl,* – « *begann sie dann* schweer; (ließ auch den Zeigefinger drohend ticken : !) : » – Ich will mich da noch *ain=mah* auf verlassn; unn'as Wort ‹ Ennt= Dröhnunx=Middel › gebrauchn. – : Aber wenn'as wie-der so was iss, wie Heutfrühdas, mit diesn verfluuchtn ‹ Tau ›. Unn'in Wirklichkeit hanneld sich das um Blä-hunngn=oder=sowas – : Kar=dl ? ! ! «. (Und trat doch vorsichzhalber gans=nahe an Männe heran. Und machte die tiefe Schtimme liep & weich & beschwö-rend) : » Oder hassu wieder Kwattsch gemacht ? Dann saach'as *jetz* noch. – : Na ? «. (Und ich, Hand= aufs=Herz & Brust=Ton) : » Tanntte ! : In 1 Fraage, die über Ehre & Ruf der Familieje entscheidn kann ? – : Ich erklär Dir's. ‹ Ent=Dröhnunx=Mittl › ist eine Art Kautschuck=Lösunk; die, unter die Schutzbleche geschmiert, Schteinchn, Schotter ..... « (und blitzschnell auseinander treetn. Als hätten wir nieimleebm 1 Wort gewexelt : Sie, vornehm=angewidertn Gesichz, als schtünde sie in Damengefahr, von einem Aufdringlichen belästicht zu werdn. Ich, kalt, börsnjobberhaft; als trüge ich 1 unsichtbare Melone und im Maul die erloschne Ziegarre, a la ‹ Ick kenne dett Meejn jaar nich ›.)

: » Na Härtha=Kint ? «. (TH; mütterlich) .....

III. Ackt, 4. Szene : 1 ländliches Anweesn mit 1 zierlich brabbelndn ISETTA davor. 2 Frauen schreiten darauf zu. In der Gartn=Tür 1 soignierter älterer Herr, mit auffällich feinen, durchgeistichtn Zügn, » Wie ? « – (Sie zerrten nur grinnsnd den Munt; Jede nach einer anderen Seite; als hätten sie sich, aus Sümmettriegründn, verabredet.) / : » Mach Dir um *DEN* man keine Sorgn, Miendeern. « (TH, gemütlich) : » Das'ss'n Selbst=Redner; schon ass Junge : der kann sich s=tunn'lang mit sich sääps unnerhaltn. – *Mir* würt ja grauen, wenn ich allein sein und *reedn* sollde – ? «; und schüttelte vielsagend den Kopf.

‹ *Das Thor macht auf, die Thür macht weit* › : *Und sie* sankn in die Pollster. – Erst Hertha; hinreißend=eckich=lazertisch hinter's Schteuer. Dann, schweer & üppich, – (ich sah vorsichzhalber doch nach Reifen & Luft) –, Tanndte Heete. Er=rankerte sich, hintn, Bekweemlichkeit. (Und ich nickte trübe : einmal hatte ich, eben=dieses, Gesäß sehen dürfen, (‹ und mehr bedarf's nicht › : ‹ Diesmal=Diese ›).) Und probierte weitere genuß= verschprechende Gliedmaßen=Anordnungen. Und schtrahlte angereekt. Aber ich griff doch lieber ein : » Tanndte – : könntesDu die Einkaufs=Tasche bitte hinter=Dich, hinter die Gepäckgallerie, leegn ? Hertha muß, gerade nach rechts=hin, zum Schalltn, etwas Platz habm. – « .....

. . . . . : » *Haapt Ihr auch Alles* ? – *Seht lieber* nochma
nach – «; (denn Hertha war berühmt für die Anzahl der
Dinge, die sie vergaß, wenn sie eine Reise an=trat;
Tanndte Heete für die, die sie mit=nahm – also müßde ja
eigntlich alles besonders gut gehen : was die Eine nich
hatte, hatte die Andere. (‹ Was der Ein'n nich fehlte,
fehlte der Andern › : *die* Möglichkeit war freilich auch
drin.) –

» *Die Hannd=Tasche – : sinnd Kamm & Schpiegel*
drinn ? Heut früh lagn se neebm'm Bett uff der Erde. «.
(Sie hatte sie.) / : » MußDu etwa unterweex tankn ?
Sonst geb'ich Dir lieber n Zwannzichmarkschein mit. – :
Laß die Witze=Tanndte ! «; (denn die wollte gleich,
groß=zügich, nach'm Port=Monneh fummeln.) / :
» Denk an die Ansichz=Posstkartn an Deine Kollee-
ginn'n. – Und wenn Du in Zelle *viel* Zeit habm solltest :
kuck rasch ma ins Bomann=Museum; da finnzDe
Muster für 100 neue Schtoffe. «

» *Und kommt bald wieder ! – Denkt, bitte,* immer daran
: wie hier Einer, die gerungenen Hände über'm Dulder-
haupt, klagend durch verödete Räume irrt, ‹ Verlassn
binn ie › – während Ihr in festlich erleuchteten, von
fröhlichen Menschen wimmelnden Sälen . . . . . ja=
übrijens=Tanndte : *falls* Du wahrnehmen solltest, daß
sich 1 ölijer Unbekannter schwänzelnd an meine Hertha
heran=machen will : könntesDu Dich dann jenes Griffes
erinnern ? – «. (Sie hatte mir doch noch etwas zu sagen.
Wollte an der Tür klinkn; aber Hertha zeikte ihr, wie
man das nette kleine Seitenfenster auf schiebt : !) / – : ? –
/ : » Aha, ja, gut : *sehr* gut. – Und Du reezt Ihr bitte zu,
Tanndte, ja ? : Wenn Ihr zurück kommt, muß sie mich
sofort rauf, in die Dachkammer, zerrn; daran werd'ich
erkenn'n, op Du Dein Wort gehaltn hast. «

: *Und Burr und Knurr und Schnurr* und Surr. – : !
. . . . . . : ! ! –

*

(Und erstma allein.) / *Zurück* schreitn; nachdenklich, die Hände auf dem Rückn, wie sich's gebührt. (Wieso ‹ gebührt › ? – Achso : für einen Herrn ‹ in den bestn Jahren ›; oh leck. Daß es den meistn Menschn anschein'nd so schwer fällt, mit Anschtant zu altern : die ‹ bestn Jahre › ? Das sind doch einwandfrei die, zwischen 30 und 45. Was davor liegt, ist Weltfremdheit : ängstlich=schteiff=verkrammft=verloogn. Was danach kommt, Scheiße : Sela ! (Und ich also grade im Abkippm begriffen : Ei so kippt doch satt !). / Und schreiten : von mier aus . . . . .

Im Hausflur erst noch mal in den Schpiegel schauen; wie ich, wenn möglich, gewohnt war, ehe ich Wichtijes unternahm : nich aus Afferei, um ‹ das betreffende › Gesicht zu *erzeugen.* Au contraire : um, wenn möglich, an seinem Ausdruck zu erkennen, *wie mir zumute war.* – : ? – (: Eheu ! : Da sah mich Einer ziemlich schafsmäßich an. Blinzelte allerdinx nicht; also max durchgehen. / Natürlich wohnt Jeder allein hinter seinem Gesichtsfleisch. / Und die Schtimme von meinem sich=sellpst' klang hoch schnippisch rücksichzlos; ihre Äußerung'n oft mahnend und recht nüzzlich. / Dagegen besitze ich nicht die Gabe, Uhren ansehen zu können, und die Zeit *nicht* abzulesen : Hertha konnte das.)

– : *Im Keller ? : Gleich rechz. : Driddes Fach* von unt'n. – Hatte Tanndte Heete gesagt. / Neben den großen braunen Schteintöpfm=mit=Schmaltz. (Die weiten, glänzend=schwarzen, Kumm'm=hier hatte ich gern : in den'n hatte sie mir früher immer Milchsuppe vor gesetzt. Reihenweise.) : !

(Erst schnuppern. – Dann den Tropfm in die Hand= Fläche. : ? – Zweifellos) : dies war ER ! / Der Selbst=Gebraute : ein weißgelber Schnapps von; Teufelauch; der konnte seine 60 Prozennt habm ! (Und ich erkwickte mich entschprechend vorsichtich : so=ungefähr muß'n

263

Irrlicht schmeckn. (Vorausgesetzt, es gäbe Barr=Baaren, Hexen & Deren =Meister, die Irrlichter zu sich nehm'm.) / Und wieder rauf; erdoberflächnwerz.) Und die Klappe schließn; die Fall=Tür. –

Überm Hof war das Himmelstuch in nicht nur graue, sondern vor allem=auch verdächtich schtarre, Falltn geleekt – die konntn gar nich anders, sondern mußtn sich demnächst auf lösn. (Würde ergo ne unangenehme Fahrt dann werdn; Finnstrichkeit & Reegn : Rinnstrichkeit & Feegn; arme Hertha. (Am Schteuer.).) –

‹ *Über die FLORA der Mauerritzn am Nordrand* der Gemeinde Giffendorf ›. (Und die Fliegn werdn auf'm Lande größer, als in der Schtadt. Beim Bauern *noch* dicker.) / ‹ Alter Schuppen › : die Ritzen der schwarzgrünen Bretter besetzt mit laxrootn Schwämmen; Knöpfe & Bärtchen. / : ‹ Tirti=lirti : Fennje fant ich ! › : Schperlinge sind lustije Leute. (Unt auch 1 Tauber kann sich 1 Vogel halten : des Schpringens wegen; und des Schnabelwetzens.)

2 Holtz=Schtöße : hier Wurzelschtöcke; vor Alter schon schwärtzlich; aber immer noch Zackn Tatzn Kralln. Dort Eisenbahn=Schwelln. (Kreissägn lassn. Mit= Hellfn. Im Geschprühe schtehen : Kluuk schnackn. / Hackn dann gans=alleine. Im Schuppm.)

Um Drehen. – : Oh=die=Dahlien hatten aber schon ihren Frost weck ! (Gans merckwürdich schwarzgrün & schlapp; das geht über Nacht : die Knoll'n müssn raus !). / Und hier das Roosn=Beet. : Immernoch an derselbm Schtelle ?. – (Das heißt : das *mußte* wohl so=sein. Wurde da nich besonderer Boodn an=gefahrn; Lehm=und=so ? Ich wußte's nich mehr. / Einmal hatten sie noch im Dezember geblüht; ich war zu'n Weihnachz=Feerijen hier geweesn, und der Winter eckstrehm=milde : ‹ Treinta años mas tarde : mejores no hay ! ›, jaja.) –

((: *Opp ich noch ein' nehm' ? ? – Lieber nich,* was. Man

säuft sich bloß'n Maagn ap : Rücksichtnrücksichtn : Es
ist kein Glück, auf dem Karussell alt zu werdn !)). –
: » *Na meine Herren ?* « : *Denn da waren sie* um mich;
trippelnd auf den kleinen Tatzen. Der WALD-
SCHWARZE Kater setzte sich so gleich. : » BisDu nich
der guute MAU=MAU ? ! «; (und er blinckte ergeebm,
gansgelbm Blix). Unt der ‹ Schtumme Herr › schtrich
mir buckelnd am Hosen=Bein entlank. Sodaß nur
1 schteinernes Hertz es über sich gebracht, und ihnen
keine Milch geholt hätte. (Dem Hunnt gleich noch
1 Trümmer Sülltze mitnehm'.) . . . . .
: » *Maxaß ?* «; (Ich : *zum Hund*). *Und Der* nickte
fleißich. / Und ich gink zum 2. Mal'hinein. (‹ Leise ›;
daß TH nichz merckt). Und hohlte ihm die ‹ Neue
Kette ›. – (Erstma die Länge ap=messn. Daß er nich all-
zuweit=kann; und Alles behellicht. – : Soo. / / Und dann
die alte=app : » Naa ? ! « –). –
: *Unt er schüttelte sich erfreut. Unt jaulte,* wie ich mit
ihm schäkerte. Ihm auch 1 Holz=Scheit warf : ! – (Ah;
er brachte es gleich wieder. Und weedelte noch dazu : !
(Das mußDu nich tuun; das iss Mann nich weerth.) /
(Aber : ‹ Was beißt mich da ? ! › –) : » Werther Mau=
Mau ! «. (Unt; da er immer noch nicht die Föötchen
aus meinem Hosen=Bein nahm) : » Du wenn Du nich
artich bißd, geep ich Dich deem nächsdn durchreisendn
Aßtronohm'm als Komeetn mit ! – Na ? ? «. (Es gaap
ihm anscheinend doch zu denken. / ‹ Disteln & Katzn › :
Lieplinx=Tiere der Göttin der Vernummft. /. (Unt
die ‹ Schnee=Euln › waren selbstverschtäntlich in ‹ *Ei=
Form* › auf den Moont exportiert wordn. Falls Hertha
fragn sollte. – Dort apsichtlich *nicht* ‹ von Eltern ›,
sondern im *Back*=Oofm aus gebrütet : weil sie ja, in
1 gans=neuen Umm=Wellt, auch gans=neue Inn=
schtinckte zu er=billdn hattn !) –
((*Umm=Sehen ?* – : *Das Hunde=Kinnt* schpielte noch
immer mit seinem Höltzchen)).

(((: GOtt=sein ist leicht. – : Mensch=und=Tier=Sein ist
schweer. / : Schreip Dier's ins Schtamm=Buuch !))).

‹ *Imm Kloo* › *?* : (*da vergingen Einem freilich* die Sen-
tenzn Maxie'm Parra=Neesn ‹ Afforismen zur Leebns=
Weißheit › so gans=leicht !) / Ein Mal, früher, hatte
ich, der ich schlafrockmäßich=leedicklich mein Wasser
ap=zuschlaagn gedachte, zuvor=eerst mit 1 *Ratte*
kämmfn müssn ! : Da=vonn hatte ich Hertha überhaupt
nichz gesaakt.) – (Allso : ça ira. ! / 1 Parr=Seck gleich
runnt 31 Mal 10 hoch 12 Kielomeeter. : Mit dem
Rechen=Schieber könnte man SEINE Lennge unschweer
auf Parr=Seck um=rechnen. (Unt=dann, mit dem Ergebnis, Hertha, ‹ zu Weihnachtn ›, überraschn. – Ich
mußte zwar bei dem ‹ Ein=Fall › grinnsn. Tat dann aber
doch den gewohntn prottestierenndn Tier=Laut : geegn
die ‹ Erschaffunk des Mennschn › : !).

((: *Mann miß=traue allen ‹ Wahrheitn ›;* die, um zu
‹ wirkn ›, in einer lang=wallenden Roobe geschprochn
werdn müssn. Mann mache ‹ die Proobe › darauf, indem
mann sie in der Baade=Hoose wieder=hohlt. Oder auf'm
Kloo. / Ich probierte es gleich : Ich blickte, scharrf,
aus der gläsernen, in die höllzerne, BRILLE. Ich äußerte
gewichtich : ‹ Unnt siehe – : Es war Alles guut. › /
Unt schtehen. Unnt schnuppern : ! –. – / : Nee ! : Es
schtannck genn Himmel ! / : Allso nicht. –)). –

: » *Forte, was gloxDu ?* – «. – : 1 *Hau=Sierer;* (mit
1 leichtn höllzernen Schränkchen auf dem Rückn). Aber
er wurrde frech; und ich mußte ihn raus schmeißn :
» Verfluchen Sie das Anweesn etwas leiser, lieber Freunt. :
Ich binn mit dem hiesiejn Lannd=Schanndarm'm in die
Schule gegangn'n; und er würde mier gern wieder ma
1 Gefalln tun. « – (Er wurde doch unsicher vor dem
einflußreichn Unbekanntn. / Neugierich sahen sich auch
die schilldkröötije Allte umm; unt das junge Mätchen,
mit den behaartn Arm'm.) / (Gleichma mit nach'm
Feuer sehen. Wo ich einmal hier=vorn binn.)

: Verdammt ! – : » Forte, was gloxDu schon wieder ? ! «
(Das nennt man=dann womöglich ‹ Ländlichn Friedn › ! /
Oder gar ‹ Einfach=Leebm › : dabei war'n Betrieb hier,
wie im GIL BLAS !) –
» *Ach. – : Tach Herr Koch. – «; (Der Briefträger* nämlich. Auch er erkannte mich gleich wieder) : » Ach Herr
Richter. – Auch ma wieder zulande ? «. Und kramte in
seiner Tasche; das jugendliche Bärtchen, aus Neilonn,
gesenkt am Gesichzkreis. (Beziehungsweise Kreis=
Gesicht : der war doch nu ungefähr in mei'm Alter,
und schaute gruntsätzlich wie Ende 20 drein) – : » Sie
sehn aber glänzend aus, Herr Koch ! «. Aber nein; er
griesgramte mit Kopf und Schultern, und war gar nich
zufriedn : » Eebmeebm : *zu* sehr. – Ich würd'gärn n
büschen würdijer aussehen, Herr Richter. «; vertraute
er mir an : » So ass Beamter, wissen Sie – : ich wirk da
fasd zu leichtfärdich zu. « (1, 2, 3 Briefe. Noch ein'n.
1 sehr flaches Päckchen.) : » Wie oft komm'm Sie eigmt-
lich so, Herr Koch ? « : » Ain Maal an'n Tack. So wie
jetz. « – : » Und Sonntax ? « : » Sonn'ax – gaar nich. «
(Sehr gut !).
» *Giebtz sonnß was Neues,* Herr Koch ? Ich war ja bald
n Jahr nich mehr hier. – «. Und er plinkte zu dem ab-
gedroschenen giftgrün=selbstgeschtrichenen Gemüse-
auto rüber; wo 1 schäbijer Kerl ums tägliche Suppen-
grün feilbrüllte : !. : » Iss'nn mit Dem ? « : » Das war
foorjes Jahr noch n reicher Fleischer. In Papmbüddel.
Der hat sein'n Leer=link, in'n Wut=Anfall, mit'n Messer
in'n Hinndern ges=tochn – : Kain=Mensch iss mehr
kaufn gekomm'. Aus Eekl, das könnd' *DAS* Messer
sein, mit deen er bediend wird. – Iss s=tänndich
besoffn. « (Und ich nickte entschprechend schwer &
ergriffen : ‹Come You with Old Khayyam›.) :
» Tschüüß, Herr Koch. «
(*Und doch neugierich : was krickte Tanndte Heete* wohl
so Alles ? (Ich hatte, in Nordhorn, sogar schon den

ersten *Neujahrsgruß* empfang'n; von 'ner Überzieher=
Fabriek aus Heidelbörk=there=flourished : *Wer* jetzt
da=oben, im sowjettischn Verfleegunx=Krater, auf der
Schwelle schtehen könnte, wenn nicht Herr Koch=hier,
also der ‹ andere Postbote ›, wußte ich auch nicht. Vielleicht im Nebenberuf ‹ Kommissar ›. Mit'm Dollmetscher, der mein'n Hampden gleich ‹ verhörte › ? Na ma
sehn. : Hellblaue müßte's geben. Und gans schwarze :
zur Zeit konnte man ja den Vollen Mond unschwer mit
einem aufgerollten vergleichen. (Oder blut=rote ?
Grüne ? – Nee, lieber nich; das wirkte dann doch
wohl zu leichenhaft.) / Erstma die Tanntn=Post weiter
mustern.)
: *1 Blumen=Samen=Angebot;* ‹ *Gloxinijen*=Gloxinijen › ;
auch Begonien (‹ Beghinen=Beghuttn › : Op mann doch
noch 1 nimmt ? ‹ Come, fill the Cup › ? – Lieber nich,
was. Falls Tanndte Heete den unwahrscheinlichsten
Erfolg erzielen, und Hertha zur Liebe ß=timulieren
sollte . . . . .)
: *Achsiehda ! : Vetter Georg* Kühn aus Hoya. Der leepte
ooch noch. / (Also *ich* würde ja nicht nur die Klingel
ap=montiern; sondern auch die Gartenpforte schtändich
pferschlossn haltn. *Und* noch 2 Schnüre Schtacheldraht
oberhalb der Zaunlatten ziehen; n Mien'nfellt darf man
sich, als Priewat=Mann ja leider noch nich anlegn.) /
Zumindest war die Post jetz ‹ durch ›. Und die Frauen
würden, schlimmstnfalls, huupm, wenn sie zurück
kehrten. – Nahm ich also den Schlüssel, vom Haken, im
Korydon; und verschaffte mir Ruhe.
Ruhe. – Und wieder nach hintn; (verdammt viele Artn
von Zwielichtern so in den Gäng'n hier, was ?). / Die
weiten Schuppm, holzgefüllt : Onkel Lutwich hatte redlich gehackt. (Dafür war er ja jetz auch zweifel=los.) –
Kohle, ‹ Nuß II ›. Na ? – : 30, 40 Zentner konntn's gut
& gern sein. Brieketz nich viel weenijer. – (Dieser Preß=
Torf war ja schlechthin wunderbar ! Schtiel=voll. Ich

wog die kaffebraune=dicke=Daube lange in der Hand.
(Und oben, übers Gebälk, linste doch schon wieder
dieser Mau=Mau, aus Kenn=ja. : Neenee, mein Freund.
Jetz nich schonn wieder. (Und er schprach mich den-
noch an; als wär'n wir zusamm' in de Schule gegangn :
» Neenee=Du. «)
Auch das noch : die saubere kleine Werkschtatt=hintn.
Hobelbank. Die sägenbehangenen Wände. Im Schränk-
chen das nützlichste Allerlei : unter der Bohrwinde ihre
10 ‹ Einsätze › in'ner Zellofahn=Büxe; ‹ GROOTE=
KAFFEE ›. (Und gleich auf eben=diese Hobelbank gesetzt. Und mit den altn Pannter=Schenkeln gebammelt :
im Augnblick war's natürlich vorbildlich schtill. Scheiß
‹ Citoyen du Globe › : auf'm *Lant* müßte man leebm ! /
Schachfiegurn aus Eiche drexeln : gans schtille werdn.
Alles Hartgeld aus Bosheit erst waschen lassen, ehe
man's anrührt. / : Jeekliche mettafüsische Unter-
suchung'n ein=schtelln ! : Myself, when young, did
eagerly frequent Doctor and Saint, and heard great argu-
ment about it and about : denkt GOtt, er könnte sich
Alles mit mir erlaubm ? –.) –
So gans fiffich & schtille in'n Schuppm rum=murxn :
wenn ich James Joyce's ODYSSEUS, oder Däublers
NORDLICHT, jedes Wortall in seinem Urtext, lese :
dann bin ich modern genuck. Oder Döblin noch : Was
ich heute nich verschteh, verschteh ich morgn; mein
war die Hartnäckichkeit, die des Schwachen Schtärke
macht. (Und über die müstischn Passaaschen bei Jahnn
kann man ja hinweg lesen : die Schprachkraft blieb
immer vom allererstn Range.)
Alles von Leopold Schefer zusamm'=tragn : alte Karl=
May=Drucke sammeln : der Vollbewegsamkeit unserer
Feuilletons zum Trotz mal sämtliche 40 Bände des
Johannes von Müller lesen : hinter'n'ander ! . (Daß man
nich mehr, vor lauter raasnder Zapplichkeit, die Gewit-
ter anbrüllt : » Ruhe ! ! «.) / Kein Kieno mehr. Keine

Illustriertn im Hause dulldn; (höchstns wenn der Ann-
tikwaar ma ne alte CONSTANZE zum Bücher=Einpackn
verwendet hat : die dann auf'm Bauch glatt=schtreichn;
und heimlich die Modn bekochlöffeln und bekopfschüt-
teln.) Allnfalls ma Fernsehn=Gehen; zum Gastwirt;
würdijen Gesichz – Dienstax ewenntuell. (Und gleich
dies würdije Gesicht probiern.)

(*Und mit den Beinchen bammeln*) : *Abmz* den Frauen
vorleesn; GULLIVERS REISEN würde Tanndte Heete
beschtimmt intressiern; man würde sich natürlich 1 Li-
ste der infragekommndn Sachen anzuleegn habm. / Und
dann würde es Nacht werdn. (Und vom übertriebenen
Baumeln war natürlich auch 1 Schtiel untn an meinem
Bauche entschtandn. Ich faßte ihn aber nicht an; sondern dachte ihn weck : diese unvernümftijen Weips=
Prepparate ! – (Wenn es Bordelle gäbe, und Sonnen-
uhren in=denselbm : Wie würden deren ‹ Zeiger › aussehen ?).

(*Hell=Seher, Anntroppo=, Theo=* & *sonnstije* =Soofn,
pflegte ich immer mit *der* Forderunk zu widerlegn : sie
solltn ma'n Augnblick ihren Nabel beschauen; und mir
dann sagen : Wann & Wo Johann Gottfried Schnabel
geschtorbm wäre. Das könnte man ja dann acktn= beziehungsweise kirchnbuch=mäßich, überprüfm. – Meist
boten mir die Herren dafür Datum & Schtunde der
Sündfluth an; mit solchen, natürlich auch hochintress-
santn, Angabm fleegtn sie wesentlich freigebijer zu sein.
Oder mit Erläuterung der Technick, wie se sich angeblich, im Verkehr miteinander, nur der ‹ Gedankn=Boot-
schafftn › bedientn : ich bin'n einfacher Mann; ich geh
lieber in de Telefohn=Zelle. (‹ Zelle › : da war'n *DIE*
jetz. – ‹ Thrän'n › mit ‹ Th › am Anfang zu schreibm,
und das ‹ e › vermittelst 1 Appo=Stroffs zu eliminieren –
ich finde, es sieht so viel schweermüthijer aus; also richtijer – : das könnte man sich dann auch alles leistn, wenn
man ‹ selb=schtändich › wäre.).

(Freilich, nach Katzendreck schien es doch wohl zu riechen ? – Aber gans diskreet nur; gewissermaßen als memento mori würde man es zu werten haben, daß man, trotz aller bukolisch=georgischen Seelichkeit, noch im Fleische wandele : wieso Joyce derart dem *Knoblauch* ergeben sein konnte ? ! Fürwahr 1 Flecken auf seinem, auch sonst nicht übermäßig fürtrefflichen, Karackter.) /
‹ Georgica › : Georg : ‹ Fettergeorgkühn aus Hoh=jaa › : Der hatte mich mal, als Junge, eben=hier auf'm Hof, in'n Schul=Feerijn, gröblich verhauen wolln. Nahezu ohne jedn Anlaß; mehr aus ‹ Prinn=Ziep ›, aus der instinctiewn Abneigung des rusticus gegen den geschmeidijen Schtädtebewohner : der gransichte griedelichte Kumpe war nicht wenich erschtaunt, als ich ihn, nach der ersten Überraschunk – auf Handgreiflichkeiten oder intellecktuelle Rohheit eines Gegners muß ich mich immer erst schtirnrunzelnd einschtellen – ‹ die Kehre › über den Hack=Klotz machen ließ, und ihn auseinander zu nehmen begann. Systematisches Expander=Ziehen, das ist es : friedlich im schtill=grünen Kämmerlein; und anschließend gleich wieder an die Höhere Litteratur. (Getrennt hatte uns damals Tanndte Heete; die uns, wie sich aus ihren Worten ergab, ‹ beobachtet › hatte. – : Was für ne Rasse Menschn iss das, wo, ich hatte dabei geschtandn, 1 Zwölfjährijer auf dem Brunnenrand sitzt, und seiner, vor ihm schtehenden, 15=jährijn Schwester mehrfach=ruhich bedeutet : ‹ Den=Hoof erp'*ich*, unDu krix=nix. : Du kanns aas Maakt bei mir dien. › (Und hatte ihr dann noch das ‹ Deputat › beschrieben, das er ihr zu geben gedächte; bis Die heulend rein=ins=Haus rannte.)
(Und wie unrealistisch diese=meine ganzn Gedanknschpielereien von Landleebm & Zurruhesetzn – naja das Motief hat ja ein' eigenen Themenkreis in der Literatur ergebm; 's will halt Jeder gerne ‹ Lotos=Esser › sein. Sogar ‹ Faust ›s am meisten in die Augen fallendes Merk-

mal, iss ja, will man ehrlich sein, a general disinclination
to work of any kind.) / Zuhause, in Nordhorn übrijens
unbedingt nochma den ‹ Mondulk › schickn lassn. Und
Hertha vorlesen : Richard Adams Locke NEUESTE
BERICHTE; Hamburg 1836; (hatte ich die Signatur
noch im Porte=monnee ? – Ja, hier : MAINZ 15/1378).
Poe erwähnt ihn. (Und näßte es nich *doch* wieder
hintn ? Binn ich denn schon so weit, daß ich schtändich
Klo=Pappier einschtecken habm muß ? – Lieber wieder
nach draußn. Daß man uff andere Gedankn.)

1 schlecht gezimmerter Baum ohne Kwaßtn : in seinem
Netz keine Sonn’=Kwalle mehr gefangn. (Dafür war die
Bretterwand sehr ernst sehr grauschträhnich gewordn.) /
Und hier ein Zaun aus Maschndraat : ‹ Tanndte Heete’s
Grenze ›. (Hintn, überm Bach versuchte der Wind
2 Baum=Nachzügler wegzukugeln.)

(‹ *Nun mein Freund ?* ›) – *Denn Er blieb* so breitbeinich
schtehen. Und hatte überhaupt 1 Benehm’m wie Könich
Og von Basan. Putzte sich auch die Nase mit der Hand ;
(wie ich denn schon früher einmal 1 Bauern schtoltz
habe sagen hörn : ‹ Ich s=teck mir main’ Rotz’och nich
inne Tasche – wie die fain’Herrn ! ›). » Jo ; datt giff
noch Reegn hüüt. « Und wir richteten unser Geblick
träge umher : wie sich da Fratze in Fratze schpiegelte.
(Auch sein’n Schtock würdijen ; tappe=dure, casse=
tête. – » Iss Wachollder=Holtz. « – Gute Pattriotn hattn
damals auf dem Hutband geschriebm, mit Kreide : ‹ Es
lebe Marat ! ›. Auch mir der Liebste unter den Schrek-
kensmännern.)

Und sein Flotzmaul runkelte weiter ; Konnsonanntn um
Wohkahle=rumm ; (bis es nich mehr viel Ähnlichkeit
mit der Schprache hatte, in der einst 1 Siegmund von
Birken experimentierte.) / Aber voll ammüsannter Genauichkeitn : wie man, Maulwürfe zu vertreibm, leere
Weinflaschn in der=ihre Gänge einzugraben habe ; da
fiffe dann der Wint drauf, » Unt das könn’ie nich ap. « /

Oder Hasn & Kannienchn beim Milch=Diebschtahl :
» Datt giff'datt ! «. (Drübm, der Nachbar, hatte auch an
seinem Fachwerk zu schpechtn begonn'n : um jeedn
Hammerschlack machte der Schall Kugeln. Aus dem-
selbmgeräusch.)
Er, wie schon erwähnt, schtand breitbeinich auf Mutter-
erde, (beneidensweert in seiner allbernen Sicherheit !),
und donnerte zum Ap=Schiet – auch ich nahm ihn von
ihm; wahrscheinlich auf eewich; dennoch ohne
Schmerz. (‹ Luthers Problem › : in einen Fortz einen
Knoten zu machen : das nannte man damals ‹ Tisch-
reden ›; tja. – Ja : Laß Dir ma n Dreck heut Abmd
abhobeln, Freund Dunkelschön : Bye=bye. Das frißt
& fickt sich nu auch so 85 Jahre lank sein'n Week durch
die Welträzl : was mag sein ‹ Punke ›=vorhin auf
Deutsch heißn ?. (Wenn man ma ‹ selbschtändich ›
wäre, könnte man sich's auch leistn, von einer Tür zu
sagn, sie sei ‹ zu=er › als die andere : je nach Klaff=
Breite.) Nichts Altes unter der Sonne.)
Und die weiße Nebelhaut schickte sich doch wohl an,
wieder=dichter zu werdn ? : Schon könnte man vom
‹ schwarzen Geäder der Äste › darauf schprechen, ohne
sich als sonderlich ‹ fein=sinnich › zu blamiern. (Herthas
linke Brust; und das feine blaue Geäder darauf : ‹ diese
Wallöhrs ! ›). / Und wie unsäglich albern Goethes
MÄDCHEN VON OBERKIRCH ! : dafür hatte der
Mann keinerlei Verschtäntnis gehabt; (‹ Marat › erwähnt
er auch nur in der ‹ Farbenlehre ›.) / (Lieber, aus
Mitleid mit dem eigenen Gehirn, zu denkn aufhörn :
nachher die Reegn=Lanzn würdn noch schlimm genuck werdn.) / Und wieder die Zwielichter in den Gän-
gen. –
Hin=Flääzn; und im VATERHAUS blättern. – : ‹ Anny
von Panhuys › & Robert Kraft; mein, was ne Firma ! – /
(Obb'ich Nachrichtn hör ? Man ärgert sich bloß wieder. Allnfalls, wenn man sich eine, demmfnde, Über-

leegunxmütze aufsetzn könnte.) / Opwohl sich's bei diesem VATERHAUS ja um 1 meiner ausgeschprochenen Schpeziahl=Pfuhle handelte : jeder Fach=Frosch in sei'm. : » Wo sich der Intellecktuelle bemüht, Bücher zu erzeugn : begnügt sich ‹ der Karackter › mit 1 Uniform! « rief ich drohend der Wand=Gegenüber zu.

Was war'nn der Dicke=Rotlederne=da? – : n ‹ Landwirtschafts=Lecksieconn › ? Von 1888. – : » Um sie von Jugend auf fromm und lenksam zu machen, emmfiehlt sich das Einziehen eines Nasenringes – siehe dort. «; das hat uns dieser Luther also bewußt unterschlagen : demnach Hertha nie ‹ 1 güldn Haarband › schenkn; sondern rinn mitt'n Nasnrink!).

Auch ‹ Begattungstrieb › : a.) geschteigerter; b.) verminderter : Was emmfahl Der d'nn dagegen? –. – : Kuck=ann. ‹ Kümmel & Weißwein ›. Sehr intressant. – (Und gähnen.)

(: *Hinleegn & Döösn?* – : ? –. / *Naja.*) / : Na schöön. : Also Hin=leegn. / Und döösn – (Halt! : erß nochma nach'm Feuer kuckn ...)

Wirt mann, als Bürger der Bundes=Republiek, beschtraft, wenn man Mittax die ‹ Presse=Schtimm › nich hört? / Was die ‹ rechzgerichtete Aurore › geschriebm hat, von der demnächst los=gehenden Sahara=Bommbe? (Ich legte mein'n Linxgerichteten bekweemer – am Bestn, gans nach hintn schtopfm, in völlije Unreizbarkeit : op etwa die indischn Gottheitn, die Viel=Armijen, die Elefanntn= oder Affm=Beköpftn, realistische Abbildungen der Ergebnisse früh=menschlicher Atom=Versuche waren? So um 10.000 vor? Sicherunk solcher Hüppo=Teese durch ähnliche ägüpptische Darschtellungen, (‹ Hiero=Glüüfen wandten Falken=Köpfe ›, hatt'ich ma irgendwo gelesen; bei einem Schwätzer im Höheren Ton). Und, natürlich : diese assürischn Dinxbummße, die Cherubiem=Vorbilder : Wieder ne gesicherte Hypothese mehr uff Erdn! (Und

das Kreuz des Süüdns behaglicher durchbiegn : Potz
Tiglath=Pieleeser & Sall=Mannassar.) / Oder die weit-
hinschattende ‹ Times ›; die ränkevolle ‹ Prawda ›; der im
allgemeinen gut=unterrichtete ‹ Rheinische Merkur ›.
Oder gar, 1 Mal im Jahr, als ‹ Alibi=falls=es=schief=
geht ›, das ‹ Neue Deutschland, das Organ der SED ›,
(dessen schändliche Äußerung'n natürlich kein aufrech-
ter Katholik & Nazi gutheißn konnte. Höchstns einwandfrei Verworfene ergötzten sich, nachdenklich &
wehmütich zugleich, an dem gar nicht unfeinen
Schauschpiel, wie da=drübm so kühl & nett=regelmäßich
die alten Literatur=Rebellen des 18. Jahrhunderts erschienen, in schönen, meist sogar verläßlichen Ausgabm.
Und daß das DDR=Konwersatzjohnslexikon – ma apgesehen von den knollijen Urteilen über Kunst & Künstler – besser war, als alle ähnlich 1= oder 2=bändijen der
Bundesrepubliek, begann sich ja doch auch allmählich
rum=zuschprechn : *Hunger* krickte ich lanxam.)
: » *Auch Nullen kann man* immer noch – entschprechend
ihrer größeren ‹ lichtn Weite › – einschtufm ! «. (Es war
mir eingefallen; wahrscheinlich gab's was Owahles in
der Nähe; und ich rief es, drohend wie vorhin, diesmal
aber der Zimmer=*Decke* zu, forensisch=angeschpitztn
Klangs. – : ? – Sie erwiderte beschwichtijend, in müdem
Kölnisch : wie doch jeder Fennich meiner Lohnschteuer
dem ‹ Großn Ganzn › zugute käme; meinte damit jedoch
so offensichtlich Alte Pantzer & Neue Bischoffs=
Schtühle, daß ich mich nur verächtlich auf die linke
Hüffde wällzde : bei mir verfängt weder ein majestätisches
‹ Donnerwetter=nochmal ›, noch das berühmte neue
‹ Kanzlerpochen ›.) / (Sulla; Proh=ßkripptzjohn; Sulla=
Sulla : Sullamich; Sulamith & ‹ schwellende Hüffdn ›,
wie die Kitschromane ooch immer schriebm : Hertha
besaß weder diese, noch jenen; (den ‹ woogndn ›).
Tanndte Heete, die greise Nümmfe, hätte, einst, & mühe-
los, mit beidem aufwartn könn'n : *und* gähn'n.)

: ‹ *Freier Platz am Wallt=Rannt : Nümfm & Nümfinnen*
treetn auf. › (Oder nee : ‹ Tanntzn herein › wohl. Oder
‹ kommen herrein geschwerrmt › ? ‹ Wirrbln willt durcheinander; schwellen & hüftn › : Wenn das Gesäß auch
näßt, Lache Bajjatzo ! ‹ NES't. › / ‹ Bei Peter Mefferten,
untn, Arsch rechts ! › war es Hertha einmal rausgeruttscht; als sie, zorrnich, der Anwesnheit des Geliebtn
vergessen gehabt und sich allein gewähnt zu haben, vor-
gegebm hatte : intressante Wendungn dieses Schlesisch.
Wie ‹ letztlich › alle Dialekte. : Die=a=leckte.) / Und
‹ letztlich › war ja erstklassijes Bundes=Deutsch : jetz
brauchte ich mich bloß noch zu irgndwas zu ‹ bekenn › ?
– So sei es denn zum kristlich=abmdländischen Kohlen-
preis. (Und ich wällzde mich, schläfrich & dennoch
randvoller Widerschtennde, (‹ wie Der schtände ›), auf
die rechte von mein'n Hüffdn; da die durch allzu=
üppijes Draufrummlümmeln überbeanschpruchte linke,
sonst wirklich noch zu schwellen drohte : Kitschkitsch-
kitsch=u=hund=kitsch. . . .)
Kitsch : Er war & blieb der ehrwürdichste aller Schufte,
Hahnreie, Literastn=Fanntastn=Protzeßistn : so viel Ta-
lent war selltn auf so nichz=nutzije Weise zu Geld ver-
geudet wordn : von 80 Bänden 76 nich ernst zu nehm !
(Beziehunxweise, wenn man *gans* millde sein wollte,
72. – Also sei'n wa milde : sagn wa : zwo'n=siepzich.) /
(Und nu=dazu, uff Seite 49=hier, dieser ‹ Krabbel=
Brief › ! – Und blättern. – : Die müßte man mal ab-
druckn, ehrlich & ungekürzt, Wort= & Zeichngetreu;
das wäre 1 echtes ‹ document humain ›; ein unvergleich-
liches Genre=Bildchen aus dem Ende des vorijen Jahrhunderts, diese ‹ COPIE NR. 2 › hier. Eine wahre
Bereicherung unserer Höchst=Literatur; 1 Psüchologi-
kumm von unabschätzbarem Wert; ich weiß, was ich
sage : Mit solch=einer Veröffentlichunk, würde May mit
1 Schlage in die Reihe der ernstzunehmenden Selbst=
Biografen einrücken – wogegen uns zur Zeit ja immer

noch das sorgfältig blutleer gemachte Albino=Profil= von=rechts offeriert wurde. Und wenn den Herren vom May=Verlag mal'n Band des GOEDEKE in die emmsijn Hände fiele, wäre das auch ein rechter Anschtrich für die Leserschaft : vielleicht würde das Zerrbild einer ‹ Bibliografie › dann entweder berichticht; oder meinetweegn ooch *gans* verschwindn – zu der ‹ vorliegndn Geschtallt › konnte man ja nur den Kopf schütteln !).

(Und, garanntiert, anläßlich der Ent=Schlüsselunx= Arbeitn am großn SILBERLÖWEN, 1 Ex=Kurses wert : wie da, als zusätzlich verfälschend=irreführendes Element, Motief=Übernahme aus dem uralt= himmelschtinkndn WEG ZUM GLÜCK schtattgefundn hatte :

a) Beide ‹ Aus Hohen Bergen ›.
b) Samiels ‹ Schwarze Maske ›.
c) Der Weibs=Dämon.
d) ‹ Herr ich trete. ›
e) Die Köchinnen=Szene in der Laube.
f) Der Geldkasten des Verbrechers; mit beiliegndm ‹ Geschäffz=Buch ›.
g) Das Siegeln mit 1 Geld=Schtück.
h) Die Schmuggelei=allgemein.
i) Die Pläne zum Bau 1 ‹ Kirchleins ›.
j) ‹ Appe= & Trinke=Tiet ›.

Oder nee. ß=topp : da war's ja schonn wieder Weihnachtn !). / Und uff'n Rückn drehen wieder : Hun=gär ! –). –

(Und tiefer döösn. Und ent=schpann'n : morgen geez Geschufte wieder los – allso karpe die Emm jetz. Es kommt ja sicher ooch irgndwie dem Großn Ganzn zugut : ei so komme doch . . . . .)

*

$(((\ldots))) ./((\ldots)) ./(\ldots ?)-:\ldots!:!!!:$

Klaa! : ‹Nichz Niemannt Nirgnz Nie› : ‹Nichz Niemannt Nirgnz Nie› : so plappert doch nur 1 Mottohr :
Ihr=Mottohr! (Und das zer=döste Gesicht möklichst
schtrahlent geschtalltn . . . . . :
: Er geht, kehrt bebend, schnell, wild das Aug im Haupt
verdreht, hoch klopft an die Seit'ihm das Hertz, sein
Wort ist dummf, gebrochen, irr – – : Tanndte Heete mit
Herrenschnitt!!! – / (In der Hand was Flaches aus
‹Jenaer Glas›. In dem, untn, 1 winnzijes Tüütchen schlit-
terte.) / Unt schtrahlte & lachte auch noch : » Du, däi
sünn obber sehr prackdisch! – Hier : Das'ss für Dich,
meinjung. Haa'm wir Dir mit gebracht. « – – –
: » Dreh Dich doch weenichstns ma umm, Tanndte! «. /
–. – (Ochgott; zur Noot? – Noch ma, weiter, zurück
treetn. – War es doch=noch vertreetbar? (‹treetn=
treet=baar› : der Hinntern war verlocknd treetbaar.) /
Und sie schtrahlte, unerschütterlich : » Brauchs blooß
mitt'n Kamm durch faarn : biss ferdich. Die=Zeit,
mitt'n Dutt, spaa ich mir kümfdich. «
Aber : » Neenee=Tanndte! : Wir sinnd noch nich gans
mitt'n'annder fertich. – a) : Was ist ‹sehr prackdisch›? –
b) : Was habt Ihr=mier mit=gebracht? «. –
: Diese Tüüte? Mier? » Die fuffzich Gramm? «. – :
» Mach ock erst ammall uff. Außerdeem sinnz Hunn-
dert. «; Hertha; schtill. Also auf die Hundert : –. – :
Und war doch verblüfft : ‹Bonbonnières à l'antique›;
aus süßem, grünem=rotem=gelbem Gelee, die eßbarstn
‹Gemmen›?! / Hier 1 Zeus. – Dies Poseidonn, mit
Dreiestem=Zack. ‹Leeden› in verschiedenen ‹Auf=Fas-
sungen› : sämmtlich=jeedoch mit Schwarzwälder Kirsch
gefüllt : » Traun; das nenn'ich Wirr=tschaffts=wunn-
der! « – (Und sie nickten sich, befriedicht, zu. : » Aus
gesucht haap ich=sie. « ICH=TH. : War demnach
‹Deine Missjohn› gescheitert Du? : Daß Du mich mit
1 Gummi=Leda ‹ap=zuschpeisn› gedenxt? Ich luttschde

& funnklte gleichzeitich so tückisch, daß man mich, be-
fremmdid, mußterte.)

Ja und ‹ prackdisch › ? – : » *Naddas Auto :* Du, ne
gannße S=tregge sinn wier 80 gefaahrn! «. – Und see-
gelte hinein; ungeleitet; (denn ich mußte ja erst wieder
das Gatter für Hertha & ISETTA öffnen. – Auch
schließn wieder.) / Und als wir ins Wohnzimmer traatn,
war sie lenngst beim ‹ Aus=Packn ›; Pappiere bauschtn
& schtarrtn. Unnt erzählte dabei, was das dicke=allte
Plappermaul nur heer=gaap. (Wenn ihr die Lufft aus
ging, raschellte sie weenichstns aus Leibes=Krefftn) :
: » *So=Was fehlt Ein'n.* « (*Sonne ISETTA* nämlich.) / :
» Denkma, Kar=del : in Zelle, auf'n Maakt, verkaufm sie
diese Dinger, diese Lammpm=Putzer . . . « (und forderte
mich, durch das bloße, kurrz=ennergische Schwennkn
1 Papp=Schtüx mit Schtrümmfm, auf, jene in edle Worte
zu fassn. – » Typha=Tüüfaa : Du meins' Teichkolbm,
Tanndte?. «) : » . . . die verkaufn Die=da für zwann=
zich=Fennichsschtück! «. (‹ Pöme Fennichsschtück › :
Pomes Penyeach. : » Ja und, Tanndte ? «)

: » *Unnt!* – « *machte sie mir, unwillig, nach :* » S=tell'-
ier's *doch ma* foor : ne gannße Isette=voll dafonn ? :
Da=mitt nach Zelle gefaahrn : ? . . . «. (Und breit die,
gescheffztüchtijen, Hännde : ? !).

» *Du vergiß'den Benn=zien=Preiß.* « – *Sie sah mich* gereitzt an : » Waß koßß'aß wohl ? «. Und, zu der Andern, Verläßlicheren : » Du! : Här=thaa ? «. / Die book,
(etwas müde anschein'nd; ap=geschpannt : Kunst=
Schtück : 3 Schtunndn mit TH allein !), die Schultern nach
vorn. – : » GOtt – anne Mark fuffzich ?. Unngefeer. « /
Und sie maaß mich *so* gerink=schetzich. Und schniefte
so dammf=walltzich : » Unn 100 S=tück gehn ungefeer
rein – rechnen kanns'ja woh säps noch ! « : » Eerstns
gehn *nich* 100 rein; sondern höchstns 50. Zweitns ver-
kauwsDe nur 20 dafonn. : Unnt die *Schtunndn* brinxDe
überhaupt nich in An=Schlack, Tanndte ? « –. –

: » *Zu=minndesd kommdaß Alles bei raus; Du*=Niesl-
priem! «; brüllte sie. Und drohte mir. / Aber ich sah sie
gar nichd'ie Faust : Ich gaffde nur auf die Fläche ihrer
an=derenn Hannt; wo sich, anxt=voll, 2 winnzich=
feuerrote Teckstielijin wanden . . . . .
Unnd falltete, ergriffm, die Hennde.: » *Tanndte Heete.* –:
n Bie=kie=nie! – HätzDu sowas nich ‹damals› traagn
könn? «. / Und, doch schon wieder nüchterner :
» Saag'ma – : wie schtellsDu Dir das vor? Wie Du=das
prackdisch da=rein krixt? «; und wook an=mier, breit=
footich, die enntschprechendn 2 Unsichtbaaren. – : » Das
laßß'u ma *meine* Sorge sein. « versetzte sie schpitz. Und
auch Hertha nickde, unterlippich=sachlich : » Dos geht
Olles : zumm Inn=der=Sonne=Liegn, im Sommer. –
Und wenn's anne geschützde Ecke iss : zieht ma's *ganz*
aus. « TH nickde ihr gleich beschtätijend zu : » Gans
rechd, Meindeern. – : *Sehr* richdich. « (‹Gannsaus› – ich
mußde doch schluckn vor Lußd. Unt die ‹Beßtijn› regi-
striertn'is schaadn=froh.)
: » *Ooder Tann=Zweige!* – : *Zum Roosn=Eindeckn=*
jetz. « – : » Daß Inn'n Alles recht harzich wird, gellt? «. /
Dies=Mal wies sie mir, vor lauter Ver=Achtunk, nur
den rechtn Eck=Zahn, über die rechde Schullter=hehr :
» Das s=teckt man hierzulannde inn'n Sack, Meinsohn. :
Unt tuut den *außn*=hinn; auf den lüddn, ver=krohmtn
Gepäck=Träger. – : *Deer=da=ann=iss!* «. (Auch waah.
Da hatt'ich mich blammiert. / Als ‹Wiedergut=
Machunk› was?? – – : Ah; ich haap's) :
: » *Oder=auch* . . . . . : *Pilldße, & Beern* – «; (gedankn=
voll; wie=vor=mich=hinn. /?. – / Sie nickde auch
gleich wieder gnädich : TH war eebmsoleicht zu ver-
söhn'n, wie umm=gekeert. – *Noch* gnädijer : » Na=all-
soo. Ich dachd'schoon : Du häzz=heud *gaa* keine
Ein=Fälle. «
: » *Hier : hatt Sie=Dier noch was* mit gebrachd –. «;
(und Hertha=traat, scheinbaar gleichgülltich, her=zu); :

» Oder haßDú das, in *Deine* Hann=Tasche Mein-
kinnt ? «. – (Unt neß=tltn *soo* lanksam. Hoobm sich
die, karriertn, Groß=Taschn, vor's Kinn – die=Kinn=á :
schrääk vor's Gesicht. Schpähtn, scharf gerunnzelter
Maßke, hinn=ein . . . . . : » Näi; hier *iss*'aß nich. « / Sahen sich auch, boß=hafft, nach mier umm : ? : » Kum-
ma=Härtha : gleich wirt'er anfang'n zu trammpln. – :
Aber Frau'n sinn neugierich, nich ? « / (Ließn sie sogar, axelzuckend, sinkn. A la ‹ Tja; denn haabm wir's ja
doch wohl irgndwo liegn lassn › : Kinnder; machtz nich
so schpann'nd !)
Und besahen mich, Ohne=Hände, ‹ Sänns=Händns ›, :
die waren in karriertn Einkaufstaschn verschwundn !,
groß=mütterlich; in Gedankn=versunkn. (‹ Ohseelich
1 Kinnt noch zu seyn ›, was ? Potz Pfinzing & Treitz-
saurwein, tut bloß nich so : denkt Ihr an Eure Bikinis ! :
Los, flott, worum handelt sich's ? !)
: » *Aber so sint sie=Alle Här=tha : wie die lüddn*
Jung'n. « Pause. » Bis uff das Eene. « erwiderte Jene
düster. Aber Tanndte Heete beweekte apweisnd das
Haupt : » *So* lütt iss *kaum*'n Junge, Miendeern; daß er
dieses, von Dir so genannte ‹ Aine › *nich* hädde. – Wir
haam ja auch da kurz über ges=prochn. « / Und griff mit
kalter Hand, noch während sie die letztn Sylbn pronon-
cierte, in ein geheimstis Täschchen; (Brdz machte da
dessn Reiß=Verschluß); und hielt es ‹ währenddessn ›
mir hin : . . . . . : ? –
Flach gewichtich bieksahm ? Oh=ain=*Buch.* (Obwohl
ich das *nicht* schätze : ich pflege die Bücher namentlich
zu nennen, auch bibliografisch unverwexelbaar zu
bezeichnen, die mich intressieren, und die man mir
allenfalls suchn darf : so ‹ Geschenke › aus der Lam-
menng . . . . .)
Unt schtrahlte, wider all=mein besseres Erwartn, (auch
wider Willen; ich will ehrlich seyn), doch auf : » Ach=
Her=tha ! « Küßte auch, vermutlich immer viel zu

schnell wieder versöhnt, das gleiche glatte Heuchelmaul, das mich doch nur 30 Sekundn zuvor=noch, & lüstern, gefoppt=gefolltert hatte : dieses war freilich 1 rechte Überraschunk ! (Beźiehunxweise, was mehr ist : 1 freudije. Denn die meistn Überraschung'n Immensch-lichnleebm . . . . .)

Und zu der Andern gewannt, der einst lustvoll=Dicken : » *Du=das* müßDu ma leesn; *das* würd' Dir gefalln. « (Reclam hatte die INSEL FELSENBURG neu gedruckt : Großer Reclam ! – Ich hatte's zwar gewußt, und längst drauf gelauert; aber Hertha war mir liebend zuvorge-komm : » Große Hertha ! «). Aber TH, bedeutend=unschlüssich : » Nee, mein=Jung. Zu'n *Sellps*=Leesn hab ich keine Zeit zu : *Vor*leesn könnß'u mir das. Währnd *ich* s=topf oder s=trick : *das* wär natür'ch schön. « (Hinter mir entschtand 1 Murmelmädchen. Das auch gleich verschwand.)

(Und sofort TH, in mächtixtim Geflüster): » Saachma – : Das'ss aber n koom'schn Vogel. – «. : » HaßDu mit Ihr ‹ darüber › schprechn könn ? «. : » Och, viel=nich . . . Üprijns ‹ Ent=Dröhnunxmiddl › waa guut; da waa Sie platt über; Schön'n Dank=auch, Kaadl. – Tcha aber ann=sonnßn ? *Einiejis* haap ich natür'ch an=bringn könn. Aber das iss gaa nich so leicht, Kaadl – das muß nach & nach komm. « (Und saß & sann.) –

» *Ja Eins=noch Kaadl : wir kaam da* an den ain Ge-schefft vorbei – : da wollt Sie auf ein=Ma 10 Packungn CAMELIA kaufm. Und fusselde noch was von ‹ Fallß'as ma knapp wird › undso – : ? «. Da mußde ich aber doch grien'n : » Nee Tannde, das'ss was anderes : das hat mitt'm Moont zu tun. « Und sie, ungläubich=aufgeklärt : » Middn Moont ? – Da hadd'as doch nix mit zu tun, wenn Fraun ihre Sache kriegn. Die haam'as doch jeder-zeit=Alle; immer durchn'ander : daß'u an so'chn Tühn-kram noch glaups – «. : » Ach nichdoch TH ! : Ich hap Ihr weis gemacht, daß auf'm Moont die Sachn ‹ der-

einst › knapp würdn – so richtich ‹ beschriebm=Alles ›,
weißDu ? – «. (Und sie, beruhichter) : » Ochsoo. Ich
dacht schon, Sie krickt Ihre Sache immer so doll; das
giepd'as neemlich. « (Und, wieder neu=gierijer) :
» Auf'm Moont=auf ? – Du : das könnz *mier auch*
ma erzähln. « (Tu ich noch Tanndte, bei Geleegnheit;
aber) : » Und wie gefällt Sie Dir sonnst ? «
Pause. – » *Ochmeinjung* – «; *sie schtemmte* sich mächtijer
zurück; (daß ihr Schtuhl die Forderfötchin hoop; sie hatte
eben Mut). / (Und den Blick zum Fenster hinaus. Und
Pause.) / : » Tcha=Kardl. – : Es iss mann'n verkrammftis
S=tückchen Fleisch. Wie ich schon saachte. « (Jetz begann sie sogar noch zu wippm : was bei Denkerinnen
aber wohl 1 gewisse Unschlüssichkeit anzeigt, eh ?). –
: » *n annern Betthaasn aufzugaabln traußDir nich*
mehr. ? « – Monno log : » *Follgn* tät Sie ja auf's Wort. «
(» Kunst=schtück, bei=Dier Tanndte : Du biß'ne Per=
Söhnlichkeit. «). Aber sie winkte das Kommpliemennt
unlußtich beiseite. (Was soll man noch sagn ? Vielleicht
dies; plus 1 klein=verlegenen Auflachen) : » Was ich ja
üpriejins auch tu. « (Neemlich ‹ aufs Wort undsoweiter ›. Sie, aus Gedankntiefn) : » Das weiß ich, mein
Jung. « / Naakte an ihrer Unter=Lippe. (Was ich, vor
30 Jahren, wohl auch hätte tun mögn. – : ? – (Und wir
‹ Psst ›=eten gleich; wiedie Verschworenen.).)
: » *HUNGER ! ! !* – «. – : ? : » *Wier ham doch* in Zelle
schonn gegessn – «; Hertha, erschtaunt. Total über-
rascht, daß mich=mein=Maagn. (TH ließ es uns zunächst ma allein aus=fechtn. Nur ihre Augen gingen –
prüfmd ? – hin. Und kamen her. Hin & Her –)
: » *Ja liepsDe=Hertha=Ihr* wart freilich in Stomacho=
Pollis : *Ihr* haapt geschlemmt, ‹ Arabisches Reiter-
fleisch › und ‹ Gudruns Rezeppt › – nimm das ‹ Potz › für
geschehen. « (Mit Erwähnunk des Namens ‹ Gudrun ›
mußde mann=als=Mann übrijns *gans* vorsichtig sein :
Hertha bewies mir jedesmal daraus, daß schon im graue-

sten Altertum Wäsche=Waschen als Frauen=Schmach
betrachtet worden wäre – Ihr Verbrauch an Flaval unter-
schtiek jede Vorschtellunk. / Noch einmal, flee=
hennt) : » Hertha – : KönnzDu mir nich 1 Büxe
Kornd=Bief braatn ? «; (lüsterner) : » – *und* 1 – oder
2 ? – Eier drüber schlaagn ? «. – Pause. Sie begann unbehaglich die Schultern zu beweegn. (Und immer
TH's Augn : Tik : Tak –). Unmutich : » Och. – :
Das schpritzt immer so . . . «
(Erst begann der Tisch unter IHREN Fäusten zu grol-
len; dann auch noch der Schtuhl – aber der hell=kleiner,
knarrender; immerhin – : TH erhoop sich. (Besser :
‹ ging auf ›; majestätisch; Reine=Soleil=mäßich). Langsam) : » Na. – n büschn=was möchtn wir ihm ja
doch auch woh' machn. « – Lauernd : » Oder meinßu
nich ? – : Mein' Deern. « / (Und mein Lieb errötete
langsam. Aber sehr=sichtlich. Und TH ließ den Blick
auch sork=fälltich auf ihr ruhen. – (Bis Hertha noch ma
‹ mußde ›, und verschwannd.) –) : » Da iss durchaus
noch Hoffnunk, mein Jung. « –. –
» *Hier iß übrijens die Poßt,* Tanndte – «. Sie ver=zook
das Gesicht. Öffnete. / Hertha kam wieder rein : Keiner
nahm Notiez von Ihr. Fummelte reuich am Taschen=
Handgriff. Dann, verkwettscht, leis=schtimmich, erschien 1 Frag=lein im Raum : nach ‹ anner Schürt=se › ? –
TH, unerbittlich=apweesnd : » Loot mann ween, mien
Deern. « / Lange las sie; Lange & Sorksam; am Brief des
Vetters Geh=Ork. Aus Hoh=Jaa. Konnzenntrierte auch
ihr großes Gesicht immer mehr, Biß es gans aus Runtzl=
Kreisn beschtant. Erhoop sich mit 1 wüüstn Beweegunk.
Unt gink un=entschlossener : Auf & App. Trommelte
mit schlägelnden Fingern. (Auf, demnächst be=biekie-
nietem, Brust=Bein.) Und ent=schiet –
: » *Geht Ihr man noch ma n S=tück* ß=patziern. – «
(Und, verheißender) : » Ich mach inzwischn was Feines
zurecht : ich muß noch ma was . . . «; (vermurmelnd –

es klang wie ‹über=leedijen› : *Was* demnach : ‹überleegn› oder ‹erleedijen› ?). : » Und seit nich zu lange :
ne S=tunde oderso; höchßns «. – : » Punkt 2 seit Ihr
wieder da ! « (‹ Aufs Wort ›).

: » *Dann aber ‹ Uhren*vergleich › Tanndte ! – « : das gefiel
ihr wieder sehr, diese neuesde Fienesse. (Wir schtelltn
aber auch gewichtich genuck. Bis Ihre Wanduhr, & die
von Herthas Armband, den gleichn Gesichtzausdruck
trugn – : s=soo !)

(*Und Hertha, meine Wasser=Süchtije, hatte gleich noch
etwas* auf dem schönen Hertzen) : » – Wo könnt man'nn
ewenntuell hier=amma schwimm gehn ? « erkundichte
sie sich leis'. (Das ist natürlich 1 ausgeschprochene
Dockterfrage, mein Kint. : » Wir befinden uns in der
Haide, Hertha. « mahnte ich auch gleich. / Aber TH riep
sich *doch* den Zeigefinger mit der Nase ? Dachde laut ?
Hertha verschtannt die sinnend=kleingeschrotenen
Satz=Schtücke nur mit Mühe) : » Die Seewe=sellps ischa
schon zu überlaufm in'n Sommer. – Da wär *höich*ßns=
noch . . . «. Und wandte sich kraft=voll zu mier; und tat
folgende Inn=s=trucktzjohn –

: » Wo *hinner deen Knallerpsnbusch der Wach=hollder*
s=teht; Kar=dl : da zweicht er ap ! – Wo an'n Platenboss-
deler Week das ersde Wallt=S=tück anfenngt. « (Ich
nickte : Kurz vor der Sand=Apschtich=Schtelle, wo wir
als Jung'n immer runter gehoppst sind ? Schön; ungefeer
im Bill' Tanndte.) – : » Der schlennglt sich da so zwei=
hunnerd Meeder durch'n Walt : dann komm, kweer
dazu, Wiesn und Weidn : ? – « (Und mein Nickn.) – :
» Unn'dann siehss'u schon einßlne Ellernbüsche s=teen :
an'n ‹ Schmaaln Wasser ›. Da geht n S=teek rüber. Und
da iss'onne Kuhle : n paa Züüge könnd man da wohl in
schwimm'. « Und besah sich, fast schon wieder gütich,
Herthas gepflegte Magerkeit : » n büschen S=paddln
kannßa schon; *so* groß bissu ja nich. «

(*Und, schon ‹ hinterher ›) : » Könnt ruhich* über'e Wiesn gehen, Kaadl : Du weiß'ja; nur inne *nassn* Jahres=Zeit sinn'ie Weege s=telln=weise nich besonners gangbaa. « (Hertha, verblüfft, zu mir : » ‹ Nasse Jahreszeit › ? – : Was ham wa'nn da *jetz* ? «.) / Schönes Blaßrot, der Aster=hier, noch=vorm=Zaun : hatt'ich auch 2, 3 Blatt Kloh=Pappier mit ? (Es war nämlich fast dieselbe Farbe, ‹ ROSITA › schtand uff der Rolle : ich ziehe dergleichen mit nichtn an den Haaren herbei,) » Wie Du immer gleich=gern denxt, Hertha ! « – Sie schrak auf; sie schtammelte verzaakt=verschtört : » Was iss d'nn schonn wieder ? – : Ich haap doch gar nischt gedacht – –. « Und ich, bösewichtich=hämisch : » Sooo. : Du haßd *nicht* an mich gedacht. « / (Auch, während Sie angewidert=patzich : » Du Åffe ! « machde, über die Schulter zurück) : » Du Tanndte Heete ? – : Diese Tür=Klinngl ! : Die mach doch ma bei Geleegnheit ap. « : » Wieso, Du Närfm=Bünndl ? – Da *denk*'ich gaa nich an ! «; versetzde sie, randvoller Widerschtännde; und schön=hitzich, wie immer=zuerst. / Nickte uns dann aber doch Mut & Krafft nach : ! – (Unt wir ap; rechz=rumm; in die doch=schon ark feuchde Luft . . .)

*

In allen Eckn & Winkln begann die Natur sich aus zu kleidn. (Obm schtarck drohende Körper von Wolkn.) : Eine schon=nackde Uralte wöllpde sich übern Week, und zahnlosde Wischel=Flüche; (während wir finnsder an ihrem Bein entlang wandeltn : auch 100 drohende Arme uns hinterher zu schütteln fühlte sie sich noch bemüßicht.) / Vielleicht war die kleine Erdaufschüttung daneben, la Motte, ja das ehemalije Hoch=Gericht ? Von dem aus man, als Fienesse, dem armen Sünder gern noch einmal eine besonders reizende Aussicht zu zeigen liepde. : » MeensDe wirklich ? « fragte Hertha, leicht erschreckt & dito angewidert. » Achwas, s'ss ne Kaddoffl=Miete. « beeilte ich mich, zu begäuschn.

– : » *Och. Zelle hatt ma gans gutt* gefalln. : Die schön'n altn Heusl. 'n Tee=ater hatz ooch; s soll sogaa gutt sein. « (So Schloß wie Kaufhaus) : » Im Muh= See=Umm warsDe nich. « (Nich als Fraage, sondern gleich als Fest=Schtellunk. Sie sah mich trotzdeem tük- kisch an) : » Wie hätt'ich ock das schaffm solln. ? Mit Tanndte Heete daneebm : wo Die überall hinn wollte ! – Du, dass iss anne uff=reibmde Reise=Begleiterinn. « : » *Hatt Die erzählt ! . . .* « – / *Vom Schloß* zu Giffhorn. : » Herr=Zock Frantz, mein Schatz. Aber laß *die* Ente für heute schwimm'. « / Von Kloster Wienhausen. – : » *Wie ? ! : Nicht* von der fann=taßtischn Ausmalunk der Kirche=dorrt ? – Du *das* müßteßDu Dir wahrlich ma an=kuckn : 1 hallbes Jahr=schpäter ging'n semmtliche FALK=Kundinn'n in Weiß mit Blau & Braun=Rot. « *Aber nee :* » *Se* hatt bloß *immerford* vonn a Nonn'n er=zeelt : gans kleene Zell'n; ungeheitzt & schtock- finnsder. Singn Beetn nischt zu Essn. – : Op das wahr iss, daß die immer so junk geschtorrbm sinnt ? «. (Sint ut sunt aut non sint) : » Das Durch=Schnitz=Allter der Zißder=Zieh=Ennser=Nonn' betruuk in der Reegl 24 einhalbjahre. « beschtätichte ich; (aus dem Schteek= Reif. – Unt gar nich ungeschickt von TH : Zur Warr= nungk ! : Gleich noch etwas nach=fassn) : » Schtell Dir's nur ma richtich vor, Hertha : Nachz vierma raus Sing'. Schlüppwer aus Roßhaar. *Und* keen' Mann. « (Sie parrierte zwar umgehend, wie sich's gehört, mit einem » Was das SchlimmsDe nich wäre «; schien aber doch nicht ganz unbeeindruckt; kniff das Mäulchin, und sann.) » *Sáagamma – – «; (langsam, gedanknvoll*, angesetzt. / Und das Wetter schien sich tatsächlich entgülltich zum Heuln entschließn zu wollen : vorhin hatte mann's noch, wenn auch mit pupillenpressender Anschtren- gunk, erkennen könn', wenn 1 Wolke ihrem grauen Rande hinterher=prottoplaßmierte. Jetzt war Alles schon die bekannte einheitliche Fast=Farbe Dunkelgrau. (Und sosehr ich barro=meetrische Tiefs auch schätze : Wir waren Beide nich dafür angezoogn. Vor allem die schwarrtze Dünnflüssichkeit *Ihres* Capes : » Hätzd*och* Dein' Loodn=Manntl mitnehm solln, Hertha. « (Den dunkelgrauen, mit Sattel : er ‹kleidete› sie zwar nicht, aber sie sah gut drinn=aus.).).)

: » *HaßDu's eigntlich – kannßD's ruhich=ehrlich saagn –* Dein allererstes Maal bei Tanndte Heete machn dürfn ? « – (Jetzt bliep mir aber doch der Munnt offm ! / Sie, beide Augn sorkfältich & denkend auf mier; die Unterlippe gans leicht zwischn den Zahnkantn, lauschde, zur mehreren Sicherheit, noch meinem konsterniertn : » Wie kommsd'nn Du da=druff ? ! – : Allso bei GOtt & dem Covenant : TH kennt die Farbe meines Samens *nicht* ! « – Unt nicktde dann, von der Unn= Schulld des Angeklaagtn überzeukt. Winkde aber überflüssije Worte leichthin weck) :

» *Nu –,* « *sagte sie sachlich :* » *Weil Se=Dich* mannchma so komisch an kuckt. – ‹Ver=Liebt› iss natürlich nie der richtije Ausdruck. Aber daß Se=Dich gerne hatt, weeßDe ja sellber. « (Und beweegte plötzlich klagend das Gesicht) : » Ausdrücke hattse manchma ! – Was Die noch leebms=lußdich iss : ich binn bloß immer apwexelnd rot & blaß geword. « / Kopfschüttelnde Pause. Wacholdergarden präsentiertn am Rannt : Riesen mit grünrauhen Bären=Mützn, die Schuppmkette überm Kinn, machtn den neuen Teer=Week einijermaaßn erträglich. : » Nicht *nur* für die ›Bunndes=Wer‹, mein anntie= millietarristisches Kinnt; sondern er kommt auch den Melkern und ihren =innen zugut : hierzulande weidet nämlich das liebe Vieh – Dir schlesisch=ungewohnt – von Aprill bis Ock=tober, schön im Freien. « (Sie befühlte neugierich den Schtachelpeltz so eines un=Riesngebirgischn Busches – : sofort schtürtzn mehrere dicke Tropfm heraus; ihr mittn auf den Fuß, wo sie explodiertn. :

» Vor Sonnenaufgang ist die östliche Hellfde solcher Wasserkügelchn rot : die andere grün oder grau. – Ja, wenn Du willst, beides mit ‹ lich ›. «).

Tz=also : » *Soviel wie Du immer denngsd*, Hertha, haap ich wircklich noch nich erleept. « (Da gab es noch Manches, was man als komm=pletter Mensch kennen müßde ; und was ich noch nicht kannte : ettwa während 1 Krieges, als alternd=Arbeitender in der Heimat, gans=grau weerdn – gewiß ; die Erfüllunk schpeeziell= dieses Wunnschiß, würde nicht mehr lange auf sich wartn lassn : *dem*=Manne kann geholfm werdn !).

» ‹ *verkrammft* › *und* ‹ *geziert* › hattse sich aus=ge-drückt. « versuchte es neben mir, möglichst geschäffts= mäßich, zu saagn. Aber sogleich, fast ohne Übergank, in jenem Gemisch aus Rad=losichkeit Verschtörtheit Trän'n'nähe pluss Tappwerkeiz=Einlagn, das mich im-mer von Neuem rührte : » *Kann* man'nn das ohne weiteres so be=hauptn ? «

(*Da das Waltschtück soebm* zu beginn'n geruhte – auch 2 derbe Jung=Eichn=Büsche ungemein einladnd mit ihrer, noch komm=plättn, Braun=Blätter=Fülle raschelltn – nahm ich mier die Freiheit, mein wimmern-des Lieb hinter dieselbm zu geleitn ; sie dort, auf ge-schtricheltem Naadlboodn, hanntlich auf zu schtelln'n. Und dann, sehr züchtich=*und*=ziewiel, zu trööstn. / Beim ‹ *und* ›=Griff wollte Sie zuerst schon wieder zuckn. Dachte dann jedoch anschein'nd an jenes ‹ zie-ren › – das Wort, das 1 moddernes Mätchen tötet ! – und hielt Katz=aus. (Schloß allerdinx die Augn ; umm das Eelennt weenichstns nich zu seehen. Was wiederum mir Zeit gaap, mit meinem rechten, über Ihr Gesicht hin-weck, durch das Gebüsch ihres roten Haares, *und* jene kahln dort=drübm, die von TH als Land=Marke emm-fohlene Sannt=Apschtich=Schtelle ...? : Ah ja : fast noch wie einst, da wir als Knaa=bönn immer über'n Rant runter schprangn ...)

(Und sie duldete so lieb & ungewohnt=schtill – Dank, Große Heete! – daß ich diereckt warm wurde. Und frei & kühn; Heete Kühn. Und Großes zu denkn begann – : » Hertha, – wenn Du ettwa – ? : Ich hab welche bei mir. . . . «) / Machte sich brutal frei. Sah mich an, als schtünde ich in einem Schaufenster – : – (ich nahm aber auch gleich die Haltung jener lackiertn Herren an : fremd=link fremd=link : KennsDe Dein' Unschlitt nich ?). Sie sog Nasenluft an, laut & frech : » DenxDe Du kannst mir da=mitt ann Tort an=tun ? « – (Dann mußde aber schon wieder irgend ein mier=unbekannter Verschluß geklickt habm – 1 Zweihunndertzdl iss nischt da geegn – der Kopf leegde sich süß schtaunend um; gläubich offenen Mäulchins. Gerührt : » – Hör doch amma . . . « – ? :
‹ *Pochpoch poch* › ?. *(Eindringlich=leis,* unüberhörbar; wie man Theesn von besonders ausgezeichneter Unfruchtbarkeit akustisch aufzuhelfen versucht. Neuerdinx. – SiehsDe : schonn herausfordernder : ‹ Pochpochpochpochpochpochpoch ! ›). – Und, ferdreetn Blix, in die Kiefern=Beesn hinauf frosch=perspektiviert . . . . . ? / – Scharfes Flüstern : » Da ! – Siehß'ihn ? « – : » Nee. Wood'nn ? « (Aber da fand sie ihn schon. – Er hatte uns, zweifellos, ebenfalls längst entdeckt; und hämmerte entschprechend gleichmütich weiter à la ‹ Es klopft – : Herrein ? . . . . .

. . . . . *Ja ? – / Erst wurde mit der Wand 1 Kennwort* getauscht; (wobei er sich noch einmal flüchtig über die hemmz=ermlije Schulter um sah, op auch sämtliche Fressalien verschwundn wären : ?). Dann knaupelte er an Riegeln und sonstigem=Schweren; gans ‹ Kerrker= Tür ›. Die Wand schprang langsam und unnötich dröhnend auf . . . . .

: *2 Männer. – Der Eine, Ältere,* im Raumanzuck; (ich flickte, nach Kräftn kaltblütich, den meinen weiter. Und schielte nur ab & an kühl hin. – Jetz, während ich die

Gummilösung auf dem Flickfleck trockn puhstete, ergab sich ‹organisch› eine längere Geleegnheit). / Der Andere – eben zog er sich die Gesichtsmaske aus Eichhörnchenfell herunter – noch sehr junk; Tien=Äidscher. Aber mit jenem fattalen kalt=glattn Geantlitze, wie man es früher, von Illustriertnbildern her, auf den Schultern jugendlicher Banndn=Führer zu sehen gewohnt war : so schweer dick schteiff war sein Wintermanntl; und so trug er die Hännde in den Taschn, daß auch dadurch der Eindruck ‹gepanzert› noch verschtärkt wurde. / (Wer von den Beidn der ‹Vornehmere› war, schien schwer zu saagn – der Ältere wirkte in seinem lächelnden ausgewogenen Gleichmut nich weenijer ‹selpschtändich›, als der eisich=lepptosome Junk=Gannowe.) / Jaja, kommt schonn rann . . . . . (*gans* wohl war mir natürlich nich . . . . .

: » *Wy atkuda prischli : Kuda* wy namjérewalißj. « – (Da haßDe bei mir keen Schwein, Freund. Ich nickte ihm so kraftvoll zu, wie es meine voraufgegangenen Erleidnisse geschtatteten; (wobei mich der Wodka nicht weenich unterschtützte – : *falls* es welcher gewesen= sein=sollte !) : » Glad to see you. « / Der Junge wollte schon wieder mit dem (völlich lippmloosn) Schprach- schlitz fieguriern; aber Der=im=Raumanzuck legte ihm beschwichtijend die Hand auf den Unterarm; und er- kundichte sich in – zwar nicht einmal ‹leitlichem›, aber immerhin verschtäntlichem – Amerikanisch – (das heißt aufpassn mußde man natürlich verdammt !) : » Ihre Kuriere können *nicht* Russisch ? «. Und er mochte zu dem folgenden : » Ich binn übriejänns Ihr=ä – : Geegänn=Kuhrier. « noch so verbindlich lächeln – es hieß im Grunde doch weiter nichts, als ‹ *Unsere* schprechn grund*sätz*lich Am=Meer=i=kahnisch ›. –

Ich wurde ärgerlich : » *Ich bin Kongreßmitglied;* und heute nur ‹in Vertretung› hier –« (es ging sie zwar nischt an; aber er hatte ja damit, unbewußterweise,

291

1 wunndn Punkt bei mir getroffen. Und der Grüne-
junge hatte mir auch ein bißchen zu aufreiznd durch die
lange Nase gefeixt) : » – Ich habe bereiz mehrfach –
erst=geßtern=wieder – den Ann=Track eingebracht,
Russisch als Flicht=Fach bei Uns einzuführn. « – Das
Gesicht des Älteren ging doch sehr intressiert auf :
» Kong Gräß ? Mit Glied ? «. Und sahen sich kurz, aber
nicht un=nachdenklich an . . . . .

(‹ *Pochpochpochpochpoch !* › . . . . .

(: *Was klopfte denn da schon wieder ?! – Achso;* der
Jakute probierte nur nochmal den Tür=Verschluß . . . . .)

» ‹ *Glans=Korn Rapps & Rübsn* › *hab'ich,* als kleenes
Mädel, im Laadn immer saagn müssn – wir hattn ann
Kannariejin=Voogl – « Hertha, entschulldijind hauchind :
es waren entschiedn zu viel Föögl rinxumm, als daß man
hätte Konzentration verlangn könn. Ich hob
weenichstns apweisnd die Brauen; (milderte den Taadl
aber wieder durch 1 Kuß; (der sogar derartich ausfiel,
daß er meinem Brauenschpiel alle Krafft benahm. Was
die Un=Verschämte auch sogleich merkde; ausnützde;
und sich munter an mein'n Arm henkte . . . . .

. . . . . : » *Abärr wie hier=heer? : Ins Lagärr*
‹ *Schwarrtzä Pummpä* › ? « / Ich brachte *so* entrüstet mein
Kärtchen raus. Und leegte's ihm hin. Und zeigte trotzich. : Hier der PICARD=ja ? : » Und wenn unser
dortijer Kommandannt – von dem man ja annehm'm
sollte, daß er's weiß ! – mir sagt, ich solle ‹ auf einem
kleinen Boogn nach Nordn › marschieren; und würde
dann mit Sicherheit auf die Grenns=Vermessunx=Trupps
schtooßn . . . . . ? «. / Sie beugtn sich über das schick-
salsschweere Blättchin – (jetz kommz drauf an – Potz
Ahrimanmirza & Samielhilf !). / Auf einmal fing der
Junge an zu kwattschn, raasnd schnell. Lachde auch
zur Apwexlunk einmal dazwischn auf, Hohn & Mitt=
Leid, die ganze Firma. (Und ich ‹ Fobbos & Deimos ›,
was ? . . . . .

(: ? : » *Furcht & Schreckn : die Mars*=Moonde. – Ach,
das war übriejins nicht un=gut, Hertha; die Unterbre-
chunk=eebm : das kann ich nachher mit rein . . . . .

. . . . . *auch der Ältere ließ die Fälltchin* um seine Augen-
winkl sich munnterer vertiefm. Fischte kurz in *seinem*
Raumanzuck=Inneren. Und brachte gleichfalls 1 Falt-
karte hervor. – (Größer ? – Oja, weesntlich . . . . .
(» *Laß gut sein, Hertha, ich weiß. Oder* warrie=iere
weenichstns : ‹ Mennsch, weerdn Se bloß weesntlich ! › .
Beziehunxweise, als Gast=Niedersäxinn : ‹ Du soss nich
immer so weesntlich weerdn ! › . – n Lehrer hat ma zu
mir gesagt : ‹ Richter, verinnerlichen Se sich ! › « Und
Hertha mich von der Seite an; und Nickn; schweer
schtraafnd über=zeugt . . . . .

. . . . . : *tatsächlich weesntlich größer, Dem=seine* Karte.
Und beträchtlich mehr Details auch !). / : » Abärr : das
ist *Sü=dänn !* Ihre Karten sind, idiotischerweise, noch
immer, nach allt=irrdännämm Brauch, *verkehrt=rumm :*
wie mann's einst im astronomischn Färrn=Rohr sah ? – :
Oh májo ßabalesnowánije ! «
(» ‹ *Härrzliechäß Bei=Leit* › – *schtill !* – . . . . .

– : » *Ach da hab'ich einfach . . .* « (*und wie gut,* daß sich
meine Hand mir ohne mein Zu=Tun von selbst vor die
Schtirn leegde : Mensch, *desweegn* war mir das vorhin
auch so schwergefallen, mich zu orientiern ! – (Aber
auch *die Blammaasche !* – Na, das ergab wieder ne
kleine Anmerkunk im Kongreß.).) : » Demnach
hab'ich einfach Nort & Süt verwexelt. – : Verwexeln
müssn ? ! «. Sie nickten grinsende Überlegenheit : die
Rückschtändichkeit meines Vaterlandes deckte meine
Übertretung. (Iss das ‹ Vaterlannt › weenichstns ma zu
etwas gut. Außerdem hatte ich ja in seinem Auftrag ge-
sündicht.) : Aber auch irgendwas Anderes schien einen,
allenfalls noch vorhandenen, letztn Rest von Aufmerksamkeit von mir apzulenkn . . . . . sie wischeltn; leiser;
(auch verdutzter ? Es schien weenichstns so. –)

Dann be=tippte der Ältere, mein Kolleege, mir – sehr behutsam & diskreet – das Hand=Gelenk : ! – Ja was ? : Meine Uhr=hier ? : » Die *ginge nicht ? !* « : und um geboogn die Hant. Unt ihm hingehalltn das Dinx : » Bitte – – «

(*Und lauschn. Der Schön=Tickenden. Mein Kolleege* unverkennbar betroffen. Auch der Junge näherte, obwohl sehr beherrscht, sein – unangenehm großes ! – Ohr : ?). : » Ä=Wir hatten gehört : ‹ IHR › *hättätt* keine Uhren mehr. « (Ich atmete, voller Bosheit, gleich ein gut Schtück tiefer : um DIE zu schädijen ! – : Die Luft *war* aber auch schmackhafter als unsere : voller schtärker würzijer. ‹ Haide › fiel Einem unwillkürlich ein; ‹ Tunndra=Taiga › : Ohdieselumpm ! . . . . .

(: *Hffffff* – : *Fffffff*. / : *Hffffff* : *Fffffff*. – : » Gelt ? : Das'ss'n anderes Lüftchen=hier, als ‹ im Werk ›, was ? ! «. Und sie, windbeschtäubt, mit schwappendem Cape, die Füße in Beerenwischen, nickte eifrich. Zeikde auch – erfreut, aber artich=schtumm – mit bleichschtift-dünnem Finger auf die Feuerkalotte untn. : » Iß nur; und Du wirrst, Du weist es ja jetzt, bil=lixt betrunkn. – Manche Bauern kochen heute noch ‹ Pilzmilchsuppe › draus; und schtellen sie, als Fliegngifft, in klein'n Schüsselchin auf. « Sie verarbeitete die Informatz-john . . . . .

. . . . . (*Noch rasch 1 weh=müthije Naase=voll : Hffffff : Warum* krickten unsere ‹ Wint=Beutl ›, die Luftie=Kusse, sonne Mischung nich auch raus ? Wie in ‹ da=wo's › könnte man leebm : abermals 1 Nota=Bene in Eure Schreibtafel gemacht, Mister Hampden.) Dann zook ich mir mein'n Anzuck wieder über. Schon setzte mir der hoch=schtimmije Jakute schmeichelnd den Gummischlauch=mit=Hahn ans Bauch=Wenntiel. (Und ich ließ mich prall voll=pummpm. – War's ooch überall dicht ? Sie legtn gefällich die rundn Ohren mit an . . . . . : ?

Hockte nieder. Um=fuhr 1 sehr buntes Blatt am Boodn
mit dem Finger. Und merkte, wie beiläufich, an : » Der
mit der ‹ hoh'n Schtimme › iss nattürlich a Weip ? – Ich
hab ma's balt gedacht. « : » Ja, soll Er=Sie ? – Oder be-
friedichsDú mich nachher noch ? « : Im Handumdrehen
lag mir die abweisenzde Maske in Kniehöhe : » Mach
doch Du was De willst . . . . .

. . . . . : *Hier; auf der Schulter : machte's noch* gans leise
Ffffff. (Kunstschtück : wo das Euln=Luder mich zer-
krallt hatte ! – Man drückte mir aber gleich, beruhijend,
das entschprechende Heft=Flaster drauf.) / Nochma im
Kreis um mich rumm. – ? – Und der beschtätijende
Schulterklopf : !. (Und noch zusätzlich hefftich Nicken
vorm Helm=Fenster. Also konnt'ich das Wiesier wieder
zurück klappm. Und atmen : Aaachchch –)
(*Aber es ging immer weiter, durch sämtliche* Tonartn;
(vor allem mit dem Jungn; der Ältere war gans vernümftich) : vom ‹ Wortwexl › über's ‹ Mundgefecht ›
und's ‹ Rededuell ›, bis zur reinrassijen ‹ Maulschläge-
rei › !). / Er, schtoltz: » Ich bin ein ‹ Sällännik › ! «.
(19 Jahre, der Bube; und die verwendeten also schon
‹ Selenik › als mondgeborene Auszeichnunk. Während
die älter=Anderen nur ‹ Irdiks › waren.) Er prüfte zwischendurch die Bärte der Jakuten auf ‹ Schnittreife ›;
‹ Antreetn zum Bart=Appell ›. (Der Größte der Vier
war, wie mein Kollege mir erläuterte, ‹ Held des Bar-
tes ›; mit dem entschprechenden klein'n Ordn. – Und
da, jetzt, ich Idiooot !, fiel mir erst auf : daß der
‹ Hoch=Schtimmije › so fanntastisch glatt im Gesicht
war : ? ! – Und mein Kollege nickte beschtätijend) :
» Wir schtellen sie gärrn 3 : 1 zusammen. Manchmal
auch 1 : 3 : keinä Schwierich=Keitänn. «
Jetzt erfuhr ich auch, wie Reshevsky mich angeführt,
und mir die allerkomplizierteste Bitte um Nahrunk auf-
geschriebm hatte, die ihm in der Schnellichkeit nur eingefallen war. Und sie hoben erheiterte Hände : » Abärr

waß ! – Ein einfaches ‹ ja gollódjen › hätte doch genükt. – ä=Wollänn Sie noch ätt=waß ? «. (Aber ich wußte, was ich meinem Lande schuldich war, und schtieß das Angebot mit beiden Händen sacht zurück) : » Neenee : Schön' Dank. – Nich nötich. « (Und lächeln. Obgleich das Herz mir weh tat : FRISCHE LEBER HEUTE – ich sah den Satz wie von Meisterhand geschrieben vor mir. 1 kleines intiemis Schüsselchen darunter, kartoffel=belaadn; (oder auch hochgefüllt mit schteiffem Braunbohnenbrei). Die schweeren duftenden Scheiben darauf : Zwiebel=Gondeln schaukelten im Soßen= See . . . . . : ich mußte mir doch unwillkürlich mit der Faust über's wässernde Maul fahren . . . . .)

» *Höchstns falls Sie noch=ä – : 1 klein'n* Wodka ? 15 Tropfen=nur ? – « : » Abärrgäwiß ! – ä=Andrej Grommikowitsch ? – : ! « / (Und mich überkam doch wieder die Neugier. Beziehunxweise Wiß=Begier wohl richtijer; ich fragte, während wir uns zu=prohstetn) : » Darf ich fragn : wie schtellen Sie den eigntlich hehr ? – *Iss* doch echter Wodka; oder ? «. Sie nickten; voller Wohl=Gefallen; asiatisch in=sich=ruhend : Jawohl : das Geheimnis der Wodka=Herschtellunk aus Bimms= Schtein war schon=auf=Erdn=noch, voraus schauend, vorbildlich gelöst wordn : » Wir könnten das gan=tzä Gä=schtirrn zu Wodka verarbeitn. – Opwohl Manche Unter=Uns den aus Konsol=Pilltzänn bereitättänn vor= ziehänn. «

(*Sie hatte erst lächeln wollen; besann sich aber* ziemlich rasch und schtellte sich's bedenklich vor : 1 Schtern aus Wodka . . . . .

: » *Odärr falls Sie . . . ?* «; *und die einladende Hand= Bewegunk* zu jener Hochschtimmijen hin. (Und ein paar weiche Worte – sie begann sogleich heftich zu lächeln; und nahm kockett die Schultern vor. Und wieder zurück ! : da beweekde es sich verheißunxvoll an ihr . . . . .

(*Sie bückte sich*, wie beiläufich. Worinn – in eben sol-
chem ‹ beiläufich ›=nämlich – 1 ihrer Forcen beschtand.
Zog den Rocksaum nach vorn weck; und füllte sich den
Schooß mit schön'n Blattscheibm : Füll weenichstns
Du=Ihr, gellplicher Herrpst, Robe & Schooß; meiner
schwarzn Eefaa . . . . .

     . . . . . *aber da winkte ich doch, möglichst ‹ kalt ›*, ap :
Neenee. (Was mir bedeutend dadurch erleichtert wurde,
daß er erwähnte, wie sie auch Neeger=und=alles=mög-
liche mit rauf genomm hättn, ‹ um das Blut beweglicher
zu haltn ›. – : » Neenee Dank=schön. « Auch : » Ich hab
bei Uns in dieser Beziehunk etwas zu viel zu tun. « fiel
mir, heldenhaft, noch ein . . . . .

(: ? – *Aber anschtatt mir gerührt* zu dankn, knurrte
sie nur erheblich : » Fläschl ock nie erst groß : Ich
möcht'ich nie sehen, in so anner Sittu=atzjohn. « –
(Vermutlich vom französischen ‹ fléchir ›, wie ? ‹ Rühren beweegn erweichn › – nett eingedeutscht; muß ich
mir merkn . . . . .

     Aber : » *Was meint er* – « (*mit 1 gewissn* Verächtlichkeit
dies ‹ er › : der selenische Halbschtarke drübm neemlich) : » – mit seiner ‹ Ameerikanischn Müh=tollo-
gie › ? «. Und er, begütijend : » So heißt bei Uns das,
wozu Sie sagänn=ä – « (und schnippsde doch tatsächlich
mit den Fingern, der Bube, als fiele ihm das betreffende
Äh=Kwiewallennt nich gleich ein=ä . . .)
: » . . . ä=Kristänn=tumm. « / *Es verschlug mir* doch etwas die Schprache. / : » Wollen Sie damit sagn . . . ? «.
Aber er nickte nur gleichmütich : » Unsere Schul=Kinn-
därr wissen nichts davon. – Und auch Wier=Älltärränn
sehen es als Känn=Zeichänn eines gesunndänn Kopfes
an : wenn Einer sich *nicht* mit der Bie=bäll befaßt. « –
Ich wandte mich fassungslos zu dem arm=jungen Verlo-
renen : » Ja wollen Sie denn gar nich mal in den Himmel
komm ? ! «. – Er sah mich 1 Augnblick=lang ver-
schtändnislos an; (während der menschliche Widder

vor ihm gefällich das Kinn angehoben hielt, und die Güte seines Schtapels befühlen ließ). Dann weiter; und nur flüchtich über die Gängster=Schulter her :

» *Ja abbärr ich bin doch* im Himmäll. « Und ‹ mein Kollege › sah uns friedvoll zu : ruhevoll, lächelnd : Haben diese Menschen denn *gar* kein … ja, *was* nicht ? Im Augenblick fiel mir's auch nich ein. Und er, behäbich : » Der Ärr=Follk Ihrer ‹ Ameerikanischen Mühtollogie › hat sich, im Lauf der Geschichde, ja zum Beischpiel daran gezeikt : daß Aristarch von Sa=moß *mehr* von Astronnomie verschtand, als=ä – : wie hieß er=gleich, Iwan ? Diesärr=ä=Polä, aus Frombork – «. Und der wieder, über die Schulter zurück : » Koppärr=nie= Kuß. «

Ich trat auf das Halp=Kint zu. Ich fragte scharf : » Durch was vermöchte ich Sie von der Wahrheit der kristlichen Lehre zu überzeugen ? «. Und er, in jeder Hand 1 Bart, kalt : » Hängänn Sie sich : und schtehänn Sie in 3 Tagänn wiedärr auf. «

Da klappte ich mier schtillschweigend den Raum=Helm herunter. Zog die Flügelschrauben um mich an. (Schon hielt mir die gotteslästerlich=hoch Busije wieder schaamlos ihr Schlauchende entgegen : ? – Auf dem Rücken, der Ozon=Schpeicher, schien ja noch intackt. / Wir – ich & Meinkollege – probiertn 1 gemeinsame Welle aus, eine wo möglichst Niemand schtörte . . . . . : » Gutt. Särr gutt. « (Ja; von mier aus; ich hör' Dein verruchtes Russisch=Englisch auch) : » Klappt= klappt. « / Und wir entfernten uns, von 1 Jakutn geleitet, durch die offizielle Tür. (Mußte das sein, daß wieder 1 dieser Euln mit kam ? !)

Durch die finsteren Regal=Reihen : aufreizend schimmertn die tins : Danke ! : Mit Gotteslästerern will ich nichts zu tun habm. (Und sah doch jetzt, bei der besseren Beleuchtunk durch uns Drei, wie Die hier Krater=Bodn und =Wände geflickt hattn; überall war die Zement=Schmiere zu erkenn'n : begreiflich; er muß ja luftdicht sein.)

Und blieb doch noch einmal schtehen – (*sofort* knackte es gefällich im Kopfhörer) – : » Ä=mein Neilonn= Seil – ? – «. Er klopfte 1 Mal kurz, (beschtätijend entgegenkommend auch beruhijend), auf meine luftgepollsterte Schulter. Wandte sich dann zu dem – immer noch hemdsärmlijen; die Kerle müssen tatsächlich aus Gußeisn sein : es wurde doch immer kälter, je weiter wir kam'm ! – Begleiter. Hielt dem alle Zehne vor's Gesicht; (Der ditto die sein'n dageegn) : und fingn an zu fingern, daß mir, vom bloßn Zu=Sehen, der Kopf summte : davon würde ich also, kommende Nacht, *auch* träum'm. (Ich hatte da übrijens schon etwas sehr viel Matterial . . . . .

Schon sallutierte der Sohn Sibiriens, a la o.k. Redete mit der ernsthaftesten Miene von der Welt den schwer auf seiner Schulter lastenden Vogel an : – – (und das Biest hörte weißgott zu, als verschtünde es schlechthin Alles. Nickte sogar mit dem grausam'm Gesicht. (‹ Weiß wie die Filtz=Jurtn unserer Väter › : schtand das nicht irgendwo bei Kennan ?). Tat langsam, feierlich, 1 Wissender, die Flügel aus=einander. Und verschwand nach oben . . . . .

. . . . . / : » ? « – : » . « / . . . . .

(*Und das rotgefiederte Weesn neben=mier* lächelte erfreut : mit dem ganzn grausam'm Gesicht : tierlieb war sie; unleugbar. Wenn man bloß als Schteinkauz auf die Welt gekomm wäre : » WürdesDu *dann* von Deinen Gefühlen etwas auf Mich wendn ? « Sie nickte : dann ja. / Linx war eben eine große=schöne=schtille Wiese vorbeigekomm. Natürlich nicht ohne daß 1 Bauern=Fatzke sie nicht bereiz umzuflüügn begonn hätte. – Auch nach rechz=hinn wurde der Wallt dünner. Ein wintzijes ‹ Ur=Schtrom=Thal › zeigte seine schüchterne Überschwemmunx=Wiese : sehr Norddeutsch; sehr schön . . . . .

. . . . . *ja; und wartn eben.* / *Und schon kam es,* ‹ weiß wie
Schnee ›, lautlos, (das heißt : wie anders hätte es wohl
komm solln ? Neinnein; ich laß mich nich mehr beein-
druckn.), wieder herap=gesunkn. Auf die Schullter des –
ich nannte ihn aus schierer Bosheit jetzt ‹ Tung=Guhsn ›.
Im krummen Macht=Schnabel wand sich angstvoll mein
erblaßtes Seil; (und ich wickelte mir's, wäscheleinich,
um Faust & Ellenbogen; 30mal, 40mal; (und er hielt
mir's gefällich); und noch diewerrse Male – jedenfalls
viel öffder, als es Schpaaß machte. (Die letzte sichernde
Schlaufe wollte er gar nich los lassn; da half kein Zerr'n –
: ! – : – erst als der Korjäke ihm Vor=Haltungen machte,
ja drohte : ! ! ! – da ließ er wild los; schtülpte die Fratze
um & um vor Wut; und schwingte davonn, in weiten
Hoch=Schpieralen : . . . . .
: » *Wieso reipt Der sich so* den Maagn ? «. Und mein
Kolleege, der Alles=Dulldänndä, (‹ Die 100 Namen
Allahs ›) : » Sie schätt=sänn diesä Eu=länn als Willt=
Brätt. – Der=dort fliegt jetzt Wache. « . . . . .
Sie trat auf mageren Knöcheln vor mir her : » *Du* iss das
wah ? ! Gipptz das ? – «; (und dachte unverkennbar an
das geheimnisvoll=lustije Käutzchen von heutenacht.) /
Und hier war der Dixde – ich führte sie mit dem be-
währten Polizeigriff im=Genick vor die Baumsäule –
(Sie sagte zwar aus Prinn=ziep » Au=a «; klemmte dabei
jedoch schon mit Kopf & Schultern meine Hand woh-
lich fest; war auch viel zu neu=gierich) – ich führte ihr
die feine Nase bis 10 Zenntiemeeter an die Säule heran;
und machte sie dann die Augen nach oben verdrehen :
. . . . (immer höher. Auch *noch* etwas dichter ? : Soo;
jetz war's schon wie ein Turm . . . . .
. . . . . *schonn wieder ne Tür ?* – *Er hatte natürlich*
den Schlüssel dazu. Schloß auch prahlerisch damit auf.
Und lud mit der Hand – : ! – (Also duckn. Und hinein . . .)
: *1 Wänndl=Treppe ?.* – (*Und er nickte;* mit dieser ver-

fluchtn ‹ asiatischn › Ruhe. : Hatte man auf Erdn nich
immer von ‹ asiatischer Grippe › geschprochn; enxdliche
Gemüther beim 1. Niesn ? Oder Kollerah ? – Der=hier
also mit ‹ Ruhe ›) : » Wa=ruhmm niecht ? «. (Jaja; das
schon; warumm nich : warumm schließlich nich ooch
noch ne Wenndltreppe ? – Mir wurde jetzt, bei einer
derartijen Ruinierunk meines Unter=Bewußtseins, letztn
Endes *Alles* egahl. Er hätte mich, mit derselbm Hant=
Bewegunk, auch zu einem Eulenritt einlaadn könn; (vielleicht war's ja sowieso am ‹ gesünndestn ›, ‹ bekömm-
lichstn ›, man faßte das Gantze als Traum auf ? . . . . .

» *Nick nich gleich, Hertha : die Frage wäre etwas*
schwierijer zu entscheidn, als Du zu denkn scheinst. –
Und halt die Beine ruhich; daß ich Dir, zum wievieltn
Male seit Gestern eigntlich ?, die Brommbeern apmachn
kann. « / Kniete & Taaz. (Immer diese Firm'm=Nam !
‹ Hallzmaul & Machwas › mahnte ich mich.) (Ihre Finger im Munde kosten; die berocktn Oberschenkel mit
der Schtirn schmekkn; auch bei dieser, in Nordhorn
schwerlich so rasch wieder kehrenden, Gelegenheit, ihr
die Hände einmal=kosend in die Knie=Kehlen haakn.
Ihre Schuhe schtandn auf Schtaupgrau & Grühn. Der
Waagn=Schpur=Week fiel gans leicht ap . . . . .

    . . . . . *und in der end=losen Kühlschlange* eines Treppen-
    rohrs : in der Mitte die Schteinsäule; (nich'dicker,
    als daß 1 Mann sie nich hätte um=schpann'n könn'n).
    Und wir eben immer hoch in dem Schtiegn=Gewenn-
    del : . . . . . . / : . . . . .

    : *bei Zwei=Hunndert schlenkerte mich's* das 1. Mal :
    » Wieviel Schtufn sind'nn das ? «. Auch er ruhte, dicht
    hinter=neebm mir, im schteingrauen Schrägaufkanal.
    Und wiekte den Raum=Helm – : » O=fiel. : 11 Hunn-
    dert : 12 Hunndert ? – Ruund 100 Sa=schänn. « / Und
    dieser Lager=Krater hier war erst ab=gedichtet worden.
    Dann voller Luft gepummpt. Und dann hatten die Boll-
    schies eben 1 Sisstem entwickelt, ‹ Rauch=Dächer › dar-

über zu blaasn : die gleichzeitig die Luft am Entweichn
verhindertn; und geegn die Weltraumkälte schütztn;
(ja, mehr noch : einen gewissen ‹ Treiphauseffekt › her-
vorriefm; sodaß Sibirier untn im Nee=Glieschee rum-
laufen konntn.) / Und von obm sah solch ‹ Rauchdach ›
eebm wie der übliche ‹ Sand › des betreffenden MARE
aus : *färbm* konntn ihn die Buubm ooch noch! :
» Ganns Nattuhr=getreu. « (Ich danke für solche ‹ Natur › ! . . . . .

(Denn hier war freilich ne andere, was ? / Sie hatte sich
nämlich währenddessn zurück gelehnt; an meine=breite
Brust. (Gleich noch etwas breiter machn; so; ä maitie
Männ; sooo. – (Sie lehnte allerdinx verdammt . . . wie
soll ich saagn ? : ‹ sachlich, gleichgültich selpstverschtänt-
lich=unverschämt ›.) Schlug sogar noch 1 Bein über's
andere, und faltete die Arme.) : » Hertzchen binn ich
Dir ne Wannt ! ? – Ist Dir Dein Treu=Liepsder nur
2 Zentner Fleisch ? « : » Ich denk' hundert=achtzich
wiexDe ? « versetzte sie roh. Lümmelte abgebrühter.
Und genoß, 1 sorglos herum=schpähender Irdik, die
Schtille . . .
Schtille. Und graue Trübe; & Winnt; (erst mehr; dann
nur noch 1 bißchen Wint; Jetzt sogar nur ‹ Wind › noch). /
Ein 100 Meter breites Urschtromthal, wie gesagt. (Das
heißt : es konntn vielleicht ooch bloß 80 sein ?). Linx
reh=verdächtich ? : Rechz reh=verdächtich ? – (Es waren
aber keine da. Immerhin : schtehen.) / Das Gras=am=
Bodn fiff 1 Mal. (Gleich darauf prasselte Wint, leise, im
Laup.) Der gewaltzte Grausammt der Wiesn. 1 Weidn-
kerl mit fasriejem Schopf. (Zumeist jedoch Erlnbüsche,
wie Tanndte Heete. Eben kwirrlte Ein'n der Wint.) (Unt
widermal den Kopf schütteln : über dies verbrannte Gras
untn dies=Jahr ! . . . . .

. . . . . *schteinbewohnende Flechtn* bildeten grundsätzlich
den 1. An=Flug : sie bereiteten den Boodn vor, für die
nachfolgende, größere Vegetation . . . . .

(» : ‹ Weh, geh, : tat's John ? « probierte sie, Duden's
nicht achtend; wie=ich . . . . .

. . . . . *also für Moose & kleine Kreuter.* : » *Sähr* schtär-
ke=halltich. Unsärä Kirr=Giesn bereiten sich *heut*=noch
gern Brot aus Mannaflechtn. « : » s'ss mir bekannt. «
(Aber dieser aufreitzend sauber – nicht nur gemeißelte;
nein : auch gehaltene – Schacht nahm kein Ende ! : Wir
schtapftn uns krumm & dumm & lahm in der Schtein-
röhre; immer umm dehn Mittelschafft rumm; (und die
Wännde gans leer & grau, bandförmije Nichtsamkeiten,
durch die wir, keuchend, unsere Schatten schlepptn;
(: das also das Nächsde, was mir im Traum ein=
komm'm würde; dieser verruchte Putz=frauenschacht;
(nur daß ich ihn dann, langsam=haßtind, würde *hinnapp*
fliehen müssn.) – Wenn die Kerls weenichstns ap & zu
1 Mosaiek=Schteinchin angebracht hättn ! ‹ KUNST AM
BAU › oder irgendwas darmschtettschis; (‹ Darmschtet-
tensche Fieguren › – : hieß so nich das Gekrizzl auf
Meteor=Eisn ? Das, das entschtant, wenn man auf irgndwas was goß ? – Aber auch er wußde es nicht.) / . . . . .
/ (. . . . .) / –
: *Unt enntlich der runde Schachtl=Deckl* über uns ! – /
Ich setzde mich erstmal auf'm Poo; ich war schließlich
der Gaßt. (Während er schroop; und leise auf russisch
fluchte – nehm' wir an : nich auf mich; sondern auf'n
letztn Benützer.) / Schtieß die Klappe auf. Turrnte dafonn. Und auch ich nahm einije leichdere Übungen vor.
(Von denen die gerinxde mich auf Erdn zum Weltmeister
gemacht habm würde – ‹ Schtützkehre mit 7=fachem
Inntegrahl ›, oder wie die, damals viel=beklattschtn,
Knochenbrechereien immer geheißn hattn : op nich *doch*
allmählich bei unsern ‹ Mond=Geborenen › die Muskel-
krafft nach lassn *mußde* ? – Nötich war sie ja nich mehr.
Gewissermaaßn nur 1 Weisegabegottes; uns, voraus-
schauend, zur schnelleren & leichderinn Einrichtunk=
hier gütich=verliehen ? – Ewwenntuell ma Marshall dar-

auf hin weisn : was er wohl *darauf* zu entgegnen hätte ?
Bekehrt=werdn mußde er irgendwann ma, das wußde er
ja wohl sellber : *viel* länger *konnte* er sich der Wahrheit
nich mehr verschließn : hatte nich Mumford schon angedeutet, daß GOtt auch 1 schtrennger GOtt sei; der
ettwaije Sonderzulaagn zweifellos nur für die Seinijen
frei=gebe ? . . . . .

(» ‹ *HErr, Der Du Frömmichkeit so liepst :* daß Du den
Deinen Güter giepst . . . . . ! › . «; zietierte ich rasch die
Hermannsburger Inn=Schrifft : » Potz Louis Harms &
Candaze ! : Und wenn Ihr das Irish=Stew *noch* so lecker
bereitet, daß sich selpst 1 Richter fast einen Bruch
fraß . . . . . ? «. Und sie nickte sehr : » Was hab *ich*
mich geschäämt, wie Du de dritte Porrtzjohn verlangt
hast. – « . . . . .

. . . . . : *freilich ‹ zwing'n › konnte & wollte man* Niemanden : Wir lebtn schließlich im Freien Westn; dergleichn Ural=Mettoodn solltn neidlos Denen=hier überlassn bleibm ! / (Aber doch immer intressant, Marshalls
seelische Kemmfe so zu beobachtn : manchmal – vor
allem nach der letztn Ziegarettn=Zuteilunk – brummte
er schon, wie wider Will'n, die einschmeichelnderen der
Korräle mit. Wiekde, zum Walldser=Tackt des ‹ Te
Deum laudamus ›, unwillkürlich den massiejin Ober=
körper – um dann, gewissermaaßn ‹ erwachnd ›,
ap=zubrechen; und 1 finnsder=überrummpltis Gesicht
zu machn – : Neenee ! : Den kricktn wa noch seelich !
Unn=besorkt . . . . .

(» ‹ *1 schöne Menschn=Seele finndn :* ist Gewinn. –
1 schönerer Gewinn ist : sie erhaltn. – Und der
schönst' & beste : sie, die schon verlohren waar, zu
retten ! › « . . . . .

. . . . . *in diesem Fall also Marshall. (Denn ne ‹ Schöne
Seele ›* hatte Er ! – Gans zu Ann=Fank, als wir uns im
Bimms=Schtein einrichtetn, hatte er einmal Trotz ge-
brüllt : All=Denen, op Priesder, Rehliegiiohns=Schtiff-

ter, oder Viehlosoofn, ‹die auf sämmtlichn Schtern’n Weisheit schreien›! : Gar nich schleçhd. –). / Und die Zie=taate waren doch noch gans hüpsch beisamm – man hat halt ne gute . . . : » Was’ss’nn los ? « –

Denn Er schtannt, den schteiffn Blick zum Pol=Schtern hin=gekehrt; in der Hannt die bessere Wander=Karte. Maaß & brabbelte . . . . .

(Denn das tertziejumm Komm=Parra’zjohniß war ‹ brabbeln › : ? – : Achso) : » Komm ruhich=mitt, Du Dinnk ! – Das war *so* trockn=hier den=Sommer : Du machs’Dir die Füßchn *nich* naß. – Na=wart’; ich opfere mich; ich geh vorann . . .« / Und deemonnstratief Vorsicht er=schreitn. (Und da, 50 Meeter voraus, *mußde* sich, sie *konnte* nicht’anders, Herthas ersehnte Flüssichkeit befindn : diese einzelnen Erlenbüsche wür- den ihren Weeg zu bezeichnen haben : auch=sie konntn nicht anders. / (Und immer, männlich=unauffällich, mit dem – 90=fünndich=bellastetn – Fuuß : vorann=füh- len . . . ? . . . . .

. . . . . Ja. – : » Kommän Sie – ? « – / *Und wir schprangen* einträchtich dahin; 2 Kuh=Riere; in Sätzen, um die uns Jugurtha beneidet hätte; (beziehunxweise sein faschisti- scher Geegner; ich kam jetz nich auf den Naam’m – ‹ Musso=Musso › ? –). – : » Ä=Mussorgsky ? «. – (Och, bleip Du mit Deiner Gnade, Du !) . . . . .

Und schnitten in 1 Art auf, wie es die – leicht ge- wöllpde – Oberfläche des MARE CRISIUM seit seiner Schöpp-Funk . . . . . : » Ännt=schtähunnk ! « mahnte er ernst. . . . . . : seit seiner Ent=Schöpfunk=also, derart grausam noch nicht vernommen haben konnte. / (Leider hatte der Bube die bei weitem ehernere Schtirrn : ein- mal, als er das betreffende Wort nicht fannd, kauerte er sich hin; und zeichnete, keck fingernd, 1 Trammpl=Tier in den Sannt. : » *Drai : Drai !* «. (Auch gar nich schlecht getroffm. Als hätte Er sein Lebenlank nischt weiter ge- macht, als Weckßier=Billder zu zeichnen : so was Ver-

loogenes ! – Tiefer Ap=Scheu ergriff mich. : Am liepstn
hätte ich ihm erzählt, daß Wir den ganzn vergangenen
Winnter von *Waal*=Fleisch geleept hättn . . . . .
(*SIE – mit den Kennzeichn der ‹ niederen ›*, (das heißt :
bescheidenen !) Natur, mit Miekro=Kliema & Tieren=
unter=Maus=Größe, völlig un=vertraute Aßfallt=
Flannze, sah sich in 1 Art umm . . . . . : in 1 Aart,
die, vor einem Geschworenen=Gericht von Enngeln,
zweifellos 1 Scheidunx=Grunnt ap=gegeebm hätte !
(Oder entwarf ihr hübsches Gehirn etwa wieder,
unsern=Wohl=schtannt=fördernde, Schtoff=Mußder ? ?
. . . . .

. . . . . *Aber ‹ Fisch=Teiche › erfand ich* weenichstns ! :
Oobm 50 Yards Eis=Decke; untn wärmeres Wasser ein-
gepummt, pluß Sauer=Schtoff : » Kannadische Eismeer=
Sortn. « (Er nickde sehr; es war leider viel zu glaup-
haft. / Ich erhielt auch sofort wieder die Kwittung für
meine Auf=Richtichkeit; indem Er von ‹ Eier=Kratern ›
schwinndelte, wo sich nicht=mehr & nicht=weenijer, als
schlechthinn *Alles* befindn sollte, was sich nur ‹ in dieser
Form › aufbewahren ließ. : Vomm Ei der Riesneule ann;
bis zu dem=des Siebm=Punkz. (Wie er denn überhaupt
den Kock=Zienellen mit großer Achtung zu begegnen
schien; seiner – ettwas verworrenen – Erklärunk=nach
machde mann da noch bedeutsame Unter=Schiede. – :
» Jee nach Punkt=Zahl ? «. – Aber wir konntn Uns einfach nicht verschtänndijen.) / Desto deutlicher war er
bei den Terrarien; wo sie – immer ‹ angeeplich ›; wohlgemerkt ! – Pilz=Mücken, =fliegen, =käfer, aus=brüte-
ten & =weideten. Sie dann auf die Pillz=Kulltouren
los=ließn : ! – (Der Zeit=Punkkt des größtn Larrfm=
Befalls war bekannt; – Er nannte es ‹ An=Reicherunk=
miet=Fleisch ›.) –
: » *Unnt denn giepz ‹ Halliemasch* inn Trammpltier=
Milch › ? Was ? «. – (Aber Der war ja *soo* ap=gebrüht ! :
Der nickde=nur . . . . .

: » *Darf=ich vorschtelln?!* – : – ‹ *1 Baade=Plätzchn :*
Freulein Hertha Theunert.› –. – « / (Und betroffenes
Schweigen. – (Das heißt : *Ihrer=*seitz; *ich* kannte=ja
die Geegnd. Im Allgemein'n.)

– : » ? « – (‹ *Hier geiht Häi henn.* – : *Door* geiht Häi
henn : ›). –

– : » Ich höre immer noch kein ‹ *THALATTA* ›. – HaßDu
1 unappsehbaare, schtrahlent=blaue, Wasserfläche erwartet ? «. (Ihr Blick bliep schtier auf das armseelich=
lußtije Bächlein gerichtet. – (*Ich* mag diese Ge=Wässer
von 15 bis 20 Kilomeeter Lännge ja *zu* gern : die könn'n
Fisch=Teiche billdn; und sich im Winnt=Schtooß
kreusln; und, eis=berandet, im Mond glittsern ! –
Wie sich, zumm Beischpiel, das=hier durch, sehr ge-
schikktis, Pläppm, zu emmpfehln versuchte. –). / Also
‹ über=brükkende › Erklärungen. – : » Sieh ma : es iss
durchschnittlich 2 Meeter breit – hier sogaar 3 ! – : wenn
nich, am Schteeg=hier, sogar 4 – : und eebm *da* hat sich
diese, gar nicht un=feine, *Kuhle* gebilldet. Wo Du, wenn
Du geschickt=bißd – und Du bist es; ich weiß es ! – na :
– : ich möchte saagn – : mindestns 4 bis 6 Züüge
schwimm'm kannst. «

(Lannge Pause.). –

Sie er=fraute sich, wie gehofft, wieder so=weit, daß sie
neebm mich treetn konnte. *Wir* schtandn schtill : das
Wässerchen glitt=sehr braaf. (Zuweilen bekam es kleine
Krater : von Wint=Würfm.) / Unt immer weiter ermuntern : » Du im=Sommer – : iss das 1 ausgeschprochn
‹ lauschijes › Plättsjin ! – Opwohl ich das Wort nicht
schätze. – Aber schtell Dir diese Errlen=Laube vor
... ? : die weiß=püschelijn Kätzchin dürftesDu übrijens
schon jetzt bewunndern ... « / (Sie traat gehorsam auf
den Schteeg. Book sich 1 der Ruutn vorsichtich vor die
Nase. Und luukte, unentschlossn, herumm. – Aber ich
hatte ‹ Glükk › : hier, von Schteex=Mitte=aus, wirkte die
Kuhle beträchtlicher !) :

. . . . . / : . . . . . : ! ! . . . . .

: » *Kuckamma. – : Die 4 Fahl=Schtummpn*=da. – « –
(*Wo sich der Vor=Gänger dieses Schteeges* befundn
hatte. Biß er abgefault war.). / : » Könnt man die nie
weck=sägn, Karlle ? «. (Und, zögernd noch; (aber
doch=schon vertrauter herumm=blickend : Trie=
ummf !)) : » Dann könntz – . . . : beinahe=schonn
. . . . « – (und ihre Glieder machten's lüstern ein bißchen vor : ! .) / Und wieder hoch=sehen. Und, geweiteten Blix, die weitere Wiese umfassn : den schönen,
genau richtich nah=fernen, Wald=Korridor, (‹ Corregi-
dor ›); vor der Kuh=Weide, rechz, der Birkenhaag; (sie
braustn 1 bißchen, wie beschtellt. – Ich flüsterte aber
auch noch fleißich) : » Denk Dir schwarz=weiße
Küh=dl drauf – «. (Sie hatte diese Ertz=Gebirgischen
Schpielzeuk=Die=Mienutiewe sehr gern. ne ‹ Kuh=
aus=der=Nähe › iss wieder was anderes. Kälber allenfalls
noch.)
(*Sie sah pessimistischer* an sich herunter). – : » Naja. :
Für meine paar Gliet=Maaßn . . . «. (Un warp doch
schon mit Augen um 1 Troost – ?. Den ich Ihr – auf
meine Weise, verschteht sich – denn auch un=verzüük-
lich schpenndete) : » Da bisDu zu bescheidn, Hertha : Du
weißt ja gennau, was eben=diese=Deine ‹ Gliet=Massn ›
bei mir an zu richtn=fleegn. – « (Wintgeschtalltn schlit-
tertn : lange Schpuren ins Gras. Klopftn Büsche;
(die sich, z. T., zurück=boogn). Fiffm auf Ästn – :
gleichschoobn sich drübm=oobm die schütteren
Baum=Kroon' aus=einander – : Wenn jetz=doch=bloß
noch 1 Reh erschiene ! – Daß Hertha ganns ‹ Diana ›
würde ! . . .
. . . : ! : *und er=zwikkte sich* meinen Arm, daß ich fast
geflucht hätte; das Mäulchen schtand ei=groß (und
=förmlich) offen, (eben legte sie die Hand drauf, um
auch den Atem noch zu dämmfm); aber die Nase weg-
weiserte zur Genüge : ! –. – / (Und die Augen leuchte-

ten – » Wenn er die man nich leuchtn sieht, Hertha! « –
wie eben nur ein Schtattmensch zu schtaun'n vermag,
wenn 150 Meter weiter 1 Durchschnitzreh gemächlich
davon hinkt. – Und bei jedem Schritt den Popo hochin-
dieluft wirft : warumm der HErr der ihren Hintern mit
sonner weißn Zielscheibe versehen hat, mag er verant-
wortn; *ich* seh's wieder ma nich ein. Im Geegnteil.) /
Wie dem auch sei : Hertha besah sich ihr präsummtie-
wes ‹ Batt=Wännlein › jetz doch derart intressiert –
(‹ Bedeutend schön umgeben klar gewässer im dichten
haine fraun die sich entkleidn › : » Ich nahe mich Dir, als
Reh vermummt – «; (mit Hörnchen & Brunstfeige fügte
ich, in Gedankn, trübe hinzu)) – und so unverkennbar
Claudelorrain=mäßich war ihr zumut, daß ich den aku-
stischn Schlußschtrich wagte :

» *Es dürfte also – nehmt nur* Alles in Allem – ausreichn
für Deine urinatorischn KünnsDe. « –
Und die Fuhrie fuhr herumm! Und glühte mich an :!!
(Daß ich nich auf der Schtelle zu Schtaup zerfiel, hatte
ich nur meinen proletarischn Riesnknochn zu verdankn.) Und zischte angeekelt : » Mennsch – : KannsDe
Dir *nie* ammall was Andres ausdenkn?! «
(*Und sah mich doch verblüfft an : so echt* legte sich mir
die Linke vor die Schtirn. Und dann, beteuernd, aufs
Hertz. – (Und die Rechte noch dazu gepackt : einmal
war's bühnengerechter; und überdem wußte sie, daß ich
eindruxvoll=schweer=hertzkranck war.) – Und schtill;
erloschen=ergeebm, wie eben Einer, dem das Prädie-
kat ‹ höchst unschulldich › gebührt) : » Lateinisch – :
‹ urie=na=torr › : ‹ Der Taucher ›. – «.
Unt Schtille. / Sie bad ap : in Kleinst=Gebärdn. (Un=ru-
hijen Schuhschpizzn undso.) In reuiejem Schweign. (In
Wortn nich; das tun Frauen grundsätzlich=nich.) (Und
immer die Hant am ‹ gebrochenen › Herrzn : Ahhhhhhh :
keineluft : Dir werd'ich Reue bei=bringn=Du! –)
: » *Aber die Fahl=Schtummpm müßtn* raus. – «; sie, mit

flehend=nestlnder Schtimme : ? – Ich (zu Schprechn noch unfähich : die Ungerechtichkeit war ja *zu* groß geweesn !) entfaltete, gewissermaaßn ‹ mit letzter Kraft ›, das Große Messer : mit der Säge=drann : gärrn. (Aber opp ich mich nu'noch bis zu Tanndte Heete würde schleppm könn ? Iss fraglich, mein mörderisches Kinnt. / Ich also sehr müh=samen Trittz . . . . .

. . . . . *während Die=da=oobm unermütlich* aufschnittn) : von behelfsheim=großn Kork=Gewexn, ausgehöhltn ; (Scheibm Balln Schtümmfe). / Von gelb=grünen Mimi= Cry=Eichhörnchen . . . . .

(*ich wußte ja, was Ihr* gefiel. Sie schtellte sich's erfreut vor ; nickte fleißich ; (und benützte die unvergleichliche Geleegnheit, sich wieder bei mir zu insinuieren, indem sie tat, wie wenn sie schwanken und sich ergo meines Arms bemächtijin müsse –. – : ?. (Und ich gutmütijer Narr kniff diesn Arm doch tatsächlich schon wieder leicht an – bitter=bitter . . . . .

. . . . . *Von Getreiden : auf dem Plattoh von Tie=Bett –* « » gewisser=Maaßänn iem Wah=Kuh=umm « – gezüchte- ten Gerstn. / (Sich gegenseitich leckrich machn : mit erdachtn Büxn=Aufschrifftn !). / Noch leckrijer : Hei- rats=Alter ! (Und ich machte mir um 1 Haar vorn=ein, so tolldreist=sachlich schilderte Der=das : wie sie=paar Männer es fast nicht mehr schaffn, die 14=jährijn Rus- sinnen=Alle zu » ännt=junkfärrn «. Die hatten – immer ‹ an=geeplich › ; wohlgemerkt ! – auf Erdn sorkfälltich *die* Töchter ausgesucht, die, laut Ahnen=Paß, für Zwil- linx= und Drillinx=Geburrtn anfällich waren. Diese nach Möglichkeit zu ‹ Schpezia=Listinnen › ausgebildet. Sie nach dem Abschluß=Eckßaam schwer geschwän- gert. – : *Und dann hoch geschossn !* . . . . .

(*Sie zögerte so lieb am Schteeg,* daß auch mir lauter Bade=Einfälle dazwischen gerietn) : » Hertha=Liepsde – : Darf ich ettwas in Worten fanntasieren ? Solange Du von der Schtelle noch überzeukt bist ? – «. Und Sie ;

opschon Gewährunk nikknd; zur nochmalich=vorheerijen
Prüfunk : » 1 *echter* Jüng=link schöpfte sich ja Wasser
mit der Hand der Gelieptn – und tränke daraus. – ? «
(Wenn's weiter nischt iss : ich haap schonn Andriß –
und ooch *aus* Andrimm – trinkn müssn) : » Hertha ? :
Deine Hant. – «. / Ich packte ihr die meinije auf die
Schulter. Daß sie sich weidnrutich book; ja, krümmte.
Schöpfte. : Und schlürrfte. – : ? (Und Sie, zum Dank :
» I=gitt=ie=gitt ! «)
(*Aber ‹ emmfinntlich=thun ›* hat ja kein' Zweck : lieber
das Bade=Thema erleedicht; kurz & suggestief –
(‹ Thema Cherson › : ‹ im anatolischn Thema ›, kam mir
schon wieder dazwischn; bloß schnell=vergeistert die
Hand gehoobm) – und schwellgerisch geschildert) :
Augustus John ‹ THE WAY DOWN TO THE SEA ›)
: » *Sommer=Hertha !* – : *Du=dreifach :* am Ufer; Dein
Schattn; Dein Wasserbillt. Dann, damitt Viere=voll sind :
Du=noch in der Fluth; ‹ Frau Fluth ›; im dunckel=rothen
Bade=Antzuck. / Der Bach voll mit blühenden Wasser-
flannzn. / Oft Kiesgrund; mit ganzn ‹ Schulen › kleinster
Fische. / Kurz=geschnittnes Gras. Sonne=Erlen=Wiesen=
Einsamkeit. Kurz=um : 6. 6. 60, 13 Uhr ! «
(*Und es fing an, mich selbst* zu frappiern : Vergißmei-
nicht=Flor am Ufer. Potz Zittergräser & Pechnelkn. /
Fern – nur mit dem ‹ Fern ›=Rohr erkennbar : danach
heißt es ! – wenndn 4 Bauern Heu. : » Du schteixt heraus
: 1 Mätchen, schweer verkupfertn Gebeins. « (Brüste
Bauch Unterleip ‹ nur › golldn. 1 Kopf=Scherrpe. ‹ Seltsame Kreuter sieht man zuweilen in ihrem Haar › : feinsinnich, wa ? !). / » Du schtrahlst & glittzerst : Glittzer=
Gesicht; *noch* nässere Augn=Scheibchn; das Haar
manchmal verkehrt rum. : Wasserzeichen im Feuchtblatt
. . .«. (Und jetzt wurde ich doch tückisch !) :
» SiehsDe, das iss tüü=pisch ! : Vorhin, beim un=schull-
dijin ‹ urienatorr › haßDe Dich uffgereekt. Jetz, wo *wirk-*
lich Grund wäre . . .«. (Sie sah unschuldsvoll drein;

die Jägerschprache war ihr nicht geläufich. Also darf auch mier das Waidloch wieder nässn.)

(Aber wir sahen uns doch auch, in gewisser Beziehunk, unsicherer an. & um.) : Die nahe ‹ Zoon'n=Grenze › ? / Und schtelltn uns – ‹ Kinder des 20. Jahrhunderz › – 1 ‹ Flucht › vor; ‹ bereit=sein ist Alles ›; (sechcht Hammlett). / : Im Bach verbergn. (Notfalls ne schwere Schteinplatte auf'n Rückn gepackt : Lufft=holn durch'n Halm. Wie bei May's mit Öl eingeriebm : daß man Geegnern aus der Hand ruttscht; Potz Satan & Ischariott.) Temperatur würde man nach ein paar Schtundn zwar nich mehr viel habm; aber morgns, geegn 4 Uhr, bildete sich sicher ein weißer Schtreif über'm Wasser : dann ewwentuell raus=robbm. / Und, weiter, auf'm Bauch; in irgend'ne Fichtnlaube. : » *Da* natürlich – sobald wir wieder warm & trockn wären – Hertha . . . ? « (Sie nickte gemessen und grüblerisch, a la ‹ Dann ja; dann is'ss egaal ›.) / Dann, nach dem betreffend=verharrtn Tag, weiter Flucht=in=der=Nacht. : Zuweiln Hundegebell nachahm'm; damit fern=fremde getäuschte Dorf=Hunde antwortn, und man wieder weiß, wo man ist : möglichst fern von der Ammon=till=jado=Pisse der Besatzer, op Ammie op Ie=Wahn . . . . .

. . . . . *denn daß Die 16½ Tausend Einwohner* hattn, konnte er mier ja nich auf=bindn ! (Davonn fast 13.000 Frauen ? – Ich bliep doch schtehen & kniff die Schennkl zusamm –). / Und waren – immer angeeplich; wohlgemerkt ! – *gar* nich neidisch, daß wir damals die der Erde zu=gekehrte Mondseite ‹ erzwungen › hatten. : » Wier sint gä=schützt. Vor Erd=Weh : vor ätt=waiejär Attohm=Schtrahlunk. « (Das war ja richtich : bei Uns heultn Viele, wenn Kirchnlieder die alte Erde schilderten; schöner angetan als Salomonis Seide. / Und daß der Bollschie die ‹ kommende 248. Nacht › erwähnte, war unleugbar korreckter. Von ‹ pracktischer › noch gar nich ma zu reedn.)

» *Abbärr niecht'och.* – *Wir waren sähr=froo,* daß wir vie-
länn=vielänn Ballast ap=wärrfänn konntänn : Alles von
Rällie=Gjohn und Gäo=Graffie. Viel Gä=schichde &
Bio=Loggie. – Dafür : Moont=Reh=alien; Matte=
Matiek; Natur=Wissänn=Schafftänn. « / (Allein daß Die
sich die Ettümologgie vom Halse geschafft hattn, und
ergo die ganze ferkorxde Orrto=Graffie : war ja nicht
un=beneidenswert. Und er nickte) : » Wier schalltänn –
rasch & sichärr – auf fonetische Schreibunk=umm. –
Anschtelle *Ihrer* Biebäll=Schprüche, erlärrnänn *Unsärrä*
Kinndärr Forr=mälln : Prack=tie=schäß. «
Und wurde doch ernster. Und grüßte wie hinauf : zu der
sanft brennenden Scheibe 1 Planneetn. (» Marrs=in=
Mond=nähä. « – Sein Fernrohr war ja tatsächlich be-
neidnswert : fast gewichzlos; nur Allumienjumm, und
Linsn aus Plexiglas gepreßt. Bis 120=fach : man erkannte mühelos Einzelheitn auf der Scheibe . . . . .)
: » ‹ *Der Rote Planneet* › ? ! – «; (*das war ja* eine ganz
verfluchte Ettü=molloggie !) : » Gewiß. : Aber so war
das doch gar nich gemeint geweesn ! «. Er lächelte, ein
versöhnlich Victoriesierender : » Uhn=bäwußt; möglich.
: ‹ Zu neu=änn Uh=färrn › ! « / Unt wurde wieder
‹ ärrnst › : » Ja. Die habbäns schweer. – « – / (180 Männer
& Frauen angeeplich. Bei Fons Juventae. – Ohne jede
Verbindung : fraßen sich, diszieplieniert, geegnseitich
auf; 2 Mann pro Monat. / Allerdinx wären die Leebms=
Bedingungn etwas leichter : Reste einer Attmo=ßfäre.
Suppm aus was wie ‹ Isländisch Moos ›. / Immerhinn : in
10 Jahren würden sie – » nähä=zu uhn=värrmeitlich « –
auf 20 Mann reduziert sein : » Dann *müssänn* wier soweit
sein : Hill=fä zu schikkänn. Es leebä die – bei Ihnänn
leidärr geschmähtä – : Auf=Klärunk ! «).
(*Sie lebe;* ‹ *na ßdarówje* ›; *naja.* – : *Aber* sollten uns
diese; diese=Magermilch=Ratzjohnalistn; tatsächlich
überleegn sein ? Oder gar die Weltraum=Verantwort-
licheren ? Während wir, unter kristlichn Tarn=Gebärdn,

nur kwääktn kwättschtn fuschtn drootn ? – Aber daran
darf man ja gar nich denkn ! : Was geht mich die
Schillderunk Eurer pracht=vollen ‹ Frauen=Klienick ›
an ? : Heckd'och, heckd'och so viel Ihr wollt ! Tungusn
Georgier Ainos & Tschetschenzn : soviel Ihr wollt !)
. . . . .
(*Und die Luft wurde wirklich immer nässer,* Immo=
Nossoff. Wir runzltn unsre Gesichter. / Und hupptn
über's Gräbelchen : ! – (Hintn wartete immer noch
jenes=Reh : daß wir endlich wieder verschwänndn.) :
» Komm Hertha; s will noch essn. « Sie nieste zierlich
(zum einwilligendn Nickn). : » Mach ja keene Grippe=
Geschichtn, Mädl. « / (Und nahm doch schon wieder
mit ihrer einen freien=Rechtn dem Tännchen=hier den
dick=drückenden Fremd=Zweik aus dem Wippflchn.
Sagte auch ihr unveränderlich=frommes Schprüchlein) :
» Damitzn nie asu drückt. « : » Wenn Du'n rettn willst :
mußt'n in Dein' Gartn flannzn. «
: *Die nassn braun'n Farrne : knickiejer Todt.* (Und ap-
schterbende Wacholder von hoch=oobm hinein geschteckt;
und kahle=Birkn / Herrbst= & Hertz=Todt.) / Siehe :
1 Haufm Menschn=Dreck ! : Der betreffende Schellm
hatte auch seine Tabacksfeife noch geopfert, und sie
mittn=hinein geschteckt; Hertha hatte dergleichn noch
nie gesehen; ihr wurde beinah schlecht. : » Und ich haap
siebm Jahre beim Milliteer sein müssen : schtell Dir das
ma vor ! : Da war das gang & gäbe. « Noch einmal flog
ihr Blick trüb über das wehrlose Plätzchen, wo der betreffende Gewalltmennsch gesessn hatte; dann drehte sie
ihm auf eewich den Rückn : » A Wunnder iss'iss ja dann
nie, daß Ihr=Männer so gewordn seit. «
: *WIE gewordn sind ? Was soll'nn das* heißn ? ! – Ohher-
tha=Hertha ich fürchte : Du hast immer noch nich erfaßt, daß 1 Weesn Dich seiner Aufmerksamkeit wür-
dicht, im Vergleich zu dem der Fönix so häufich ist wie
die Schtuubm=Fliege. Aber der HErr wird mich=Dir

nehm'm : MICH, in meiner Gůttheet . . . « – (es
brachte sie, wie immer, hoch. Der Trick dabei iss'*der* :
daß die Schlesier, und sehr richtich, einen Unterschied
machen zwischen ‹ Gutheit › und ‹ Güte ›; das Erstere
nun freilich wie ‹ Gutt=Heet › pronnongßieren; auch die
Reedewenndunk ersannen ‹ Ich, in meiner Gutthéet, tu
noch das=und=das . . . › : Mier, schließlich & endlich,
schien es vorbehaltn gebliebm, das ‹ u › geschickt nach
‹ o › hin zu schprechn. Sie hätte zweifellos auch heute
wieder an meiner Göttlichkeit herumgenörgelt; wäre ihr
schöner Blick nicht hinübergefallen, auf die andere Seite
des Graßfaaz . . . . .
: *keine 3 Meeter weit schtarrte weich* das nächste Farrn-
fellt. Und zwar derart ollief=grün, in so khakiner Verwe-
sunk, daß sie nur nach dem Block tastn konnte . . . . . :
» Du da schpieln Die nich mit, Hertha : *die* Farbe iss
ihn' garanntiert zu preekär. – Es sei denn, Dir fiele noch
ein *gans* raffieniertes Aufdruck=Muster dazu ein ? «.
(Auch, nachdem sie genuck auf's Pappier georakelt
hatte) : » Laß Uns=Uns etwas beeiln : s'fenngt schonn
ann zu niesln. « – (Aber erst mußte noch der Käfer=hier
gewendet weerdn . . . . .
Im Hand=Napf : der Kerl in der Rüstunk wand sich
schteiff. Schlug Beinwirrbl. Schlägelte verzweifelt=ge-
dulldich nach 1 Seite – (Hertha half gleich durch 1 bißchen Ankippm mit) – : unt schtant. Erstma schtill; auf
6 Läufn. Überm Kopf 1 kluges Gehörn. : Und rannte,
ohne sich um zu sehen, die Hand=Rammpe hinunter;
» Zum Turnier von Ashby=de=la=Zouche : nischt wie
‹ Organe ›; hintn & vorne. « Wir zweifelten lange.
Angezeichnete Bäume ? – : » Die wolln se demnächst
schlachtn. « Wir regtn uns, den ganzen Waldweg entlang, auf. (Und rascher ausschreitn; schon hörte man
einzelne Troppfm im Laub arbeitn . . . . .
. . . . . » *Tschemm wy sanimajetjeß ?* « – (*Als was ich* arbeitete ? Oh leck ! – ‹ Slater › war mir doch nicht Hoch-

berufs genuck für 1 Kongreßmitglied. (Obwohl mier
beinahe trottsich=blödsinnije Formeln eingekomm'
wärn a la ‹ arm aber ehrlich ›; (neenee : lieber etwas
unehrlich, dafür aber reich : ‹ Scheue Recht & tue nie
was ›.)))

: » *Ä* : *Bibliothekar.* – : *Was ?* – : *Sie auch ? !* « – (Das
fehlte mir noch !). / Er zog natürlich erst ma über unsre
Pocket=Books her. (*Sie* hatten angeblich nur ‹ schwere
einfache Lein'nbennde ›; mit Faadn=Hefftunk – muß ja
ooch ein=tönich aussehn, pfff – ich suchte, unbe-
schweert zu lachen. (Und vor allem der Frage auswei-
chen; *der 1 Frage*; die ja komm'm *mußte* : nach der
Anzahl der Bücher !). – Ich lachte noch einmal :
» ‹ Faadn=Hefftunk › – Haha ! «, so krammfhafft & ge-
walltsam, daß er gans verleegn wurde, mitten im MARE
CRISIUM – dabei wollt'ich doch lediglich Zeit gewinn'n ! . . . . .

: » *Haben Sie in Ihren Beschtändn auch* 1 älteres Con-
versations=Lexicon mitgenomm' ? – Bei einijen ‹ redu-
ziertn Techniken › ist uns=unseres doch schon recht zu
schtattn gekomm'm. « (Ich; so gans akkad=deemisch=
verantwortungsbaar; wie man eben in den Korridoren
von Colleges & Biebliotheekn causiert. Runzelte aber
doch unwillkürlich die hohe Schtirn : ‹ . . . sie thun dies
auf dem Schieferschneiderklotz, › fiel mir ein : ‹ einem
anderthalb Fuß hohen hölzernen Block, an dessen oberen Theile ein Schtück nach einem rechtn Winkl ausge-
schnittn iss. › : Potz Sacco & Vanzetti ! : ich wußte den
Dreck wahrhafftich ooch schonn auswenndich !). Er
nickte ernsthaft; (während ich noch in Gedankn am
Schiefer schnitt) : » Startschewsky; Lännien=Gratt, um
1850 : tswölf Bänndä. « / : » Biebln ha'm Se woll gar
nich, was ? « : » 2 russische Standart=Edizjohnen. Um
die Denk=Weise der Ammärriekannskij zu begreifänn. «
(Und da war er doch schon dabei . . . . .

» *Wieviel; – Och; je=nun . . .* «; (*und leicht & erhaabm* auflachn. / Noch einmal, wie im kinndlichn Schpiel aus=weichn – für 1 Idiootn=haltn *mußte* er mich freilich bald) : » Wieviel habm *Sie* denn ? – – Ja, lieber Freund, mit ‹ Scheßtjdeßjatj tyßjatsch › kann ich nichts anfangn . . . « –

Da malte er mir's denn gefällich in den Sannt, der Kerl. Erst ne ‹ 6 ›; und mit den Null'n hörte er überhaupt nich mehr uff : 60, 600, 6000 ? ? (Und noch die letzde drann : Sechzich=Tausend ? ! –). / (Halt ! : 1 Rettunk war noch !) : » Alles verschiedene ? «. – Und es klang, als löge er nicht, als er gelassn entgegnete : » Abärr=ja. Es iesd'och sork=fälltich gä=länngt wordn : ‹ Plahn= Wirrtschafft ›. *Wir* habänn so=gut=wie=keinä Duh= blättänn. «

: » *Ja und wo bleibt bei solcher Ver=Massunk* die Freiheit ? Wo das Individuum ? «, schrie ich ungehalltn dageegn. Aber er, unerschütterlich : » *Nix*=Inn=die= wie=Du=umm : *schpäh=tärr* In=die=wie=Du=umm. « (Und besaß tatsächlich die Schtirn, und erkundichte sich, halb=neidisch : op wier denn so viele Individuen besäß'n ? Bei ihn'n hätte jeednfalls die Gefahr beschtanndn, daß Jeder sich den ‹ Schtilln Donn › mit ruffgenomm hätte; beziehunxweise die *gans*=Linientreuen das ‹ Kappietal › oder den ‹ Uhr=schprunk der Fammielje › – : » . . . und wo wäränn wier dann ? «. – Neinein; nur von einijn technischn Werkn und Loggarittmentafeln hättn sie mehrere Schtücke am Lager.)

(*Aber so kann ich ihn doch ma aus=horchn,* fang'n) : » Wie lös'n Sie, bei=sich=drübm, denn die Schul=Buch= Frage ? «. (Die Schtimme im Kopfhörer drückte ungekünstlte Verwunnderunk aus) : » So lange sie hal=tänn. Wenn sie kein Neu=Einbindn mehr vertragen : dann drukkänn wier neu. « (Falls das *schtimmte*, hattn die also schlechthin *Alles :* denn an der 1 Auskummft hingn ja Setz=Maschien'n drann, Druckerei, Binnderei, Pappier=Mühle, *Alles*. / Aber es *konnte* ja nich schtimm' ! :

Wir hattn doch die Westliche Freiheit ? ! Die Aabmdlen-
disch=kristliche Kulltour ! . . . . . : Haaalllt ! :
(*Denn auch sie schtand, trotz des leicht klopfmdn
Reegns, an der Weege=Gabl schtill.* Wie aus Treum'm
erwachnd) : » Zum *Schie=Fahrn* müßt's schön hier
sein. « – : » HaßDu überhaupt zugehört, was ich Dir=
Uns – in meiner Güttheet – erzählt hab ? «. Sie nickte
ernst. / (Aber eebm auch Schie=Fahrn) : » So durch die
Wellder gleitn . . . «. (Und dazu das dumme fein-
sinnieje Lechln; das sich bei solchn Wenndung'n ja
wohl unvermeidlich bei Jeedem einschtellen muß. Wie
das Schtirnrunzln bei einem gebildetn Forzndn. Und
dieser hochdeutsch=falsche poetische Toon !) : » – ä= :
Laut=los glei=tönn – «; half ich, das Bild zu runndn,
bitter ein. (Aber sie, ironiefest vor lauter Ehrerbietich-
keit) : » Lautlos. : Gleitn. « / Und schtehen Beide. Ge-
krümmt im Nee=bl. Der Weg gediet mit. : Tracktor=
Schpuren.
: » *Du könnzdja neebmheergeen. – In hoh'n Schuh'n.* «
(Bis zur Schwanzschpittse im Schnee, gelt ? : Großn
Dank auch !) . . . . .

. . . . . *und ich hielt krammfich an; auf unserer doppelten
Nicht*=Schie=Schpur; mittn im MARE CRISIUM : sollte
ich dem Kerl beweisn, was für Indiwidualiteetn=
Laadn – – (meingott, wieso setzte ich denn dieses verrückte ‹ Laden › dahinter ? Hattn mich die Erleepnisse
doch ernstlicher angegriffn, als ich . . . . . Achnich-
doch : klaar : DICKENS ANTIKWIETEETN=LADN :
hink=illä=undsoweiter.)
Ja mehr noch : war ich es unserem nazionaln An=seh'n
nich gradezu *schulldich ? – ? ! –* : / Also hin setzn; uff die
nächste Klammotte. Und die Kurier=Tasche nach vorne,
for'n Bauch : Komm, armes Nicht=Indiwieduumm; jetz
kannsDe ma was sehen. (Und Lawrence's Mannuß=
krippt raus. – Beziehunxweise hör'n !) : . . . . .
. . . . . (*Er neebm mir sitznd; gans ‹ geneiktis Ohr ›.* / Ap

& zu nickn. (Dann gleich wieder krietisch gefältlte Maske a la Tarpa). / (Ich las aber auch absichtlich besonders gut; schön=schtimmich; mit wohlthuendem Ausdruck : Scheiß Tornister & Luftreserrwe; heut gelang mirs ! Genau ß=kanndierend : mann hat halt ne gute . . . . .

*(Der Ellboogn eines ‹ Irdik › fuhr mir ins Zwerch=
Fell, daß mir sofort die Luft rausging, (GOttlob
nur ‹ oobm › !), und ich mich unschön verneign
mußde . . . . .*

. . . . . *dann nahm er das Heft selbst zur Hand. (Mit geüptim* flachim Griff übrijiens; er mochte doch wohl irgndwas mit Büchern zu tun habm). / . . . . . / . . . :
» Alläß hat er *niecht=gut* übär=tragänn : Staßjulewitsch iest bässärr. : Op wier es wärdänn=brauchänn=könnennänn . . . ? «; er wiekte bedenklich den Kopf : » Äß iesd'och 1 so *alltäß* Schtück – : Wo=tsu ? – «. (Und wieder dies verfluchte ferbinntliche Hände=Breitn !). /
(Und meine Gedankn raastn : demnach . . .
. . . : *demnach hatte Lawrence uns betroogn ? ! – : Uns* irgendein'n uralt Schinnckn . . . ?). / Er hatte sich unterdessen auch 1 der beidn deutschn Schwartn von mein'n Knien gegriffen. Nickte & blätterte. Und hielt mir jetzt 1 Schtelle hin; (immer mit diesem unangenehm'm allbernen Fachmanns=Griff) : » Värgleichänn Sie sällbst : Die Freiheit der Bä=arrbeitunk iest groß. – Geegänn=übärr Staß=Juläwwitsch. « (Und ich's gierich wieder gepackt. Und wieder rein in die . . . . . : Nein ! : *in meine Hosntasche damit !).*

((Und die Gedankn, *wie gesagt, raasn* lassn : jetzt hatte ich ihn in der Hannt. : Potz Noah & Ut=Nápischtimm : *Das* soll der Lump Uns bezahln !. / Uns – (und vor allem *mich* : MICH=Du : in meiner Gûttheet !) – um Haaresbreite vor dem gesammtn Ausland zu blammier'n ! (Hatte Uns nicht nur meine Geistesgegenwart gerettet ? Schon war ich fast davon überzeugt. Ehe

ich zu Hause war, würde ich's *ganß* sein; wie's zum
entrüstet=anprangernden Brust=Ton ja erforderlich
war . . . . .

(das Gesicht, oben rot=ausgefrannst, nickte schwer-
mütich ins Grau, a la ‹ Lüge Dein Name ist Kar=dl ›
. . . . .

      . . . . . nur gut also, daß ich's – mit der mir eigenen
Wenn=Dichkeit in Schtreitgeschprächn; (engschtirnije
Gemüter, ‹ narrow minds ›, faseltn wohl manchmal von
‹ Karackter=Losichkeit ›; flache Köpfe, fanntasie=lose,
verschtiegen sich bis zur ‹ Lüge ›) – . . . . .

(ich hatte gemeint, es irgendwie ‹ warnend › einzu-
schaltn; aber das rötliche Gesicht, von Schwarzem
neebm=mier dahingetragen, nickde, noch düsterer, einmal mehr)* : » Se saagn immer : de Frau'n wärn so flink=
flach=verloogn. Aber seitdeem ich *Dich* kenn' . . . «
(Schteckte sich, während des Schreitns, den linkn=klein'n
Finger in den Munt; und fraaß sich den freien Nagelrant
ap. Ich, neebm=Ihr, auf blödsinnich=leichdkarriertem
dahingetraagn, (es gallt ja 1 verrenktis Gemüt zu reck-
tiefiezieren !) :) : » KönntesDu Dich nicht etwas ziwie-
ler ausdrückn, Hertha ? – Nicht unterscheiden, zwischen *betrügerischn* Lüügn : wie siedie diewersn ‹ Regierung'n › prinnzipjell in Umlauf setzn. Und=ä . . . :
IßDier bekannt, daß Raffa=El die Träume des Fara=oh
als *Seifm=Blaasn* gemalt hat ? – «. (Un=nötich zu
saagn, daß es Ihr nicht bekannt war.)
: » *Könntesdu also nicht unterscheidn,* zwischen den geh=
nial=unschädlichn Erfindung'n Deiner Gúttheet – : Hertha : DEINER ! – und jenen=erwähntn ge=mienißtertn
Follx=Betrügern ? «. – (Unnötich zu saagn, daß sie es
nicht konnte.)
(Vielmehr den Horn=Boogn – ‹ Moont im 1. Zeentl › –
ins Gebüsch schpukkde). Kopfschüttelnt : » Nee.
Karlle. – : Bei Dier hap'ch immer das Gefühl, –
als wenn ich uff *Eis* ginnge. Uff bunnt'm, ja. Aber

immer=so=500=Schichtn über'n'ander. « (Unt kopf=
schütteln. – : Na warte, Du ! Du= . . . . .

. . . . . (*unt lauernd noch=Sitzn. – : Sie, die Lorenz'n,*
hatte ja *auch* mit geholfm. Sich acktief am Follx=Be=
truck mit beteilicht – : hatte ich nicht *auch=Sie* in der
Hand ? / Und leckte mir bereiz die Kong=Greß=mit=
Gliez=Lippm : ‹ Inderhand, inderhannt › . . . ?). / Seine
‹ Viehlosofischn Er=Leuterungn › hörte ich nur mit hal-
bem Ohr : wie Die=ihren Kinndern ein=reedetn :
Bei den altn, ‹ *irrdischn Roman'n* › *handele es sich*
leedicklich um ‹ Längere Gedankn=Schpiele › der Verfasser : das dicke Geschtirrn=dort, fordere ja geradezu
heraus, es mit Faabl=Weesn aller Art zu ‹ bevöl-
kern › . . . . .
(*Ja siesDe : jetz willsDe* ‹ *ergriffn schtehen bleibm* ›, op
des ‹ Gedankns › ! – Und das Frauenzimmer bliep tat-
sächlich schtehen) : » Du denk=amma ! : Vielleicht
eck=sistiern wier gar nie. Und a ‹ Selenick › schtellt sich
Uns bloß vor ? ! « : » Belehrt Dich der Reegn *nicht* eines
Besseren ? « : » Nee. : Deen denkt sich Der eebm
ooch. « / Sie wollte sogar noch den schwartzn Kahn=
am=Ufer bewundern. – : » Im Winnter iss er voll Eis – «
(ich ; schnell ; und wollte sie weiter zerren.) Aber das
hatte ich falsch gemacht. Ihr Munt ging gleich
schtaun'nd auf ; sie leegte, wie sie pflaac, den Kopf=
schief, und schtellte sich's vor – : » ‹ Kähne voll Eis › ? –
: Och. « / (Und die Tropfm=im=Teich – ‹ Puhlafuca=
Puhlafuca › – machtn lauter punktierte Zeil'n unter
jedes ihrer Worte : 1 Mätchen mit Wasser auf dem
Gesicht. – Nur mit Hülfe 1 sehr=unzüchtiejin Griffes,
gelang es mir, sie zum ‹ Antrabm › zu bringn : ich wußde
mier kein'n andern Raat mehr ! : Schon war, von Ihren
schön'n Lippm, das Wort ‹ Reiher › gefall'n ; es fehltn
nur noch ‹ Wild=Enntn › und ähnlich zuck=fögelnde
Matteeriejn : wenn ich Ihr erzähle, wie im März die
Kranich=Keile über Tanndte Heete's Haus, vollefahrt-

voraus, kielwassern – (einmal, bei Boodn=Neebl, waren sie 40 Meeter=hoch über mich Schtaunend=Armgebreitettn hinweck=gerauscht! – : seitdeem konnte ich die KRANICHE DES IBYKUS wieder leesn) – nee komm lieber : jetz binn ich 30 Jahre ellter, und's reegnit . . . . .)

(*Schon wieder willsDu* an=halltn?! – Ich leegte, der Einfachheit hallber, den Arm um ihre schmaal'n Schulltern. Unt trug sie schier neebm mier her – das gefiel ihr schon recht; sie plapperte ganz aufgereegt) : » Du – och : *Was's* hier Alles gippt!? – : Denk'amma : Tanndte Heete will als Kinnt noch *Irr=Lichter* geseh'n habm! Se wär'n im'm Waagn gefahrn; an'ner Schtelle vorbei, wo sich ooch sonnst welche zeiktn : und da hättn die sich an de Räder gehennkt, und wär'n a Schtücke mit gekomm' – : iss denn das *möglich?* «. (Möglich schon : Summf=Gaß=Flämmchin. Die in die ‹ at=härierende Lufft › kreisender Räder geraatn?) : » Och, tee=oreetisch kanns schonn sein, Hertha. «; (und erklären; so gut man – geduckt & un=gehalltn vor lauter Reegn – eebm erklärn kann : Bauts! traf auch=sie=endlich 1 dikker Troppfm mitten ins Auge.)

(*Was zögersDu, fuß=fummelnd? – Sie über=wand sich;* und geschtannz) : » Nachher will ich Dir aber ooch ammal durch'n Sannt=oobm entgeegn komm'm. – Sonnst geesDe tatsächlich noch an die Lorenz'n=oobm rann. « (Nicht nur ‹ obm ›, mein feuchtes Kint!). (Auch, fattalistisch=kockett) : » Soballt De mich satt=haßt, kannsDe mich ja jederzeit von amm Mee=tee=ohr erschlaagn lassn. – «. (Ich widerschprach zwar, leidenschafftlich, wie sich's gebührt. Aber der Einfall iss gut : der wirt verwenndit! / Und Sie, wie sich's gebührt, glaubte mier *nicht* gleich; erst mußde ich Mehreris her=zählin, was mich an Sie fesselte; ja kät=ttä=ttä : ja : ‹ ferr=sklaafte › –) :

» *Guut. : Treff'ich Dich also nach=heer,* beim Vermes-

sunx=Trupp; 1 fesche root=haarije Lannt=Messer=
rinn. – : Aber Du mußt Dich dann auch, ohne Dich
zu=zieren, in einen Kleinst=Kraater führen lassen;
und=ä=Du=weißt=schon! Wenn Du nur 1 Mal, bei
Dem=was=dann=kommt, das Gesicht verziehst. Oder
um ‹ Tao › schreist : dann laß'ich, genau in dem Augenblick, wo ich'n raus=ziehn müßde, ne Schternschnuppe
komm', die mich uffs Kreuz trifft, und'n wieder rein
treipt : dann haßDe's. – : A bargain ? . . . . .
        . . . . . aber ‹ a bargain › ? : Dies=hier ? – (Jetz fing Er
nämlich an, – viel dünner war das Heft ooch nich – und
versuchte sein bißchen Schtimme so erhaben wie möglich
zu halten – –) : » Sie habm auch 1 Epos zum ‹ Umtauschen › ? – Aus dem ‹ Großen Vaterländischen Kriege ›
von 41–45 ? ! – « (Na das Ding war gut ! – Und beschä-
mend wieder zugleich : Wir waren unserem Wort=Betrü-
ger Lawrence aufgesessen : Der=hier trat schlicht einfach
anschpruchslos mit einem echten umfangreichen Dicht-
werk vor mich hin ! (Umfangreicher doch wohl – :
» Ä=Wieviel Schreibmaschinenseitn ? « : » 2 Hunndärrt
5 uhnd 90 : doppäll=schpalltick. « (Und ich hielt zwar
‹ äußerlich › den Raum=Helm noch schtrack & schtolz
auf den Schultern; ließ aber ‹ innerlich › das Haupt
schwermütijer nicken : natürlich; sogar rein seitn=mä-
ßich 18 mehr; (und in Anschläge umgerechnet würden's
noch mehr sein; also lieber gar nich weiter fraagn.) Aber
‹ Kopf hoch, Hampden ! ›. Erst ma sehen, was . . . . .
        . . . . . » Was ? ! : Gleich zwei=schprachich ? ! « – Und er
nickte nur : » Wir habbänn gute Übärr=Sättsärr – : Föll-
kärr Färr=Schtänndi=Gunnk – «; (und Hände=breitn &
Grien'n : war das nu umfassende Gutmütichkeit; oder
bloß slawisch=tatarische Verschtellunk : Ich hätd'as
gar nich so gekonnt. / Und 2=schprachich : Oh der
Schannde=der=Schannde ! Wie doof schtuur & rück=
schtändich mußtn wir wieder wirkn. / Aber erstma
zuhörn; und zwar krietisch . . . . . ? :

: » Ä=chämm ! . . . . .

(» *Duschwätt=ser !* « *sagte sie, ferliebt* fanatisch neugierich ; und schauderte fester in meinen rechten Arm, der
ihre Schultern flinker durch den flinker fallenden Regen
schob) –

:   » *Sähr värr=läggänn schtant vor Stalin=*
    gratt der Deutsche : *sähr* värr=läggän !
    Na=hänn konntänn seine Krieger
    nicht der Schtadt. – : Aus Staliengratt=selpst
    na=hättänn oft seinäm La=gärr
    schtoltze Rittärr, trottsich=kühn.
    Unnd der unn=värr=zackte Däggänn
    – Marschall Schukoff war sein Name :
    Schukoff, er, der Deutschänn Schräkkänn . . . «

(und so brammar=bassierte er noch eine ganze Weile
weiter. Bis ich ihm, überdrüssig, ans Wiesier pochte :
» Lassn Se ma die Kammf=Handlungn – «. Und er, verbindlich : » Gärrn. – Abär=hier . . . «)

:   » *Jetzo zook er an die Wästä,*
    änng an=liegännd, ohne Borr=tänn ;
    dann die schwarr=tzä Attlaß=Jackä,
    wohl=gepufft, mit wcitänn Ärr=mälln . . . «

(die Beschreibunk der Siegesfeier, 1945 ; wie Konjew
sich zum Bankett der Alli=iertn herausputzt) :

    » Ächt Kostrom'sche Pann=talone,
    miet Scharr=lach gezacktä Schuhä,
    fein an Lä=därr ; zwee=än Schtiffte
    häfftättänn sie fest & enge
    an den klei=nänn nättänn Fuß . . . «

(widerlich ! / Die Amerikaner dafür Alle in einer Art
Packpapier=Kleidung ; meist mit Coca=Cola Flaschen in
den traditionslosen Händn ; ungeschlachte Gebärden &
Holzfäller=Mannieren. Die Russen nahmen sich ihrer

aber gutmütich an; mit Nachsicht, weil es sich ja
schließlich um 1 noch nicht 200=Jahre=altes Völkchen
handelte. Zeigten ihnen, was eine tausendjährije Kultur sei; hielten den Armen Lichtbild=Vorträge, nischt
wie ‹ Kiew › und ‹ Korßunsche Fortn ›. Verlasen ihnen
irgend ein ‹ Igorr=Liet ›; entschtandn zu einer Zeit, als
die US=Amerikaner : ja *WAS* waren ? – : Männsch,
schnarrrr bloß nich so !)

: » *Auf dem Hut – : 2 Gegner sind ihm*
    wie 1 Haar aus seinem Barte ! –
    von ßmollännskärr feinämm Tuchä
    hoop sich eine Hahnen=Feedärr
    wuhnder=baarlich hoch uhnd root . . . «

(natürlich : ‹ rot ›. – Ich fiff nur vor mich hin : die
Unverschämtheit war ja *zu* groß ! / Die Kerls waren
damals – notorisch; unsere Jung'ns hatten's ausführlich
genuck nach Hause geschriebm ! – größtnteils *barr=fuß*
angekomm; höchstns uff klein'n schlechtn Feerdn . . . :
siehsDe, da kam's ja schonn ! . . .)

: » . . . *1 fei=näß Schnupf=Tuch,*
    wohl=gefalltätt, hink an ihm. «

(wenn bei uns jeder Besitzer 1 Taschentuches gleich n
Epoß druff hätte machn wolln ! – (Das heißt : bald waren wir wieder so weit. Lieber jetz nich drann denkn.) –
Neenee; die Pannje=Waagn damals warn ja *zu* traurich
geweesn. Und die Aufschneiderei=jetz lächerlich;
wenn's wiederum nich so anmaaßnd gewesen wäre. / Die
Zwischenzeit bis zur ‹ Potz=Dammer Konnferenz › –
während der *wir* uns ja, verantwortunxbewußt, beratn
hattn; Sachverschtändijen=Ausschüsse angehört : op
Deutschland völlich aufgeteilt werdn sollte; oder aber
bloß alle Männer über 12 kastriert; oder das ganze Gebiet dem Erdboden gleich gemacht; oder so – : da hatten
Die=hier sich anschein'nd bloß belusticht !)

: » *In dem blühndänn Ohstärr=Mohnatt,*
da die Eerde neu siech klei=dätt,
da die weiß=behaarte Muttär
siech in 1 Fä'=färwanndällt,
in die schönstä=junngä=Nümm=fä :

da luhst=wanndelte der Sie=gärr,
Er, der Ssowjettmarschall Konjew,
Er, miet seinäm gan=tzänn Schtabä,
hin zum Ortä – den die Deutschänn
seitdem nännänn : ‹ Adlärrs=Horrst ›. «

(und ich mußte doch kichern : es war zwar eine gans
verfluchte Ettümollogie, aber als Witz glän=zännd)

: » *Wohl durch 1 Ähren=Boggänn*
gieng der Zuuk hin zumm Pallaste.
Aus=gehenkt aus allen Fän=stärrn
hingänn, golld=geschtickt, Tappee=tänn;
und den Bohdänn däkk=tänn Zwei=gä :
Bluhmänn Kreutärr Roß=Marin.
Auf den Schtraßänn, auf den Gassänn,
länx=hinnann bies zum Pallastä,
tönät, in getränntänn Kö=ränn,
Glück=Wunsch Freud *uhnd* Lust=Gäsannk. «

(Aber doch ooch schöne dicke Senntennzn ! – :
» Ssowjett=Ruhßlannt ? : ziehätt *keinä* Mämmä=
Marrschall ! «. (Ewwenntuell exproppriieren; und
O'Stritch entgeegn schleudern, wenn der wieder ma
über uns=Ziewielistn her=ziehen will.) / Oder auch vor-
hin=das : der Marschall hatte sich rasiert; und

» eh am Kinn der Bart ihm schproßte,
waren deutscher Die=Visionen
fümf ihm schon Gä=fanngänä. «

Aber diese endlose Beschreibunk des Festes=hier ?
. . . . .)

:   » *Härrzlich lachte dropp der Marschall;*
    gab dem rótnyj, der – Bärrlienärrn
    zum Ärr=Schräkk – den Teufel schpielte,
    1 Hannt=voll von Koppeh=känn,
    aus=zu=wärr=fänn untärr sie. «

(Das schtimmte ja : die Deutschen waren damals gans
schön sachde gegangn. Unsere Beus, so Dillert & Trunnion, hatten die anschtändich fertich gemacht. : Unt die
doown Nüsse hattn sich dann, kaum 20 Jahre schpäter,
derart von uns geegn die Russn verheizn lassn – die Be-
schränktheit der Kerls war ja wirklich über=natürlich
geweesn ! Eben doch wohl ne minderwertije Rasse : das
Saltz der Erde sinnt & bleibm die Angel=Saxn ! –)
(*Aber wie ? : Er heulte ja beinahe !*) :

    » Fah=nänn : gutä alltä Fah=nänn,
    die den Marr=schall oft begleitätt,
    in, und siegreich aus der Schlacht . . . «

(‹ Aus der Traum › allenfalls. : Hätte es nicht übrijens
auch ‹ in *die* › Schlacht heißen müssen ? Naja; bei dem
kümmerlichn, klein=gehacktn Vers=Maaß . . . . .) :

    » Und nun rauschänn die Pannierä
    schtärrkärr. Durch das offnä Fänn=stärr
    weht 1 Winnt hehr, leicht von Oß=tänn –
    : plötzliech schweigän Wint *uhnd* Fahnänn
    eedell; denn der Marr=Schall schpricht . . . «

(*Nich ma reim'm tat sich's, pff ! : da war unseres=
hier* . . . / Und ich zuckte die Hand doch wieder
weiter davon zurück : dieser *Lummp*=der=Lummp=
der=Lawrence ! Op ich ihn nich'doch offiziell an=
prangere ? – Na, auf jeedn Fall erst ma priewat
vor=nehm'm; ma sehn, was er sagte. *Und* sie : dann
würde sich ja unschwer heraus schtellen, was meine
Flicht war . . . . .

: » *Schnell Schuhe ab=treetn, komm.* « – / (*Aber sie*
wollte in der Geschwindichkeit noch zweierlei wissen : a) » Warumm heult Der beinahe ? « : » Weil er
45 mitt=dabei war. « – b) : » Was iss'nn das, was Der
vor=geleesn hat ? – Da schtimmt'och *oo* was nie, Du. «
Und ich, bitter : » Das heißt man ‹ Bill=Dung › in der
Bundes=Rehpuhblick ! «.)

*

(*Und der Anblick der Flur=Gardrobe* überhob mich
jeder weiteren Piesackung : das war wohl schon zu Sin-
antroppuß=Zeitn 1 Natur=Gesetz, daß Frauen kein
Kleidunx=schtück ungemustert passieren können.) :
» Wirklich. – Hier *kann* anne Frau bloß im Monntör=
Antzuck rummloofm – «, hörte ich sie vor Tanndte
Heete=ihrem murmilln. / Unt ap leegn. Und schon
der Kopf aus der Küche : ? : » Komma her, Miendeern. Hilf
ma mit rein tragn. « Herthilein lief gehorsam, hin zu Frau
Minnetrost; (und ich verzwirrnte mich in die Wohn-
schtube; allwo der Tisch bereiz gedeckt war – wieder
erschien'n & verschwanndn sie, im Penndl=Verkehr.) –
(*Und sitzn, zu Dritt. Und schtaun'n.*) / : » *Aber Tanndte*
Heete ! – «; (sie schtrahlte um den Tisch herumm) :
» – ne gannße Büxe Firrsiche ? ! « : » Ja; ischa'n Fest=
Mahl, nich ? « : » Und 1 Fläschchen ASBACH ? – Meingott, TH, in was für *Un*=Kostn schtürzDu Dich. « :
» Erßma sossu nich ‹ TH › saagn, Du – Du Uhrian=Du.
– Un'dann hassu den Hunt ha auch ne neue Kedde ge-
kaufd. – Na Här=tha ? : Langt mann zu. – «
Erst kam noch die Maggi=Suppe; (‹ *wohlgewürzt;* mit
Eier=Fasern ›). / Dann der schteiffe, kaffebraune, Boh-
nen=Brei; mit mächtijen weiß=dunkelroth gefleckin,
gebratenen Wurst=Scheibm fast zugedeckt – : » Nun,
Herr Schneck ? «. (Aber sie schauderte nur glücklich
mit dem dünnen (knochenreichen) Ober=Körper) :
» Hier iss's schön warm drinne ! « –

: » Nee laß=ock : ich weeß, wo De de Löffl hast . . . «;
und raus war sie. TH sofort : » Na ? Hett Se watt
sechcht ? «. – Nichz ; gar nichz : » Sie hellt es auch wei-
terhinn für keusch & schaam=hafft, in den schönstn Sekundn des Frauen=Leebns *nicht* zu genießn. – : HaßDu
Kümmel im Haus ? «. – : » Seit wann max'enn *Du=Küm-
mel* ? ! « : » Ein halbes Funnt Kümmel, Tanndte : pullwe-
risiert. Mit 2 Lietern WeißWein angesetzt. Die 1 Helfde
abmz, die andere am nächstn Morgen, eingenomm'm :
soll wahrhaft diabolische Brünnstichkeit . . . « (Aber
schon erschien Hertha wieder, linx=belöffelt. TH konnte
mir gerade noch zu=zischn : » Oule Swieneegl ! : Büssu
noch nich übermütich genuch ? « Dann mußte sie weiter
causieren & lächeln : –. –)
Und zurück=lehn'n. Und atmen : gefüllt bis zum Rannt.
(Hertha hatte mir ihre halbe Portzjohn auch noch hin
geschoobm – sie könne nicht mehr.) / Und dann *noch*
1 ‹ Nach=Schlack › ! (Und TH's Blick war immer mit=
leidijer gewordn) : » Tz=mein=Jung : was *bissu* verhun-
gert. « (Hertha hatte sich gleich dünne machn wollen ;
mußte aber, unerbittlich, da=bleibm : Mier=zusehen ;
und In=sich=Gehen. Da bat ich denn doch noch, aus
reiner Bosheit, ihr zum Trottz, um) : » 1 Schtückchen
Brod ? «; (mit winnslnder Bettler=Schtimme. Und TH
rannte ; und schnitz eignhänndich ; (wodurch es denn
freilich *so* groß ausfiel, daß mich nur meine constricto-
rene Constitution, wie durch 1 Wunnder, rättättä.)
(*Während sie ap=räumtn, schnell noch den Bart* putzn) :
» Gelt Tanndte ? « (weil sie mir wieder *gar* so neugierich zu sah) : » Wie da jeder Schtrich des Apparates
1 neuen geist=vollen Gesichz=Zuck frei legt : den klein'n
scharfm Munt : die hohe Schtirn . . . ? «; (und fuhr
mir, illustrierend, mit dem summenden Dinx auch da
drüber : !). » Du biss'n richtiejn Klohn, Kardl. « sagte
sie liebevoll. Aber 1 dünne (knochenreiche ?) Schtimme
neebm=ihr versetzte finster : » Nee. Meiner Ansicht=

nach . . . : Ich weeß nie; wenn sich Eener *derart=sellber* veralbert . . . ? «. / Und TH runzelte die Schtirn. (Vor der ‹ tieferen Ansicht › ?). Und nahm sich unter jeeglichn Arm 1 von Uns. –

: » *Nu setz Euch mann=nochma hin.* «. Sie; bedächtich; und schtützte die monnumentalen Ellenbogen auf. Noch ma, überleegend, mit der Zunge in die linke Backn=Tasche gefahr'n. : » Chaa. – «. (Und leckte sich mächtich den Munnt : muß *Die*=mal, früher, mit *der* Vorrichtunk=dazu : *Küsse* ausgeteilt habm ! – Ich leckte mein' unwillkürlich mit.)

: » *Tcha nu ma follgnde Laage.* : *Ich binn ja nu* ganns allein. In den großn Haus=hier. « (Und nochma zögern. Sie packte ihre große Unter=Lippe mit den, anschein'nd noch vollschtändich kommplettn, Oberzähn'n. (Und meine Schtirn runzelte sich unwillkürlich. Und verdachtvoll. –).).

(*Beiläufich*) : » *Der Bürger=Meister* möcht mier nattürlich länx We'che rein setzn. – Bloß er *waacht* das mann noch nich : ich weiß'a was von ihm; auß'er Hittler=Zeit. « / (Und nickde mir schon ironisch zu : erriet Sie, daß ich erriet ? –). / Und tat, rücksichzlos, ‹ den Vor=Schlack › :

DER VORSCHLACK ! : » *Ihr* zieht hier=her. / Auß'er Gutn S=tube wird Euer Schlaaf=Zimmer. Bettn=kaufm braucht Ihr nich; krickt unsre : Euch Leicht=Gewichte hell'das noch aus. / – : Hier *die*=S=tube . . . «; (und mit dem Zeigefinger aufklopfm) : » . . . : das wirt Euer *Wohn*=Zimmer : *Ich* hap meins im jetziejn Schlafzimmer; schlaafm=selps tu ich inne Komm=Büse, neebmann. : Holl mo Dien Muul Mienjung. «

: » *Unser Lannt* : *verkaufm wier !* – Zuminn'est 40 Morgn : wir behalltn höchßens die 2 Weidn. « (Ergäbe, bei den hiesijn, himmelschreiend=niedrijin Boodnpreisn, immer noch 50 Tausnd.) / (Aber jetz fuhr ich doch auf) : » Tanndte ! – : Die Wiese am Flüßchen=

drübm ? Aber hör ma Mädchen : das sind'och *Bau=
Plettse* ! «. (Sie dulldete es, lächelnd, daß ich Sie, im
Feuer, ‹ Mädchen › schallt – muß ja, mit 60, ooch komisch klingn, backfischich=jungfernhäutich –) : » Entschulldije Tanndte – «. : » Mook Die dor nix ut, mien
leewe Jung. « (‹ Leewe › ? Sehr gut ! : merken.)
» *Nein : Bau=Plätze, Tanndte !* – : *6 Morgen* saaxDu ? – :
Aber da krixDu doch – bei *der* Nähe Hannofers ! –
minndestens 3 Mark für'n Kwadrat=Meeter ! : 6 mal
zwo=fümf mal 3 ? : Das ergiebt doch *allein* 50
Tausnd ! «. Sie überleekde. Und nickte. Gar nich
un=überzeukt. Und griente grau & reckenhaft=gifftich :
» Dass'ss gaa nich so dumm, Kardl. – : Was *mein*ssu,
wass'ie *Gemeinde* sich gifftit ! «
(*Und, ganns weiplicher H. G. Trunnion) : » Das giept
immer noch Wä'che* in'n Dorf : die nenn' mich –
heudte=noch, nach fief=unn=dottick=Johrn ! – n
‹ Buutn=Minnschn › ! «. (Und, während ich's Hertha
übersetzte; auch deren verschtändnislose Backe 1 Mal
küßde) : » Was *Ihr* übrijinns *auch* sein würdet. Bis an
Euer Leebms=Ende : Dir iss'ass ja woh klaa, mein
Jung. « (Und ich hob nur, artilleristisch, die freie=
Rechte : ‹ Ziel erkannt ›, Tanndte.)
» *300 brauchn wier* in'n Mohnat – «. Da ‹ meldete › ich
mich aber doch vorsichzhalber : » Demnächß 400,
Tanndte. « : » Guut : fier=Hunnert. – : Rechn'ma aus. «
(400 mal 12 gleich 4,8 also 5) : » 10 bis 20 Jahre,
Tanndte. « (Und sie, schtoltz rück=lehnend – breithüff-
tichste Optiemistinn, die ich je gesehen hatte, Potz
Tita Ruffo & Ferruccio Busoni ! –) : » Seggn wie mo :
Fofftein. «
: » *Oohne daß wier ain' Hand=Schlack machtn ! !* « –
(*Und Schlack auf Schlack*) : » *Säbs schlachtn.* « / :
» *Aaabmz* kannßu uns vor=leesn. « (» DarfsDe – « schal-
tete Hertha, gewissermaaßn aus Gewohnheit, an dieser
Schtelle ein – überflüssich, zu saagn, daß sie noch *gar*

nichts begriffm hatte; Ausdrücke wie ‹ Foff Tein › und ‹ Buutn=Minnsch › berauptn sie aller Tournüre. / TH wollte schon beide Hant=Rückn auf den Tisch packen, a la ‹ Na iss'as n Ann=Geboot ? ! ›. Ich tat ihr 1 Gebärde; heimlich, halp unter'm Tisch; wie Nieder=Saxn sich eebm verschtändijn : Laß Ihr n büschn Zeit, Tanndte Heete. (Sie verschtant es auch gleich. Worauf ich, wort-künstelnd, ins Schlesisch=Verschtändliche zu übersetzen anhuup : Ähhämm . . . . .)

: » *Also*. – : *Wenn ich Dich recht fasse,* liebsde Tanndte – « (apsichtlich hohnich=süß) – » dann möchtesDu Dir sichern

    aa) 1 weiplichn Lehrlink, schüchtern & anschtel-lich, der bei Dir das Hexn Beesnreitn Männer-zwiebln erlernt. – «

(hier mit der Hant auf meine ratlose Nächstbarin, Her-tha war ihr Name, zeigen.) : » Und

    bee) gleichzeitich 1 Haus=Klaun für Euch=Beide. Wenn Ihr des Aabenz=dann, ehr=baar ermüdet vom Neßtl=Knüpfm – beziehunxweise vom Geegnteil – um den Tisch ruht. – : *Dafür* haßDu *mich* ins große Auge gefaßt ?. «

(Die rüstije Lantfrau, der arbeitsame Weise, Beide er-heebm sich gegen 4 Uhr 30 : war *das* die richtije Ein-schätzunk meiner=selpst ?)

: » *Gehe ich in Deine Gedankn=Gänge ein ?* – Tanndte Heete ? «; ich, wirklich leise Schwermut. Die alte Bar-barin grinnsde nur. / Unt Schweign. / (Unt mein ver-ruchtes ‹ Hirrn ›, oder wie das Gelummpe=da=oobm nun in Wirklichkeit hieß, verulkte mich doch schon wie-der recht rüstich : OECONOMUS PRUDENS ET LE-GALIS plus COLUMELLA; *Den* vor allem; nischt wie ‹ Georgica › und ‹ de arboribus ›) –

: » *Hertha – kennsDu 1 gewissn* ‹ LUCIUS JUNIUS MODERATUS aus CADIZ ›, genannt COLU-MELLA ? «. Und, (es begann tatsächlich, mich zu in-

teressieren), zur Anderen : » Tanndte – : Was, meinsDu, würde 1 hiesijer Lanntmann eußern, wenn ich=ihm COLUMELLA vortrüge ? « : » Däi s=pinnt, würd'er saagn. « : » Und würde *WEN* mein'n ? « : » *Dich*, mien Jung. « (Ähä.) / Und wieder Pause. – Hertha sah immer noch, als ginge Sie's gar=nichz an, in der Schtube herum. (‹ Non concupisces domum proximi tui › : vielleicht gelänge mir ja der Anbau der ‹ Uhrflannze ›. Vermutlich *nur* dieser. TH legte auch schon einschränkend 1 große Faust auf den Tisch) : » *Aber ich fürcht'=ich=fürcht'* – : ich würd' Euch s=pinn=beinijes Volk *auch* noch auf'n Kirch=Hoof schaffm müssn. « : » Damitt'u dann saagn könntest : ‹ Mein Neffe Kardl – der jetz zweifellos bei GOtt ist ›. Gelt ja ? « (Und sie, breit & gemütlich – wo es sich doch um so ernste Dinge wie ‹ DIE HÖLLE › handelte.) : » Wenn Du man'nich in'n OOBIS=KROOG to sittn kümmß : *So* viel Schangßn wie *Duu*, hadDein' Onkl Lutwich *lennx* gehapt. «
(Unt ging wieder rücksichzlos=näher an die Sache= rann): Haapt Ihr Euch was ges=paart ? «. – » Adelaide hat ne Schreip=Maschiene. « versuchte ich mein Versaagn in=diesem=Punkte zu tarn'n. (Nur daß Hertha sofort=gehorsam Ihr Sümmchen nannte, rettete mich vor einijn Breit=Seitn grimmijer Blicke – ich war 1 Mal, im Oslo=Fjord, durch den Schatten eines deutschen Kriex=Schiffs geschwomm'm : daran mußte ich jetzt denkn. GOttlob wies der Zeigefinger des Schick=Saals bereiz auf Hertha) : » Da lassn wier Badd=unn=Klooh von ein=baun, mein Deern. – Der Brunn'n wird einfach tiefer gebohrt; midde Schlamm=Büxe . . . « (Und wurde schon ungehalltn : sie hatte sich's doch lenxd, gans genau, überleegt) : » Na inne Wasch=Küche, mein Deern. Wo sonnß ? «. (Und, voll=wild, zu mir) : » Was hassDú Deine feine Naase zu verzieh'n ? « : » Da müßde man sich doch erstma den Grundwasser=

Zug ansehn Tanndte : Die ‹ Sicker=Gruubm › müssen –
laut Vor=Schrift – mindestens 15 Meeter vom Trinkwas-
ser=Brunn'n entfernt sein. « (Sie erkannte sogleich, daß
es sich, ausnahmsweise, um 1 echtn, ernst=zu=nehmdn
Einwand handele; und bekam, vorübergehend, Faltn ins
Ober=Leder. / (Da ich, an dieser, doch wohl wichtijen,
Schtelle, 1=einzijes=armes Gläschen ASBACH riß=
kierte, fühlte sich die Rote sofort bemüßicht, zu murmeln : » Jeedn Tack besoffm, iss ooch reeglmäßich
geleebt. « : » 1 Puh Dir=Du ! Du müßtest meinen Tür-
klingelknopf küssen, ehe Du ihn zu berührn Dich er-
kühntest : Trallallen müßtesDu vor Freude, wenn ich
Dich nur 1 Blickes würdije : ICH : in meiner Gûttheet
. . . «; und fuchtelte Ihr begeistert Schweigen mit der
Hant : » Hat Tanndte Heete vorhin nich *auch* erst
Wendungn gebraucht wie ‹ Mein GOttjung › ? – :
BEWEIS ! «. (Sie Alalie, ich Halali ! – Aber schon
schluckte sie ihre Schprachlosichkeit herunter. Und
muhte förmlich vor Entrüstunk : » ‹ Meingott=Pause;
Junge. › hatt se gesacht : laß meine Hannt=los. Tu nie so
bewuschpert, Du Gootl ! «; und, anklagend, zu ihrer
Geegnüberin, (die behaglich schmunnzlnd dem Liebes=
Scharr=Mützel bei=wohnte) : » Der iss villeicht cin=
gebildet, Tanndte ! Dein Neffe. « Durch diese letztn
beidn Worte ging sie jedoch jeglicher Unter=Schtützung
von dieser Seite verlustich : das iss Dir'echt !)
: » An=Fassn *müßesDu freilich* einijes, mein Deern. – :
Du=der=Du feixest übrijins auch ! «. (Ah : jetz kam'm
schon die erstn Ansichtn von der Nacht=Seite der Natur !). / : » Nee *Schaafe* nu nich, Hertha : würz'ich
wunnern, was die für Aaabeit machn : *da* wolln wir
kein'Last mit habm. – Aber so 2, 3 Kühe würdn wier
behalltn. Und ma'n Schwein fett=machn. (Schweins-
leder=Bände : 1 Rint mit so feinem Leder, der Kau=
Dilljo könnte Schtiefl daraus traagn –) : » Sie hat'och
bloß gedacht, Tanndte : währnd Sie badet, könnte ich

indessn vielleicht die Lämmlein hüütn; schnizzt Feife sich aus Kellber=Rohr : Pastor Corydon. « Tanndte hatte nur ›Feife‹ verschtandn; und sagte kurz : » Biss'n Färkl. Also n echdn Mann. «

(Schtich=Wort ‹ MANN ›) : » Hei=raatn müßtit Ihr ja woh allerdinx. – «; (und sah Hertha ganß un=saagbaar schlau an. Die aber automatisch ihr geliebtes ‹ Pas si bête › murmelte. TH sofort, argwöhnisch, zu mir) : » Was meint Sie ? « : » Sie schpricht wieder Französisch – «; (ich, bedrückt. – Nich weegn des Theemas; aber mein Kopf ging wieder genau so hin & her, wie da- mals, als ich Doll=mettscher war; für Englisch) : » 1 deutschiß Mätchin, aus gutem Hause, hätte gesagt : ‹ Einmal so doof sein ! ›. « / Aber TH faßte sich rasch wieder : » Ochwaß ! « sagte sie verächtlich : » war ja mann ne 1. Reh=aktion, nich. – Außerdeem gar nich so dumm – « (denn; schmeichlerisch, immer über'n Tisch weck) : » Härtha=Kinnt : Er s=tirpt'och nach fümmf Jaan wieder, wie er s=tenndich behauptit. – Und da hellt Sie=Ihn doch tatsächlich schon an'n Ärml fest : Du biss'ja noch schwecher, aß ich dachde. «

: » Aber, Här=Schafftn, Eines ! : Kei=nä=Kinnder ! – Das bidd'ich mir aus : Ich ent=ärp Euch auf'=er= S=telle ! «. (Und, voll erbarmungslos, zu mir) : » Kardl ? : Das iss haup=sächlich Deine Aufgabe. Wie Du das machß iss mier egal; meinetweegn binnt ihn Dir ap; mit'n ‹ Tao › – : Was wiss'u ? « – (denn Hertha hatte 1 vornehmes ‹ Épatant › gehaucht : wieso war Sie im Augnblick so verwällscht ? : Als versaillen=degenhafte Schutzwehr gegen trollhaft=rinxum=anrennendes Platt= Deutsch ? Durchaus pro=Babel.) / : » Und fa'ss'as doch ma passiern sollte=Härtha : lassn wir so=ffort ap=treibm ! Ich kenn'a ne vernümmftije Eerz=tinn; ich saachte's woh schon. « (Und schüttelte reesollut den Kopf : » Daß unsere Regierung'n das nich lenxt offiziell eingeführt haabm – ? « – : » Inn=Inndijin iss es schon

‹ Gesetz ›, Tanndte : Nehru'ss vernümmftich. « (Sie
liepde so'che Informatzjohn'n; und machte intressierte
Augn, a la ‹ Sieh ma an; diese Innder ›. – : » Die Heinies. « sagte sie dann noch; (meinte aber schwerlich die
Leute jennseiz des Gan=ges.).)
Und rief mich ‹ zur Ordnunk › : » Achwas, ‹ Schöne
Aus=Sicht › ! : Kannß'ir ja Dein ‹ Aabeiz=S=tüpchin ›
nach Nort=Nort=Nort einrichtn ! – Von Uns=aus darfß
unners Dach ziehn, was Härtha ? « / Noch ennergischer :
» Kardl – : Jetz nimm Dich ma zusamm' ! – Hassu
inzwischn da über nach=gedacht ? Unn bissd zu ner
rä=sonnablen Antwort fee=hich gewordn ? «. Selbst ich
vermochte nicht viel mehr, als nur schwechlich den
Kopf zu beweegn. – : » Potz Kolostrum & Merverum :
Ich 1 glebae adscriptus ? ! « – / (Sie horchte erst. Und
wollte schon hoch=gehen : sie war immer so unge-
schtüm ! – Und beherrschte sich doch; und sagte nur
schpitzich) : » Nu nenn das woo=möklich bloß ne
‹ klaare S=tellunk=Nahme ›. – : Vers=tees *Du* ihn, mein
Kint ? «. Aber die schüttelte sich auch nur, als hätte sie's
länxd auf=gegeebm. » Hoffnunx=los. « Kleinpause.
: » *Aber mein'n tut er was ! –* «; (TH, mißtrauisch. /
Und versuchte's noch einmal; gütich, wie man zu den
Gans=Klein'n reedit : » Was hass'u denn saagn wolln,
mein Jung ? « : » Ach leedicklich ne dielattorische Formel, Tanndte. – : Siehma; Du schtellst uns hier vor
ne ast=reine ‹ Ent=Scheidunk fürs Leebm › : da *könn'*
wier doch nich in Seckundn=Schnelle ree=agiern. –
Wir müßtn ja – um nur 1 zu nenn'n – : unsere Berufe
auf=geebm. Aller Wahrscheinlichkeit nach ‹ für immer ›. «
: » *Na Unnt ? ! «. (TH kallt,* verschtändnis=los, nüchtern) : » Was hapt Ihr denn schon an Euern ‹ Be=
ruufm › ? Schimmft ja sonnß immer drauf ! «. Und
schüttelte unwillich. / Aber – (obwohl schon weesntlich kühler ! : CAVE !) : » Naguut. Überleekt's

Euch. Aber nich *all*zulange : Ich *muß*=Das in Ordnunk
kriegn ! «

(*Unt, drohend* – ‹ *Years of Love* have been forgot in the
hatred of a minute › ! –) : » Wenn Ihr par=*tuh* nich wollt
– : frag ich Dein Vedder Schorse. Dann behalltn wier
Grunn & Boodn : die Winnter=Bes=tellunk müßde
eigntlich länx in'n Gank sein. « / (Unt Pause sive Drohunk.) / : » *Der* mach'das sofort. – Der hatt *heut* erß
wieder desweegn geschriebm. « / (Lieber die Hant aufs
Hertz; und etwas reibm – es *war* ja auch aufreegnd. –
Opwohl nattürlich, (‹ Natty ›), völlich un=glauphafft :
ich hatte, ungefähr, dasselbe Gefühl . . . . .

(. . . . . : *Morgens 4 Uhr. Aprill=Grau. Zurück*=wei-
chende Fronntn. : denn wir rattern, 1945, auf Ell=Ka=
Wehs, feintwerrz, (Jeder 1 Granate als Kopf=Kissn) :
Ich als Rechn=Trupp=Führer einer Batterie von 4 verschiedenen Geschützn – darunter 1 15=Zenntiemeetr=
Lank=Rohr ! ; was die Schußtafl=Arbeit zwar schpannen-
der macht, aber nicht leichter; ich werde's dann, nächt-
linx, erfahren : Manche=Anndere schlaafm.) / Allso
rücklinx=liegend, über den Flug=Platz ACHMER : viele
Bommbm=Crater; 1 Flack=Runntwall (‹ La Motte › fällt
mir ein). / Und dann eebm ein 4 Meeter hoher Kunnst=
Wallt aus Tee=Eisn. Oobm drüber Tarn=Nettse; in die
sinnlos=fleißije Hennde Föhrenzweige geflochtn haabm. :
Da=runnter lagert Muh=Nietzjohn : *WIR*=fahren zur
‹ SCHLACHT=IM=TEUTOBURGER=WALLT › : an
der ich, ‹ laut Wer=Paß ›, teilgenommen habe. (Verglei-
che MOMMSEN : Die Örtlichkeit der Varus=Schlacht,
Oh leck !)). –

: » *Liepsde Tanndte ! –* «; (*unt jetz'och wohl* ein bißchen was, wie ‹ 1 Schuß vor'n Buuk › !) : » Was soll ich
jetzt schpeziell auf Deine Erwähnunk dieses=jeenis
‹ Fetter Schorrse › erwidern; was dachtesDu ? – Soll ich
vornehm klaagn : ‹ Du zerreißest Uns das Härrz, Jadwiga ! › ? Oder ehrlich sein, und schreien : ‹ Er=Pres-

sunk ! › ? – «. / (Sie griente nur reuelos. Langte lästrügo-
nisch herüber; und schtreichelte mir angeregt den
Hand=Bauch. (‹ Nix=Unzucht › : aber weil man auch
von ‹ Hand=Rückn › schpricht.) Solche Wort=Wittse
liepte sie sehr; es laak bei uns in=der=Famielje. (Unt
‹ schtreicheln › hatte sie ja ma unverkennbar gekonnt –
ich war nahe daran, zu schnurren. (Wie jener
‹ Schtumme Herr ›; dessen Schwantz sich ja auch, in
ihrem Dienst, verbraucht hatte.).) –
– : » ‹ Schaam › ? ! – : Was'ass da woh mit zu tun hat ! – :
Ich mein=Kint, « (und den linkn Zeigefinger in 1 Art
aufs Brust=Bein, die zumindest jeedn anwesendn Mann
sofort über=zeugt hätte : verschwannd die Hant doch
fast bis zum Gelennk da=zwischn !) : » Ich vers=tee
unnter ‹ Schaam › das ents=prechende Benee'm fremmdn
Leutn geegnüber. : Da iss'as was Faines. Da kannß gar
nich ‹ hoch=geschlossn › genuck geh'n. – : Aber 'n eigi-
nin Mann geegnüber ? : Iss'as nix wie Allbernheit unn
Ziererei. Unn kann'och – zumaal in jeen'n S=tunn'n ! –
jeeklichn Gennuß unner=graabm. « (Und wurde voll=
willt) : » Mätchin=saach : Hassu denn gaa=kein'n
Gennuß da=ann ? ! « / (Und wieder 1 schüchtern=
schlesisches Murmel=Schpiel : . . . ?)
: » Nain mein=Kinnt : Ich maak sie nich ! «. (Hertha
hatte diewerrse ‹ Dichter › als Eideshelfer für mätchin-
hafte Zimmperei anführn wolln; so ‹ Schtorrm &
Schtiffter ›, und ähnliche Firm'm.) : » Die sinnt mier
viel zu vornehm & wellt=fremmt : soo sieht'as auf'e
Eerde nich aus ! – Wenn'eer Moont drübm in'n Eichn=
Kammp aufgeht – ? : ischa ganns hüpsch, nich ? Ich
kuck da woh se'ps manchma hin. – Aber dann muß ich
womöklich anschließnd gleich'as Kloh wieder aus
pummpm. Oder ner Kuh bei'n Kalbm helfm – «.
Bedeutend : » Es giept eebm Beides, mein Kint. Unt Wer
davor die Augn zu machn will, heiß bei mier n Heinie :
Wier haa'm ja schließlich die Welt nich erfundn ! –

Drück'as ma vornehm aus, Kardl. « Und, da ich, (wie-
wohl schön=beherrscht), leicht auf=zuckte : » Kerl, wo
bissu mit Dein' Gedankn ? ! « : » Subtegminefagi,
Tanndte : also mehr als ‹ bei der Sache › ! – Du begreifst
demnach unter ‹ Heinie › 1 ebenso verantwortunx= wie
basislosen Geist, ja ? 1 Schönfärber & Schaumbold; der,
selbst völlich verkrammft, mit einem nicht minder arm-
seligen als ‹ edlen › Wort=Schätzchen kupplerisch hau-
siert. Enfin : 1 Feiklink & Lügner ? «. (Sie hatte zu
nicken nicht aufgehört) : » Genau das, mein Jung. –
‹ Schaumbold › iss übrijins *sehr* fein; na, Du muß die
Sorte ja kenn. « –

: » *Also sei in Zu=kummft ma'n büschn weenijer* verkrammft, mein Deern. Und mach Kardl=hier das
Leebm nich un=nödich schwer : er iss – trotz All'n – n
nettn Jung'. – «. (Und wuux höher – : hatten wier *recht*
gehört ? *Hatte* Hertha, bockich & frech, gemurrmlt :
» HätzDa'n ock genomm. « ? – / Und Pause. / Wir be-
herrschtn Alle schwer an Uns herum. (*Das* war ja nu
nich unbedinkt nötich geweesn.) –

: » *Mein liebes Kint.* – «; (TH; *majestätisch;* & eisich :
‹ Hoh=heiz=voll ›) : » Wenn ich nochma 40 wär – oder
auch bloß *Ende* 40 – hätt'ich ihn Dir *lännx* weck=gean-
gelt : da kanns auf ap ! «. (Und den vorn=zugeschpitztn
Arm heraus, ‹ Schußweite des Wurf=Schpeers ›) : » *Das*
war *keine* feine Bemerkung, mein Kint ! «. / (Und noch
so 10, 20 Sekundn ‹ einziehen › lassn. – Danach war
Hertha sichtlich groggy vor Reue; ihr loses Maul war ja
auch bloß mit ihr durchgegangn. (Plus 1 Schüßchen
Eifersucht ? ‹ Straw shows wind blows › – dann wäre ich
ja fast noch . . . : mir wurde ganz aufgerichtet getröstet
geschmeichelt !).

(*Das war auch schon wieder 1 artijer Mätchenmunt,* was
sich da in ihrem Gesicht bewegte; und gebührend klein=
laut dazu) : » Iss es nie a bissl nahe an der DDR ? « :
» Da hasDe desto eher Aussicht in'ne ettwaije ‹ ent=mil-

lie=tarie=sierte Zohne › rein zu komm' !, « tröstete ich; :
» Übrijens iss die Landschaft nahezu ‹ panzersicher › :
die großn Moore. « Und Tanndte Heete beschtätichte,
(freilich noch sehrsehr reserwiert) : » Neulich iss'n Rint
versunkn. Von Wolters. «

(*Immer ab=bittender; gans leise* schon) : » Op ma – :
hier im Winter Schie loofn kann ? «. : » Da iss mier nix
von bekannt. «; (hart, aplehnend; dann, zwar etwas
milder, dafür aber ironischer) : » Wenn der Teich=
hinntn zufriert – : die klein' Jung' laufn da woh
Schlittschuh auf. « / Unt erhoop sich; noch sehr unver-
söhnt. Wir ließn, geknickt, semmtliche Köpfe hängn;
(Hertha schlich sofort in Richtunk Tür, des Entkom-
mens froh). – Aber nichzda : Halt ! / : » Also Ihr über-
leekz Euch. – «. (Und, fast hochdeutsch vor schneiden-
der Ironie : die gaaps Uns aber !) : » Und laßt mich
dann wissn, wie Ihr über ‹ den Fall › denkt. – «. (Hertha
verdrückte sich auf der Schtelle, und welkte die Treppe
hinauf; ich blieb noch zurück.)

(*Und schnell, einmal, über den großen Rückn* schtreicheln : BE=SENNFTI=GUNK. – / : » Es war aber n
büsch'n *sehr* keß, Kardl. « Frech war's; zu=gegeebm. –
» Aber diereckt ‹ *Hei*=raatn ›, Tanndte ? : Ich bin doch
15 Jahre älter. « : » Och; das machd nix. « : » Jaja; Deiner verfluchtn Tee=orie nach : daß Sie dann desto mehr
‹ Freie Jahre › vor sich hat, gelt ? «. (Sie griente schon
wieder flüchtich.)

: » *Ja vor allem noch dies, Tanndte, zur* Klar=Schtellunk
: dieser Kümmeltrunk=vorhin – : war doch nich für
mich gedacht. Für *Hertha* ! Das schteht in Dei'm eignen
‹ lantwirtschaftlichn Leck=Sie=Conn ›. Bei ‹ vermin-
dertm Begattunx=Triep ›. « – » Achso – « machte sie,
betroffm. / Und, erleuchteter : » Ja hassu das denn noch
nie bei ihr probiert ? : ma richtich duhn machn. Unn-
'denn . . . «. – Ich senkte den Kopf : doch; 2 Mal. :
» Na unnt ? «. – » Tja das 1. Mal hab'ich nich auf ge-

paßt; da war *ich* noch *eher* blau. Unt konnte nich. – «.
(» Ffffff «; und zwar durch die Naase.) – : » Beim
2. Mal hab'ich dann, vorsichzhalber, bloß Wasser getrunkn – da hat Sie erst an=gefang'n zu heuln : Sie
müßde so an ihre ›schwere Kint=heit‹ denkn. Und
‹ Gefühl › hatte Sie überhaupt nich mehr. – Viel hat Sie
so schon nich. «

» *Ja aber mein Jung' : Du krix'och* keine 2 Lieter Weiß=
Wein in das Kinnd=rein ! – Oder meinßu, der *Kümmel*
könn'das bewirkn ? « Und ratlos=gemeinsames
Schweign. – » Vielleicht – : wenn Du Sie fest hieltzt
Tanndte; und ich gäb ihr das ein ? « : » Döskopp « sagte
sie mechanisch. – : » Unt falls'as klappm *sollte,* Tanndte :
mußDu sie jeedesmal in dem Saft untern Tisch trinkn. –
Ich halt mich, stante pene, in Reserwe. « Und wir fer-
dutzdn uns immer noch ein bißchinn.

» *Deen Deuwel=auch.* « *resümierte sie entlich* betroffn.
Tchaa; man konnte es so ausdrückn. / : » Wer von Euch
hat nu eigntlich die größern Mann=scheddn vor den Annern ? ! «, forderte sie zu wissn. (Ich konnte wieder
einmal mehr nur die Axln zuckn, und betrüüpt dazu.
» Frag mich was Leichteres « fiel mir die eewich=glück-
liche Wendung noch ein.) –

» *Ja; das Dinx vonn'een NÄWY* kanns mit=nehm. –
Muß'ass aber wieder=bringn. « Pause. Langsam : » Beziehunxweise : *Her=Schickn.* « (Ich konnte erneut
nur die Linke aufs Herz pressn; und kopfschüttelnd
in jener Geegnd schtreichln) : » Du bist so deutlich,
Jadwiga ! «. –

Aber die alte Barbarin, (Kopf & Bauch=Schpitze mit
Reif geferrpt), machte aus ihrem Munt nichts als 1 roten Trichter mit scharfim Elfmbein=Rande : Der Name
gefiel Ihr ! (‹ Car tel est notre plaisir ! ›). : » So heißen
die *pollnischn* Hedewichs, was ? – Saach ma. « (Und
ich, gehorsam der Piastin) : » ‹ In noch nie geseh'ner
Eile brausnd gleich emmpörtn Woogn, in noch nie=

geseh'nen Trachtn kommt die Schaar herann=floogn. :
Es ist Krißtoff Gonn=Sie=Eff=Sky von Smollensk der
Wojje=Woode; der mit seinen Ritt=Gefährt'n manches
Roß gejaakt zu Toode. › « (Und Sie nickde gierich) :
» Müßd'mann *Aa'llns* kenn'n. «. –

: » *Soo.* – : *Jetz leek Dich noch'n büschn* – «; (unt
schpöttische Pause; Sie besah mich lange : *war* ich
überhaupt 1 echter RICHTER=KÜHN ? !) : » – *Danneebm.* Ich weck Euch inn'er S=tunnde. « (Und, geheimnisvoll) : » Bei Dier iss'ass auf'e Worte geschlaagn :
auf'e Fann=Tasie. « / Und ließ mich einfach schtehen.
. . . . .

*

SIE beharktde längsd=schoon mit Fingern ihr'n Kopf.
Unt saß auf den Bettrannt. Unt polckte unntn. (Dann
noch 1 Schtock tiefer, zwischn'n Zee'n.) Unt sah mich,
oobm, schtummfm Auges ann. Schrie gekwählt auf :
» Mennsch ! – Ich nehm's Messer ! « / : » Aber liebe=
*liiiii*be Her=tha ! . . . « : » Ach ich meen mich doch gar
nie : ich meen'n Schnür=Senkl ! «. (Achso. – Aber Sie,
voll=empört) : » Unt Du hast mier's *nie* aus der Hant
gewunndn ? ! « – : » Ja Du *hattest* doch gar keins in der
Hant ! «. (Aber Sie war schon beim ‹ Oh, diese Männer ! ›; und ‹ So=was nenn'Se dann Liebe ! ›. – Unt hatte's entlich auf. Unt schlich herumm; auf hell=grauen
Füüßn, vorn aus=gefrannstn : 1 Frau. / In Schlüpp=fern
& Büßtn=Hallter; mit glühendem ß=Kallp. (‹ Kopf &
Bauch=Schpizze mit Feuer geferbt › ? – Die ‹ Zwei=Glei-
sichkeit › des Ein=Falls verschtörte mich irgendwie :
Wir, Hertha & ICH, waren schon über zu viel Gras zu-
samm' gegangn. (Mehr noch über Kunst=Schtein=Flaßter.
Im 20. Jahr=Hunndert un=fermaidlich.) . . . . .
. . . . . . : *Auf 2 roh=sie=gänn Pann=toffälln*
schtannt, als Könieginn, Sieh=daa. . . . . . . «
(*Aber Sie zeterte nur*) : » *Sei ammal da=fonn* ruhich

jetze. : Jetz sinnt *andere* Sachn uff'm Tappeet. . . . «.
(Bitte, gern : Wenn du präludiren meinst ? Ein gewisses
emm=pierisches Tâtonnement iss genau meine Sache. /
Aber Sie lekkte mier nur einmal, haßtich, das Kinn. :
» Jetz nie Karlle : Hier iss's mit'm Waschn asu schwie-
rich. : Heute Aabmd, in Northorn, kannsDe meinetweegn, – Ich binn von geßdern noch wie unter=
kietich. « –
(*Sie biß=sich wieder in die* Klauen. Unnt Ihr Gesicht
fer=filttsde sich ap=weesnd.) / Noch einmal ergriff ich,
versuchsweise, den mir über=lassenen Unterarm-
knochn; unt beweekte ihn heebelich : Hüppo=Moch-
lieonn ? – (Sie sah nur zerschtreut zu.) (Einmal henkte
Ihr Gesicht=sich über mich; geschtirngrooß. Die ge-
froorenen Teiche Ihrer Augin. (Auf deren Grunnt
ich=Ungeheuer mich langsam reekde.).) –
Zook sich ap vonn mier. / *Unt rannte rumm.* Und dis=
kurrierte. / : » Jaa jetz potz ammal was. « – : » Potz
Sappristi & Karrammba ! – Allso *des*weegn iss Tanndte
Heete im Sepp=Temmber kurz bei=mier geweesn. «
(Unt Reegn nessl=te kurz & willt am Fennster. Sie
weißde & dühnte wannt=entlannk.) –
Fer=schtört : » *BißDu=Dir* über ‹ Die Traak=Weite › vollkomm' im Klaar'n, Hertha ? « : » Das möchd'ich *Dich*
fraagn. « (Sie juckte sich den ‹ Nüschl ›.) Jaja : ‹ Zu
Neuen Uufern ›. : » Hertha – : jetz haa'bm wir's in der
Hant. « (Und ich nahm, un=auffällich, Einiejes in die-
selbe; einmal, früher=bei=Ihr, hatte es minndestins
10 Seckundn gedauert, biß sie – während ich immerfort, treumerisch=suggestief, wiederhohlte ‹ Der Folle
Moont › – erkannte, daß ich Ihre Rechte Brust ‹ in der
Mache › hatte. Dies=Mal reagierte sie schneller. Unt
rannte wieder wannt=entlank : !). –
» *Naja, Schön=Bäuchlein – : so ganns* selbst=loos iss es
nu auch wieder nich von Ihr. Du kennst jenen
SCHORSE nich . . . « – (» Wie sollt'ich'nn ? ! «; flapp-

sich; anschtatt sich für das Loop Ihres Abdomen zu be-
dankn!) – : »Der iss zwar oxich=fleißich; aber auch
eebmso gropp & doof. : Bei=*Deem* befindet Sie sich,
binnen Jahres=Frißt, auf dem, mit Recht so genanntn,
‹Alltn=Teil›!«

: »*Während Sie=Unns* auf's Heitersde regierte; und sich
noch ammüsier'n würde, wie der Jabberwock=persöhn-
lich.« –

– : »*Ohnein!* : *Türanniesiern* nich! – Das tut Sie nich;
Sie iss im Grunnde sehr gut=mütich. – Wie Alle=
KÜHN'=RICHTER. – : Und Du warsd vorhinn *sehr*
frech, Herthielein.« (Sie schluckte's. Sann jedoch sichtlich auf 1 Erwiderunk. Unt klaagde) : »Wo Se mich
aber doch verkuppln will. – ?«. (Da richtete ich mich
zu voller Länge auf) : »Hertha : ‹Ver=Kuppeln›?! –
Ich schenkte Dier – ewwentuell! – meine Hannt : ICH,
in meiner Gŭttheet …?«; (unt Sie lachde weenichstns; gekwäält, aber immerhinn.)

: »*Hertha* – « (ich; liep=mahnend) : »*Sie hatt* Dier=
Unns prackdisch 1 sorgn'freies, gesunndes Leebm an=
getraagn; 1, das die Seen=Sucht Hunndert=Tausennder
darschtellt … : ? … : Nee, Hertha. Es war *sehr*
häßlich von Dir.« / (Sie hockde sich an die ferrnsde
Holtz=Want. Und saß, über Ihrer Bein=Schleife. (Im
dick=machenzdn Nee=Glieschee.) – Ich blätterte, (um
Ihr & Mir Zeit zu lassn), wieder in May's Confession'n
… : ‹Ich will den Sau=Kerl nicht mehr sehen!› hatte
seine ‹Bestie› nach 20 Ehe=Jahren geschrie'n : ‹Er ist
mir zum Eekl; Er muß fort!›. – Und sah prüfmd hinn-
über : ? Noch bissDu schlank, ja=dürr; unt root=
haarich. : Aber in 20 Jaa'rn ?? …)

»*Vielleicht treum'm Wier ja* auch bloß – «; (mehr um 1
Art Apschluß zu ‹gewinnen›; ich fannt mich da selpst
nich mehr zurecht : der ‹Gordische Knootn› mag in seiner Art ganns gut geweesn sein; aber im Vergleich zu
dem Vorschlack=hier …). / Auch Sie erhoop sich,

sommnammbuhl. Schtellte sich vor mich hin; (sodaß
ich in jeder Hant 1 Hüffde hatte. Buhl) : » Woß binn
ich'nn eigntlich ? « Antwort : » 1 Mätchinn, das beim
Anblick von etwas Prostata=Flüssichkeit in Thrän'n aus-
zubrechn imschtande iss. « (Sie erwiderte zwar » Du
Gaaml. «; widerleegte jedoch ansonnstn meine Deefie-
niezjohn nicht. – : Op wir nich'*doch* treumtn ?).
– : » *Geh doch noch ammal runnter;* fraagn. « – : » Nee=
Hertha : ich=nich ! – Ich weeß nich – – : Ich gloop, ich
haap Anxd. « (Und mehrere bittende Küsse; in den
‹ Freien Raum › zwischn Gummi=Zuck & Tütchinn. Sie
hielt sich an mein'n ‹ sitzendn › Schultern fest, als sei ich
1 Gellennder. Schteckte auch den linkn Zeigefinger in
den Munnt; und fraaß an dessn Schpitze. (Unt ich
immer ‹ in den Freien Raum ›. – Sie blies=schpuckde das
Haut=Schpänchen über mein Haupt=weck.)
: » *Dann geh ich noch ammall* . . . «; (und, ehe ich Sie
noch aufhalltn konnte, warf Sie sich Ihr – schwarzes ! –
Cape über –) : » Schwarz über Rosa=Hertha : Ich weer
verrückt ! «. (Und Sie, in der Tür, in schullterblättrijem
Trieummf) : » Das iss recht . . . . « :
Klapp : allein ! / Und, mechanisch, blättern. (Möklichst
weenich denkn, in=zwischn. – : ‹ Solange meine Bestie
leept, wirt sie mich wohl nie in Ruhe lassn. › : Das muß
man sich ma richtich vor=schtelln : Wie ich bei Docktor
‹ Weh › künndichte ! Entlich=maal ! : Was würd'ich dem
Arschloch erzähln ! (Diesem knieweichn Schwaabm; der
sich ein=bildete, er könnte, ungeschtraaft, den Schtier
von Uhri als Dauerrolle schpieln ! Ich war natürlich nicht
primmietief genuck, mein'n Geegnern nu diereckt den
Todt zu wünschn; neenee : eher das ‹ Eewije Leebm › !
Aber diesem alltn Wandervoogl & Wehgehtarier hätte
doch Einijes gebührt : *so beschränkt* war der Eelende, daß
er den Menschn, den er schlecht machn wollte, vor sich
schtehen haabm habm mußde ! : ‹ In Toon billdete › er,
‹ in seiner Freizeit › : feinsinnich & doof !)

Erkenntnis : ‹ *Zumm Dierecktor muß man dämlich ge-*
nuck sein ! › –

(*Und ich duckde mich* tiefer : einerseiz wär mann ja'nn
Idiot, wenn man hier nich . . . : Kein'n Scheff mehr;
kein' Fabbriek=Geschtannk: keine Ammie=Attohm=
Kannohn . . .)

» *Kee Katz=Buckln mehr. Kee Teele=Fohn. Keen'* Kolle-
ginn'n=Neit. «; ergennsde Sie, noch von der Tür her.
Und zerknüllte sich, entwurzelt, die paar Finger. / :
» HassDe gefraagt, op's schtimmt ? «; ich; enxtlich.
Und Sie, brummich, (weil Sie sich auch ‹ entschuldicht ›
hatte) : » Jaja. Se waa glei wieder gutt. « Unt, schon
wieder keß : » Se hatt'Dich ann ‹ Feiklink › genannt. –
Unt nochammal ann ‹ Klohn ›. « : » Unt Du brinxt nicht
Ihre ap=gedrehte Naase mitt ? ! «. (Sie ließ mich 1 zeit=
lank zappln. Dann; ernsthafft) : » Ich haap gesaakt : das
schtimmte nie ganns. Du wär'st ock hertz=kranck.
Unt's'wär mehr Galgn=Huhmohr. – Opwohl De nattürlich, wie alle Männer, schtarke Anlaagn zu Beedm
hättzt. «

(*Also weiter auf dem Bett=Rannt sitzn. Und weiter* ver-
drossn schtaun'n. / Sie schlennkerte mit den (leitlich=
lang'n) Bein'n. Unt besah an=gewidert 1 Schaam=
Haar, das aus dem wunndervoll=winntziejin Schlüpfer
herfürwitzde : opp der greßlichn eigenen ‹ Ent=Wick-
lunk ›) : » Denk jetz gefellichst amma an was Ann-
driß ! – MeensDe *ich* hätt'as *nie* satt ? ! «. (Das An-
geschtelltn=Sein nämlich. – 1 Wenndunk war intressant :
‹ Die aale ungesunde Tunndte ›. : ? : Zu=Deutsch etwa :
‹ Meine bucklije, unleitliche Vorgesetzde ›. (Freulein
Münchhoff also; ähä.) : » *Ich* begeh' für mein'n Scheff
ooch keen' Morrt, Hertha – wie H. G. Trunnion. «
Sie nickde nur : » Der aale Raasn. « murmelte sie beschtätijnd; (aber das war wieder frappant : etwa vom
Etruskischn ‹ Rasenna › ? – Also dies's Schleesische !).
: » *OchliepsdeHertha* : ‹ *Mitt=Gifft* › ? ! : Was ist das ? –

Du hast'och, von Dein'n Elltern, n ‹ Erp=Schein › ! «.
(Unt wier feixtn Beide bitterlich : was die so mitt'n
Flüchtling'n machn; ‹ unsere › Regierung'n !). –
: » Mädchen was hummt Dein Munt ? ! «. – SIE eugte,
weit=apweesndn Blix, an jeeder Seite meiner Schtirn
vorbei; nackde Augn, unter deenin Wort=larfm krochn;
(mann mußde schon gans genau hin=hör'n. Unt Alles
zusamm'=deutn, um sie zu verschteh'n : die verschämt=
sich=übereinanderleegndn Beine. Den probierendn
Munnt. Jetzt senktde sich's sinnend. Schüchtern errötete
das Bäckchinn. (Die Finnger griffm sehr langsam an der
Bettkannte.) – 1 Fuß=Schpizze hoop sich, zwex Besich-
tijungk. . .)
(((Fast unverneembaar : . . . » Künndiejunnk weegn
Hei=raat . . . ? «))). –
(Auch ich nickde besorkt : jajaa=jaa. Unt versuchde,
Gedankn zu haabm : unsere Da=Seine noch fester anein-
ander=koppln ?. – Und Sie, in entsetzder Trauer) :
» SissDe, wie De schonn's Gesicht ver=ziest ? – Och,
das hat gaa keen Sinn ! «. (Aber ich echzde so echt; und
riep & zischfluuchde) : » Mennsch – : Waadnkrammf=
doch ! «; daß Sie sich wieder etwas beruhichte; (das
krickde ich neuerdinx ooch alle Naasnlank – mann wirt
immer weenijer !). / Nickde aber – ich; noch fergretzt –
: » Jajaa. – ‹ Hertha Richter; geborne Theunert › : da
würzDe entlich wieder ehrlich gemacht. «
Schoon schnellte die Otter auf ! Schtrack; blitzndn
Aux. Mit Feustn, die ‹ DU ! ! ! › machtn, wies Sie den
Fank=Zahn ! ! / (Und ich – so un=wirrsch wie möklich :
ich hatte schon zuviel über die Wirkunk von Schlangn=
Bissn geleesn; unt Wissn lähmt) : » Nu, ‹ THEU-
NERT › : woheer kommt schonn Theunert ? – : Aus'm
Tschechischn kommz; von ‹ TEJN ›, gleich ‹ Gauner=
Tagediep=Beutlschneider ›. « (Und die Arme war, im
Lauf unsrer Bekanntschaft, von meinem aufreizenden
Überfluß an wahnwitzichst=entleegensten Mienuziejin

doch schon so beeindruckt wordn, daß Sie mir auch das ap=nahm. – (Wenn Sie erst würde das ‹ Große Gesetz › erkannt haabm : daß ich dafür, ‹ zum Ausgleich › von wirklich lukratiewn Dingn *nischt* wußde ! ... Jenun, Sie würde mich noch früh genuck mit der Tür vor den Hinntern schlaagn. / Zur Zeit klaagde Sie erst noch wütnd) : » Mennsch, Du lüüxt ! « Und ent=blößde seufznd den Eckzahn schterker. Machte Krellchen geegn meine (fortschrittlich schwach=behaarte) Brust; und rief – es wirkte *so* natürlich völlich un=überzeugend ! – : » Ich beiß Dich=Du ! «. – : » O=Ich hättz gerne. : Dann müßtn wir sofort ne Geegn=Einschpritzunk vor-nehm'm ... «

» *Och sei ock=amma vernümmftich,* Karrle ! – «. : » Du sollst mich nich immer ‹ Kalle › nenn'n ! ‹ Kalle › bist höchstns *Du* : ‹ 1 schön Schir, hüpsch & bescheitlich, Rauffe Textor, sing ich Dir; *und der Calle, Deinem Maidlich !* › – : Na ? ! «. : » Du wirst tatsächlich immer tälscher. « : » Unt Dier=Hertha, würde Ich emmfehln, nich immer gleich ‹ tälsch › zu saagn, wenn Du ma was nich verschtehst : Unsereins windet Dir mühsam die erleesnstn Reede=Bluum' zum Krannze ... « (unt ap=winnkn; hat keen Zweck. Halt : dies noch) : » WeißDu, was ‹ Steffannó=Plockoß › bedeutet ? «. Aber Sie, hinterhelltich=unterwürfich : » Biß jetz haßDe ma bloß ‹ Siefieliß=trattoß › beigebracht –. « / Da leekde ich mich doch zurück; unt wandte der Verworfenen ent-gülltich den behaartn Hinter=Kopf zu.). –
(*Unnt an=geschpannt döösn.* ......) –
: *Doch noch 1 Mal herrumm : Zu Ihr !* (Unt in 1 Wild-nis schtarren : so dicht unter diesem rootn Haar die vieln Gedankn ! – Mann muß ja, als master=mind, vergeebnder sein. : Nachsicht mit dem schwecheren Ge-fäß) : » WillsDu schlaafm ? – Oder, ganns kurz nur, noch die ‹ Russische Lösunk › verneem ! ? – Das ‹ Ge-heimnis der Frischn Leeber › ? .....

. . . . wahrlich kuriohse Gebreuche, diese Strelitzn ! – /
(Wir waren auf unsre persönlichn, ja, Familiejn=Ver-
hältnisse, zu schprechn gekomm' – : bei » Meine
Tanndte Jadd=wiega « klopfde er sich jeedesmal die
Schtiefl=Scheffde . . . . .
(2 Hände fuhren an 2 Ohren. – 2 (doch : *sehr* hüpsche !) Beine schtrammpltn; halb lachnd, halb klaagnd :
» Ochnee, nie=Karlle . . . ! « : » Jetzt gerade : für dieses
wieder=wiederholte ‹ Karlle › ! . . . . .
    . . . . . : *op das bei Denen Sitte war ? : zum Namen*
1 Verwanndten 1 gans beschtimmtn Körperteil zu berührn ? – Woran tippt er da wohl bei ‹ Frau › ? Es gelang
mir nicht, das Geschpräch darauf zu bringn; es hätte
mich intressiert.) (Und ‹ Tanndte Jadd=Wiega › schien
tot ? Und er=an=ihr gehang'n zu haabm ? Op ich
hier noch ma weegn GOtt=und=so einzuhaakn versu-
che ? –) : » Und Sie machen sich also *gar* keine Gedankn
darüber, was nach ihrem Tode aus Ihr gewordn sein
könnte ? « Und er, erschtaunt : » O abärr=doch. – :
Tanndte Jatt=Wiegaa ? – : ! ! « ; (unt wieder dies ver-
dammte Schtiewl=Geschefftle.)
(Und sank doch auf die nächst=größde Bimmsschtein-
knolle : Oder. ? – : Begriff ich recht ? !) / Ja; ich begriff
recht. – : » Beide ? ? «. Und er nickde kraftvoll : » Beidä
Schäff=dä : jaja. – : Gutt : Weich : Gä=schmeidich. «. –
(Und ich gaffde noch 1 zeit=lang ‹ Tanndte Jadwiga ›
an. . . .
‹ *Pro patria mori ›* also *?* – *Er beschtätichte* mit Kopf &
Zunge. –
: » *Die unnütz=Alltn* also *?* « –. (Und Kopf &
Zunge.) –
» O – «; *und wiegte ihn in tamerlanenem* Gleichmut :
» so mit 60, 65 : die Ärzde ent=scheidänn. « (Weenichstns nich die Polieticker : die ließn ja sonnst die
ganze Opposition auf Sülltse verarbeitn.) / Und ver-
arbeitn. . . .

: Also die Ärzte schtelltn den ‹ genauen Zeitpunkt › fest;
schpritztn den Betreffndn schmertzlos weck – so daß
Alles verwertbar bliep; (und mußtn ihn dann allerdinx
noch tranchir'n – wobei sie gleichzeitich noch, wie
raasnd, Anna=Tommie lerntn : Arzt=Fleischer.) / : » Ja,
und Sie verweertn *was* Alles ? « – Jee nun; *Alles* : » Bra=
tänn, Schinn=känn, Wurrßd : Gä=Hirrn. « (Das Gute
ins Töpfchinn; Dubioseres für die Polarhunde.)
(» ‹ *Selber schlachtn* ›, *hat Se* gesagt – « schprach es,
foor=nehm & unn=zufriedn, neebm mir. Und, erregter :
» Au=u . . . Ich wollt', ich hätt gar keene : ich schneid
se noch amma ap, und geep se Dir. Du weeßt : ‹ Gerö-
stete Frauenbrüste sollen wie Banan'n schmeckn ›. –
Leßde loos jetz ? ! «; und hackte verwilldert mit der El-
lenbogenschpizze hinter sich : nach mir ! : » Potz Urim
& Thummimm, Puppe, Du zer=haust mer de Brille ! « :
» Nimm se doch ap ! « / (Und hielt immer noch, er-
schüttert, ihr Gliedmaaß, das anschein'nd nicht ungern
noch mehrfach auf mich herabgeschtoßn wäre : » Mädel
bissDú dünn ! – Dier würde so'nn 30=jährijer Land=
Aufnthalt ooch ma nischt schaadn . . . . .
. . . . . *Knochn & Knorrpl ?* – : » O : Leim. Knöpp=fä
Knochänn=Meel. « / Aus den Haaren demnach Ge-
weebe, » Wie schon aus den Bärtn, ja ? «. Und er nickde :
Maddratt=sänn uhnd Roß=Haar=Sokkänn. « / : » Die
Därr=mä ? : Oh=Wurrßd=doch. Odär zum Ver=Nä-
hänn der Wunndänn : niecht ‹ Cat › mehr : ‹ Man › ! Es
ist vielviel bässärr. « (Hoop auch tännzerisch die Linke,
in die Luft über der linkn Schulter; die Rechte klimperte
gewinnend in der Maagn=Geegnd.)) : » Sai=tänn; für
Balalai=känn : Plämm=Plämm. «
Die Felle gegerbt – nun war ja nichts mehr schwer zu
erraatn – : aus den gröberen Bauern Sohlen. Aus Intel-
lecktuelln Ober=Leder. Kinder ergaabm die feinstn
Buch=Einbände. Junk=Frauen . . .
(» *Ach nie, Karlle; bitte nie* schwei=niegln – s'iss so

schonn . . . : Opwohl nattürlich was drann iss. «; (dies
letztere mit ganns veränderter, unmädchenhafter
Hallpschtimme . . . . .

    . . . . . *Die Schädl ergaabm die – auch in Germaan'n=*
Kreisn wohlbekanntn & belieptn – Trinkschalen für
Andersdenkende : mit Fuß & Golldrand zähltn sie zu
den begehrtestn Wottka=Geschirren . . . . .

(: » ‹ *Rosamunnde* › – « flüsterte es, nachdenklich & gebildet, *lännge=lannk neebm=mier.* : » Auch ‹ Wieland
der Schmiet › verschtant sich ausgezeichnet auf deren
Anfertijunk, Herzchn ! Lord Kitchener von Khartum
ließ sich aus dem Schädel des Mahdi ein Tintenfaß bereiten. Und sei überzeukt : diewerrse Pollieticker des
‹ Freien Westns › würden sich arg gern aus echtn
‹ Krusch=tschoffs › und ‹ Ullbrichz › zu=proostn :
‹ Bonn › und ‹ Neander=Thal › liegen verdammt dicht
beisamm . . . . .

    . . . . . (*so=also löste sich bei Denen – ja, darf man*
‹ zwanglos › sagn ? – die Schmierfettfrage. Und die nach
Knochnöl. – / Op man nich'doch ma im Kongreß, so
ganns unauffällich=sachlich=antippmd, über diese ‹ Russische Lösunk › reeferrieren sollte ? (Ich war schließlich
noch nich ma 46. –. Die ‹ Frische Leeber › würde man
natürlich weck=lassn müssn.) / Und ‹ das Volk ›, das
immer=vorurteilsvolle, an Begriffsbilldungen wie
‹ Leichn=Schuster › zu verhindern, würde auch nich gans
einfach sein. (Vielleicht ließn sich im AT n paar Schtellen auftreibm; unser Rewwerend, der Wilkins, war ja
modern, für alles Neue aufgeschlossn – so'nn paar läng-
lich=immpressiewe loci palmarii; so ‹ Zwote Samuel 21
Vers 1 bis 9 › oder ‹ Zweite Könige 16 Drei ›, würden die
Sache natürlich maaßlos fördern.)

(*Und die ‹ anfallende › Seife erst ! – Selbstverschtäntlich*
würde man ein'n besonders geschicktn Tarn=Naam' ausdenkn müssn. – Vielleicht ‹ Living Soap › ? : Weil sie so
brüsselnd schäumte ? (Klaa ! Da wäre die ‹ Heer-

kummft › am siegreichstn verdeckt, Potz Edelkirsch &
Rosenmilch . . . . .

(» *Du bist'a Lummp* – «; *dösije* Bewunnderunk. Ap-
weesnd & lank neebm mier. Und zwar gleich *so* lank –
aber sie warf sich sofort auf die andere Seite, und zook
sich in Apwehr zusamm'm; mir blieb nur die rosa
Hinterfronnt. : » Nischt wirt draus ! « (Dann aber,
verschlaafm=besemmftijend, doch noch einmal) :
» Jetz nie. Heute Aabmd. « (Unt pennte mir unter den
Hänndn weck – zuminndest tat Sie so . . . . .)
(*Seßhafft=seßhafft : das war* das Wort. Ich reißde ohne-
hinn nich gerne. Und betrachtete Leute, die lieber Län-
der als Kartn sehen, prinn=zie=pjell zunächst einmal mit
Reserrwe. / Verhungern könnte man, mit soviel restlichn
‹ Morgn › schlechterdinx ooch nich; und wenn mann
schlimmstnfalls Kardoffln & Gemühse an=baut. /
‹ Bäume flanntzn ›, wie die Fein=Sinniejn sich's
einbilldn, nich : daß die dann auf einmal hinter Ei'm
übers Haus raagn, und man sich entsetzn muß, was ?
Neenee.)
(*Aabmz Demonstratzjohns=Vorträge* über Aßtronnom-
mie; ‹ Für Damen › : ‹ Briefe an 1 Prinn=zessinn › : 1 Ap-
felsine als Sonne; Wallnüsse die Planneetn; darum ihre
Haasl=Moonde. (Oder, *noch* einprägsamer, kleine Erd-
nüsse ? – Aber die mochte TH zu gerne : nachher fraaßn
mir die Beidn jeedn Aabmd das ganze Planneetn=Sis-
steem auf; und ich konnte täglich 1 neues schaffen,
was ? Neenee.) / (Untn, das Unterhalltunx=Zimmer *rot*
tappezieren lassn : da kann man sich, vom vielen Lügen
errötend, immer uff ‹ Widerschein › rausreedn. – O=jee :
Wieviele Häuser & Be=Hördn müßde man da nich uff
der Welt rot tünchn unt täfln !)
(*Aber ausgerechnet* ‹ *Hei=Raatn* › als Ufflage ? – (Nich
weil ich etwa grundsätzlich immer n halbes Dutzend
Weiber gleichzeitich haabm müßde : *Ich* weiß mich aufs
unmenschlichst=würdichsde mit *Büchern* zu bescheffti-

jin : *Eine*, die brav ließe, genügde mier vollschtändich.) / Aber ich hatte bei verheiratetn Freundn allzuoft
erleept, was aus ‹ Ehen › im Lauf von 1, 2 Dezennien so
zu weerdn fleegt – : hier laax ja neebm mier, uff der
Eerde! (Ma auf gut=Glück uffschlaagn; nich daß es
irgndwas . . . : ? : –
‹ *Die Bestie aber* schien vorzüglich geschlaafn zu habm ›
– : sissDe!). / (Und ‹ Kara Benn Halef ›, diese Verkör-
perunk May'licher Seen=Sucht nach 1 Sohn & Schüler –
wie un=realistisch! Neenee; da hatte Tanndte Heete
vollkomm' recht : Mit *meinem* Willn soll kein Mensch
in diese deutsche Idiotn=Welt hineingebor'n weerdn!).
– ((((Völkerschaftn ohne Kopf / ein warmer Fluß
(‹ 1 Amazone saß auf der Kwelle ›) / 1 sehr große Säule
/ 1 Brief mit Mohnkörnern darin / schwarze Schteine im
Fluß, die schwarz machen / 1 Berg mit golldenen Kettn /
wilde Menschn sitzn auf Felsn; sie rühren sich nicht /
1 Katze mit 1 Zitron'nscheibe im Munt / Abgeordnete aus
Holtz, der rechte Arm zum ‹ Ja › erhebbar / 1 Satyr, der
eine Schüssel mit Harzer Käse überreicht / 1 Birkn=
gruppe, ganz mit Röhricht umgebm / Bäume, die bis
18 Uhr waxn, dann verschwindn (ihr Harz mit
Schwämm'm abgeschtrichn; die Sammler werdn von un-
sichtbaren Händn erschlagn) / 1 kreisrunnde Wiese am
Fuße des Berges, in dem die Höhle ist : Schmidt &
Schlotter komm'n von 1 Bettler geleitet, aus einem
dickn finsteren Dorngebüsch. Auf der Burk sieht mann
in 1 einzijen Fenster Licht. Der Bettler schnaupt und
kriecht unter den Dorngeschträuchen umher. Geegn
Süd=Süd=West ist der Himmel feuerrot. / 1 schtock-
finsteres Land. 6=fingrije Menschn in der Nacht / tot-
schtreichelnde männerfressende Weiber, die Schienbeine
lang behaart. (Durch Ameisn vertriebm). / 1 Germania,
gans aus Blech, Schildbeifuß, mit dem üplichn metalle-
nen Büstenhalter : im Nabl 1 Schlitz, um Geldschpendn
für die Wiederaufrüstung aufzunehmen. Dann ertönt

das Pausenzeichn. / 1 Taucherglocke, um die Kriekfüh-
rung der Fische kenn'n zu lern'n / 1 Mann mit 1 so
langen Eichel, daß sie 1 Kastell wert ist, will die hinte-
ren Gegenden der Wüste, nach dem Himmelberg zu,
kenn'n (lebt übrijens angeblich nur von Hagebuttn &
Rübm) / 1 neblijer Ort, wo man an Schnüren geht : dort
beschloß ich, alle Götter ab zu schaffen, Muthu Emau-
sai. / Wie schon gefürchtet, anschließend das gebirgije
Thal, und der Weg, den wir hergekommen sind, nicht
wiederzufindn. Große Beschtürtzunk in der deutschn
Wehrmacht. 1 Teufelinn, roothaarich, ruft unter
1 Schtein hervor : daß Niemannt hier mehr raus komme,
wenn nicht Einer freiwillich zurückbleibe – ich kann
mich nich dazu entschließn)))) . . . . . . : ?
: ! – / : ! ! – / : ! ! ! –
: » Hertha=komm ! – Ermunntre Dich. : Oder ich küß'
Dich wach ! «. (Diese Drohunk verfink sofort. / Und
schnell an=ziehen. Wir warfen die Sachen um uns.) –
: » 1 ‹ Traum › soll ich Dir erzähl'n ? : Mädchen, ich hab
doch kein Auge zu=getan ! – AbergottwennDu drauf
be=schteest ? – Bitte : Mir treumte, wir lägen neebm=
einander & liep=koostn. – ‹ Soll ich 1 Finger neem, oder
2 ? ›. UndDú, immer schön=geschlossenen Auges,
schlicht : ‹ 2. › Gesagt=getan. Und es wurde dann
sehr=sehr=schön. – : Anders treum'ick nie von Dia,
Puppe. « –
: » Schaam=loos ? – Aber Hertha=Dear, nein ! Das hat
TH Dir ja schon auseinander=gesetzt. : Wenn Du der-
gleichn Eußerung'n natürlich zu einem Unbeteilichtn=
Drittn tätest . . . « (Schon rüttelte Ihre Faust an meiner
Naase. Aber doch auch – mit dem behaglich=enrüstetn
Seufzen der begeertn Frau : » Du bist unverbesserlich. «
: » Ich will an=nehm', daß Du es im gutn Sinne meinst :
‹ Second to None‹ ? «). –
: » Nee Tanndte ! : Sehr lieb von Dir; aber zum Kaffe=
Trinkn iss keine Zeit mehr. – Bedenke, wir habm 300

Kielomeeter bis nach=Hause.« Sie nickde auch nur sachlich; sie hatte es erwartet. (Das ›Schtullenpakkeet‹ bekam Hertha schtumm in den Ellenbogen gedrückt.) / (Auch kein' Kuß auf die Backe diesma : bes=techn tun wir hier nich! – Aber die Reegnschlange schprang in lang'n Sätz'n aus ihrem Loch.)
‹ *Ping=Pong oder der Regen* auf dem ISETTA=Dach › : meine Brillen machte er sofort zu Prottoplasmascheibm. (Das Haus 1 Klotz aus Rauch; die Bäume dürr=verwischte Geschpennster, viele von ihn' nich ma mehr in Lummpm.) / (‹ Nichtsniemandnirgendsnie › – ganns haßdich; Hertha ließ schon den Motor an – ‹ Nichtsniemandnirgendsnie › : Die Uhwertüre ist Wein'n; Röcheln das Fienale; dazwischn Possn & höllische Dissonantzn!). / Und ap; gesenktn Kopfes; durch die Reegnmasse . . .
– *Sie nickde undurchdringlich, TH*. Schtant breit in ihrer (‹ Unserer › ?) Thür; unt bürstete sich die gewalltije rechte Hinter=Flanke langsam mit der Hand. Noch naaktn uns die Tropfm im Gesicht. (Dann auch mir nicht mehr; nur noch Ihr=allein : Wir weerdn von all'n Eelemenntn zum Bestn gehabt!). –
:!:!!:– –.–/..... /.....

*

(*Und sitzn im Gehoppl.* / *Lange.* / Die Fensterscheibm rütteln an ihren Rahm'm, und fluchtn glirrich. – Lange.)
(*Einmal reegneten Ihre Finger nerwöhs* seitlich ans Schteuerratt) : » Amma angenomm'. – *Falls* ma's ins Auge *faßde* – : müßt ma da nie besser apwartn, biß'e's Lant verkooft hat? Daß's Gelt dann ooch tatsächlich da iss; was meensDe?« – : » Ach das iss Kwattsch! Das Lant iss da, das weiß ich. Und mach'n würt'Se's auch.« (Und wartn, daß die Auf=Fahrt zur Bundesschtraße 65 frei wird. ‹ Ob=ob=ob ? › zweifelte es auf unserm Schiebe=Dach.)

: » *WillsDe etwa, zur Ablenkunk*, noch'n Bissel weiter hören, Hertha ?

..... *So die Schtänkereien der riewaliesierenden* Matte-maticker; anläßlich ihrer Grenz= und Grat=Messunk im MARE CRISIUM ? / Wie se sich Fehler nachzuweisn versuchn : der ‹ Russe › schpielt natürlich den höchstn Trummf aus, als der BRUHNS – die US=Amerikanische 7=schtellije Loggarittmentafel von 1945 – für log ctg. 0° 18′ 9″ den falschen Wert 2.287 <u>5</u>932 hat : » Ärrnst=zu=nehmendä Tafälln habänn dort eine <u>3</u>! – Konn=Spieratzjohn kleinärr Fehlärr. «

Und wie der eine Ammeerie=Kahner zu parieren ver-sucht; mit dieser tiefsinniejin Ent=Deckung –
(» *Paß ma auf Hertha; das wirrt'Dich* intressier'n – «;
(dabei wußde ich nur zu genau das schmertzliche Geegnteil. Suchte aber doch, fingernd, in meinem ge-flecktn Heft die Seite ... grau=schwarzer oder grün= schwarzer ‹ Wollkn=Marrmohr › : ich liebe solche Heffde ...) : » Hier; kuckma .....

..... *Zentral=Wert log sin* 11° 20′ 20″; *gleich* 9. 29360 93154. – Und nun folgender kurioser Um-schtant : daß bei den benachbartn Weertn, von ihm nach oobm & untn aus=gehend, die Ent=Ziffern einander na-hezu gleich bleibm :

Differenz :

20′ 10″=	... 43022	0	... 43022=	20′ 30″
20′ 0″=	... 92626	0	... 92626=	20′ 40″
19′ 50″=	... 41965	1	... 41966=	20′ 50″
19′ 40″=	... 91040	2	... 91042=	21′ 0″

(: » – *undsoweiter.* «; *ich; anxtvoll;* (Ihr Blick schien an Härte immer noch zuzunehm' – also nur rasch vorann; vielleicht reißt Sie die Fülle der Ergeepnisse mit ?) : » Ähnlich ‹ zentral=geleegene › Werte sind – richtijer : haben sich bei flüchtijer Durchsicht des VEGA'schen THESAURUS LOGARITHMORUM ergeebm – ä=log sin 8° 20′ 50″; log sin 8° 1′. Und vor allem – sehr

frappant, weil ein so besonders großes Inter=Wall um-
fassnd ! : log cos 41° 9′ 0″; wo die *genau=gleichn*
letztn 3 Ziffern, sich über die nach oobm & untn an-
schließendn 10 – in Wortn : zehn ! – Werte erschtreckn !
– Da bißDe platt, was ? « / Sie war nichts weenijer als
das. Schprach undeutlich aber fest etwas von ‹ Brot=
loosn Künnstn ›, von denen ‹ kein Mensch leebm ›
könnte. (Und *Zweie* schonn gleich gar nich, was ? :
Potz Nasik & Aha Frost : DenxDe ich geep meine epo-
chemachndn Schtudien uff; und schaff mier dafür n
Zerr=Berruß an ?). Süß=fortfahrend) :
» *WillsDu nichz mehr hörn, Herthie,* von
. . . . . *dem ‹ Meteor=Hagel › ? (Wo sich natürlich* Silber-
schlax ‹ Hagel=Terminologie › wiederschpiegeln täte :
wie Tief=Flieger=Beschuß !). / Und Charles Hampden
folklich sehr in sich geht : 1 neues Leebm beginn'will;
nischt wie reine Sittn & Wieta=Nu=Owwa.
: *Nichts mehr vom – ach so fein vorgeplantn !* – ‹ RAUP
DER SABIENERINN'N › ? (Den sein slater=Kolleege
Dschordsch aus=knooblte.) : Internatzjohnales
Schportfest im MARE CRISIUM : ‹ 100=Meeter=Lauf
der Damen ›; in Raumanzügn. Und wie dann – oh um-
gekehrtes Entsetzn ! – die vierschrötiejn Russinn'n ein
paar Amerikaner entführen ? –
: *Nichts mehr vom ‹ Hampden=Plan › ? : Wie Der vor-
schlägt,* Alles zusamm' zu schmeißn ? / Mit dem Ergeepnis, daß man ihm so weit ‹ entgeegnkommt ›, anschtatt
der Lautschprecheranlage 1 Ausrufer & Nachtwächter
einzuführn. (Der natürlich, aufgrund 1 Intriege von
Kriexmienister O'Stritch, Hampden=selbst wird. / Und
dann; bei seinen allein=nächtlichen Peere=grienatz-
john'n, mit Allumienijumm=Schpeer & Bimmsschtein=
Horn; ausgiebich Zeit hat, über das Probblem der
‹ Völkerverschtändijunk › nach=zu=denkn ? – . . . . .
: *Nichts von dem neu=eingeführtn, alljährlich,* an Teil-
nehmerzahl schtändich abnehmndn, ‹ Marsch der Vete-

ranen › : derer, die noch die Erde erlebt habm : ? ‹ Heute
starb der letzte unserer Bürger, der . . . › ?

: » *Das Alles willsDu also* – «; (und jetz ruhich auch ma
droh'n !) : » Ich verschtehe Dich recht, ja=Hertha ? :
nicht mehr hören ? ! «. / Aber Sie, vom roten Wirrbl bis
zur knochich=klein'n Zehe gans Göttin der Aporie, um=
hallsde mich anläßlich der nächstn Bremmsunk doch
auch wieder derart geschickt ! – Und bat verschtört :
» Jetz nie Karlle : ich *kann* einfach nie ! – Vielleichd
schpäter=ammall : Sei nie bööse. « / (Und weiter im Ge-
rassl sitzn, & wartn : besoffene Winde waltztn überall
mit sich selber davon, und fiffm noch dazu; müssn gute
Lungn habm; keen Hertz=Aßtmaa.) / (Einerseiz ooch
gans gut, daß Sie nischt mehr wissn wollte. Ich dachte
doch auch immer mehr ‹ dran › . . .)

: » *Du, das Schtull'n=Packeet* mußDe Dir ma ansehn,
Hertha : Iss *das* raffieniert ! « Ich fütterte Sie, deren
Hännde (‹ reeksam; ohne Leebm ›) ja nich frei war'n,
mit Mettwurst=Bissn. Und Deckchen aus Schinkn.
Und Leeberwurst=Scheibm. : » Sülltse gefällich ? «
(Und kauen; & überleegn. / Zu den geegnseitijen
‹ Schmeckt ›=Fraagn nickn. Lange.) / (Und Schalltn=
Halltn=Wieder-Hoppln.)

: *Und riß auf einmal* – gleich hinter BAD NENNDORF
war es – das Schteuer herumm : ! (Daß mir graute ! : Sie
book in 1 nichz=würdiejen Seitnweek. Und zackde 2
Kurrwn=Schtücke. Und fuhr wieder vor bis zur Bunn-
des=Schtraße.)

Unt schtannt. Willt. Mit zusamm'gefress'nen Lippm.
Duckde den Herrinnen=Kopf. (‹ Pulafuca=Pulafuca › :
oobm auf dem Dach wurde es gleich hörbar lauter !). /
Und fremde Autos grün=roteten vorbei; die Tech=
Nicker war'n geschefftich. / (Und der Gedanke an Ihre
Purr=puhr=Lappm durchjuckde mier die Lenndn; unt
endete in 1 Schpizze.)

: » *Worann denxDu !* «; (Sie; schtrenge). – : » *Wenn ich*

nu saak : ‹ Grüne Bohn'n & Hammelfleisch › ? « . (Also
dachtn wier, unaufhörlich, an Ein=und=das=Selbe.
Jawohlmitrecht.)
: » *Dann müßtesDe nattürlich soforrt* zu mier ziehn.
Daß wa noch was schpaarn. – Mitt'er Ferloobunx=
Anzeige, und'm Uff=Geboot, vom Schtandes=Ammt, er-
lauptz meine Wirtinn beschtimmt. « / (Klaa ; voluptuaire
Dépensen könntn Wier=Uns dann nich mehr erlaubm. –
Schon troppfde es schtrenge & warnend dazwischn :
lohnte es sich noch, weegn fümf Jaahrn 1 mouvement zu
machn ? (Das heißt : in Giffendorf würdn vielleicht
doch noch 10 draus ; bei Schtille & Solchn=Schtullnpak-
keetn ? – Üpriejns auch das eegaal : jede Fütze wartet
schließlich mit Lebenndiejim auf.) / Und das Wasser
rechnete & wexelte in unsere Gedankn hinein. : Warum
waren meine Schulfreunde immer 1 Kopf kleiner gewee-
sen ? : ‹ Zeichn von Un=Sicherheit › ?).).
Da wir grade schtehen : » *Hertha – Ich geh ma* Aus=
Treetn. « (Sie sofort=auch. Allerdinx Jeeder nach ner
andern Seite. Noch. Komisch ? Oder berechticht ?). /
Der feine Reegn wurde wütender. Die Tropfm piextn
kalt Beide : Schwannz=Schpizze & Unter=Arm. (In der
seitlich=schwartzn Fütze mein Schpiegl=Billd ? – : Ich
schpuckte sofort nach ihm ; ich reagiere da fix !). / Auch
Sie – (jetzt Beide wieder neebm=über dem Auto) – betrachtete Wasser, das (auch kalt ?) ihren Hand=Rückn
weiter hinunterkroch : AusdemGewöllk=aufHerthas-
Hant=indieErde.) –
: » *Wolln wa umm=dreehn ? !* « – – –
(Und kweer vor Uns vorbei 1 Panntzer ‹ unserer ›
Bunndes=Wehr. Unt noch 1. Und noch 2e – : » Das
nimmt ja *gaa* keen Ende « (1 Geegner der ‹ Wiederaufrüstunk › darf diesen Satz schtraafnd=angewiedert
ausschprechn ; 1 Befür=Worter freudich=erreekt.)
(Mein Urteil über diese ‹ Ent=Wicklunk ›, Hertha ? Das
kennsDu doch satt=sam. – Schpeeziell über ‹ Pannt-

zer › ? Nuu; ich will gantz vor=sichtich sein. Falls man Uns wieder ap=hört. : » ‹ Panzer ›, Hertha ? – ä=schwer zu entwenndn. « / Sie sah mich loobmd ann. Und kicherte. (Und noch mehr, als ich Ihr die – wirklich ‹ Wahre › – Geschichte erzählte : wie wir mal in ‹ der Batterie › 3 Gannoown gehabt hätten, die die Feerde der Geschütz=Beschpannunk den benachbartn Bauern ver-kauftn.)

Aber das klappernde Geschtreuch, rechz & linx, fech-chelte sich ; mit un=angenehm'm, nessendn Gebärdn. (Und wir ent=schlossn Uns immer noch zu keiner ‹ Auffahrt › : wie 1 Ecks=Kremennt, in Schleim & Bluut, komm' wir aus irgendei'm Bauch !).

Hertha schraak auf ! – : » *Aus* ‹ irgendei'm › ? ? « . – (Ich fürchte=jaa, mein Schatz. *Meine* Elltern jeednfalls – unt ferrmutlich sinnz 90% unseres Schtandes – haabm lee-dicklich geheiratet, weil's ‹ passiert war › .). –

: » *Wie=lange* kenn'n wa=Uns eigntlich – « ; (ohne rechtn Fraage=Tohn). : » Runnt 2 Jahre=Hertha. Nich= gantz. « (Unt Axl=Zuckn). / (Schertz=Versuch) : » HaßDe mich immer noch nich durchschaut ? « . (Was nattührlich völlich un=angebracht war. Sie schüttelte auch nur den hohen=rotn Kopf über mich ; serves me right.) –

(*Aber nu ma Ich ; a la* ‹ *Mädchen mit Rad* ›) : » *Keine* Ööl=Heizunk mehr. : ‹ Hertha macht morgns Feuer in 2 Ööfm. › – « . (Sie wußde umgehend die Antwort) : » *Das* machst ja *Du.* « (Ah ; : *sehr* intressant.)

: » *Die Wäsche=Leine ver=eist. – Die Asche* muß 900 Meeter=weit in den Walt gefahrn weerdn. « (Aber Sie wußde auch hierauf 1 Antwort ; sie endete auf ‹ Du › .) –

: » *Binn=Ich=nich auch* viel zu allt für Dich, Hertha ! – « ; (ich ; gekwäält. Ich wußde nur allzuguut, wie ich früher gekonnt hatte. Im Vergleich zu jetzt.)

: » *Allbernes Supp=jeckt.* « *sagte sie* liebe=voll. Und

fügte noch, trööstnd, hinnzu : » Mier tutt'er Bauch jetz
noch weh; vonn Geßtern. « (Unt verschtiek sich sogar
zu *der* Behauptung) : » Von mier=aus brauchtzDe überhaupt nie zu könn'n. « / (Aber das war 1 Fehler geweesn, mein Kinnt !) : » Unter diesn Um=Schtändn
dreiw nur onn, Dreiwer. «, versetzte ich grimmich.
(Aber sie hielt noch.) / : » *Hier uff der Eerde* iss ooch
nischt los – wenn ich an 45 denk'. «; murmelte Sie
s=toisch. (Ich füllte Ihr den entzückenden Schlunnt lieber wieder mit Mett=Wurrßd. Unt Giffendorfer
Schinckn. : *Das* will nattürlich reiflich überleekt sein;
so'nn Schinnkn !). –
(Eebm weil Sie so schlecht läßt ! / Und jetzt, in der
Werxcantiene, hatte ich weenichstns mein warmes Mit-
tackessn. Jeedn Tack. (Vielleicht wenn ich das
Acktnschtück nich gefundn hätte : von der Bestie im
schön'n Mohnat Mai. ... / (Und – saatanischer Gedanke ! – jeener ‹ Schorrse › würde die graue Attleetinn,
& un=bedenklich, bürrschtn ! Potz Batt & Kloh &
Schlamm=Bückse ! *Die* würde auch heute noch nich
wimmern ‹ Wee; Ich ertraak Dich nich ! › – Dabei
nichz Un=Menschlicheres als dies Göthe=Ullriekische,
Fuukeh=Allbertienische, Durcheinander Mixn der Gen-
nera=tzjohn'n : Neenee !).).
‹ *Wietah=Nuh=owwa !* › : Glücklich=sein ist ein Verbre-
chen; Unglücklich=sein eine Schande : es blitzde gleich
blau=kweer an der schtehenden Fronnt=Scheibe vorbei. Ennt=lannk. – : » Los; anfahrn=Hertha ! – Wier
komm' sonnst zu schpät. « / Ihr=Fuß trat zwar auf den
An=Lasser. / Dann aber, schon im Rollen, die
Kleinst=Schtimme neebm=mier –
: » *Wenn wa aber doch=morgn – vielleicht* – : künn=die-
jen ? – « (‹ Ich dachte doch : und wenn ooch noch : aber
denkn Se sich doch ! › : die schleesische Formel für
Klatschbaasijes. Nach=dem=Mond=im=Wasser=fischn. /
Schreckliche Vor=Schtellunk : Ich an dieser idiotischn

‹Tabelle›! (Sie im Klosett der Mußder=Zeichne-
rinn'n.). / Und immer weiter : Zeit=einholn; Zunge=
beißn; Hant=anhaun. (Schtrahl mich ja nich so ann, Du
Schlannge. ‹Bestie› : Jetz fiel mir auch noch Brentanos
‹Furia› ein. –).

‹OSTERCAPPELN›? – : »War'n wa im Einsatz.«;
(ich; resigniert). –

‹IBBENBÜREN›? : Warn wa im Einsatz. : Resick-
niert.

‹RHEINE›? : Warn wa im Einsatz! / (Sie schteuern.
Ich ‹Karl im Geheus›.)

‹BENTHEIM›?! –. (Unt ich knirrschde mit den
Zähn'n, daß Sie erschraak :!) : »Da war ich, ‹meine=
Hertha›, ‹in=Gefangnschafft› : 2 Tage & 3 Nechde.«
(Dann ap; über Weetze nach Brüssel.) –

: »Komm biek rechz rumm!« / (Und kreisend schteuern. Unt Schweign.)

Lange. / (Am Juudn=Friethoff vorbei. / Über'n Almelo=
Kanal : Vechte=Sankt Augustinus=Vechte.) : »Endlich.« (Sie war immer froh, wenn Sie die City Nord-
horns hinter sich hatte; und die Neuenhauser Schtraße
erreicht.) –

(Armrankn=Armrankn) : »KommsDe glei mitt zu
mier?« – / (Nichtsniemandnirgendsnie : nichtsniemandnirgendsnie). –

: »Nachheer=vielleichd.« – Sie schlank den Arm ums
Haupd, als emmfinge Sie 1 Schlack! (Dabei hatte ich
leedicklich meine Haustür=Lampe angeknipst.)

Arno Schmidt

Fischer Taschenbuch Verlag

Arno Schmidt

Nachrichten aus dem Leben eines Lords
Sechs Nachtprogramme
Angria & Gondal / Was wird er damit machen?
Tom all alone's /»Der Titel aller Titel!«
Der Triton mit dem Sonnenschirm / Das Buch Jedermann
Kaleidoskopische Kollidier-Eskapaden
Band 9116

Orpheus
Fünf Erzählungen
Caliban über Setebos
Die Wasserstraße / Der Sonn' entgegen...
Kundisches Geschirr / Die Abenteuer der Sylvesternacht
Band 9120

Schwänze
Fünf Erzählungen
Kühe in Halbtrauer / Windmühlen / Großer Kain
Schwänze / ‹Piporakemes!›
Band 9115

Sommermeteor
23 Kurzgeschichten
Trommler beim Zaren / Schlüsseltausch / Rollende Nacht
Der Tag der Kaktusblüte / Die Vorsichtigen
Was soll ich tun? / Seltsame Tage / Schulausflug
Zählergesang / Rivalen / Nebenmond und rosa Augen
Am Fernrohr / Geschichten von der Insel Man
Nachbarin, Tod und Solidus / Lustig ist das Zigeunerleben
Ein Leben im Voraus / Das heulende Haus / Sommermeteor
Kleiner Krieg / Die Wasserlilie / Zu ähnlich /
Schwarze Haare / Die Lange Grete
Band 9121

Fischer Taschenbuch Verlag

fi 636 / 4 b

Arno Schmidt
Sein Werk im S. Fischer Verlag

Originalgetreue Nachdrucke der von Arno Schmidt
autorisierten Erstausgaben

Leviathan
Drei Erzählungen
116 Seiten. Geb. Erstausgabe 1949

Brand's Haide
Zwei Erzählungen
260 Seiten. Leinen. Erstausgabe 1951

Aus dem Leben eines Fauns
Kurzroman
165 Seiten. Leinen. Erstausgabe 1953

Das steinerne Herz
Historischer Roman aus dem Jahre 1954
288 Seiten. Leinen. Erstausgabe 1956

Die Gelehrtenrepublik
Kurzroman aus den Roßbreiten
277 Seiten. Leinen. Erstausgabe 1957

Dya Na Sore
Gespräche in einer Bibliothek
427 Seiten. Leinen. Erstausgabe 1958

Rosen & Porree
Vier Erzählungen und »Berechnungen I + II«
311 Seiten. Leinen. Erstausgabe 1959

S.Fischer

Arno Schmidt
Sein Werk im S. Fischer Verlag

Originalgetreue Nachdrucke der von Arno Schmidt
autorisierten Erstausgaben

Kaff auch Mare Crisium
Roman
346 Seiten. Leinen. Erstausgabe 1960

Belphegor
Nachrichten von Büchern und Menschen
455 Seiten. Leinen. Erstausgabe 1961

Sitara, und der Weg dorthin
Eine Studie über Wesen, Werk & Wirkung Karl May's
367 Seiten. Leinen. Erstausgabe 1963

Kühe in Halbtrauer
Zehn Erzählungen
351 Seiten. Leinen. Erstausgabe 1964

Die Ritter vom Geist
Von vergessenen Kollegen
319 Seiten. Leinen. Erstausgabe 1965

Trommler beim Zaren
42 Kurzgeschichten und Essays
365 Seiten. Leinen. Erstausgabe 1966

Der Triton mit dem Sonnenschirm
Großbritannische Gemütsergetzungen
428 Seiten. Leinen. Erstausgabe 1969

S. Fischer

fi 638 / 1 b